Unicorn
独角兽书系

破战者

WARBREAKER

[美]布兰登·桑德森/著 小龙/译

Warbreaker
By Brandon Sanderson
Copyright © 2009 by Dragonsteel Entertainment,LLC
Published in agreement with JABberwocky Literary Agency,Lnc.,
through The Grayhawk Agency.
Simplified Chinese Translation Copyright©2018 by Chongqing Publishing House Co.,Ltd.
All right reserved.

版贸核渝字（2015）第 102 号

图书在版编目(CIP)数据

破战者/（美）布兰登·桑德森著；
小龙译.—重庆：重庆出版社，2018.7
ISBN 978-7-229-13143-2

Ⅰ.①破… Ⅱ.①布… ②小… Ⅲ.①长篇小说-美国-现代
Ⅳ.① I712.45

中国版本图书馆 CIP 数据核字 (2018) 第 079672 号

破战者
PO ZHAN ZHE

[美]布兰登·桑德森 著 小龙 译
责任编辑：邹 禾 陈 垦
装帧设计：SEYO
封面图案设计：果 树
责任校对：刘小燕

重庆出版集团 出版
重庆出版社

重庆市南岸区南滨路 162 号 1 幢 邮政编码：400061 http://www.cqph.com
重庆出版社艺术设计有限公司 制版
重庆市国丰印务有限责任公司 印刷
重庆出版集团图书发行有限责任公司 发行
E-mail:fxchu@cqph.com 邮购电话：023-61520646
全国新华书店经销

开本：890mm×1230mm 1/32 印张：20.25 字数：500 千
2018 年 7 月第 1 版 2018 年 7 月第 1 次印刷
ISBN：978-7-229-13143-2
定价：86.80 元

如有印装问题，请向本集团图书发行有限责任公司调换：023-61520678

版权所有 侵权必究

特雷利尔城

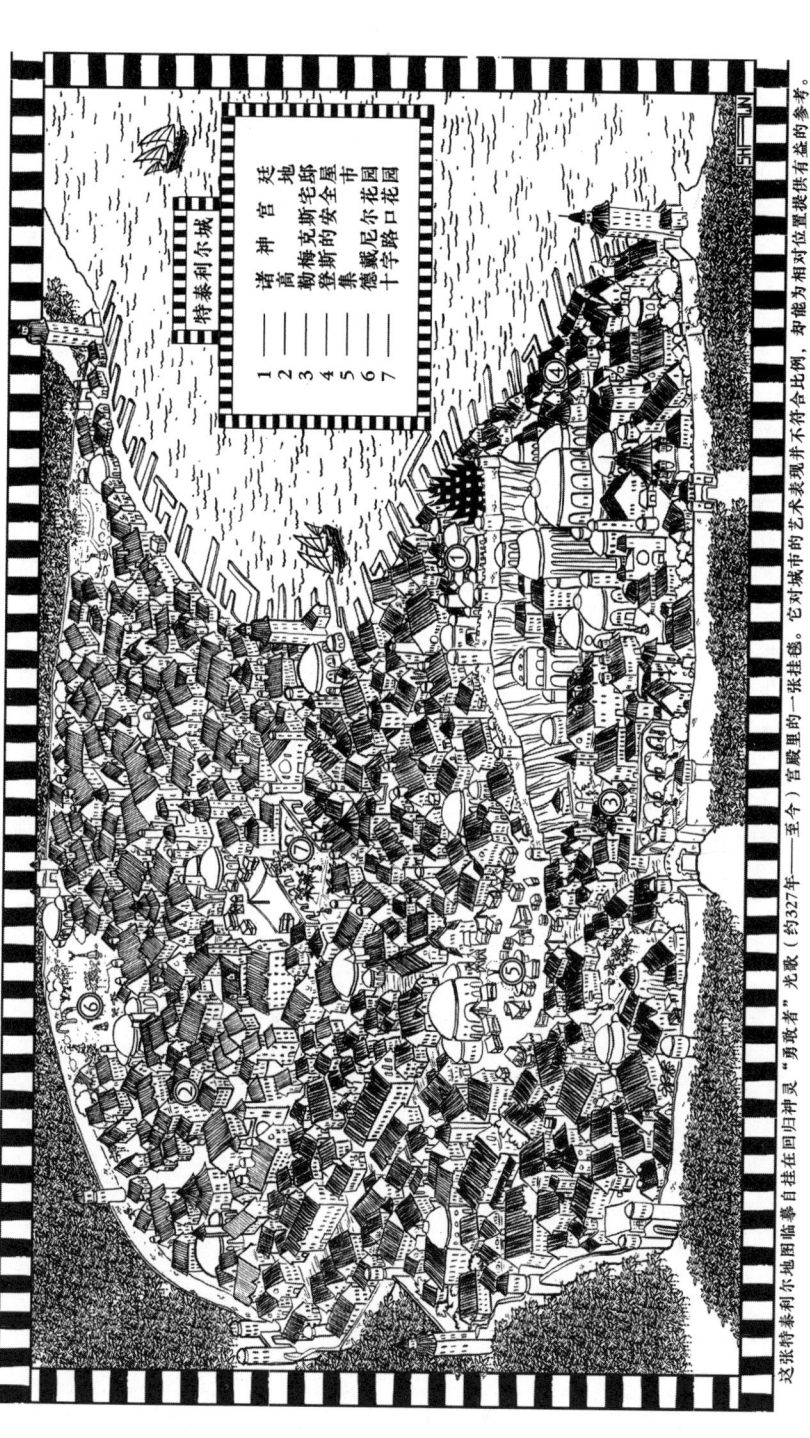

1 —— 诺神耗
2 —— 高官营地
3 —— 鞠梅克斯宅邸
4 —— 登斯的安全屋
5 —— 集市
6 —— 德戴尼尔花园
7 —— 十字路口花园

这张特雷利尔地图临摹自佳在回归神灵"勇敢者"光歌(约327年——至今)官殿里的一张挂毯。它对城市的艺术表现并不符合比例,却能为相对位置提供有益的参考。

序章

真有意思，瓦西尔心想，有很多事非得进了牢房才能办成。

守卫们相视大笑，然后重重关上了牢房的门。瓦西尔站了起来，拍拍身上的灰尘，活动了一下肩膀，结果痛得皱起眉头。牢门的下半部分是实心木头，但上半部分是铁栏，他能看到三个守卫打开了他的大号行李袋，正在洗劫他的财物。

其中有一个注意到了他的视线。那是个彪形大汉，剃了个光头，身上那件肮脏的制服只能勉强看出特泰利尔城市守卫标志性的黄蓝相间服色。

明亮的色彩，瓦西尔心想。**我又得想办法习惯了**。换作别的国家，士兵的制服上根本不可能出现亮蓝色和亮黄色。但这儿是霍兰德伦：一片充斥着回归神灵、无命仆从、生物染色研究——当然还有色彩——的土地。

大个子守卫慢悠悠地走到牢门前，留下他的同伴们继续把玩瓦西尔的财物。"听说你很厉害。"那人说着，上下打量起瓦西尔来。瓦西尔没有答话。

"酒保说你放倒了差不多二十号人，"那守卫揉搓着下巴，"我看你倒是没啥了不起的。不管怎么讲，你在打祭司之前都该想清楚。其他人只会在牢里待一晚。可你……你得上绞架。无色的蠢货。"

瓦西尔转过身去。这间牢房相当实用，只是缺乏创意。一面墙壁的顶部有条细长的采光口，潮湿的石墙爬满苔藓，角落里还有一堆腐烂又肮脏的稻草。

"你敢跟我装聋作哑？"守卫说着，又朝门的方向走了几步。他身上制服的颜色变亮了，像是走到了较为明亮的光线里。那种改变很不起眼。瓦西尔没剩下多少灵息，所以他的灵光也没法对周身的色彩造成太大改变。那守卫没有发觉色彩的变化——而在酒吧里，他和他的同伴拎起地板上的瓦西尔，把他丢进马车里的时候，也同样没有发觉。当然了，这种改变细微到了肉眼难以察觉的程度。

"嘿，瞧啊，"一个正在翻腾行李袋的守卫说，"这是什么？"看管地牢的人往往和他们看守的对象一样坏，甚至犹有过之：每次遇到这种事，瓦西尔都觉得很好笑。也许是故意的。这个社会似乎并不在乎这类人是关在牢里还是守在牢外，只要让他们离正派人足够远就行。

如果真有所谓的"正派人"存在的话。

有个守卫从瓦西尔的行李袋里取出一件白色亚麻布包裹的细长物体。那人展开包裹布，吹了声口哨：那是一把装在银制剑鞘里的薄刃长剑。剑柄是纯黑色的。"你们觉得他是从谁那儿偷来的？"

守卫队长瞥了眼瓦西尔，仿佛在怀疑他是个贵族。尽管霍兰德伦没有贵族制度，许多邻邦却都有贵族和贵女。可哪个贵族老爷会穿着这种破旧的淡褐色的斗篷？哪个贵族老爷身上会有酒吧殴斗留下的瘀青，好几天不刮胡子，还穿着磨损不堪的靴子？那守卫转过身去，显然认定瓦西尔并非贵族。

他是对的。但他也错了。

"让我瞧瞧。"守卫队长说着，接过了剑。他嘟哝了一声，显然被它的重量吓了一跳。他翻转剑身，注意到了将剑鞘扣在剑柄上、防止意外出鞘的搭扣。他解开了它。

房间里的色彩加深了。但并不是更明亮了——并非刚才守卫的制服色彩的变化。色彩只是更浓了。更深了。红色成了栗色。黄色变成了冷硬的金色。蓝色几乎成了藏青色。

"当心点，朋友，"瓦西尔轻声说，"那把剑是很危险的。"

那守卫抬起头来。周围安静下来。然后他哼了一声，离开瓦西尔的牢房，手里仍旧拿着那把剑。其余两人也拎着瓦西尔的行李袋跟在后面，走进了过道尽头的守卫室。

门砰的一声关上了。瓦西尔迅速跪倒在墙角，选出一把既长又结实的稻草。他从破旧的斗篷底部扯下几根线头，将稻草扎成大约三寸高的小人形状。他拔下一根眉毛，贴在稻草小人的脑袋上，然后把手伸进靴子，抽出一条亮红色的头巾。

然后瓦西尔呼出了灵息。

它从他体内涌出，流入空气，闪亮却透明，就像水面的油脂在阳光照耀下的色彩。瓦西尔能感觉到它的离去：学者们称其为"生物染色气息"。大多数人叫它灵息。每个人都有一口。至少通常来说是这样。一个人，一口灵息。瓦西尔有大约五十口灵息，刚好达到初阶强化的水准。与过去相比，他现有的灵息少得可怜，但在很多人看来，五十口灵息简直是一大笔财富。不幸的是，即使是用有机物原料来唤醒这么个小人——还用上了他身体的一部分作为施法媒介——也要耗去他将近一半的灵息。

小稻草人抽搐身体，吸入了那口灵息。在瓦西尔的手中，那块亮红色的头巾有一半转成了灰色。瓦西尔俯下身去——同时思索着该让这个小人做的事——完成了唤醒过程的最后一步：给予指令。

"取钥匙来。"他说。

稻草小人站起身，冲着瓦西尔扬起它仅有的那根眉毛。

瓦西尔指了指守卫室。惊呼声从那个房间里传来。

没多少时间了，他心想。

稻草人跑过牢房的地板，然后纵身跃起，穿过铁栏之间。瓦西尔脱下斗篷，放在地上。这件斗篷是个完美的人形——斗篷上的裂口与瓦西尔身体上的伤疤对应，兜帽也挖开了两个窟窿，对应瓦西尔的双眼。物体越是接近人形的体型和外观，唤醒它所需的灵息也就越少。

瓦西尔俯下身，努力不去回想自己灵息充足、无需考虑形状或是媒介就能唤醒的时候。那时和现在完全不同。他忍着痛拔下一撮头发，撒在斗篷的兜帽上。

再次呼出灵息。

这次唤醒耗尽了他剩下的灵息。瓦西尔吐出最后一口灵息的同时，斗篷颤抖起来，头巾失去了剩下的色彩，而他觉得眼前有点……黯淡。失去自身的灵息并不会致命。事实上，瓦西尔运用的这些额外灵息曾经属于其他人。瓦西尔并不知道那些人是谁：那些灵息并不是他自己收罗得来，而是别人给他的。但这很正常。没人能强行夺走别人的灵息。

但失去灵息的确改变了他。色彩看起来不如先前明亮了。他也没法感受到上方的城市里的熙来攘往了——尽管这对平时的他来说轻而易举。每个人都有察觉到他人的能力——例如在打瞌睡的时候，你仍旧会发觉有人走进了房间。只是在瓦西尔身上，这种感觉放大了五十倍。

如今那种感觉消失了。它被吸入了斗篷和稻草小人里，赋予了它们力量。

斗篷抽搐起来。瓦西尔俯下身。"保护我。"他命令道，于是斗篷不动了。他站起身，将斗篷披回身上。

稻草小人爬上了牢门的窗户，身上扛着一大串钥匙。小人的稻草双脚沾上了红色。但那鲜红在此时的瓦西尔眼中显得格外黯淡。

他接过钥匙。"谢谢。"他说。他每次都会道谢。虽然考虑到他接下来要做的事，道谢似乎毫无意义。"汝息归吾。"他碰了碰稻草小人的胸口，命令道。稻草小人立刻仰天倒向门外。它的生命力迅速流失，而瓦西尔也取回了他的灵息。那种熟悉的感觉——对事物的联系与相称程度的认知——回来了。他能够取回灵息，是因为进行唤醒的是他本人。事实上，这样的唤醒通常都不会维持太久。他用起自己的灵息来就像在使用储备品：用的时候精打细算，并且会尽快补充到原本的数量。

与过去的他相比，二十五口灵息简直是少得可笑。但和零相比，这个数字仿佛是无穷大。满足感令他颤抖起来。

守卫室里传来的呼喊声渐渐平息。地牢里一片寂静。他必须行动了。

瓦西尔把手伸出铁栏，用钥匙打开了牢门。他推开那扇厚实的门，冲进走廊，将稻草小人留在牢房里。他没有走向守卫室——那儿是离开地牢的必经之路——而是转向南方，朝地牢的更深处走去。

这是他的计划中变数最大的一环。找到"虹彩音调教"的祭司经常出没的酒馆很简单。卷入酒吧殴斗——然后殴打其中一名祭司——也同样简单。霍兰德伦人非常看重宗教人士，因此关押瓦西尔不是当地的普通牢房，而是神王的地牢。

他知道看守这种地牢的都是些什么人，也相当肯定他们会尝试拔出"夜血"。有了那把剑分散他们的注意力，他就有机会弄到钥匙了。

但接下来的事就难以预测了。

瓦西尔停下脚步，唤醒后的斗篷沙沙作响。要找到他想找的那间牢房并不难，因为它的周围有一大块被吸干了色彩的石墙，墙壁和牢门都呈现出黯淡的灰色。这是囚禁唤醒者的牢房，因为没有色彩就意味着无法唤醒。瓦西尔走到牢门前，透过铁栏看向里面。那儿有个赤身裸体的男人，他的双臂被铁链拴住，悬吊在天花板下。他的色彩在瓦西尔的眼中充满活力，他的皮肤是纯粹的棕褐色，身上的瘀伤泛出蓝色和紫色的璀璨光泽。

那个人的嘴巴被塞住了。这是另一项预防措施。唤醒的必要条件有三：灵息、色彩和指令。有人称之为"和声与色调"。"虹彩音调"所指的就是色彩与声音之间的关联。下达指令时必须咬字清晰，而且只能使用唤醒者的母语——只要有一点点语无伦次，一点点发音错误，都会导致唤醒失败。灵息仍旧会离开身体，但对应的物体却无法行动。

瓦西尔用监狱钥匙打开牢门，然后走了进去。这个人的灵光能让靠近他的色彩变得格外鲜亮。任何人都能察觉到如此强大的灵光，但对于达到初阶强化的人来说就更简单了。

就瓦西尔的见闻来说，眼前的灵光算不上最强大的——最强大的灵光属于"回归者"，也就是霍兰德伦人奉为神明的那些人。但这名囚犯的生物染色灵光仍旧相当惊人，相比之下，瓦西尔就逊色多了。这个囚犯拥有许多口灵息。数以百计。

那人的身体在空中晃了几下，审视着瓦西尔，嘴唇因为缺水而干裂流血。瓦西尔犹豫了片刻，然后伸出手，解开了塞口物。

"你，"那囚犯轻轻咳嗽了几声，低声说，"你是来救我的么？"

"不，沃赫，"瓦西尔轻声说，"我是来杀你的。"

沃赫哼了一声。他在牢狱里的生活显然并不轻松。瓦西尔上次见到沃赫的时候，他还胖乎乎的。从他身体的消瘦程度判断，他已经有一阵子没吃东西了。他身上的割伤、瘀伤和灼伤都是最近才留下的。

拷打的痕迹和沃赫凹陷的眼眶都说明了那个不争的事实：灵息只能经由自愿的方式，在意识清醒的情况下通过指令来转让。但你可以运用手段，"鼓励"对方说出那样的指令。

"也就是说，"沃赫用沙哑的声音说，"你和那些人一样，觉得我该死。"

"你失败的叛乱与我无关。我只想要你的灵息。"

"你和整个霍兰德伦宫廷都想要我的灵息。"

"没错。但你不会把灵息给那些回归者。你会给我。作为交换，我会杀了你。"

"这笔买卖听起来可不太公平。"沃赫的语气带着一股冷酷——

或者说漠然——而在瓦西尔的记忆中,多年前的沃赫从没用过这种语气。

如果过了这么久以后,瓦西尔心想,我还能在这个人身上找到熟悉的地方,那才奇怪呢。

瓦西尔警惕地和沃赫保持着距离。如今沃赫可以说话,也就可以自由发出指令了。然而,他能碰到的只有金属锁链,金属是很难唤醒的。它不但没有生命,而且与人类的外形天差地别。即使在瓦西尔的巅峰时期,他也只在某些特殊情况下唤醒过金属。当然了,某些极端强大的唤醒者甚至不必用手碰触,只需开口说话就能赋予物体生命。但那种能力需要九阶强化的水准。就连沃赫也没有那么强大的灵息。事实上,在瓦西尔认识的人里,只有一个人能达到九阶……

多半不会有危险。沃赫拥有可观的灵息,却……瓦西尔绕着这位囚犯转了一圈,却发现自己对他……沃赫是自作自受。但那些祭司不会让拥有这么多灵息的人就这样死掉:如果他死去,这些灵息就全浪费了。无法挽回地消失殆尽。

就连霍兰德伦的政府——他们为购买和转让灵息制定了严格的法律——也不允许这么一笔财富白白溜走。他们太想要这些灵息了,甚至不惜推迟处决像沃赫这样恶名昭彰的罪犯。等日后回顾这件事的时候,他们肯定会为防务松懈而自责。

但话说回来,瓦西尔这两年来可一直在等待类似的机会。

"怎么?"沃赫问。

"把灵息给我,沃赫。"瓦西尔说着,走上前去。

沃赫嗤之以鼻。"我可不觉得你的手段比得上神王的手下,瓦西尔——他们花了两周时间都没能让我屈服。"

"我的手段会让你大吃一惊的。但这不重要。你会把灵息给我的。你知道自己只有两个选择。给我，或者给他们。"

沃赫悬吊着的身体缓缓旋转。他沉默不语。

"你没有多少时间犹豫了，"瓦西尔说，"随时会有人发现死在外面的守卫。他们会拉响警报。我会抛下你，而你会继续接受拷打，接着迟早会向他们投降。然后你收罗来的力量会尽数落到你发誓要消灭的那些人手里。"

沃赫盯着地板。瓦西尔让他多吊了一会儿。他看得出对方已经接受现实了。最后，沃赫抬起头，看着瓦西尔。"你带着的……那样东西。它在这儿，在这座城市里？"

瓦西尔点点头。

"我先前听到的尖叫呢？是它的杰作？"

瓦西尔再次点头。

"你在特泰利尔会待多久？"

"会有一阵子。大概一年吧。"

"你会用那件东西对付他们么？"

"我的目的无可奉告，沃赫。你到底接不接受我的提议？给我灵息，我会让你死个痛快。这点我可以保证。这些灵息不会落入你的敌人手里。"

沃赫沉默下来。"我接受。"最后，他轻声道。

瓦西尔伸出一只手，按在沃赫的额头上——同时尽量不让衣服碰到对方的皮肤，免得他汲取用于唤醒的色彩。沃赫没有动弹，神情麻木。然后，就在瓦西尔开始担心对方改变主意的时候，沃赫呼出了灵息。色彩离他而去。那股美丽的虹彩光辉离他而去——它曾让身陷囹圄、伤痕累累的他显得如此威严。它自他的口中流出，悬停在空中，像薄雾那样熠熠生辉。瓦西尔闭上双眼，将灵息吸入体内。

"吾命予汝，"沃赫念出指令，语气带着一丝绝望，"吾息归汝。"

灵息涌入瓦西尔的体内，一切都充满了生机。他那件斗篷的棕色显得格外鲜明。地板上的血迹变成了明亮的红色，就像是着了火。就连沃赫的皮肤也仿佛是一件色彩的杰作：黝黑的汗毛、蓝色的瘀伤和刺眼的红色伤口交错其上。这么多年来，瓦西尔头一次感觉到如此地……生机勃勃。

他倒吸一口凉气，不由自主地跪在地上，同时一手按着地面以免倒下。*我是怎么熬过没有力量的日子的？*

他知道自己的感官能力并没有真的提升，但他的确觉得自己比之前敏锐了许多。他更加清晰地意识到了感受的美好。触摸石头地板的时候，他惊讶于它的粗糙。他吃惊于细长的窗口吹进的风的声音。它的旋律一直都这么美妙吗？他先前为何毫无察觉？

"现在轮到你履行诺言了。"沃赫说。瓦西尔这才注意到，他悦耳的语调与和声如此相似。瓦西尔获得了完美的音感。所有达到次阶强化的人都会得到这种天赋。能再次拥有它真是太好了。

当然了，只要瓦西尔愿意，他随时都可以达到五阶强化。但那一来，他就必须做出一些违背自己意愿的牺牲。所以他才会强迫自己采用传统的方法：从沃赫这样的人身上收罗灵息。

瓦西尔站起身来，然后取出了那块已经色彩全无的头巾。他把它丢在沃赫肩头，然后呼出了灵息。

他没有费力去让头巾化作人形，也不必用头发或者皮肤充当施法器材——他只是汲取了自己衬衣的色彩。

瓦西尔对上沃赫听天由命的目光。

"勒紧物体。"瓦西尔碰了碰那块颤抖着的头巾，给出了指令。

它立刻扭动起来，抽走了相当数量——但如今已经显得无足轻重——的灵息。那块头巾迅速缠住了沃赫的脖子，开始收紧，让他无法呼吸。沃赫没有挣扎：他只是以憎恨的目光看着瓦西尔，直到双眼凸出，一命呜呼。

憎恨。瓦西尔对这种情感并不陌生。他平静地伸出手，取回了头巾上的灵光，然后留下悬吊在牢房里的沃赫。瓦西尔轻手轻脚地穿过这座地牢，不时为木头和石材的色彩而惊讶。前进了一段时间以后，他注意到了走廊里的一种新色彩。红色。

他绕过那摊顺着倾斜的石地流下的血水，走进守卫室。那三个守卫躺在地上，早已死去。其中之一坐在椅子上。大部分仍收在鞘中的夜血刺进了那人的胸膛。银色的剑鞘里露出大约一寸长的深黑色剑身。

瓦西尔小心翼翼地将剑收回鞘中。他扣上了搭扣。

我今天做得很好，他的脑海里传来一个声音。

瓦西尔没有答话。

我把他们全杀光了，夜血续道，你难道不为我骄傲吗？

瓦西尔单手拾起了那把武器：他早就习惯了它非同寻常的重量。他取回自己的行李袋，挎在肩头。

我就知道你会对我刮目相看的，夜血心满意足地说。

第一章

无足轻重是很有好处的。

的确,以很多人的标准来看,塞芮算不上"无足轻重"。毕竟她可是国王之女。幸好她父亲有四个在世的孩子,而十七岁的塞芮是最年幼的。次女法芬——她只比塞芮年长——为尽家族职责当了修女。再往上是长子里德格,他将会继承王位。

最后就是薇雯娜了。在步行返回城市的路上,塞芮叹了口气。他们之中最年长的薇雯娜,她……呃……很薇雯娜。她漂亮、沉着,各方面都完美无缺。这是件好事,毕竟她可是和神灵有婚约的人。不管怎么看,作为第四个孩子的塞芮都是多余的。薇雯娜和里德格必须专注于学业;法芬要负责牧场和家里的工作。而无足轻重的塞芮就不必承担这些。这意味着她可以溜到郊外,痛痛快快玩上好几个钟头。

当然了,会有人注意到她的去向,而她也会因此惹上麻烦。但即便她父亲也得承认,她的消失并没有带来多少不便。就算没有塞芮,这座城市也好好的——事实上,每当她不在的时候,这座城市的运作甚至会比平时更加顺畅。

无足轻重。对别人来说,这是种侮辱。但对塞芮来说却是天赐的礼物。

她微笑着走进市区,无可避免地吸引了人们的目光。虽然严格来说,贝瓦利斯是伊德里斯王国的首都,但它实在算不上多大,这里的居民都能一眼认出她来。按照塞芮从路过的漫游者那儿听来的说法,和其他王国的大都市相比,贝瓦利斯简直就是个小村子。

她喜欢贝瓦利斯现在的样子,即使这儿有泥泞的街道,茅草屋顶的小屋，还有无趣却结实的石墙。女人们在追赶逃跑的鹅，男人们牵着背负种子的驴，孩子们则在带领羊群前往牧场的路上。夏卡、哈德瑞斯、就连可怕的霍兰德伦的大城市都有独特的风景，但那里充斥着吵吵嚷嚷、相互推搡的人群，还有傲慢自大的贵族。塞芮不喜欢这样：对她来说，就连贝瓦利斯的人都有点太多了。

不过我敢打赌，她看着自己实用的灰色裙装，心想，**那些城市肯定有别的色彩。这我倒是很想看看。**

在那些城市里，她的头发也不会太过惹眼。就像以往那样，当她身在田野的时候，她的长发就会欢喜地转变成金色。哪怕她集中精神去遏制，也只能将它维持在暗褐色。一旦她失去专注，头发就会变回原本的色彩。她向来不太擅长控制发色。不像薇雯娜。

就在她穿过城市的时候，一队小小的身影开始尾随在后。她笑了笑，装作没有注意到那些孩子，直到其中一个鼓起勇气，跑上前来，拽了拽她的衣裙。然后她微笑着转过身。他们严肃地打量着她。伊德里斯的孩子从小就会接受训练，避免出现可耻的情感波动。奥斯特瑞教的教义声称，情感本身并无过错，但以情感吸引他人的注意力就是罪过了。塞芮一向不怎么虔诚。在她看来，无论奥斯特瑞把她塑造得多么叛逆，也都不是她的错。孩子们耐心等待着，直到塞芮把手伸进围裙，拿出几朵色彩鲜明的花儿。孩子们瞪大了眼睛，凝视着明亮的色彩。其中三朵花是蓝色，还有一朵是黄色的。

这些花儿与城镇里单调乏味的氛围形成了鲜明的对比。除了人们的肤色和瞳孔的颜色以外，她看不到任何鲜亮的颜色。石墙粉刷成了白色，衣物漂白成灰色或是棕褐色。一切都是为了远离色彩。

因为没有色彩，就不会有唤醒者。

先前拉扯塞芮衣裙的那个女孩终于一手接过花儿，飞快地跑开，其余的孩子紧随在后。塞芮注意到了几个路过的村民不以为然的眼神。不过他们都没有来责问她。作为公主——即便是无足轻重的公主——也是有好处的。

她继续朝着王宫走去。那是一座低矮的单层建筑，配有土地夯实的宽敞庭院。塞芮绕开在正门讨价还价的人群，走进厨房那边的后门。门打开的同时，厨师长玛布的歌声停止了。她看向塞芮。

"你父亲一直在找你呢，孩子。"玛布说着转过身去，开始对付厨案上那堆洋葱，同时又哼起了歌。

"我想也是。"塞芮走上前去，嗅了嗅其中一口锅子：里面飘来令人心情平静的煮马铃薯的气味。

"你又上山去了，是不是？我敢打赌，你又逃课了。"

塞芮笑了笑，然后拿出又一朵亮黄色的花儿，用两根手指转了起来。

玛布翻了个白眼。"我猜你又去腐化城里的年轻人了。说真的，孩子，你早就过了做这种事的年纪了。你父亲会跟你谈谈你逃避责任的行为的。"

"我喜欢谈话，"塞芮说，"每次父亲发火，我都能学到几个新词儿。学习要时时精进，对吧？"

玛布哼了一声，把几根腌黄瓜切成丁，跟洋葱混在一起。

"说真的，玛布，"塞芮转着那朵花儿，感觉到自己的发色有点变红了，"我不觉得这有什么问题。是奥斯特瑞创造了花儿，对吧？是他给了花儿色彩，所以它们不可能是坏东西。我是说，我们叫他'色彩之神'不是没道理的。"

"花儿并不邪恶，"玛布说着，又往那堆混合物里加了些像是青草的东西，"前提是我们别去打扰它们。我们不该用奥斯特瑞创造的美来吸引别人的目光。"

"区区一朵花不会让我引人注目。"

"是吗？"玛布说着，把"青草"、黄瓜和洋葱倒进一口正在沸腾的锅里。她用刀面拍拍锅子的侧面,听听声音,然后点点头,俯下身去,开始在橱柜里寻找其它蔬菜。"你来告诉我,"她的声音有点含混,"你真觉得在城里拿着这么一朵花不会引人注目?"

"那只是因为这座城市太单调了。如果这儿能有点色彩,就不会有人注意到一朵花儿了。"

玛布端起一个装满各种块茎的盒子,重新出现在塞芮面前。"你想要我们把这儿装饰成霍兰德伦那样?或许我们应该邀请唤醒者来这座城市?你看怎么样?邀请那些会吸走儿童灵魂,指使衣物勒死穿戴者的魔鬼?邀请那些让死人爬出墓穴,用他们充当廉价劳动力的恶棍?邀请那些在邪恶的祭坛上献祭女人的恶魔?"

塞芮能感觉到她的头发因焦虑而略微发白。**停下!**她心想。她的头发仿佛拥有意识,会本能地做出反应。

"献祭少女的那段是编出来的,"塞芮说,"他们不做那种事。"

"故事总不是空穴来风。"

"是啊,源头就是那些冬天坐在壁炉边的老女人。我不觉得我们有必要这么害怕。霍兰德伦人想怎么做都行,只要别来打扰我们就好。"

玛布头也不抬地继续切菜。

"我们有条约,玛布,"塞芮说,"父亲和薇雯娜会确保我们的安全,霍兰德伦人不会来打扰我们。"

"可如果他们真的来了呢?"

"不会的。你没必要担心。"

"他们的军队更强,"玛布继续切着菜,充耳不闻,"他们的钢铁质量更好,粮食更足,而且还有那些……那些东西。这让人担心。也许你无所谓,但明白事理的人都会担心。"

塞芮很难把这位主厨的话当做耳旁风。除了在香料和肉汤方面的才能之外,玛布的直觉也很敏锐。但她也同样容易焦虑。"你担心过头了，玛布。等着瞧吧。"

"我只是想说，在这种时候，尊贵的公主不该拿着花儿跑来跑去——这样太过招摇，还会惹怒奥斯特瑞。"

塞芮叹了口气。"那好吧，"她说着，把她的最后一朵花儿丢进汤锅，"现在我们一样招摇了。"

玛布愣了片刻，然后翻了个白眼，继续切起菜来。"那应该是瓦纳维尔花吧？"

"当然，"塞芮说着，嗅了嗅锅子里冒出的热气，"我可不会毁掉这么一锅好汤。而且我还是要说，你这是在瞎操心。"

玛布吸了吸鼻子。"过来，"她说着，拿出又一把厨刀，"帮把手。把这些切一下。"

"我不是应该去见我父亲吗？"塞芮说着，拿过一条粗糙的瓦纳维尔根，切了起来。

"他只会把你送回来，让你在厨房帮工作为惩罚。"玛布说着，又用厨刀敲了敲锅子。她坚信自己能凭借锅子的响声来判断菜烧没烧好。

"要是父亲发现我喜欢这儿，天知道会有什么后果。"

"你只是喜欢靠近食物而已，"玛布说着，把塞芮那朵花捞出来，丢到旁边，"反正你现在也没法见他。他正跟雅尔达谈话呢。"

塞芮没有任何反应，切菜的动作丝毫不停。

但她的头发却兴奋地转为金色。父亲和雅尔达经常一谈就是好几个钟头，她心想。就算在这儿等他们谈完也没什么意义……

玛布转身去拿东西，没等她回过头来，塞芮就冲出后门，朝着王家马厩跑去。仅仅几分钟过后，她便策马离开王宫，穿着她最爱的棕色斗篷，感受着那股让她的头发转为纯金色的强烈兴奋。一次短途骑行会是个打发时间的好方法。

说到底，就算她再溜出去一次，惩罚的内容也不会有什么变化。

伊德里斯国王戴德林把那封信放回桌上。他已经看得够久了，是时候决定要不要送他的长女去赴死了。春天已经来了，他的房间却仍旧冰冷。

在伊德里斯高原上，温暖是罕有之物：人们渴望着它，喜爱着它，因为它只会在每年的夏天暂时逗留。除此之外，这个房间没有任何装饰，透出一股简约之美。就算是国王，也无权以虚饰来展现傲慢。

戴德林站起身来，看向窗外的庭院。以这个世界的标准来说，这座宫殿很小——只有一层高，盖着木制的尖屋顶，周围是矮小敦实的石墙。但以伊德里斯的标准来说，它已经很大了，几乎可以称得上宏伟。不过这一点可以原谅，因为这座王宫同时也是会客厅，以及他的整个王国的指挥中心。

国王能以眼角余光瞥见雅尔达将军的身影。那位身材粗壮的将军伫立在旁，双手背在身后，浓密的胡须辫成三根辫子。除了国王之外，房间里就只有他一个人。

戴德林将目光移回那封信上。信纸是明亮的粉色，在他的书桌上，那种俗艳的色彩就像是雪地里的一滴血。粉红是伊德里斯绝对不会出现的色彩。但在霍兰德伦——全世界染色工业的中心——这种毫无品味的色调再平常不过了。

"噢，老朋友，"戴德林问，"你有什么建议吗？"

雅尔达将军摇摇头。"战争就要开始了，陛下。我能在风中感受到它的存在，能从我们密探的报告中读到它的征兆。霍兰德伦仍旧把我们视为叛徒，而通向北方的关隘又太过诱人。他们会发起攻击。"

"那我就不该送她去那儿。"戴德林说着，回头看了看窗户。庭院里挤满了身穿毛皮衣服和斗篷，前来赶集的人。

"我们没法阻止这场战争，陛下，"雅尔达说，"但……我们可以延迟它的到来。"

戴德林转过身来。

雅尔达走上前去，轻声道："现在不是时候。去年秋天的凡迪斯强盗让我们的部队大伤元气，再加上冬天的谷仓失火……"雅尔达摇摇头，"我们绝不能在夏天出战。我们对抗霍兰德伦人的最强盟友就是雪。我们不能让这场冲突在对他们有利的情况下发生。否则我们就死定了。"

他的话句句在理。

"陛下，"雅尔达说，"他们正在等我们打破和约，好作为开战的借口。如果我们有所动作，他们就会发起攻击。"

"就算我们遵守和约，他们同样会发起攻击。"戴德林说。

"但不是现在。也许会是几个月之后。您也知道霍兰德伦人处理政务的效率有多低。如果我们遵守和约，他们内部就会出现辩论和争执。如果能拖到下雪的时候，我们就争取到了救命的时间。"

他说出了事实。残酷却确凿的事实。这些年来，戴德林一直在拖延和观望，而霍兰德伦的宫廷越来越好斗，也越来越激进。

每一年，都会有人呼吁攻打那些住在高地的"伊德里斯叛逆"；每一年，他们的嗓门都会更响，支持者也会更多；每一年，戴德林都要凭借怀柔和政治手腕来阻止战争爆发。他曾经期待那位叛军领袖沃赫和帕恩凯尔叛军能够吸引霍兰德伦人的注意力，但沃赫已经被俘，他的所谓"军队"随即作鸟兽散。沃赫的行动反而让霍兰德伦更加专注于眼前的敌人。和平不会再持续下去了。如今时机已经成熟，贸易路线又是矛盾的焦点。就连霍兰德伦众神都比他们的前任更难以捉摸。他深知这一切。但他也知道打破和约是很不明智的举动。被投入兽穴的人，最不该做的就是惹怒那些野兽。

雅尔达走到窗边的他身旁，看向窗外，一只手肘靠在侧面的窗框上。将军是个在寒冬出生的严酷男子，但他同时也是戴德林认识的人里最善良的一个——国王的内心甚至有过把薇雯娜嫁给将军之子的想法。

但这些想法太蠢了。戴德林始终知道这一天将会到来。是他亲手缔结了和约，而根据和约的条款，他必须将自己的女儿嫁给那位神王。霍兰德伦需要一位王族之女，将高贵的血脉引入他们的君主家族。这是那些堕落又虚荣的低地居民渴望已久的东西，也正是和约里的这项特殊条款让伊德里斯维持了二十年的和平。

那份和约是戴德林继位后的第一条正式法令，更是在他父亲遇刺后匆忙谈成的。戴德林咬了咬牙。他曾经那么简单地就向敌人屈服了。但就算能够重来，他还是会做出同样的选择：伊德里斯的君王愿意为子民做出任何牺牲。这是伊德里斯和霍兰德伦最大的区别。

"如果我们把她送过去，雅尔达，"戴德林说，"就等于是让她送死。"

"也许他们不会伤害她。"过了好一会儿，雅尔达答道。

"你也清楚这不可能。如果打起仗来，他们会做的第一件事就是利用她来对付我。这是霍兰德伦人的本性。奥斯特瑞在上，他们可是会邀请唤醒者出入宫廷的人！"

雅尔达沉默下来。最后，他摇了摇头。"最新的报告说，他们部队里的无命者已经增加到了四万名。"

伟大的色彩之神啊，戴德林这么想着，再次看向信纸。信的内容很简单。薇雯娜的二十一岁生日已经到了，而根据和约的条款，戴德林已经不能再拖延下去了。

"把薇雯娜送过去算不上什么好方案，却是我们仅有的方案，"雅尔达说，"如果能争取些时间，我有信心说服泰德拉戴尔人加入我们——从不息战争那时起，他们就跟霍兰德伦人结了怨。而且我或许能找到方法，煽动还在霍兰德伦的沃赫叛军残党。最起码我们可以建造防御工事，收集补给品，并且再多活一年。"雅尔达转过身，面对着他，续道："如果我们不把公主送到霍兰德伦那里，我们就师出无名。谁还会支持我们？他们只会质问我们：为什么不能遵守你们的国王亲手签订的和约？"

"如果我们真的把薇雯娜送过去，他们的统治家族就会得到王室血统。这么一来，他们就更有合法占领这片高地的借口了！"

"也许吧，"雅尔达说，"但我们都知道，他们无论如何都会攻打过来，所以何必在乎他们的借口合法与否？至少这么一来，他们也许会等到继承人出生才发起进攻。"

争取时间。这位将军总是想争取时间。可如果这时间是用戴德林自己的孩子换来的呢？

只要能为大部队争取到更有利的攻击位置，雅尔达会毫不犹豫地派出某个士兵去送死，戴德林心想。我们是伊德里斯人。我对女儿和士兵必须一视同仁。

只不过，光是想象神王把薇雯娜抱在怀里，被迫怀上那家伙的孩子……他就心烦得头发都白了。那个孩子会变成胎死腹中的怪物，随后成为霍兰德伦的下一位回归神灵。

还有别的办法，他的脑海里有个声音在低语。你用不着非得把薇雯娜送去……

敲门声传来，他和雅尔达同时转身。戴德林招呼对方进来。他已经猜到门的那边会是谁了。

薇雯娜身着朴素的灰色长裙，在他眼中显得那么年轻。但如今的她已是伊德里斯女性的完美范例——长发挽成不起眼的发髻，没有吸引目光的妆容。她既不羞怯也不软弱，就像那些北方王国的贵族女性。她镇定自若。沉着、简朴、刚强而又能干。典型的伊德里斯人。

"您已经在房间里待了几个钟头了,父亲,"薇雯娜说着,恭敬地向雅尔达颔首致意,"仆人说将军进房间的时候,手里拿着个彩色的信封。我想我知道信里写着什么。"

戴德林对上她的目光,然后摆摆手,示意她坐下。

她轻轻关上了门,然后拉过一张木椅子。雅尔达仍旧以威严的姿势站在一旁。薇雯娜瞥了眼书桌上的那封信。她神情镇定,发色维持着谦恭的黑色。她的虔诚程度是戴德林的两倍,而且和她最小的妹妹不同的是,她从来不会用情绪来引人注目。

"那么,我想我应该去做出发的准备了。"薇雯娜说着,将双手摆在膝头。

戴德林张开嘴巴,却不知该如何反驳。他瞥了雅尔达一眼,后者只是听天由命地摇摇头。"我这辈子都在为此做准备,父亲,"薇雯娜说,"我准备好了。但塞芮可能没那么容易接受。她一个钟头前骑马出去了。我应该在她回来之前出发。这样就能避免她可能制造出的夸张场面。"

"太迟了。"雅尔达皱眉说着,朝窗户点了点头。看到跑进正门的那个身影,庭院里的人连忙四散躲开。她穿着一件深棕色——色调几乎可以算得上"鲜明"——的斗篷,而且当然了,她的头发是披散着的。

发色是显眼的黄色。

戴德林感觉到心中的愤怒和恼火开始增长。只有塞芮能让他情绪失控,而且——仿佛在讽刺他怒气的起因那样——他感觉到自己的发色变了。在旁观者眼中,他的几绺头发已经由黑转红。这是王室成员——在不息战争期间,他们于战况最激烈的时刻逃到了伊德里斯高地——的典型标志。其他人都能掩饰自己的情绪。但王室成员却会经由发色表现出自己的感受。

薇雯娜看着他,质朴纯洁的气质一如既往,而她的镇定给了他强行将头发转回黑色的力量。想要控制任性叛逆的王家发色，所需要的意志力远超常人的想象。戴德林也不清楚薇雯娜是怎样做到始终不变的。

可怜的孩子，甚至连个像样的童年都没有，他心想。从出生时起，薇雯娜的人生就是为了这一刻而活。作为他的第一个孩子，薇雯娜就像是他的一部分。他向来以这个女儿为傲，薇雯娜也早已赢得了人民的爱戴和尊敬。他仿佛能看到未来的她的模样：她会成为比他更加强大的君王。她会带领伊德里斯人熬过将来的艰辛时日。

但她得活到那时候才行。

"我该去准备动身了。"薇雯娜说着，站起身来。

"不。"戴德林说。

雅尔达和薇雯娜同时转过身来。

"父亲，"薇雯娜说，"如果我们打破和约，就意味着战争。我已经准备好为了人民牺牲自己了。这是您教给我的。"

"我不会让你去的。"戴德林下了决心，转向窗户。窗外，塞芮正和某个马夫有说有笑。即使相距这么远，戴德林仍旧能听到她的大笑：她的头发变成了火红色。

伟大的色彩之神啊，请原谅我，他心想。作为一位父亲，这实在是个艰难的选择。和约的条款写得很清楚：等到薇雯娜二十一岁生日的时候，我必须把我的女儿送去霍兰德伦。但条款中并没有提到是送哪个女儿。

如果他不把女儿之一送去霍兰德伦，他们就会立刻发起进攻。如果他送错了人，他们也许会发火，但他清楚他们不会进攻。他们会等到继承人诞生为止。这就至少为伊德里斯争取到了九个月的时间。

而且……他心想，如果他们真的用薇雯娜来要挟我，我早晚还

是会屈服的。他不想承认这个事实，但到头来，这才是让他做出决定的真正缘由。

戴德林转身看向房间里。"薇雯娜，我不会让你嫁给那个专横的神王。我要让塞芮代替你去。"

第二章

塞芮目瞪口呆地坐在飞驰的马车里，车身每次颠簸和摇晃，就代表她与故乡越来越远。

两天过去了，可她还是不明白。这本该是薇雯娜的使命。所有人都明白。薇雯娜出生的那天，伊德里斯王国举行了盛大的庆典。从她刚学会走路的那天起，国王就开始让她学习宫廷礼仪和政治手腕。作为次女的法芬也上过那些课程，以防薇雯娜在婚礼之日到来前不幸夭折。

塞芮可没有。她曾经只是个多余的、无足轻重的女儿。

但只是曾经。

她看向窗外。她的父亲派出了全王国最好的马车——连同二十名士兵组成的仪仗队——送她前往南方。另外再加上一位总管和几个男仆，组成了塞芮所见过的最豪华的队伍。这样的排场几乎算得上奢华：要不是她正因此远离伊德里斯，她肯定会非常兴奋。

*不应该是这样，*她心想。*根本不应该是这样！*

但这是事实。

这完全没道理。马车上下颠簸，但她只是麻木地坐在那儿。*至少，*她心想，*他们应该允许我骑在马背上，而不是强迫我坐在马车里。*但不幸的是，以这种方式进入霍兰德伦境内并不妥当。

霍兰德伦。

她感觉到自己的头发因恐惧而发白。她正在前往霍兰德伦，前去她的同胞每分每秒都在咒骂的那个王国。她会有很长一段时间见不到父亲——如果真的还能见到的话。她没法和薇雯娜聊天，没法去导师那里上课，没法听到玛布的责备，没法骑着王室的骏马出游，没法去野外寻找花儿，更没法去厨房里帮工。她将会……

嫁给神王。嫁给霍兰德伦的恐怖暴君，那个从未像活人一样呼吸过的怪物。在霍兰德伦，他的权力是绝对的。他可以随心所欲地处死任何人。

但我不会有事的，对吧？她心想。我会成为他的妻子。妻子。我会嫁给他。

*色彩之神奥斯特瑞啊……*她这么想着，突然有些反胃。

她蜷缩身子，双膝抵着胸口——她的头发白到近乎发亮的程度——躺倒在马车座位上，她不太确定颤抖的究竟是自己的身体，还是那辆载着她行驶在不归路上的马车。

"我想您还是再考虑一下比较好，父亲。"薇雯娜平静地说着，双手摆在膝头，以端庄的姿势坐在椅子上。

"我已经考虑过很多次了，薇雯娜，"戴德林王摆摆手，说，"我意已决。"

"这任务不适合塞芮。"

"没问题的，"戴德林说着，开始翻阅桌上的文件，"她需要做的只是生个孩子而已。我相信她是'适合'的。"

*那我受的那些训练算什么？*薇雯娜心想。*二十二年的准备又算什么？如果说唯一重要的只有能够生育的子宫，那这一切究竟有什么意义？*

她保持着发色乌黑，语气严肃，神情镇定。

"塞芮肯定都快疯了，"她说，"以她的自制力而言，我不认为她应付得来。"

她的父亲抬起头来，头发微微发红——黑色正在缓缓流失，就像从画布流下的颜料。这体现出了他的恼火。

尽管他不愿承认,但送小女儿离去让他相当心烦。

"这样对我们的人民是最好的,薇雯娜,"他说着,费力将头发变回黑色。

"如果战争到来,伊德里斯会需要你留在这儿。"

"如果战争到来,塞芮会变成什么样?"

戴德林沉默下来。"或许战争不会来。"最后,他说。

奥斯特瑞啊……薇雯娜吃惊地想。他自己也不相信这句话。他觉得自己是在让塞芮去送死。

"我知道你在想什么,"戴德林语言笃定,唤回了她的注意力,"我怎么能区别对待自己的女儿?我怎么能送塞芮去死,却让你留下来?无论人民怎么想,我这么做都不是出于私欲。我只是希望在开战时为伊德里斯王国保留些优势。"

在开战的时候。薇雯娜抬起头来,对上他的目光。"我本该阻止这场战争的,父亲。我本该成为神王的新娘!我本该跟他交流,说服他。我学习过政治知识和各种风俗习惯,还有——"

"阻止战争?"戴德林打断她。直到这时,薇雯娜才意识到自己的语气有多无礼。她转过头去。

"薇雯娜,我的孩子,"她父亲说,"没人能阻止这场战争。要不是我们答应送去一位王女,他们早就动手了——塞芮应该能为我们争取时间。而且……也许就算战火点燃,她也能安然无恙。也许他们会非常看重她的血统,甚至留她一命——以防她生下的继承人意外身亡。"他的目光冷漠起来。"没错,"他续道,"或许我们该担心的不是塞芮的安危,而是……"

而是我们自己,薇雯娜在心里帮他补充。她并不清楚父亲的所有作战计划,但她知道的已经够多了。战争对伊德里斯非常不利。如果和霍兰德伦人开战,他们获胜的机会非常渺茫。对他们的人民和他们的生活方式来说,这场战争将会带来毁灭性的打击。

"父亲，我——"

"拜托，薇雯娜，"他平静地说，"我不能再说下去了。去吧。我们回头再谈。"

回头。等到塞芮走得更远，带她回来也更困难的时候。但薇雯娜还是站起身来。她不会违抗父亲：这就是她所接受的教育，也是她和她妹妹最大的区别之一。

她离开父亲的书房，关上房门，随后穿过木制的宫殿走廊，假装没有注意到旁人的目光和窃窃私语。她回到自己狭小朴实的房间，坐在床上，双手放在膝头。

她并不赞同父亲的看法。她本该有所作为，她本该成为神王的新娘。这会让她在霍兰德伦的宫廷里获得影响力。每个人都知道，神王对本国的政治活动漠不关心，但他的妻子肯定能维护祖国利益。

可她父亲竟然放弃了这一切？

他肯定是认为无论做什么都无法阻止入侵了。送走塞芮也只是以人质换取时间。就像伊德里斯王国几十年来所做的那样。但如果王女的牺牲真的那么重要，薇雯娜就更该去了。嫁给神王一直是她的职责。不是塞芮的，也不是法芬的。是薇雯娜的。

尽管保住了性命，但她并不觉得感激。她也不觉得自己留下对伊德里斯王国的贡献更大。就算她父亲过世，雅尔达也比她更适合在战争期间统治王国。更何况为了继承王位，薇雯娜的弟弟里德格已经准备了好些年了。

他们根本没有让她留下的理由。在某种程度上，这就像是一种惩罚。她曾经聆听、准备、学习和实践。每个人都说她是完美的。如果真是这样的话，他们又为什么要剥夺她完成使命的资格呢？

她想不到合理的答案。她只能心烦意乱地坐在床上，双手放在膝头，面对恼人的真相。他们夺走了她的人生价值，然后给了别人。现在的她成了多余的。毫无用处。

无足轻重。

"他到底在想什么！"塞芮大吼着，把半个身子探出窗口，完全不顾泥土路上的这辆马车颠簸得有多厉害。一位年轻士兵骑马在旁随行，在午后的阳光中一脸不自在。

"我是说真的，"塞芮说，"他让我去嫁给霍兰德伦的国王。这太蠢了，不是吗？你肯定也听说过我的那些事。趁着没人发现的时候溜出去玩。还有旷课。看在色彩的分上，我还会冲别人发火！"

那卫兵用眼角余光瞥了她一眼，但除此之外全无反应。不过塞芮不在乎。她朝他大吼大叫，并不只是为了发泄而已。她让身体悬在窗边，感受着吹拂她的红色长发的风，同时努力维持着怒火——愤怒能让她忍住泪水。

在过去的那些天里，伊德里斯高原春意盎然的绿色山丘慢慢远去。事实上，他们也许已经到了霍兰德伦——两国的边界一直很模糊，考虑到它们在不息战争之前还是一个国家，这点并不奇怪。

她看了看那个可怜的守卫——面对胡言乱语的公主，他只能选择视而不见。最后，她无力地躺回马车里。她确实不该这么对他，可话说回来，被人当商品卖掉的可是她——那份在她出生多年前写下的和约注定了她的末日。说到发火的权利，塞芮可是当仁不让。

也许这就是一切的原因，她这么想着，将交叠的双臂搭在窗沿。也许父亲受够了我的坏脾气，只想彻底摆脱我。

这么说似乎有点牵强。要想摆脱塞芮，有的是更简单的方法——用不着非得把她送去异国的宫廷，充当伊德里斯王国的代表。那又是为什么？难道他真觉得她能够胜任么？她迟疑了片刻。然后她才意识到这想法有多荒谬。她父亲不可能觉得她比薇雯娜更好。薇雯娜做什么都比别人出色。

塞芮叹了口气，感觉到头发变成了忧郁的棕色。至少这里的风景很有趣，为了不让自己继续沮丧下去，她选择暂时转移注意力。

霍兰德伦王国是低地国家，遍布着热带森林和色彩斑斓的陌生动物。塞芮从漫游者那里听过描述，甚至在老师不时强迫她读的那些书里，她也看到过类似的描写。她以为这里的风景会和她想象中一样。但宽阔的草地渐渐取代了山丘，路边的树木也越来越繁茂，直到这时塞芮才明白，有些事物是书卷和故事都无法充分描述的。

比如色彩。

在高地上，野花丛非常罕见，只零星分布，仿佛明白自己与伊德里斯人的哲学多么格格不入。但在这儿，野花似乎无处不在。小小的花朵织成宽大的地毯，盖住整片地面。硕大的紫色花朵从枝头垂下，像是一串串葡萄；花儿们比邻生长，化作巨大的花簇。就连野草之间都开着花朵。要不是卫兵们用充满敌意的目光看着那些花儿，塞芮倒是很想下车去摘上几朵。

连我都这么心烦了，她心想，*那些卫兵肯定比我更心烦*。被迫背井离乡的并不只有她。这些人什么时候才能回家？她突然觉得更对不起当她出气筒的那个士兵了。

等我到了那儿，就让他们回去。她这么想的同时立刻觉得自己的头发变白了。让这些士兵回去，也就意味着她要独自留在那个充斥着无命者、唤醒者和异教徒的城市里。

可对她来说，多二十个士兵又有什么用呢？至少他们还有家可回。

"我还以为你会高兴呢，"法芬说，"毕竟这么一来，你就不用嫁给那个暴君了。"

薇雯娜把一粒青紫色的浆果放进篮子，然后走向另一片灌木丛。法芬在附近的那片灌木丛边忙碌着。她穿着僧侣的白色长袍，头发剃得干干净净。几乎从所有角度来看，法芬都排在姐妹中的第二位：身高介于塞芮和薇雯娜之间，在举止得体方面比不上薇雯娜，但又远胜塞芮。

法芬的曲线比她们更优美，这也吸引了村里的好几个年轻人的目光。然而，面对必须成为僧侣才能娶她的这一事实，他们纷纷望而却步。不过就算法芬知道自己有多受欢迎，她也没有表现出来。她在十岁生日前就决定要当僧侣，而她父亲也衷心地支持。按照传统，每个贵族或是富人家庭都有义务把家族的一员送去修道院。自私的行为是违反"五幻景"的，就算为了自己的血亲也一样。

两姐妹正在采集浆果，而法芬随后会把这些分发给穷人。法芬的手指染成了淡紫色。薇雯娜戴着手套。她的手上出现这种色彩可就太不得体了。

"没错，"法芬说，"我就是觉得你的反应太不对头了。说真的，你简直像是很想嫁给那个无命者怪物似的。"

"他不是无命者，"薇雯娜说，"苏斯布隆是回归者，跟无命者有很大区别。"

"是啊，可他是个伪神。除此之外，所有人都知道他的性格有多恶劣。"

"但该去那里嫁给他的人是我。这是我的价值所在，法芬。现在的我根本一无是处。"

"胡说八道，"法芬说，"你可以代替里德格继承王位啊。"

然后进一步扰乱秩序，薇雯娜心想。*我有什么权利从他手里夺走王位？*

但她没有把话题进行下去。她为这件事已经争辩了好几分钟，再继续就不太得体了。得体——她还是头一次为了举止得体而如此沮丧。她的情绪丰富得简直……让她不舒服。

"那塞芮呢？"她不由自主地回答，"你乐意看到她被送走么？"

法芬抬起头来，皱了皱眉。她看待问题总是流于表面，只有在直接面对的时候才会仔细思考。薇雯娜对自己的直言不讳有些羞愧,不过在跟法芬交流的时候,往往也别无他法。

"你说得有道理,"法芬说,"我不觉得你们中的任何一个该被送走。"

"和约,"薇雯娜说,"是它在保护我们的同胞。"

"是奥斯特瑞在保护我们的同胞。"法芬说着,走到另一片灌木丛边。

他会保护塞芮吗? 薇雯娜心想。可怜、无辜又任性的塞芮。她从没学过如何自控:在霍兰德伦的诸神宫廷里,她会被人生吞活剥的。政治手腕、暗箭伤人、假面具还有谎言,塞芮对这些一窍不通。她会被迫怀上霍兰德伦的下一任神王。对于这项职责,薇雯娜也有些望而生畏。这将是巨大的牺牲,但却是本属于她的牺牲,是她为了同胞的安全甘愿做出的牺牲。

直到两姐妹摘完浆果,下山朝村子走去的时候,这些念头仍旧纠缠着薇雯娜。法芬和其他僧侣一样,全心全意地为同胞的福祉努力。她照看牲口,收获食物,还为那些老弱病残打扫屋子。

薇雯娜失去了自己的职责,所以才会不知所措。但她忽然想到,有个人正需要着她。那个人在一周之前离开,眼眶含泪,满心恐惧,渴望着姐姐的出现。

无论她父亲怎么说,伊德里斯都没有人需要她。她在这儿毫无用处。但她了解霍兰德伦的人民、文化以及社会。在跟着法芬返回村子的路上,有个想法开始在薇雯娜的脑海中成形。

那个想法可半点都算不上得体。

第三章

光歌不记得自己死时的情景了。

可他的祭司却信誓旦旦地说，他的死亡非常鼓舞人心。高贵。宏大。充满英雄气概。除非是以昭示人类伟大美德的方式死去，否则就无法回归。所以虹彩音调才会把回归者送回，让他们成为那些活人的榜样和神明。

每一位神祇都代表着某种理念，而理念的内容则与他们死时的英勇表现相关。光歌自己在死时展现出了超卓的勇气——至少他的祭司是这么告诉他的。光歌不记得那件事，正如他完全想不起自己成神之前的人生。

他轻声叹了口气，只觉睡意全无。他翻了个身，在宽大的床上坐了起来，感觉全身乏力。幻景与回忆在他脑海中徘徊不去，而他摇摇头，试图赶走身体的倦怠感。

仆人们走进房间，无言地回应着神的需要。他是较为年轻的神灵之一，回归仅有五年。诸神宫廷里有二十来位神灵，他们的地位大都比光歌重要——也更有政治头脑。而君临所有神灵之上的，则是霍兰德伦的神王苏斯布隆。

尽管还很年轻，光歌却能独享这座庞大的宫殿。他的卧房挂着丝绸帘布，而那些帘布染成明亮的红色与黄色。他的宫殿有数十个房间，其装潢和布置都可以随他的心意改换。数百名仆人和祭司随时会出现在他身旁，听候他的差遣——即使他并不想差遣他们。

所有这一切，他站起身来，心想，都是因为我不记得自己是怎么死的了。起身让他有点头晕。今天是他的筵席日。直到进餐之前，他都会软弱无力。

那些仆人的手里捧着亮红色和金色相间的长袍。走进他的灵光范围时,每个仆人的皮肤、头发和衣物都迸发出夸张的色彩。那种饱和的色调比任何染料或是颜料的效果都要亮眼得多。这是光歌的先天生物色度的效力:他的灵息足以与数千人匹敌。但他不认为这有什么价值。他没法用自己的灵息活化物体或者尸体:他是神灵,不是唤醒者。他无法给予——甚至无法暂时借出——他神圣的灵息。

准确地说,他可以给出一次灵息。但那一次会要了他的命。

仆人们继续打扮他,给他披上华丽的衣物。光歌比房间里的其他人都要高出一个半头。他的肩膀也比他们都宽,还有本不该拥有的强壮体格——毕竟他大部分的时间都无所事事。

"大人,您睡得好吗?"有个声音问。

光歌转过头去。他的大祭司莱瑞玛是个高大肥胖的男人,戴着眼镜,举止沉着冷静。他的双手几乎都藏进了金红条纹长袍的宽大袖子里,手里拿着一本厚厚的书。走进光歌的灵光时,他的长袍和书本都爆发出鲜艳的色彩。

"我睡得好极了,瞎转悠,"光歌说着,打了个呵欠,"跟以往一样,整晚的噩梦和晦涩模糊的梦。我现在精神好着呢。"

祭司扬起一边眉毛。"瞎转悠?"

"没错,"光歌说,"我决定给你取个新昵称:瞎转悠。听起来很适合你,因为你总是四处瞎转悠,管这个管那个的。"

"我很荣幸,大人。"莱瑞玛说着,坐进一张椅子里。

色彩啊,光歌心想。*他难道怎样都不会发火吗?*

莱瑞玛打开手里的大部头。"可以开始了吗?"

"如果有必要的话。"光歌说。仆人们把丝绸衣物披在他的身上,系上缎带,再扣好搭扣。然后他们鞠躬行礼,退到房间的一侧。

莱瑞玛拿起自己的羽毛笔。"那么,您对于自己的梦都记得些什么?"

"噢，你知道的，"光歌懒洋洋地躺进其中一张睡椅里，"没什么特别的。"

莱瑞玛不悦地抿住嘴唇。其他仆人开始鱼贯而入，手里端着装满各式食物的餐碟——人类的食物。作为回归者，光歌并不真正需要吃这些东西——它们既不能让他恢复力气，也无法消除他的疲倦。这只是单纯的嗜好罢了。要不了多久，他就能品尝到某种……神圣得多的东西。他也会得到足够再活上一整周的力量。

"大人，请试着回忆您的梦吧，"莱瑞玛用礼貌却坚定的口吻说，"无论那些内容看起来多么无关紧要。"

光歌叹了口气，抬头看向天花板。当然了，那里画着一幅壁画。这一幅描绘的是石墙环绕的三块田地。这是他的某位神灵前辈看见的幻景之一。光歌闭上双眼，努力集中精神。"我……我在海滩边漫步，"他说，"有艘船没等我就启航了。我不清楚它要去往何方。"

莱瑞玛的笔飞快地动了起来。他多半在这段梦里发现了各式各样的征兆。"您的梦里有色彩吗？"祭司问。

"那条船有一张红色的帆，"光歌说，"当然了，沙子是棕色的，树是绿色的。不知为什么，我觉得海水和船帆一样是红色的。"

莱瑞玛充满热情地记录着——每当光歌想起色彩，他都会兴奋起来。光歌睁开眼睛，看着天花板和壁画里色彩艳丽的田野。他懒洋洋地伸出手，从一名仆人的盘子里拿起几颗樱桃。

他何必向这些人吝惜自己的梦？就算他觉得占卜很愚蠢，也没有抱怨的权利。他已经很幸运了。他拥有神圣的生物染色灵光，任何人都会羡慕的强壮体格，还享受着胜过国王十倍的奢华。在世界上的所有人之中，他最没有拒人千里的资格。

只不过……好吧，他也许是全世界仅有的一个不信教的神灵了。

"大人，您还梦见了什么吗？"莱瑞玛说着，抬起头来。

"瞎转悠，你也出现了。"

莱瑞玛迟疑片刻，脸色微微发白。"我……我也在您的梦里？"

光歌点点头。"你向我道歉，说你不该总是打扰我，让我没法尽情享受。然后你拿来了一大瓶酒，还跳了支舞。你跳得很棒。"

莱瑞玛面无表情地看着他。

光歌叹了口气。"不，没有别的了。只有那条船。就连它也越来越模糊了。"

莱瑞玛点点头，站起身来，把仆人们赶到一旁——当然了，他们还留在房间里，端着一盘盘坚果、葡萄酒和水果，供两人在需要时取用。"大人，我们可以继续了么？"莱瑞玛问。

光歌叹了口气，然后疲惫地站了起来。有个仆人匆忙走上前来，重新扣好他长袍的一枚搭扣，那是在他坐下的时候松开的。

光歌走在莱瑞玛身边，身高超过那位祭司一尺有余。但家具和门口都是根据光歌的体格打造，所以显得格格不入的其实是那些仆人和祭司。他们穿过一个个房间，却避开了走廊。走廊是给仆人用的，他们所走的是宫殿周围的广场。光歌踩在从北方诸国进口的豪华地毯上，从内海彼端运来的上等陶器之间穿过。每个房间满是油画和用精美的书法写就的诗歌，全都出自霍兰德伦的顶级艺术家之手。

宫殿的中央是个小巧的四方形房间，色彩与代表光歌的金色与红色截然不同。这个房间里充斥着亮眼的深色缎带——深蓝，绿色和血红色。每一种都是直接着色的真实色彩，只有达到三阶强化的人才能分辨出来。

光歌走进房间的同时，色彩顿时鲜活起来，变得更加明亮，更加强烈，却不知为何依然保持着暗色。栗色变得更纯，深蓝也显得更深。幽暗却明亮，这是只有灵息才能造就的对比。

房间的中央是个孩子。

为什么每次都是孩子？光歌心想。

莱瑞玛和仆人等候在旁。光歌走向前去，而那个小女孩看向旁边那两位身穿金红相间长袍的祭司。他们鼓励地点点头。女孩看回光歌这边，神情紧张。

"好了，"光歌努力让语气显得可信，"没什么可怕的。"

那个女孩却瑟瑟发抖。

过去的那些课程——授课的人是莱瑞玛，但他坚称这并非课程，因为没人有资格教导神灵——在光歌的脑海中浮现。霍兰德伦的回归诸神一点都不可怕。诸神是上天的赐福。他们带来的是关于未来的幻景，还有领导能力和智慧。而他们赖以为生的只有一样东西。

灵息。

光歌犹豫起来，但他已经虚弱到了极点，头晕目眩。在轻声咒骂自己的同时，他单膝跪下，用他的一双大手搂住那女孩的脸。她开始哭泣，但说出口的话却清晰无误，与祭司们教给她的一字不差。"吾命予汝。吾息归汝。"

她的灵息泉涌而出，充斥在空气里。它沿着光歌的手臂向上蔓延——这种接触是必要的——而他将灵息吸入体内。他的虚弱消失不见，晕眩也无影无踪。取而代之的是极度的振奋。他感到精力充沛，仿佛重获新生。

那女孩却黯淡下去。她嘴唇和双眸的色彩褪去了少许。她的棕发失去了一部分光泽；脸色也灰暗了些。

没关系的，他心想。大部分的人根本分不清灵息消失了没有。她会度过完整的一生，幸福的一生。她的家庭会因为她的牺牲而得到丰厚的报酬。

而光歌可以多活一个礼拜。他的灵光并没有因为摄入灵息而变强：这也是回归者和唤醒者之间的另一个区别。后者有时会被视为次品，是回归者的人造版本。

如果不能每周摄入一份新灵息，光歌就会死去。在霍兰德伦之外，很多回归者只能活上八天。但只要每周都有人捐献灵息，回归者就能存活下去，永不衰老，而且会在夜晚看到据说能预言未来的幻景。因此诸神宫廷才会有这么多座宫殿，让神灵们在那里接受照料和保护，以及——最重要的——进食。

祭司们匆匆上前，领着那女孩离开房间。这对她来说不算什么，光歌再次告诉自己。根本不算什么……

她离开的时候，他们四目相对，而他能看到她眼里的光芒消失了。她成了"灰白者"，也就是"黯淡者"或者说"褪色者"，成了没有灵息的人。她的灵息永远不会恢复了。祭司们带着她出了门。

光歌转向莱瑞玛，为这股突如其来的活力而内疚。"好了，"他说，"我们去看看供品吧。"

莱瑞玛扬起一边被镜框遮蔽的眉毛。"您突然之间就适应了啊。"

我必须报答他们，光歌心想，*哪怕是毫无意义的报答也好*。

他们穿过另外几个充斥着红与金的房间，大部分房间都是正方形，四面墙壁上各有一扇门。在靠近宫殿东端的地方，他们走进了一个狭长的房间。这里的一切都是纯白色：在霍兰德伦，这是非常罕见的景象。墙壁上挂着成排的画作和诗歌。仆人们等在门外，只有莱瑞玛跟着光歌走到第一幅画前。

"怎样？"莱瑞玛问。

那是一幅关于丛林的画作，描绘着低垂的棕榈和色彩斑斓的花朵。诸神宫廷周围的花园里也有几株相同的植物，所以光歌才能认出它们。他从没踏足过丛林——至少在他的这次人生里没有。

"这幅画还好吧，"光歌说，"算不上我最喜欢的。它让我想起了宫殿外面。我真想出去看看。"

莱瑞玛疑惑地看着他。

"怎么了?"光歌说,"宫廷看多了也是会厌的。"

"森林里可没有酒,大人。"

"我可以自己做。酿造……之类的。"

"这是当然。"莱瑞玛说着,朝屋外的助手之一点点头。那名位阶较低的祭司匆匆记下光歌对这幅画的评价。在这座城市里,有一位赞助人正在期待光歌的赐福。他想要的多半是勇气——或许他正打算求婚,又或许他是个商人,正准备做一笔风险很大的买卖。祭司们会诠释光歌对于这幅画的看法,然后将占卜结果——无论是好是坏——连同光歌的原话一同告知对方。不管怎么说,光是把画送给神灵这件事就该让那位赞助人得到某种程度的好运了。

据说是这样。

光歌转身走开。另一位低阶祭司快步上前,取下了那幅画。它多半不是赞助人自己的作品,而是委托他人绘制的。画作越是优秀,神灵对它的评价往往就越好。所以理论上付给画家的钱也越多,那些赞助人的未来自然就越美好。

我不该这么愤世嫉俗的,光歌心想。*如果没有这套制度,恐怕我在五年前就已经死了。*

他在五年前死过一次,虽然他并不记得自己是怎么死的。他真的是英勇赴死的吗?他们不允许别人讨论他的前生,或许是因为他们不想让任何人知道,"无畏者"光歌其实死于胃痉挛。

那位低阶祭司带着丛林画离开了房间。那幅画将会被烧毁。这类供品都是献给特定神灵的特制礼物,只有他——外加他的几名祭司——有资格欣赏。光歌走到墙上的下一幅画面前。事实上,那是一首用"工匠体"写成的诗歌。等光歌接近之后,画布上的彩色圆点立刻鲜活起来。霍兰德伦的"工匠体"是一种特殊的书写方式,其基准并非字形,而是色彩。每一个彩色圆点都代表霍兰德伦语言的一种发音。将几个双重色点——当然色彩各不相同——结合起来，就创造出了一套对色盲来说等同于噩梦的字母系统。

在霍兰德伦，几乎没人会承认自己患有这种疾病。至少光歌是这么听说的。他很好奇：那些祭司知不知道他们的神灵有多喜欢讨论外面的世界？

这首诗的水准算不上太好，显然是某个农民写下，又花钱雇人翻译成工匠体的。那些过于简单的色点就是征兆。真正的诗歌会运用更加复杂的符号：能够改变色彩与彩色圆点，让其构成图画的实线。再加上能改变形状却不损失其含义的符号，发挥的空间会比现在大很多。

运用色彩是一门精巧的学问，需要三阶或是更高的强化才能达到完美。灵息达到那种程度之后，人就能察觉到完美的色调，正如次阶强化能够赋予人完美的音感。回归者都拥有五阶强化的水准。如果失去这种在瞬间准确辨识出色度与声音的能力，光歌根本无法想象自己的生活会变成什么样子。就算是纯红色的颜料里掺了一滴白色颜料，他也能立刻分辨出来。

他尽可能地给那首农夫的诗歌以正面评价，虽然他的心里有股说出实情的冲动。这似乎是他的职责，而且出于某种理由，这也是他少有的几件会认真对待的事情之一。

他们继续前进，而光歌又对另外几幅画和几首诗做出了评价。墙上的画比平时多了不少。莫非有什么他没听说的宴席或者庆祝活动？等他们快要走到房间的尽头时，光歌已经看腻了艺术作品，但他的身体——在摄取那个孩子的灵息以后——仍旧神采奕奕。

他停在最后一幅画画前。那是一幅抽象画——这是最近流行的绘画流派，而且在送给他的画里数量最多，就因为他曾经赞美过抽象画。为此，他差点给出恶评。还是让祭司们摸不清他喜欢什么比较好，至少某些神灵是这么建议他的。在光歌看来，很多神灵都比他精明得多：在做出评价的时候，他们会刻意加上令人费解的含意。

光歌没有故弄玄虚的耐心，尤其是因为那些赞助人真正想要的似乎就只是实话而已。他仔细看完了这最后一幅画。画布上涂着厚厚的油彩，每一个角落都能看到大胆而有力的笔触。这幅画最突出的颜色是近乎绯红的深红色，光歌立刻明白过来：那是红色和蓝色混合，再加入少许黑色的成果。彩色的线条层层叠叠，几乎像在前行。有点像是……波浪。光歌皱起眉头。如果他没看错的话，画上的景色就像一片海洋。中间那个会不会是一条船？

他想起了关于那场梦的模糊印象：红色的海，远去的船。

我又在胡思乱想了，他告诉自己。"色彩很好，"他说，"图案也不错。它让我心境平和，却又带着一丝紧张。我喜欢这幅画。"

莱瑞玛似乎很满意光歌的回答。他对那位低阶祭司点点头，后者站在稍远处，将光歌的话一一记下。

"好了，"光歌说，"我想就这些了吧？"

"是的，大人。"

还剩下一项职责，他心想。供品的品鉴结束了，现在该去完成他的日常工作中最后——也是最无趣——的那一件了：听取请愿。他必须应付完那些请愿者，然后才能去做更有意义的那些事，例如打盹。

但莱瑞玛没有带他去请愿厅。他只是招呼一位低阶祭司上前，然后拿起一本记事本，翻阅起来。

"怎么了？"光歌问。

"大人，什么怎么了？"

"要去听请愿吧。"

莱瑞玛摇摇头。"您今天不用听取请愿，大人。您不记得了吗？"

"我不记得。这种事都是你替我记的。"

"那好吧，"莱瑞玛说着，把书页翻了回去，"您就当作今天没有请愿者吧。您的祭司有别的使命在身。"

"是吗?"光歌问,"他们在做什么?"

"他们正虔诚地跪在庭院里呢,大人。我们的新王后会在今天抵达。"

光歌愣住了。*我真该多关心一下政治了。*"今天?"

"的确,大人。我们的神王要结婚了。"

"这么快?"

"等她抵达之后,婚礼就会立刻举行,大人。"

有意思,光歌心想。*苏斯布隆要娶妻了*。神王是回归者之中唯一能够娶妻的人。回归者没法生育后代——当然国王除外,毕竟他从未以活人的身份呼吸过任何一口空气。光歌一向觉得以此作为区别很怪。

"大人,"莱瑞玛说,"我们需要您给出无命者指令,来调动在城外迎接王后的部队。"

光歌扬起一边眉毛。"我们是要攻击她么?"

莱瑞玛投来严厉的目光。

光歌轻笑出声。"雏鸟果实。"他说着,给出了指令。这是让其他人控制全城无命者所需的指令之一。当然了,这并不是核心指令。他告诉莱瑞玛的这句指令只允许他人在非战斗情况下操控无命者,而且只有一天的时限。光歌常常觉得,这套用来操控无命者的指令系统复杂得毫无必要。然而,作为掌握相关指令的四位神灵之一,他有时的确会因此显得非常重要。

祭司们轻声讨论起准备工作来。光歌等待着,心里想的却是苏斯布隆即将到来的婚礼。他交叠双臂,背靠着门框。

"瞎转悠?"他开口道。

"什么事,大人?"

"我有妻子吗?我是说,在我死之前。"

莱瑞玛犹豫起来。"您也知道,我不能谈论您在回归前的人生,光歌大人。关于您过去的回忆不会给您带来任何好处。"

光歌脑袋靠着墙壁，仰望白色的天花板。"我……有时会想起一张脸，"他轻声说，"一张年轻漂亮的脸。我觉得也许就是她。"

祭司们缄默不语。

"散发魅力的棕色头发，"光歌说，"鲜红的嘴唇，比第七调和低三个色度，还有暗棕褐色的美丽皮肤。"

一位手捧红色书卷的祭司匆匆上前，随后莱瑞玛飞快地写了起来。他没有催促光歌做详细说明，而是把这位神灵的话一字不差地记录下来。

光歌默然转过身去，不看那些祭司和他们忙碌的笔杆。可这又有什么关系？他心想。那段人生已经一去不复返了。更何况，我还成为了神。不管我是否信仰宗教本身，封神的好处显而易见。

他迈步走出房间，身后跟着一队准备为他服务的仆人和低级祭司。供品审阅完毕，梦境已经记录在案，请愿也取消了，如今光歌可以去做他想做的事了。

他没有回到自己的卧室，而是走到天井里，示意仆人们为他搭起凉亭。

如果说新王后今天就会抵达，他可得好好瞧瞧她才行。

第四章

塞芮的马车在霍兰德伦的首都特泰利尔城外停了下来。她看向窗外，意识到了一个非常非常可怕的事实：她的同胞根本不明白何谓招摇。花儿并不招摇。二十名士兵保护一辆马车不算招摇。在公众场合大发雷霆更算不上招摇。

整整四千名士兵，身穿金蓝相间的鲜明服饰，排成整齐的队列，他们高举着长矛，蓝色的矛缨在空中飘舞。这才叫招摇。两队骑兵骑着高头大马，骑手与坐骑都披着在阳光下熠熠生辉的金色外衣。这才叫招摇。眼前的城市庞大得让她大脑一片空白，穹顶、尖塔和彩色墙壁竞相吸引她的目光。这才叫招摇。

她本以为自己已经做好了心理准备。在前往特泰利尔的路上，马车带着她经过了好些城市。她见过漆成彩色的房屋，见过明亮的色彩与花纹。她在有豪华床铺的旅店里过夜。她还因为加在食物里的香料打过喷嚏。

但她没想到特泰利尔城会有这样的欢迎场面。这完全出乎她的意料。

*神圣的色彩之神啊……*她心想。

她的护卫们紧贴着马车，仿佛想要爬进车里，以免目睹这令人不知所措的景色。特泰利尔城坐落于光辉海——那是一片辽阔的内陆海——的岸边。她能看到远处反射着阳光、名副其实的光辉绚烂的海面。

有位穿着蓝银条纹的骑手策马来到马车前。他穿着深色的长袍，但式样并不像伊德里斯的僧侣那样简朴。他的肩膀宽阔而强壮，让这身装束几乎像是铠甲。他戴着颜色相衬的头巾，再加上长袍上明亮的色彩和复杂的设计，让塞芮的头发变成了惊恐的白色。

那骑手鞠了一躬。"尊贵的塞希芮娜公主，"那人用低沉的嗓音说，"我乃特雷勒迪斯，时任归来者之神与霍兰德伦之王苏斯布隆的大祭司。您将在这支象征性的仪仗队的护送下，前往诸神宫廷。"

象征性的？ 塞芮心想。

那祭司并没有等她回答：他就这么掉转马头，沿着大道走向城市。她的马车跟在他身后，她的护卫们则带着不安的表情随行在旁。丛林变成了断断续续的小片棕榈林，塞芮惊讶地发现，这里的泥土掺杂着许多沙子。没过多久，伫立在道路两旁的大队士兵便遮蔽了她的视野。

"色彩之神奥斯特瑞啊！"塞芮的护卫之一低声道，"他们是无命者！"

塞芮的头发原本正逐渐接近赤褐色，此时又猛地变回了惊恐的白色。那护卫说得对。在鲜艳的服饰下，这些霍兰德伦士兵呈现出黯淡的灰色。他们的双眼，皮肤，甚至头发都全无色彩，仿佛一幅黑白画。

*他们不可能是无命者！*她心想。*他们看起来就像普通人！*

在她的想象中，无命者是骷髅般的造物，肌肉腐烂剥落，白骨裸露在外。毕竟他们都曾经死过一次，随后作为没有心智的士兵起死回生。但她看到的这些人和人类太像了。除了缺乏色彩和表情僵硬之外，他们和普通人没有太明显的差别。当然了，他们纹丝不动的站姿也显得很不自然。他们甚至连眼皮都不眨，简直就像是一排排雕像——更何况他们的皮肤还是灰色的。

*所以……我是要嫁给这样的东西么？*塞芮心想。不对，回归者跟无命者不同，他们和灰白者——也就是失去灵息的普通人——也不一样。她依稀记得村子里的某个人"回归"时的情景。那是差不多十年前的事了，而她父亲禁止她去见那个人。她还记得，那个回

归者能够跟自己的家人说话和交流，虽然他已经不记得他们了。

他只活了一周又再次死去。

终于，她的马车离开了无命者的队列。随后出现的是城墙：高大到遥不可及，但又是艺术性大于实用性。墙头是一连串庞大的半圆形，就像起伏的山丘，其边缘镀着一层金色的金属。城门的形状则是两头相互缠绕的海洋生物，它们拱起的身体构成了庞大的拱廊。塞芮穿过城门，而霍兰德伦的骑兵护卫——他们似乎是活人——跟随在后。

她一直以为霍兰德伦是个充斥着死亡的地方。她的印象来自于路过的流浪汉——还有冬日壁炉边的老妇人——讲述的故事。他们说这里的城墙是以头骨建造，再涂上丑陋而肮脏的彩色条纹。她还以为城里的建筑物上涂抹着各式各样的扎眼色彩——下流的色彩。

她错了。的确，特泰利尔充斥着傲慢。每一处景观都仿佛在争奇斗艳，让她目不暇接。人们聚集在街道上——数量比塞芮这辈子见过的还要多——只为观看她的马车。就算其中有穷人，塞芮也看不出来，因为每个人都穿着色彩鲜明的服饰。有些人的装饰更加夸张——他们多半是商人，她曾经听说，霍兰德伦除了神灵之外没有其他贵族——但即便是最简朴的服装都带着欢快而明亮的颜色。

有许多建筑物的色彩不够协调，却没有一栋称得上肮脏。从店面到人们的衣着，再到不时出现在角落的士兵雕像，无不做工精巧，带着艺术的美感。这一切简直无孔不入。花哨。充满活力与热情的花哨。塞芮发觉自己在笑——她的头发试探性地变成了金色——但头痛也在同时袭来。

或许……或许这就是父亲送我来的原因，塞芮心想。就算受过训练，薇雯娜也不可能适应这儿。而我一向对色彩很感兴趣。

她父亲是位直觉过人的好国王。如果说——在养育和训练薇雯娜二十年之后——他认为薇雯娜并非帮助伊德里斯的合适人选呢？

这就是父亲在她们出生以来头一次选择塞芮而非薇雯娜的原因么？

但如果真是如此，我又该做些什么？她知道自己的同胞害怕霍兰德伦的侵略，但她并不认为父亲会在战争将至的时候送出自己的女儿。或许他希望她帮忙缓和两国间的紧张局势？

这种可能性反而更令她焦虑了。对她来说，职责是种令人不安的陌生事物。她的父亲把同胞的命运和生命交给了她。她既不能逃跑，也不能逃避，更不能躲藏。

尤其不能逃避她自己的婚礼。

就在她的头发因此泛白之时，她再次将目光转向这座城市的景致。要让它转移自己的注意力并不难。它庞大而杂乱，仿佛一头蜷缩在山岭周围的疲倦野兽。等马车爬上城市的南部时，她透过建筑物之间的缺口，看到了在城市前方汇入海湾的光辉海。海湾周围的特泰利尔城区紧贴着岸边，构成新月的形状。半圆形的城墙与海水邻接，将城市囊括其中。

这儿并不显得狭窄。城市里有许多空地——林荫大道和花园，还有大片尚未使用的土地。许多街道的两旁都有成排的棕榈树，其它植物也比比皆是。除此之外，有了从海上吹来的凉风，这里的气候也比她预料中的更宜人。这条道通向城内一小块能够观赏优美海景的高地——整块高地都被阻碍视线的墙壁围绕起来。塞芮看着这座城中小城的大门开启，马车、护卫和祭司们依次进入，心里的恐惧也渐渐攀升。

平民们留在了门外。

门后是另一道墙壁，一道阻挡着门外所有人视线的屏障。他们的队伍转向左边，绕过遮蔽视野的墙壁，进入霍兰德伦的诸神宫廷：那是一座草坪覆盖、高墙环绕的庭院。辽阔的庭院里有数十座庞大的宫殿，每一座都漆着截然不同的色彩。宫廷的远端是一座巨大的黑色建筑，比其他宫殿还要高大许多。

这座庭院寂静无声。塞芮能看到好些人影坐在露台上，注视着她驶过草地的马车。在每座宫殿的前方，都有一群男女拜伏在草地上。他们的服色与宫殿的色彩相衬，但塞芮无心欣赏。她只是紧张地看着那栋巨大的黑色建筑。它的形状就像金字塔，用台阶般的巨大石料搭建而成。

黑色，她心想。*在这个充满色彩的城市里*。她的头发更白了。她开始后悔从前不够虔诚了。她不认为奥斯特瑞会欣赏她情绪失控时的样子，更何况她平时就连"五幻景"都记不全。不过看在她同胞的分上，他应该会保佑她的，不是吗？

他们的队伍在那座庞大的三角形黑色建筑前停了下来。塞芮抬起头，通过车窗看向屋顶的搁板和球形雕饰——它们让整个宫殿的结构显得头重脚轻。她觉得那些黑色的石料随时都会崩塌，将她埋在底下。那祭司策马回到塞芮的窗边。骑兵们静静地等候在旁，周围只有马儿在开阔的庭院里拖曳马蹄的响声。

"我们到了，容器大人，"那人说，"等到我们进去之后，就会有人为你收拾打扮，再带你去见你的丈夫。"

"丈夫？"塞芮不安地问，"不是应该先举行婚礼吗？"

祭司笑了起来。"神王不需要仪式的证明。只要他想，你就会立刻成为他的妻子。"

塞芮发起抖来。"我只是想先看看他的样子……"

那祭司严厉地看了她一眼。"神王可不在乎你怎么想，女人。你已经比所有人都要幸运了，因为你将有资格碰触他——虽然只能在他同意的时候。你要认清自己的处境。你来到这儿，是因为他希望如此，而你将会服从。否则你就会被抛弃，由另一个女人接替你——而这对你在高地上的叛徒朋友来说，恐怕不是什么好事。"

祭司转过马头，朝着通向建筑内部的石制坡道走去。马车的车轮开始转动，带着塞芮去面对她的命运。

第五章

这下事情麻烦了，瓦西尔站在诸神宫廷围墙顶部的阴暗处，心想。

这又怎么了？ 夜血问。*那些叛徒的确是把公主送来了。可你的计划不会改变。*

瓦西尔等待在墙头，看着新王后的马车缓缓驶上斜坡，然后消失在宫殿的庞然巨口之内。

怎么？ 夜血追问道。就算那么多年过去了，这把剑在很多方面还是像个小孩子。

她会被人利用，瓦西尔心想。如果想渡过这次难关，我们恐怕就必须设法应付她。他原先并不认为伊德里斯人会真的让王室血脉回归特泰利尔。他们放弃了一颗价值惊人的棋子。瓦西尔转过头去，用挂在墙壁外侧的旗帜之一裹住自己穿着便鞋的脚。然后释放了灵息。

"放我下去。"他命令道。

那块硕大的羊毛挂毯从他体内吸走了数百口灵息。它不具备人类的外形，尺寸也很大，但瓦西尔如今的灵息足以完成这样奢侈的唤醒。

挂毯像活物那样扭动起来，卷成手的形状，抓起瓦西尔。就像以往那样，唤醒物会尝试模仿人类的形体——如果仔细打量织物的曲折起伏，就能看到肌肉甚至是血管的轮廓。只是它们不过虚有其表：驱使织物活动的是灵息，而非肌肉。

挂毯小心翼翼地抓着瓦西尔，捏住他一边的肩膀，将他的双脚放在地面上。"汝息归吾。"瓦西尔命令道。那面硕大的旗帜——或者说挂毯——立刻失去了活化形体,生命迹象逐渐消失,也重新贴回墙壁上。

几个行人停下了脚步,好奇多于震惊。这里是特泰利尔,诸神的家乡。拥有上千口灵息的人不常见,但也算不上罕见。他们张大了嘴巴——就像其它王国的农夫停下脚步,看着领主的马车经过那样——但很快就去忙自己的事了。

这种关注无可避免。虽然瓦西尔仍旧穿着平时的服装——破破烂烂的裤子、磨损不堪的斗篷(虽然天气很热),还有在腰上缠了几圈用来充当腰带的绳子——但如今的他会让周围的色彩发生剧烈变化。这种改变就连普通人都能注意到,对于达到初阶强化的人来说更是异常显眼。

躲躲藏藏的日子已经结束了。他必须再次习惯受人瞩目的感觉。这也是他庆幸自己身在特泰利尔的理由之一。这座城市很大,怪人也屡见不鲜——从无命者士兵到日常生活中使用的唤醒物件——所以他多半也不会太过显眼。

当然了,前提是他的手里没有夜血。瓦西尔在人群中穿行,单手拿着那把沉得要命的剑,剑鞘的尖头几乎碰到地面。有些人会主动闪避。还有人的目光在剑上停留了太久。或许是时候把夜血收回行囊里了。

哦,这可不行,夜血说。想都别想。我已经被你藏了很久了。

那又怎样?瓦西尔心想。

我需要新鲜空气,夜血说。还有阳光。

你是剑,瓦西尔在脑海里回应,不是棕榈树。

夜血沉默下来。他的智慧足以让他意识到自己并非人类,但他并不喜欢面对这个事实。这会让他闷闷不乐,却正合瓦西尔的意。

他朝着距离诸神宫廷几条街远的一家餐馆走去。这也是他想念特泰利尔的理由之一:这儿有餐馆。在大多数城市里,食物的选择面很窄。如果你打算多住一阵子，可以花钱让当地的女人给你做饭。如果你只想逗留几天，就只能在旅店里凑合下。

但特泰利尔有充足的人口——以及财富——来支撑像样的餐饮业。在世界的其它地方，餐馆还未普及，在特泰利尔却已司空见惯。瓦西尔事先订好了座位，侍者朝他点点头，示意他可以入座。瓦西尔坐进卡座里，将夜血靠在墙上。

仅仅一分钟过后，他的剑就失窃了。

瓦西尔没去理睬。当侍者为他端上温热的柑橘茶时，他正陷入沉思。瓦西尔喝了一口香甜的茶，吮吸着茶里的小块柑橘皮，同时思索这些住在热带低地区域的人偏好热茶的原因。又过了几分钟，他的生命感应能力提醒他，有人正在暗处窥视。终于，那种感应力开始提醒他，有人正在接近。瓦西尔用一只手抽出腰带上的短刀，另一只手仍然端着茶杯，继续品茶。

那名祭司在瓦西尔的对面坐了下来。他穿着的并非祭司长袍，而是便服。然而——或许是下意识的吧——他仍旧选择了他的神灵对应的颜色。瓦西尔把短刀收回刀鞘，同时喝了一大口茶，盖过了刀刃与皮鞘摩擦的声音。

那个名叫贝比德的祭司紧张地四下张望。从他的灵光可以看出，他已经达到了初阶强化。大多数人——那些买得起灵息的人——都会止步于此。这种程度的灵息能将他们的寿命延长十年左右，还能提升他们的生命感应能力。他们会因此看到灵光，分辨出其他唤醒者，以及——在紧要关头——进行程度有限的唤醒。这笔开销足够一户农家五十年衣食无忧了。

"怎样了？"瓦西尔问。

听到他的话声，贝比德差点跳了起来。瓦西尔叹了口气，闭上双眼。这位祭司并不习惯这种秘约。要不是瓦西尔向他施加了某种……压力，他恐怕根本不会来。

瓦西尔睁开双眼,看着那位祭司,这时侍者端上了两盘五香米饭。这家餐馆的特色就是特克崔斯式餐点——霍兰德伦人对异国香料的喜爱堪比他们对奇异色彩的热衷。这些菜是瓦西尔事先点好的,另外他还多付了一笔钱,包下了附近的卡座。

"怎样了?"瓦西尔重复了一遍。

"我……"贝比德说,"我不知道。我没能查到太多东西。"

瓦西尔严厉地看着对方。

"你得多给我点时间。"

"这就是你的不对了,朋友,"瓦西尔说着,喝完了最后一口茶,突然有些火大,"我们不希望消息走漏出去,对吧?"*你就非得让我重复那些话吗?*

贝比德沉默了一会。"你这根本是强人所难,瓦西尔,"他说着,凑近身子,"我是'真实者'明视的祭司。我不能背弃自己的誓言!"

"幸好我并没有要求你背弃誓言。"

"我们不能泄露和宫廷政治相关的消息。"

"呸,"瓦西尔厉声道,"哪怕是那些回归者放个屁,不出一个钟头都会传得满城风雨。"

"你该不会是在暗示——"贝比德说。

瓦西尔气得用手指掰弯了勺子,又咬牙切齿地说:"贝比德,够了!你我都知道,你们的誓言只是游戏的一部分,"他身体前倾,"而我最痛恨的就是游戏。"

贝比德脸色苍白,碰都没碰自己的餐盘。瓦西尔恼火地看了看他的勺子,然后把它掰直,同时努力让自己镇定下来。他舀了一勺米饭,香料让他的嘴里像是着了火。看着食物不碰可不是他的风格——毕竟谁也不知道突发状况什么时候会来。

"的确有一些……流言,"贝比德终于开了口,"这可不是单纯的政治，瓦西尔——也不是神灵间的游戏。这消息千真万确，而且隐秘至极。就连最敏锐的祭司也只能打听到蛛丝马迹。"

瓦西尔继续吃着饭。

"宫廷里有个派系主张攻打伊德里斯，"贝比德说，"虽然我不能理解他们的动机。"

"别犯傻了，"瓦西尔说着，有些后悔没多点一杯茶下饭，"我们都知道霍兰德伦有充分的理由杀掉高地上的每一个人。"

"他们可是王族。"贝比德说。

瓦西尔点点头。伊德里斯人是他们口中的叛徒，但那些"叛徒"却是货真价实的霍兰德伦王室成员。他们也许只是些凡人，但其血脉却威胁着诸神宫廷。每一位称职的君王都知道，想要巩固王位，首先要做的就是处决所有比你更有继承权的人。而在这之后，明智的做法是宁可错杀，不可错放。

"所以说，"瓦西尔说，"只要打仗，得胜的就是霍兰德伦。还有什么问题？"

"问题在于，这是个坏主意，"贝比德说，"甚至可以说糟糕透顶。卡拉德的幽灵啊！无论宫廷里的人怎么说，伊德里斯都不是个软柿子。这跟消灭沃赫那时候不一样。伊德里斯人有群山那边的盟友，还有数十个王国的支持。他们所谓的'镇压弱小反叛势力'很可能演变成另一场不息战争。你希望看到那种结果吗？看到成千上万的牺牲者？看到王国覆灭，再无复兴的可能？而我们最后能够得到的，只是一小块没人真正想要的冻土而已。"

"那些贸易路线很有价值。"瓦西尔指出。

贝比德嗤之以鼻。"伊德里斯人可没蠢到在关税上漫天要价。问题不在于金钱，而在于恐惧。宫廷里的人总是在说，伊德里斯人可能会封锁关口，又或者假设我们的敌人，让特泰利尔城遭受围攻。如果问题真在于金钱，我们就不可能会开战。霍兰德伦的繁荣来自于染料与纺织品贸易。你觉得战争对生意有好处吗?到那时候,经济没有全面崩溃就是万幸了。"

"你觉得我会在乎霍兰德伦的经济局势么?"瓦西尔问。

"噢,是啊,"贝比德冷冷地说,"我都忘了自己在跟谁说话了。那你究竟想知道什么?直说吧,我们好把这事快点了结。"

"跟我说说那些叛徒的事,"瓦西尔说着,又吃下一口米饭。

"伊德里斯人?我们刚刚才说过——"

"不是他们,"瓦西尔说,"我是说城里的那些叛军。"

"现在沃赫死了,他们已经是一盘散沙了,"那祭司说着,摆了摆手,"顺带一提,没人知道是谁杀了他。也许是他们自己人。我猜他们不怎么乐见他被俘,对吧?"

瓦西尔未置一词。

"你想知道的就这些?"贝比德不耐烦地问。

"我需要跟你提到的那个派系联络,"瓦西尔说,"就是主张攻打伊德里斯的那些人。"

"我可不会帮你触怒——"

"别以为你有资格教我怎么做,贝比德。只要把说好的那些信息告诉我,你就自由了。"

"瓦西尔,"贝比德说着,身体凑得更近了些,"我帮不了你。我侍奉的那位女神对这些政治活动不感兴趣,而我跟他们的圈子也没什么交集。"

瓦西尔又吃了几口,在心里判断着他这番话的可信程度。"好吧。那就告诉我,我该去找谁?"

贝比德松了口气,用手帕擦了擦额头。"我不清楚,"他说,"也许你可以去找慈星的某位祭司?我猜蓝手指那边也可以试试。"

"蓝手指?以神灵来说,这个名字还真够怪的。"

"蓝手指可不是神,"贝比德说着,吃吃笑了起来,"那只是个绰号。他是高阶总管兼首席书记官。可以说,是他在维持宫廷的正常运作:如果说有谁了解那个派系的底细,他肯定是其中之一。不过他既死板又正直,想撬开他的嘴可不容易。"

"你会大吃一惊的,"瓦西尔说着,把最后一点米饭舀进嘴里,"你就着了我的道,不是吗?"

"我想是吧。"

瓦西尔站起身来。"走的时候记得付账。"他说着,取下挂在挂钩上的斗篷,不紧不慢地走出餐馆。他能感觉到从右方传来的某种……黑暗。他沿着街道向前,然后转进一条小巷,在那里找到了夜血——尚在鞘中的剑身刺穿了偷剑贼的胸膛。另一个扒手倒在小巷里,早已断气。瓦西尔把它拔出来,将仅仅出鞘一寸的剑刃收回鞘里,随后扣好搭扣。

你刚才有点情绪失控,夜血用责怪的语气说。我想你应该反省。

我猜我的老毛病又犯了,瓦西尔心想。

夜血沉默了片刻。我觉得你从最开始就没有不病过。

"不病"根本不是个词儿,瓦西尔想着,走出了小巷。

那又怎样?夜血说。你太在乎词语了。那个祭司——你跟他说了那么多词语,然后就这么放他走了。换成我的话,肯定不会这么干。

是啊,我知道,瓦西尔回应道。你多半会再制造几具尸体。

噢,我毕竟是一把剑,在他的脑海里,夜血的语气有些恼火。我最擅长的就是这个。

光歌坐在天井里,看着新王后的马车驶进王宫。"真是令人愉快的一天。"他对自己的大祭司说。几杯葡萄酒下肚后——再靠回想那些被剥夺灵息的孩子来打发时间——他开始觉得平时的自己又回来了。

"您是因为新王后的到来而高兴么?"莱瑞玛问。

"我高兴的是多亏了她,我今天不用去听请愿了。我们对她了解多少?"

"不太多,大人,"莱瑞玛说着,站到光歌的椅子旁边,看向神王的宫殿,"伊德里斯人的行为出人意表:他们送来的并非长女,而是幺女。"

"有意思。"光歌说着,从某个仆人手里接过另一杯酒。

"她今年才十七岁,"莱瑞玛说,"在她那个年纪,我可没法想象自己嫁给神王的样子。"

"不管你在哪个年纪,我都想象不出你嫁给神王的样子,瞎转悠。"光歌说。接着,他故意做出颤抖的样子。"不,我能想象得到。那条裙子穿在你身上真是不太雅观。记得回头赏我的想象力一顿鞭子,因为它胆敢让我看到那样的光景。"

"我会对把它的处罚安排在您的礼节后面的,大人。"莱瑞玛冷冷地说。

"别傻了,"光歌说着,抿了一口酒,"我跟礼节已经有好些年没见了。"

他靠向椅背,试图判断伊德里斯人送来另一位公主的用意。两棵盆栽棕榈在风中摇曳,而光歌的注意力被海风中的盐味吸引了过去。也许我曾在那片海上扬帆航行,他心想。生前的我是航海家?这就是我的死法么?这就是我梦到那条船的原因么?

他如今只能依稀记得那个梦了。红色的海洋……

烈火。死亡,杀戮和战斗。在震惊中,他想起了关于梦境的那些更残酷、也更生动的细节。那片海洋之所以是红色,是因为它映出了雄伟的特泰利尔城陷入火海的景致。他几乎能听到人们的惨叫声,也几乎听到了……那是什么声音?是士兵在街道上行军和搏斗的声音么?

光歌摇摇头,试图赶走那些虚无飘渺的记忆。现在他想起来了:他在梦里看到的那条船也在燃烧。这些未必有什么意义,毕竟噩梦谁都会做。但光是想到自己的噩梦会被视为预言和预兆,他就觉得很不自在。

莱瑞玛仍旧站在光歌的椅子旁边,看着神王的宫殿。

"噢,坐下吧,别再这么居高临下了,"光歌说,"你都让那些秃鹫嫉妒了。"

莱瑞玛抬起一边眉毛。"大人,您说的秃鹫是指?"

"那些一直怂恿我们开战的家伙。"光歌说着,摆了摆手。

大祭司坐在天井的一张睡椅上,放松下来,脱掉了头上的大祭司帽。莱瑞玛的黑发被汗水粘在了头皮上。他用手指梳理起来。在刚开始服侍光歌的几年里,莱瑞玛时刻保持着僵硬而正式的姿态。但光歌终究还是耗光了他的耐性。

毕竟,光歌才是神灵。在他看来,如果光歌可以偷懒,他的祭司当然也可以。

"我也说不好,大人,"莱瑞玛揉搓着脸颊,缓缓地说,"但我不喜欢这样。"

"你是说多出个王后?"光歌问。

莱瑞玛点点头。"这三十年来,诸神宫廷里都没有王后。我也不知道那些派系会怎么对付她。"

光歌揉了揉额头。"又是政治话题么,莱瑞玛?你知道我最烦这些事了。"

莱瑞玛瞥了他一眼。"大人,不管在谁的眼里,您都是位政客。"

"拜托,不要提醒我。我宁愿置身事外。你觉得我能不能贿赂某个神灵,让他们接管我的无命指令?"

"我想这恐怕不太明智。"莱瑞玛说。

"这是我计划的一部分,为的是确保在我死去——我是说再次死去——的时候,我对这座城市而言多余且无用。"

莱瑞玛昂起头来。"多余且无用?"

"当然。光是无用还不够——我怎么说也是个神啊。"他从仆人的托盘里取出一串葡萄,同时努力把令人心烦的梦中景象赶出脑海。那些毫无意义。只是梦而已。

虽然如此,他还是决定明早向莱瑞玛和盘托出。也许莱瑞玛会用他的梦为契机,主张与伊德里斯讲和。由于老戴德林送来的不是长公主,这在宫廷里恐怕会引发更多反对的声音。会有更多人希望开战。公主的到来会暂时平息争论,但他知道,神灵之中的好战分子是不会善罢甘休的。

"不过,"莱瑞玛用仿佛自言自语的口气说,"他们的确送来了一位公主。这当然是个好兆头。直接拒绝的话,战争就是必然的了。"

"不管这个'必然'是谁,我们恐怕都不该把战争交给他,"光歌打量着一颗葡萄,懒洋洋地说,"在我这样一个神灵看来,战争比政治还要糟糕。"

"有人认为这两者其实是一回事,大人。"

"胡说八道。战争要糟糕多了。至少在有政治的地方,通常都有美味的开胃小菜。"

就像以往那样,莱瑞玛没有理睬光歌的俏皮话。但光歌不以为意:他很清楚,有三位低阶祭司此时正站在天井后面,将他说过的每一句话记录下来,并在其中寻找道理与意义。

"您觉得那些伊德里斯叛徒会怎么做?"

"记住,瞎转悠,"光歌说着,靠向椅背,闭上双眼,感受着晒在脸上的阳光,"伊德里斯人可不觉得他们是叛徒。他们不会傻坐在山上,等待着胜利主动回归霍兰德伦。这儿已经不是他们的家乡了。"

"那几座山很难称得上是王国。"

"他们拥有附近最丰富的矿藏，四个通向北方的重要隘口，还有霍兰德伦王朝的正统王室血脉，这些足够让他们自称王国了。我的朋友，他们并不需要我们。"

"据说伊德里斯密探已经潜入了这座城市，煽动民众对抗诸神宫廷。"

"只是谣言罢了，"光歌说，"但如果事实证明我是错的，等那些下层社会的民众冲进我的王宫，把我捆在火刑柱上的时候，我一定会告诉他们，你是对的。你会笑到最后。或者说……噢，是叫到最后，毕竟你多半会被捆在我旁边的火刑柱上。"

莱瑞玛叹了口气，而光歌睁开双眼，看到大祭司正带着若有所思的表情打量着他。他没有因为光歌的轻浮言论而责骂他。莱瑞玛只是伸出手，把大祭司帽戴回头上。他是祭司，光歌才是神灵。他不会质疑他的动机，更别提指责了。只要光歌给出命令，他们就会不折不扣地执行。

有时候，这会让他心怀不安。

但不是今天。他很恼火。不知为何，王后的到来让他谈论起了政治——他今天的好心情已经一去不回了。

"再来点酒。"光歌说着，举起了杯子。

"您又喝不醉，大人，"莱瑞玛评论道，"您的身体能免疫任何毒素。"

"我知道，"在仆人倒酒的时候，光歌说，"不过相信我——我可是很擅长伪装的。"

第六章

塞芮走下马车。几十名身穿银蓝相间制服的仆人立刻蜂拥而至，拉着她离开。塞芮警觉地转过身，看向她的护卫。那些士兵走上前来，但特雷勒迪斯却抬起了手。

"容器大人必须独自前去。"那祭司大声宣布。

塞芮突然感到一阵恐惧。是时候了。"回伊德里斯去吧。"她对护卫们说。

"可是，殿下——"护卫队长说。

"不，"塞芮说，"你们留在这儿也做不了什么。回去吧，把我安全抵达的消息告诉我父亲。"

护卫队长转头犹豫地看着自己的部下。塞芮不知道他们最后是否服从了命令，因为那些仆人拉着她转了个弯，走进一条昏暗的长廊。塞芮努力掩饰着自己的恐惧。她来这座宫殿是为了嫁人的，而且她决心给神王留下个好印象。但她其实很害怕。她为什么不逃跑？她为什么不设法推脱？他们为什么就不能让她自由自在地过日子？

现在已经没法逃跑了。就在那些侍女领着她穿过走廊，走进这座漆黑的宫殿时，她从前的人生已经彻底消失在了身后。

她只剩下自己。

彩色玻璃油灯挂在两旁的墙壁上。塞芮跟着侍女们在昏暗的走廊里又转了好几次弯。她试图记下路线，但很快就彻底迷失了方向。这些仆人像仪仗队那样簇拥着她：无一例外都是女性，年龄却各有不同。每个人都戴着蓝色的帽子，头发披散在身后，目光始终低垂。她们反射微光的蓝色衣物都很宽松，包括领口位置。开口的位置让塞芮涨红了脸。在伊德里斯，女人就连脖子都遮得严严实实。

昏暗的走廊最终通向一个宽敞得多的房间。塞芮在门口犹豫起来。尽管这个房间的石墙都是黑色，却挂着深栗色的丝绸帘布。事实上，房间里的一切都是栗色的：从地毯到家具，再到房间中央那张在地砖包围下的浴缸。

仆人们开始帮她脱去衣物。塞芮吓了一跳，拍开其中几人的手，侍女们吃惊地停下了动作。但她们立刻重新展开攻击，而塞芮这才明白她别无选择，只能咬紧牙关默默忍受。她抬起双臂，让侍女们脱去她的裙子和内衣，却觉得自己的头发和脸一起转为了红色。虽然房间里还算温暖，但她仍旧瑟瑟发抖。她被迫光着身子站在那儿，而那些侍女拿着卷尺走上前。她们戳戳这儿，碰碰那儿，测量了好几个部位的尺寸，包括塞芮的腰部、胸部、肩部和臀部。测量完毕之后，女人们退到一旁，整个房间安静下来。房间中央的浴缸继续散发出热气。几名侍女朝浴缸做了个手势。

看来她们允许我自己洗澡，塞芮释然地想着，走上地砖砌成的台阶。她小心翼翼地踏进宽大的浴缸，满意地发现水很暖和。

她把身子浸入水中，稍稍放松下来。

轻柔的水花声从身后传来，她立刻转过身去。另外几名侍女——身着棕色服装的那些——穿着衣服爬进浴缸，手里拿着毛巾和肥皂。塞芮叹了口气，不再抵抗，而她们勤快地擦洗起她的身体和头发来。她闭上双眼，忍受着这一切，同时努力保持尊严。

这么一来，她就有了思考的时间，但这并不是件好事。她开始思考自己的境遇。她的焦虑立刻卷土重来。

无命者并没有传说中那么可怕，她这么想着，试图安慰自己。*这座城市的色彩也比我预想中顺眼得多。也许……也许神王也没有他们说的那么可怕。*

"噢，很好，"有个声音说，"时间刚刚好。很完美。"

塞芮的身体僵住了。那是个男人的声音。她猛地睁开双眼，发现有个身穿棕色长袍的老男人站在浴缸边，正往一本账簿上写着什么。他长着一张亲切的圆脸，头顶光秃秃的。有个年轻男仆站在他身旁，手里托着另外几张纸和一小罐墨水。

塞芮尖叫起来，连忙用双臂遮住身体，飞溅的水花把周围的侍女吓了一跳。

那个拿着账簿的男人迟疑了片刻，随后低头看向她。"容器大人，有什么问题吗？"

"我在洗澡呢！"她厉声道。

"是啊，"那人说，"我看得出来。"

"噢，那你为什么在旁边看着？"

那人昂起头。"但我是王家的仆人，地位远不及您……"他的声音越来越小，"噢，对。伊德里斯人很敏感。我都忘了。女士们，请拍打水面，在浴缸里弄出些气泡。"

侍女们照做了，沾了肥皂的池水随即泛起大量浮沫。

"好了，"那人说着，转头看向自己的账簿。"我什么都看不到了。现在让我们继续吧。今天是神王大喜的日子，可不能让他久等！"

塞芮不情不愿地继续洗澡，同时确保重要部位藏在水下。侍女们卖命地干着活，刷洗的动作那么用力，塞芮觉得自己的皮都快被搓掉了。

"您应该也猜到了，"那人说，"我们的时间表相当紧凑。还有很多事要做，我希望一切都能尽可能顺利进行。"

塞芮皱起眉头。"可……你究竟是什么人？"

那人瞥了塞芮一眼，她不由得又把身子朝水下缩了缩。她的头发转为鲜艳的红色。

"我的名字是哈弗赛斯，不过大家都喜欢叫我'蓝手指'。"他抬起一只手，扭了扭沾满蓝色墨水的手指，"我是首席书记官，也是霍兰德伦不朽神王苏斯布隆的总管。简而言之，我的工作是管理这座宫殿的仆从，以及诸神宫廷的全体仆役。"

他迟疑片刻，看了看她。"我还负责确保所有人都按部就班，各司其职。"

几个较为年轻的女孩——她们和正给塞芮擦洗身体的侍女们一样，穿着棕色的衣物——把一罐罐清水搬到浴缸边，而侍女们开始用水冲洗塞芮的头发。她转过身去，任由她们摆布，同时也没忘记留意蓝手指和他身边的侍童。

"此时此刻，"蓝手指说，"宫廷裁缝正在赶工修改您的礼裙。我们对您的尺码估算得相当准确，不过要尽善尽美，最后的测量还是必要的。我们很快就能为您准备好服装了。"

侍女们再次冲洗起塞芮的头发来。

"我们有些事需要谈谈，"蓝手指的话声传入她的耳中，只是在水流的阻挡下有些别扭，"我想您应该学过如何与神王陛下相处吧？"

塞芮瞥了他一眼，然后转过头去。她或许是学过，但她不记得了——话说回来，她现在这样子也没法专心回想。

"噢，"蓝手指显然看懂了她的表情，"那好吧，这可真……有意思。请允许我给您一些建议。"

塞芮点点头。

"首先请明白，神王的意志就是律法。他所做的一切都不需要理由或者原因。您的生命——包括我们所有人的生命——都掌握在他的手里。其次请明白，神王不会和你我这样的人交谈。您见到他的时候，不要跟他说话。您明白了吗？"

塞芮吐出一口肥皂水。"你是说我甚至不能跟自己的丈夫说话？"

"恐怕是这样的，"蓝手指说，"这点所有人都一样。"

"那他要怎么统治国家和裁决是非？"她说着，揉了揉眼睛。

"诸神议会负责处理这个王国更加世俗的需要，"蓝手指解释说，"日常的管理工作不需要神王去操心。当他觉得有必要交流的时候，会把裁决结果告诉他的祭司，而后者会将其公之于世。"

好极了，塞芮心想。

"你有资格碰触他，这可是很不寻常的事，"蓝手指续道，"生儿育女对他来说是必要的负担。我们的工作就是以尽可能合适的方式把你引见给他，而且不惜一切代价也要避免触怒他。"

色彩之神奥斯特瑞啊，她心想。他究竟是个什么东西？

蓝手指看了她一眼。"我对您的脾性略有所知，容器大人，"他说，"当然了，我们研究过伊德里斯君王的子女。虽然有点失礼，但请允许我说得更直接一点。如果您直接和神王对话，他就会下令处决您。他不像您父亲那样有耐心。"

"我必须再次强调这一点。我明白，您生来就是个重要人物。的确，您现在也很重要——或许比从前还要重要。您的地位在我和其他人之上。尽管我们远不及您，您的地位却同样远不及神王。

"不朽的神王陛下是……特别的。根据教义，大地与他相比都显得微不足道。他在出生之前就已达到超凡脱俗的境界，却又回归这个世界，将祝福和远见带给他的人民。我们对您寄予厚望。请别辜负我们——还有，千万千万不要触怒他。您明白了吗？"

塞芮缓缓点头，感到自己的头发变回了白色。她试图不被动摇，但她所能找到的只有虚假的勇气。不，她可以忍受无命者和城市里的色彩，但她没法忍受这样的怪物。他在伊德里斯的名声并未夸大。要不了多久，他就会占有她的身体，为所欲为。她心里的某个部分为此愤怒——但愤怒的理由却是沮丧。因为她知道有某种可怕的事即将发生，却又无能为力。

侍女们退到一旁，留下漂浮在肥皂水里的她。其中一名侍女看了看蓝手指，毕恭毕敬地点点头。

"噢,结束了?"他问,"非常好。你和你手下这些女士的效率一如既往地高,吉兰。那我们就继续吧。"

"她们不能说话吗?"塞芮轻声问。

"当然能,"蓝手指说,"但她们是不朽神王陛下的专属侍从。在工作的时候,她们的职责就是尽可能周到地服务,同时不让自己分心。好了,接下来您应该……"

但不管那些侍女如何拉扯,塞芮始终不肯从浴缸里出来。蓝手指叹了口气,转过身去,背对着她。他伸出手,让那小男仆也转过身去。

塞芮终于在侍女的搀扶下爬出了浴缸。那些弄湿衣服的女子走进侧面的一个房间——多半是去换衣服的——另外几人领着塞芮走向一个较小的浴缸,进行清洗。她踏入比刚才冷得多的水中,不禁倒吸一口凉气。女人们示意她把身体泡在水里,她犹豫了片刻,但还是照做了。在洗去大部分肥皂沫之后,她来到第三个,也是最后一个浴缸前。塞芮颤抖着靠近时,同时闻到了其中飘出的强烈花香。

"这是什么?"塞芮问。

"芳香浴,"蓝手指背对着她说,"如果您喜欢的话,也可以让宫廷女按摩师把精油涂抹在您的身体上。但我不建议这么做,毕竟现在时间紧张……"

光是想象被任何人——是男是女并不重要——用精油涂抹身体的情景,塞芮就涨红了脸。"这样就好。"她说着,踏入浴缸。池水微温,花朵的香气异常浓郁,她只好用嘴呼吸。

女人们示意她浸入水里,塞芮叹了口气,沉入芬芳的池水里。之后,她爬出浴缸,几个女人终于拿着松软的毛巾走了过来。她们开始轻轻擦拭塞芮的身体,动作一反刚才搓澡时的凶狠,变得格外温柔。塞芮身上的香气因此减弱了少许,这让她很高兴。另外几个女子走上前来，捧着一件深蓝色的长袍，而她伸展双臂，让她们为她穿上，再系紧腰带。"你可以转身了。"她告诉总管。

"太好了。"蓝手指说着，转过身来。他朝着房间侧面的一扇门大步走去，同时朝她挥手示意。"抓紧时间吧。我们还有很多事要做。"

塞芮和侍女们跟在他身后，离开了栗色的浴室，走进一个装饰成亮黄色的房间。这里放着许多家具，没有浴缸，正中央是一张硕大的长毛绒椅。

"陛下所代表的并非单一的颜色，"蓝手指说着，朝房间里明亮的色彩摆了摆手，而那些侍女则将塞芮领向长毛绒座椅那边，"他象征着所有的色彩和虹彩音调中的每一种。因此每个房间都装饰成不同的色调。"

塞芮坐了下来，而那些侍女开始替她修指甲。还有个侍女走到她身后，努力梳理她纠缠的湿发。塞芮皱起眉头。"直接剪掉吧。"她说。

她们犹豫起来。"容器大人？"侍女之一问她。

"把头发剪掉。"她说。

蓝手指点点头，表示了许可，喀嚓几声过后，她的头发便在地板上堆成了一团。这时塞芮闭上双眼，集中精神。

她也不清楚自己是如何办到的。王族长发向来是她生命的一部分：对她来说，改变头发就像是运用身体的某块肌肉，只不过更加费力一些。片刻过后，她就让头发长了出来。

看到发丝从塞芮的头顶冒出，披散到她的肩头时，几个侍女不由得低声惊呼。长出头发让她又累又饿，但总好过让那些侍女去跟乱发搏斗。最后，她睁开了双眼。

蓝手指用好奇的表情打量着她，账簿随意地捏在手中。"这可真……迷人，"他说，"王族长发。我们等了这么久，终于等到它为这座宫殿增光添彩的这一天了,容器大人。您可以随意改变发色,是吗?"

"是的。"塞芮说。至少有些时候可以。"会不会太长了?"

"在霍兰德伦,长发是美的象征,女士,"蓝手指说,"我知道你们伊德里斯人喜欢束起头发,但在这儿,很多女性都喜欢披散长发——尤其是女神们。"

她很想赌气把头发变短,但她已经开始明白,这样的态度会让她死在霍兰德伦。因此她只是闭上双眼,再次集中精神——她的头发本已及肩,但她又努力延伸了好几分钟,直到长及腰间为止。

塞芮睁开眼睛。

"真美。"有位年轻的侍女低声说。她随即满脸通红,继续修起了塞芮的脚指甲。

"很好,"蓝手指赞同道,"我得先告退了。我还有几件事需要处理,不过花不了太多时间。"

塞芮点点头,他转身离去。几名侍女走上前来,开始为她化妆。塞芮焦虑地忍受着,其他侍女仍在修剪她的指甲和头发。在她的想象中,婚礼当天可不是这样的。婚姻对她来说一直都很遥远,是在她的哥哥姐姐都找到配偶之后的事。事实上,幼年的她总说自己比起结婚宁可去养马。

如今的她已经长大,但内心却保有对童年的怀念。她不想结婚。现在还不想。她觉得自己还是个孩子,尽管她的身体已经长成了女人。她想在山里玩耍和摘花,以捉弄父亲为乐。在被迫担负生儿育女的责任之前,她想要体验更多的人生。

命运夺走了她的机会。她很快就要和某个男人上床了。那个男人不会跟她说话,不会在乎她是什么人,又想要什么。她对床笫之事并非毫无了解——这多亏了厨子玛布和她的那几次推心置腹的交谈——但从情感上来说,她还是非常害怕。她想逃跑,而且越远越好。

每个女人都会这样么？还是说只有那些被人清洗身体，梳妆打扮，然后送去取悦可怕神灵的女人才会有这种感觉？

蓝手指终于回来了。另一个人跟着他走进房间，那是个上了年纪的男人，身穿银蓝相间的服装。塞芮明白过来：这代表他是神王的仆从。

可……蓝手指却一身棕色，塞芮皱眉想道。这是为什么？

"啊，看来我来得正是时候。"见那些侍女结束了手头的工作，蓝手指开了口。侍女们垂着头，退向房间的两侧。

蓝手指朝那老者点点头。"容器大人，这位是御医之一。在我们带您去见神王之前，您必须接受检查，确保您是处女，而且并未患有某些疾病。这只是个形式，但却是必要的形式。考虑到您腼腆的性格，我带来的不是原先安排的那位年轻人。我想上了年纪的医师应该会让您更自在一点吧？"

塞芮叹了口气，但还是点了点头。蓝手指朝着一张靠墙放着的桌子比画了一下，然后他和他的侍童转过身去。塞芮解开长袍，走到桌边，躺了下来，继续忍耐她有生以来最难堪的经历。

接下来只会更糟，在医师做检查的时候，她心想。

神王苏斯布隆。可怕、神圣、庄严。他曾经死在母亲的腹中，但随即又回归。这会如何改变一个人？他究竟是人类，还是让人不敢直视的怪物？他们都说他拥有永生，但他的统治显然也有结束的一天，否则他就不需要继承人了。

她打了个寒战，满心希望这一切快点结束。但她同时又为能够拖延那个时刻的到来而庆幸，即便这意味着她要忍受屈辱。检查很快就结束了，而塞芮飞快地穿上长袍，站起身来。

"她很健康，"医师对蓝手指说，"而且还是完璧之身。她的灵息也非常有力。"

塞芮愣住了。他怎么会知道……

然后她看到了。尽管肉眼难辨,但那位大夫周围的地板色彩的确稍稍明亮一些。

她感到自己脸色发白,而她的头发更是早已转为白色。

这位医师是唤醒者,她心想。这儿有个唤醒者。而且他还碰过我。

她瑟缩身体,发起抖来。夺走他人的灵息是错误的,这是傲慢的极端表现,和伊德里斯哲学彻底对立。其他霍兰德伦人最多只是穿着鲜艳,引人注目,但那些唤醒者……他们会窃取人类的生命,以此让自己与众不同。

这种对灵息的滥用正是王室家族迁往高地的主要原因之一。如今的霍兰德伦全靠压榨人民的灵息才得以存在。虽然穿着长袍,塞芮却觉得自己全身赤裸。这个唤醒者凭借那种异常的力量知道了关于她的哪些事?他是不是打算偷走塞芮的灵息?为防万一,她尽可能地小口呼吸。

终于,蓝手指和那个可怕的医师离开了房间。侍女们走上前来,再次脱下她的长袍,其中几个手里捧着内衣。

他只会更加可怕,她心想。神王。他不仅仅是唤醒者,还是回归者。为了生存下去,他需要吸取人们的灵息。

他会夺走她的灵息吗?

不,不会的,她坚定地告诉自己。他需要我为他生下拥有王室血统的继承人。他不会拿自己的孩子冒险。至少在那之前,他不会夺走我的灵息。

可是……当他不再需要她的时候,又会发生什么呢?

几位侍女捧着衣服走上前来,打断了她的思绪。那是一条裙子。不,应该说是礼裙——银蓝相间的漂亮礼裙。与其思考孩子出世后神王会对她做些什么,倒不如把注意力放到这条礼裙上。

塞芮静静地等待侍女们为她穿衣。贴在她皮肤上的织物柔软得惊人，丝绒面料光滑得就像高地野花的花瓣。那些侍女在帮她整理礼裙的时候，她注意到了一件奇怪的事：裙子的束带不在背后，而是身侧。礼裙的拖尾长得出奇，袖子也很长：如果她把双手垂在身体两侧，袖口会比手足足低上一尺。那些女人花了好几分钟的时间去系好束带，调整褶皱的位置，以及抚平她身后的拖尾。**费这么大力气来打扮，为的却是在几分钟之内脱个干净**，塞芮不无讽刺地想着，仿佛这一切都与她无关似的。这时候，有个女人端着镜子走上前来。

塞芮愣住了。

这些色彩是怎么来的？细腻红润的脸颊，深邃闪亮的黑色眼眸，眼睑顶端的那两抹蓝色。深红的嘴唇，还有几乎发光的皮肤——这些都是怎么来的？她的礼裙泛着银中带蓝的光泽，笨重却美丽，还有深色的丝绒花边。

她在伊德里斯从没见过这样的东西。这甚至比那些市民色彩斑斓的打扮更让她吃惊。塞芮凝视着镜中的自己，几乎忘记了自己的担忧。"谢谢你们。"她低声说。

她的反应显然是正确的，因为那些侍女对视一眼，然后面露微笑。其中两人牵起她的手，动作比先前催促她离开马车的时候恭敬了许多。塞芮跟着她们大步向前，拖尾在身后沙沙作响，其余的侍女则留在原地。塞芮一转过身，那些侍女便垂下头去，同时向她行了个屈膝礼。

打头的那两个侍女打开了一扇门，然后轻轻地把她推进门后的那条走廊。她们关上了门，留下她独自一人。

走廊漆黑一片。她几乎忘了这座宫殿的石墙都是深黑色的。这里空荡荡的，只有蓝手指拿着账簿等待着她。他笑了笑，恭恭敬敬地低下头。"神王会很高兴的，容器大人，"他说，"我们非常准时——太阳才刚刚落下。"

塞芮转过头去。她的正对面是一扇庄严的大门。整块门板都镀着黄金。墙壁上四盏透明的玻璃提灯闪烁光芒，同时反射着镀金大门的光。她猜得到如此壮观的门后是谁的房间。

"这里是神王的卧室，"蓝手指说，"确切地说，是他的其中一间卧室。现在，女士，我必须向您重申一遍。千万不要触怒神王。是他容许您留在这儿，让您满足他的需求。是他的需求，不是我的，不是您的，甚至不是我们王国的。"

"我明白。"她轻声答道，心跳得越来越快。

"谢谢，"蓝手指说，"是时候去做自我介绍了。走进房间，然后脱掉您的礼裙和内衣。拜倒在神王床榻前的地上，额头贴着地面。如果他希望你靠近，就会敲一敲旁边的床柱，然后您才可以抬头。他会招手示意您上前的。"

她点点头。

"只是……尽量别碰他太多次。"

塞芮皱起眉头，紧张地将双手捏成拳头，又再次松开。"这我怎么可能做得到？我是要和他上床，不是吗？"

蓝手指涨红了脸。"是啊，我想是的。女士，这对我来说也是头一遭。神王……好吧，只有一小批挑选出来的专属仆从才有资格碰他。我的建议是尽量别去亲吻他、爱抚他，或者任何可能让他发怒的事。顺着他的意思，您就不会有危险。"

塞芮深吸一口气，随后点点头。

"等结束以后，"蓝手指说，"神王会离开。取下床单，丢进壁炉里烧掉。作为容器，您是唯一有资格做这些事的人。您明白了吗？"

"明白了。"塞芮答道。她越来越担忧了。

"那就太好了，"蓝手指的表情几乎和她同样紧张，"祝好运。"说完，他伸出手，推开了门。

噢，色彩之神奥斯特瑞啊，她想着，心跳飞快，掌心冒汗，四肢也开始麻木。

蓝手指轻轻推了她的背脊一把，而她就这么走进了房间。

第七章

门在她身后关上了。

她左方的壁炉里火势正旺,不断变幻的橘色光芒照亮了宽大的房间。黑色的墙壁仿佛吸走了光线,在房间的边缘处投下深色的阴影。

塞芮穿着华丽的丝绒礼裙,默不作声地站在那里,心脏狂跳,额头也渗出了汗珠。她能看到右边有一张硕大的床榻,床单和被单都是黑色的,与房间的其他布置相称。床上看起来没有人。塞芮凝视着黑暗,双眼渐渐习惯了这里的光线。

火堆劈啪作响,将一缕光线投射到床边那张王座一般的高大椅子上。有个身穿黑衣的人影坐在黑暗笼罩的椅子里。他看着她,双眼闪闪发光,在壁炉的火光中一眨不眨。

塞芮惊呼一声,垂下目光,想起了蓝手指的警告,心跳得更快了。*应该让薇雯娜来才对*,塞芮绝望地想。*我应付不了这种事!父亲不该送我来!*

她紧闭双眼,呼吸更加急促。她用颤抖的手指去拉扯礼裙侧面的束带,手心满是汗水。她脱衣服的时间是不是太久了?他会不会发怒?他会在今夜结束前就杀死她吗?

也许这正是她想要的结果?

不,她坚定地告诉自己。*不。我必须这么做。为了伊德里斯。为了田野,也为了那些从我手里接过花儿的孩子。为了我父亲,为了玛布,为了王宫里的每一个人。*

她终于解开了束带,礼裙一举滑落,她吃了一惊,这才明白过来,这条礼裙正是为此而设计。她把礼裙放到地上,然后看着自己的内衣，犹豫起来。白色的面料反射着缤纷色彩，就像通过棱镜之后的光线。她惊讶地看着这一幕，思索着引发这种古怪现象的原因。

但这不重要。她太紧张了，没法去思考这种事。她咬紧牙关，强迫自己脱下衬裙，全身赤裸。她飞快地跪在冰冷的石头地板上，蜷缩身子，额头贴着地面，耳中传来心脏的狂跳声。

除了劈啪的爆裂声之外，房间里一片死寂。霍兰德伦气候温暖，本无生火的必要，但一丝不挂的她却很感激它的存在。

她等待着，发色纯白，抛开了傲慢和顽固，在另一种意义上也毫无遮掩。这就是她的结局——这儿就是她的"独立"和自由化为乌有的地方。无论她说过什么，无论她有怎样的感受，到头来，她还是要向强权低头。就像其他人那样。

她咬着牙，想象着神王坐在那儿，看着赤身裸体、卑躬屈膝的她。她没能看清他的样子，却注意到了他的体格——他比她见过的大多数人都要高上一尺，肩膀更宽，肌肉也更发达。他比其他人显眼得多。

他是个回归者。

身为回归者并非罪孽。毕竟，伊德里斯也存在回归者。但霍兰德伦人却选择让回归者活下去，让他们以农夫的灵魂维生，每一年都夺走数百人的灵息……

别想这些了，塞芮在心里警告自己。但就在她努力赶走这些念头的时候，神王的眼睛却浮现于她的脑海。在壁炉的火光中，那双黑色的眼睛仿佛闪着光芒。她仍然能感受到他的目光——像她跪着的石头地板一样冰冷的目光。

炉火劈啪作响。蓝手指说过，神王会轻叩床柱，示意她上前。万一她听漏了怎么办？她不敢抬头张望。虽然只是个意外，但她的确曾和他对视过。她不能再冒险了。她就这么继续跪在地上，手肘贴着地面，背脊也隐隐作痛。

他为何什么都不做？

他对她不满意么？也许她不如他预想中漂亮？还是说刚才的对视和她脱衣的时间已经让他生气了？如果说她如此压抑轻率无礼的本性，却仍旧触怒了他，那可就太讽刺了。还是说出了什么别的岔子？伊德里斯国王答应送来的是他的长女，可真正前来的却是塞芮。他知道其中的不同么？他会介意么？

时间一分一秒地过去，炉火吞噬着木柴，房间里的光线也越来越昏暗。

他在玩弄我，塞芮心想。*纯属一时兴起*。让她以这种难受的姿势跪在地上，或许是在传达某种讯息——关于尊卑的讯息。他想什么时候占有她都行，这件事由不得她决定。

塞芮咬着牙，继续等待。她还要这么跪着多久？一个钟头？或许更久？而且她仍旧听不到任何声响——没有敲门声，没有咳嗽声，甚至没有神王的鞋底和地面摩擦的声音。也许这是一次考验，为的是知道她能以这个姿势支撑多久。也许她只是想太多了。总之，她强迫自己继续等待下去，直到无法支撑时才动一动身体。

薇雯娜受过训练。薇雯娜有她所不具备的镇定和文雅。但塞芮有的只是顽固。只需要回顾她缺席的那许多次课程和工作就能看出这一点。只要有足够的时间，她甚至能让她父亲气急败坏。他放任她，只是不想把自己逼疯而已。

夜色渐浓，而赤裸的她在木炭的火光中继续等待。

烟火朝上方放射出喷泉似的火花。有几颗落在光歌所坐之处附近，它们熊熊燃烧，迸射出强烈的光芒，直到最后熄灭。

他躺在露天下的一张睡椅上，看着烟火表演。等候在他周围的仆人们，再加上阳伞、用来擦手和脸的冷热毛巾，还有许多其他的奢侈品：这些对光歌来说再普通不过了。

他兴致缺缺地看着烟火。烟火师们紧张地站在离他不远的地方，旁边是光歌召来的一群吟游诗人，但他尚未要求他们开始表演。诸神宫廷里永远都有提供消遣的江湖艺人，而今晚——他们的神王的新婚之夜——比往常更加热闹。

当然了，苏斯布隆本人并未出席。参与这样的庆祝不符合他的身份。光歌转过头，看向高高耸立的神王宫殿。但最后，他又摇摇头，将注意力转回庭院。诸神的宫殿构成了一个圆环，而每一座宫殿都有下方的天井和上方的露台，而且都面对着中央的庭院。光歌坐在稍稍离开天井的位置，置身于广阔庭院的繁茂青草之间。

另一座火焰喷泉向着天空喷出火花，也将阴影投射在庭院里。光歌叹了口气，从一名仆人手里接过另一杯果汁。夜晚凉爽宜人，正适合神灵——或者说神灵们——享受。光歌能看到其他神灵在各自宫殿前摆开的阵仗。一群群江湖艺人聚集在庭院的各个方向，等待着取悦某位回归神灵的机会。

烟花渐渐止息，烟火师们朝他看去，在火光中露出期待的笑容。光歌点点头，换上尽可能和善的表情。"我很满意，"他说，"再放些烟花吧。"三个烟火师兴奋地耳语了几句，然后朝他们的助手招了招手。

在他们布置的时候，一个熟悉的身影走进了光歌这边的火把光芒中。那是莱瑞玛，像以往那样穿着祭司袍。即使在进城的日子——比如今晚——他也必须代表光歌和光歌的祭司们。

"瞎转悠？"光歌说着，坐直身子。

"大人，"莱瑞玛说着，躬身行礼，"您喜欢这些庆典活动吗？"

"当然。这里的欢快气氛感染了我。可你为什么会在宫廷里？你应该去城里陪你的家人才对。"

"我只是想确认一切都合您的意。"

光歌揉了揉额头。"你真让我头疼，瞎转悠。"

"您是不可能头疼的，大人。"

"是啊，你总喜欢这么告诉我，"光歌说，"我猜神圣监狱以外的狂欢应该跟我们这儿差不多精彩吧？"

听到光歌对这座神圣庭院的轻蔑称呼，莱瑞玛皱起眉头。"城里的庆典也很棒，大人。特泰利尔已经有几十年没有进行这么盛大的庆典了。"

"那么我再重复一遍：你应该去城里好好享受庆典。"

"我只是——"

"瞎转悠，"光歌说着，向他投去严厉的目光，"如果说有什么事是我一个人能搞定的，那就是享受了。我以十二分的严肃地向你保证，我会痛饮美酒，欣赏这些好人儿点燃的东西，度过一段令人沉醉的美妙时光。好了，去见你的家人吧。"

莱瑞玛犹豫片刻，鞠了一躬，随后转身离去。

这家伙，光歌喝着手头混合了果肉的果汁，心想，**对工作认真过头了。**

这个念头让光歌露出了笑容，他靠向椅背，欣赏着烟花。然而，另一个人的到来很快吸引了他的注意力。确切地说，是另一个非常重要的人带着另一群不太重要的人来到了他面前。光歌又抿了一口果汁。

那个人很美。不管怎么说，她可是女神——富有光泽的黑发，苍白的皮肤，玲珑有致的身体。她穿的衣服要比光歌少得多，但在诸神宫廷里，这是女神的典型装束。她银绿相间的纤薄丝绸礼裙在两侧开衩，露出髋部和大腿，领口开得非常低，几乎不留任何遐想的余地。

她是诚实女神，"美丽者"织晕。

这下有趣了，光歌想着，不由得露出微笑。

她的身后跟着约莫三十名仆从，外加她的女性大祭司和六名低阶祭司。烟火师们激动起来，因为眼下观赏烟火表演的神明变成了两位。他们的学徒连忙四处奔走，布置起一连串火花的喷泉。织晕的一群仆人飞奔上前，抬着一张装饰华丽的睡椅，放在光歌身边的草地上。

织晕用惯常的优雅动作躺了下来，交叠完美无瑕的双腿，侧过身子，摆出充满诱惑却不失淑女气质的姿势。从她的角度可以看见烟花表演，但她的注意力显然落在光歌身上。

"我亲爱的光歌，"她说话的时候，有个仆人捧着一串葡萄走上前，"你连招呼都不想跟我打么？"

又来了，光歌心想。"我亲爱的织晕，"他说着，把杯子放到一旁，十指交扣在身前，"我为什么要做那种粗鲁的事？"

"粗鲁？"她失笑。

"当然。你显然是下定决心要成为焦点——顺便说一句，细节方面相当出色。你的大腿是化了妆么？"

她笑了笑，咬下一颗葡萄。"这是油彩。图案是我的祭司里几位最有天赋的画家设计的。"

"请代我向他们送上赞美，"光歌说，"总之，你刚才问我为什么不跟你打招呼。好吧，让我们按照你的意思来。当你出现的时候，你希望我热情地和你说话？"

"自然。"

"你希望我指出你穿着那条礼裙让人神魂颠倒？"

"我的确不会介意。"

"再提到你迷人的双眼在烟火下仿佛未息的余烬那样闪闪发光？"

"可以的话就太好了。"

"接着表示你的唇色如此完美，能让任何男人无法呼吸，却又让他每次回想都能谱写出最华丽的诗歌？"

"我会受宠若惊的!"

"你想看到的就是这些反应?"

"是的。"

"别傻了,女人,"光歌说着,拿起他的杯子,"如果我被你迷得既神魂颠倒,又难以呼吸,那我还怎么跟你打招呼?我应该目瞪口呆才对吧?"

她大笑起来。"噢,你现在倒是滔滔不绝了①。"

"舌头还在我嘴里,这点的确出人意料,"他说,"我总是忘记确认这点。"

"可舌头不是就应该在嘴里吗?"

"亲爱的,"他说,"你认识我这么久了,难道还不知道我的舌头几乎没有做过该做的事么?"

织晕笑了笑,与此同时,烟花表演再次开始。在两位神灵的灵光范围内,火花的色彩变得格外强烈。远处的几颗火星落到了灵光之外,顿时相形失色——它们看上去冰冷又不起眼,仿佛能捡起来收进口袋似的。

织晕转过目光。"也就是说,你的确觉得我很美喽?"

"那当然。噢,亲爱的,你无疑是个美人。毫不夸张地说,你甚至是'美'这个词的定义之一——如果我没弄错的话,你的头衔里就有这个字。"

"我亲爱的光歌,你这是在取笑我吧。"

"我从不取笑女士,织晕,"光歌说着,又拿起了他的果汁,"嘲笑女性就像酗酒。你会开心一阵子,之后的宿醉却会让你痛不欲生。"

织晕迟疑起来。"但我们不会宿醉,因为我们不可能喝醉。"

"是吗?"光歌问,"活见鬼,那我还喝这些酒做什么?"

---

①原文为"find one's tongue",此处为双关之意。

织晕扬起一边眉毛。"有时候，光歌，"过了好一会儿，她才开口，"我真不知道你什么时候是认真，什么时候又是在胡扯。"

"噢，关于这件事，我应该帮得上你的忙，"他说，"如果你什么时候觉得我是认真的，那你肯定是想太多了。"

"我懂了。"她说着，在睡椅上翻了个身，面孔朝下。她用手肘挂着上半身，双乳呼之欲出，烟花的光芒在她裸露的背脊上舞动，将彩色的影子投射在她耸起的肩胛骨之间。"也就是说，你承认我美丽动人。那你介不介意跟我离开这儿？我们去找些……别的消遣？"

光歌犹豫起来。不能生儿育女的缺陷并没有阻止神灵们寻欢作乐，尤其是和其他回归者。事实上，根据光歌的猜测，无法生育的事实反而让诸神宫廷在这方面更加开放。许多神灵找了凡人做爱人——众所周知，织晕的祭司里就有她的几个情人。在神灵们看来，与凡人亲热算不上不忠。

织晕懒洋洋地趴在睡椅上，曲线优美动人。光歌张开了嘴巴，但他的脑海里出现的却是……她。他的幻景中的那个女子，出现在他梦中，而他也向莱瑞玛提到过的那张脸。她是谁？

也许什么人都不是。他或许只是在前世与她有一面之缘，又或者这只是他的潜意识制造出来的形象。甚至可能像那些祭司所说的那样，代表了某种预兆。他不应该为那张脸犹豫的。毕竟，他此时面对的可是完美。

"请……容我拒绝，"他听到自己在说，"我必须欣赏烟花。"

"烟花的吸引力比我大么？"

"并非如此。只是烟花灼伤我的可能性要小得多。"

她大笑起来。"好吧，那我们就等到烟花结束，然后再离开？"

"唉，"光歌说，"还是容我拒绝。我太懒了。"

"懒得做爱么？"织晕说着，侧过身子，打量着他。

"我真的很懒。作为神灵，我是个坏榜样。我经常这么告诉我的大祭司。但似乎没人当回事，所以我必须证明这一点。不幸的是，和你亲热对我的论证有害无益。"

织晕摇摇头。"有时候你真让我搞不懂，光歌。要不是你声名在外，我肯定会以为你是在害羞。为什么你能跟静知上床，却从来不理会我？"

静知是这座城市里最后一位真正高尚的回归者，光歌这么想着，抿了一口果汁。她的正派无人能及。也包括我在内。

织晕沉默下来，看着烟火师的新一轮演出。这场表演越来越铺张，光歌开始考虑叫停，免得他们在这儿用完所有的烟火；否则等另一位神灵召唤他们的时候，他们就该有心无力了。

织晕没有丝毫返回自己宫殿的意思，光歌也一言不发。他怀疑她来这儿并不是为了跟他斗嘴，甚至也不是想跟他上床。织晕永远都有自己的打算。以光歌的经验，这个女人绝不是虚有其表的人。

最后，他的预感应验了。她转过头来，看了看神王的黑色宫殿。"我们有了一位新王后。"

"我注意到了，"光歌说，"不过我得承认，这是因为我已经听到过好几次了。"

他们沉默下来。

"你怎么看？"织晕最后问。

"我想避免有任何看法。看法会带来另一些看法，而如果你不够小心，看法就会导致行动。行动会让你疲倦。这番话是别人从书上看到的，我认为很有道理。"

织晕叹了口气。"你回避思考，回避我，回避努力……你还有什么不回避的么？"

"早餐。"

织晕毫无反应，这让光歌有些失望。她专注地看着神王的宫殿。平时的光歌会对那座高大的黑色建筑视而不见：他不喜欢它高高在上的样子。

"也许你应该破个例,"织晕说,"思考一下现在的状况。这位王后代表了某种意义。"

光歌把玩着手里的杯子。他知道织晕的祭司是宫廷议会里狂热的主战派之一。他没有忘记之前的噩梦:那个特泰利尔城陷入火海的场景。那景象在他脑海里徘徊不去。他从未说过任何支持或是反对开战的话。他压根不想牵扯进去。

"我们以前也有过王后。"他最后说。

"但没有一位王后出身王族,"织晕答道,"至少从篡位者卡拉德开始就没有了。"

卡拉德。正是他发动了不息战争,也是他运用生物染色气息的知识创建了一支庞大的无命者大军,夺取了霍兰德伦的统治权。他用军队保护了这个王国,但也是他迫使王族逃往高地,让王国支离破碎。

现在王族回来了。至少是其中之一回来了。

"这次可是吉凶难料啊,光歌,"织晕平静地说,"如果那个女人怀上的孩子不是回归者,会发生什么事呢?"

"不可能的。"光歌答道。

"噢?你这么有信心?"

光歌点点头。"在回归者之中,只有神王才能生儿育女,而且每一个儿女都是死胎。"

织晕摇摇头。"这些话是我们从宫殿里的祭司那里听来的。但我也听说过……与记录矛盾的说法。就算我们没必要担心这些,也还有很多别的事要考虑。我们真的需要王族血统来让我们的王权'合法化'么?诸神宫廷三百年的统治还不够让王国成为正统么?"

光歌没有答话。

"这场婚姻意味着我们仍然承认王族的权威,"织晕说,"万一高地上的那位国王决定夺回他的土地呢？万一我们的这位王后怀着其他男人的骨肉呢？谁才是继承人？谁才是统治者？"

"神王是统治者。这点毋庸置疑。"

"他在三百年前可不是统治者，"织晕说，"那时的统治者是王族。他们之后是卡拉德——然后是赋和。改变只在眨眼之间。或许在邀请那个女人进入这座城市的同时，霍兰德伦的回归者王朝也走向了灭亡。"

她沉默下来，陷入深思。光歌打量着这位美丽的女神。她是在十五年前回归的——对回归者来说，她算得上年长。年长，睿智，而且无比狡猾。

织晕瞥了他一眼。"我可不想像卡拉德夺权时的王族那样，毫无防备地束手就擒。我们之中的一些人已经开始做打算了，光歌。如果你愿意的话，也可以加入。"

"亲爱的，你知道的，"他叹了口气，"我痛恨政治。"

"你是勇气之神。我们用得上你的自信。"

"眼下来说，我只对一件事有自信：我对你们毫无用处。"

她神情僵硬，努力掩饰自己的沮丧。最后她叹口气，站起身来，伸了个懒腰，再次展示她完美的曲线。"你早晚得选择阵营的，光歌，"她说，"你对民众来说可是神啊。"

"亲爱的，这可不是我自己选的。"

她笑了笑，然后俯下身，献上温柔的一吻。"好好考虑我说的话吧。你是个优秀的人，只是太低估自己了。你以为我那么随便？"

他犹豫片刻，随后皱起眉头。"说实话……是的。我是这么想的。"

她大笑着转过身去，而她的仆人连忙抬起她的躺椅。"噢，得了吧！至少有那么三个神，我是不会让他们近身的。好好享受庆祝吧，也别忘记我们的国王正在自己的卧室里对我们的传统做些什么，"她回过头，看了他一眼，"希望你能想想自己错过了什么。"她眨了眨眼，转身离去。

光歌坐回睡椅上，用几句称赞打发走了那些烟火师。当吟游诗人开始奏乐的时候，他试图把织晕充满不祥意味的话语——以及出现在梦中的战争幻景——赶出脑海。

但这两者都徘徊不去。

第八章

塞芮呻吟一声，翻过身来。她背痛，胳膊痛，头也很痛。事实上，她难受到无法入睡——虽然她累得要命。她坐起身，抱住脑袋。

她在神王卧室的地板上过了一夜——算是睡着了吧。阳光照进房间，没铺地毯的那部分大理石地板反射着光芒。

黑色的地毯，她坐在凌乱的蓝色礼裙上——她同时用它充当了毯子和枕头——心想。黑色地板上的黑色地毯，外加黑色的家具。这些霍兰德伦人显然知道什么叫主题。

神王不在房间里。塞芮看了看那张超大号黑色皮椅，他昨晚就是在那儿坐了很久。她不清楚他是何时离开的。

她打了个呵欠，然后站起身，从堆成小山的衣物里找出内衣，穿在身上。她抽出内衣里的头发，甩到身后。她得花点时间才能习惯这么长的头发。长发披散在她的背上，颜色则是鲜艳的亚麻色。

不知为何，她活过了昨晚，而且没人碰过她。

她光着脚走向那张皮椅，手指拂过光滑的椅面。她昨晚的态度很不恭敬。她睡着了。她蜷曲身体，拉了拉身上的衣服。她甚至瞥了这张椅子好几眼。但不是出于蔑视，也并非不愿服从：她只是困得厉害，不记得自己不该直视神王了。而他并没有下令处死她。蓝手指害得她以为神王反复无常又暴躁易怒，但即便真是如此，他昨晚也压下了火气。他还能怎么办？霍兰德伦人等待了好几十年，才等到一位嫁给神王的王族公主。她笑了。*我也是有力量的*。直到得偿所愿之前，他都不能杀死她。

这力量算不上多，但却为她增添了少许自信。她绕过椅子，留意着它的大小。房间里的每件东西都有点大得过头，影响了她的判断，让她觉得自己格外矮小。她把手放在椅子的扶手上，不由得思索起来：为什么他没碰她？是她做错了什么吗？是她欠缺魅力吗？

傻姑娘，她对自己说，然后摇摇头，走到仍旧整齐的床榻边。这趟旅途的大半时间里，你都在担心新婚之夜会发生的事。现在什么都没发生，你还有什么好抱怨的？

她知道自己并非自由之身。他早晚会占有她的——这场婚姻的目的就在于此。只是不在昨晚而已。她笑了笑，打了个呵欠，然后爬到床上，缩进被单里，渐渐沉入梦乡。

她再一次醒来时，身体比上次舒服了很多。塞芮伸了个懒腰，然后注意到了一件事。

她的裙子，她留在地板上、堆成一团的礼裙不见了。而且有人给壁炉重新生了火——尽管她看不出有何必要。今天很暖和，她在梦中还踢掉了被单。

我要负责烧掉床单，她想了起来。所以他们才会重新生火。

她穿着内衣坐了起来。黑色的房间里只有她一个人。那些仆人和祭司不可能知道她整晚都睡在地板上，除非神王告诉他们。但像他这样位高权重的人会把隐私告诉祭司么？

塞芮缓缓地爬下床，扯下床单。她把床单卷起来，走到硕大的壁炉前，丢了进去，然后看着炉火吞噬了它。她还是不知道神王为什么没碰她。但在知道原因之前，还是让其他人认为他们已经顺利圆房的好。

烧完床单之后，塞芮扫视房间，却找不到可以替换的衣物。她叹了口气，走到门边，身上只穿着内衣。她拉开门，然后略微吃了一惊。二十来个年龄各异的侍女正跪在门外。

色彩之神啊！塞芮心想。她们在这儿跪了多久了？突然间，她对昨晚的事没那么生气了。

侍女们站起身,垂着头走进房间。塞芮退开几步,昂起头,发现有些侍女把几口大箱子搬了进来。她们衣服的颜色跟昨天不一样了,塞芮心想。式样倒是没什么分别——开衩的裙子,看起来就像是会随风飘荡的长裤,上身是无袖衬衣和小帽子,头发垂在身后。只是颜色从银蓝相间换成了黄褐相间。

侍女们打开箱子,取出一叠叠衣物。每一件衣物都色彩鲜艳,式样也截然不同。她们把衣服铺在塞芮面前的地上,然后跪下等待。

塞芮犹豫起来。她生来就是国王之女,不至于缺衣少食。但伊德里斯人的生活是很简朴的。她有五条裙子,这个数字几乎称得上铺张。其中一条是白色的,而另外四条都是同样的淡绿色。

所以面对着如此多的色彩和式样,她顿时有些不知所措。她试着想象这些衣服穿在她身上的样子。其中几件的领口低得可怕,甚至比这些侍女的衬衣还要低——而后者以伊德里斯的标准已经算得上不体面了。

最后,塞芮犹豫着指了指其中一叠。那是一套两件式的装束,红色的裙子配上红色的衬衣。看到塞芮的指示,侍女们站起身来,其中几个收起没被选中的衣物,其余那些走上前,小心翼翼地脱下塞芮的内衣。

仅仅几分钟过后,塞芮便穿戴整齐。她困窘地发现,尽管这套衣服非常合身,衬衣却是露腰的样式。不过领口没有那些侍女来得低,裙子也长及腿肚。红色的柔滑面料比她平时穿的羊毛和亚麻轻上许多。她转了个身,裙子飘荡起来,闪闪发光,塞芮甚至怀疑它是透明的。穿着这身衣服,她几乎觉得自己和昨晚一样全身赤裸。

看来我是在劫难逃了,她讽刺地想。那些侍女退到一旁,另外几个抬来了一张凳子,而她坐了下来,让那些女人用温暖的织物擦拭她的脸和胳膊。等结束后,她们为她重新化妆,梳理头发,又给

85

她喷了些香水。

等香水喷雾散去之后,她睁开眼睛,只见蓝手指正站在房间里,那个侍童端着墨水、羽毛笔和纸,乖乖地站在他身后。"噢,太好了,"蓝手指说,"您这么早就起床了。"

早?塞芮心想。都过了中午好久了!

蓝手指打量着她,自顾点头,然后看了床那边一眼,显然是要确认床单已经烧掉了。"好了,"他说,"我相信这些仆人会满足您的需要的,容器大人。"说完,他迈开惯于繁忙之人特有的急切步伐,转身离去。

"等等!"塞芮说着,站起身来,推开了身边的几名侍女。

蓝手指迟疑了片刻。"容器大人?"

塞芮慌张起来,不清楚该如何表达自己的感受。"你知道……我该做什么吗?"

"做什么?"书记官问,"您是说,有关……"他看了眼那张床。

塞芮脸红了。"不,不是的。我是说该怎么打发时间。我的职责是什么?你们期望我做些什么?"

"为王国带来一位继承人。"

"除此之外。"

蓝手指皱起眉头。"我……噢,说实话,容器大人,我真的不知道。我得说,您的到来想必在诸神宫廷引发了某种程度的混乱。"

我的人生也一样,她想着,面孔微微发烫,头发也转为了红色。

"当然了,我不是在怪您,"蓝手指连忙补充道,"只不过……呃,我还是希望有人事先提醒我一下。"

"提醒?"塞芮问,"这桩婚事可是在二十年前的和约里就安排好的!"

"是啊,好吧,但谁能想到……"他止住了话头。"咳。总之,我们会尽力帮助您适应神王宫殿的。"

他想说什么？塞芮心想。谁能想到……这桩婚事会成真？这又是为什么？难道他们觉得伊德里斯王国不会遵守约定？不管怎么说，他还是没有回答她的问题。"是啊，可我应该做些什么呢？"她说着，又坐回凳子上，"我是不是只能坐在宫殿里，盯着炉火发呆？"

蓝手指轻声笑了起来。"噢，当然不是！女士，这里可是诸神宫廷！您会找到很多消遣的。每天都会有江湖艺人获准进入宫廷，为神灵们展示自己的才艺。您可以找几个来专门为您表演。"

"噢，"塞芮说，"可以的话，我能不能去骑马？"

蓝手指揉了揉下巴。"我想我们可以带几匹马到宫廷里。当然了，我们得先等婚礼庆典结束。"

"婚礼庆典？"她问。

"您……这么说您还不知道？您事先什么准备也没做？"

塞芮脸红了。

"无意冒犯，容器大人，"蓝手指说，"婚礼庆典为期一周，在这段时间里，我们会庆祝神王的新婚。在此期间，您不能离开王宫。等庆典结束后，您会正式成为诸神宫廷的一员。"

"噢，"她说，"在那之后，我就可以出城去了么？"

"出城！"蓝手指叫道，"容器大人，您不能离开诸神宫廷！"

"什么？"

"您本身不是神灵，"蓝手指续道，"但您是神王的妻子。让您出去太危险了。不过别担心——无论您想要什么，有任何要求，我们都会满足您。"

自由除外，她想着，有些想吐。

"我向您保证，等婚礼庆典结束后，您就会打消这个念头。您想要的东西这儿都有：任何一种嗜好，任何奢侈品，任何消遣。"

塞芮麻木地点点头，有种落入陷阱的感觉。

"另外，"蓝手指说着，抬起一根沾着墨渍的手指，"这里还有宫廷议会,他们作出的决定会向民众公开。全体会议每周一次,不过每天都会举行小规模会议。当然了,您现在还不能参与会议,不过等到庆典结束以后,您就可以出席了。如果这些您都不喜欢的话,还可以在神王的祭司里找一位艺术家来为您服务。他虔诚的祭司里包括来自任何领域的杰出艺术家:音乐家、画家、舞蹈家、诗人、雕塑家、傀儡师、戏剧演员、沙画师,以及所有不那么重要的领域。"

塞芮眨了眨眼睛。色彩之神啊!她心想。在这儿,就连消磨时间的方式都多得可怕。"难道就没有需要我做的事吗?"

"不,恐怕没有,"蓝手指说,"容器大人,您看起来不太高兴。"

"我……"她要怎么解释才好?从她出生起,就有人对她寄予厚望——而在迄今为止的大半人生里,她都在刻意避免实现他们的期望。但现在和从前不同了。她不能违抗命令,否则不但会害死自己,还会让伊德里斯卷入战争。这一次,她愿意担负职责,愿意尝试去服从。但讽刺的是,她能做的事似乎并不存在。当然了,生儿育女除外。

"很好,"她叹了口气,说,"我的房间在哪?我这就去那儿坐着。"

"您是说您的房间么,容器大人?"

"是的。我想我不应该留在这里。"

"是啊,"蓝手指说着,轻笑出声,"受孕室?当然不应该。"

"那我该去哪儿?"塞芮问。

"容器大人,"蓝手指说,"在某种程度上,整座王宫都是你的。我不明白您为什么需要特定的房间。如果您想吃东西,您的仆人会负责布置餐桌。如果您想休息,他们就会给您搬来睡椅或者座椅。如果您想找乐子,他们就会为您找来表演家。"

突然间,仆人们的那些怪异举动——拿各式各样的衣服让她挑选，再就地给她化妆和梳头——似乎也说得通了。"我懂了，"她几乎是在自言自语，"那我带来的那些士兵呢？他们服从我的命令了吗？"

"是的，容器大人，"蓝手指说，"他们是今早离开的。您的决定很明智：他们并非虹彩音调的忠实仆从，因此没有资格留在宫廷里。他们不能再为您效命了。"

塞芮点点头。

"容器大人，能否允许我……？"蓝手指问。

塞芮心不在焉地点点头，蓝手指匆匆走开，留下她去思考自己究竟有多孤独。还是别想这些的好，她心想。于是她转过身，看着侍女之一——那是个年轻女孩，和塞芮年纪相仿。

"噢，可他还是没告诉我该怎么打发时间，对吧？"

那侍女涨红了脸，一言不发地点点头。

"我是说，如果我愿意的话，好像有很多事可以做，"塞芮说，"也许太多了点。"

女孩又点了点头。

真不知道我还能忍多久，塞芮这么想着，咬紧了牙关。她本考虑做出些惊人之举，看看这些仆人会有什么反应，但她知道那只是犯傻而已。事实上，她的很多本能反应和做法在霍兰德伦都不适用。因此，为了避免自己做出蠢事，塞芮站起身来，决定好好看看她的新家。她走出这个黑得过头的房间，把脑袋探进走廊。她转过身，看着顺从地在她身后排成一队的仆人们。

"这儿有哪里是禁止我出入的么？"她问。

她面对着的侍女摇摇头。

那好吧，她心想。我最好小心点，别碰巧撞上正在洗澡的神王。她穿过走廊，打开门，走进昨天到过的那个黄色房间。她用过的座椅和长凳已经被人搬走，取而代之的是几张黄色的睡椅。塞芮扬起一边眉毛，然后走进前方的浴室。

浴缸不见了。她吃了一惊。这儿是她记忆中的那个房间，墙壁也是同样的红色。但那些倾斜的瓷砖平台和内嵌的浴缸都不见了。这整套装置肯定设计成了可拆卸式，在她入浴前搬来，又在其后搬走。

他们真的能把房间改造成任何用途，她惊讶地想。肯定有些房间里堆满了各种颜色的家具、浴缸和布帘，以备在他们的神灵突发奇想的时候更换。

她好奇地离开了没有浴缸的房间，漫无目的地前进。每个房间的颜色都不一样，但她还是很难看出它们之间的分别。无穷无尽的房间，装饰全都遵循单色主题。很快，她就彻底迷了路——但这似乎没什么关系。毕竟，从某种角度上说，每个房间都跟别的房间一样。

她转过身，看着侍女们。"我想吃早餐。"

她们的速度比她想象中快得多。几名侍女转身离开房间，回来时搬着一张绿色的柔软座椅，正好与她目前的房间相衬。塞芮坐下等待，看着她们不知从何处拿来的桌椅和食物。才不过十五分钟，她的面前就摆上了热腾腾的饭菜。

她犹豫着拿起叉子，尝了一口。直到这一刻，她才发现自己有多饿。这顿饭的主题是搭配各种蔬菜的香肠。香料的味道比她习惯的要浓郁许多。然而，她吃得越多，就越是喜欢这种霍兰德伦式的味道。

无论饿不饿，在沉默中进食都是件陌生的事。塞芮习惯了在厨房里和仆人们一起吃饭，又或者在餐桌边跟她父亲、父亲手下的将军们，以及当晚受邀来做客的本地百姓和僧侣们共进晚餐。用餐从来都与沉默无缘，但在霍兰德伦——在这片声色犬马的土地上——她却在这个充斥明亮装饰却仍显阴沉的房间里，她独自在寂静中用餐。

她的仆人们看着她，没有人开口说话。她们的沉默代表尊敬，她心知肚明，但塞芮只觉得这样很吓人。她几次尝试和她们交谈，得到的却只有简短的回应。

她嚼着一块加了香料的腌渍续随子花蕾。*这就是我从今以后的生活了吗？*她心想。*在被我的丈夫视作无物的夜晚过后，我又要在仆人的包围下孤独地度过好些天么？*

她发起抖来，顿时没了胃口。她放下叉子，食物在她面前的桌上渐渐变冷。她看着那些饭菜，忽然希望自己还留在那张舒适而宽大的黑床上。

第九章

薇雯娜——伊德里斯之王戴德林的长女——凝视着宏伟的特泰利尔城。这是她生平见过的最丑陋的地方。

街上人流汹涌，市民们穿着色彩鲜艳到堪称罪恶的服装，叫喊、交谈、走动，散发臭气，咳嗽连连，不时相互碰撞。她的头发淡化成了灰色，又用披肩裹住自己，假扮成——如果这能算是假扮的话——上了年纪的女人。她原本担心自己会很显眼。但这其实毫无必要。在这样的混乱中，谁又能显得与众不同？

虽然如此，还是小心为上。她几小时前才刚刚来到特泰利尔城，为的是救出她的妹妹，而不是让自己被人绑架。

这是个大胆的计划。薇雯娜几乎不敢相信这是她自己想出来的。但在她的导师教授的许多东西之中，有一项是她认为最重要的：领袖是指那些勇于行动的人。其他人都不可能来帮助塞芮，所以只能靠她了。

她知道自己不谙世事。她希望这样的自知之明能减少上当的概率，但话说回来，她接受过祖国所能提供的最好的教育和与政治相关的指导，其中包括不少关于霍兰德伦人日常生活的知识。作为奥斯特瑞的虔诚信徒，她毕生都在练习避免引人注目。她完全可以在特泰利尔这样杂乱无章的大城市里潜行。

而且这座城市真的很庞大。她记下了地图，但她对这座城市在集市日的景色、声音、气味和色彩都毫无心理准备。就连牲畜都戴着色彩鲜亮的缎带。

薇雯娜站在道路的一侧，在一栋挂着飘舞彩带的房屋旁边佝偻着身子。在她的前方，有个牧民正赶着一小群羊朝集市广场走去。

每一头羊都染成了不同的颜色。这样羊毛不就全毁了吗？薇雯娜愠怒地想。那些牲畜的色彩搭配得如此不协调，迫使她别过脸去。

可怜的塞芮，她心想。卷入这一切，又被关在诸神宫廷，多半已经恐慌到无法思考了。薇雯娜受过训练，知道怎么应对霍兰德伦的可怕事物。尽管这些色彩也令她作呕，但她拥有足以承受的毅力。可小塞芮该怎么办？

薇雯娜站在建筑旁那座巨大石制雕像的影子里，跺了跺脚。**那个男人在哪儿？**她心想。前去侦察的帕林到现在还没回来。

除了等待，她无计可施。她抬起头，看着身边的那座雕像：那是著名的德戴尼尔·塞拉布林的作品之一。他的雕塑所刻画的大都是战士。那些雕像以能想象到的各种姿势竖立在整座城市里，每一个都手持武器，而且往往还穿着五颜六色的服装。按照她导师的说法，装饰雕像是特泰利尔的市民喜爱的消遣方式。传说最初的几尊雕像是"受祝者"赋和——那位在不息战争末期统治霍兰德伦的回归者——本人委托建造的。在其他回归神灵的委托下，雕像的数量逐年增加——当然了，他们拿出的委托费则来自民众。

真是浪费，薇雯娜想着，摇了摇头。终于，她注意到帕林沿着街道走来，他的头上戴着个俗艳到夸张的东西——看起来有点像袜子，只是更大一些。那顶亮绿色的帽子盖在半张方方正正的脸上，跟他暗棕色的伊德里斯服装格格不入。帕林高大但并不纤瘦，只比薇雯娜年长几岁。她从小就认识他了：雅尔达将军的儿子几乎是在王宫里长大的。近些年来，他不是在森林里守望霍兰德伦的边境，就是去北部的某个关卡担任守卫。

"帕林？"她谨慎地压抑着语气和发色透出的恼火，对走近后的他说，"你头上那个是什么？"

"帽子。"他的回答一如既往地简短。倒不是说帕林是个无礼的人，只是他习惯言简意赅。

"我看得出这是帽子,帕林。你是从哪儿弄来的?"

"集市上那个男人说这帽子很流行。"

薇雯娜叹了口气。她本来就不太想带帕林来这座城市。他是个好人——是她见过的人里最坚定也最可靠的——但他只熟悉野外和偏远哨站的生活。这座城市恐怕会让他不知所措吧。

"这帽子太蠢了,帕林,"薇雯娜说着,努力控制头发,不让它转为红色,"而且让你很显眼。"

帕林摘掉帽子,塞进口袋里。他没再说话,只是转过身,看着经过的人群。他似乎和薇雯娜同样紧张,或许更紧张也说不定。但她很庆幸有他的陪伴。他是少数几个不会向她父亲告密的人之一:她知道帕林喜欢她。在他们的少年时代,他经常从森林那边带礼物给她。通常是他打到的猎物。

在帕林看来,没有比放在桌上、流血不止的野兽尸体更能表达爱意了。

"这地方很怪,"帕林说,"人们走路的样子就像牲口群。"他的目光落在一个路过的漂亮霍兰德伦女孩身上。那个轻佻的女人就像特泰利尔的大多数女人那样,几乎不着寸缕。衬衣的开口太低,裙子则远高过膝盖——有些女人甚至像男人那样穿着裤子。

"你在集市上有什么发现?"她开口发问,将他的注意力拉了回来。

"这儿有很多伊德里斯人。"他说。

"什么?"薇雯娜震惊了,忘记掩饰自己的情绪。

"伊德里斯人,"帕林说,"在集市上。有些在买卖货物;还有很多看起来像是普通工人。我观察过他们。"

薇雯娜交叠双臂,皱起眉头。"那家餐馆呢?"薇雯娜问,"你照我说的去查探了么?"

他点点头。"看起来很干净。我只觉得吃陌生人做的食物感觉很怪。"

"你在那儿看到什么可疑的人了么?"

"在这座城市,什么样的人才算'可疑'?"

"我不知道。坚持要侦察的人是你。"

"打猎的时候,侦察是个好习惯。这样不太容易打草惊蛇。"

"帕林,不幸的是,"薇雯娜说,"人跟野兽是不一样的。"

"我知道,"帕林说,"野兽还容易理解些。"

薇雯娜叹了口气,然而她发现,帕林至少有一件事说对了。她注意到一群伊德里斯人正沿着附近的街道前行,其中一人拉着一辆似乎刚刚运送过农作物的货车。从他们朴素的装束和些许的口音就能分辨出来。她吃惊的是,他们居然会跑到这么远的地方来卖货。但不可否认的是,伊德里斯近期的贸易的确算不上特别繁荣。

她不情愿地闭上双眼,在披肩的遮掩下,将发色从灰色变为棕色。如果说这座城市还有其他伊德里斯人,那她就不太可能引人注目。假扮老妇人只会显得更加可疑。

但像这样明目张胆还是感觉不对劲。在贝瓦利斯,别人一眼就能认出她来。当然了,贝瓦利斯的居民只有几千人。特泰利尔城的规模要大得多,她被人认出的可能性也低得多。

她朝帕林招招手,然后咬着牙融入人群,朝集市的方向走去。

这片内海是一切的关键。特泰利尔是重要的港口城市,这里贩卖的染料——原料是本地的一种花朵,名叫"艾吉里之泪"——让它成为了贸易中心。其证据是在她周围各种异国的丝绸和布料比比皆是;来自泰德拉戴尔的棕肤商人,长长的黑胡子用紧绷的皮绳绑成圆筒状;来自沿海城市的新鲜食品。在伊德里斯,本就不多的人口分布在农场和牧场地带。而在霍兰德伦——在这个控制着内海足足三分之一海岸线的国家——情况却截然不同。这个王国可以迅速成长,蓬勃发展。

也变得浮华而招摇。

在远处,她能看到诸神宫廷所在的那片高地:那是色彩之神奥斯特瑞的注视下最亵渎神明的场所。在围墙的内部,在神王可怕的宫殿里,塞芮已经落入了苏斯布隆本人的手中。从逻辑上,薇雯娜理解她父亲的决定。以政治角度来看,薇雯娜对伊德里斯更有价值。如果说战争无法避免,那么送出不那么有用的女儿作为缓兵之计,也在情理之中。

但薇雯娜没法把塞芮看做"不那么有用的人"。她喜欢和人交往,在别人沮丧的时候,她也能露出微笑。她会在出人意表的时候带来礼物。她总是惹人生气,却又不带恶意。她是薇雯娜珍视的妹妹,总得有人照看她才行。

神王想要一个继承人。这本该是薇雯娜的职责——是她为自己同胞所做的牺牲。她做好了心理准备,而且心甘情愿。她不觉得自己该让塞芮去做这么可怕的事。

她父亲做出了决定:对伊德里斯而言最好的决定。薇雯娜也做出了自己的决定。如果说战争真的会爆发,薇雯娜希望在危险来临时把妹妹救出这座城市。事实上,薇雯娜觉得自己肯定能想到某种方法,好在开战前解救塞芮——骗过霍兰德伦人,让他们以为塞芮已死的方法;能够拯救薇雯娜的妹妹,又不会加深两国敌意的方法。

她父亲是不可能原谅这种行为的。所以她没有告诉他。一旦出了差错,还是让他置身事外的好。

薇雯娜沿着街道前行,低垂着头,努力不去吸引别人的目光。离开伊德里斯出奇地容易。谁能料到完美无缺的薇雯娜会如此轻率行事?当她以应急储备为借口索取食物和补给品的时候,没有人起疑;当她请求去高处的流域采集植物根茎的时候,没有人质疑,而这为她最初失踪的那几个星期提供了掩护。

要说服帕林也非常简单。他信赖她——甚至可以说是盲目信赖——而且他对通向霍兰德伦的道路与小径再熟悉不过了。在去年的一次侦察中，他曾经一路走到了特泰利尔的城墙下。在他的帮助下，她雇佣了他的几个朋友——他们同样是森林居民——来保护她，并参与她的这场"远征"。这天的早些时候，她遣走了其他人。他们在城里派不上什么用场，而且她已经安排好让其他盟友来保护自己了。帕林的朋友会把她的口信带给她父亲，而等到那时，后者应该已经知道了她的所作所为。在离开之前，她吩咐自己的女仆过些日子将一封信交给他。算算时间，那封信会在今晚送到父亲手中。

她不清楚父亲会有何种反应。他也许会暗中派士兵将她带回，也许不会。她在信里警告说，如果她看到前来找她的伊德里斯士兵，她就直接前去诸神宫廷，解释说安排上出了差错，要求让自己代替妹妹。

她由衷地希望自己不必这么做。神王不可信任：他也许会在软禁薇雯娜的同时把塞芮也留下，让两位公主共事一夫。

别想这些了，薇雯娜告诉自己。尽管天气炎热，她却把披肩又扯紧了些。

最好想个别的方法。第一步是找到她父亲在霍兰德伦的密探首领，勒梅克斯。薇雯娜曾经和他通过几次信。父亲希望她和他在特泰利尔最优秀的密探混熟，而这份远见成为他的失误。勒梅克斯认识薇雯娜，也接到命令要服从她。在离开伊德里斯的那天，她给那位密探寄去了一封信，并让信使带上了好几匹备用的马儿，以便将信件尽快送到对方手中。如果那封信能够安然送到，密探头子就会在指定的餐馆和她碰头。

她的计划听起来很合理，准备也很充足。但如果真是这样，她走进集市的时候又为何会如此惊慌？

她默然伫立在那儿，仿佛街上汹涌人流中的一块石头。集市的场地异常宽广，充斥着帐篷、兽栏、房屋和人群。这里的地面不是鹅卵石,而是沙子和泥土,还有时不时的一丛野草,房屋的排列也看不出任何章法。这些杂乱的街道纯粹是按照人们的喜好建造出来的。小贩叫卖着商品,旗帜在风中飘舞,江湖艺人则在大声吆喝。这是一场色彩与动作的狂欢。

"哇噢。"帕林轻声说。

薇雯娜转过身,晃了晃脑袋,努力让自己清醒过来。"你不是刚来过这儿么?"

"是啊,"帕林说着,眼神有些呆滞,"又吃了一惊罢了。"

薇雯娜摇摇头。"我们去餐馆吧。"

帕林表示同意。"这边走。"

薇雯娜恼火地跟在他身后。这儿是霍兰德伦——她不应该敬畏,应该厌恶才对。但这幕景象实在太过震撼,让她除了些许的反胃之外感官麻木。她本以为伊德里斯的简约之美是理所当然的事,现在她才知道自己错得有多厉害。

在一波又一波试图淹没她的气味、声音和景色中,帕林的存在令她安心。某些位置的人群格外稠密,他们不得不强行挤出一条路来。在那些服色丑陋、身体肮脏之人的推挤下,薇雯娜数度徘徊在恐慌的边缘。幸好那家餐馆离得并不远,就在她快要在人群中放声尖叫的时候,他们来到了餐馆前。门口的招牌上画着一艘欢快地航行于水上的小船。如果说从门里飘来的气味可以作为参考的话,那这条船恐怕就代表了这家餐馆的主打菜肴:鱼。薇雯娜差点没吐出来。在为霍兰德伦的生活做准备的时候,她吃过好几次鱼。但她始终不喜欢那种味道。

帕林走进餐馆,随后闪身躲向侧面,以野狼般的姿势蹲伏在地,让双眼习惯昏暗的光线。薇雯娜向餐馆老板报出了事先和勒梅克斯说好的假名。餐馆老板瞥了帕林一眼,然后耸耸肩,带着两人走到房间远端的一张餐桌前。薇雯娜坐了下来,虽然接受过训练,但她并不确定在餐馆里该做什么。对她来说，像餐馆这样的地方能够存在就已经难以置信了——这儿的客人并非旅行者，只是一群懒得自己做饭的当地人。

帕林没有坐下，而是继续站在她的座椅旁边，看着房间。她看得出，也能感觉到他的紧张。

"薇雯娜，"他俯下身，轻声道，"你的头发。"

她吃了一惊，这才发现自己的发色因为刚才的推搡变淡了。但并没有彻底变白——她毕竟接受过严格的训练——只比之前白了些，就像是涂了粉。

薇雯娜一阵慌乱，连忙用披肩盖住头发，转过头去。这时餐馆老板走了过来，等候他们点餐。桌面上刻着为数不多的几道菜的名字，而帕林终于坐进椅子里，成功地吸引了老板的注意力。

振作起来，她严肃地告诉自己。你可是大半辈子都在研究霍兰德伦的人。她的头发渐渐恢复成了棕色。那种改变非常细微，就算有人看见，多半也只会以为那是光线造成的错觉。她继续用披肩裹住头发，心生惭愧——光是穿过集市，就让她失控了么？

想想塞芮，她告诉自己。这个念头给了她力量。她的这次"远征"很草率，甚至鲁莽，但同时又至关重要。等到重新冷静下来，她将披肩放回肩头，等待帕林点菜——炖海鲜汤——然后餐馆老板转身离去。

"现在呢？"帕林问。

"我们等着，"薇雯娜说，"我在信里让勒梅克斯每天中午到这家餐馆来一次。我们就坐在这儿等他。"

帕林点点头，神情却透出不安。

"怎么了？"薇雯娜平静地问。

他朝门那边瞥了一眼。"我信不过这地方，薇雯娜。除了体臭和香料之外，我什么都闻不到；除了闲聊之外，我什么都听不到。这儿没有风,没有树,没有河,只有……人。"

"我知道。"

"我想回到外面去。"他说。

"什么?"她说,"为什么?"

"如果你不熟悉什么地方,"他笨拙地回答,"就得想办法熟悉才行。"他没有继续解释下去。

想到要独自留在这儿,薇雯娜不由得一阵恐慌。但命令帕林留下来陪她又不太合适。"你能答应不走远么?"

他点点头。

"那好吧。"

他听话地走出店外。他走路的样子不像霍兰德伦人——动作太过流畅,就像一头觅食的野兽。*或许我应该让他跟其他人一起回去。*但光是想到会独自一人,就让她无法忍受。她需要有人帮她找到勒梅克斯。在某种程度上,她觉得自己只带一个护卫来到这座城市已经够危险了,即便是像帕林这样精通搏斗的人。

但一切已成定局,现在再担心也没用了。她坐了下来,交叠着双臂思考着。在伊德里斯的时候,她拯救塞芮的计划似乎简单又直接。如今,真正的困难出现在她的面前。她必须设法潜入诸神宫廷,把妹妹无声无息地带出来。这么危险的事要如何才能办到?诸神宫廷肯定戒备森严。

*勒梅克斯会有办法的,*她告诉自己。*我们现在什么都不用做。我——*

有个人在她的桌边坐了下来。他的服色比霍兰德伦的大多数人要朴素,穿着棕色的皮革服装,只是上衣外面象征性地套着一件红色的布制背心。他不是勒梅克斯。那个密探头子是个五十多岁的老人。面前这个陌生人长着一张马脸,发型紧跟流行,看起来绝不超过三十五岁。

"我讨厌当佣兵,"那人道,"你知道为什么吗?"

薇雯娜惊讶得合不拢嘴,浑身僵硬。

"因为偏见,"那人说,"其他工作不光有报酬,还能赢得尊敬。佣兵就不行。我们的工作本身就带有歧视性。有几个吟游诗人会因为'待价而沽'的原则被人唾弃?有几个面包师会因为卖面包给敌对的双方而内疚?"他看了她一眼,"没有。只有佣兵是这样。真不公平,你说对吧?"

"你……你是谁?"薇雯娜终于开了口。这时另一个人也在旁边坐下,把她吓了一跳。

那人膀阔腰圆,背上绑着一根短棍。棍子顶端站着一只五颜六色的鸟儿。

"我是登斯,"前一个人跟她握了握手,"这位是汤克·法。"

"很荣幸。"汤克·法说着,接过她的手。

"不幸的是,公主,"登斯说,"我们是来杀你的。"

第十章

薇雯娜的头发瞬间褪色成了惨白。

快点思考！她告诉自己。你学过政治！你研究过人质谈判。可……自己成为人质的时候该怎么办？

突然间，那两人大笑起来。大块头男人捶了好几下桌子，让他背上的鸟儿嘎嘎地叫了起来。

"抱歉，公主，"相对细瘦的登斯说着，摇了摇头，"这只是个佣兵式的玩笑。"

"我们有时候是会杀人，但我们不搞暗杀。"汤克·法说，"那是刺客的活儿。"

"刺客，"登斯说着，竖起一根指头，"现在连他们都能得到尊重。你觉得这合理么？他们其实就是取了个花哨名字的佣兵而已。"

薇雯娜眨眨眼，努力让自己镇定下来。"你们不是来杀我的，"她语气僵硬，"也就是说，你们是来绑架我的？"

"天哪，当然不是，"登斯说，"那样只会惹麻烦。谁会靠这个赚钱？每次你绑架某个值得付赎金的人，就会招惹远比你有权势的人。"

"有权的人可不能惹，"汤克·法说着，打了个呵欠，"除非花钱雇你的人更有权。"

登斯点点头。"这还没算上喂饱和照顾俘虏，送出索取赎金的通知，还得安排交换地点。相信我，这会让你头疼。实在不是赚钱的好法子。"

桌边安静下来。薇雯娜将双手平放在桌上，阻止它们的颤抖。他们知道我是谁，她这么想着，强迫自己进行逻辑思考。他们不是认出了我，就是……

"你们是勒梅克斯的手下。"她说。

登斯露出欢快的笑容。"汤克，瞧见没？他说过她很聪明。"

"所以她才是公主，我们只是佣兵。"汤克·法说。

薇雯娜皱起眉头。他们是在嘲笑我么？"勒梅克斯呢？他自己为什么不来？"

登斯又笑了起来，然后朝端着一大锅汤朝这边走来的餐馆老板点点头。锅里散发出香料加热后的气味，还有像是蟹钳的东西漂在汤里。老板放下几把木头勺子，然后转身离开。

登斯和汤克·法并没有等待她的邀请。"你的朋友，"登斯说着，抓起一把勺子，"勒梅克斯——我们的雇主——身体不好。"

"发烧。"汤克·法一边喝汤一边说。

"他要我们带你去见他。"登斯说。他用一只手递给她一张叠好的纸，用另一只手的三根手指捏碎了蟹钳。听到他吮吸蟹肉的声音，薇雯娜不禁缩了缩身子。

公主，纸上写道。请相信这些人。登斯已经为我工作过好几回了，而且他很忠诚——如果说有"忠诚的佣兵"这种东西的话。他和他的部下已经收过酬劳，我相信他会在合约期间忠于我们。我在此给出作为证明的暗号：蓝面具。

那些字是勒梅克斯的笔迹。除此之外，他还给出了正确的暗号。不是"蓝面具"——那只是误导。真正的暗号是用"回"来代替"次"。她瞥了登斯一眼，而后者则在吮吸另一只蟹钳。

"噢，好吧，"他说着，把蟹壳丢到一旁，"麻烦的部分来了：她得拿个主意。我们说的究竟是真话，还是在愚弄她？这封信是我们伪造的吗？还是说我们绑架和拷打了那个老密探，逼迫他写下了这些话？"

"我们可以带来他的几根手指作为证明，"汤克·法说，"这样如何?"

薇雯娜扬起一边眉毛。"又是佣兵式的玩笑?"

"这么说吧,"登斯叹了口气,说,"我们算不上什么聪明人。否则我们恐怕就不会选择死亡率这么高的行当了。"

"你这一行就很好,公主,"汤克说,"寿命通常都很长。我一直在考虑试试看。"

两人吃吃地笑了起来,薇雯娜皱起眉头。勒梅克斯不可能屈打成招,她心想。毕竟他训练有素。就算他真的招供了,也没必要把真暗号和假暗号都写出来。

"我们走吧。"她说着,站起身来。

"等等,"汤克·法说着,又舀了一口汤,"剩下的都不吃了?"

薇雯娜瞥了眼发红的汤汁,还有在汤里浮沉的甲壳类动物的肢体。"当然。"

勒梅克斯轻轻地咳嗽了一声。他苍老的面孔满是汗水,皮肤湿黏又苍白,还时不时用微弱的嗓音胡言乱语一番。

薇雯娜坐在他身旁的凳子上,双手放在膝头。两位佣兵和帕林在房间的另一边候着。除此之外,房间里只有一位脸色严肃的护士——也是她低声告诉薇雯娜,老人已经病入膏肓。

勒梅克斯就快死了。他很可能活不过今天。

这是薇雯娜和勒梅克斯第一次见面,尽管他们之间有过多次书信往来。他的脸看起来……不对劲。她知道勒梅克斯上了年纪:这让他更适合做密探,因为很少有人会怀疑老人。但他不该脆弱又瘦削,也不该像这样瑟瑟发抖,咳嗽不止。他本该是一位生机勃勃、口齿伶俐的老绅士。至少在她的想象中,他就是这个样子。

她觉得自己即将失去一位挚友,尽管她并不真正了解他。随他而去的还有她在霍兰德伦的庇护所,她不为人知的助力。她本以为他能助她一臂之力。她本以为这位老练而狡猾的导师会站在她这一边。

他又咳嗽起来。护士看了薇雯娜一眼。"女士,他的脑子有时清醒,有时糊涂。今天早上他还提到过你,可现在状况越来越糟……"

"谢谢你,"薇雯娜轻声说,"你可以走了。"

那女人鞠了一躬,转身离开。

是时候拿出公主的样子了,薇雯娜这么想着,站起身来,朝着勒梅克斯弯下腰。

"勒梅克斯,"她说,"我希望你把自己的人脉交托给我。我该怎么联系上你的密探网络?城里的其他伊德里斯密探在哪儿?要用什么暗号才能让他们听我的话?"

他咳嗽一声,茫然地看着前方,低声说了些什么。

她凑近了些。

"……不会说的,"他说,"你想怎么拷问我都行。我不会屈服的。"

薇雯娜坐回椅子里。霍兰德伦境内的伊德里斯密探网络被刻意设计成了松散的结构。她父亲认识每一个密探,但薇雯娜只跟勒梅克斯——密探网络的首脑和协调者——联络过。

她咬紧牙关,身体再次前倾。她轻轻摇晃勒梅克斯的脑袋,觉得自己就像个盗墓贼。

"勒梅克斯,看着我。我不是来拷问你的。我是公主。你早先收到过我的信。现在我来找你了。"

"骗不了我的,"老人低声道,"拷问算不了什么。我不会屈服的。不会向你屈服的。"

薇雯娜叹了口气,转过头去。

突然间,勒梅克斯发起抖来,一道色彩的波浪涌过床榻,盖过薇雯娜,沿着地板脉动不止,最终渐渐淡去。在震惊中,薇雯娜不由自主地后退了一步。另一道波浪涌来。但它不再是普通的颜色,而是增强后的色彩——在波浪所过之处,房间里的色调变得更加醒目。地板、床单、她的裙子——全都在一瞬间闪耀着明亮而鲜艳的光彩,随后恢复了原样。

"看在奥斯特瑞的分上,这是怎么回事?"薇雯娜问。

"这是生物染色气息,公主,"登斯靠着门框,答道,"老勒梅克斯有很多。我猜应该有好几百。"

"这不可能,"薇雯娜说,"他是伊德里斯人。他不会接受灵息的。"

登斯看了一眼汤克·法,后者正挠着他那只鹦鹉的脖子。大块头佣兵耸耸肩。勒梅克斯的身体涌出另一道色彩的波浪。

"他快死了,公主,"登斯说,"他的灵息开始失控了。"

薇雯娜怒视着登斯。"他没有——"

有什么东西握住了她的胳膊。她吓了一跳,低头看向费力地抓着她的勒梅克斯。他盯着她的脸。"薇雯娜公主。"他说着,眼神终于清醒了些。

"勒梅克斯,"她说,"你的联络人。你必须告诉我!"

"我做了坏事,公主。"

她愣住了。

"是灵息,公主,"他说,"我从前任首领那里继承来,然后又买了很多。很多很多……"

色彩之神啊……薇雯娜想着,突然一阵反胃。

"我知道这么做是错的,"勒梅克斯低声道,"可……我觉得自己无比强大。我能让大地上的灰尘听从我的指挥。这是为了伊德里斯的福祉!拥有灵息的人在霍兰德伦会受到尊敬。我可以融入原本排斥我的团体。只要我想,就能进入诸神宫廷旁听。灵息延长了我的寿命，让我拥有与年龄不符的活力。我……"

他眨眨眼睛，目光失去了焦点。

"噢，奥斯特瑞啊，"他低声说，"我这是咎由自取。我滥用他人灵魂来获取声名。现在我就要死了。"

"勒梅克斯！"薇雯娜说，"现在别想这些。名字！我需要名字和暗号。别丢下我一个人！"

"咎由自取，"他低声道，"谁来拿走它。请把它拿走吧！"

薇雯娜试图抽身，但他仍旧紧抓她的手臂。想到他拥有的灵息，她不禁发起抖来。

"要知道，公主，"登斯在她身后说，"没有人会跟佣兵说任何事。这是我们这一行不幸——但又非常现实——的缺点。不会有人信任我们，也不会向我们寻求建议。"

她回头看着他。他靠着门框，汤克·法站在不远处。帕林也站在那儿，手里捏着他那顶愚蠢的绿色帽子。

"好了，如果有人要问我，"登斯续道，"我会指出这些灵息价值多少。拿去卖掉，你就能换来足够买下整个密探网络的钱——再加上任何你想要的东西。"

薇雯娜转过头，看着垂死的老人。他正在喃喃自语。

"如果他死掉，"登斯说，"灵息也会跟他一起消失。全部都会。"

"太可惜了。"汤克·法说。

薇雯娜脸色发白。"我不会拿人的灵魂来换钱！我不在乎它们价值多少。"

"随你的便吧，"登斯说，"希望不会有人因为你的失败受苦。"

塞芮……

"不，"薇雯娜几乎是在自言自语，"我不能收下。"她说的是实话。光是想到让别人的灵息和自己的混合——想到将别人的灵魂吸入体内——她都觉得恶心。

薇雯娜再度看向垂死的老密探。他的生物染色灵光格外明亮,甚至让床单都开始发光。还是让这些灵息跟他一起消失的好。

但失去勒梅克斯之后,她在这座城市就将孤立无援,不会有人为她提供指引和庇护。她带着的钱就连住宿和伙食都不太够,更别提拿去贿赂和购买补给了。她告诉自己,接纳这份灵息就像使用在贼窝里找到的赃物。你会因为那些东西是通过犯罪得来,就把它们丢掉么?她上过的课和受过的训练仿佛在向她低语:你急需资金,而且木已成舟……

不!她想道。这样做不对!我不能接受。我办不到。

当然了,也许明智的做法是让其他人暂时保管这些灵息。然后她再慢慢考虑如何处理。或许……或许她甚至可以找到这些灵息的主人,然后原物奉还。她转过身去,看向登斯和汤克·法。

"别这么看着我,公主,"登斯说着,笑了起来,"我能看到你闪闪发光的眼睛。我不会帮你保管灵息的。有了这么强大的生物染色灵光,我会被人盯上的。"

汤克·法点点头。"就像是扛着一袋金子在城里走来走去。"

"我不想改变我的灵息,"登斯说,"我只需要这么一口就足够了。它能让我活命,又不会引起注意,有必要的时候还可以拿去卖掉。"

薇雯娜看了看帕林。可是……不,她不能强迫他接受灵息。她看回登斯。"你和勒梅克斯的协议是怎么规定的?"

登斯瞥了眼汤克·法,然后又将目光转回她身上。他的眼神说明了一切。他会服从命令。如果她下令,他就会接受灵息。

"过来吧。"她说着,朝身边的一张凳子点点头。

登斯不情不愿地走上前。"要知道,公主,"他说着,坐了下来,"如果你让我得到这些灵息,我也许会逃跑。我会变成有钱人。你该不会想让一个没有道德原则的佣兵承受这种诱惑吧?"

她迟疑起来。

如果他就这么逃跑，我又会失去什么？她反而会因此省去很多麻烦。"拿去吧。"她命令道。

他摇摇头。"这样可不行。我们的这位朋友必须自愿交给我。"

她看向那位老人。"我……"她刚想命令勒梅克斯这么做，却又犹豫起来。无论在何种情况下，奥斯特瑞都不会希望她收下这些灵息的。拿走他人灵息的人比奴隶主更恶劣。

"不，"她说，"不，我改变主意了。我们不会收下你的灵息的。"

这时候，勒梅克斯停止了喃喃自语。他抬起头，对上薇雯娜的双眼。

他的手仍旧抓着她的手臂。

"吾命予汝，"他用清晰得可怕的嗓音说着，那只手将震惊的她抓得更紧，"吾息归汝！"

他的口中涌出一团不断变幻的明亮红云，朝着她飘去。薇雯娜闭上嘴巴，睁大双眼，发色转白。她挣脱了勒梅克斯的手，而他的脸色黯淡下去，眼眸失去了光泽，身周的色彩也逐渐黯淡下去。

灵息扑面而来。她闭嘴的动作完全是徒劳：灵息结结实实地击中了她，随后流遍全身。她倒吸一口凉气，跪倒在地，因堕落的愉悦而全身颤抖。她突然能够感觉到房间里的其他人了。她能感觉到他们正在看着她。而且——就像是突然有人点亮了提灯那样——周围的一切都变得更加明亮，更加真实，也更富有生机。

她低呼一声，因敬畏而发抖。她依稀听到帕林冲到她身边，嘴里念着她的名字。但奇怪的是，她所能想到的只有他嗓音的音色。她能分辨出他所说的每一个字的每一个音调。她只凭直觉就能察觉这一切。

*色彩之神奥斯特瑞啊！*她想着，用一只手在木头地板上撑起身体，而颤抖正渐渐平息。*我究竟做了什么？*

第十一章

"不过规矩总是能稍微修改一下的吧。"塞芮说着,飞快地走到特雷勒迪斯身旁。

特雷勒迪斯瞥了她一眼。这位祭司——神王的大祭司——就算没头上的大祭司帽也已经够高了。有了那顶帽子以后,他几乎就像回归神灵那样高大。

或者应该说,是一位身体细长,令人厌恶又倨傲的回归神灵。

"您是要我破例?"他用从容的霍兰德伦口音问道,"不,我想这样恐怕不行,容器大人。"

"我不明白为什么不行。"塞芮说话的时候,一名仆人拉开了他们面前的那扇门,让他们能够离开这个绿色房间,走进蓝色房间。特雷勒迪斯恭恭敬敬地让她先行一步,虽然她能感觉到,他并不情愿。

塞芮咬了咬牙,努力思考另一条进攻路线。换作是薇雯娜,肯定会既冷静又机敏,她心想。她会解释自己离开宫殿的理由,而且能让这位祭司觉得言之有理。塞芮深吸一口气,努力压抑转红的发色与沮丧的态度。

"听着。我能不能到外面去转一转?就只到庭院里,行不行?"

"这可不成,"特雷勒迪斯说,"如果您需要消遣,何不让仆人找吟游诗人或者杂耍艺人来?我相信他们足够让您打发时间了。"他的语气仿佛在说:"而且别给我添麻烦。"

他真的不明白吗?她沮丧的原因并不是无事可做,而是看不到天空,也没法逃离墙壁和条条框框。但如果有人能陪她说话,她姑且也能忍下去。"至少让我跟哪位神灵见个面。我是说，真的，像这样把我关起来有什么意义？"

"没有人把您'关起来'，容器大人，"特雷勒迪斯说，"您只是要接受一段时期的隔离，以便专心思考重新定义自己的人生。这种做法由来已久，而且意义重大，代表了对神王和他的神圣君权的敬意。"

"是啊，但这儿是霍兰德伦，"塞芮说，"是浮华堕落之地！你肯定能想办法帮我破个例吧。"

特雷勒迪斯突然停下脚步。"我们在宗教事务上从不破例，容器大人。我只能认为您是在考验我，因为我很难相信有资格碰触神王的人会抱有如此庸俗的念头。"

塞芮缩了缩身子。*才来到这座城市不到一星期，*她心想，*我就又开始因为多嘴惹祸了。*塞芮并不是不喜欢人——她喜欢跟他们说话，一起打发时间，一起开心地大笑。然而，她没法像称职的政治家那样，说服他们照她喜欢的方式去做。在这方面，她真该跟薇雯娜多学学的。

她和特雷勒迪斯继续前行。塞芮穿着一条飘逸的棕色长裙，裙摆盖住双脚，身后还有拖尾。那祭司穿着金色与栗色相间的袍子——颜色与那些仆人相同。直到现在，她还为宫殿里的每个人都有这么多套服装而吃惊，虽然这些衣服除了色彩之外款式完全相同。

她知道自己不该惹怒祭司。他们看起来已经不喜欢她了，再发牢骚也只是火上浇油。只是她过去的这几天过得太无趣了。被困在这座宫殿里，无法离开，也找不到能聊天的人，她觉得自己都快发疯了。

但破例看起来是不可能了。

"容器大人，您要说的就这些么？"特雷勒迪斯说着，在一扇门边停下脚步。对他来说，似乎对她客气都是件苦差事。

塞芮叹了口气，但还是点点头。祭司躬身行礼，然后打开门，快步走开。塞芮目送着他离开，抱起双臂，用一只脚轻轻敲打地面。仆人们在她身后排成队列，一如既往地保持沉默。她本想去找蓝手指，但又放弃了这个打算。他永远都有很多事要忙，她可不想让他分心。

她又叹了口气，用手势示意仆人们准备晚餐。其中两人从房间的一侧搬来一张椅子。塞芮坐了下来，等待仆人们送上饭菜。这张椅子很豪华，但仍然不足以舒缓她肌肉和关节的痛楚。在过去的六个晚上，她都被迫赤身裸体地跪在地上，最后在倦意的侵袭下沉沉睡去。在坚硬的石头地板上入眠，让她的背脊和脖颈疼痛难消。每天早上，等神王离开后，她就会爬上床去。等到再次醒来后，她会烧掉床单。在那之后，她会挑选衣物。她们拿来的衣服始终是新的，款式也大相径庭。塞芮不清楚这些仆人为何总是能找到合她尺码的衣服，但这也让她在挑选日常装束的时候犹豫不决。她知道自己一旦错过某件衣服，恐怕就再也看不到它了。

穿戴整齐之后，她想做什么就能做什么，前提是不能离开这座宫殿。等到夜幕降临，她会在侍女的服侍下入浴，然后从许多奢华的礼裙里挑出一件，穿着它走进卧室。她开始索要更加豪华的礼裙，毕竟堆起来的衣服越厚实，睡在上面也就越舒服。她常常好奇，如果那些裁缝知道自己的作品只会在她身上穿戴片刻，然后就被铺在地上充当毛毯，又会作何感想。

她身无长物，却又能得到她想要的任何东西。异国食物、家具、艺人、书籍、画作……她只需要开口就行。然而，等她使用完毕之后，那些东西就会撤走。她在同时拥有一切，又一无所有。

她打了个呵欠。那种断断续续的浅眠让她睡眼惺忪，疲乏无力。无所事事的白天也没带来什么好处。要是有人能跟她说说话该多好。可是仆人、祭司和书记官全都恪守本分，不敢有丝毫逾越。

与她有过交流的每个人都是如此。好吧，只有他除外。

但那能称之为交流么？神王似乎喜欢看她的身体，但他从没给出过更进一步的指示。他只是让她跪下，用他那双眼睛凝视和剖析她。他们迄今为止的婚姻就只是这样而已。

女仆们布置好餐桌，又端上菜肴，接着在墙边排成一队。时候已经不早，就快到她每晚的入浴时间了。*我得吃得快点儿*，她这么想着，*坐在桌边。不管怎么说，我都不想迟到。*

几个钟头之后，沐浴熏香，穿戴整齐的塞芮站在神王卧室那扇镀金大门前。她深吸一口气，平复心神，焦虑让她的头发转为淡褐色。她还是没能习惯这些。

这样太蠢了。她知道接下来会发生什么。然而，期待——还有恐惧——依旧存在。神王的行为证明他拥有支配她的权力。总有一天，他会占有她，而且那一天随时可能到来。她甚至有些希望那一天早些到来。这种惶惶然不可终日的感觉比最初那晚的惊恐更让人难受。

她发起抖来。蓝手指看了她一眼。或许终有一天，他会相信她能准时来到卧室这边。迄今为止的每个晚上，他都会来护送她。

*至少在我洗澡的时候，他没有再出现过。*温暖的水和宜人的香气本该让她放松才对——不幸的是，她每次入浴时都会担心有男性仆人突然靠近自己，又或是为去见神王而心烦。

她瞥了眼蓝手指。

"再等几分钟，容器大人。"他说。

*他怎么知道？*她心想。这个人的时间感似乎非同寻常。她在宫殿里没看到任何时钟——也没有日冕或是标有刻度的蜡烛，更没有水钟。看起来在霍兰德伦，神灵和王后们都不在意这种事。仆人们

会提醒他们各项安排的时间。

蓝手指看看那扇门，又看看她。他发现她在看自己，立刻转过头去。他站在那儿，开始变换双脚的重心。他究竟有什么好紧张的？她恼火地想着，转头看向镀金的门板复杂精细的图案。每晚要走进这扇门的人又不是他。

"这么说……您和神王还算顺利？"蓝手指突然发问。

塞芮皱起眉头。

"我能看到您经常露出疲态，"蓝手指说，"我猜……这表示您在晚上非常……活跃。"

"这是好事，对吧？所有人都希望尽快有个继承人。"

"是啊，这是当然，"蓝手指绞着双手说，"只是……"他的声音越来越小，最后抬起头，对上她的双眼。"您最好谨慎些，容器大人。保持警惕。尽量不要松懈。"

她的头发彻底变成了白色。"你说得好像我会有危险一样。"她轻声说。

"什么？危险？"蓝手指说着，避开了她的视线，"说什么傻话。您有什么可怕的？我只是在建议您集中精神，好满足神王的需要。噢，您瞧，时间到了。祝您今晚愉快，容器大人。"

说完，他推开门，一手按着她的背脊，把她轻轻推进房间。在最后一刻，他把脑袋凑到她的耳边。"自己当心吧，孩子，"他耳语道，"这座宫殿里的事并不是全都表里如一的。"

塞芮皱了皱眉，转过头去，但蓝手指却摆出假笑，然后关上了门。

看在奥斯特瑞的分上，这究竟是什么意思？她这么想着，盯着那扇门看了好一会儿。最后，她叹了口气，转过身去。壁炉的火焰像往常那样噼啪作响，但似乎烧得没有昨晚那么旺。他在房间里。塞芮能够察觉到他的存在。随着她的双眼逐渐习惯黑暗，她也注意到了炉火的颜色——蓝色、橘色，甚至是黑色——太过鲜明，又太过真实。她那件亮金色的绸缎礼袍仿佛也由内而外地闪烁着光彩。

所有白色的东西——比如她裙子上的一部分花边——都略微弯曲，散发出彩虹般的色彩，就像透过棱镜看到的景象。她暗自希望这间屋子的照明能好一些，让她能好好欣赏生物染色灵光的美丽之处。

不过当然了，这样不对。神王的灵息是堕落之物。他以自己子民的灵魂为食，而他唤起的色彩建立在他们的痛苦之上。

塞芮颤抖着解开了裙子的侧面，让它四分五裂——长长的袖子分离滑落，胸衣向前落下，裙子和罩衣窸窸窣窣地落在地板上。她完成了仪式，将内衣的吊带自肩头滑下，再把内衣丢在礼裙旁的地板上。她走开几步，然后以她习惯的姿势跪了下来。

她的背脊抱怨起来，想到这又会是个难熬的夜晚，她就不由得心生懊恼。尽管霍兰德伦属于热带气候，但这座宽阔石宫的夜晚依旧寒冷。尤其是对全身赤裸的人来说。还是思考蓝手指的话吧，她想着，努力转移自己的注意力。他究竟是什么意思？这座宫殿的事并不是表里如一？

他指的是神王和他生杀予夺的能力么？她非常清楚神王的权力。她怎么可能忘记？他就坐在不到十五尺的前方，在阴影里注视着她。不，不是这件事。他是特意在别人听不到的情况下向她示警的。自己当心吧……

她似乎嗅到了政治的气息，不由得咬紧牙关。如果她上课时再专心一点，或许就能察觉蓝手指的弦外之音了吧？

就好像我要烦心的事还不够多似的，她心想。如果蓝手指真想告诉她什么，又为何不能直接开口？时间一分一秒地过去，他的话语就像失眠的人在脑海中辗转反侧，但她又冷又难受，没法靠思考得出任何结论。这反而让她更恼火了。换作薇雯娜肯定能想明白。

她也许只靠本能就能察觉神王不肯跟她上床的原因。她在第一天晚上就能解决问题。

但塞芮没有这样的能力。她努力想要做到薇雯娜那样——尽她所能成为最好的妻子,为伊德里斯做出贡献。成为所有人期待中的人。但她并不是那样的人。她做不到。在这座宫殿里,她觉得自己就像笼中困兽。那些祭司只会对她翻白眼,而她甚至没法让神王和自己同床共枕。最重要的是,她对可能存在的危险一无所知。

简而言之,她已经束手无策了。

塞芮为隐隐作痛的四肢发出呻吟,在昏暗的房间坐起身,看着角落里那个模糊的身影。"能麻烦你别光看着么?"她脱口而出。

一阵沉默。

塞芮这才意识到自己做了什么,头发顿时变得惨白。她绷紧身体,垂下目光,担忧将她的疲倦一扫而空。

她到底在想什么?神王会叫仆人进来处死她的。事实上,他根本不用费那个力气。他可以赋予自己衣服以生命,将它"唤醒",然后勒死她。他可以让地毯飞起,捂住她的口鼻,让她窒息。他或许还能让天花板砸在她身上,甚至不用起身。

塞芮呼吸凌乱地等待着,满以为愤怒和报复即将到来。可……什么都没发生。时间一分一秒地过去。

最后,塞芮抬起头来。神王的身体动了:他在床边那张阴影笼罩的椅子里挺直背脊,打量着她。她能看到从他的眼珠里反射的火光。她看不太清他的脸,但他似乎并没有生气,只是显得冷漠而疏远。

她差点再次垂下头去,但又犹豫起来。如果说对他呵斥不会引发后果,那么注视他多半也没什么关系。于是她抬起下巴,对上他的双眼,但心里清楚自己又在做蠢事。薇雯娜永远不会挑衅这个人。她会保持安静和端庄,或是设法解决问题——如果真有办法解决的话——或是每晚都这样跪拜，直到她的耐心打动霍兰德伦的神王的那一刻。

但塞芮不是薇雯娜。她该接受这个事实了。

神王继续打量着她，而塞芮发觉自己脸红了。她赤身裸体在他面前跪拜了连续六个晚上，可不着寸缕地面对他还是让人羞愧。

但她没有退缩。她继续跪在地上，看着他，强迫自己保持清醒。

这并不轻松。她已经很累了，而且说实话，这种姿势要比拜倒在地更不舒服。但她依旧看着他，等待着，就这样持续了好几个钟头。

终于——差不多就在神王平时离开房间的时候——他站起身来。塞芮身体僵硬，震惊而警惕。但他只是走向了房门。他用脚底轻叩地板，门就为他开启：仆人们正等在门外。他走出门去，房门随之关闭。

塞芮紧张地等待着。没有士兵进来逮捕她；也没有祭司来惩戒她。最后，她就这么走到床边，钻进被单下，享受着那里的温暖。

神王的暴怒，她昏昏沉沉地想着，显然并没有传闻中那么可怕。

想到这里，她沉入了梦乡。

第十二章

光歌终于得去聆听请愿了。

这让他很恼火,毕竟婚礼庆典还有好几天才会结束。但人民需要他们的神。他知道自己不该恼火。为了这场新郎和新娘都公然缺席的婚礼,他已经休息了将近一星期,也该知足了。他所要做的只是每天花几个钟头看看画儿,再听听民众的疾苦。这算不了什么。虽然这些事的确在一点一点消磨他的理智。

他叹了口气,在宝座上坐直身子。他的头上戴着一顶绣花无边帽,配上金红相间的宽松长袍。这件衣服裹住他的双肩,缠绕在他的身体上,袖口和领口垂着金色的流苏。就像他所有的衣服那样,穿戴这件长袍的方法比看起来还要复杂。

如果我的仆人们突然抛弃我,他愉快地想,*我就连衣服都没法穿了。*他一手拄着脑袋,手肘放在宝座的扶手上。宫殿里的这个房间正对着草坪——恶劣的天气在霍兰德伦非常少见,此时更有一股凉风从海那边吹来,带来了盐水的气息。他闭上双眼,深吸一口气。

他昨晚又梦见了战争。莱瑞玛认为他的梦富有深意。光歌却只觉得心烦。所有人都说如果战争来临,霍兰德伦将会轻易获胜。但如果真是这样,他又为何一再梦见特泰利尔燃烧的情景?不是某个遥远的伊德里斯城市,而是他的家园。

这个梦毫无意义,他告诉自己。日有所思,夜有所梦,只是这样而已。

"大人,轮到下一位请愿者了。"莱瑞玛对他耳语道。

光歌叹息一声,睁开双眼。戴着头巾,身穿长袍的祭司们排列在房间两侧。为何会有这么多人？真的有神灵需要这么多的关注吗？

他能看到民众的队列一直延伸到宫殿外的草坪上。他们显得悲伤又凄凉，还有几个似乎得了病，不时咳嗽几声。太多了，他这么想着的时候，祭司将一个女人领进房间。他今天已经听了一小时的请愿。我早该料到的。毕竟都拖了快一星期了。

"瞎转悠，"他说着，转头看向他的大祭司，"去告诉正在等候的人，让他们坐在草坪上。没必要让他们一直站着。他们还有得等呢。"

莱瑞玛犹豫起来。当然了，站着等候象征着尊敬。但他还是点点头，招来一名地位较低的祭司，让他去传达光歌的指示。

这么多人都在等着见我，光歌心想。怎么做才能让这些人明白，我根本帮不了他们？怎么做才能让他们不再来找我？聆听过五年的请愿之后，他真不知道自己能否熬过下一个五年。

那位请愿者朝他的宝座走来。她的怀里抱着个孩子。

不是孩子……光歌这么想着，心里颤抖了一下。

"伟大的神啊，"那女人说着，跪在地毯上，"勇气的主宰啊。"

光歌一言不发。

"这是我的孩子哈兰。"那女人说着，把婴儿举到身前。接近光歌的灵光之时，婴儿身上的毛毯迸发出距离纯色仅有两步半之差的明亮蓝色。他能轻易看出那婴儿患了重病，瘦得几乎皮包骨头。婴儿的灵息非常虚弱，就像是一根快要燃尽烛芯的蜡烛。他会在今天之内死去。或许是这个钟头之内。

"医师们说他得了死亡热病，"那女人说，"我知道他就快死了。"婴儿似乎短促咳嗽了几声，或许那是他能发出的最接近哭泣的声音了吧。

"求您了，伟大的神。"那女人说。她吸了吸鼻子，然后低下头来。"噢，求您了。他很勇敢，像您那样勇敢。我会把自己的灵息给您。我的全家人的灵息都给您。我会为您充当一百年的仆人。无论您要我做什么都行。求您治好他吧。"

光歌闭上了双眼。

"求您了。"女人低声道。

"我做不到。"光歌说。

沉默。

"我做不到。"光歌说。

"谢谢您，大人。"终于，那女人开口道。

光歌睁开眼睛，看到祭司领着轻声哭泣的女人走出门去，她把那个婴儿紧紧抱在胸前。民众的队伍目送她离开，表情可怜巴巴，却又抱着希望。又一个请愿者失败了。这就意味着他们还有机会。

恳求光歌杀死自己的机会。

光歌突然站起身，扯下无边帽，丢到一旁。他快步走远，随后推开了房间后部的一扇门。他跌跌撞撞地迈进门里，门板重重地撞在墙上。

仆人和祭司们立刻跟在他身后。

他转身看着他们。"走开！"他说着，挥手示意他们离开。好些人露出惊讶的神色，因为他们的主人很少表现出这种强硬的态度。

"让我安静一会儿！"他俯瞰着他们大吼。房间里的色彩响应着他的情感，变得更加明亮，陷入混乱的仆人们跌跌撞撞地退回请愿大厅，随后关上了门。

光歌独自站在原地。他一手按着墙壁，放缓呼吸，另一只手按着额头。他为何会流这么多汗？他聆听过数千次请愿，有很多次比刚才更难熬。他曾让怀孕的女子等死，同时宣告母亲和孩子的末日，也曾坐视无辜者和虔信者遭受不幸。

他没有反应过度的理由。他可以承受。真的，这算不了什么。就像是每周吸取一个人的灵息那样，只是个微不足道的代价……

房门打开，有个人影走进门来。

光歌没有转身。"莱瑞玛，他们到底想要我做什么？"他质问道，"他们真以为我做得出那种事？我可是'自私者'光歌啊。他们真以为我会为了某个人放弃自己的生命？"

莱瑞玛沉默了好一会儿。"您给他们的是希望，大人，"最后，他说，"最后的、渺茫的希望。希望是信仰的一部分——他们相信总有一天，您的追随者之一的身上会有奇迹降临。"

"如果他们错了呢？"光歌问，"我可不想死。我是个喜欢享乐的懒人。像我这样的人是不会放弃生命的，就算成了神灵也不例外。"

莱瑞玛没有回答。

"好心的神灵都死了，瞎转悠，"光歌说，"静知，明色，他们都是愿意放弃自己生命的神灵。其余的神都很自私。上一次请愿得到实现已经是三年前的事了吧？"

"是的，大人。"莱瑞玛轻声回答。

"所以又为什么会有例外呢？"光歌说着，发出短促的笑声，"我是说，如果想治好其中的某个人，我们就必须付出生命。你不觉得这很荒谬吗？什么样的宗教会鼓励信众来请求神灵为他们送命？"光歌摇摇头，"这太讽刺了。他们把我们奉为神明，却又能下手杀死我们。我想我或许明白那些神灵为何放弃了。被迫日复一日地听取请愿，心里清楚你有能力拯救其中的某个人——或许你还应该这么做，毕竟你的生命根本没有意义。这一切足以把人逼疯，足以让他选择自杀！"

他笑了笑，看向他的大祭司。"用展现神力的方式自杀。真够戏剧化的。"

"大人，需要我去取消剩下的请愿吗？"面对大发雷霆的光歌，莱瑞玛却显得很平静。

"那当然，"光歌说着，摆了摆手，"他们的确需要上一堂神学课。他们已经知道我是个多没用的神了。把他们打发走，告诉他们明天再来——如果他们真的会蠢到照办的话。"

"遵命,大人。"莱瑞玛说着,鞠了一躬。

这人难道永远不会冲我发火吗?光歌心想。我是个靠不住的人,这点他应该比其他人更清楚啊!

莱瑞玛朝请愿厅走去,而光歌转身离开。没有一个仆人敢跟着他。光歌推开一扇又一扇红色房间的门,最后顺着楼梯来到了二楼。宫殿的这一层非常开阔:事实上,这儿根本是个有屋顶的巨大露台。他朝着另一边走去,远离民众的队列。

这里的风很强。他能感觉到这阵风拉扯着自己的长袍,它吹过海洋,带来了数百里外的气息,蜿蜒绕过棕榈树丛,最后吹进诸神宫廷。他伫足良久,目光越过城市,看向大海。虽然说过类似的话,但他并不想离开这座宫廷里舒适的住所。他喜欢的不是荒野,而是人群。

但有时候,他也希望自己至少有"成为另一种人"的想法。织晕的话语仍旧压在他的心头。*你早晚得选择阵营的,光歌。你对民众来说可是神啊……*

的确如此。无论他愿不愿意,他都是神。这一点令人沮丧。他已经尽力做到无能和无用了。可他们还是会来。

我们用得上你的自信……你是个优秀的人,只是太低估自己了。

为什么他越是表现得像个白痴,别人就越是相信他深藏不露?在赞美他所谓美德的同时,他们等于是在暗示他是个骗子。难道就没人明白,一个人可以既讨人喜欢,又一无是处?并非每个能言善辩的傻瓜都是乔装的英雄。

在脚步声传来之前很久,他的生命感应能力就提醒了他莱瑞玛的归来。大祭司走到站在墙边的光歌身旁。莱瑞玛的手肘挂着为神灵打造、比普通规格高上一尺的栏杆:对祭司来说,它有点太高了。

"他们走了。"莱瑞玛说。

"噢，很好，"光歌说，"我相信我们今天还是有成果的。我逃避了自己的职责，朝仆人大吼大叫，还躲在这儿生闷气。这无疑会让所有人相信，我比他们先前认为的更加高贵，更加可敬。到了明天，请愿者的数量会是今天的两倍，我也将坚定地朝着发疯的道上一路狂奔。"

"您是不能发疯的，"莱瑞玛轻声道，"这根本不可能。"

"我当然能，"光歌说，"注意力够集中就行。你瞧，发疯最有意思的地方在于，它全都发生在脑子里。"

莱瑞玛摇摇头。"看来您已经恢复平常的幽默感了。"

"瞎转悠，你这话可伤到我了。我的幽默感一点也不平常。"他们在沉默中伫立了几分钟，莱瑞玛对于这位神灵的行为既没有斥责，也没有做出任何评价。就像所有称职的祭司那样。

这让光歌想到了什么。"瞎转悠，你是我的大祭司。"

"是的，大人。"

光歌叹了口气。"你真该仔细听我的话才对，瞎转悠。你刚才应该来句短小精辟的评论之类的。"

"我道歉，大人。"

"下次再努力吧。总之，你了解神学之类的事，对吧？"

"略知一二，大人。"

"那么，从宗教的角度来说，治好一个人就得死去的神灵有什么意义？这在我看来很没效率。这样只会让神灵越来越少。"

莱瑞玛身体前倾，眺望着城市。"说起来很复杂，大人。回归者并不仅仅是神——他们是曾经死去，却又决定回归现实，带来祝福和指示的人。说到底，只有经历过死亡的人才可能了解另一个世界的事。"

"我想你说得对。"

"问题在于，大人，回归者是不该留下的。虽然我们延长他们的生命,给他们更多的时间来保佑我们。但实际上,他们本该只活到完成他们责任为止。"

"责任?"光歌说,"听起来很含糊。"

莱瑞玛耸耸肩。"回归者有着……目的。只有他们才知道的目标。您在决定归来前就知道自己的目的,但跃过虹彩波浪的过程会让记忆支离破碎。如果您在这个世界停留得够久,就会想起当初想要达成的目标。这些请愿……是一种帮助您回忆的方法。"

"也就是说,我是回来拯救某个人的性命的?"光歌说着,皱起眉头,心里却有些羞愧。这五年来,他几乎完全没研究过自己的宗教。不过嘛,祭司就是派这个用场的。

"这可不一定,大人,"莱瑞玛说,"您也许是回来拯救某个人的。但更可能的情况是,您觉得有必要与我们分享关于未来或是死后世界的某些讯息。又或许,您觉得有某些必须参与的重大事件。请别忘记,正是因为您当初英勇的死法,才会得到回归的力量。您该做的事也许和这一点存在某种关联。"

莱瑞玛的声音越来越小,目光也开始茫然。"您看到了某种事物,光歌大人。在那个世界,未来是可见的,就像一张无限延伸、化作宇宙的永恒和谐的卷轴。您看到的那种事物——关于未来的事物——令您担忧。于是您没有继续安息,而是抓住您的英勇牺牲赋予的机会,回归了这个世界。因为您决定要解决某个问题,分享某些讯息,或是用其他方法去帮助仍然活着的人。

"未来的某一天,等您觉得自己达成了目标的时候,您就可以在请愿者里找出值得让您付出灵息的人,然后再次踏上跨越虹彩波浪的旅程。作为您的追随者,我们的工作就是为您提供灵息,让您活到达成目标的那一天,无论那是什么。在此期间,我们会恳求您的预言和祝福,而这种事只有像您这样接触过未来的神灵才能办到。"

光歌一时间没有答话。"那如果我不相信呢?"

"大人，您不相信什么？"

"所有这些，"光歌说，"说回归者是神灵，说我看到的景象并不是大脑的虚构而已。如果我不相信自己的归来有任何目的或者计划呢？"

"那么也许您的归来就是为了找到答案。"

"也就是说……等等。你是说我在另一个世界的时候——另一个世界的我显然相信它的存在——意识到如果我回归，肯定不会相信另一个世界存在，于是我为了找到对它的信仰而归来，可那份信仰正是因为我的回归才失去的？"

莱瑞玛沉默片刻，然后笑了。"最后那句话在逻辑方面有点问题吧？"

"是啊，有一点儿，"光歌说着，回以微笑。他转过身，目光落在神王的宫殿上。在宫廷里的其余建筑物之中，它高高耸立，仿佛一座纪念碑。"你对她有何看法？"

"新王后？"莱瑞玛问，"大人，我还没见过她。她要再过几天才会出来见人。"

"我说的不是她这个人。是她代表的意义。"

莱瑞玛瞥了他一眼。"大人。我嗅到了对政治感兴趣的气味！"

"好了好了，我知道。光歌是个伪君子。我回头再去忏悔。该死的，先回答我的问题。"

莱瑞玛笑了。"我对她没什么看法，大人。只是二十年前的宫廷认为娶一位公主是个好主意。"

是啊，光歌心想。*但那个宫廷已经不在了*。神灵们曾经觉得与王室联姻是有益之举。但那些神灵——那些认为自己知道该如何应对这件事的神灵——都已经死去。留下的只有劣等的替代品。

如果莱瑞玛所言非虚，那么光歌所看到的景象就有重要意义。那些关于战争的幻景，还有那些可怕的预感。出于他无法解释的理由，那种感觉就像是他的同胞正顺着山坡飞快滑下，却对前方的无底深渊一无所知。

"宫廷议会的全体裁决会议就在明天，对吧？"光歌说着，仍旧看着那座黑色的宫殿。

"是的，大人。"

"联系织晕。问她愿不愿意在会议期间跟我共用一个包厢。或许她能让我分心。你知道政治让我有多头痛。"

"您是不会头痛的，大人。"

在远处，光歌能看见遭到拒绝的请愿者们缓缓走出大门，回到城市里，将他们的神灵抛在身后。"但我可以欺骗自己。"他轻声道。

只穿着内衣的塞芮站在漆黑的卧室里，望向窗外。神王的宫殿比周边的围墙更高，而卧室面朝东方。

她看向大海，看着远处的波浪，感受着午后阳光的热度。她只穿了纤薄的内衣，但天气暖和，还有从海上吹来的徐徐凉风。风拨弄着她的长发，吹皱了她内衣的面料。

她本该死去的。她直接和神王说了话，还站起身来向他提出要求。一整个早晨，她都在等待惩罚。但惩罚却并未降临。

她俯身靠着窗沿，手臂交叠在石头上，随后闭上双眼，感受着海风。她的心里仍为昨晚的举动惶惶不安。但那份恐惧正越来越微弱。*我做了不该做的事*，她心想。*我让恐惧和担忧支配了自己。*

平常的她并不会为恐惧和担忧费心。她只会做看起来正确的事。她开始觉得，自己几天前就该起身面对神王了。或许她是不够谨慎。或许惩罚终究还是会来。然而，在这一刻，她觉得自己像是做到了什么。

她微笑着睁开双眼，让头发转为坚定的金黄色。

是时候停止恐惧了。

第十三章

"我会交给别人的。"薇雯娜语气坚决。

她跟佣兵们坐在勒梅克斯的家里。她被迫接受灵息已经是昨天的事了;昨天晚上,她让佣兵和护士去处理勒梅克斯的尸体,自己几乎彻夜未眠。她不记得自己是在何时因疲劳和压力沉入梦乡的了,但她记得自己去了楼上的另一间卧室,打算躺下休息片刻。等她醒来时,惊讶地发现佣兵们还没走。看起来,他们和帕林在楼下过了一夜。

昨晚的思考无助于解决问题。她仍然拥有那些肮脏的灵息,也不知道失去了勒梅克斯以后,自己该在霍兰德伦做些什么。至少在灵息的处理上,她有自己的想法。灵息是可以送给别人的。

他们身在勒梅克斯的起居室。就像霍兰德伦的大多数地方那样,这个房间也充斥着色彩:墙壁是用细长的芦苇木制成,呈现出亮黄色和绿色。薇雯娜不由自主地发现,此时的她看到的色彩更鲜明了。她对于色彩的感受力精确到怪异的程度——能区分色度和色调,本能地理解房间里的每种颜色与理想色的差距。就像是眼睛的完美音感那样。

想要对色彩之美视而不见,简直太难了。

登斯靠着房间那头的墙壁。汤克·法懒洋洋地躺在睡椅上,不时打个呵欠,那只五颜六色的鸟儿停在他的脚上。帕林去外面放哨了。

"公主,你要送什么?"登斯问。

"灵息。"薇雯娜说。她坐在厨房的凳子上,而不是其中一张奢华过头的座椅或是睡椅。"我们出去找到那些在你们的文化下遭受洗劫、灵息被抢走的人,然后我会给他们每人一口灵息。"

登斯瞥了眼汤克·法,后者只是打了个呵欠。

"公主,"登斯说,"你不能每次只给出一口灵息。你只能一次全交出去。"

"包括你自己的灵息。"汤克·法说。

登斯点点头。"这么一来,你就成了灰白者。"

薇雯娜的胃里翻搅起来。想到不光要失去这份全新的美丽和色彩,还有她自己的灵息,她的灵魂……噢,这几乎要让她头发转为白色了。"不,"她说,"那可不行。"

整个房间安静下来。

"她可以去唤醒东西,"汤克·法评论着,晃了晃脚,让那只鸟儿嘎嘎地叫了起来。"把灵息放进裤子什么的里面。"

"好主意。"登斯说。

"那是……什么意思?"薇雯娜问。

"就是让东西活过来,公主,"登斯说,"给没有生命的东西以生命。耗费你的一部分灵息,让那东西变成某种'活物'。大多数唤醒者都只会选择暂时唤醒,但我觉得你完全可以把灵息留下。"

唤醒。拿走人类的灵魂,用来创造非生物的怪物。不知为何,薇雯娜觉得在奥斯特瑞看来,这是比拥有灵息更严重的罪行。她叹了口气,摇摇头。在某种程度上,灵息问题只是一种分心的手段——她不想过度纠结失去勒梅克斯的事实,但她也担心自己会依赖这种手段。

登斯坐在她身旁的椅子里,将双脚放在桌上。他把自己打理得比汤克·法整齐得多,黑发梳到脑后,束成整齐的马尾,脸也修得干干净净。"我讨厌当佣兵,"他说,"你知道为什么吗?"

她扬起一边眉毛。

"因为没有保障,"登斯说着,靠向椅背,"我们做的那些事往往危险又难以预测。连我们的雇主都有丧命的习惯。"

"显然通常不是死于风寒,"汤克·法评论道,"刀剑这种原因比较常见。"

"就拿我们目前的困境来说吧,"登斯说,"雇主没了。我们也就失去方向了。"

薇雯娜身体僵硬。这就表示他们的合同结束了?他们知道我是伊德里斯的公主。他们会怎么利用这份情报?这就是他们昨晚选择留下过夜而非离开的原因吗?他们是打算勒索我吗?

登斯看了她一眼。"看到没?"他说着,转头看着汤克·法。

"嗯,"汤克·法说,"她在想那件事呢。"

登斯更用力地靠向椅背。"我要说的就是这个。为什么每个人都觉得一旦合同结束,佣兵就会背叛雇主?你觉得我们会到处捅人玩儿么?你觉得外科医生会有这种烦恼吗?有人会担心付完钱之后,他就会狂笑着切掉他们的脚趾吗?"

"我喜欢切脚趾。"汤克·法评论道。

"这不是一回事,"登斯说,"你也不会只因为合同到期就这么干,对吧?"

"那是,"汤克·法说,"脚趾归脚趾。"

薇雯娜翻了个白眼。"所以重点是?"

"重点就是,公主,"登斯说,"你刚才觉得我们会背叛你。也许是欺骗你,也许是把你当做奴隶卖掉之类的。"

"胡说八道,"薇雯娜说,"我才没有这么想。"

"我相信,"登斯答道,"佣兵是一门受人敬重的行当——就我所知,它几乎在每个王国都是合法的。我们是社会的一部分,就像面包师和鱼贩子那样。"

"倒不是说我们会乖乖缴税,"汤克·法补充道,"我们更喜欢捅收税官玩。"

薇雯娜只是摇摇头。

登斯身体前倾,语气也严肃起来。

"我想说的是,公主,我们不是罪犯。我们是雇工。你的朋友勒梅克斯是我们的老板。现在他死了。如果你愿意的话,我们的合同应该是转移给你。"

薇雯娜似乎看到了一线希望。但她真能信任他们吗?就算登斯这么说,她还是觉得难以相信这些为金钱卖命的人,难以相信他们的动机和利他主义精神。然而,他们并没有在勒梅克斯生病时趁火打劫,也没有在她睡觉时把这儿洗劫一空,然后扬长而去。

"好吧,"她说,"你们的合同期限还有多久?"

"不清楚,"登斯说,"这种事都是**珠宝**在管。"

"珠宝?"薇雯娜问。

"我们的第三个成员,"汤克·法说,"她去忙她的私事了。"

薇雯娜皱起眉头。"你们总共有多少人?"

"就三个。"登斯说。

"除非你把宠物也算上。"汤克·法说着,晃了晃脚上那只鸟儿。

"她过一会儿就会回来,"登斯说,"她昨晚来过了,不过你们都在睡觉。总之,我知道合同期还有几个月,而且我们已经预收了一半的酬劳。就算你不付尾款,我们恐怕也还欠你好几个星期呢。"

汤克·法点点头。"所以如果你有想杀的人,这会儿正是时候。"

薇雯娜瞪大了眼睛,男人吃吃地笑了起来。

"你真的得开始习惯我们糟糕的幽默感了,公主,"登斯说,"当然了,前提是你打算把我们留在身边。"

"我已经暗示过要留你们了。"薇雯娜说。

"没错,"登斯答道,"可你打算带着我们做什么呢?话说回来,你究竟为什么要来这座城市?"

薇雯娜没有立刻回答。没有隐瞒的必要，她心想，他们已经知道我的身份了。这才是最危险的秘密。"我是来救我的妹妹的，"她说，"我要把她偷偷带出神王的宫殿，让她毫发无伤地回到伊德里斯。"

佣兵们沉默下来。最后，汤克·法吹了声口哨。"真有野心。"说这话的时候，他的鹦鹉模仿起了口哨声。

"她是个公主，"登斯说，"他们这种人通常都很有野心。"

"塞芮没有跟霍兰德伦人打交道的准备，"薇雯娜说着，身体前倾，"是我父亲让她代替我来的，但光是想到让她充当神王的妻子，我就无法忍受。不幸的是，如果我们就这么带她回去，霍兰德伦很可能会攻打我的祖国。我们必须确保不会连累到我们的同胞。必要的时候，也可以用我来代替我妹妹。"

登斯挠了挠头。

"如何？"薇雯娜问。

"有点超出我们的专业范畴。"登斯说。

"打打杀杀才是我们的老本行。"汤克·法说。

登斯点点头。"最多也就是保护别人不被杀。勒梅克斯把我们留在身边，也有让我们充当保镖的意思。"

"他为什么不找几个伊德里斯士兵来保护自己？"

登斯和汤克·法对视了一眼。

"我该怎么说才合适呢？"登斯说，"公主，你的勒梅克斯一直在挪用国王给他的钱，然后花在灵息上。"

"勒梅克斯是个爱国的人！"薇雯娜立刻反驳道。

"也许你说得没错，"登斯说，"不过就算再好的祭司，也难保不会从钱柜里顺几块钱币。我想你的勒梅克斯觉得就护卫而言，比起内在的忠诚来，外在的肌肉更加可靠。"

薇雯娜陷入了沉默。她还是很难把信里那位体贴、聪明又充满热情的勒梅克斯看做小偷。但勒梅克斯拥有如此庞大的灵息，这个事实同样难以置信。可话说回来，挪用公款？窃取伊德里斯王国的财富？

"作为佣兵，你会学到很多东西，"登斯说着，双手背在脑后，靠向椅背，"经历过太多腥风血雨，你会开始理解他人。为了存活下去，你会尝试预测对手。可问题在于，没有人是单纯的。即使是伊德里斯人。"

"无趣是没错，"汤克·法补充道，"但并不单纯。"

"你的勒梅克斯，他参与了一些大计划，"登斯说，"我由衷地相信他是个爱国者。这座城市里有许多阴谋正在进行，公主——勒梅克斯让我们协助的某些计划很庞大，而且在我看来有利于伊德里斯。我猜他只是想稍稍补偿一下如此爱国的自己。"

"那家伙其实是个亲切的人，"汤克·法说，"他不想烦劳你父亲。所以他自己做预算，给自己加薪，再在报告里把开支写得比实际高很多。"

薇雯娜沉默下来，消化着这些话。怎么可能有人既是爱国者，同时又窃取祖国的钱财？怎么可能有人既信仰奥斯特瑞，却又积累起数百口生物染色气息？

她讽刺地摇了摇头。我看见有人凌驾于他人之上，我看见他们垮台，她在心中引用着教义。这是"五幻景"之一。她不该随便评判勒梅克斯，尤其是在他已经死去的现在。"等等，"她说着，瞥了眼那些佣兵，"你说过你们只是保镖。那么，为了协助勒梅克斯的那些'计划'，你们都做了什么呢？"

两人对视一眼。

"我早说了她很聪明，"汤克·法说，"毕竟她不是佣兵。"

"我们是保镖没错，公主，"登斯说，"只不过，我们并非不具备某些……技巧。我们能办到一些事。"

"哪些事?"薇雯娜问。

登斯耸耸肩。"我们有人脉。这是我们的资源之一。让我考虑一下关于你妹妹的事吧。或许我能想出些主意来。这跟绑架有点像……"

"只不过,"汤克·法说,"我们并不为此自豪。这话我们应该说过了吧?"

"是啊,"薇雯娜说,"对生意没好处。又没钱赚。勒梅克斯的'计划'都是些什么?"

"我也不清楚完整内容,"登斯承认,"我们只知道些片段——跑腿、安排会面、恐吓别人。这些跟替你父亲工作有关。如果你想看的话,我们可以帮你。"

薇雯娜点点头。"我想看。"

登斯点点头。"好的。"他说。他从汤克·法的躺椅旁边走过,拍拍大个子的腿,让鸟儿嘎嘎叫了起来,"汤克,来吧。是时候洗劫这栋屋子了。"

汤克·法打个呵欠,坐起身来。

"等等!"薇雯娜说,"你说洗劫这儿?"

"当然,"登斯说着,朝楼上走去,"找出所有暗格,把文件和档案翻个遍,弄清楚老勒梅克斯想干什么。"

"他不会太介意的,"汤克·法说着,站起身,"他都是个死人了。"

薇雯娜发起抖来。她仍在后悔没能给勒梅克斯安排一个伊德里斯式的体面葬礼,而是把他送去了霍兰德伦的停尸房。让两个佣兵翻找他的财物似乎不太妥当。

登斯肯定是注意到了她的不安。"如果你不愿意的话,我们也没必要这么干。"

"当然,"汤克·法说,"不过这么一来,我们就永远不会知道勒梅克斯在忙活些啥了。"

"继续吧,"薇雯娜说,"不过我要监督你们。"

"说实话,我不觉得你真会监督我们。"登斯说。

"这又是为什么?"

"因为,"登斯说,"好吧,我知道没有人会问佣兵的看法。你瞧——"

"噢,少说废话。"薇雯娜恼火地说。但她立刻为这份暴躁自责起来。她这是怎么了?肯定是这几天的事让她累坏了。

登斯只是笑了笑,仿佛觉得她的怒气非常有趣。"今天是回归者举行宫廷会议的日子,公主。"

"所以?"薇雯娜强迫自己镇定下来。

"所以,"登斯答道,"今天也是你妹妹被引荐给诸神的日子。我猜你会想去瞧瞧她,看看她还撑不撑得住。如果你想去的话,最好现在就出发吧。宫廷会议很快就要开始了。"

薇雯娜交叠双臂,站在原地。"这些我在课堂上都学过,登斯。普通人不能就这么走进诸神宫廷。如果想看宫廷会议的裁决,你要么是某位神灵欣赏的人,要么非常有影响力,要么抽到头彩。"

"的确,"登斯说着,身体靠着楼梯的扶手,"不过据我们所知,拥有足够生物染色气息的人都会被视为重要人物,也因此得到不被盘查就能进入宫廷的资格。"

"噢,登斯,"汤克·法说,"得有起码五十口灵息才算得上大人物!这数字真是高得可怕。"

薇雯娜顿了顿。"那……我有多少口灵息?"

"噢,大概五百口吧,"登斯说,"至少勒梅克斯是这么说的。我倾向于相信他。毕竟,你能让地毯闪闪发亮。"

她垂下目光,这才发现自己周围经过加强的色彩。区别并不特别明显,但仍旧肉眼可见。

"你还是快出发吧,公主,"登斯说着,迈开笨重的脚步,朝楼上走去,"你要迟到了。"

塞芮紧张地坐着,头发因兴奋而转为金色,同时努力耐住性子,让侍女们整理她的头发。她的结婚庆典——虽然她觉得这个名字很不恰当——终于结束了,而她与霍兰德伦诸神的初次会面也即将到来。

她也许有点兴奋过头了。这段等待并不算太长,但离开的希望——就算只是出席宫廷会议——还是让她头晕目眩。她终于有机会和祭司、书记官与仆人之外的人打交道了。她终于有机会见到传闻中的诸神了。

另外,他也会出席这次会面。在过去的几天里,她只是在夜晚与包裹在阴影里的神王对视过几次而已。至少今天,她会看到阳光下的他。

她笑了笑,打量起大号镜子里的自己。仆人们给她做了个复杂得惊人的发型,一部分是辫子,另一部分却披散着。她们把好几条缎带绑进辫子里,也系在她披散的那部分头发上。她转头的时候,缎带会闪烁微光。看到这样浮华的色彩,她的家人肯定会目瞪口呆。塞芮调皮地笑了笑,将发色转为更为明亮的金黄,与缎带的颜色形成更加鲜明的对比。

侍女们露出赞许的微笑,有几个甚至轻轻地"喔"了一声。塞芮靠着椅背,双手按着膝头,审视着自己为出席宫廷而做的服饰搭配。这些衣服都很华丽——在复杂程度上不如穿去卧室的那些,但要比她的日常穿着正式得多。

今天侍女和祭司的服饰主题是红色。这让塞芮想要选择另一种颜色。最后,她决定选择金色,于是指了指那两条金色的礼裙,让侍女们拿上前来，让她仔细察看。但不幸的是，她才刚开始挑选，侍女们又从走廊里那口带轮子的衣柜里取来了三条金色裙子。

塞芮叹了口气。看起来她们是铁了心不让她轻松挑选了。每天都有那么多没选中的衣服消失不见，这让她很不舒服。要是……她顿了顿。"我可以都试试看吗？"

侍女们面面相觑，显得有些困惑。她们对她点点头，表情传达着一个简单的讯息：您当然可以。塞芮觉得很难为情，在伊德里斯，她从来都没有过选择的机会。她笑了笑，站起身，让她们脱下她的睡袍，再给她穿上第一条礼裙，同时尽量避免弄乱她的头发。塞芮看着镜子里的自己，注意到领口开得很低。她愿意炫耀自己的肤色，但霍兰德伦人过于暴露的服装式样还是让她感到羞耻。

她点点头，任由她们脱下礼裙。然后她们再给她穿上下一件——配有分体式胸衣的两件套礼裙。她喜欢这套裙子，但她也想再试试另外几件。于是她在镜子面前转了几圈，看了看背部的样子，然后点点头，继续试衣。

她知道这样很轻浮。但她何必这么在意？她父亲不在这里，不会用那副严肃而不满的表情看着她。薇雯娜远在另一个王国。而塞芮是霍兰德伦人的王后。

所以学习他们的生活方式又有何不可？她为自己荒谬的理由露出微笑，但随即把注意力转向了下一条礼裙。

第十四章

"下雨了。"光歌评论道。

"您的观察力真敏锐,大人。"莱瑞玛说着,跟他的神灵并肩而行。

"我不喜欢雨。"

"您经常这么说,大人。"

"我是个神,"光歌说,"我不是应该拥有操控天气的神力吗?可为什么天还会下雨?"

"大人,宫廷里目前有二十五位神灵。或许希望下雨的神比不希望的神要多。"

光歌红金相间的长袍随着他的步伐沙沙作响。他穿着凉鞋的脚趾能碰到冰凉潮湿的青草,还有一群仆人举着宽大的华盖为他挡雨。雨水轻柔地落在布面上。在特泰利尔,下雨是常有的事,但雨势从来都算不上大。

光歌倒是很想见识一下真正的暴风雨,据说在丛林那边可以看见。"那我就去找其他神灵,"光歌说,"发起一次投票。看看有多少人希望今天下雨。"

"随您怎么做吧,大人,"莱瑞玛说,"但这证明不了什么。"

"这能证明这场雨是谁的错,"光歌说,"而且……如果结果是大多数神灵都不希望下雨,或许就会引发宗教危机了。"

面对这位试图破坏自己宗教的神灵,莱瑞玛却理所当然地毫不恼火。"大人,"他说,"我可以向您保证,我们的教义经得住这样的考验。"

"那如果神灵们不希望下雨,却还是下了呢?"

"大人,您希望永远都是晴天吗?"

光歌耸耸肩。"当然。"

"那农夫们呢?"莱瑞玛说,"没有雨水的话,他们的农作物就该枯死了。"

"可以让雨下在作物上,"光歌说,"别下进城里就行。对神灵来说,独特的气候现象应该也不难办到吧。"

"人民需要喝水,大人,"莱瑞玛说,"街道需要清洗。还有,城里的植物又该怎么办?如果一直不下雨,那些美丽的树木——甚至是您最喜欢走的这片草地——都会枯干死去。"

"噢,"光歌说,"但我只要希望它们活下去就行了吧。"

"您也正是这么做的,大人,"莱瑞玛说,"无论您表面的想法如何,您的灵魂都清楚雨水对城市有好处,所以天才会下雨。"

光歌皱起眉头。"照你的理论,简直可以说每个人都是神了,莱瑞玛。"

"但不是每个人都有起死回生的经验,大人。他们并不具备治好病人的力量,当然就更不会有预见未来的能力了。"

言之有理,他们朝着竞技场走去之时,光歌心想。这座高大的圆形建筑位于诸神宫廷的后部,处在庭院周围的环状宫殿群之外。光歌的随从们走在前方——仍旧撑着红色的华盖——随后踏入了沙砾覆盖的竞技场地。然后他们沿着斜坡,走向观众席。

这座竞技场有四排供平民使用的座位——那些石制长椅上坐着依靠关系、运气或是财富而得到进场资格的特泰利尔市民。竞技场的上层区域是为回归者保留的。在那里——既近到能听见竞技场地的说话声,又远到足以保持庄严——有着石料砌成的包厢。包厢内部雕刻着华丽的图案,其大小足以容纳一位神灵的全部随从。

光歌看到好几位同僚比他先到,而放在包厢顶上的各色华盖则是他们的标记。佑命已经到场，慈星也一样。他们经过为光歌预留的空包厢，继续向前，最后靠近那间绿色华盖的包厢。织晕正懒洋洋地躺在包厢里。

她银绿相间的长裙奢华又暴露，一如既往。尽管装饰与刺绣都很华丽，但它实际上只是一块长条状的布料，中间开了个让脑袋通过的洞，再加上几条束带。裙子的两侧——从肩膀到腿肚——都是敞开的，将她曲线诱人的大腿暴露在外。她微笑着坐起身。

光歌深吸了一口气。织晕对他一直很友好，显然也对他有很高的评价，但他总觉得自己在她身边的时候必须保持警惕。像她这样的女人可以轻而易举地将男人攥在掌心。

然后就再也不会放手。

"光歌，我亲爱的。"她说着，露出更加意味深长的笑容。后者的仆人们匆匆上前，为他放好椅子、脚凳和点心桌。

"织晕，"光歌应道，"我的大祭司告诉我说，天气这么沉闷都是你的错。"

光歌扬起一边眉毛，而和其他祭司站在一起的莱瑞玛涨红了脸。"我喜欢雨，"织晕说着，躺回睡椅上，"它很……不一样。我喜欢与众不同的东西。"

"那你应该很厌烦我才对，我亲爱的。"光歌说着，自顾坐下，从点心桌上的碗里抓起一把去了皮的葡萄。

"厌烦？"织晕问。

"我一直朝着平凡的方向靠拢，而平凡很难说是与众不同。说实话，在最近的宫廷里，平凡非常流行。"

"你不该说这种话，"织晕说，"别人会当真的。"

"你误会了。这才是我说这些话的原因。我猜如果我没法实现像操控天气之类的神迹，那么退而求其次，做个说实话的人也好。"

"呼，"她长出一口气，满足地伸了个懒腰，活动活动指尖，"我们的祭司说诸神的目的不是玩弄天气或者阻止灾难，而是为人民提供愿景和服务。或许你的态度对他们来说并不乐见。"

"毫无疑问，你说得对，"光歌说，"我刚刚有了个新发现。要服务我们的人民，平凡并不是最好的方法。"

"那最好的方法是？"

"做成五分熟①，摆在甘薯片上，"他说着，把一颗葡萄丢进嘴里，"用少许大蒜做装饰，再浇上清淡的白葡萄酒沙司。"

"你真是无药可救了。"她说着，做完了伸懒腰的动作。

"亲爱的，是世界把我塑造成这副样子的。"

"也就是说，你会屈服于世界的反复无常喽？"

"我还能怎么做？"

"和它抗争。"织晕说。她眯起眼睛，心不在焉地伸出手，从光歌的手里拿走了一颗葡萄，"和一切抗争，强迫世界向你低头。"

"真是个有趣的观点，织晕。但我相信世界和我的吨位②略微有些不同。"

"我觉得你错了。"

"你是说我很胖吗？"

她有气无力地瞥了他一眼。"我是说你用不着这么贬低自己，光歌。你可是神啊。"

"连下雨都阻止不了的神。"

"我希望来一场狂风暴雨。或许这场毛毛雨是我们之间折衷的结果。"

光歌又往嘴里丢了一颗葡萄，用牙齿咬碎，品尝着流入口腔的甜美汁液。他咀嚼着果肉，思索片刻。"织晕，亲爱的，"他最后说，"你这些话有什么潜台词吗？因为，你应该也知道的，我很不擅

---

① 此处为双关，原文为"medium rare"，字面意思是"有些罕见"，与上文的"平凡"对应。
② 指拳击比赛时根据体重划分的级别。

长解读潜台词。它让我头疼。"

"你是不可能头疼的。"织晕说。

"总之我解读不出。这对我来说太难以捉摸了。我得努力才能弄明白，但不幸的是，努力有违我的宗教信仰。"

织晕扬了扬眉毛。"这是你给自己的信徒定的新教义？"

"噢，不是那个宗教，"光歌说，"我在私底下是奥斯特瑞的信徒。他的宗教直率得令人愉快——黑白分明，没有那些麻烦又复杂的细节。不需要多想什么，只要信仰就好。"

织晕又偷了一颗葡萄。"你只是不够了解奥斯特瑞教。它是很复杂的。如果你想要真正单纯的信仰，可以试试帕恩凯尔人的信仰。"

光歌皱起眉头。"他们不是和我们一样信奉回归者吗？"

"不。他们有自己的宗教。"

"但人人都知道，帕恩凯尔人实际上就是霍兰德伦人。"

织晕耸耸肩，看着下方的竞技场地。

"话说回来，我们究竟为什么会跑题跑到这种程度？"光歌说，"我发誓，亲爱的。有时候我们的对话让我想起折断的剑。"

她扬起一边眉毛。

"锋利得要命，"光歌说，"却少了剑尖。"

织晕轻哼一声。"是你提出要和我见面的，光歌。"

"是啊，但我们都知道是你想见我。织晕，你在盘算些什么？"

织晕用手指摆弄着那颗葡萄。"等待。"她说。

光歌叹了口气，招手示意仆人拿些坚果来。一名仆人把装着坚果的碗放到桌上，另一个走上前来，开始为他剥壳。"你先是暗示我和你联手，现在你又不肯说你希望我做什么？我发誓，女人。总有一天，你对戏剧化场面的嗜好会造成灾难性的后果——比如让你的同伴无聊到死。"

"这不是戏剧化，"她说，"是尊敬。"她朝着竞技场对面点点头,神王的包厢仍然空无一人,包厢顶部的基座上放着黄金宝座。

"噢。今天你有爱国的兴致了?"

"更多的是好奇。"

"好奇什么?"

"她。"

"王后?"

织晕有气无力地看了他一眼。"当然是她。还能有谁呢?"

光歌算了算日子。已经一星期了。

"哈,"他的口气像是在自言自语,"这么说,她的隔离期结束了?"

"你真该多关心一下这些事的,光歌。"

他耸耸肩。"亲爱的,当你不去在意时间的时候,时间就会飞快溜走。说起来,我认识的大多数女人也这样。"说完,他接过一把坚果,靠向椅背,开始等待。

看起来,特泰利尔的居民并不喜欢马车——包括那些神灵在内。塞芮有些困惑地坐在椅子上,而一群仆人抬着椅子穿过草地,朝着诸神宫廷后部的那座庞大的圆形建筑物走去。天正在下雨。但她不在乎——她已经被关得够久了。

她在椅子里扭动身子,转头看向那群侍女:她们正抬着她裙子的金色长拖尾,不让它碰到潮湿的草地。更多的侍女跟在她们周围,举着一顶硕大的华盖,为塞芮挡雨。

"你们能不能……拿开那个?"塞芮问,"让我淋一下雨?"

侍女们面面相觑。

"一点点就好,"塞芮说,"我保证。"

侍女们露出为难的表情,但还是放慢脚步,让仆人们抬着椅子继续向前,将她暴露在雨里。她抬起头,感受着落在脸上的细雨,面露笑容。对她来说,七天的室内生活实在太久了。她享受着皮肤和衣服上冰凉潮湿的触感,就这样过了好一会儿。草地显得那么诱人。她再次回头。"要知道,我自己能走路。"用我的脚趾去感受翠绿的草叶……

听到她的话,侍女们露出非常为难的神色。

"还是算了。"塞芮说着,转过身去,而那些侍女加快脚步,再次用华盖为她遮挡天空。考虑到她这条裙子的拖尾太长,步行恐怕是个坏主意。她最后选定的这条礼裙比她先前穿过的那些都要大胆。领口更低,而且没有袖子。下半身的设计也很奇特:前半边是盖住大腿的短裙,后半边的长度却能够碰到地面。她选中这条裙子,一部分的原因是它新奇的式样,尽管她每次想到自己露出的腿部面积,脸上都会泛起红晕。

他们很快来到竞技场前,仆人们抬着她直接走了进去。看到这里没有天花板,地面也覆盖着沙土,塞芮顿时来了兴趣。场地上方是成排的长凳,服色各异的人们聚集在那里。虽然其中几个人撑着伞,多数人却对这场细雨视而不见,只亲切地相互交谈着。塞芮朝人群露出微笑:一百种不同的颜色和同样数量的服装式样呈现在她的面前。能看到变化总是好的,虽然这些变化有些俗气。

仆人们抬着她走向嵌入建筑侧面的那间宽大的石室。到了那里以后,她的侍女把华盖的木杆插进岩石地面上的孔洞,将它竖立起来,遮住整个包厢。仆人们匆忙奔走,准备着各种东西,仆人们也放下了椅子。她站起身,皱了皱眉。她终于离开了宫殿,可现在却又要坐在所有人的头顶。就连其他神灵——她猜他们就在另外那些有华盖的包厢里——也都离她很远,更有墙壁阻隔。

周围明明有好几百人,为什么他们还能让我觉得这么孤独? 她转向侍女之一。"神王在哪儿?"

那女人朝着其他包厢指了指。

"他就在其中一间包厢里?"塞芮问。

"不,容器大人,"那女人说着,垂下目光,"在所有神灵到齐之前,他是不会来的。"

噢,塞芮心想。听起来挺有道理。

她坐回椅子里,几个仆人开始上菜。有位吟游诗人在她的旁边吹起了长笛,仿佛要盖过下方的人们发出的声音。她宁愿听那些人声。但她决定不做影响心情的事。至少她离开了宫殿,也能看到别的人了,尽管她还是不能和他们交流。她自顾笑了笑,身体前倾,手肘拄着膝盖,审视着下方充满异域风情的色彩。

她又有什么资格去评判特泰利尔人呢?他们本来就大不相同。有些人有黑色的皮肤,这意味着他们来自霍兰德伦王国的边境。另一些人的是黄色发,甚至是其他另类的发色——蓝色和绿色——这些应该是染的,塞芮猜想。

他们都穿着色彩鲜亮的服装,就好像没有别的选择了似的。装饰帽子很流行,无论男人还是女人都戴。服装也形形色色,从背心短裤到长袍礼裙。*他们该花多少时间在购物上啊!* 她每天只有十来件衣服可以挑——而且没有帽子——但光是这样,她已经很难选择要穿什么了。

在她接连拒绝了几次之后,仆人们便不再端食物上来了。

色彩各异的队伍一支接一支地到来——通常是一种自然色加一种金属色的组合。她数了数包厢的数量。这里足够容纳五十位神灵,但宫廷里的神灵只有二三十个。应该是二十五个,对吧?在每支队伍里,她都能看到一个格外高大的身影。其中几位——大多是女性——坐在仆人抬着的座椅或是睡椅上。男士通常都选择步行,有些穿着式样复杂的长袍,另一些只穿凉鞋和裙子。塞芮身子前倾,打量着一位从她的包厢前经过的神灵。他赤裸的胸膛让她脸颊发烫,但她也看到了他结实的身体和色调鲜明的肌肤。

他瞥了她一眼,微微点头以示敬意。他的仆人和祭司们躬身行礼,脑袋几乎碰到地面。那位神灵什么也没说,就这样继续前进。

她坐回椅子里,对某个送上食物的仆人摇摇头。尚未抵达的神灵还有四五个。蓝手指的表现让她以为霍兰德伦的神祇都非常守时,但现在看来并非如此。

薇雯娜穿过大门,走进霍兰德伦的诸神宫廷:这里最显眼的就数那些高大的宫殿了。就在她犹豫的时候,一群人从她的两侧走过,但人数并不算多。

登斯说得对:她要进宫廷并不困难。门口的祭司就这么挥手示意薇雯娜通过,连问都不问。他们也让帕林进了门,多半是认为他是她的随从。她转过身,看着那些身穿紫色长袍的祭司。她能看见包裹着他们的彩色气泡,这代表他们的生物染色灵光相当强烈。

她学过这方面的知识。负责守门的祭司拥有的灵息达到了初阶强化的程度,让他们能够分辨其他人的灵息水准。薇雯娜也有这种能力。对她来说,有所不同的并非灵光或是色彩。事实上,分辨灵息的能力类似于她刚刚获得的完美音感。就算和其他人听到相同的杂音,她就能将其中的每种声音辨认出来。

她能看到那些人距离祭司多近的时候色彩才会增强,而且她能看出增强的幅度。这让她本能地明白,这里的每位祭司都达到了初阶强化。帕林只有一口灵息。而普通市民——也就是要出示证件才能进入宫廷的那些人——也只有一口灵息。她能看出那口灵息有多强,也知道对方是否生了病。

那些祭司都刚好拥有五十口灵息,大多数较为富有的入场者也和他们一样。还有不少人拥有两百口灵息以上,足以达到次阶强化的程度,并获得完美音感。只有几个人的灵息数量超过了薇雯娜,达到了三阶强化,并拥有它所赋予的那种对色彩的完美感知能力。

她转过头去,将目光从人群那边收回。她学过关于强化的知识,但她从没想过亲身体验。她觉得自己很肮脏。堕落又邪恶。尤其是因为那些色彩看起来如此美丽。

她的导师们说过,诸神宫廷由巨大的宫殿之环组成,但他们没有提到每座宫殿的色彩都如此和谐且平衡。每一座都是一件艺术品,运用了常人根本无法分辨的色彩梯度。这些宫殿坐落于一块色彩均匀的绿色草坪上。草坪经过细致的修剪,也没有任何道路破坏它的完美。薇雯娜踏上草坪,帕林跟在她身旁,而她忽然一阵冲动,想要踢掉鞋子,赤脚在被露水打湿的青草上行走。但这样的行为很不得体,她苦苦压下了那种冲动。

细雨终于停了,而帕林也放下了原本撑在他和薇雯娜头顶的伞。"看来就是这儿了,"他说着,甩干了雨伞上的水,"诸神宫廷。"

薇雯娜点点头。

"是个放牧绵羊的好地方。"

"我很怀疑。"她平静地说。

帕林皱起眉头。"那山羊呢?"过了一会儿,他说。

薇雯娜叹了口气,他们加入那支小小的队伍,朝着宫殿之环以外的一座大型建筑物走去。她本来还担心自己会引人注目——毕竟,她穿着简朴的伊德里斯衣裙,领口很高,面料实用,颜色也很黯。她开始意识到,光是这样并不能在特泰利尔引起注意。

她周围的人们穿着式样繁多得惊人的服装,而她不禁好奇:究竟是谁这么有想象力,能设计出这么多种不同的衣服?有些人的穿着和薇雯娜同样朴素,还有些人的衣服甚至是灰色的——只是它们往往会搭配亮色的披巾或者帽子。式样和色彩都很朴素的衣服不算流行,但并非不存在。她突然明白过来:这正是为了引人注目。白色和灰色与明亮的色彩截然相反。但就因为所有人都在努力显得与众不同，结果反而没人能如愿！

她稍微安心了些，随后瞥了眼帕林，后者在远离城市人群的这里似乎平静了不少。"这些房子真有趣，"他说，"他们穿着这么多颜色，可宫殿却只有一种颜色。真想知道为什么。"

"不是一种。是许多种饱和度不一的色彩。"

帕林耸耸肩。"红就是红。"

她该怎么解释呢？每种红色都是不同的，就像音阶上的音符。屋顶的瓦片，侧面的支柱，还有其他装饰的饱和度都略有不同，不仅容易分辨，用意也很明显。举例来说，那些支柱以渐进的五种饱和度组成，与墙壁的基本色彩相得益彰。

这就像一首色调的交响曲。这栋宫殿显然是为某个达到三阶强化的人而建造的，因为只有那样的人才能对这种设计产生共鸣。对其他人来说……好吧，这就真的只是一堆红色而已。

他们经过那座红色的宫殿，走向竞技场。娱乐是霍兰德伦诸神生活的中心。毕竟，没人会期待神灵会合理利用时间，他们往往在自己的宫殿或者庭院的草坪上找乐子，但特别盛大的场合也会用到竞技场——这里同时也是霍兰德伦人立法辩论的场所。今天，祭司会为了取悦他们的神祇而辩论。

竞技场的入口处人满为患，薇雯娜和帕林只好等在后面。薇雯娜瞥了眼另一个入口，思索着为何没人用它。随着一个身影的接近，答案也浮上了水面。仆人们将他簇拥在中央，有些举着一顶华盖。所有仆人的服色都是银蓝相间，与他们领袖的服装相衬，而后者足足比其他人高出一个头。他散发出的生物染色灵光是薇雯娜从未见过的——不可否认的是，她在几小时前才刚刚能看到灵光，所以这并不奇怪。他的增强色彩气泡非常庞大，范围有将近三十尺。以她初阶强化后的感官能力看来，这位神灵的灵息数量只能说是

"无限大",难以衡量。这还是薇雯娜头一次注意到回归者们的特异之处。他们并不只是拥有更强大力量的唤醒者:他们仿佛只有一口灵息,只是那口灵息强大无匹,仅凭一己之力就能让回归者们达到高阶强化。

那位神灵穿过敞开的入口,走进竞技场。薇雯娜注视着他,原本的敬畏消散无踪。那人的一举一动都带着傲慢,他轻松地走向竞技场内部,对等待入场的其他人不屑一顾。

*为了保住性命,*薇雯娜心想,*他每周都要吸取一个人的灵息。*

她有点得意忘形了,现在那种厌恶感又回来了。色彩和美丽掩饰不了如此强烈的自负,也无法掩盖寄生于普通民众的罪恶。

那位神灵走进了竞技场。薇雯娜等待着,一边思索自己的生物染色灵光以及它的意义。所以,她身边的某个人突然离地而起的时候,她简直大吃一惊。

那个男人升向空中,身上长得出奇的斗篷托举着他。那件斗篷硬邦邦的,看起来就像是一只手,将那男人高高举起,让他能看到远方。它是怎么办到的?她听说过灵息能够赋予物体以生命,但这种"生命"指的究竟是什么?那件斗篷的纤维拉紧,好像肌肉,但它怎么可能抬起比自己重那么多的东西?

那人降回地上。他低声说了句什么,从斗篷上取回自己的灵息,生物染色灵光也强烈了些。

"队伍很快就会开始动了,"那人对他的朋友说,"前面的人已经没那么多了。"

的确,人群很快又动了起来。没过多久,薇雯娜和帕林就进了竞技场内部。他们穿过石制长凳,挑选着不那么拥挤的位置,而薇雯娜连忙看向布置在高处的包厢。这座竞技场装饰华丽,但算不上太大,所以她没花多少时间就找到了塞芮。但在那一刻,她的心沉了下去。*我的……妹妹,*薇雯娜想着,背脊发凉。*我可怜的*

妹妹。

塞芮穿着一条伤风败俗的金色长裙,连膝盖都遮不住。而且领口也低得惊人。塞芮那头本该保持在深棕色的头发,此时却是代表愉快的金黄色,上面还系着深红色的缎带。几十个仆人侍候着她。

"看看他们都对她做了什么,"薇雯娜说,"她肯定是吓得六神无主,被迫穿上那样的衣服,还把头发变成和衣服相衬的颜色……"

被迫当神王的奴隶。

帕林的方脸绷紧了。他很少发怒,但薇雯娜看得出他这次动了火气。她也有同感。塞芮是在被人利用:他们抬着她走来走去,就像展示战利品那样展示她。对薇雯娜来说,这就像是某种声明。这就像是在说,他们可以带走一个纯洁无辜的伊德里斯女子,然后为所欲为。

我是对的,薇雯娜这么想着,决心也愈加坚定。来霍兰德伦是最好的选择。勒梅克斯也许死了,但我不能半途而废。我必须想出方法。

我必须解救我的妹妹。

"薇雯娜?"帕林开了口。

"嗯?"薇雯娜心不在焉地回答。

"为什么所有人都跪下了?"

塞芮懒洋洋地摆弄着衣裙上的一根流苏。最后一位神灵也坐进了自己的包厢。二十五个,她心想。应该全体到齐了。

突然间,观众席上的人们开始站起,然后跪倒在地。塞芮也站起身,紧张地四下张望。她看漏了什么吗?是神王已经到了,还是发生了别的什么事?就连诸神也都跪了下来,虽然他们并没有像凡人那样拜倒在地。他们似乎都在向塞芮低头行礼。这是迎接新王后的某种仪式吗?

然后她看到了。她的衣裙迸发出色彩，脚边的石头增添了光辉，而她的皮肤也变得更充满活力。在她的前方，一只白色的餐碗开始闪闪发光。然后那光芒仿佛伸长了：白色分裂成了彩虹的色彩。

一名跪在地上的侍女扯了扯塞芮的袖子。"容器大人，"那女子轻声道，"看您身后!"

第十五章

塞芮屏住呼吸，转过身去。她发现他正站在她身后，尽管她完全没察觉他的到来。她的身后没有入口，只有一堵石墙。

他身着白衣。这出乎她的意料。他的生物染色灵光有某种特异之处，能让纯白色分裂为她先前看到的样子，就像通过棱镜的光线那样。现在，在阳光下，她终于能看出这一点了。他的衣服似乎伸长了，在他周围的彩色灵光中形成了一道长袍形状的彩虹。

而且他很年轻，比她在阴影里与他碰面的时候相比年轻得多。他应该已经统治了霍兰德伦数十年，但她身后这个男人看起来不超过二十岁。她敬畏地看着他，嘴巴略微张开，准备好的说辞全都消失无踪。这个人是神。他周围的空气都在歪曲变形。她怎么会没发现呢？她怎么能用那种方式对待他呢？她觉得自己像个傻瓜。

他打量着她，脸上无动于衷，那种镇定自若的样子让塞芮想起了薇雯娜。薇雯娜。她肯定不会像她那么好斗。她更有资格嫁给如此伟大的造物。

那侍女轻轻地嘘了一声，又拽了拽塞芮的裙子。塞芮为时已晚地跪在石头上，长长的拖尾在她身后的风中轻轻飘舞。

织晕顺从地跪在坐垫上。

但光歌却站在那儿，目光越过竞技场，投向某个只能依稀辨认的身影。为了造成戏剧化效果，神王像往常那样身穿白衣。作为唯一一个达到十阶强化的造物，神王拥有的灵光极其强大，甚至能从无色之物上抽出色彩。

织晕抬起头,瞥了眼光歌。

"我们为什么要跪拜?"光歌问。

"那是我们的王!"织晕压低声音说,"跪下,傻瓜。"

"如果我不跪下会怎样?"光歌说,"他们不可能处死我。我是个神。"

"你会损害我们的事业!"

"我们的事业"?光歌心想。才碰了一次头,我就成了她计划的一部分了?

只不过,他并没有蠢到没事去招惹神王。现在有仆人在雨中抬着坐在椅子上的他,为他剥开坚果的壳,所以何必拿他完美的人生开玩笑呢?他跪倒在自己的坐垫上。神王的地位是不容置疑的,就像光歌的神性那样——都是一场宏大的伪装游戏的一部分。但他却发现,这些想象出来的事物往往是人们生活中最真实的东西。

塞芮紧张地跪在她丈夫面前的石头地板上。整个竞技场鸦雀无声。她垂着眼,能看到苏斯布隆穿着白袜的双脚。就连那双脚也散发出某种灵光,凉鞋的白色系带看起来就像色彩斑斓的缎带。

两卷彩色绳索落在神王两侧的地上。塞芮看到那些绳索像活物那样扭动起来,仔细地缠住苏斯布隆的身体,将他拉向空中。他的身体穿过华盖和后墙间的空当,白色长袍随风飘舞。

塞芮探出身子,看着绳索将她丈夫送向包厢上方的一块凸出的岩石。他坐进一张黄金的宝座里。在他身边,两位唤醒者祭司指挥着他们的活绳索,裹住自己的双臂和双肩。

神王伸出手来。人们纷纷起身——交谈声再次传来——然后回到各自的座位上。这么说……他不打算坐在我身边,她站起身来,心里松了口气,但同时又有些沮丧。来到霍兰德伦和嫁给神灵曾让她不知所措,而她才刚刚开始习惯。可现在,他却再次震慑了她。她心烦意乱地坐了下来,心不在焉地看向观众那边。与此同时,一群祭司走进了下方的竞技场地。

她该怎么看待苏斯布隆呢?他不可能是神。不是真正的神。*没错吧?*

奥斯特瑞才是人类的真神,是他将回归者派来这个世界的。在不息战争爆发和王室流亡之前,霍兰德伦人也曾经信仰过他。只是在那之后,他们堕落了,成了异教徒,开始信仰虹彩音调:包括生物染色气息,回归者,还有大部分的艺术形式。

然而,塞芮从没见过他。她学过关于奥斯特瑞的事,但像神王这样的造物又该如何去理解?她可没法对他的神圣灵光视而不见。她开始明白,为什么霍兰德伦的人民——几乎被敌人消灭,又因为"受祝者"赋和的外交手腕而获救——会指望回归者给予他们神圣的指引了。

她叹了口气,看向侧面:有人爬上楼梯,朝她的包厢走来。那是蓝手指——他的双手沾着墨水,就连走进包厢的同时,也还像平时那样在账簿上写着什么。他抬头看向神王,自顾点头,然后又在账簿上加了句注解。"看来神王陛下已经就位,您也做过恰当的展示了,容器大人。"

"展示?"

"当然,"蓝手指说,"这可是您来此处的主要目的。您刚来到的那阵子,那些回归者可没什么见您的机会。"

塞芮发起抖来,努力端正姿势。"他们该去注意的是下面那些祭司吧?我是说,与其看我,倒不如去看他们。"

"也许吧,"蓝手指说着,眼不离账簿,"以我的经验,他们很少会做该做的事。"他对他们似乎并没有特别尊敬。

塞芮没有接话，而是思索起来。蓝手指始终没有解释那晚那句古怪的警告。这座宫殿里的事并非表里如一。"蓝手指，"她说，"关于那天晚上你对我说的话。你说——"

他突然朝她使了个眼色——瞪大眼睛，紧盯着她——让她不由得住了口。接着，再次把目光转回账簿。他传达的信息非常明显：现在不行。

塞芮叹了口气，抗拒着颓然坐下的冲动。在下方，身穿各色服装的祭司站在狭小的平台上，在绵绵细雨中展开辩论。她能清楚地听到他们的话，虽然她能理解的部分少得可怜——眼下的辩论似乎与城市里的垃圾与污水的处理方式有关。

"蓝手指，"她问，"他们真的是神吗？"

书记官犹豫了片刻，最后终于抬起头来。"您说什么？"

"我是说回归者。你真觉得他们拥有神性吗？他们真的能看到未来吗？"

"我……不认为自己有资格回答这个问题，容器大人。请允许我为您找一位祭司来。他能解答您的疑问。请给我——"

"不，"塞芮的话让他停下了脚步，"我想听的不是祭司的意见——我想听的是普通人——比如你——的意见。信徒的意见。"

蓝手指皱起眉头。"非常抱歉，容器大人，但我不是回归众神的信徒。"

"但你在宫殿里工作。"

"而您住在这儿，容器大人。可我们都不信仰虹彩音调。您来自伊德里斯。我来自帕恩凯尔。"

"帕恩凯尔和霍兰德伦是一回事。"

蓝手指扬起眉毛，抿住嘴唇。"事实上，容器大人，这两者有很大的差别。"

"但你们也是神王的臣民。"

"我们可以接受他作为国王，但并不把他当做神灵膜拜，"蓝手指说，"这就是我在宫殿里担任总管而非祭司的原因。"

他的袍子，塞芮心想。*也许这就是他总穿棕色的理由*。她转过身去，低头看向沙地讲台上的祭司们。他们各自穿着不同色彩组合的衣服，也各自代表——这是她的猜测——一位不同的回归者。"你对他们有什么看法？"

"他们是好人，"蓝手指说，"只是误入了歧途。跟我对您的看法有点像，容器大人。"

她瞥了他一眼。可他却把目光转回到账簿上。他并不是最适合的交谈对象。"可你要怎么解释神王的光辉？"

"生物染色灵光。"蓝手指说着，继续奋笔疾书，听起来完全没有因为她的问题而恼火。他显然早就习惯了被人打扰。

"别的回归者没法像他那样把白色转变成彩色，对吧？"

"是的，"蓝手指说，"的确如此。然而，他们并不具备像他那样庞大的灵息。"

"这么说他是与众不同的，"塞芮说，"为什么他生来就有比别人要多的灵息？"

"并非如此，容器大人。神王的力量并非像回归者那样，来自于天生的生物染色灵光——在这点上，他和其他人没什么分别。但他拥有别的东西。他们称之为'和平之光'。这是个委婉的说法，用来表示数万口左右的庞大灵息。"

数万？ 塞芮心想。"这么多？"

蓝手指心不在焉地点点头。"据说神王是少数几个达到十阶强化的人。所以他周围的光线才会破碎，并赋予他那些别的能力。例如打破无命者指令，或者不用碰触、只凭声音就能唤醒物体的能力。这些能力与其说是神性的体现，倒不如说是拥有如此庞大灵息的必然结果。"

"可他是从哪里得来的这些灵息?"

"大部分是当初'受祝者'赋和收集来的,"蓝手指说,"他在不息战争期间搜罗了数以千计的灵息。他把这些交给了霍兰德伦的首位神王。这份遗产代代相传了许多个世纪——而且比以前更加庞大,因为每一位神王每周都会得到两口灵息,而非其他回归者的一口。"

"噢,"塞芮说着,坐了回去,发觉自己莫名地有些失望。苏斯布隆并不是神,他只是个生物染色灵光异常强大的凡人而已。

可……那些回归者呢?塞芮交叠双臂,仍旧心烦意乱。这还是她第一次被迫从客观角度审视自己相信的事。奥斯特瑞是……神。没人会去质疑神的存在。回归者是篡夺者,是他们把奥斯特瑞的信徒赶出了霍兰德伦,而他们自己并非真正的神。

可他们看起来如此威严。为什么王族会被赶出霍兰德伦?她知道伊德里斯方面的官方说辞——对于导致不息战争的那几场战斗,王族并没有加以支持。正因如此,人民发起了叛乱。那场叛乱的领导者就是"篡夺者"卡拉德。

卡拉德——尽管塞芮经常逃课,但就连她都知道关于那个人的故事——他创造了无命者,以异端的方式领导霍兰德伦人。他用前所未见的生物组建了一支强大的军队。故事里说,卡拉德的无命者极其危险,与人类截然不同。他们外观骇人,残暴嗜血。最后卡拉德被赋和所挫败,而后者通过外交手段结束了不息战争。

故事里说,卡拉德的军队仍旧存在于某处,等待着再次扫荡与破坏。她知道这个故事只是在壁炉边的传说,但想到这些仍旧会让她瑟瑟发抖。

不管怎么说,赋和还是终结了不息战争。然而,他并没有把霍兰德伦还给合法的统治者。伊德里斯的史书将其归因于背叛与变节。僧侣们则声称异教信仰在霍兰德伦早已根深蒂固。

霍兰德伦人肯定有他们自己版本的故事。看着包厢里的回归者，塞芮不由得思考起来。有个事实显而易见：霍兰德伦的一切远没有她的导师口中描述的那么可怕。

薇雯娜瑟瑟发抖。在这些穿着鲜艳服装的人们中间，她缩起了身子。

这儿的一切比导师说的还可怕，她在座位里扭动身体，坚定地想着。帕林似乎对身处人群没那么紧张了。他专注地看着正在竞技场地里辩论的那些祭司。

她还是无法断定获得灵息是好还是坏。正因为那感觉格外美妙，她渐渐地觉得这是坏事。周围来往的人越多，她那被灵息强化过的感知能力就越是让她不知所措。当然了，要是帕林能察觉到这些色彩的种类有多么丰富，他就不会对着服装的式样目瞪口呆了。如果他能像她那样感受周围的人群，他也会和她一样，觉得自己像是被关在盒子里，无法呼吸。

就这样吧，她心想。我已经见过塞芮，也知道他们都对她做了什么。是时候离开了。她转过头，站起身来。然后愣住了。

有个男人站在相隔两排观众的后方，直勾勾地看着她。换作平常的薇雯娜，根本不会注意到他。他穿着一件破旧的棕色衣服，有好几处都撕破了，松垮垮的裤子只用一根绳索系在腰间。他面部的毛发介于胡须和胡楂之间。头发蓬乱，披散在肩头。

而且他身体周围的色彩气泡格外明亮，证明他至少达到了五阶强化。他注视着她，对上她的双眼，她的心头涌起一阵恐慌：他很清楚她是谁。

她蹒跚后退。那个陌生人没有移开目光。他动了动身子，掀开斗篷，露出腰间的一把黑柄大剑。霍兰德伦很少有人佩带武器。但这个人似乎并不在意。他是怎么把那东西带进诸神宫廷的？男人两旁的人都对他敬而远之，而薇雯娜敢发誓，她能感觉到那把剑有些不对劲。它似乎能让颜色变暗，加深。让棕色转为褐色，红色转为栗色，蓝色转为藏青。仿佛它拥有自己的生物染色灵光……

"帕林，"她的语气不由自主地尖厉起来，"我们该走了。"

"可——"

"现在就走。"薇雯娜说着转过身，努力挤出人群。她新得到的灵光感应能力告诉她，那人的视线仍穷追不舍。意识到这点之后，她忽然明白过来：恐怕先前让她不适的正是那男人的目光。

导师说起过类似的事，她这么想着，和帕林走向其中一条石制的出口通道。生命感应——这种能力能让你得知附近是否有人存在，以及是否正注视着你。每个人都有一丁点儿这种能力，而生物染色灵光会强化这种能力。

他们才刚进入通道，那种被人注视的感觉就消失了。薇雯娜松了口气。

"我不明白你为什么想离开。"帕林说。

"我们已经看到需要看的东西了。"薇雯娜说。

"也许吧，"帕林说，"我还以为你会想听那些祭司谈论伊德里斯呢。"

薇雯娜愣住了。"什么？"

帕林皱起眉头，看起来心烦意乱。"我想他们是打算宣战。我们不是签了和约么？"

色彩之神啊！薇雯娜转身，匆匆跑回竞技场。

第十六章

"……还是要说,我们无法证明对伊德里斯动武的正当性!"一位祭司高呼。那人的服色蓝金相间。他是静印的大祭司——光歌记不清那人的名字了。纳恩若瓦?

这番辩论算不上出乎意料。光歌探出身子。纳恩若瓦和他的主人静印都是坚定的保守主义者。他们倾向于反驳几乎所有的提案,却在诸神宫廷受人敬仰。静印几乎和织晕一样老,而且被人视为智者。光歌揉了揉下巴。

反驳纳恩若瓦的是织晕本人的大祭司,英哈娜。"噢,得了吧,"那女人站在竞技场的沙地上说,"我们真有必要老调重弹吗?伊德里斯位于我们国境以内,只是被叛徒占领了而已!"

"他们与世无争,"纳恩若瓦说,"而且我们本来也不想要他们那块土地。"

"不想要?"织晕的女祭司口沫横飞,"他们占领了通向北部诸国的所有隘口!还有每一座尚未挖空的铜矿!他们的军事要塞随时可以对特泰利尔发起攻击!而且他们至今还声称自己的统治者是霍兰德伦的合法国王!"

纳恩若瓦沉默下来,旁观的祭司们发出雷鸣般的赞同声。光歌瞥了眼他们。"你在那些观众里安插了自己人?"他问。

"当然,"织晕说,"别人也一样。只是我比他们擅长罢了。"

辩论仍在继续,其余的祭司们陆续走上平台,开始赞同或是反对攻打伊德里斯。祭司们谈到了国民的担忧:他们的职责之一就是听取民意以及研究国家大事,然后在这里进行讨论,让没有机会与民众交流的诸神能够获知这些信息。如果某件事务较为紧要，诸神就会给出判决。他们分成不同的小组，负责某个特定领域。有些神灵掌管公民事务，另一些则负责管理协议与条约。

对议会而言，伊德里斯不是什么新议题。然而，光歌从未见过相关讨论发展到如此露骨和极端的地步。他们谈到过制裁，封锁，甚至是军事威胁。可战争？到目前为止，还没人说到过这个词，但他们都知道这些祭司究竟在争论什么。

他无法赶走梦中的那些景象——关于死亡与苦痛的幻景。他不认为那是预言，但他承认梦里的景象肯定和潜意识里的担忧有关。他担心战争会伤害他们。或许他只是个懦夫，但他不觉得靠打击伊德里斯能解决多少问题。

"这场辩论的幕后主使是你，没错吧？"他说着，转身看向织晕。

"幕后主使？"织晕甜甜地说，"亲爱的光歌，决定要讨论什么的是祭司。诸神不会费神去管这些俗事。"

"我相信，"光歌说着，躺了下来，"你想要我的无命者指令。"

"这么说可不对，"织晕说，"我只是希望你知道……"

看到光歌兴味索然的眼神，她的声音渐渐低了下去。

"噢，色彩啊，"她咒骂道，"我当然想要你的指令，光歌。不然我干吗要费尽辛苦把你找来这儿？要知道，你是个很难操纵的人。"

"胡说八道，"他说，"你只要答应什么都不用我做，我就会满足你的任何要求。"

"任何要求？"

"任何不需要我做任何事的要求。"

"也就是说，你什么都不打算做。"

"是吗？"

"是的。"

"噢，看起来还真是这样！"

织晕翻了个白眼。

但光歌其实相当心烦。关于开战的争论还是头一次如此激烈。有证据表明伊德里斯正在组建军队,而高地人最近在北方隘口的问题上又毫不让步。除此之外,越来越多的人开始相信,这一代的回归诸神比先前的几代逊色了不少。不是生物染色灵光变弱了,只是不那么……神圣了。不那么仁慈,也不那么睿智了。光歌倒是深有同感。

自从上一位回归者放弃她的生命去治愈别人,已经过去了三年的时间。人们开始对自己的神灵不耐烦了。"不只是这些,对吧?"他说着,看向织晕,后者躺在睡椅上,优雅地吃着浆果。"他们还有所保留?"

"光歌,我亲爱的,"她说,"你说得对。让你参与政治活动真的会腐化你。"

"我只是不喜欢秘密而已,"他说,"秘密让我脑子疼,让我晚上睡不着。参与政治就像拆掉绷带——长痛不如短痛。"

织晕抿住嘴唇。"你在苦笑,亲爱的。"

"恐怕我现在只能这么笑了。想让头脑变迟钝,最快的方法就是参与政治。好了,你是说……"

她哼了一声。"我已经告诉你了。这一切的中心都是那个女人。"

"王后。"他说着,瞥了眼神王的包厢。

"他们送来的人不对,"织晕说,"不是长女,而是年轻的那个。"

"我知道,"光歌说,"这招很妙。"

"妙?"织晕说,"简直聪明绝顶。你知道过去的二十年里,我们为了刺探、研究和了解那位长女,花了多少钱吗?我们之中自以为谨慎的那些甚至研究了次女,也就是在他们的安排下去当僧侣的那位。可幺女?根本没人考虑过她。"

也就是说,伊德里斯人送进宫廷的是个不确定因素,光歌心想。搅乱了我们的政客数十年来的计划与密谋。真是聪明绝顶。

"没人知道关于她的事。"织晕说着,皱起眉头。她显然不喜欢出乎意料的感觉。"我在伊德里斯的探子坚持说,这个女孩的地位无足轻重——这让我觉得,她恐怕比我担心的还要危险。"

光歌扬起一边眉毛。"也许你们只是对小毛孩子反应过度了呢?"

"噢?"织晕问,"那么告诉我,如果要在宫廷里安插密探,你会怎么做呢?你会不会安排一个诱饵瞒天过海,再在暗地里训练一个真正的探子?"

光歌揉了揉下巴。*她说得有道理*。也许吧。活在这么多喜欢算计的人中间,会让你觉得阴谋无处不在。只不过,织晕所说的阴谋,其危险程度不容小觑。要想让刺客接近神王,还有比嫁给他更好的方法吗?

不,这不可能。杀死神王只会让霍兰德伦人暴跳如雷。但如果他们派来的是个擅长操纵他人的女子——能够在不知不觉中祸害神王心智的女子……

"我们必须做好行动的准备,"织晕说,"我可不会干坐在这儿,看着我王国被人夺走——我可不会像曾经的王室那样束手就擒。你控制着四分之一的无命者。那是一万名不需要进食,能够不知疲累地行军的士兵。如果我们能说服另外三个拥有指令的人加入我们……"

光歌思索片刻,然后点点头,站起身来。

"你要做什么?"织晕也坐了起来,问道。

"我去散个步。"光歌说。

"去哪儿?"

光歌看了王后一眼。

"噢,神圣的色彩啊,"织晕说着,叹了口气,"光歌,别毁了我们的计划。现在的情况非常微妙。"

"我尽量吧。"

"我猜我是不可能说服你不要去跟她交流了?"

"亲爱的,"光歌说着,回头看了一眼,"我至少得跟她说上几句话才行。我最不能忍受的,就是败在一个甚至没好好说过话的人手下。"

不知什么时候,蓝手指离开了。塞芮甚至没有察觉——她正忙着看那些祭司辩论呢。

她肯定误会了。他们不可能在考虑攻打伊德里斯。这有什么意义?霍兰德伦能得到什么好处?等那个话题终于结束,塞芮转向侍女之一。"这算什么意思?"

那女人垂下目光,没有答话。

"听他们的口气,就像是要开战一样,"塞芮说,"他们该不会真的打算入侵吧?"

那女人不安地挪动双脚,随后瞥了眼另一名侍女。后者匆匆退下。过了一会儿,她跟特雷勒迪斯一起回来了。塞芮略微皱起眉头。她不喜欢跟这个人说话。

"容器大人,有什么问题吗?"高个子男人说着,看她的目光带着一贯的轻蔑。

她咽了口口水,不打算被他吓倒。"那些祭司,"她说,"他们刚才在讨论什么?"

"您的家乡伊德里斯,容器大人。"

"这我知道,"塞芮说,"他们想对伊德里斯做什么?"

"在我看来,容器大人,他们是在争论要不要攻打那个叛乱的行省,让它回归合法王室的统治之下。"

"叛乱的行省?"

"是的,容器大人。您的同胞目前企图犯上作乱。"

"可反叛的人是你们！"

特雷勒迪斯扬起一边眉毛。

两国的记载果然不同，塞芮心想。"我明白为什么有人跟你想法相同，"她说，"只是……你们该不会真的想攻击我们吧？我们按照你们的要求，送来了一位王后。正因如此，下一任神王将会拥有王室血统。"

前提是现任的神王愿意和我圆房……

特雷勒迪斯只是耸耸肩。"也许什么事都不会发生，容器大人。诸神只是需要了解特泰利尔当前的政治局势。"

他的话并没有给塞芮带来多少安慰。她发起抖来。她是不是该做点什么？用政治手腕来维护伊德里斯么？

"容器大人。"特雷勒迪斯说。

她朝他看去。他的尖顶帽很高，几乎碰到了华盖。在这座充斥着色彩与美的城市里，特雷勒迪斯的长脸显得尤为阴沉。"怎么？"她问。

"有一件稍显棘手的事，恐怕我得跟您谈谈。"

"什么事？"

"您很熟悉君主制，"他说，"事实上，您就是国王之女。我想您应该知道，对一个政体来说，可靠而稳定的继任者安排是非常重要的。"

"我猜也是。"

"因此，"特雷勒迪斯说，"您应该也明白，尽快带来一位继承人的重要性绝对不低。"

塞芮红了脸。"我们在努力了。"

"恕我冒昧，容器大人，"特雷勒迪斯说，"在您是否真的努力这件事上，大家的看法存在少许分歧。"

塞芮的脸更红了，她别过脸去，避开对方无情的目光，头发也转为红色。

"当然了,相关的争论局限在这座宫殿之内,"特雷勒迪斯说,"您大可相信我们这些祭司与仆人的谨慎。"

"你们是怎么知道的?"塞芮说着,抬起头来,"我是说我们的事。也许我们确实在……努力。也许你们已经有了王位继承人,可你们还不知道。"

特雷勒迪斯缓缓地眨眨眼,用审核账目的眼神打量着她。"容器大人,"他说,"您真以为我们会就这么接纳一个不熟悉的外国女人,让她在无人监视的情况下近距离接触我们最神圣的神灵?"

塞芮屏住了呼吸,一时间惊恐莫名。当然了!她心想。他们当然会监视了。为了确保我不会伤害神王,确保一切都照计划进行。

在她丈夫面前全身赤裸已经够糟的了。而让特雷勒迪斯那样的人——像他那样将她看做麻烦而非女性的人——看到她的裸体,感觉更糟。她不自觉地低头耸肩,双臂抱在胸前,遮住领口。

"好了,"特雷勒迪斯说着,凑近身子,"我们明白神王也许跟您预期中不同,或许他甚至有些……难以相处。但您是个女人,应该知道如何运用您的魅力来让他主动。"

"如果我不能跟他说话,也不能看他的样子,又该怎么'主动'呢?"

"我相信您会想到办法的,"特雷勒迪斯说,"您在这座宫殿里只有一个任务。您想保护伊德里斯吗?噢,只要给出我们想要的结果,你们这些叛党就能赢得我们的感激。我和我的同僚在宫廷里有不小的影响力,我们会努力保护你的家乡。我们所求的只是你能履行唯一的职责。给我们一个继承人以安民心。在霍兰德伦,并非一切都……都像您以为的那样团结。"

塞芮维持着无精打采的样子,没去看特雷勒迪斯。

"看来您已经明白了,"他说,"我觉得……"他转过身,声音渐渐小了下去。一支队伍正朝塞芮的包厢走来。他们的服色金红相间,一马当先的那个高大身影让他们闪烁着明亮的色彩。

特雷勒迪斯皱起眉头,然后看了她一眼。"如果有必要的话,我们可以再详谈。尽好您的职责,容器大人。否则后果自负。"

说完,那祭司便转身离去。

她看起来并不危险。这反而让光歌对织晕的担忧又信了几分。*我在这宫廷里待得太久了*,他这么想着,朝王后露出亲切的微笑。*事实上,我这辈子都待在这儿。*

她身材娇小,比他预想的年轻许多。几乎连女人都算不上。他朝她点点头,等待祭司们为他布置桌椅,而她露出了害怕的表情。接着他坐了下来,从王后的侍女手里接过一把葡萄,虽然他没什么食欲。

"王后陛下,"他说,"可以肯定,能认识你是我的荣幸。"

那女孩犹豫起来。"可以肯定?"

"只是修辞而已,亲爱的,"光歌说,"虽然有点多余——不过这倒是挺合适的,因为我本来就是个多余的人。"

女孩昂起头来。*色彩啊*,光歌想着,意识到她才刚刚结束隔离期。*我恐怕是她在神王之外唯一见过的回归者。这第一印象可真不怎么样。只是他无能为力。光歌就是光歌,这点无法改变。*

"能认识您也是我的荣幸,大人。"王后缓缓地说。她转过头去,这时一名侍女把他的名字低声告诉了她。"伟大的英雄,'勇敢者'光歌。"她说着,对他露出笑容。

她的一举一动都带着犹豫。所以她要么从没学过正式场合的礼节——光歌觉得这难以置信,毕竟她是在宫殿里长大的——要么就是个出色的演员。他在心里皱起眉头。

这个女人的到来本该平息开战的呼声，可她反而让局面更加恶化。他一直睁着眼睛，因为他担心只要眨眨眼，那些毁灭的景象就会再次浮现于脑海。它们等待着，仿佛卡拉德的幽灵，在他视野的边际处盘旋不止。

他不承认那些梦是预言。如果他承认，也就意味着他是个神。而且如果那些真是预言，那他们的未来就非常令人担忧了。

但至少表面上，他仍向王后露出自己这辈子第三迷人的微笑，往嘴里丢了颗葡萄。"不必如此拘谨，王后陛下。您很快就会发现，在回归者之中，我是最微不足道的。如果母牛也能当上回归者，它们的地位无疑也会比我高。"

她又动摇起来，显然不知道该如何应付他。光歌对这种反应早就见怪不怪了。"能否请您告诉我，您这次来访的本意为何？"她问。

这措辞正式过头了。她很紧张。身处这么多大人物之间，她觉得很不自在。她的反应会不会是真的？不。这很可能只是为了让他松懈。让他低估她。还是说他只是想太多了？

*愿色彩带走你，织晕！*他心想。*我真的不想掺和进来。*

他很想就这么抽身离开。但那样的话，他也不会觉得心情舒畅——而光歌喜欢心情舒畅的感觉，虽然这和他自己的说法截然相反。还是对她亲切一点吧，他想着，漫不经心地笑了笑。这么一来，就算她真的接管了这个王国，或许也会最后砍他的脑袋。"您问我的本意？"他说，"我想我的本意是以平常的模样来见您——不过我已经失败了，因为我盯着您看了太久，心里想的却是您在这个烂摊子里的位置。"

王后再次皱起眉头。

光歌往嘴里丢了颗葡萄。"真够奇妙的，"他说着，又拿起一颗，"包裹在小巧外衣里的甜美滋味。说真的，很有欺骗性。外表又干又硬，内在却如此美味。您不这么认为么？"

"在我们……伊德里斯那儿,葡萄很少见,大人。"

"要知道,我则是截然相反,"他说,"外在肤浅漂亮,内在却无足轻重。但我想这不是重点。我亲爱的,您可是一道非常悦目的景致。比葡萄强多了。"

"我……这话怎么说,大人?"

"这个宫廷已经很久没有王后了,"光歌说,"事实上,从我回归时算起一直没有。上面那位老苏斯布隆最近总在宫殿里转悠。看起来孤独又凄凉。幸好现在他的人生里多了个女人。"

"感谢您的夸奖,大人。"王后说。

"不客气。您想听的话,我还可以再编几句。"

她陷入了沉默。

那好吧,就这样了,他想着,叹了口气。*织晕说得对。我或许不该来的。*

"好吧,"王后说着,突然抬起双手,头发也转为红色,"这究竟是怎么回事?"

他犹豫起来。"王后陛下?"

"您是在取笑我吗?"

"也许吧。"

"可您应该是神灵吧!"她说着,身子后仰,看向上方的华盖,"我才刚开始理解现在的情况,祭司们就开始对我大吼大叫,然后您又来了!我该拿您怎么办呢?比起神灵来,您看起来更像是个刚上学的孩子!"

光歌迟疑了片刻,然后靠向椅背,露出微笑。"被您发现了,"他说着,摊了摊手,"我杀掉了真货,夺走了他的位置。我是来绑架您,准备勒索赎金的。"

"您瞧,"王后说着,指了指,"作为神灵,您应该更……怎么说呢,更高贵一点,不是么?"

他摊开双手。"亲爱的,在霍兰德伦,这样子就叫做高贵。"
她看起来并不相信。
"当然了,我显然是在撒谎,"他说着,又吃了一颗葡萄,"您不该以我为标准来衡量其他人。他们都比我要神圣多了。"
王后坐直身子。"我还以为您是勇气之神呢。"
"严格来说,没错。"
"您在我看来更像是小丑之神。"
"我也申请过那个职位,但被拒了,"他说,"您真该看看他们找来干那份活儿的人。就像石头一样无趣,而且比石头还丑上一倍。"
塞芮犹豫起来。
"我这次可没撒谎,"光歌说,"欢笑之神,赋欣。如果说这儿真有哪位神灵比我还不称职,那就是他了。"
"我真搞不懂您,"她说,"看起来,这座城市还有很多我不懂的事。"
这女人没在说谎,光歌注视着她年轻而困惑的双眼,心想。或者说,如果她真的在说谎,那她就是我所见过的最出色的演员。
这一点意义重大。这个女孩之所以代替她的姐姐前来,也可能是出于更加平常的理由。比如那位长女生了病。但光歌并不相信。她是某个计划——甚至是一系列计划——的一部分。而且无论那些计划是什么,她都对此一无所知。
卡拉德的幽灵啊!光歌在脑海里咒骂道。这孩子就要被狼群撕成碎片,吞进肚里了!可他又能做什么呢?他叹了口气,站起身,而他的祭司们连忙开始收拾东西。女孩困惑不解地看着他,而他对她点点头,敷衍地笑着道别。她站了起来,浅浅行了个屈膝礼,虽然这并非必要。她是这个王国的王后,但她本人并非回归者之一。
光歌转身想走,又停了下来,想起了自己在宫廷里度过的最初几个月,还有当时的混乱感。他伸出一只手,轻柔地按在她的肩头。

"别让他们追上你,孩子。"他低声道。

说完,他便大步离去。

第十七章

薇雯娜朝着勒梅克斯的住处走去,同时剖析着她在诸神宫廷听到的辩论内容。她的导师们教导过她,宫廷议会上的讨论并不能与行动画等号:他们是在谈论战争,但这并不代表战争就会到来。

然而,这次辩论似乎没那么单纯。整个过程太激烈,又太一边倒了。这意味着她父亲是对的,这场战争无可避免。

她在几乎空无一人的街道上埋头前进。她开始明白,只要选择城市里那些住宅较为密集的地方,就能避开拥挤的人群。看起来,特泰利尔的市民很喜欢凑热闹。

这条街道位于某个富庶的街区,旁边有一条板岩铺就的人行道,供人散步时使用。帕林走在她身边,时不时地停下脚步,打量起蕨类植物或是棕榈树。霍兰德伦人喜欢植物:他们的屋子大都有树木荫蔽,爬着藤蔓,周围生长着盛开花朵的异国灌木。换作在伊德里斯,这条街道旁边的每一栋大屋子都可以算是豪华宅邸,但在这里却只是中等规格——多半只是商人的住处。

我应该集中精神,她心想。霍兰德伦是不是很快就要进攻了?还是说这些只是数月——甚至是数年——之后的战争的序曲?

直到诸神投票之前,他们都不会真正展开行动,而薇雯娜并不清楚他们在怎样的情况下才会投票。她摇摇头。她才来了特泰利尔一天,就已经发现过去的训练和课程远远不够了。

她觉得自己什么都不懂。这让她不知所措。她并不是自以为的那个自信又能干的姑娘。更可怕的一点在于,如果她真的成了神王的新娘,感受到的无力与困惑恐怕会和可怜的塞芮相差无几。

他们绕过一个转角,薇雯娜跟在后面,她相信帕林惊人的方向感能带他们回到勒梅克斯的屋子。他们从一座沉默的德戴尼尔雕像下走过。那位骄傲的战士站在底座上,将长剑高举在他的石制头颅上方,脖颈处系着一条随风飘荡的红围巾,为他的铠甲更添亮色。他看起来栩栩如生,仿佛正光荣地前往战场。没过多久,他们就来到了勒梅克斯住处前的台阶前。但薇雯娜愣住了:她看到挂着门扇的铰链只剩下了一根。门的下半部分裂开了,仿佛被人狠狠地踢了一脚。

帕林停在她身边,然后竖起一只手,发出嘘声,示意她安静。他的手伸向腰带上那把长猎刀,然后四下张望。薇雯娜后退几步,压抑着逃跑的冲动。可她又能逃去哪儿呢?那些佣兵是她在这座城里仅有的熟人。

登斯和汤克·法应该应付得了一次袭击,对吧?

门的另一侧有人走来。她的生物染色灵觉在示警。她用一只手按在帕林的胳膊上,做好了逃跑的准备。

登斯推开破碎的房门,探出头来。"噢,"他说,"是你们啊。"

"出了什么事?"她问,"你们被人攻击了吗?"

登斯看了那扇门一眼,然后吃吃笑了起来。

"没啊。"他说着,把门彻底推开,招呼她进去。

透过破碎的房门,她看到家具四分五裂,墙上留下了不少窟窿,那些画也都被切开和撕破。登斯不紧不慢地走进屋子,踢开软垫里的一堆填充物,朝着楼梯走去。那里有好几级台阶被人砸坏了。

他转过头去,注意到了她的困惑。"噢,我们说过会搜索这栋屋子的,公主。我猜我们干得不赖。"

薇雯娜万分小心地坐下来,唯恐身下的那张椅子会突然垮掉。

汤克·法和登斯确实搜索得很彻底——看起来，他们打碎了屋子里的每一块木头，包括椅子腿在内。幸好她眼下的座位相当结实，足以支撑她的重量。

她前方的书桌——勒梅克斯的书桌——已经破碎不堪。抽屉被人抽走，露出里面空空如也的暗格。一堆文件和几个小包放在桌上。

"就这些了。"登斯靠着房间的门框说。汤克·法躺在破破烂烂的睡椅上，填充物从破口钻出，显得很不雅观。

"你们就非得弄坏这么多东西吗？"薇雯娜问。

"只是以防万一，"登斯说着，耸耸肩，"有些人藏东西的地方会让你大吃一惊的。"

"比如正门里？"薇雯娜冷冷地问。

"你会去那儿找么？"

"当然不会。"

"所以我才觉得那是个藏东西的好地方。我们敲了敲门板，以为找到了门里的中空部分。后来我们才发现，那只是因为用的木料不同，但必须确认一下。"

"藏贵重品的时候，人是会变聪明的。"汤克·法说着，打了个呵欠。

"你知道我最烦佣兵这行的哪一点吗？"登斯说着，抬起一只手。

薇雯娜扬起一边眉毛。

"碎木头。"他说着，晃了晃几根红肿的手指。

"这东西可没有风险津贴。"汤克·法补充道。

"噢，现在你们纯粹是在说蠢话了。"薇雯娜说着，整理起桌上的东西来。其中一只袋子发出引人联想的叮当声。薇雯娜解开绳子，打开袋口。

金子在里面闪闪发光——很多金子。

"价值五千马克多一点，"登斯懒洋洋地说，"勒梅克斯把这些钱藏在屋子里的各种地方。我们在你那张椅子的腿里就找到了一根金条。"

"找到他备忘的那张位置清单以后,我们的工作轻松了不少。"汤克·法评论道。

"五千马克?"薇雯娜说着,感到自己的头发因吃惊而微微发亮。

"看起来,老勒梅克斯的储蓄还真不少,"登斯吃吃笑着说,"这些,再加上他的灵息数量……他跟伊德里斯王国勒索的钱财肯定比我想象的还要多。"

薇雯娜盯着那只袋子。接着她抬起头,看着登斯。

"你们……把它给了我,"她说,"你们完全可以偷偷拿走,然后自己花掉的!"

"事实上,我们的确拿了,"登斯说,"用差不多十马克买了午餐。应该随时都会送到。"

薇雯娜对上他的目光。

"这就是我常说的,对吧汤克?"登斯说着,低头看着那个大个子,"如果我是,比方说管家,她还会这么看着我吗?就因为我没有拿钱跑路?为什么每个人都觉得佣兵会抢劫他们?"

汤克·法哼了一声,又伸了个懒腰。

"看看那些文件吧,公主大人,"登斯说着,踢了一脚汤克·法的躺椅,然后朝门那边点点头,"我们在楼下等你。"

薇雯娜看着他们离开,汤克·法咕哝着爬起身,一块填充物粘在他背后的衣服上。他们噔噔地走下楼梯,没过多久,她就听到了餐碟的叮当声。有几个男孩会定期经过这栋屋子门口,大声吆喝说可以为某家本地餐馆送餐上门。他们多半就是找了他们送吃的来。

薇雯娜继续站在书桌前。她越来越不确定自己为什么要来这里了。但她仍然有登斯和汤克·法的协助,而且——这点令她惊奇——她发觉自己越来越依赖他们了。她父亲的军队里有多少士兵——他们都是些好人——能够抗拒带着五千马克远走高飞的诱惑？这些佣兵绝没有外表那么简单。

她将注意力转向桌上的书籍、信件和文件。

幾个钟头之后，薇雯娜独自坐在房间里，破裂的书桌一角放着一根蜡烛，烛泪不断落在桌上。她早就停止了阅读。门边的地上放着一碟原封未动的食物，那是帕林不久前端来的。

摊开的信件放在她面前的桌上。整理这些信的顺序花去了她不少时间。大部分信件里都是她父亲熟悉的字迹。不是她父亲的书记官的字迹，而是她父亲本人的。这是她发现的第一条线索。能让他亲自动笔的只有那些最私人或是最隐秘的信件。

薇雯娜控制住自己的头发。她谨慎地吸气，然后呼出。透过昏暗的窗户，能看到早该沉睡的这座城市的灯火。但她只是坐着。

麻木地坐着。

最后那封信——勒梅克斯死前的最后一封信——放在最顶上。那是几周前才寄来的。

我的朋友，她父亲的笔迹写道。

虽然不愿承认，但先前那次谈话让我非常担忧。我跟雅尔达长谈了一次。我们想不到解决方法。

战争就要来了。我们都明白这一点。诸神宫廷持续不断——而且愈演愈烈——的争论让人不安。我们送去让你购买灵息——好让你有资格出席会议——的那笔钱的确花在了刀口上。

全部的征兆都指向一件事：霍兰德伦的无命者将无可避免地朝我们的山脉进军。因此，我准许你按照我们先前讨论的去做。你在那座城市引发的任何混乱——为我们争取的每一天的时间——都极其重要。你要求的额外资金应该已经送到了。

我的朋友，我必须承认自己的弱点。我永远都没法把薇雯娜送去那座龙潭虎穴般的城市。送她去那里就等于害死她，我办不到。即使我知道，这对伊德里斯来说是最好的选择。

我也不确定自己会怎么做。我不会送她去，因为我太爱她了。然而，撕毁和约只会让霍兰德伦人的怒火波及到无辜的人民身上。我担心自己很快就将面对那个无比艰难的抉择。

但这是国王的职责。

期待你的下一封信。

戴德林，你的君王和朋友。

薇雯娜把目光从信上移开。这个房间有点太安静了。她很想要朝那封信——还有离她如此遥远的父亲——大吼。但她不能这么做。她受过的教育不允许她这么做。发脾气只是一种无意义的傲慢。

不要引人注目。切莫将自己置于他人之上。高人一等者无法长久。可为了拯救一个女儿而害死另一个女儿的人，又算是什么？那个当着你的面声称这种交换有其缘由的人，又算是什么？他还说这是为了伊德里斯的利益，说这跟偏爱无关？背叛自己宗教的最高教义，为他的密探购买灵息的国王，又算是什么？

薇雯娜为眼眶里泛出的那滴泪水眨了眨眼，然后咬紧牙关，对自己、对这个世界生起气来。他父亲本该是个伟人，是个完美的国王。睿智而博学，永远坚定，又永远正确。

她在信上看到的那个人更接近普通人。

但这有什么好吃惊的？

这不重要，她告诉自己。这些都不重要。霍兰德伦政权的某些派系正在号召这个王国开战。看过她父亲的肺腑之言以后，她终于彻底相信了他的话。霍兰德伦王国的军队很可能会在年底前开赴她的家乡。接下来，霍兰德伦人——如此多姿多彩，又如此善于欺骗——会将塞芮当做人质，以她的性命威胁戴德林投降。

她父亲不会放弃自己的王国。而塞芮会被处死。

我来这儿正是为了阻止这件事，薇雯娜心想。她的双手捏紧了书桌的边缘，牙关紧咬。她拭去那滴暴露她内心的泪水。她身在陌生的城市，被陌生人所环绕，但她所受的训练正是为了在这种时候保持坚强。她还有工作要做。

她站起身，把信件、那袋钱币和勒梅克斯的日记都留在桌上。她走下楼梯，避开断裂的台阶，来到正在教帕林玩木制卡牌的两个佣兵那里。三人抬起头，看着朝他们走来的薇雯娜。她小心翼翼地坐在地板上，摆出谦逊的姿势。

她对上他们的双眼，然后开了口。"我知道勒梅克斯一部分财产的来源了，"她说，"伊德里斯和霍兰德伦很快就会开战。因为这个威胁，我父亲赋予勒梅克斯的资源比我认为的多很多。他给了足够勒梅克斯买下五十口灵息的钱，准许他出入宫廷，汇报会议的进程。我父亲显然并不知道，勒梅克斯本身已经拥有了相当可观的灵息。"

三人沉默下来。汤克·法瞥了眼登斯，后者靠向一张翻倒在地、破破烂烂的椅子。

"我相信勒梅克斯仍然忠于伊德里斯，"她说，"从他的日记就能看出来。他不是叛徒：只是贪婪而已。他想要尽可能多的灵息，因为他听说这样能延长一个人的寿命。勒梅克斯和我父亲打算从霍兰德伦内部妨碍这场战争。勒梅克斯承诺会设法妨害无命者大军，破坏这座城市的补给物资，尽可能地削弱他们的战力。为了达到这个目的，我父亲送来了一大笔钱。"

"大约价值五千马克的钱？"登斯说着，搓了搓下巴。

"没那么多，"薇雯娜说，"但也是一笔大数目了。我想你对勒梅克斯的评价没有错，登斯——他已经从王室那里骗过好几次钱了。"

她沉默下来。帕林一脸困惑，这是意料之中的反应。然而，那些佣兵却好像并不吃惊。

"我不清楚勒梅克斯是否打算照我父亲的要求去做,"薇雯娜说着,努力维持着冷静,"他藏钱的方式,还有他在日记里写下的一些事……好吧,或许他终于打算叛变逃亡了。我们无从得知他最后的决定。我们只知道他大概的计划。那些计划的可行性足以说服我父亲,而在他信里的急切语气说服了我。我们会继续勒梅克斯的工作,削弱霍兰德伦的战力。"

整个房间陷入了沉默。"那……你妹妹呢?"最后,帕林开了口。

"我们会把她带出王宫,"薇雯娜坚定地说,"将她安全救出是我们的第一要务。"

"说着容易做起来难啊,公主大人。"登斯说。

"我知道。"

两个佣兵对视一眼。"好吧,"登斯说着,站起身来,"那我们最好继续工作了。"他朝汤克·法点点头,后者叹了口气,咕哝着站起身。

"等等,"薇雯娜说着,皱起眉头,"你说什么?"

"我猜到你看完那些信以后,就会选择继续干下去,"登斯说着,伸了个懒腰,"现在我知道他的目的,也就能将他让我们去做的那些事联系起来了。其中之一就是联络和支持这座城市里的某些反派势力,包括几星期前才刚刚被镇压的那个。那个叛党的中心人物名叫沃赫。"

"我还一直好奇勒梅克斯干吗要支持他呢。"汤克·法说。

"那股势力已经完了,"登斯说,"连同沃赫一起。但他的很多追随者还在城里,正等着麻烦上门。我们可以联络他们。还有另外几条线索,我认为也可以试试看,勒梅克斯没跟我们解释得太清楚,不过我现在应该可以猜到理由了。"

"所以……你们能应付得了这种事?"薇雯娜问,"你们刚刚才说做起来不会简单。"

登斯耸耸肩。"是不简单。但我得提醒你,这正是勒梅克斯雇用我们的原因。正常人可不会雇一队三个要价不菲的专业佣兵来给你端茶送水。"

"除非你想被茶水泼得满身都是。"汤克·法评论道。

三个佣兵?薇雯娜心想。没错。还有一个。一个女人。"你们的另一个成员呢?"

"你说珠宝?"登斯问,"你很快就会见到她了。"

"太不幸了。"汤克·法压低声音说。

登斯用手肘捅了捅他的朋友。"就眼下来说,我们还是出去看看计划的进展情况吧。从这栋屋子里选好你要的东西,我们明天就搬走。"

"搬走?"薇雯娜说。

"除非你想睡在被汤克·法撕成五片的床垫上,"登斯评论道,"他一向不喜欢床垫。"

"还有椅子,"汤克·法欢快地说,"事实上,还有桌子,门和墙壁。噢,还有人。"

"无论如何,公主大人,"登斯说,"跟勒梅克斯合作过的人都知道这栋房子。你也发现了,他并不是那种特别诚实的人。我觉得你不会愿意被他牵连。"

"最好搬去另一栋房子。"汤克·法附和道。

"我们会努力不把下一栋房子破坏得太厉害的。"登斯说。

"但也不能保证就是了。"汤克·法说着,眨了眨眼。

然后,两人便转身离去。

第十八章

塞芮站在她丈夫的卧室门前，紧张地挪动双脚。蓝手指一如既往地站在她身旁，而他也是走廊里仅有的另一个人。他在账簿上潦草地写着什么，丝毫看不出他是如何知道她应该进门的时间的。

尽管满心紧张，但这一次她并不介意拖延。这给了她更多时间去思考她要做的事。今天发生的事仍旧在她脑海中萦绕：特雷勒迪斯提醒她必须为神王生下子嗣。"勇敢者"光歌拐弯抹角地说了一通，离开时的道别却像是发自真心。她的国王兼丈夫坐在高塔之上，扭曲着身周的光线。下方的祭司们则在争论是否该侵略她的故乡。

很多人想把她推向不同的方向，但他们都不想告诉她究竟该怎么做——有些人甚至懒得说出自己的目的。他们只办到了一件事，那就是惹恼她。她不擅长勾引男人。她不知道该怎么让神王对她产生欲望——更何况光是现在这样，她就已经很怕他了。

大祭司特雷勒迪斯向她下达了一条命令。因此，她打算表现出对命令的回应，尤其是伴随威胁的命令。到了晚上，她会进入神王的卧室，坐在地板上，拒绝脱去衣物。她会与神王对峙。他不想要她。好吧，她也受够了每晚被人盯着看了。

她想要清晰无误地向他表明这一切。如果他想再看她的裸体，就得命令仆从亲自动手。她很怀疑他会这么做。到目前为止，他都无动于衷，而当他君临于竞技场的时候，他所做的也无非是作壁上观。她开始对这位神王有了新的印象。他拥有着庞大的权力，也因此变得懒散。他拥有一切，所以懒得去做任何事。

他是那种指望别人为他代劳一切的人。像他这样的人令她恼火。她想起了伊德里斯的一位守卫队长，那人严令部下卖力工作，自己却玩牌来打发下午的时间。

是时候让神王尝尝反抗的滋味了。而且也是时候让他的祭司明白，他们是吓不倒她的。她受够了被人利用了。今晚，她会拿出行动。这是她的决定。这让她紧张得要命。

她看向蓝手指。终于，她对上了他的双眼。"他们真的每晚都在看着我吗？"她凑近身子，低声问道。

他犹豫起来，脸色微微发白。他看向旁边，然后摇摇头。

她皱起眉头。但特雷勒迪斯知道我没有跟神王上床。

蓝手指抬起一根手指，指了指眼睛，然后摇摇头。然后他指着自己的耳朵，点点头。他指向走廊前方的一扇门。

他们会听，塞芮心想。

蓝手指凑近了些。"他们不会看的，容器大人，"他低声道，"别忘记，神王是他们最神圣的神祇。看到他裸体的样子，看着他和自己的妻子……不，他们没那个胆子。但他们可以听。"

她点点头。"他们非常想要一个继承人。"

蓝手指紧张地看着她。

"他们真的那么危险吗？"她问。

他对上她的目光，然后猛地点点头。"比您所知的更危险，容器大人。"然后他退向一旁，指了指卧室门。

你一定要帮我！她用口型对他说。

他摇摇头，抬起双手。我不能。现在不行。随后，他推开门，鞠了一躬，然后匆匆离开，同时紧张地看向身后。

塞芮怒视着他。她迟早要把他逼进死胡同，弄清他究竟知道些什么。在那之前，她要惹恼的是另一些人。她转过身，看着黑暗的房间。她的紧张又回来了。

这样做明智吗？换作从前，她会毫不犹豫地挑衅。但话说回来……她的人生也跟从前不同了。蓝手指的恐惧让她更焦躁了。

挑衅。这一向是她引人注目的方法。她的倔强并非出于恶意，只是她比不上薇雯娜，所以只好去做和薇雯娜截然相反的事。这一招在过去非常有效。但真是这样吗？她父亲总是生她的气，薇雯娜也总是把她当小孩子看待。城里的居民都喜欢她，但同时也觉得她让人头疼。

不，塞芮突然想。不，我不能这么做。这座宫殿——这个宫廷——的那些人，他们不是你可以意气用事的人。如果她藐视这座宫殿里的祭司，他们不会像她父亲那样发牢骚。他们只会向她展示他们的权力能做到的事。

那她又该怎么做呢？她也不能就这么脱光衣服，跪在地上，对吧？她不知所措地——同时又对自己有些生气——走进昏暗的房间，关上了门。神王等在角落里，一如既往地坐在阴影中。塞芮看着他，盯着那张过于平静的脸。她知道她应该脱掉衣服，跪在地上，但她做不到。

不是因为她想要挑衅他，甚至不是因为她觉得愤怒或是烦躁。而是因为她按捺不住自己的好奇心。这个能够统治诸神，还能用生物染色灵光的力量扭曲光线的男人，究竟是什么样的人？他真的只是个娇生惯养的懒人么？

他回望着她。就像从前那样，她的无礼并没有惹怒他。塞芮看着他，用力一拉衣裙的束带，让笨重的衣裙滑落在地上。她把手伸向内衣的肩部，但又犹豫起来。不，她心想。这样也不对。

她低头看着内衣：白色的边缘模糊起来，扭曲成了彩色。她抬起头，看着神王无动于衷的脸。

接着，塞芮咬紧牙关，压下心里的紧张，然后迈出一步。

他紧张起来。她能看到他眼角和唇边的肌肉绷紧了。她又迈出一步，白色的衣物进一步扭曲成棱镜折射后的色彩。他就这么看着她越走越近。

她在他面前停下脚步。然后转过身，爬上床去。她躺到床垫中央，感受着身下柔软的触感。接着她跪坐起身，打量着带有黑曜石光泽的黑色大理石墙壁。神王的祭司就等在那道墙壁后面，仔细聆听着跟他们毫无关系的事。

现在我要做的事，她想着，深吸了一口气，简直丢人得要命。但她都被迫向神王裸体跪拜了一个多星期了，现在才难为情是不是太晚了点？她跳了起来，让弹簧嘎吱作响。犹豫了片刻之后，她开始呻吟。她希望自己的表演足够可信——她并不清楚做那种事的时候究竟会发出什么声音，而且通常会持续多久？她努力让呻吟声越来越响，蹦跳的动作也越来越剧烈，而且维持了她认为足够长的时间。然后她突然停了下来，发出最后一声呻吟，躺回床上。

一切都安静下来。她抬起头，看向神王。他那张冷漠的面具软化了不少，露出与常人无异的困惑表情。他的样子几乎让她想大笑。但她只是对上他的目光，摇了摇头。然后，她喘着粗气，大汗淋漓躺回床上，开始休息。

今天的每件事情和阴谋都让她疲倦，没过多久，她就在奢华的毛毯下蜷缩身体，放松身心。神王没来打扰她。事实上，刚才她靠近的时候，他甚至紧张起来，就像是在担心什么——甚至是害怕她。

这不可能。他是神灵，也是霍兰德伦之王，而她只是个傻丫头，正在没过头顶的深水中奋力挣扎。不，他不是害怕。光是"神王会害怕"这个概念本身，就又差点让她笑出声来。她控制住自己，为正在聆听的祭司们编织假象，同时在奢侈而舒适的床上渐渐沉入梦乡。

次日早上，光歌没有起床。他的仆人们站在房间周围，就像一群等待喂食的鸟儿。快到中午的时候,他们开始不安地挪动双脚,面面相觑。

他仍旧躺在床上,注视着华丽的红色天花板。

几名仆人试探着走上前,将装有食物的托盘放在他旁边的一张小桌上。光歌没有动弹,他又梦到了战争。

最后,有个身影走到床边。穿着祭司袍,大腹便便的莱瑞玛低头看着他的神灵,没有表露出丝毫不耐烦,虽然光歌觉得他心里肯定是这么想的。"拜托,都出去吧。"莱瑞玛对仆人们说。

他们犹豫起来。神灵什么时候离开过仆人?

"拜托。"莱瑞玛重复了一遍,但他的语气表示这并非请求。仆人们缓缓地走出了房间。莱瑞玛走到食物托盘旁边,然后在矮桌的边缘坐了下来。他看着光歌,露出深思的表情。

我究竟做过些什么,才有资格得到这样一位祭司?光歌心想。他认识很多回归者的大祭司,他们大都让人难以忍受,只在程度上有所差别。有些暴躁易怒,有些喜欢挑刺,还有些对自己的神灵狂热过度,看了就恼火。至于神王本人的大祭司特雷勒迪斯,他高傲得要命,甚至连神灵都会觉得矮他一头。

但莱瑞玛却截然不同。他既耐心,又体贴。

他配得上更优秀的神灵。

"好吧,大人,"莱瑞玛说,"这次是因为什么?"

"我病了。"光歌说。

"您是不可能生病的,大人。"

光歌虚弱地咳嗽了几声,却只是惹得莱瑞玛翻起白眼。

"噢得了吧,瞎转悠,"光歌说,"你就不能配合一下吗?"

"配合您装病?"莱瑞玛的语气带着一丝愉快,"大人,这么做就等于在假装您不是神。我不认为您的大祭司该立下这样的先例。"

"这是事实,"光歌低声说,"我不是神。"

莱瑞玛的脸上仍旧看不出半点恼火或是愤怒。他只是弯下腰，说："请别说这种话，大人。就算您自己不相信，也不该这么说。"

"为什么？"

"为了那些信徒考虑。"

"所以我应该继续欺骗他们？"

莱瑞玛摇摇头。"这并非欺骗。被信任者不相信自己的例子并不罕见。"

"所以你觉得我这样一点都不奇怪？"

莱瑞玛笑了。"是的，因为我了解您的脾性。好了，这次是因为什么？"

光歌转过身，再次看向天花板。"织晕想要我的无命者指令。"

"是的。"

"她会毁掉我们的新王后，"光歌说，"织晕担心伊德里斯的王族正试图夺取霍兰德伦的王位。"

"而您不这么认为？"

光歌摇摇头。"不。或许真是这样。但问题在于，我认为那个女孩——也就是王后——并不知情。我担心织晕会出于恐惧杀死那个孩子。我担心她过于激进，将我们卷入战争，但我不知道这是否正确。"

"看起来您已经对局面了如指掌了，大人。"莱瑞玛说。

"我不想参与其中，瞎转悠，"光歌说，"我觉得自己正在泥足深陷。"

"为了引领您的王国，参与其中是您的职责。您不能逃避政治。"

"我能。只要我不下床就好。"

莱瑞玛扬起一边眉毛。"大人，您该不会真的相信这话吧？"

光歌叹了口气。"你该不会打算告诉我，我的不作为也是有政治影响力的吧？"

莱瑞玛犹豫起来。"也许吧。不管喜不喜欢,您都参与了这个王国的运作——而且就算您不肯下床,也同样会产生影响。如果您什么都不做,那么您就会和那些挑起麻烦的人同罪。"

"不,"光歌说,"不,你错了。如果我什么都不做,那就至少不会搞砸。的确,坐视不理会让事态恶化,但那不是一回事。无论别人怎么说,都不是一回事。"

"那如果您的行动能让事态好转呢?"

光歌摇摇头。"不可能。你了解我的。"

"我确实了解您,大人,"莱瑞玛说,"或许我比您以为的还要了解您。您是我认识的人里最优秀的。"

光歌翻起白眼,然后他注意到莱瑞玛的表情,顿住了。

我认识的人里最优秀的……

光歌坐起身来。"你认识我!"他控诉道,"所以你才会选择当我的祭司。你以前就认识我!在我死之前!"

莱瑞玛未置一词。

"我是什么人?"光歌问,"你说我是个优秀的人。可我究竟优秀在哪里?"

"我不能说,大人。"

"你已经说了,"光歌说着,抬起一根手指,"你还是继续说吧。后悔也晚了。"

"我已经说太多了。"

"来吧,"光歌说,"就说一点儿。我是特泰利尔人吗?我是怎么死的?"*我在梦里看到的那个女人,她是谁?*

莱瑞玛没再说话。

"我可以命令你开口……"

"不,您不能,"莱瑞玛笑着站起身,"这就像雨,大人。您可以说您希望能命令天气,但您内心并不相信。它不会服从您,我也一样。"

这套神学理论还真方便，光歌心想。尤其是想向你的神灵隐瞒的时候。

莱瑞玛转身想走。"还有画作等着您去评判呢，大人。我建议您让仆人为您洗浴更衣，以便开始今天的工作。"

光歌叹口气，伸了个懒腰。他究竟是怎么办到的？他心想。莱瑞玛并没有说什么了不起的事，却让光歌好受多了。他看着走到门边，招呼仆人们回来的莱瑞玛。或许应付闷闷不乐的神祇也是他的职责之一。

但……他以前就认识我，光歌心想。现在他成了我的祭司。这是怎么一回事？"瞎转悠。"光歌的话将祭司的注意力吸引过来。莱瑞玛转过身，露出戒备的表情，显然觉得光歌打算继续打听自己的过去。

"我该怎么做？"光歌问，"我是说织晕和王后的事。"

"我不能告诉您，大人，"莱瑞玛说，"要知道，您才是我们学习的对象。如果我指点您，那我们就不会有任何收获了。"

"除了挽救一个被人利用的女孩的性命。"

莱瑞玛犹豫了片刻。"尽您的全力吧，大人，"他说，"我能建议的就这么多了。"

真棒，光歌想着，站起身来。他也不清楚自己的"全力"有多少。

事实上，他从来都懒得费这个工夫。

第十九章

"这儿不错，"登斯说着，仔细打量着这栋屋子，"结实的木头墙板。断面会很干净。"

"没错，"汤克·法朝壁橱里看了一眼，补充道，"能放东西的地方也多。我敢打赌，光是这儿就能藏下五六具尸体。"

薇雯娜瞪了那两个佣兵一眼，他们吃吃地笑了起来。这栋屋子比不上勒梅克斯的住处，但她并不想太过铺张。它位于一座修缮良好的街道旁边，与许多类似的房屋排成一行。除了室内足够宽敞之外，两旁还与高大的棕榈树毗邻，可以遮住隔壁那些居心叵测的窥探。

她很满意。想到要住在这样一栋——尽管以霍兰德伦的标准来看只算普通——几乎和伊德里斯王宫一样大的屋子里，她还是有点不适应。然而，她和帕林已经去这座城市更加廉价的区域看过，也否决了那里的房子。她可不想住在晚上都不敢出门的地方，更不想因为那些灵息成为有心人的目标。

她慢慢走下楼梯，佣兵们紧随其后。这栋屋子分为三层——卧室所在的二楼，厨房和起居室所在的一楼，以及储物用的地下室。这栋屋子里的家具很少，因此帕林去了市集，打算再买些回来。她不想花这笔钱，但登斯指出，他们至少要试着装装样子，否则只会更醒目。

"老勒梅克斯的房子很快就会有人照看了，"登斯说，"我们在道上放了些风声，提到那个老头子已经死了。无论我们拿掉了什么，今晚都会被夜贼们全部接管。到了明天，城市守卫会赶到那儿，他们会断定那地方失窃。那护士收了封口费，而且不管怎么说，她并不知道勒梅克斯的真正身份。如果没人出钱给他操办葬礼，当局就会没收那栋屋子，再和其他债主一起出钱把尸体火化。"

薇雯娜在楼梯底下停住脚，脸色发白。"听起来对他有失尊重。"

登斯耸耸肩。"那你想怎么做？去停尸房认领他吗？给他办个伊德里斯式的葬礼？"

"这倒是个引起怀疑的好法子。"汤克·法说。

"还是交给别人去处理吧。"登斯说。

"我想你们说得对，"薇雯娜说着，转过身去，走进起居室，"只不过，我光是想到他的尸体会被……"

"会被什么？"登斯说着，笑了起来，"被异教徒碰？"

薇雯娜没有看他。

"老头子似乎不怎么介意异教徒的做法，"汤克·法说，"毕竟他有那么多灵息呢。话说回来，买灵息的钱不就是你老爹给他的么？"

薇雯娜闭上双眼。

现在拥有那些灵息的人是你，她告诉自己。你也不是什么无辜者。

但她并没有选择的余地。她只能怀着希望，同时猜想她父亲或许和她有过相同的感受：别无选择，明知故犯。

由于没有椅子，薇雯娜只能整理好衣裙，跪坐在木头地板上，双手放在膝头。登斯和汤克·法背靠墙壁坐了下来。他们坐在硬木地板上，看起来就像坐在丝绒座椅里那样舒适。"好了，公主大人，"登斯说着，从口袋里拿出一张纸，然后摊开，"我们为你准备了几个计划。"

"请说。"

"首先，"登斯说，"我们可以安排你跟沃赫的几个盟友会面。"

"这个沃赫究竟是什么人？"薇雯娜说着，皱起眉头。她实在不太想跟革命家合作。

"沃赫是染料植物种植园的工人,"登斯说,"那种地方的环境有时很恶劣——工时很长,报酬又几乎只够吃饱。大约五年前,沃赫想到了一个绝妙的主意:如果他能说服其他工人把灵息给他,或许就能用这股力量反抗工头。他成为了郊区种植园的工人们眼中的英雄,也引起了诸神宫廷的注意。"

"他根本没机会发起真正的革命。"汤克·法说。

"那他的手下对我们有什么用?"薇雯娜问,"他们连成功的影子都没见到过。"

"噢,"登斯说,"你可没跟我说过革命之类的事。你只说想让霍兰德伦人开战的时候焦头烂额。"

"打仗的时候,后院起火会让他们很头痛。"汤克·法补充道。

薇雯娜点点头。"好吧,"她说,"我们去见见他们。"

"话说在前头,公主大人,"登斯说,"他们并不是那种特别……有修养的人。"

"我并不反感出身贫苦或是收入微薄的人。奥斯特瑞对所有人一视同仁。"

"我不是那个意思,"登斯说着,揉了揉下巴,"问题不在于他们是农夫,而是……这么说吧,在沃赫这场小小的叛乱即将失败的时候,这些聪明人选择了迅速抽身。这就意味着他们当初就不怎么忠诚。"

"换句话说,"汤克·法说,"他们其实只是一群恶棍和匪徒头子,以为沃赫能帮他们出人头地或者赚大钱。"

真棒,薇雯娜心想。"我们真的要和这种人合作吗?"

登斯耸耸肩。"万事都有个开始。"

"另外几个计划就更有趣了。"汤克·法说。

"都有哪些?"薇雯娜问。

"比如突袭无命者的仓库,"登斯笑着说,"我们不能杀死那些东西——这样只会引来其他无命者的追杀。但我们也许能够扰乱那些怪物的行动。"

"听起来很危险。"薇雯娜说。

登斯瞥了眼汤克·法,后者睁开了眼睛。他们同时笑了起来。

"怎么?"薇雯娜问。

"风险津贴,"汤克·法说,"我们不会偷你的钱,但我们不反对为这种极度危险的活儿多收你一笔!"

薇雯娜翻了个白眼儿。

"除此之外,"登斯补充道,"在我看来,勒梅克斯还打算破坏这座城市的食物供应。我想这是个好主意。无命者不需要吃东西,他们的盟友需要。如果我们破坏了供应体系,或许他们就会担心自己没法负担长期战争了。"

"这样听起来更合理些,"薇雯娜说,"你们想到了什么计划?"

"我们袭击商队,"登斯说,"再四处放火,给他们造成损失。我们可以伪装成强盗,甚至是沃赫的残党。这样应该就能让特泰利尔陷入混乱,或许还能让那些祭司难以开战。"

"祭司们参与了这座城市的很多买卖,"汤克·法补充道,"他们有很多钱,所以往往会自备给养。只要烧光了战备物资,他们就会犹豫是否要开战了。这就能给你的同胞争取更多的时间。"

薇雯娜吞了口口水。"你们的计划比我想象的要……暴力。"

两个佣兵对视一眼。

"你瞧,"登斯说,"我们的坏名声就是这么来的。人们雇我们去做麻烦的活儿——比如削弱一个国家的战力——然后又抱怨说我们太暴力了。"

"真不公平。"汤克·法赞同道。

"或许她希望我们给她的所有敌人买一只小狗,再附上措辞优雅的道歉便条送过去，请求他们别再这么卑鄙。"

"然后，"汤克·法说，"如果他们还不肯罢休，我们就杀了那些小狗！"

"好吧，"薇雯娜说，"我明白在这件事上必须果断，可是……说真的，我不希望我们做的事会导致霍兰德伦陷入饥荒。"

"公主大人，"登斯说，语气认真了些，"这些人想要攻打你的祖国。他们把你的家族看做对自己权力的最大威胁——而且他们会让威胁到自己的人死得一个不剩。"

"他们会让你妹妹生的孩子成为下一任神王，"汤克·法说，"然后杀光其他那些拥有王族血统的人。这样他们就再也不用担心你们的事了。"

登斯点点头。"你父亲和勒梅克斯是正确的。如果霍兰德伦不攻打你们，就可能失去一切。而且就我看来，你的同胞需要你能给他们的任何帮助，一点点也好。这就代表我们要做到力所能及的一切——吓坏那些祭司，破坏他们的补给储备，削弱他们的军队——才能摆脱这种困境。"

"我们没法阻止这场仗，"汤克·法补充道，"我们只能让两边的实力公平一点儿。"

薇雯娜深吸一口气，然后点点头。"好吧，那我们——"

就在这时，屋子的大门猛地打开，重重地撞在另一边的墙上。薇雯娜抬起头。

有个身影站在门口——那是个高大壮实的男人，肌肉出奇发达，五官毫无特色。她花了点时间才察觉到那人的其他怪异之处。

他的皮肤是灰色的。他的双眸也一样。他的身体上没有任何色彩，而她强化后的感官告诉她，他一口灵息都没有。他是个无命者士兵。

薇雯娜慌忙爬起身，差点惊呼出声。她连连后退，和那个魁梧的士兵拉开距离。它就这么站在那儿，一动不动，甚至连呼吸都停滞了。它的目光跟随着她——而不是像死人那样直视前方。不知为什么，她觉得这一幕格外令人恐惧。

"登斯！"薇雯娜说，"你在做什么？快攻击啊！"

两个佣兵仍旧懒洋洋地坐在地上。汤克·法略微睁开一只眼睛。"噢，好吧，"登斯说，"看来城市守卫发现我们了。"

"真可惜，"汤克·法说，"这活儿原本好像挺有趣的。"

"现在咱们只好等死了。"登斯说。

"攻击啊！"薇雯娜喊道，"你们是我的保镖，你们……"她注意到那两人笑了起来，于是停了口。

噢，色彩啊，又来了，她心想。"怎么？"她说，"这是什么笑话吗？你们把这人涂成了灰色？究竟怎么回事？"

"快走啊，你这长了腿的石头。"无命者的身后传来一个声音。那生物走进房间，将几只帆布袋挎在肩上。等它走进门里，薇雯娜才看到站在后面那位相对矮小的女子。她大腿粗壮，胸部高耸，留着及肩的淡棕色长发。她双手叉腰，看起来很是心烦。

"登斯，"她厉声道，"他来了。在这座城里。"

"很好，"登斯说着，靠回墙上，"我要一剑刺穿那家伙的肚子。"

那女人哼了一声。"他杀了阿斯提尔。你凭什么觉得自己能打败他？"

"我的剑术比阿斯提尔强。"登斯平静地说。

"阿斯提尔也很厉害。现在他死了。那个女人是谁？"

"新雇主。"

"希望她活得比上一个要长，"那女人咕哝道，"克拉德，把这些放下，去拿另一个袋子。"

那无命者做出了反应。它放下挎着的帆布包，然后走出门去。薇雯娜看着这一幕，猜到那矮个子女人就是登斯小队的第三个成员

"珠宝"。她跟无命者有什么关系？还有，她是怎么找到他们的新住处的？登斯肯定用什么法子通知了她。

"你这是怎么搞的？"珠宝看着薇雯娜说，"莫非有个唤醒者路过，偷走了你的颜色？"

薇雯娜迟疑了片刻。"什么？"

"她的意思是，"登斯说，"你的表情干吗这么吃惊？"

"没错，而且她的头发是白色的。"珠宝说着，朝那些帆布包走去。

薇雯娜涨红了脸，这才意识到自己吓过了头。她将头发恢复到正常的黑色。那个无命者回来了，手里拿着另一只袋子。

"这怪物是从哪儿来的？"薇雯娜问。

"什么？"珠宝问，"你说克拉德？显然是用死尸造出来的。我可没那个本事——是花了钱请别人造的。"

"一大笔钱。"汤克·法补充道。

那生物步履沉重地回到房间里。它算不上高得反常——跟回归者不同。它只算得上是个肌肉发达的普通人。只是肤色和那张毫无表情的面孔显得与众不同。

"他是她买来的？"薇雯娜问，"什么时候买的？刚才？"

"不，"汤克·法说，"我们买下克拉德已经有几个月了。"

"无命者帮手可是很有用的。"登斯说。

"你们为什么不告诉我？"薇雯娜说着，努力压下语气中的歇斯底里。她先是要被迫应付这座城市，还有这里的那些色彩和居民。然后又被迫收下了一份灵息。而现在，她又在和最邪恶的怪物对峙。

"我把这事给忘了，"登斯说着，耸耸肩，"无命者在特泰利尔很平常。"

"我们刚刚才说要打败这些东西，"薇雯娜说，"不是接纳它们！"

"我们说的是打败其中一部分，"登斯说，"公主大人，无命者就像刀剑。它们是工具。我们不能摧毁这座城里的所有无命者，也不想这么干。只摧毁被你敌人利用的那些就好。"

薇雯娜无力地坐在木头地板上。那无命者放下最后一个袋子,然后珠宝指了指房间的角落。它走了过去,站在那儿,耐心地等待下一条指令。

"你们要的东西,"珠宝打开最后那只袋子,对另外两人说,"我带来了。"她放低袋口,露出里面闪闪发亮的金属。

登斯笑着站起身。他踢醒了汤克·法——那个大个子有种不可思议的能力:只要眨眼的工夫,他就能睡着——然后走向那只袋子。他拿出几把崭新的剑,剑刃长而纤薄。登斯试着挥了几下,而汤克·法慢悠悠地走过去,抽出一把看起来相当锋利的匕首,几把短剑,然后是几件皮革短上衣。

薇雯娜坐了下来,背靠墙壁,用呼吸让自己冷静下来。她努力压下墙角的无命者给她带来的威胁感。他们怎么能就这样走来走去,当它不存在?这一幕太过反常,让她局促不安。终于,登斯注意到了她。他让汤克·法去给剑刃涂油,然后走了过来,坐在薇雯娜面前,双手按在身后的地板上,拄着身体。

"公主大人,你对那个无命者有意见吗?"他问。

"是的。"她毫不客气地回答。

"那我们就得想办法解决才行,"他说着,对上她的目光,"如果你给我们设下限制,我们就没法发挥本领。珠宝花费了大量的精力去学习使用无命者的正确指令,更别提保养那东西的方法了。"

"我们不需要她。"

"不,"登斯说,"我们需要她。公主,你是怀着许多偏见来到这座城市的。我没有资格教你如何处理这些偏见。我只是你的雇员。但我要告诉你,你了解的和你以为自己了解的相去甚远。"

"问题不在于我'以为'我了解什么,登斯,"薇雯娜说,"而是在于我相信什么。尸体不该遭到这样的滥用,让它起死回生,来为你们服务。"

"为什么?"他问,"你们的宗教也认为人死了以后,灵魂会离开身体。尸体就只是回收再利用的垃圾而已。所以为什么不能用呢?"

"这是错误的。"薇雯娜说。

"这具尸体的家人会得到丰厚的酬谢。"

"这不重要。"薇雯娜说。

登斯身体前倾。"噢,那好吧。但如果你赶走珠宝,也就等于赶走了我们三个。我会把佣金还给你,然后我们会帮你再雇一队保镖。你可以让他们帮你的忙。"

"可你们是雇员,我才是雇主!"薇雯娜厉声道。

"没错,"登斯说,"但何时退出是我的自由。"

她静静地坐在地上,胃里翻腾不止。

"你父亲就愿意运用他并不认同的手段,"登斯说,"你大可以对他评头论足,但请你告诉我一件事:如果用一个无命者就能拯救你的王国,那你有什么资格放过这种机会?"

"这跟你又有什么关系?"薇雯娜问。

"我只是不喜欢半途而废而已。"

薇雯娜别过脸去。

"这么考虑吧,公主,"他说,"你可以跟我们合作——这样你就有机会解释你的看法,没准还能让我们对无命者和生物染色之类的东西改观。你也可以赶我们走。但如果你因为我们的罪恶而摒弃我们,不就代表你在炫耀吗?'五幻景'里没提到这种情况吗?"

薇雯娜皱起眉头。他为何如此了解奥斯特瑞教?"让我考虑一下,"她说,"珠宝干吗拿来这么多刀剑?"

"我们需要武器,"登斯说,"你知道的,得去做先前我们说到的暴力行为。"

"你们身边没带武器?"

登斯耸耸肩。"汤克通常随身带一根短棍或者一把刀子,但长剑会在特泰利尔引起注意。有时候,不引人注目才是最好的。你的同胞在这方面很有智慧。"

"可现在……"

"现在我们真的别无选择,"他说,"如果我们要继续勒梅克斯的计划,就必然会遭遇危险,"他瞥了她一眼,"这提醒了我。你还有一件事需要考虑。"

"什么事?"

"你持有的那些灵息,"登斯说,"它们和无命者一样,也是工具。我知道你不能认同这种获得灵息的方式,但事实在于,它们已经是你的了。如果说铸造一把剑的过程中死掉了十几个奴隶,那么就算熔掉这把剑或者弃置不用,又能挽回什么呢?还是说,用这把剑去阻止那些作恶的人才是更好的做法?"

"你在说什么?"薇雯娜说,虽然她已经差不多猜到了他的意思。

"你应该学习运用这些灵息,"登斯说,"有唤醒者支援会让汤克和我轻松很多。"

薇雯娜闭上双眼。他就非得在这种时候继续打击她吗?他刚刚才扭曲了她对无命者的看法。她早就料到自己会在特泰利尔遭遇麻烦和阻碍,但没料到会是这么多艰难的选择,也没料到这些选择会危及她的灵魂。

"我不会成为唤醒者的,登斯,"薇雯娜平静地说,"我可以暂时对无命者睁只眼闭只眼。但我不会去唤醒东西。我希望可以带着这些灵息一并入土,免得再有人因为它们得益。无论你怎么说,有买卖,才会有伤害。"

登斯沉默下来。然后他站在那儿,点点头。"你才是头儿,我们要救的也是你的王国。就算失败,我失去的也只是一个雇主罢了。"

"登斯。"珠宝说着,走了过来。她几乎看都没看薇雯娜一眼。

"我不喜欢这样。我不喜欢他比我们先到这件事。他有灵息——据说他看起来至少达到了四阶强化。甚至是五阶。我敢打赌,他是从那个叛党沃赫那儿得来的。"

"你怎么知道真是他?"登斯问。

珠宝哼了一声。"流言都传开了。有人在巷子里被残杀,伤口腐烂发黑。有人目击一个强大的陌生唤醒者在城里游荡,带着一把银色剑鞘的黑柄长剑。没错,那就是塔克斯。现在换了个名字。"

登斯点点头。"瓦西尔。他用过这名字。那是个只有他才懂的笑话。"

薇雯娜皱起眉头。*黑柄的剑,银色剑鞘。竞技场里的那个人?* "你们说的是什么人?"

珠宝恼火地瞥了她一眼,但登斯只是耸耸肩。"我们的一位……老朋友。"

"他是个大麻烦,"汤克·法说着,走上前来,"塔克斯总会在身后留下一大堆尸体。他的动机很怪——思考方式跟其他人不同。"

"不知为什么,登斯,他对这场战争很有兴趣。"珠宝说。

"由他去吧,"登斯厉声道,"这么一来,他只会更早遇上我。"他漠然地摆摆手,转身走开。薇雯娜看着他离开,注意到了他步伐里的挫败感,还有他动作中的粗鲁。

"他这是怎么了?"她问汤克·法。

"塔克斯——或者应该说,瓦西尔——"汤克·法说,"几个月以前,他在雅恩德雷德杀死了我们的一个好朋友。登斯的小队从前有四个成员。"

"这种事本来不该发生的,"珠宝说,"阿斯提尔是位杰出的剑客——几乎和登斯一样厉害。瓦西尔不可能打败他们中的任何一个。"

"他用了……那把剑。"汤克·法咕哝道。

"他的伤口周围没有发黑。"珠宝说。

"那就是他把发黑的肉都挖掉了!"汤克·法吼道,看到登斯将一把剑佩在腰带上,"一对一的话,瓦西尔不可能击败阿斯提尔。不可能的。"

"这个瓦西尔,"薇雯娜不由自主地说,"我见过他。"

珠宝和汤克·法猛地转过头来。

"他昨天也在宫廷里,"薇雯娜说,"个子很高,旁若无人地佩带着一把剑。那把剑是黑柄银鞘。他看起来衣衫褴褛。蓬头垢面,衣服破破烂烂,还用绳子当腰带。他昨天在我身后盯着我。他看起来……很危险。"

汤克·法低声咒骂了一句。

"就是他,"珠宝说,"登斯!"

"什么?"登斯问。

珠宝指了指薇雯娜。"他比我们快了一步。他一直在跟踪你的公主大人。她看到他在宫廷里盯着她瞧。"

"色彩啊!"登斯咒骂道,将一把决斗用剑收进腰带上的剑鞘里,"色彩啊,色彩啊,色彩啊!"

"怎么了?"薇雯娜说着,脸色发白,"也许只是巧合而已。他也许只是碰巧去宫廷看辩论的。"

登斯摇摇头。"凡是跟那个人有关的事,就没有巧合可言,公主大人。如果他在看你,那我就敢用色彩打赌,他很清楚你是谁,又从哪里来,"他对上她的目光,"而且他也许在打算杀了你。"

薇雯娜沉默了。

汤克·法一手按在她的肩上。"噢,别担心,薇雯娜。他也想杀我们。至少你有一群靠得住的伙伴。"

第二十章

来到这座王宫的几周时间里，塞芮还是头一次站在神王的门前，却既不担忧，也不疲倦。

奇怪的是，蓝手指并没有在他的账簿上写字。他沉默地看着她，露出令人费解的表情。

塞芮几乎笑出声来。她被迫以尴尬的姿势跪坐在地，腰酸背痛的日子一去不复返了。她被迫睡在大理石地板上，只能用衣裙垫在身下的日子一去不复返了。自从她上周壮起胆子爬到床上之后，每天晚上都睡得很香，享受着舒适和温暖。而且神王一次都没碰过她。

她的计划很顺利。那些祭司没再来烦她，显然是觉得她已经尽到了妻子的职责。她不用再赤身裸体地面对任何人，也开始了解宫廷里的社交动态。她甚至又去参加了几次宫廷议会，不过那些回归者并没有再来找她说话。

"容器大人。"蓝手指轻声说。

她转身看着他，扬起一边眉毛。

他不安地挪动双脚。"这么说，您……找到让神王回应求爱的方法了？"

"消息已经传出去了？"她说着，把目光转回那扇门，在心里笑得更欢了。

"的确如此，容器大人，"蓝手指说着，敲了敲账簿的背面，"当然了，只有在这座王宫里的人才知道这些事。"

很好，塞芮心想。她看向一旁。

蓝手指的表情并不愉快。

"怎么?"她问,"我现在脱离危险了。那些祭司不用再担心继承人的事了。"至少几个月之内不会。他们迟早会起疑心的。

"容器大人,"蓝手指压低嗓音,语气严厉,"尽您作为容器的职责正是危险所在!"

她皱起眉头,看着这位小个子书记官轻轻敲打他的账簿。"诸神啊,诸神啊,诸神啊……"他低声自语。

"怎么了?"她问。

"我不该说。"

"那你提起这件事还有什么意义!说真的,蓝手指,你开始让人恼火了。如果你再让我这么困惑下去,我也许就会开始打听——"

"不!"蓝手指突然开口,然后立刻回头看去,微微发抖。"容器大人,您不能把我的担忧告诉别人。说真的,那只是些蠢念头,不值得去打扰其他人。只是……"

"只是什么?"她问。

"您不能怀上他的孩子,"蓝手指说,"怀孕就意味着危险,对您和对神王都是。这些……这座宫殿里的所有事物……并不是表里如一的。"

"每个人都这么说,"她厉声道,"如果真是这样,那就告诉我真相。"

"没这个必要,"蓝手指说,"而我也不会再提起这件事了。在今晚之后,您将会自行前来这间卧室——您显然已经熟悉这套流程了。等侍女们让你离开更衣室以后,再等上一百次心跳的时间,就可以进去了。"

"你总得告诉我点什么吧!"塞芮说。

"容器大人,"蓝手指说着,凑近身子,"我恳请您压低声音。您并不知道这座宫殿里有多少派系在蠢蠢欲动。我也参与其中。如果我向您说漏了嘴,就可能……不,一定会……为此送命。您明白了吗？您能听明白吗？"

她犹豫起来。

"我不该为了您拿自己的生命冒险，"他说，"但我无法苟同这样的安排。所以我才会警告您。请不要怀上神王的孩子。如果您想了解详情，就去读读你们的历史吧。说实话，我还以为您在来到这里之前，会多做些准备的。"

说完，小个子男人便离开了。

塞芮摇摇头，然后叹了口气，推开那扇门，走进神王的卧房。她关上门，看着神王——后者像往常那样看着她——然后脱掉衣裙，只留内衣。她走到窗边，坐了下来，等待了几分钟，然后跪坐起来，开始了蹦跳与呻吟的表演。她一时心血来潮，开始改变花样，换上几种不同的节奏。

等到结束之后，她舒服地钻进毛毯，靠着枕头，开始思考。蓝手指的话还能再隐晦一点吗？她沮丧地想。塞芮对政治阴谋的有限了解让她明白，为免遭受牵连，人们往往会语里有话——甚至是皮里阳秋。

读读你们的历史……

这个提议感觉很怪。如果那些秘密真那么显而易见，那又为什么会危险呢？

但她依然感激蓝手指。她没法责怪他的犹豫。他恐怕已经让自己承受了很多不必要的风险。如果没有他，她根本不可能知道自己面临着危险。

在某种程度上，他是她在这座城市里仅有的朋友——他和她一样，是被人从另一个国家带过来的。同样笼罩在美丽无畏的霍兰德伦的阴影之下。那个人……

她忽然有种异样感，思绪也随之中断。她睁开双眼。

黑暗中，有人正站在她身旁。

塞芮不由自主地惊叫了一声。神王吓了一跳，蹒跚后退。塞芮心脏狂跳，在床上扭动身子向后退去，又用毛毯遮住胸口——不过当然，他都见过她裸体的样子很多次了，这样的举动显得非常可笑。

神王穿着他的黑衣站在那里，在壁炉摇曳的火光中显得犹豫不决。她从没向仆人们问过他身穿黑衣的原因。考虑到他的生物染色灵光能够造成的夸张效果，他似乎应该更喜欢白色才对。

有那么一会儿，塞芮就这么坐在床上，用毛毯挡在胸前。接着，她强迫自己放松下来。别再犯傻了，她告诉自己。他不可能对你有什么威胁。

"没事的，"她柔声道，"你只是吓了我一跳。"

他看着她。而她吃惊地意识到，这还是她上周那次发火之后头一次跟他说话。现在他站了起来，她也能更加看清他……英武的样子。他个子高大，肩膀宽阔，就像一尊雕像。他是人类，只是放大了一号的那种。他小心翼翼地回到床边，表现出她想象中拥有神王头衔的人所不该拥有的犹豫。他坐在床沿。

接着，他把手伸向衬衣，掀了起来。

噢，奥斯特瑞啊，她震惊地想着。噢，神啊，色彩之神啊！开始了！他终于向我出手了！她无法压抑身体的颤抖。她本以为自己既安全又舒适，也不用再经历那些事了。别再来了！

我办不到！办不到！我——

神王从胸口里取出了一件东西，然后放下衣服。塞芮坐在那里，大口喘气，渐渐地意识到他并没有进一步的行动。她镇定下来，努力让头发恢复正常的颜色。神王把那东西放到桌上，在火光的映照下，她发现那是……一本书。塞芮突然想到了蓝手指提到的历史，但她很快把那个念头抛到脑后。从书脊的标题来看，这是一本儿童故事书。

神王将手指按在书上，以优雅的动作翻开了第一页。白色的羊皮纸在他的生物染色灵光下扭曲，散发出彩虹色的光芒。

纸上的文字并未受到影响，而塞芮小心翼翼地凑近了些，看着那些字。

她抬起头，看着神王。他的脸似乎没有平时那么僵硬了。他朝着书页点点头，然后指了指第一行。

"你想要我读出来？"塞芮压低声音，不想让可能偷听的祭司们听见。

神王点点头。

"上面写的是'儿童故事'。"塞芮困惑不解地说。

他转过那本书，看着它，思忖着揉了揉下巴。

这是怎么回事？她心想。看起来，他并不是要跟她上床。难道他是希望她给自己读个故事？她无法想象他会提出如此幼稚的要求。她又抬头看向他。他转过那本书，指着上面的一个词语。他朝它点点头。

"故事？"塞芮问。

他指着那个词。她仔细看着，试图找出某种玄机或是暗号。她叹了口气，抬头看着他。"你为什么不直接告诉我？"

他顿了顿，扬起头来。然后他张开了嘴。借着逐渐黯淡的壁炉火光，塞芮看到了一件令人震惊的事。

霍兰德伦的神王没有舌头。

那里有一块伤疤。她要眯起眼睛才能勉强看见。他恐怕遭遇过什么——某种可怕的事故——所以才被扯断了舌头。又或许……是故意被拔掉的？为什么会有人拔掉神王本人的舌头？

她几乎是立刻想到了答案。

生物染色灵息，她依稀想起了童年时上的那些课。为了唤醒物体，就必须给出指令。用清晰而干脆的嗓音念出的字眼。不能发音含糊，也不能拖泥带水，否则灵息就无法生效。

神王突然转过头去，露出羞愧的神色。他拿起那本书，抱在胸前，然后转身想要站起。

"不，拜托。"塞芮说着，凑向前去。她伸出手，碰了碰他的胳膊。

神王的身体僵住了。她立刻收回了手。"我不是故意的，"塞芮小声说，"不是因为……你的嘴。而是因为我想到了你为什么会有这种遭遇。"

神王打量着她，然后缓缓地坐了下来。他和她拉开距离，以免相互碰到，而她也没有再朝他伸出手。但他却小心翼翼地——几乎是毕恭毕敬地——将他的书放回到床上。他又翻开第一页，看着她，眼神带着恳求。

"你不识字，是吗？"塞芮问。

他点点头。

"这就是秘密，"她低声道，"让蓝手指心惊胆战的秘密。你不是国王，而是傀儡！你只是名义上的领袖。你在祭司们的簇拥下走来走去，散发出让人拜倒的强大灵光。可他们却夺走了你的舌头，让你永远无法使用灵息，也从不教你识字，免得你学到不必要的东西，或者设法和别人交流。"

他坐了下来，转过头去。

"这全都是为了控制你，"难怪蓝手指这么害怕了。如果他们能对自己的神做出这种事……那我们其他人就更不值一提了。

这么一来，他们坚持不让她跟国王说话——甚至是亲吻——的理由也说得通了。他们如此厌恶她的理由也说得通了。他们是担心有人跟神王独处。担心那个人会发现真相。

"抱歉。"她低声说。

他摇摇头，然后看向她的双眼。他的目光带着坚定，而这出乎她的预料：在她看来，他肯定过着受人保护却与世隔绝的压抑生活。终于,他低下头,指着那一页上的几个词语。第一个词语。事实上,是第一个字母。

"这是字母'S'①,"塞芮微笑着说,"如果你愿意的话,我可以全部教给你。"

那些祭司的担忧不无道理。

---

①这本书的标题原文为"Stories for Children"。

第二十一章

瓦西尔站在神王的宫殿顶上，看着太阳缓缓落向西方雨林之下。云朵间的落日格外明亮，闪耀着鲜艳的色彩，将树木染成红色和橘色。然后太阳消失不见，色彩也随之淡去。

有人说在一个人死前，他的生物染色灵光也会突然明亮起来。就像心脏的最后一次跳动，就像潮水退去前的最后一道波浪。瓦西尔亲眼见过那种景象，但并非每个人死的时候都是这样。那种情况就像完美的日落一样罕见。

真壮观，夜血评论道。

你说日落？瓦西尔问。

没错。

你又看不到，他对那把剑说。

可我能感觉到你眼见的东西。鲜红色的，就像空气里的血。

瓦西尔没有答话。这把剑看不到。但凭借它强大而扭曲的生物染色能力，它能感应到生命和人。夜血被制造出来，正是为了保护这两者的。保护竟能如此轻易而迅速地导致毁灭，这实在是不可思议。有时候，瓦西尔怀疑这两者其实是一回事。保护一朵花，摧毁想要以花为食的害虫。保护一栋房子，摧毁可能在周边土壤中生长的植物。保护一个人。忍受他制造出的毁灭。

天色昏暗，瓦西尔的生命感应却仍旧强大。他能依稀感觉到生长在下方的青草，也知道它距离自己有多远。如果灵息再多一点，他甚至能感应到生长在宫殿石墙上的青苔。他跪了下来，一只手按在裤腿上，另一只按在宫殿的石料上。

"予吾力量。"他说出命令，随后吐出灵息。他的裤腿绷紧，一抹色彩从他身旁的黑色石料中流走。黑色也是色彩。在成为唤醒者之前，他从未想到过这一点。垂在他裤腿口的流苏也变得坚硬，裹住他的脚踝。由于他维持着跪倒的姿势，流苏也缠住了他的脚底。

瓦西尔一手按在衬衣的肩部，另一只手按在另一块大理石上，同时在脑海里勾勒出一幅画面。"听吾召唤，成为吾之指并紧握。"他命令道。衬衣颤抖起来，几根流苏卷曲缠绕在他的手上。一共五根，就像手指。

这道指令的难度很高。唤醒所需的灵息有点太多了——他剩下的灵息只够让他勉强达到次阶强化——而对指令内容的想象又需要大量练习才能达到完美。但这些指状的流苏值得他付出的灵息：它们非常有用，要是没有它们，他根本不想进行这些夜间行动。

他站直身子，注意到原本完美的黑色宫殿顶上那块疤痕般的灰色大理石。想到那些祭司发现的时候会愤怒到什么程度，他不由得笑了起来。

他站到边缘处，试了试双腿的力量，然后攥住夜血，小心翼翼地踏出一步。他落下了大约十米：这座宫殿是以巨大石块砌成的金字塔状。他重重地落在下一块石料上，但他唤醒后的衣物吸收了一部分冲击力，起到了类似骨骼的作用。他站起身，自顾点点头，然后跳下另一级石阶。

终于，他落在宫殿北部的柔软草地上，靠近环绕整片高地的围墙。他蹲伏在地，静静地看着。

瓦西尔，你这是在潜入吗？夜血说。你很不擅长潜入。

瓦西尔没有答话。

你应该攻击，夜血说。你擅长这个。

你只是想证明自己多强而已，瓦西尔在脑海里回应。

噢，是啊，那把剑答道。可你得承认，你真的不擅长潜入。

瓦西尔没理它。佩着剑又衣衫褴褛的独行者肯定会引起怀疑。所以他在观察。他挑选了诸神没有在庭院里安排大型庆祝的这一晚，但还是有三三两两的祭司、吟游诗人和仆人来往于宫殿之间。

你这条情报有多可靠？夜血说。因为，说真的，我不相信那些祭司。

他不是祭司，瓦西尔回应道。他谨慎地前进着，穿过只有星光照亮的墙壁下的阴影。他的联络人警告过他，要他不要接近那些影响力强大的神灵——比如织晕和静印——的宫殿。但他也说过，那些地位低下的神灵——比如赠明或是盼和——无法达到瓦西尔想要的效果。于是，瓦西尔挑选了慈星的住处，那位回归者以积极参与政事而知名，影响力却算不上多大。

她的宫殿在今晚相对昏暗，但那里肯定仍有守卫。霍兰德伦的回归者都有多余的仆人。果不其然，瓦西尔发现有两个人正在看守他想进的那扇门。他们穿着宫廷仆役的奢侈制服，服色则是与他们的女主人相同的黄色与金色。

这些人没有武器。谁会攻击回归神灵的住所？他们守在那里，只是为了阻止闲人进去打扰他们正在安歇的女主人。他们举着提灯，显得警惕而又专心，但基本上只是装个样子而已。

瓦西尔把夜血藏在斗篷下面，然后走出黑暗，焦虑地左顾右盼，喃喃自语。他弓起背脊，努力掩盖那把长得出奇的剑。

噢，拜托，夜血冷冷地说。装疯？你应该想个更好的法子。

会有用的，瓦西尔回应道。这里可是诸神宫廷。没有比见到神祇更容易吸引疯子的东西了。

发现他的接近时，那两个守卫转过目光，但看起来并不惊讶。在他们的职业生涯中，恐怕每天都会跟精神不太正常的人打交道。瓦西尔就曾见过那种人排在向回归者请愿的队列里。

"嘿，"瓦西尔走近以后，其中一个人说，"你是怎么进来的？"

瓦西尔朝他们走去，喃喃地说着要和女神对话。另一个人把手按在瓦西尔的肩上。"得了吧，朋友。我们把你送到大门那边去，看看那儿还有没有地方能让人过夜。"

瓦西尔犹豫起来。友好。出于某种原因，这是他未曾料到的。这种情感让他为自己随后要做的事感到了些许内疚。

他将胳膊猛地甩向一旁，拇指抽动了两次，好让衬衣袖口的指状流苏开始模仿他真正的手指。他将一只手捏成拳头。流苏甩向前去，缠住了前一个守卫的脖子。

那人发出一声模糊的惊呼。没等另一名守卫有所反应，瓦西尔便抬起夜血，将剑鞘重重撞上那人的腹部。守卫晃了晃身体，瓦西尔扫出一腿，放倒了他。瓦西尔的靴子紧随其后，缓慢却坚定地踩在那人的脖子上。他拼命挣扎，但瓦西尔的双腿带着唤醒后的力量。

瓦西尔在那里站了好一会儿，两人徒劳地反抗着。又过了片刻，瓦西尔把脚从后一个守卫那里收回，再将前一个守卫放到草地上，拇指抽动了两次，让指状流苏松开。

你都没怎么用我，夜血说着，语气很是受伤。你完全可以用我的。我比衬衫好得多。我可是剑。

瓦西尔置若罔闻，目光扫过黑暗，确认是否有人看到了他。

我真的比衬衫要好。我能杀了他们。你瞧，他们还能喘气。蠢衬衫。

我就是希望他们能喘气，瓦西尔回应道。尸体引来的麻烦比被打晕的人多得多。

我也能打晕人，夜血立刻接道。

瓦西尔摇摇头，矮身钻进门里。回归者的宫殿——包括这一座——通常只是集合了许多开阔的房间，再在门口铺上彩色的地垫。霍兰德伦的气候非常温和，这栋建筑可以随时保持通风。

他没有穿过中央的那些房间，而是取道外围的仆从走廊。如果瓦西尔的线人真的可靠的话，他就会在这栋建筑的东北侧找到想要的东西。在步行的时候，他解下了腰间的那条绳索。

腰带也都很蠢，夜血说。它们——

就在这时，四名仆人绕过了瓦西尔前方的转角。瓦西尔抬起头，吃了一惊，但并不感到意外。

与他相比，那些仆人的震惊多持续了一秒钟。

在不到一次心跳的时间里，瓦西尔甩出绳索。"捆住物体。"他命令道，将仅剩的大部分灵息交了出去。绳索缠住了仆人之一的胳膊，虽然瓦西尔瞄准的是他的脖子。瓦西尔咒骂一声，把那人拉了过来。在他大叫的同时，瓦西尔把他重重地撞向墙角。其他人转身就跑。

瓦西尔用另一只手取出夜血。

耶！那把剑说。

瓦西尔没有拔剑。他就这么把剑丢向前去。

那把剑滑过地板，停在另外三人面前。其中一个人停止了动作，他低下头，呆若木鸡地看着那把剑。他试探着伸出手，眼里带着敬畏。另外两人匆忙跑远，大喊着"有入侵者"。

该死！瓦西尔心想。他猛地拉动绳子，让那个被捆住胳膊的仆人再次倒地。就在他试图爬起的时候，瓦西尔冲上前去，用绳子捆住了那人的双手和身体。在他身旁，剩下那个仆人对瓦西尔和他的同伴都视而不见。

那人拾起了夜血，双眼闪闪发光。他拨开剑柄上的搭扣，准备拔出剑来。

眼看他就要抽出纤薄的剑刃，一股液体般的黑色烟雾缓缓涌出。有几滴落在地板上，其余的烟雾以卷须的形状钻出，缠绕在那人的胳膊上，开始吸取他皮肤上的颜色。

瓦西尔踢出带着唤醒之力的一脚,将那人掀翻在地,迫使他丢下了夜血。瓦西尔留下前一个仆人在地上蠕动,然后抓住先前拿起剑的那人,把他的脑袋撞在墙上。

瓦西尔气喘吁吁地拿起夜血剑,还剑入鞘,然后扣上搭扣。然后他伸出手,碰了碰前一个仆人身上的绳索。"汝息归吾。"他说着,从绳索上收回灵息。

你没让我杀死他,夜血恼火地说。

是啊,瓦西尔说。尸体的事,还记得吗?

而且……有两个人从我面前跑开了。这不对劲。

你没法诱惑心灵纯洁的人,夜血。但无论他解释多少次这个概念,这把剑似乎都无法理解。

瓦西尔在走廊里飞奔。他离目的地只剩下一点点距离,但周围已经传来了示警声和呼救声。他可不想跟一整群仆人和士兵搏斗。他在缺乏装饰的走廊里停下脚步,迟疑不决。他注意到——虽然毫无意义——唤醒那根绳索的过程意外地夺走了他的靴子和斗篷的色彩。在他身上的衣物里,就只有这两件没被唤醒了。

灰色衣物会立刻暴露他的身份。但光是想到放弃,他都会觉得难受。他在沮丧中咬牙切齿,捶打墙壁。他的计划本该一帆风顺的。

我早说过了,你不擅长潜入,夜血说。

闭嘴,瓦西尔回应道,决定不要逃跑。他把手伸向腰带上的一只小袋,取出里面的东西:一只死掉的松鼠。

呸!夜血的语气带着不屑。

瓦西尔跪在地上,一只手按在那东西上。

"随吾之息苏醒,"他命令道,"满足吾之需要,服从吾之指令与言语。坠落绳索。"

最后那几个字——"坠落绳索"——构成了安全暗语。瓦西尔选择了他最先想到的那样东西。

一口灵息离开他的身体，钻入小巧的啮齿类动物的尸体。它开始抽搐。这口灵息再也无法被收回，因为创造无命者是个不可逆的过程。那只松鼠失去了所有色彩，渐渐转为灰色，唤醒夺走了这具身体原本的色彩，充当转化的燃料。那只松鼠原本就是灰色的，其变化很难用肉眼分辨。所以瓦西尔才这么喜欢使用它们。

"坠落绳索。"他对松鼠说。它抬起灰色的双眼，看着他。念出安全暗语之后，瓦西尔现在可以为它铭刻指令，就像在标准唤醒时所做的那样。"制造噪声。四处奔窜。啃咬非吾之人。坠落绳索。"第二次运用暗语能够结束铭刻，让他人无法对它下达命令。

松鼠跳起身来，随后沿着走廊飞奔而去，直冲向那些逃跑的仆人跑进的那扇门。瓦西尔站起身，再次开始奔跑，希望它制造出的混乱能为他争取一些时间。果然，片刻过后，他听到那道门里传来了呼喊。铿锵声和尖叫声随之而来。无命者是很难阻止的，尤其是刚刚诞生，还奉命咬人的那种。

瓦西尔笑了。

我们完全可以杀了他们的，夜血说。

瓦西尔跑到情报所说的位置。那地方的标志是墙上的一块碎木板，表面看来只是正常磨损而已。瓦西尔蹲下身子，暗自希望他的线人没有撒谎。他在地板上搜索起来，随后找到了暗藏的门闩。

他拉开门闩，露出下面的活板门。回归者的宫殿本该只有一层才对。他笑了起来。

万一这条通道没有出口呢？夜血发问的时候，瓦西尔已经跳进活板门里，指望他唤醒过的衣物吸走坠落的冲力。

那你或许就得杀死很多人了。瓦西尔心想。然而，他得到的情报到目前为止都是正确的。他怀疑其余那些也同样靠得住。

看起来，虹彩音调的祭司们藏着整个王国都不知道的秘密。就连他们的神灵都不知道。

第二十二章

风暴之神天慕从架子上选出了一只木球，用手举起。它的大小足以占满一位神灵的手掌，中心还灌了铅以增加重量。球体表面雕刻着环形图案，并漆成深蓝色。

"加倍球？"佑命问，"真够大胆的。"

天慕看了看他身后那几位神灵。光歌位列其中，正小口喝着一杯用酒提味的甜橙果肉饮料。自从莱瑞玛劝说他下床之后，已经过去了好几天，可他还是没能想到该怎么做。

"的确很大胆，"天慕说着，把木球抛到空中，然后接住，"告诉我，'勇敢者'光歌。你看好我这一掷么？"

其余神灵轻声笑了起来。参与游戏的神灵一共有四个。就像以往那样，天慕穿着绿金相间、腰间缠着布条、下摆只盖住一半大腿的单肩衣袍。这套装束——其样式是仿造数百年前的绘画中的古代回归者服装——凸显出仿佛雕刻而成的肌肉与神圣的体态。他正站在阳台边缘，因为现在轮到他投掷了。

坐在他身后的是另外三位神灵。光歌在左边，而治愈之神佑命居中。自然之神唤真坐在右方远处，披着他华丽的斗篷，穿着栗色与白色的服装。

这三位神灵就像同一个主题的不同变体。要是光歌跟他们没这么熟，恐怕很难分辨出他们来。他们每一个都几乎刚好七尺高，发达的肌肉足以让任何凡人羡慕。的确，佑命一头棕发，天慕是金发，而唤真则是黑发。但这三人拥有同样方正的下巴，整齐的五官，完美的发型，还有与生俱来、无懈可击的优雅，标志着他们回归神灵的身份。只有他们的服装能看出明显的区别。

光歌喝了口饮料。"天慕，我真的应该祝福你吗？"他问，"我们不是在比赛吗？"

"我想是的。"神灵说着，不断抛起木球，然后又接住。

"那我为什么要祝福正在和我比赛的你？"

天慕只是得意地笑了笑，然后扬起手臂，将那颗球扔了出去。它在地上弹跳了几下，又在草地上滚动了一段，最后停了下来。庭院的这部分被人用绳索和木桩围出了巨大的棋盘状球场。祭司和仆人们在棋盘的几侧匆忙往来，替神灵们做标记和更新比分。塔拉钦球是个复杂的游戏，只有富人才会玩。

光歌从来都懒得学习那些规则。参与游戏的时候，他根本不知道自己在做什么，但他发现这样比较有趣。

下一掷轮到他了。他站起身，从架子上挑了个木球，但只是因为它的颜色跟他饮料的颜色相衬。他把橘黄色的木球抛起又接住，然后——他根本没注意自己在朝哪儿扔——扔向球场。那颗球飞得有点太远了，毕竟他拥有完美身躯的力量。这也是球场格外宽阔的原因之一：为了符合诸神的水准。何况诸神站在阳台上，比赛时足以将整个球场尽收眼底。

塔拉钦本该是全世界难度最高的球戏：掷出木球的力量，选择有利位置的机智，做出精准投掷的协调性，还有能够选择合适的木球并主宰球场的理解力，缺一不可。

"四百一十三分。"在和负责记分的书记官说过话以后，一名仆人大声报出了分数。

"精彩，"唤真说着，在他的木制睡椅上坐起身，"你是怎么办到的？我可没想到能用反转球来做这一掷。"

这就是那个黄球的名字？ 光歌想着，回到座位上。"你必须理解

球场，"他说，"学会理解你的球。以它的方式去思考，用它的方式去判断。"

"用球的方式去思考？"佑命说着，站起身。他穿着随风飘拂的长袍，色彩是与他对应的蓝色与银色。他从木架上挑了一只绿球，盯着它看。"木球的思考方式是什么样的？"

"我猜是循环往复的那种，"光歌欢快地说，"这碰巧也是我最喜欢的思考方式。也许这就是我擅长这个游戏的原因。"

佑命皱起眉头，张口想要说什么，但最后还是闭上了嘴，光歌的发言显然让他摸不着头脑。不幸的是，成为神灵在强化身体能力的同时，并不会提升智力。不过光歌并不介意。对他来说，塔拉钦球比赛的真正乐趣从来都跟球落下的位置无关。

佑命掷出了他那一球，然后坐了下来。"我要说，光歌，"他笑着说，"我这是在赞美你：有你做伴简直太耗费精力了！"

"是啊，"光歌说着，呷了口饮料，"我在这方面像极了蚊子。唤真，应该轮到你了吧？"

"事实上，现在又轮到你了，"天慕说，"你的上一掷达成了王冠配对，还记得吧？"

"噢是啊，我怎么能忘了呢。"光歌说着，站起身来。他又取来一只木球，远远地丢在草地上，然后坐了下来。

"五百零七分。"祭司宣布道。

"你这就纯粹是在炫耀了。"唤真说。

光歌未置一词。以他的观点来说，这暴露出了塔拉钦球与生俱来的一个缺陷：对规则了解最少的人往往表现最好。但他不觉得其他人会认同。另外三位神灵对这个游戏非常热衷，每周都会来一次比赛。除此之外，他们打发时间的方式少得可怜。

光歌怀疑他们一直邀请他参加，只是为了证明他们总有一天能够击败他。如果他了解规则，肯定会尝试故意输给他们，免得他们总是坚持邀请他。但他也很喜欢用胜利让他们恼火——不过当然了,他们所表现出的只有无可挑剔的礼貌而已。而且话说回来,在目前的情况下,他担心自己就算想输都输不掉。

如果你本来就不知道自己是怎么赢的,那么也很难故意输掉。

终于轮到唤真上前投掷了。他总是穿着军队式样的服装,栗色与白色在他身上显得非常帅气。光歌怀疑他一直很嫉妒自己,因为在分配宫廷职责的时候,他得到的不是无命者指令,而是与其他王国的贸易事务的投票权。

"我听说你几天前跟王后说过话,光歌。"唤真说着,掷出了他那一球。

"的确如此,"光歌说着,喝了一小口饮料,"我得说,和她交谈很愉快。"

天慕轻轻地笑了几声,显然以为最后那句话是讽刺——这让光歌有点恼火,因为那是他的肺腑之言。

"整个宫廷都乱糟糟的,"唤真说着转过身,整理好他的斗篷,然后把身子探出阳台栏杆,等待这一掷的分数公布,"可以说,伊德里斯人违背了和约。"

"送来了另一个公主,"天慕赞同道,"这让我们有了借口。"

"是啊,"唤真思忖着说,"可这借口能用来做什么呢?"

"开战!"佑命用他低沉的嗓音说。

另外两位神灵不以为然地看着他。

"除了战争之外,还有很多可做的事,佑命。"

"是啊,"天慕说着,漫不经心地摇晃着杯里的最后一口酒,"当然了,我的计划已经开始运作了。"

"那又是什么样的计划呢,我的神灵兄弟?"

天慕笑了。"惊喜还是留着的好,对吧?"

"这就要看具体情况了,"唤真不紧不慢地说,"这份惊喜会不会影响我与伊德里斯人在关隘使用权上的分歧？我敢打赌，如果向那位新王后施加一些……压力，就能让她支持这样的提案。据说她相当幼稚。"

他们的话让光歌有点反胃。他知道他们总在密谋和计划，他们玩这种球戏的另一个目的，就是要求对方表态和交易。

"她的无知肯定是装出来的，"难得地思索片刻之后，佑命说，"如果她真那么不谙世事，他们是不可能送她来的。"

"她是伊德里斯人，"唤真轻蔑地说，"他们首都的人口还比不上特泰利尔的一个小街区。他们对政治也是一知半解，这点我敢担保。比起跟人交流，他们更习惯跟羊儿说话。"

天慕点点头。"就算她以他们的标准真的'训练有素'，在这儿也不值一提。关键在于，不能让别人先去影响她。光歌，你对她的印象如何？她会照诸神的吩咐去做吗？"

"说真的，我也不知道，"他说着，招了招手，示意仆人再拿果汁来，"如你们所知，我对政治游戏实在没多少兴趣。"

天慕和唤真笑着对视一眼：就像宫廷里的大多数人那样，他们认为在牵扯到实际问题的时候，光歌只是个无能之辈。而且根据他们的定义，"实际"代表的就是"利用他人"。

"光歌，"佑命用他毫不圆滑的诚恳口气说，"你真的应该多关注一下政治了。它有时候是很有趣的。嘿，要是你能知道我在私下参与的那些秘密该多好！"

"我亲爱的佑命，"光歌答道，"请相信我，我真的不想知道跟你和厕所（译注：此处为双关，privy有'私下'和'厕所'两个意思）有关的任何秘密。"

佑命皱起眉头，显然正努力揣摩他的意思。

祭司们报告上一次投掷的分数时，另外两位神灵又开始谈论王后。奇怪的是，光歌发现自己越来越心烦。等到佑命起身做下一掷的时候，光歌也不由自主地站了起来。

"我的神灵兄弟们，"他说，"我突然觉得很累。也许是因为我今天消化不良。"

"该不会是因为我这里的食物吧？"唤真说。这里是他的宫殿。

"不是食物，"光歌说，"但恐怕是你今天招待我的另一些东西。我真的得走了。"

"可你正领先呢！"唤真说，"如果你现在走了，我们下周就得再比一次了！"

"你的威胁于我就像流水，我的神灵兄弟，"光歌说着，向他们恭敬地依次点头，"我在此向你们道别，直到下一次你们把我拖到这里，继续玩这种可悲的游戏。"

他们大笑起来。他不知道自己该笑还是该生气——他们总是把他的玩笑话当成严肃的声明，反过来也一样。

他在阳台内部的房间里找到了他的祭司们，莱瑞玛也在其中，但他并没有跟他们说话的心情。他就这么穿过这座深红和白色相间的宫殿，烦恼依旧。与真正出色的政客——比如织晕——相比，阳台上那些只能算是门外汉。他们太过迟钝，对自己的计划又太不加掩饰。

但就算是迟钝又不懂掩饰的人，有时也是很危险的，尤其是对王后那样的女人。她显然对类似的事几乎毫无经验。

我已经认定自己帮不了她了，光歌这么想着，走出宫殿，来到外面的草地上。在他的右方，绳索围成的方块组成了一张复杂的网，那就是塔拉钦球场。一颗木球落在远处的草地上，依稀传来"咚"的一声。光歌在青翠的草坪上朝另一个方向走去，甚至没等他的祭司们举起华盖，为他遮挡午后的阳光。

他仍在担心：就算他尝试伸出援手，也只会让事态恶化。但问题在于，他又做了那些梦。战争和暴力。他一次又一次地看到特泰利尔城的陷落,还有他的故乡被毁灭。他没法继续忽视那些梦境,尽管他不愿承认那是预言。织晕觉得这场战争很重要。至少为战争做准备是很重要的。与其他神灵相比,他更愿意相信她,但他也担心她过于好斗。她来找过他,请求他参与计划。或许她这么做,是因为她知道他更加节制?她是为了弥补自身的不足吗?

他聆听请愿,尽管他不想放弃灵息然后死去。他解读画作,尽管他不认为自己能在其中看到任何预兆。既然他认为自己的梦没有任何意义,又为什么不能帮织晕在宫廷里掌握权力,以策万全呢?更何况,那些准备或许还能帮助一位无疑没有其他盟友的年轻女子。

莱瑞玛要他尽力。这听起来代表了多到可怕的活儿。不幸的是,袖手旁观似乎只会让事情变本加厉。有时候,如果你踩到了脏东西,最好的做法是停止前进,花时间把脚底清理干净。

他叹了口气,摇摇头。"我将来恐怕会后悔的。"他低声自语道。

说完,他便朝织晕的宫殿走去。

这人身材瘦削,几乎皮包骨头,而他吃下的每一块贝肉都让薇雯娜皱起眉头。理由来自于两方面:她没法相信有人真的喜欢这种黏糊糊、像是鼻涕虫的食物,另外,这种贻贝非常罕见和昂贵。

而且付账的人是她。

午后的餐馆人头攒动——人们中午通常会在外面吃饭,毕竟这要比回家做饭便捷得多。对她来说,餐馆这个概念本身仍然相当陌生。这些男人就没有妻子或者仆人给他们做饭吗?他们在这种公开场合吃东西,就不会觉得别扭吗?这也太……不够私密了。

登斯和汤克·法坐在她的两边。而且当然了,他们也毫不客气地吃着那碟贻贝。薇雯娜并不确定——她特意没有问——但她觉得那些贝肉是生的。

坐在她对面的瘦子又吞下一块贝肉。尽管这间餐馆非常高档，而且有人做东，他看上去却不是特别享受。男人嘴角挂着冷笑，尽管没有露出紧张的表情，但她发现他一直在留意餐馆的入口。

"所以说，"登斯说着，把另一只吃空的贝壳放到桌上，然后在桌布上擦了擦手指——这种做法在特泰利尔很常见，"你到底能不能帮我们？"

那个瘦子——他自称"法波"——耸耸肩。

"你这故事还真够疯狂的，佣兵。"

"你了解我的，法波。我什么时候骗过你？"

"每次别人付钱让你骗我的时候，"法波说着，哼了一声，"我只是从来没能拆穿你而已。"

汤克·法吃吃地笑了起来，又伸手去拿另一只贻贝。他把贝壳举到嘴边的时候，贝肉从壳里滑了出来：听到它落到桌上时那种黏稠的啪嗒声，薇雯娜只能努力压下呕吐的冲动。

"这么说，你也同意战争就要来了。"登斯说。

"这是当然，"法波说，"但它几十年前就'要'来了。你们凭啥觉得今年会不一样？"

"你承担得起忽略这种可能性的后果吗？"

法波不安地扭了扭身子，然后又吃了口贻贝。

汤克·法堆起了空贝壳，想试试能垒多少个而不倒下。薇雯娜什么都没说。她并不为自己在会面中扮演的次要角色而恼火。她看着，学着，思考着。法波是个地主。他砍伐森林，然后把开辟出的土地租给种植园主。他经常要依靠无命者帮忙砍伐——那些是政府借给他的工人。

这项借贷只有一条规定：如果战争到来，那么战争期间在他地头上出产的所有食物都会成为回归诸神的财产。这买卖很划算。如果打起仗来，政府多半也会扣押他的土地，所以他等于什么都没损失——抱怨除外。

他又吃了一只贻贝。他究竟是怎么吃下这么多的？她心想。法波所吞下的这种恶心的小东西几乎有汤克·法的两倍之多。

"那样的话，你的收成就算是打水漂了，法波，"登斯说，"如果真被我们说中了，你今年的损失可就不是一点半点了。"

"只不过，"汤克·法说着，又把贝壳垒高了一层，"如果早点收获，卖掉库存，就能胜过你的竞争对手了。"

"那你们能有啥好处？"法波问，"我怎么知道你们不是那些竞争对手雇来骗我的？"

桌边安静下来，使得其他食客进食的声音都清晰可闻。登斯终于转过头，看了眼薇雯娜，然后点点头。

她掀起了头巾——不是她从伊德里斯带来的那条朴素庄重的头巾，而是登斯找来的一条纤薄的丝制头巾。她对上法波的双眼，然后将头发变为红色。但头巾仍旧盖着她大半部分的头发，只有坐在桌边，并且仔细打量的人才能发现发色的改变。

他愣住了。"再来一次。"他说。

她把头发转成亚麻色。

法波靠向椅背，贝肉从壳里掉了出来。它啪嗒一声落在桌上，恰好在汤克·法弄掉的那块贝肉旁边。"你是王后？"他震惊地问。

"不，"薇雯娜说，"我是她姐姐。"

"这是怎么回事？"法波问。

登斯笑了。"她来这儿，是为了组织人们对抗回归诸神，以及为了即将到来的战争扶植伊德里斯一方的势力。"

"你总不会以为高地上那些老王族会白白把女儿送过来吧？"汤克·法说，"战争——只有它能让人做出这种孤注一掷的事来。"

"你的妹妹，"法波说着，看了眼薇雯娜，"他们送去宫廷的是小公主。为什么？"

"国王有他自己的打算,法波。"登斯说。

法波露出思索的表情。最后,他把那块掉下的贝肉放到装空壳的碟子里,伸手去拿下一只贻贝,"我就知道他们送那姑娘来不可能是巧合。"

"这么说你会提前收获喽?"登斯问。

"我会考虑的。"法波说。

登斯点点头。"我猜这就足够了。"

他朝薇雯娜和汤克·法点点头,三人留下法波继续吃他的贻贝。薇雯娜结了账——总价比她担心的还要贵——然后他们走到餐馆外,跟等在那里的帕林、珠宝以及克拉德会合。一行人轻松地穿过人群,远离餐馆——那位魁梧的无命者在前面为他们开路。

"现在去哪儿?"薇雯娜问。

登斯瞥了她一眼。"你就一点都不累吗?"

薇雯娜不想承认她双脚酸痛,而且昏昏欲睡。"我们是在为我的人民的福祉而努力,登斯。一点点疲劳不算什么。"

登斯看了一眼汤克·法,但那位大块头佣兵已经钻进人群,朝着一处货摊走去,帕林跟在他身后。薇雯娜注意到,帕林不顾她的反对,又戴起了那顶可笑的绿帽子。这人到底是怎么了?的确,他不算特别聪明,但他向来非常冷静。

"珠宝,"登斯在前方喊道,"带我们去雷马尔那里。"

珠宝点点头,向克拉德下达了几句指示,不过薇雯娜没能听清。他们在人群中换了个方向前进。

"它只听她的话?"薇雯娜说。

登斯耸耸肩。"它接受过基本训练,会服从汤克和我的命令,如果需要进一步的控制,我还有安全暗语可以用。"

薇雯娜皱起眉头。"安全暗语?"

登斯看了她一眼。"这对你来说可是个异端话题。你确定要继续谈下去么？"

薇雯娜没理睬他的玩笑。"我还是不喜欢有那东西陪在身边，何况我连怎么控制它都不知道。"

"所有唤醒都要通过指令来运作，公主大人，"登斯说，"唤醒的过程就是给一样东西注入生命，然后向它下达命令。无命者的价值在于，你在创造它们以后仍然可以给出指令，而普通的唤醒物件只能预先给出一次指令。另外，无命者可以记住一长串复杂的命令，而且通常不会出错。我猜是因为它们还维持着一点点人性。"

薇雯娜发起抖来。它们和人类有太多相似之处了，这反而让她很不舒服。

"但这也就意味着，任何人都能控制无命者，"登斯说，"而不仅仅是创造它们的人。所以我们会给它们定下安全暗语。只要说出那几个字以后，你就能给这种生物铭刻新的指令。"

"那克拉德的安全暗语是？"

"如果你想知道的话，我得先征求珠宝的同意才行。"

薇雯娜差点就要抱怨，但想想又放弃了。登斯显然不喜欢干涉珠宝或是她的工作。薇雯娜决定回头再提这件事——等他们到了比较隐秘的地方再说。她只是看了克拉德一眼。他穿得很简单，灰色的长裤和灰色的衬衣，还有一件被抽干了色彩的皮革短上衣。腰间佩着一柄硕大的剑。不是决斗用的那种剑——而是更加凶残的阔刃武器。

一身灰色，薇雯娜心想。他们是希望所有人都能认出克拉德是无命者吗？虽然登斯说过，无命者在这座城市并不罕见，但很多人却对它敬而远之。丛林里的蛇或许也很常见，她心想，但这并不代表别人乐意看到它。

珠宝和那个无命者轻声交谈着，虽然它始终没有任何回应。它就这么走着，面朝前方，步伐均匀得不似人类。

"她总是……这么跟它说话么？"薇雯娜颤抖着问。

"是啊。"登斯说。

"看起来有点病态。"

登斯露出不耐烦的表情，但没说什么。又过了一会儿，汤克·法和帕林回来了。让薇雯娜不悦的是，汤克·法的肩上蹲着一只小猴子。它叽叽喳喳地叫了几声，然后绕过汤克·法的脖子后面，转到另一边肩膀上。

"新宠物？"薇雯娜问，"顺便问一句，你那只鹦鹉哪去了？"

汤克·法露出羞愧的表情，而登斯只是摇摇头。"汤克不太擅长照顾宠物。"

"反正那只鹦鹉也很无聊，"汤克·法说，"猴子就有趣多了。"

薇雯娜摇摇头。没过多久，他们来到了另一家餐馆，其豪华程度远不如前一家。珠宝、帕林和那个无命者照例待在外面，薇雯娜和两个男佣兵走了进去。

她开始对这种会面习以为常了。在过去几周里，他们至少跟十几个身份不同的人碰过头。有些是地下组织的领袖，登斯认为他们有能力制造骚动。其余的则是法波那样的商人。总而言之，在让特泰利尔陷入混乱这件事上，登斯五花八门而又避人耳目的手段让薇雯娜大开眼界。

但真正让对方下定决心的，却往往是薇雯娜展示王族发色的那一刻。大多数人都能立刻领会王族之女来到这座城市代表了什么，让薇雯娜不禁好奇：如果没有这种可信证据的情况，勒梅克斯打算如何取得相同的成果？

登斯领着他们来到角落的一张餐桌边，这家餐馆的肮脏程度让薇雯娜皱起了眉头。唯一的照明只有透过天花板上那扇狭窄的木板窗照进的阳光，但就算这样也足以照出那些尘垢了。尽管饥肠辘辘，她却立刻决定不在这地方吃任何东西。

"顺便问一句,我们为什么总在换餐馆?"她说着,坐了下来——不过是在用手帕擦过凳子之后。

"这样不容易被人刺探,"登斯说,"我警告过你很多次了,公主大人。这种事比看起来要危险得多。别被这些轻松的饭局给骗了。如果换个城市,我们就得在贼窝、赌坊和小巷里会面了。还是多换几个地方的好。"

他们坐了下来,然而登斯和汤克·法又点了菜,浑不像刚才吃完今天的第二顿午餐的样子。薇雯娜静静地坐在椅子上,为这次会面做着准备。神宴节是霍兰德伦的宗教节日之一——虽然在她看来,这座异教城市的居民根本不懂何谓"宗教节日"。他们不去帮助僧侣耕作或者照顾老弱,反而放下工作,跑来餐馆挥霍——就好像诸神希望他们铺张浪费似的。

或许真是如此。根据她的见闻,回归诸神全都喜爱享乐。所以他们的信徒会在"宗教节日"胡吃海喝也是理所当然。

饭菜尚未送上,他们的联络人就到了。他带着自己的两个保镖走进门来。他穿着的衣服不错——在特泰利尔,这就意味着色彩明亮的衣服——但他的胡须又长又油腻,而且看起来像是缺了好几颗牙。

他指了指,他的保镖们便拉过薇雯娜旁边的那张餐桌,外加三张椅子。那人坐了下来,与登斯和汤克·法小心地保持距离。

"你可有点疑神疑鬼啊,是不是?"登斯说。

那人举起双手。"谨慎一点总没坏处。"

"那就再给我们拿点食物来吧。"等饭菜送来之后,汤克·法说。餐碟里放着许多小块的……敲碎并油炸过的东西。那只猴子立刻爬下汤克·法的胳膊,拿了几块。

"这么说,"那人道,"你就是臭名昭著的登斯。"

"我就是。我猜你就是格拉布勒?"

那人点点头。

这座城市里名声不那么好的盗贼头子之一，薇雯娜心想。也是沃赫叛军有力的盟友。他们等了好几个星期才开始安排这次会面。

"很好，"登斯说，"我们有兴趣让某些补给马车在来这座城市的路上消失。"他毫不掩饰地说。薇雯娜四下张望，确保没有离得太近的食客。

"这家餐馆是格拉布勒开的，公主，"汤克·法低声道，"这儿的每个人都可能是他的保镖。"

真棒，她想着，在心里埋怨他们没有事先告诉她。她再次扫视周围，这次更紧张了。

"是这样吗？"格拉布勒说着，把薇雯娜的注意力引回谈话上，"你想让运食物的车队消失？"

"这活儿可不轻松，"登斯严肃地说，"那些不是跑长途的车队。大部分都只在这座城市和郊外农场之间来往。"

他朝薇雯娜点点头，后者掏出一小袋钱币。她把钱袋递给登斯，他顺手将其丢到旁边的桌子上。

保镖之一看了看里面。

"算是补偿你跑这一趟。"登斯说。

薇雯娜看着他们收下这笔钱，胃里一阵翻涌。用王室资金来贿赂格拉布勒着这种人实在让人感觉不对劲。而且她刚才给出的甚至不是贿金——按照登斯的说法，这叫"车马费"。

"好了，"登斯说，"我们刚才提到的马车——"

"等等，"格拉布勒说，"让我先瞧瞧那头发。"

薇雯娜叹了口气，打算戴上头巾。

"别戴头巾，"格拉布勒说，"也别耍把戏。这里的人都是我的忠实手下。"

薇雯娜瞥了眼登斯，他点点头。于是她让头发的颜色改变了好几次。登斯专心地看着,一边挠着胡子。

"不错,"他最后说,"真不错。你从哪儿找来的她?"

登斯皱起眉头。"什么?"

"这么个拥有王族血统,足以模仿公主的人。"

"她可不是冒牌货。"登斯说话的时候,汤克·法继续吃着他那盘油炸的不知什么东西。

"得了吧。"格拉布勒说着,脸上浮现出露骨而丑陋的笑容。

"他没说谎,"薇雯娜说,"不是光有血统就能当王族的。关键在于家谱和奥斯特瑞的神圣感召。除非我成为伊德里斯女王,否则我的子女不会拥有王族长发。只有王位继承人才拥有改变发色的能力。"

"迷信的胡扯。"格拉布勒说。他身子前倾,没有看她,双眼定格在登斯身上,"我不在乎你的什么车队,登斯。我想从你手里买下这姑娘。多少钱?"

登斯沉默不语。

"关于她的事已经传开了,"格拉布勒说,"我知道你在干什么。你调动了很多人,弄出很大的动静,还带着个看起来像是王室成员的人。我不清楚你是在哪儿找到的她,也不清楚你是怎么把她训练得这么好的,但我想要她。"

登斯缓缓站起身。"我们该走了。"他说。格拉布勒的保镖也站了起来。

登斯动了。

接下来是几道闪光——太阳的反光,还有迅速到让吃惊的薇雯娜无法捕捉的动作。然后他停下来。格拉布勒坐在椅子里一动不动。登斯泰然自若地站在那儿,他的决斗用剑刺穿了保镖之一的脖子。

那保镖露出惊讶的表情,手仍旧握着他的剑。薇雯娜甚至没看到登斯是何时拔剑的。另一个保镖摇晃了几下,鲜血从短上衣的前襟处渗了出来。登斯似乎也刺了他一剑。

他滑倒在地,临死前撞上了格拉布勒的桌子。

色彩之神啊……薇雯娜心想。**好快!**

"看来你跟他们说的一样厉害。"格拉布勒说着,仍旧是一副满不在乎的模样。房间里的另一些人站了起来。大约二十个。汤克·法抓起一把油炸菜,然后用胳膊肘碰了碰薇雯娜。"我们还是站起来的好。"他小声说。

登斯从那保镖的脖子上拔出剑来,而他跟那位同伴一样倒在地上,流血而亡。登斯仍旧对着格拉布勒的目光,没有擦拭,就这么重重地还剑入鞘。

"我听人提起过你,"格拉布勒说,"说你是十年前凭空冒出来的。你给自个儿搜罗了一队好手,都是从一些要员——以及监狱——那儿撬来的。没人知道你的底细,只知道你动作很快。有人说简直不像人类。"

登斯朝门口那边点点头。薇雯娜紧张地站了起来,让汤克·法拉着她穿过房间。那些护卫持剑伫立,但没人抢先出手。

"没法跟你做生意真是太可惜了,"格拉布勒说着,叹了口气,"希望你将来有买卖的时候还能想起我。"

登斯终于转过身,和薇雯娜和汤克·法一起离开餐馆,走到阳光灿烂的大街上。帕林和珠宝匆忙跟了上来。

"他就这么放我们走?"薇雯娜说着,心脏狂跳。

"他只是想见识我的剑。"登斯说,表情仍旧紧张。"偶尔是会碰上这种人。"

"除此以外,他还想给自己抢个公主过来,"汤克·法补充道,"要么能见识到登斯的剑法,要么能得到你。"

"可……你完全可以杀了他的!"薇雯娜说。

汤克·法哼了一声。"然后引来城里半数扒手、刺客和夜贼的追杀？不，格拉布勒知道我们不会伤他一根寒毛。"

登斯回头看着她。"抱歉浪费了你的时间——我还以为他能更有用一点呢。"

她皱起眉头，头一次注意到登斯用来掩盖真正情绪的那张面具。她一直以为他像汤克·法那样无忧无虑，但现在她发现了其他蛛丝马迹。那是克制。而自从他们认识以来，这份克制第一次面临着崩溃的危险。

"没受伤就好。"她说。

"被登斯刺死的那两个废物除外。"汤克·法补充道，快活地把另一块食物喂给了他的猴子。

"我们应该——"

"公主殿下？"人群里有个声音问。

登斯和汤克·法同时猛地转身。登斯的剑再次以薇雯娜肉眼难及的速度出了鞘。然而，这一次他没有攻击。他们身后的那个男人看起来没什么威胁可言。他穿着棕色的破旧衣服，有一张被太阳晒成棕褐色的粗糙面孔——他看起来像是个农夫。

"噢，公主殿下，"那人说着，匆忙上前，对刀剑视而不见，"真的是您。我听说了那些传闻，可是……噢，您真的来了！"

登斯瞥了眼汤克·法，大块头佣兵伸出一只手，拦在那人和薇雯娜之间。要不是她刚刚看到登斯在眨眼之间杀死了两个人，恐怕会觉得这样的谨慎毫无必要。她渐渐地理解了登斯挂在嘴边的危险。如果这个人身上藏着武器，再懂点手法，她恐怕就会不明不白地死在他手上。

想通这一点以后，她不禁毛骨悚然。

"公主殿下，"那人说着，跪倒在地，"我是您的仆人。"

"请不要这样，"她说，"别把我置于他人之上。"

"噢，"那人说着，抬起头来，"对不起。我离开伊德里斯已经太久了！可，真的是您！"

"你怎么知道我在这儿？"

"特泰利尔的伊德里斯人，"那人说，"他们说您来夺回王位了。我们在这儿被压迫太久了，我还以为他们只是在编故事骗人。可这是真的！您来了！"

登斯瞥了她一眼，然后又看看不远处的格拉布勒的餐馆。他对汤克·法点点头。"抓住他，搜他的身，然后我们到别处去谈。"

他说的"别处"原来是某个贫穷街区的一栋屋子旁边的垃圾堆，距离那家餐馆大概十五分钟的路程。

薇雯娜发现特泰利尔的贫民窟非常有趣，至少从智力水平来说是这样。但即便这儿也有色彩。人们穿着褪色的衣物。鲜亮的布条悬在窗边和墙面的凸出部分，甚至在街上的水坑里都有。黯淡或是肮脏的色彩。就像一场卷入泥石流的狂欢节。

薇雯娜和珠宝、帕林以及那个伊德里斯人一起站在简陋的木屋外，等待登斯和汤克·法去确认这栋屋子没有藏着什么看不见的威胁。她用双臂环抱自己，莫名地有种绝望感。这条巷子里的暗淡色彩让人不舒服。就像是死去之物。就像一只落在地上，一动不动的漂亮鸟儿，形体完好无损，魅力却不复存在。

毁损的红色，染污的黄色，破碎的绿色。在特泰利尔，就算是最朴素的东西——比如椅子腿和粗布袋——都染着明亮的色彩。这座城市的人究竟要在染料和墨水上花费多少？要不是有"艾吉里之泪"——那种只在特泰利尔的气候下才能生长的鲜艳花朵——这一切根本不可能办到。霍兰德伦人种植和收获这种花朵，用它们来制造染料，并以此建立起了完整的经济体系。

闻到垃圾的气味时,薇雯娜皱起了鼻子。对现在的她来说,气味也显得清晰起来,就像颜色那样。并不是说她能嗅到更远处的东西了,而是气味更富有层次了。她发起抖来。即便在接受灵息几周后的现在,她还是觉得不正常。她能感觉到城里拥挤的人群,能感觉到帕林在她身边,怀疑地看着附近的巷子。她能感觉到屋里的登斯和汤克·法——其中之一似乎正在检查地下室。

她能……

她愣住了。她感觉不到珠宝。她向一旁看去,但矮个子女人就站在那儿,双手叉腰,咕哝着自己总被留下来"带孩子"。她的无命者怪物正站在旁边,不过薇雯娜没指望感觉到它。她为什么感觉不到珠宝?恐慌掠过薇雯娜的心头,她担心珠宝会是某种扭曲的无命者造物。但紧接着,她意识到还有另一种简单的解释。

珠宝没有灵息。她是个灰白者。

换了个角度以后,薇雯娜发现事实相当明显。就算没有这么丰富的灵息,她应该也能看得出来。珠宝的眼眸里缺乏生命的火花。她显得比普通人更暴躁,也不那么快乐。她似乎以惹怒别人为乐。

除此之外,珠宝从未察觉过薇雯娜在看她。换作普通人被长时间注视,一定会四处张望,但珠宝却不会。薇雯娜转过身去,发现自己脸红了。看着一个没有灵息的人……就像是在窥视别人更衣时的样子。赤身裸体的样子。

可怜的女人,她心想。我真想知道来龙去脉。是她自己卖掉的吗?还是说是有人从她那里拿走的?薇雯娜突然有些尴尬。为什么我有这么多,而她一无所有?这种炫耀方式实在太恶劣了。

没等登斯推开门,她就感觉到了他的到来。那扇门看起来都快掉下来了。"安全。"他说。然后他瞥了眼薇雯娜。"如果你不想浪费时间的话,就用不着参与进来,公主。珠宝可以带你回房。我们会询问这个人,再把结果告诉你。"

她摇摇头。"不。我想听听他的说法。"

"我猜到了,"登斯说,"不过这样就只能取消下一个会面了。珠宝,你——"

"我去。"帕林说。

登斯犹豫片刻,看了看薇雯娜。

"听着,也许我是不了解这座城市里的每一件事,"帕林说,"但只是送个口信而已。我又不是白痴。"

"让他去吧,"薇雯娜说,"我相信他。"

登斯耸耸肩。"好吧。沿着这条巷子直走,找到那座广场——广场上有一尊坏了的骑手雕像——然后转向东边,沿路转过几个弯。这么一来,你就离开贫民窟了。下一个会面安排在一家名叫'士兵之道'的餐馆里:就在城市西侧的市集那边。"

帕林点点头,转身离去。登斯摆摆手,示意薇雯娜和其他人进屋去。首先进去的是那个紧张的伊德里斯人——他的名字叫泰姆。薇雯娜跟在后面,惊讶地发现这间屋子的内部看起来比外面结实得多。汤克·法找来一张凳子,放在房间中央。

"坐吧,朋友。"登斯说着,指了指。

泰姆紧张地坐在那张凳子上。

"好了,"登斯说,"不如你来告诉我们,你怎么知道公主今天会去那家餐馆?"

泰姆左顾右盼。"我只是碰巧来到附近,然后——"

汤克·法把指节捏得噼啪作响。薇雯娜朝他看去,突然发觉汤克·法显得很……危险。那个喜欢打瞌睡的懒惰大块头消失了。取而代之的是个卷起袖子,展示着隆起肌肉的暴徒。

泰姆在流汗。无命者克拉德从侧面走进房间,非人的双眼注视着阴影,面孔看起来就像是用蜡做的模型——就像是人类的仿制品。

"我……替城里的某个头头干活儿,"泰姆说,"都是些小事。没什么重要的。如果你是我们的一员,就不会挑肥拣瘦。"

"'我们的一员'?"登斯说着,手按在剑柄圆头上。

"伊德里斯人。"

"我在这座城里见过有身份的伊德里斯人,朋友,"登斯说,"商人。放债人。"

"他们比较走运,大人,"泰姆说着,吞了口口水,"他们有钱。有钱就不愁没人替你干活。如果你只是个普通人,情况就不同了。别人会看你的穿着,听你的口音,然后找别人来干活。他们会说你不可靠,或者说我们无趣,或者说我们偷东西。"

"你真的会偷东西吗?"薇雯娜不由自主地问。

泰姆看着她,然后低头看着肮脏的地板。"有时候会,"他说,"但刚开始不会。现在只有头头吩咐,我才会去偷。"

"这还是没法解释你是怎么找到我们的,朋友。"登斯轻声道。他刻意用了"朋友"这个词,与站在两旁的汤克·法以及无命者形成反差,这让薇雯娜发起抖来。

"是我的头头说得太多了,"泰姆说,"他知道那家餐馆里在发生什么——他把情报卖给了好几个人。我偷听到的。"

登斯瞥了眼汤克·法。

"人人都知道她进了城,"泰姆飞快地说,"我们都听过传闻。这不是巧合。我们的生活很艰苦,从来没这么艰苦过。公主殿下是来帮我们的,对吧?"

"朋友,"登斯说,"我想你最好忘记这次会面。我明白,你会觉得出卖这份情报能让你捞一笔。可我向你保证,如果你真这么做了,我们就会发现。然后我们——"

"登斯,够了,"薇雯娜说,"别再恐吓他了。"

那佣兵看了她一眼,让泰姆吓了一跳。

"噢,看在色彩的分上,"她说着,走向前去,蹲在泰姆的凳子旁边,"不会有人伤害你的,泰姆。你找到了我,这点做得很好,我也相信你会为这次碰面的事保密。但请告诉我,如果特泰利尔的生活这么艰难,为什么不回伊德里斯去?"

"旅行是要花钱的,公主殿下,"他说,"我负担不起旅费——我们大多数人都负担不起。"

"这儿有很多伊德里斯人吗?"薇雯娜问。

"是的,公主殿下。"

薇雯娜点点头。"我想见见其他人。"

"公主——"登斯开了口,但她却用眼神示意他安静。

"我可以召集其中一些,"泰姆说着,热切地点点头。"我向您保证。很多伊德里斯人都认识我。"

"很好,"薇雯娜说,"因为我是来帮你们的。我们该怎么跟你联络?"

"打听一下瑞拉,"他说,"那就是我的头头。"

薇雯娜站起身,指了指门口。

泰姆忙不迭地走了出去。门口的珠宝不情不愿地让开,而那人匆匆跑远了。

房间里一时间安静下来。

"珠宝,"登斯说,"跟着他。"

她点点头,然后转身离去。

薇雯娜回头看着那两个佣兵,以为他们会对她发火。

"哎,你就非得这么快放他走吗?"汤克·法说着,坐在地板上,看起来闷闷不乐。他之前那副危险的模样荡然无存,蒸发得比阳光下金属表面的水滴还要快。

"既然你这么做了,"登斯说,"他这一整天都得郁郁寡欢了。"

"我总是都没机会当坏人,"汤克·法说着,躺了下去,看着天花板。他的猴子转了几圈,最后坐在他的大肚皮上。

"你的心情会好起来的,"薇雯娜说着,翻了个白眼,"顺便说一句,你们干吗对他这么凶?"

登斯耸耸肩。"你知道我最不喜欢佣兵这行的哪一点吗?"

"我猜你接下来就要告诉我了。"薇雯娜说着,交叠双臂。

"人们总想欺骗你,"他说着,坐在汤克·法旁边的地板上,"他们都觉得既然你是个雇佣打手,就一定是个笨蛋。"

他顿了顿,似乎在指望汤克·法能像平时那样配合他。但大块头佣兵却只是继续盯着天花板。"每次都是阿斯提尔当坏人。"他说。

登斯叹了口气,用眼神告诉薇雯娜"这都是你的错"。"总之,"他续道,"我没法确定那位朋友是不是格拉布勒安排的。他可以装作是你忠心的臣民,然后乘我们放下防备的时候往你背上来一刀。还是小心为上。"

她坐在凳子上,正想说他反应过度了,可……好吧,她才刚见过他为保护她杀死了两个人。他们是我雇来的,她心想,或许我应该别去插手他们的本职工作。"汤克·法,"她说,"下次你可以当坏人。"

他抬起头。"你保证?"

"是的。"她说。

"我能对审问的人大喊吗?"

"当然可以。"她说。

"我能对他咆哮吗?"他问。

"我想可以。"她说。

"我能折断他的手指吗?"

她皱起眉头。"不行!"

"不重要的那几根也不行?"汤克·法,"我是说,反正每只手上都有五根手指。小手指本来也没啥用。"

薇雯娜犹豫起来,汤克·法和登斯同时放声大笑。

"噢，说真的，"她说着，别过脸去，"我每次都看不出你们是怎么从严肃切换到胡扯的。"

"所以才这么好笑啊！"汤克·法说着，仍然笑个不停。

"我们该走了吧?"薇雯娜说着，站起身。

"不，"登斯说，"我们先等等。我也不清楚格拉布勒会不会来找我们。最好先躲上几个钟头。"

她看着登斯，皱起眉头。令人吃惊的是，汤克·法已经轻声打起了呼。

"我记得你说过，格拉布勒之所以放过我们，"她说，"是因为他只想考验我们——他想看看你有多厉害。"

"有可能吧，"登斯说，"但我是出了名的经常犯错。他放我们走，也许是因为他担心我的剑离他太近了，又或者他临时改变了主意。再等上几个钟头，然后回去问问我的看守们，看有没有人去过那栋屋子附近打探。"

"看守?"薇雯娜问，"你找了人来看守我们的屋子?"

"当然，"登斯说，"在这座城里，孩子的工钱很便宜。就算我们没能保护一位公主免受敌国伤害，这笔钱也花得不亏。"

她交叠双臂，站在那儿。她没有坐着等待的心情，于是开始踱步。

"我倒是不怎么担心格拉布勒，"登斯说着，闭上双眼，坐回地上，背靠着墙壁，"这只是以防万一。"

她摇摇头。"他想要复仇也不奇怪，登斯，"她说，"你杀了他的两个手下。"

"在这座城里，人命并不那么值钱，公主。"

"你说他在测试你，"薇雯娜说，"可这么做又是为什么? 挑衅你出手，然后就这么放你离开?"

"为了弄清我有多大威胁，"登斯说着，耸耸肩，仍然闭着眼睛,"更可能的情况是,他想确认我值不值这个价。我重申一遍,我并不太担心。"

她叹了口气,走到窗边,看向街道。

"你还是离窗边远点儿的好,"登斯说,"纯粹出于安全考虑。"

他先是告诉我不用担心,然后又让我别被人看见,她恼火地想着,转向房间深处,朝着通向地下室的那扇门走去。

"换作我可不会去那儿,"登斯评论道,"楼梯那里有好几处断了。而且没什么好看的。地板脏,墙壁脏,天花板也脏。"

她又叹了口气,转身离开地下室的门。

"顺便问一句,你这是怎么了?"他还是没有睁开眼睛,"你平常不会这么紧张的。"

"我不知道,"她说,"像这样被关在这儿让我很焦虑。"

"我还以为公主们都会被训练得很有耐心。"登斯说。

她发现他说得对。这听起来就像是塞芮会说的话。她最近这是怎么了?她强迫自己坐在凳子上,双手叠放在膝头,努力不让自己的头发转为棕色。"拜托,"她努力让语气显得耐心,"跟我说说这地方。你们为什么会选中这里?"

登斯睁开一只眼睛。"是我们租的,"他最后说,"在城里有几栋安全屋总是好的。我们不怎么用得上,所以就选了最便宜的地方。"

我注意到了,薇雯娜心想。但她随即沉默下来,认识到她挑起话题的意图有多不自然。她静静地坐在那里,低头看着双手,试图弄清自己究竟为什么如此紧张。

原因不只是那场打斗。事实在于,她担心特泰利尔的这些事已经花去了太长时间。她父亲应该已经在两周前就收到了她的信,知道两个女儿都在霍兰德伦。她只能期望信里的那套理论——连同她的威胁——能阻止他做傻事。

她为抛弃了勒梅克斯的屋子而庆幸。如果她父亲真的派密探来找她,他们肯定会先去找勒梅克斯——就像她当初那样。然而,她心里较为懦弱的那部分却又希望登斯没有这样的远见。如果他们还住在勒梅克斯的家里,她父亲的密探恐怕已经找到她了。这么一来,她这会儿就该在返回伊德里斯的路上了。

她表现得那么坚定。的确,有时她会觉得自己下定了决心。有些时候,她会考虑塞芮或者她的祖国的需要。但那种情况相当罕见。大部分的时候,她会怀疑。

她在做什么?她对破坏或是战争一无所知。她为了帮助伊德里斯所"做"的一切,其实都是在依靠登斯的力量。她刚来那天的怀疑没有错:早年间的学习和准备根本不值一提。她不知道该怎么救出塞芮。她不知道该如何处理自己体内的灵息。说真的,她甚至不知道自己还想不想留在这个疯狂而拥挤,色彩泛滥的城市里。

简而言之,她根本派不上用场。这是教导她的人从未考虑过的问题。

"你真的想见那些伊德里斯人?"登斯问。薇雯娜抬起头。屋外的天色越来越暗,夜晚眼看就要到来。

*我真的想见他们吗?*她心想。*如果我父亲派了密探来这座城市,他们也许就在其中。可如果我能为那些人做些什么……*

"我想见他们。"她说。

他沉默下来。

"你不赞成。"她说。

他点点头。"这样安排和保密都成问题,也会让我们很难保护你。先前的会面都在我们的控制之下。如果你要跟平民见面,这就不能保证了。"

她默然点头。"但我还是想见他们。我必须做点什么,登斯。做点有用的事。向你的联络人展示身份算是在帮忙。但光是这样还不够。如果战争将要来临,我们就必须让这些人做好准备,设法帮助他们。"

她抬起头来,看向窗户。无命者克拉德站在珠宝指示的角落里。薇雯娜颤抖了一下,转过头去。"我想救我妹妹,"她说,"我也想帮助我的同胞。但我忍不住会觉得:在这座城市里,我能为伊德里斯王国做的事实在少得可怜。"

"总比离开的好。"登斯说。

"为什么?"

"因为如果你离开,就没有人付我酬劳了。"

她翻了个白眼。

"我没在说笑,"登斯说,"我真的希望拿到酬劳。不过说到留下,其实还有更充分的理由。"

"比如?"她问。

他耸耸肩。"这就要看情况了。你瞧,公主,我不是那种擅长提出建议或者忠告的人。我是个佣兵。你付我酬劳,给出命令,而我会负责打打杀杀。但我想如果你仔细思考一下,就会发现逃回伊德里斯是下下策。你除了闲坐着织桌布之外什么也做不了。你父亲还有别的继承人。在这里,你也许派不上大用场——但在那里,你却是完全多余的。"

他沉默下来,伸了个懒腰,身子向后靠了靠。**有时候,跟他交流真的很难**,薇雯娜心想着,摇了摇头。但她发现这些话语令人安心,于是她微笑着转过身。

然后发现克拉德就站在她的凳子旁边。她惊呼一声,跌跌撞撞地向后退去。登斯立刻站起身,拔出剑来,汤克·法也没比他慢上多少。

薇雯娜手足无措地爬了起来,途中好几次踩到裙子。她一手按着胸口,仿佛要平复自己的心跳。那无命者伫立在那儿,看着她。

"他有时候是会这样,"登斯轻笑着,虽然那笑声在薇雯娜听来有点勉强,"就这么走到别人身边。"

"就好像他对人很好奇似的。"汤克·法说。

"无命者是不会好奇的,"登斯说,"他们根本没有感情。克拉德。回到墙角去。"

无命者转过身,迈开步子。

"不,"薇雯娜颤抖着说,"让它去地下室。"

"可那边的楼梯——"登斯说。

"快!"薇雯娜吼道。她的发梢染成了红色。

登斯叹了口气。"克拉德,到地下室去。"

无命者转过身,朝着房子后部的那扇门走去。他走下台阶的时候,薇雯娜听到了一声微弱的"劈啪",但从脚步声来判断,他应该顺利走到了下面。她坐回凳子上,努力让呼吸恢复正常。

"抱歉。"登斯说。

"我感觉不到他,"薇雯娜说,"这让我紧张。我忘了他在那儿,也没发现他靠了过来。"

登斯点点头。"我明白。"

"珠宝也一样,"她说着,看向他,"她是个灰白者。"

"是啊,"登斯说着,也坐回地板上,"从小就是。她父母把她的灵息卖给了一位神灵。"

"为了活下去,他们每个星期都得补充一口灵息。"汤克·法补充道。

"真可怕。"薇雯娜说。**我真的应该对她更友善些的。**

"其实没那么糟,"登斯说,"我也失去过灵息。"

"是吗?"

他点点头。"每个人都有缺钱花的时候。灵息的好处在于,你随时都能从别人那儿买来。"

"卖家永远都有。"汤克·法说。

薇雯娜摇摇头，发起抖来。"但你会尝到没有灵息——没有灵魂——的滋味。"

登斯大笑起来——这次无疑是由衷的笑。"哦，那只是迷信而已，公主。缺少灵息并不会让你有太大改变。"

"你会变得不那么和善，"薇雯娜说，"更加易怒。就像……"

"你说珠宝？"登斯笑着问，"不不，她就算有灵息也是那副样子。我敢肯定。总之，我卖掉灵息的时候，没感觉到有什么不同。你得集中精神才能发现它不在了。"

薇雯娜转过头去。她不指望他明白。他大可以把她的信仰称之为迷信，但她也可以用同样的话反驳登斯。人们只会看到他们想看的东西。如果他相信自己失去灵息也不会改变，就能轻易为卖掉灵息——以及从无辜的人那里购买灵息——找到托辞。而且如果灵息真的不重要，他又何必再买回来呢？

就在这场谈话结束后不久，珠宝回来了。她走进门，朝登斯点点头，而薇雯娜几乎没有丝毫察觉。*我有点太依赖生命感应了*，她恼火地想着，站起身来。

"他的身份不是假的，"珠宝说，"我打听了一下，从三个我比较信任的人那里确认过了。"

"那好吧。"登斯说着，伸了个懒腰，爬了起来。他踢醒了汤克·法。"我们回屋子去吧，不过要小心点儿。"

第二十三章

光歌在织晕宫殿后方的草坪上找到了她。她正在欣赏城里一位园艺大师的作品。

光歌大步穿过草坪，他的随从在周围徘徊，举着一把硕大的阳伞为他遮挡阳光，其他方面的服侍也没有丝毫懈怠。他从数以百计、装满各种植物的花盆与花瓶旁边走过——这些容器整齐地成排摆放，组成复杂的图案。

临时花圃。诸神太过神圣，不能离开宫廷去探访城市里的花园，所以他们只能把花园带来给他们看。如此庞大的工程要动用数十名工人和好些辆马车。对诸神来说，怎样都算不上奢侈。

当然了，自由除外。

织晕伫立在那儿，欣赏着花瓶组成的图案之一。她注意到了朝她走来的光歌：他的生物染色灵光让花朵在午后的阳光下格外鲜艳。织晕穿着一条端庄得惊人的长裙。裙子没有袖子，看起来是一整块绿色丝绸制成的，只是重要部位——还有不那么重要的部位——都遮得严严实实。

"光歌，我亲爱的，"她笑着说，"你竟然会亲自登门拜访一位女士？真是可喜的进步。好了，闲聊就到这里吧。该回卧房休息了。"

他笑了笑，朝他走去，举起手里的一张纸。

她犹豫片刻，然后接了过去。纸上满是彩色的圆点——那是工匠体。"这是什么？"她问。

"我想我知道这场对话会如何展开，"他说，"所以我为我们俩省去了这些麻烦。我已经事先写下来了。"

织晕扬起一边眉毛,然后读了起来。"'首先,织晕说了些略微挑逗的话。'"她瞥了他一眼。"略微?我邀请你去的可是卧室。要我说的话,应该是'露骨'才对。"

"我低估了你,"光歌说,"请继续吧。"

"'然后光歌说了些话让她分心,'"织晕读着,"'那番话迷人又机智,让她为他的睿智所慑,哑口无言了好几分钟……'噢,说真的,光歌,你就非得让我读下去么?"

"这可是杰作,"他说,"是我迄今为止最优秀的作品。拜托,下面那段很重要。"

她叹了口气。"'织晕说起了无聊得可怕的政治话题,不过她胸前波涛汹涌,聊以自慰。在那之后,光歌为自己最近的冷淡道了歉。他解释说他有些问题要想明白。'"她顿了顿,看着他说:"这是不是代表你终于准备参与我的计划了?"

他点点头。旁边的一组园丁搬走了花儿。他们依次返回,将种在大花盆里的开花小树围绕在织晕和光歌身旁,构成了以两位回归神灵为中心的万花筒图案。

"我不认为王后与夺取王位的阴谋有关,"光歌说,"虽然我只跟她说过几句话,但我可以确信这一点。"

"那你为什么要来协助我?"

他在沉默中伫立了片刻,欣赏着那些花朵。

"因为,"他说,"我要确保你不会害死她。或者害死我们其余的人。"

"我亲爱的光歌,"织晕说着,抿住绯红色的双唇,"我向你保证,我是不会伤害任何人的。"

他扬起一边眉毛。"我很怀疑。"

"好了好了,"她说,"你不该指出女性的夸大其辞。总之,你能来我很高兴。我们有些工作要做。"

"工作?"他说,"听起来像是……工作。"

"当然了,亲爱的。"她说着,迈开步子。园丁们立刻向前跑去,搬开那些小树,为他们清出一条路来。园艺大师本人站在一旁,指示着图案的变化,就像一支植物管弦乐队的指挥。

光歌匆忙跟了上去。"工作,"他说,"你知道我对这个词语的看法吗?"

"不知为什么,我隐约觉得你并不喜欢它。"织晕说。

"噢,我可不会这么说。工作——我亲爱的织晕——就像肥料。"

"所以它很臭?"

他笑了。"不,我是觉得工作就像肥料,它的存在让人高兴,但我完全不想沾上一星半点儿。"

"这就太不幸了,"织晕说,"因为你刚刚已经答应要工作了。"

他叹了口气。"我就知道我嗅到了什么。"

"别抱怨了,"她说着,对一群正将花瓶摆放在道路两边的工人笑了笑,"你不会无聊的,"她转身看着他,双眼闪闪发光,"慈星昨晚被人袭击了。"

"噢,我亲爱的织晕。这真是太悲惨了。"

光歌扬起一边眉毛。慈星是个非常撩人的女子,与织晕相映成趣。当然了,她们两个都是女性之美的完美范例。只不过织晕身形苗条(但胸部丰满),而慈星曲线动人(胸部也同样丰满)。慈星躺在奢华的躺椅上,几名男仆正在用硕大的棕榈叶为她扇凉。

她没有织晕那种微妙的时尚感。那是一种特别的技艺,让她能选出鲜艳却不俗气的衣服。光歌本人就不具备这种技艺——但他的仆人有。看起来,慈星甚至不知道这种技艺的存在。

但无可否认，他心想，要把橘色和金色穿出高贵感确实不容易。

"慈星，我亲爱的。"织晕温柔地说，在慈星身边作势欲坐。仆人之一搬来一张配有软垫的凳子，恰到好处地放在织晕身下。"我能理解你的感受。"

"是吗？"慈星问，"你真的理解吗？这太可怕了。某个……某个恶棍溜进我的宫殿，还攻击我的仆人！这儿可是女神的宫殿！什么人才会做出这种事？"

"的确，他肯定是疯了。"织晕安慰道。光歌站在她身边，露出同情的微笑，双手背在身后。午后的凉风穿过庭院，吹进这座凉亭。织晕的几名园丁带来了花卉和树木，摆放在凉亭周围，空气里充斥着它们交织的香气。

"我不明白，"慈星说，"大门的守卫本该杜绝这种事的！如果人们可以随意入侵我们的住处，那还要墙壁做什么？我现在一点安全感都没有了。"

"我敢肯定，那些守卫将来会更勤勉些的。"织晕说。

光歌皱起眉头，看向慈星的宫殿，仆人们正像被捅了蜂窝的蜜蜂那样到处乱窜。"你觉得，那个入侵者的目的是？"他几乎是在自言自语，"也许是艺术品？可相比起来，打劫商人应该比较简单。"

"我们也许不知道他们想要什么，"织晕柔声道，"但至少知道跟他们有关的一件事。"

"是吗？"慈星来了精神。

"是的，亲爱的，"织晕说，"胆敢闯入神灵住所的，只有那些完全不尊重传统、礼节和宗教的人。只有那些卑劣、无礼又缺乏信仰……"

"比如伊德里斯人？"慈星问。

"你有没有想过，亲爱的，"织晕说，"为什么他们送来神王这里的不是长女，而是么女？"

慈星皱起眉头。"是吗?"

"是的,亲爱的。"织晕说。

"这就相当可疑了,对吧?"

"有阴谋正在诸神宫廷酝酿,慈星,"织晕说着,凑近过去,"神王很可能正面临威胁。"

"织晕,"光歌说,"能跟你说句话吗?"

她恼火地瞥了他一眼。他坚定地对上她的目光,而她最后叹了口气。她拍拍慈星的手,然后和光歌一起离开凉亭,他们的仆人和祭司们尾随在后。

"你在做什么?"等走到慈星听不到的地方以后,光歌立刻发问。

"招募,"织晕说着,双眼闪闪发光,"我们用得上她的无命者指令。"

"我还是不太相信我们真的需要那些指令,"光歌说,"战争也许是可以避免的。"

"我已经说过了,"织晕答道,"我们必须保持谨慎。我只是想以防万一。"

"好吧,"他说。她这番话颇有些睿智。"但我们并不知道闯进慈星宫殿的是伊德里斯人。你为何要这么暗示她?"

"你以为这只是巧合吗?你觉得开战在即的眼下,有人溜进诸神之一的宫殿,却只是个巧合?"

"只是巧合。"

"那入侵者碰巧就选中了四个持有无命者指令的回归者之一?如果我要跟霍兰德伦开战,首先要做的就是设法找出那些指令。比如看看它们是不是被记在了什么地方,又或者是杀掉那些持有指令的神灵。"

光歌回头看向那座宫殿。织晕的论点有些道理,但还不够充分。他有种古怪的冲动,想要刨根问底。但这同时也意味着工作。

他实在不想改变平时的习惯，何况这么一来，他连抱怨的机会都没有。这会是个糟糕的先例。因此他只是点点头，然后跟着织晕回到凉亭里。

"亲爱的。"织晕说着，迅速坐回慈星身边，露出略带忧虑的表情。她身子前倾，说："我们讨论过了，最后决定信任你。"

慈星站起身。"信任我？你们要告诉我什么？"

"情报，"织晕低声道，"我们之中的一些人担心，伊德里斯人不满足于只拥有群山，还决心将低地区域也纳入掌握。"

"但我们就快是一家人了，"慈星说，"拥有王族血统的神王将会坐上霍兰德伦的王位。"

"噢？"织晕说，"这也能解释成有霍兰德伦血统的伊德里斯人坐上王位，不是么？"

慈星动摇了。不知为何，她看向了光歌。"你怎么看？"

为什么人们总是唯他马首是瞻？他已经尽力去打消类似的念头了，可这些人还是视他为道德权威。"我认为，做些……准备是明智之举，"他说，"不过当然了，这话同样适用于晚餐。"

织晕恼火地瞪了他一眼，但等她转头望向慈星的时候，又是一脸宽慰。"我们明白你今天过得很辛苦，"她说，"但请考虑一下吧。我们希望能和你一起采取预防措施。"

"哪种预防措施？"慈星问。

"简单的那种，"织晕连忙说，"思考，谈话，打算。等我们有把握的时候，再禀明神王。"

这番话似乎让慈星放下了心。她点点头。"嗯，我明白。做好准备。这是明智之举。"

"现在休息吧，亲爱的。"织晕说着，站起身，领着光歌离开凉亭。他们从容地穿过修剪得宜的草坪，朝织晕的宫殿走去。但他却不太乐意。他总觉得有什么地方不对劲。

"她真可爱。"织晕说着，面露微笑。

"你这么说只是因为她容易操纵罢了。"

"那当然，"织晕说，"我的确喜欢明智的人。'明智'的定义是'我认为最好的'。"

"至少你很坦白。"光歌说。

"亲爱的，在你面前，我就像一本摊开的书那样。"

他哼了一声。"也许这本书还没翻译成霍兰德伦语呢。"

"你这么说只是因为你从没试着解读过我，"她说着，对他露出微笑，"但我必须承认，关于慈星，有一件事是让我非常恼火的。"

"哪件事？"

"她的军队，"织晕说着，交叠双臂，"作为仁善女神，她为什么会拥有能够支配上万名无命者的指令？议会的判断显然出现了严重错误。更何况，就连我都没有军队。"

"织晕，"他不禁感到好笑，"你是诚实、沟通和人际关系的女神。他们究竟有什么理由让你管理军队？"

"与军队相关的人际关系有很多，"她说，"说到底，两个人用剑拼杀也是一种人际关系。"

"的确。"光歌说着，回头看向慈星的凉亭。

"好了，"织晕说，"我想你应该认同我的观点，毕竟从本质来说，人际关系和战争并无分别。就像我们的关系一样，亲爱的光歌。我们……"她的声音小了下去，然后戳了戳他的肩膀。"光歌？认真听我说话！"

"嗯？"

她生气地交叠双臂。"我得说，你今天的笑话实在不好笑。看来我该重新找个玩伴了。"

"噢，是啊，"他盯着慈星的宫殿说，"真不幸。好了，我们说回那个闯入者。他是孤身一人么？"

"看起来是的,"织晕说,"这不重要。"

"有人受伤吗?"

"有几个仆人吧,"织晕说着,摆了摆手,"我记得有个死了。你应该认真听我的话,而不是——"

光歌愣住了。"有人被杀了?"

她耸耸肩。"据说是的。"

他转过身。"我要回去再跟她说几句。"

"好吧,"织晕怒气冲冲地说,"但我是不会陪你去的。我还有花园要欣赏。"

"没关系,"光歌说着,转过身去,"我回头再找你谈。"

织晕气愤地吐出一口气来,双手叉腰,看着他离去。但光歌对她的愤怒视而不见,只顾着关心⋯⋯

关心什么呢?不过是几个仆人受了伤。以他的身份,根本不应该卷入罪案导致的骚乱。可他却径直回到了慈星的凉亭,他的仆人和祭司们一如既往地跟在后面。

她仍旧躺在睡椅上。"光歌?"她皱起眉头。

"我之所以回来,是因为我刚才听说你的一名仆人在袭击中被杀了。"

"噢,是啊,"她说,"那个可怜人。真是太不幸了。我想他现在一定在天国享福呢。"

"真有趣,他们总会出现在你最意想不到的地方,"光歌说,"告诉我,这场谋杀是如何发生的?"

"事实上,这件事很怪,"她说,"门口的两个守卫被打昏了。入侵者穿过仆从走廊的时候,被我的四个仆人发现了。他跟他们搏斗,打昏了一个,杀死了一个,还有两个逃跑了。"

"那人是怎么死的?"

慈星叹了口气。"我真的不清楚,"她说着,摆了摆手,"我的祭司们可以告诉你。恐怕我受惊过度,没能记住那些细节。"

"我可以找他们谈谈么?"

"如果有必要的话,"慈星说,"难道我没说过自己有多难受吗?我还以为你会留下来陪陪我呢。"

"我亲爱的慈星,"他说,"如果你真的了解我的话,就该明白,把你留在这里是我最大的温柔了。"

她皱着眉抬起头来。

"我在说笑,亲爱的,"他说,"不幸的是,我对说笑很不在行。瞎转悠,你要来么?"

莱瑞玛一如既往地站在其他祭司之中,此时看向他。"大人?"

"没必要继续麻烦别人了,"光歌说,"我想这件事只需要你和我就足够了。"

"遵命,大人。"莱瑞玛说。光歌的仆人们再次面临了被迫与神灵分开的窘境。他们犹豫不决地聚集在草地上,就像一群被父母抛弃的孩子。

"您究竟想做什么,大人?"两人走向宫殿的时候,莱瑞玛轻声发问。

"我真的不知道,"光歌说,"我只是觉得不太对劲。那次闯入,还有那个人的死——有什么地方出了岔子。"

莱瑞玛看着他,脸上浮现出古怪的表情。

"怎么?"光歌问。

"没什么,大人,"沉默片刻之后,莱瑞玛说,"只是这实在不像平时的您。"

"我知道,"光歌说着,对自己的判断有了信心,"说实话,我也不清楚自己的动机。我猜是好奇吧。"

"这好奇甚至盖过了您……无所事事的意愿?"

光歌耸耸肩。他走进宫殿,感到精力充沛。他平时的睡意消退无踪，取而代之的是兴奋。这种感觉似乎有些熟悉。他发现几个祭司正在仆从走廊里闲聊。光歌径直走了过去，而他们转过头，吃惊地看着他。

"噢，很好，"光歌说，"你们应该可以跟我详细说说那个闯入者吧？"

"大人，"三个祭司同时低头行礼，其中一个说，"我向您保证，一切都在我们的控制中。您和您的人不会有危险。"

"是啊，是啊，"光歌说着，看向走廊，"这么说，那个人就是在这儿被杀的？"

他们面面相觑。"是在那边。"祭司之一不情愿地说着，指了指走廊的一处转角。

"真棒。劳驾跟我过来吧。"光歌朝他指的位置走了过去。一组工人正在拆卸地板，大概是要换新的。无论擦洗得多干净，沾了血的木头都配不上女神的住所。

"唔，"光歌说，"看起来够乱的。这是怎么发生的？"

"我们也不清楚，大人，"祭司之一说，"入侵者打昏了门口的人，但并没有伤害他们。"

"是啊，慈星提到过，"光歌说，"可他接着又跟四个仆人搏斗了一场？"

"噢，用'搏斗'这个词恐怕不太准确。"那祭司说着，叹了口气。虽然光歌不是他们的神，但他毕竟也是神。根据誓言，他们必须回答他的问题。

"他用唤醒后的绳索束缚了其中一个，"那祭司续道，"接着，一个仆人留下来拖延入侵者，而另外两个跑去求援。那入侵者迅速打昏了留下的那个仆人。这时候，被捆住的那人还活着。"那祭司看了看他的同僚们。"等到帮手终于赶来时——他们因为一只无命动物引发的混乱而耽搁了——他们发现后一个人依旧昏迷不醒。但被绑着的那人已经死了——被一把决斗剑刺穿了心脏。"

光歌点头,跪在破碎的木板旁边。正在拆卸地板的仆人们低头行礼,退到一旁。他也不清楚自己希望找到什么。地板擦得干干净净,又被拆得四分五裂。但就在不远处,有个奇怪的斑点。他走过去,跪在地上,仔细打量。*没有任何色彩*,他心想。他抬起头,注视着那些祭司。"你说那人是唤醒者?"

"毫无疑问,大人。"

他再次看向那个灰色斑点。他意识到,这不可能是伊德里斯人干的。因为他是个唤醒者。

"你提到的那个无命生物是?"

"一只无命松鼠,大人,"祭司之一说,"入侵者用它转移了帮手的注意力。"

"制作精良么?"他问。

他们点点头。"从它的行动来判断,用的是现代的指令语,"祭司之一说,"甚至用灵液-酒液体系代替了血液。我们花了大半个晚上才抓住那东西!"

"我明白了,"光歌说着,站起身来,"但入侵者逃走了?"

"是的,大人。"祭司之一说。

"你们认为他的目的是?"

祭司们犹豫起来。"我们也不能肯定,大人,"其中之一说,"我们在他达成目标之前就吓走了他——有人看到他沿着来时的路逃了出去。也许他觉得自己应付不了这么多人吧。"

"我们认为他也许只是个普通夜贼,大人,"祭司之一说,"想要潜入画廊,偷窃艺术品。"

"听起来确实很有可能,"光歌说着,站起身来,"你们做得很好。"他转过身,沿着走廊前往入口。他有种虚幻不实的直觉。

那些祭司在对他撒谎。

他不清楚自己为何会知道。但他的确知道——他的内心藏着连自己都没有意识到的本能。这些谎言并未令他心烦，反而让他兴奋。

"大人，"莱瑞玛说着，匆忙上前，"您找到要找的东西了吗？"

"闯入者不是伊德里斯人。"他们走进阳光下的时候，光歌平静地说。

莱瑞玛扬起一边眉毛。"伊德里斯人来霍兰德伦后购买灵息的例子也是有的，大人。"

"那你听过哪个伊德里斯人会制造无命者么？"

莱瑞玛沉默下来。"没有，大人。"过了好一会儿，他才承认。

"伊德里斯人痛恨无命者。他们把无命者看作对神的亵渎，或者类似的妄言。不管怎么说，伊德里斯人都没有理由做这种事。意义何在？暗杀回归诸神的其中之一？他们只会找另一位神灵来代替，确保无命者大军尽快恢复秩序。与可能的报复相比，这点好处根本微不足道。"

"所以您相信这是盗贼干的？"

"当然不是，"光歌说，"'普通的夜贼'会在无命者身上浪费金钱和灵息，只为了引开注意力吗？那个闯入者已经很富有了。另外，他何必要去仆从走廊？那儿可没什么贵重玩意儿。宫殿内部的东西值钱多了。"

莱瑞玛又沉默下来。他看向光歌，脸上带着先前那种好奇的表情。"您的推论非常合理，大人。"

"我知道，"光歌说，"我的确不太像平时的自己。也许我应该去喝个烂醉。"

"您是不可能喝醉的。"

"噢，但我很乐意试试看。"

他们朝他的宫殿走去，在路上跟他的仆人们会合。莱瑞玛看起来心神不宁。光歌却觉得很兴奋。**发生在诸神宫廷的谋杀**，他心想。的确,死者只是个仆人——但我应该是所有人的神,而不只是某些要员的神。不知道宫廷里上一次有人被杀是多久以前的事?肯定是在我这辈子之前。

慈星的祭司们有所隐瞒。如果入侵者只是为了逃跑,又何必去分散仆人们的注意力?更何况还是如此昂贵的手段。回归诸神的仆人并非士兵,也不擅搏斗。所以他为何又半途而废?

这些问题都很关键。只是在所有人之中,他是最不该为这些问题费神的人。可他还是这么做了。在返回宫殿的路上,在吃那顿丰盛晚餐的时候,甚至在夜深人静之时,他都在思考。

第二十四章

塞芮走进一片混乱的房间,她的仆人们犹豫不决地跟在周围。她穿着一件蓝白相间的礼裙,配有十尺长的拖尾。她进门的时候,书记官和祭司们惊讶地抬起头来,其中几个慌忙爬起身,鞠躬行礼。其余的只是瞪大眼睛,看着她经过,她的侍女则以尽可能端庄的姿势捧着拖尾。

塞芮坚定地穿过这个房间——与其说是房间,倒不如说是走廊。靠墙摆放的长桌,桌上凌乱的纸堆,还有正埋首工作的书记官——帕恩凯尔人一身棕色,霍兰德伦人则是今天的配色。这里的墙壁是黑色的。这座宫殿只有中央区域才有彩色房间,神王和塞芮也是在那里度过每天的大部分时间的。当然了,是分别度过。

只不过,晚上的情况就不太一样了,她心想着,露出微笑。教他识字让她有种密谋的感觉。她知道一个必须向整个王国保守的秘密,而这秘密牵涉到全世界最有权势的人之一。这让她兴奋不已。她知道自己应该担心。事实上,在她独处的时候,蓝手指的警告言犹在耳。所以她才会来到这间图书室。

真不知道卧室为什么会在这儿,她心想。在宫殿主体之外的黑色区域。总而言之,书记官们完全没料到他们的王后会来这座宫殿的仆从区——当然,神王的卧室以外。塞芮走到房间另一侧的门边时,发现她的几名侍女正向那些书记官和祭司投去歉意的目光。有个仆人为她打开了门,而她走了进去。

一群祭司正在不大不小的房间里悠闲地翻着书。他们吃惊地望向她。其中一个甚至弄掉了手里的书。

"我,"塞芮大声宣布,"想要几本书!"

祭司们瞪大眼睛看着她。"书?"终于,有个祭司问。

"对,"塞芮说着,双手叉腰,"这里是宫殿的图书室,对吧?"

"噢,是的,容器大人。"那祭司说着,看向他的同僚们。他们都穿着代表身份的长袍,而今天的配色是紫罗兰和银色。

"那好,"塞芮说,"我想借几本书。我厌倦了普通的消遣,想在闲暇时间读读书。"

"您肯定不会想看这些书的,容器大人,"另一个祭司说,"这些都是关于宗教经济一类的乏味书籍。我相信小说更适合您。"

塞芮扬起一边眉毛。"那我去哪里才能找到'更适合'的书呢?"

"我们会找个书商,让他从城市书库那边带过来,"那祭司说着,平静地走上前来,"他很快就会到。"

塞芮迟疑了片刻。"不。我不喜欢这个选项。我还是从这儿拿几本书吧。"

"不,您不该这么做。"另一个声音从她身后传来。

塞芮转过身。神王的大祭司特雷勒迪斯正站在她身后,十指交扣,头戴大祭司帽,眉头皱起。

"你不能拒绝我,"塞芮说,"我是你的王后。"

"我能,而且也会拒绝您,容器大人,"特雷勒迪斯说,"您要知道,这些书十分贵重,一旦发生意外,后果非常严重。就连我们的祭司也不能把书带出这里。"

"别的地方且不论,在这座宫殿里能发生什么意外呢?"

"这是原则问题,容器大人。这些是神灵的财产。苏斯布隆陛下曾清楚地表示,他希望这些书留在这儿。"

噢是吗?对特雷勒迪斯和祭司们来说,有个没舌头的神灵肯定非常方便。这些祭司可以根据他们目前的需要声称他说过某些话,而他根本没法纠正。

"如果您一定要读这些书的话,"特雷勒迪斯说,"您可以留在这里读。"

她四下环视,想的却是这群无聊的祭司,他们站周围,听着她大声发言,看着她当众出丑。就算这些书里有需要保密的内容,他们多半也能设法阻止她发现。

"不了,"塞芮说着,退出拥挤的房间,"或许下次吧。"

我早就说过,他们不会允许你把书带走,神王写道。

塞芮翻了个白眼,重重躺回床上。她仍旧穿着笨重的夜礼裙。出于某些理由,能和神王交流的事实让她更腼腆了。她只在入睡之前才会脱掉裙子——而她入睡的时间也越来越晚。苏斯布隆坐在平时那把椅子里,而不是像那晚那样坐在床垫上。只不过,他把椅子搬到了床边。他仍旧显得高大威武。至少在他看向她,露出坦诚的表情之前是这样。他挥挥手,示意她过来,而他的手里拿着一块木板,正用她偷偷带来的一小块木炭写着字。

你卜该惹怒那些祭伺的,他写道。他的拼写错漏百出,但这在她的意料之中。

祭司。她先前偷了个杯子,藏在这房间里。如果她把杯子贴着墙壁聆听,偶尔能听到对面有隐隐人声。在每晚的呻吟和弹跳过后,她通常会听到搬动椅子和关上房门的声音。在那之后,另一个房间会安静下来。

那些祭司要么是每晚确认一切顺利以后就会离开,要么就是起了疑心,想要让她以为他们已经走了。她的本能告诉她是前一种情况,但她和神王说话的时候还是放低了声音,以防万一。

塞芮?他写道。**你在想什么?**

"你的祭司,"她耳语道,"他们让我恼火!他们总是故意刁难我。"

他们是好人,他写道。他们为了维寺我的王国非常辛苦。

"他们割掉了你的舌头。"她说。

神王坐在那里,微微发愣。这是必腰的,他写道。我的力量太大了。

她凑近过去。就像以往那样,她靠近的时候,他挪开了手臂。他的反应不像是傲慢。她开始觉得,他只是缺乏与人身体接触的经验而已。

"苏斯布隆,"她低声道,"那些人并不是在意你的利益。他们所做的并不只是割掉你的舌头而已。他们打着你的名号,然后为所欲为。"

他们不是我的敌仁,他顽固地写道。他们是好人。

"噢?"她说,"那你干吗要向他们隐瞒你正在学习阅读的事?"

他又是一愣,然后低下头去。

对一个统治了霍兰德伦五十年的人来说,他实在太谦逊了点,她心想。在很多方面,他就像个孩子。

我不想让他们知道,他最后写道。我不想让他们心烦。

"这是当然。"塞芮冷冷地说。

他犹豫起来。当燃?他写道。也就是说,你相新我?

"不,"塞芮说,"我是在讽刺,苏斯布隆。"

他皱起眉头。我不明白这个。风刺。

"是讽刺,"她一个字母一个字母地拼出来,"就是……"她一时语塞。"就是你说一句话,实际上指的却是和字面相反的意思。"

他朝她皱起眉头,然后恼火地擦净木板,又写了起来。这没有意义。为什么你不直接说出明白?

"因为,"塞芮说,"就像是……噢,我也不清楚。这是种取笑别人的聪明方法。"

取笑别人？他写道。

色彩之神啊！塞芮想着，努力思索该如何解释。在她看来，他对嘲弄的无知让人难以置信。但话说回来，毕竟他这辈子都是作为受人敬仰的神祇和君王度过的。"取笑就是说些戏弄别人的话，"塞芮说，"这些话如果带着愤怒说出口，就会伤人，但在'取笑'的时候，你会用亲切或者开玩笑的方式来说。但取笑也会带着恶意的。讽刺就是一种取笑的方式——用夸张的方式说出相反的意思。"

你怎么知道对方是亲且，是开玩笑，还是带着恶意？

"我也不知道，"塞芮说，"我猜从说话的方式能听出来吧。"

神王坐在那儿，露出困惑的表情，思索起来。你非常普通，最后，他写道。

塞芮皱起眉头。"呃。谢谢？"

这讽刺怎么样？他写道，因为事实上，你相当奇怪。

她笑了。"我尽力了。"

他抬起头。

"这还是讽刺，"她说，"我不是'尽力'显得奇怪的。只是顺其自然而已。"

他看着她。她怎么会害怕这个男人？她怎么会误会他的？他的眼神并非傲慢，也并非毫无表情。那是在用尽全力去理解周围的世界。那是天真。是诚挚。

然而，他并不愚蠢。他学习的速度可以证明。的确，他能听懂这种语言的口语版本——在见到她的许多年前，他就记住了那本书里的所有字母。她只需要向他解释拼写规则和发音，就能让他完成最后的飞跃。

但她依旧觉得他的进步。她对他笑了笑，而他犹豫着回以笑容。

"你为什么说我奇怪？"她问。

你不做别人做的那些事，他写道。其他人每次都向我鞠躬行礼。但没有人跟我说话。就连那些祭伺,他们也只是偶尔给我指式——而且已经有好些年没这么做了。

"我不向你行礼,又像朋友那样跟你说话,你会觉得受了冒犯吗?"

他擦净木板。冒犯?为什么我会觉得受了冒犯?你是在讽刺吗?

"不,"她飞快地说,"我是真的喜欢跟你说话。"

那我就不明白了。

"其他人都畏惧你,"塞芮说,"因为你非常强大。"

但他们取走了我的舌头,我不会威胁到别人的。

"他们害怕的不是你的灵息,"塞芮说,"而是你统治军队和人民的权力。你是神王,你可以下令杀死这个王国里的任何人。"

可我为什么要这么做?他写道。我不会杀好人的。他们肯定知道。

塞芮躺回豪华的床上,壁炉里的火劈啪作响。"我现在知道了,"她说,"可其他人都不知道。他们不了解你——他们只知道你有多强大。所以他们才害怕你,才会向你表示敬意。"

他迟疑了。也就是说,你不尊敬我?

"我当然尊敬你,"她说着,叹了口气,"只是我从来都不擅长循规蹈矩。事实上,如果有人告诉我该做什么,我通常就会想做相反的事。"

这可真奇怪,他写道,我还以为每个人都会按别人吩咐的去做呢。

"我想你会发现,大多数人都不是这样。"她笑着说。

这么干会有麻烦的。

"那些祭司是这么告诉你的?"

他摇摇头,然后取出了他那本书。那本儿童故事书。他时刻把它带在身边,而她从他恭敬的动作就能看出,他非常珍视这本书。

这也许是他唯一真正拥有的东西,她心想。其余的一切每天都会被人取走,然后在第二天早上换成新的。

这本书,他写,在我小时候,我母亲给我读过那些故事。在她被带走之前,我把故事全部记住了。里面说到了很多不听话的孩子。他们往往会被怪物吃掉。

"噢,是吗?"塞芮笑着说。

不用害怕,他继续,我母亲告诉过我,怪物不是真的。但我记得那些故事的教训。服从是好的。你因该善待别人。不要自己跑进丛林。不要撒谎。不要伤害别人。

塞芮的笑意更深了。他这辈子学到的所有东西,不是来自说教式的民间故事,就是来自那些想要把他培养成傀儡的祭司。等她明白这些之后,他的单纯和诚实就不难理解了。

可究竟是什么促使他违背这些教训,要求她教他写字?他为什么希望对他服从和信任了一辈子的那些人保密?他并不像外表那么天真。

"这些故事,"她说,"还有你善待他人的愿望。在我来到这个房间的最初几个晚上,你是不是因为这些才没有……占有我?"

占有你?我不明白。

塞芮红了脸,头发也相应地转为红色。"我的意思是,为什么你只是坐在那儿?"

因为我不知道还要做什么,他写道,我知道想要有孩子该怎么做。所以我坐在这里,等着这件事发生。我们肯定是弄错了什么,因为孩子没有出生。

塞芮迟疑了片刻,然后眨眨眼。他该不会……"你不知道怎么生孩子吗?"

在故事里,他写道,男人和女人共度一晚。然后他们就有了孩子。我们共度了许多晚,可还是没有孩子。

"所有人——包括你那些祭司——都没告诉过你具体过程?"

没有。你说的过程是指什么?

她呆坐了一会儿。不,她想着,只觉脸更红了。我可不要跟他谈这种话题。"我想我们还是下次再说这个吧。"

你刚来这个房间的那天晚上,是一次非常奇怪的体延,我必须承认,我非常怕你。

塞芮想起自己当时的惊恐,不由得微笑起来。她根本没想过他也会害怕。这怎么可能呢?他可是神王啊。

"这么说,"她说着,用一根手指碰了碰床单,"他们没让你跟别的女人相处过?"

没有,他说。我的确觉得你裸体的样子非常有趣。

她又红了脸,而她的头发似乎已经决定保持红色了。"我指的不是这个,"她说,"我想知道其他女人的事。你没有情妇?没有和你同居的女人?"

没有。

"他们其实很怕你会有孩子。"

为何这么说?他写道。他们让你来见我了。

"你已经在位五十年了,"她说,"现在的情况又完全在他们的控制之下,我出身名门,生下的孩子也会有合适的血统。蓝手指觉得孩子会让我们面临危险。"

我不明白原因,他写道。这是每个人都希望的事。王国必须有个继承人。

"为什么?"塞芮写道,"你看起来最多也就二十岁。你的生物染色灵光延缓了你的衰老。"

没有继承人,王国就有危险。如果我被杀,就没人来统治王国了。

"难道在过去的五十年里,就没有这种危险了么?"

他迟疑着皱起眉头,然后缓缓擦净了木板。

"他们肯定觉得你现在有危险了,"她缓缓地说,"但不是怕你生病——就连我也知道,回归神灵从不受病痛折磨。说真的,他们会变老吗?"

我想不会,神王写道。

"前几任神王是怎么死的?"

一共只有过四任,他坦言,我不知道他们确切的死因。

"几百年来只有过四任神王,全都离奇死去……"

我父亲死的时候,我年纪还小,对他没有印象,苏斯布隆写道,我听说他为王国献出了生命——说他像所有回归者能做的那样,放弃了自己的生物染色灵息,治好了一种可怕的疾病。其他回归神灵只能治好一个人。然而,神王可以治好很多人。我就是这么听说的。

"这种事肯定是有记录的,"她说,"恐怕就在那些祭司严密看守的书里。"

他们不肯让你读那些书,我很抱歉。

她满不在乎地摆摆手。"本来就希望不大。我只好用别的方法去寻找那段历史了。"孩子会带来危险,她心想。蓝手指是这么说的。也就是说,无论我的生命面临什么威胁,都是在有了继承人之后的事。蓝手指提到神王也会有危险。这简直像在说,危险就来自那些祭司。他们为什么会想伤害自己的神?

她看向苏斯布隆,后者正热切地翻阅着他的故事书。看到他努力解读文字时的专注神色,她不禁露出微笑。

好吧,她考虑着他对性爱的了解程度,心想,我可以断定,我们短时间内是不用担心会有孩子了。

但她也担心另一件事:没有孩子所带来的危险恐怕不会比有孩子要少。

第二十五章

薇雯娜走在特泰利尔的居民之间，忍不住觉得他们每个人都能认出她来。

她压下那种感觉。事实上，来自她故乡的泰姆能在人群中认出她来，简直是个奇迹。光看她身边的人，根本不可能把她和传闻中的薇雯娜联系起来，何况她还换了一身装扮。在她的衣裙上，轻浮的红色和黄色相互交错。帕林和汤克·法只能找到这么一件勉强符合她的严格要求的衣服。这条管状裙子的式样来自内海彼端的泰德拉戴尔。裙摆几乎垂至脚踝，尽管合身的设计突出了她的胸部，但至少领口很高，将脖颈以下完全遮住，还有盖住整条胳膊的袖子。

她不由自主地看向那些穿着宽松短裙和无袖上衣的女子。暴露出的大片肌肤显得伤风败俗，但考虑到炽热的阳光和可恶的沿海湿气，她也可以理解她们这么穿的理由。

从她来到这座城市起，已经过去了一个月，而她渐渐摸到了随着人流前进的诀窍。她其实并不想出门，但登斯很擅长说服人。

你知道保镖最不希望发生的事是什么吗？他是这么问她的。就是在保护对象遇害的时候，你却不在场。我们是个小队，公主。我们可以兵分两路，给你留下一个护卫，也可以带着你一起走。就个人来说，我宁愿你能跟着我们，这样我还能照看你。

于是她跟来了。她穿着新礼裙，将头发转为她并不喜欢——但又不像伊德里斯人——的黄色，让它随风飘舞。她在花园广场上漫步走着，就像在闲逛那样，动作努力不显出紧张。特泰利尔人喜欢花园——这座城市到处都是各式各样的花园。事实上，在薇雯娜看来，大半个城市都与花园无异。每条街上都种着棕榈树和蕨类植物，异国的花卉四季盛开。

四条街道在广场上交错，四块种着植物的土地构成了棋盘状的图案。每一块土地里都生长着十几棵姿态各异的棕榈树。花园周围的房屋比市集那边的更加豪华。尽管行人众多，人们却都乖乖走在石板铺就的人行道上，因为来往的马车数量不少。这儿是个富庶的购物区，街边没有帐篷，卖艺人也比别处要少。店铺里商品的质量更高——价格也更昂贵。

薇雯娜在西北方的花园周边漫步走着。她的右边是蕨类植物和青草。左边的街道对面是古雅、奢华，而且理所当然色彩各异的店铺。汤克·法和帕林正在其中两间店铺之间闲逛。帕林穿着一件鲜艳的红色背心，配上绿色帽子。那只猴子蹲在他肩头，她忍不住觉得帕林在特泰利尔比她更显得格格不入，但他似乎并没有引来任何人的目光。

薇雯娜继续走着。珠宝藏身人群之中，跟随着她。这女人身手很不错——薇雯娜只是偶尔瞥到她几眼，那还是因为她知道对方的大致位置。她一次也没见到过登斯。他就在附近，只是藏得太好。等她走到街道尽头，转身返回的时候，她看到了克拉德。那个无命者伫立在那儿，就像排列在花园旁边的德戴尼尔雕像那样一动不动，冷漠地注视着经过的人群。大部分人对他视而不见。

登斯说得对。无命者算不上很多，但也同样不罕见。几个无命者正穿过市集，为他们的主人背着包裹。他们的体格和身高都没法跟克拉德相比——无命者和人类一样，高矮胖瘦各不相同。他们有的负责看守店铺。有的在摆摊卖货。有的在打扫走道。这些还只是她周围的无命者。

她继续走着，在经过的人群中瞥见了珠宝的身影。**她为何能显**

得如此轻松？薇雯娜心想。每个佣兵看起来都那么冷静，就好像是出来野餐的一样。

别去考虑危险，薇雯娜这么想着，攥紧了拳头。她将目光转向花园。说实话，她有点嫉妒特泰利尔的市民。大人们四处闲逛，坐在草地上，躺在树荫里，孩子们则在玩耍嬉闹。德戴尼尔雕像排成庄严的队列，双臂抬起，武器在手，仿佛在保卫这些人。参天的树木伸展着枝条，枝头长着陌生的花苞。花瓣宽大的花朵在园圃中盛开：其中的确有艾吉里之泪。奥斯特瑞会让花儿生长在他希望的地方。把它们摘下带回家，用来装点房间或者屋子——这些都是夸耀的行为。但如果把这些花儿种在城市中央，让所有人都能欣赏，还能算是夸耀吗？

她转过身去。但她的生物染色灵光仍然感受到这里的美丽。种种盎然生机让她的胸中嗡嗡作响。

难怪他们喜欢比邻而居了，她想着，注意到一丛色彩斑斓的花朵朝着园圃内侧扇形排开。既然住得这么密集，那么想要看到自然，就只有把它带到城市里来了。

"救命！着火了！"

薇雯娜猛地转过身，街上的大多数人也和她一样。汤克·法和帕林旁边的那栋房子正在燃烧。薇雯娜没有继续张口结舌，而是转过身，看向花园中央。花园里的大多数人都目瞪口呆地看着飘向空中的烟雾。

诱饵一号。

人们穿过街道，赶去灭火，导致经过的马车纷纷停下。在那一刻，克拉德迈开步子——跟随着人流向前——然后朝一匹马的马腿挥出手里的木棍。薇雯娜没有听见马腿折断的声音，但她看到那头畜牲嘶鸣着倒下，将车厢也拽得倾覆在地。车顶上掉下一只行李箱，摔在街道上。

那辆马车属于纳恩若瓦,静印的大祭司。登斯得到的情报说,马车上载着贵重物品。即使情报错误,面临危险的大祭司也会吸引许多人的关注。那只箱子撞上街面。然后,仿佛代表了他们的转运似的,箱子摔得粉碎,洒出许多金币。

诱饵二号。

薇雯娜瞥见了站在马车另一边的珠宝。她看着薇雯娜,点点头:是时候出发了。人们跑向金钱与火场,而薇雯娜却转身离去。在附近,登斯将会和一群窃贼去洗劫商铺之一。赃物都归那些窃贼。反正薇雯娜只希望赃物早点消失最好。

在离开广场的路上,薇雯娜与珠宝和帕林会合了。她惊讶地发现自己心跳如雷。虽然几乎什么都没有发生。没有真正的危险。没有对她本人的威胁。只是几起"意外"。

但话说回来,这只是理想的情况罢了。

几个钟头之后,登斯和汤克·法仍旧没有回到他们的住处。薇雯娜静静地坐在新添置的家具上,双手按着膝头。家具是绿色的。显然,在特泰利尔并不存在"棕色"这个选择。

"现在是什么时候了?"薇雯娜轻声发问。

"不知道。"珠宝没好气地答道。她站到窗边,看向街上。

耐心点,薇雯娜告诉自己。她这么恼人并不是她的错。她的灵息被人偷走了。

"他们应该在回来的路上了吧?"薇雯娜平静地问。

珠宝耸耸肩。"也许吧。这取决于他们会不会去安全屋避避风头。"

"我明白了。你觉得我们还要等多久?"

"能等多久就等多久,"珠宝说,"听着,你能不能先别跟我说话了？我会非常感激的。"她转过身,继续看着窗外。

听到这句侮辱,薇雯娜绷紧了身体。耐心!她告诉自己。设身处地去思考。这是"五幻景"的教诲。薇雯娜站起身,平静地走向珠宝。

她试探着将一只手按在对方的肩膀上。珠宝立刻吓了一跳——显然没有了灵息,她也很难察觉别人的接近。

"没关系,"薇雯娜说,"我明白的。"

"明白?"珠宝问,"明白什么?"

"他们夺走了你的灵息,"薇雯娜说,"他们无权做出这么可怕的事。"

薇雯娜露出微笑,然后转身朝楼梯走去。珠宝大笑出声。薇雯娜停下脚步,转头看去。

"你以为你明白?"珠宝问,"明白什么?我是个灰白者,所以你同情我,是吗?"

"你父母不该那么做的。"

"我父母是神王的臣民,"珠宝说,"我的灵息是直接交给他的。这可是你无法理解的巨大荣耀。"

薇雯娜在沉默中伫立片刻,努力消化这番话。"你信仰虹彩音调?"

"那当然,"珠宝说,"我可是霍兰德伦人,不是吗?"

"可他们——"

"汤克·法是帕恩凯尔人,"珠宝说,"色彩在上,我可不知道登斯是哪儿来的。但我是特泰利尔本地人。"

"可你肯定不会信仰那些所谓的神吧,"薇雯娜说,"毕竟他们对你做了那样的事。"

"哪样的事?我得告诉你,我是心甘情愿的。"

"你那时还是个孩子!"

"我那时十一岁了,而且我父母给了我选择的权利。我做出了正确的选择。我父亲开了一家染料工坊,但后来意外摔了一跤,背部的伤让他没法继续工作,而我有五个兄弟姐妹。你知道看着自己的兄弟姐妹挨饿是怎样的感受吗?几年前,我的父母已经卖掉了他们的灵息,换来让工坊开张的启动资金。卖了灵息换来的酬劳足够我们生活将近一年!"

"灵魂是无价的,"薇雯娜说,"你——"

"别再评判我!"珠宝厉声道,"愿卡拉德的幽灵带走你,女人。我为卖掉灵息而自豪!现在也如此。一部分的我正活在神王的身体里。因为我,他才能活下去。从某种角度来说,我与王国共存,这是别人比不来的。"

珠宝摇摇头,转过身去。"所以我们才烦你们伊德里斯人。总是高高在上,总是坚信自己的行为是正确的。如果你的神要求你放弃灵息——甚至是你孩子的灵息——那你为什么不能照做呢?你们也会放弃自己的孩子,让他们去当僧侣,强迫他们过苦修生活,不是吗?但等到我们侍奉神灵的时候,你们却一脸不屑,说我们是渎神者。"

薇雯娜张开嘴巴,却不知该如何回答。让孩子去当僧侣跟这不一样。

"我们会为神灵做出牺牲,"珠宝说着,仍旧望着窗外,"但这不代表我们是在受人剥削。因为我们的行为,我的家庭得到了祝福。我们不但有了赖以生存的钱,而且我父亲也康复了,几年过后,他的染料工坊也重新开张。现在打理生意的是我的兄弟们。

"你用不着相信我的这些奇迹。你可以称之为意外或者巧合。但不要因为我的信仰而怜悯我。也别因为你的信仰与我不同,就自觉高人一等。"

薇雯娜闭上了嘴巴。显然,再争论下去也毫无意义。珠宝根本不想接受她的同情。薇雯娜转过身去，爬上楼梯。

几个钟头过后，天色开始转暗。薇雯娜站在屋子二楼的阳台上，眺望着这座城市。这条街上的大多数房屋正面都有类似的阳台。无论是否虚饰，在位于山腰的此处，她可以将特泰利尔的景致尽收眼底。

这座城市闪耀着光彩。在较为宽敞的街道上，挂在长杆顶端的提灯排列在人行道旁，每晚都会有市政工人来点亮。大多数房屋里也有灯光。即使到了今天，灯油和蜡烛的庞大消耗仍旧令她吃惊。不过此地与内海毗邻，灯油比高地那边要便宜得多。

她不知该怎么看待珠宝的大发雷霆。怎么会有人因为灵息被人夺走，然后交给某个贪婪的回归者而自豪？从她的语气来判断，她说的是真话。她明显思考过类似的事。很显然，为了接受自己的过去，她才会寻找这些合理化的借口。

薇雯娜感到进退两难。按照"五幻景"的教诲，她必须尝试去理解他人。她也不能凌驾于他人之上。然而，奥斯特瑞教的教义又告诉她，珠宝所做的事值得唾弃。

这两者似乎是矛盾的。如果薇雯娜相信珠宝是错误的，也就等于让自己凌驾于她之上，可接受珠宝的说辞又等于否定奥斯特瑞教。也许有人会嘲笑她乱无章法的念头，但薇雯娜向来非常虔诚。她知道自己需要坚定的信仰，这样才能在信仰异教的霍兰德伦生存下来。

异教。用这个词来形容霍兰德伦人，是否就代表凌驾于他们之上？但他们的确是异教徒。她不相信回归者是真神。看起来，拥有任何信仰都会让人变得傲慢。

或许珠宝对她的评价没有错。

有人朝她走来。薇雯娜转过身,看到登斯推开木门,走上阳台。

"我们回来了。"他大声说。

"我知道,"她说着,再次看向城市和灯火,"就在不久前,我感觉到你走进了这栋屋子。"

他轻笑起来,走到她身边。"我都忘记你有这么多灵息了,公主大人。你从来也不用。"

除了用来感觉接近我的人,她心想。但这不是我能控制的,对吧?

"我认得你那副沮丧的表情,"登斯评论道,"还在担心我们的计划太慢吗?"

她摇摇头。"是因为另外一些事,登斯。"

"或许我们不该让你跟珠宝独处这么久。希望她没把你伤得太重。"

薇雯娜没有回答。最后,她叹了口气,然后转身面对他。"工作顺利么?"

"再顺利不过了,"登斯说,"我们袭击那家店的时候,完全没人察觉。他们每晚都安排那么多保镖,现在却在光天化日之下被抢,现在他们肯定觉得自己蠢透了。"

"我还是不明白这有什么好处,"她说,"为什么要抢调味品商人的店铺?"

"我们的目标不是他的店,"登斯说,"而是他的存货。我们用手推车运走了地窖里的许多桶食盐,其余的全毁掉了。他是仅有的三个拥有大量食盐存货的商人之一:大部分的调味品商人都是跟他进的货。"

"是啊,但那只是盐而已,"薇雯娜说,"意义何在?"

"今天有多热?"登斯问。

薇雯娜耸耸肩。"很热。"

"天热的时候肉会变成什么样?"

"会腐烂,"薇雯娜说,"但他们不用食盐也能保存肉。可以用……"

"冰块?"登斯吃吃笑着问,"不,在这儿可不行,公主大人。想要保存肉类,就得拿盐来腌。如果你想让一支军队带着从内海捕来的鱼,去攻打像伊德里斯那么远的地方……"

薇雯娜笑了起来。

"跟我们合作的那些盗贼会把盐运走,"登斯说,"走私到远方的王国,然后公开贩卖。等到战争来临的时候,军队的肉类供给就会出现大问题。每次一点小小的打击,聚沙成塔。"

"谢谢你。"薇雯娜说。

"别谢我们,"登斯说,"付我们酬劳就好。"

薇雯娜点点头。他们暂时沉默下来,一起眺望城市。

"珠宝真的信仰虹彩音调吗?"

"她的热忱堪比汤克·法对瞌睡的热爱。"登斯说。他看了看她。"你该不会挑衅了她吧?"

"差不多吧。"

登斯吹了声口哨。"而你竟然还能站着?我真该去感谢她的自制。"

"她怎么能相信呢?"薇雯娜说。

登斯耸耸肩。"在我看来,这宗教也还不错。我是说,你可以去瞧瞧她的那些神。跟他们说说话,看他们散发光彩。这其实不难理解。"

"但她在为伊德里斯人效力,"薇雯娜说,"而且是为了削弱她自己的神灵开战的能力。我们今天还弄翻了一辆有祭司乘坐的马车。"

"事实上,那还是个很有地位的祭司,"登斯说着,笑出声来,"噢,公主大人。这确实不太好理解。佣兵的思维方式就是这样的:

我们拿钱办事——但真正做这些事的人不是我们,而是你,我们只是你的工具。"

"对抗霍兰德伦诸神的工具。"

"这不足以成为放弃信仰的理由,"登斯说,"我们非常擅长把自己和工作区分开来。也许这就是人们讨厌我们的原因。他们不明白,就算我们在战场上杀死朋友,也不代表我们无情或是不值得信赖。我们只是拿钱办事而已。就像其他人一样。"

"这不一样。"薇雯娜说。

登斯耸耸肩。"你觉得炼铁工人会考虑他冶炼的铁是否会被打造成刀剑,然后杀死他的朋友吗?"

薇雯娜看向城市的灯火,然后那些灯火所代表的人,他们不同的信仰,不同的思考方式,还有不同的矛盾。或许想要同时相信两件看似对立之事的人,也并不只有她而已。

"那你呢,登斯?"她问,"你是霍兰德伦人吗?"

"老天,当然不是。"他说。

"那你都信仰什么呢?"

"我没什么信仰,"他说,"信过的也都不长。"

"那你的家人呢?"薇雯娜问,"他们信仰什么?"

"我的家人都死了。他们的信仰现在几乎已经没人记得了。我没信过他们的宗教。"

薇雯娜皱起眉头。"你总得相信些什么。就算不是宗教,也该相信某个人。某种生活方式。"

"我的确相信过。"

"你每次都非得说得这么含糊吗?"

他看着她。"是啊,"他说,"也许这个问题除外。"

她翻了个白眼。

他靠着栏杆。"我相信的那些东西,"他说,"我也不清楚它们有没有意义,又或者你有没有兴趣听我说完。"

"你说你的目的是钱,"她说,"但其实根本不是。我看过勒梅克斯的账簿。他付你的酬劳没有那么多——没有我原先以为的那么多。而且如果你想的话,完全可以袭击那个祭司的马车,拿走那些钱。至少比你去抢盐要轻松一倍。"

他没有答话。

"我看得出来,你不为任何王国或者国王效力,"她续道,"你的剑术胜过任何普通保镖——我怀疑就算最厉害的那些也比不上你,毕竟你那么轻松就能让黑帮头子折服。如果你愿意去当竞技决斗家,就能得到名声、徒弟和奖金。你说你只是在听雇主的话,但你下命令比接受命令更频繁——再加上你并不在乎金钱,这套雇主雇工的理论恐怕只是幌子而已。"

她顿了顿。"事实上,"她说,"在我的印象里,你的情绪只因为那个瓦西尔有过一次波动。就是带着剑的那个人。"

光是听她说出那个名字,登斯就比刚才更紧张了。

"你究竟是什么人?"她问。

他转头看着她,目光严厉。而她再次确信,他展示给世界的快活表情只是一副面具。是伪装。他表现出温和,只是为了掩盖内心的冷硬。

"我是个雇佣兵。"他说。

"是啊,"她说,"可你从前是什么人?"

"你不会想知道答案的。"他说。然后他转过身,迈着沉重的步子离去,留下她独自站在昏暗的木制阳台上。

第二十六章

　　光歌从睡梦中醒来,立刻爬下床。他站起身,伸了个懒腰,然后露出微笑。"美好的一天。"他说。

　　他的仆人们站在房间边缘,犹豫不决地看着他。

　　"怎么?"光歌说着,伸展双臂,"来吧,开始更衣。"

　　他们匆忙上前。没过多久,莱瑞玛走进了房间。光歌经常好奇他起得有多早,毕竟每天早上他起床时,莱瑞玛总是会在场。莱瑞玛看着他,扬起一边眉毛。"看来您今早心情不错,大人。"

　　光歌耸耸肩。"我只是觉得到起床的时候了。"

　　"比平常早了整整一个钟头。"

　　光歌昂起头来,让仆人们为他系好长袍的束带。"是吗?"

　　"是的,大人。"

　　"真没想到。"光歌说着,朝为他穿好衣服,退向一旁的仆人们点点头。

　　"那我们要回顾一下您的梦吗?"莱瑞玛问。

　　光歌迟疑片刻,一道影像闪过他的脑海:雨。暴雨。风暴。还有一头亮红色的豹子。

　　"不了。"光歌说着,走向房门。

　　"大人……"

　　"瞎转悠,我们下次再谈梦境的事,"光歌说,"我们有更重要的工作要做。"

　　"更重要的工作?"

光歌笑了笑,走到门口,然后转过身。"我要去慈星的宫殿。"

"去做什么?"

"我不知道。"光歌欢快地说。

莱瑞玛叹了口气。"那好吧,大人。不过我们至少可以先看几幅画吧?为了听到您的看法,人们花费了大笔金钱,更有些人在焦急地等候您的回应。"

"好吧,"光歌说,"不过就让我们速战速决吧。"

光歌盯着那幅画。

红色叠着红色,从色度的精妙程度来看,那位画师肯定至少达到了三阶强化。紫色与极深的红色化作相互碰撞的波浪——那些波浪只有依稀的人形,却又比细节丰富的现实画风更能表达出两军厮杀的概念。

混沌。鲜血淋漓的制服覆盖着鲜血淋漓的皮肤,制服上则是鲜血淋漓的伤口。用红色勾勒出来、令人目不暇给的暴力,象征着他的色彩。他几乎感到自己身在画中,感到其中的混乱动摇着他,迷惑着他,牵引着他。士兵的波浪指向中央的一个身影。那是个女人,画师用寥寥几笔勾勒出了曲线。这再明显不过了。她站在高处,仿佛正踩在两股波浪的浪尖之上。她昂着头,手臂抬起。

手里握着一把深黑色的剑,令周围的红色天空也为之黯淡。

"黄昏降临之战,"莱瑞玛轻声说着,在白色长廊里迈步前行,来到他身旁,"不息战争的最后一次战斗。"

光歌点点头。不知为何,他记得这个名字。许多士兵的面孔略带灰色。他们是无命者。在不息战争中,他们初次以如此庞大的数量踏上了战场。

"我知道您不喜欢战争场面,"莱瑞玛说,"可——"

"我喜欢,"光歌说着,打断了祭司的话,"我非常喜欢。"

莱瑞玛沉默下来。

光歌看着画上仿佛在流动的红色:画功之精巧,让人觉得自己看到的不只是一张画,而是真正的战场。"这恐怕是在我的画廊里出现过的最好的一幅画了。"

房间另一边的祭司们开始奋笔疾书。莱瑞玛只是看着他,神情不安。

"怎么了?"光歌问。

"没什么。"莱瑞玛说。

"瞎转悠……"光歌看着他说。

大祭司叹了口气。"我不能说,大人。我不能破坏您对画作的印象。"

"最近有很多神灵都对战争题材的画作表示了赞许,是吗?"光歌说着,回头看着那幅画。

莱瑞玛没有答话。

"也许没什么,"光歌说,"我猜,这只是那次宫廷辩论给我们带来的影响而已。"

"也许吧。"莱瑞玛说。

光歌沉默下来。他知道对莱瑞玛不可能真觉得"没什么"。对他来说,光歌不只是在表达对绘画作品的印象——同时也是在预言未来。如果他喜欢这么一幅用色如此明亮、如此粗野的战争画作,又意味着什么呢?这是他对那些梦的反应吗?但昨天晚上,他梦到的并不是战争。终于不是了。的确,他梦到了一场风暴,但这不是一回事。

我真不该说的,他心想。但话说回来,对画作进行评价似乎是他唯一能做的有用之功。他注视着画布上的鲜明笔触,每个形象都只用区区数个三角形勾勒而成。这幅画真的很美。战争也可以是美

丽的吗？他是如何在那些有着灰色面孔，杀戮成性的无命者身上看到美丽的？就连这场战争也毫无意义。它没能决定不息战争的结果，就连帕恩联军——联合起来对抗霍兰德伦的诸王国军队——的领袖都在这场战斗中罹难。最后结束不息战争的并非鲜血，而是外交。

我们是在考虑重演历史吗？光歌想着，那幅美丽的画儿仍旧牢牢吸引着他的目光。我所做的会导致战争吗？

不，他在心里告诉自己。不，我只是在保持谨慎而已。帮助织晕赢得某个政治派系的支持，总好过对事态坐视不理。不息战争之所以发生，正是因为王室不够谨慎。

那幅画仍然在呼唤他。"那把剑是？"光歌问。

"剑？"

"黑色的剑，"光歌说，"那个女人手里的。"

"我……我没看到什么剑，大人，"莱瑞玛说，"说实话，我也没看到女人。在我看来，这些都只是几块狂乱的色彩而已。"

"你说它是黄昏降临之战。"

"这是画的名字，大人，"莱瑞玛说，"我以为您会像我一样，不知道它画的是什么，所以我把画师给它取的名字告诉了您。"

两人沉默下来。最后，光歌转身离去。"我今天看够绘画了。"他犹豫了片刻，又说："别烧掉这幅画。留作我的收藏。"

对于这句命令，莱瑞玛点点头。光歌走出宫殿，努力找回先前的热情，并且成功了——只是美丽而骇人的画面却留在了他的脑海里。和他昨晚的梦境，和那场风暴混合在一起。

但即便如此，他的心情也没有受到影响。今天和以前不同。有了让他兴奋的事——诸神宫廷里发生了一起谋杀。

他也不知道自己为何如此兴趣盎然。真要说的话，他应该觉得这件事很悲惨，或者令人不安。但他活到现在，所有东西都有人为他奉上。对他的问题的解答，满足他兴致的娱乐。他还染上了贪吃的坏习惯。他们只有两样东西不肯给他：关于他的过去，以及离开宫廷的自由。

这些限制短时间内是不会改变的。但在这儿，在这个宫廷里——这个安全得过了头，又舒适得过了头的地方——发生了意料之外的事。只是一件小事。是大多数回归者都会忽略的小事。没有人会在乎。没有人愿意在乎。所以，又有谁会反对光歌的询问呢？

"您的表现很古怪，大人。"莱瑞玛说着，在草地上追上了他。跟在后面的仆人乱成一团，努力想要撑开一把硕大的红色阳伞。

"我知道，"光歌说，"只不过，我想我们都认同一件事：作为神灵，我一直都相当古怪。"

"我承认，此话不假。"

"那么我实际上只是表现出平时的样子罢了，"光歌说，"整个宇宙也一切如常。"

"我们真的要回慈星的宫殿去吗？"

"的确如此。你觉得她会生我们的气吗？听起来似乎挺有趣的。"

莱瑞玛只是叹了口气。"您准备好讲述您的梦了吗？"

光歌一时间没有答话。仆人们总算撑开了阳伞，举到他头上。"我梦见了一场风暴，"最后，光歌说，"我伫立在风暴里，无依无靠。暴雨和强风吹打着我，强迫我后退。事实上，那场风暴非常强大，甚至连我脚下的地面都仿佛在起伏。"

莱瑞玛露出不安的神色。

*又是战争的预兆，*光歌心想。*至少他会这么认为。*

"还有别的吗？"

"还有，"光歌说，"一头红色的豹子。它似乎在反射光芒，就好像它是玻璃或者类似的东西做成的。它在那场风暴里等待着。"

莱瑞玛看着他。"大人，这是您编出来的吗？"

"什么？不！我梦到的真的是这一幕。"

莱瑞玛叹了口气，朝一位低阶祭司点点头，后者跑上前来，记下了他的口述。没过多久，他们就来到了慈星那座黄色与金色的宫殿。光歌在宫殿前方停下脚步，这才意识到这是他头一次在没派信使事先知会的情况下，直接拜访另一位神灵的宫殿。

"大人，您希望我派人去为您通报吗？"莱瑞玛问。

光歌犹豫了片刻。"不用。"最后，他说。他注意到了站在大门口的两名守卫。那两人看起来比普通的仆人肌肉发达得多，还佩着剑。光歌觉得那应该是决斗用剑——虽然他从没见过真货。

他走向那两人。"你们的女主人在家吗？"

"恐怕不在，大人，"守卫之一说，"她今天下午去见众母了。"

众母，光歌心想。另一位拥有无命者指令的神。这是织晕的杰作吗？或许他回头可以顺道去拜访——他很喜欢跟众母聊天。但不幸的是，众母非常讨厌他。"噢，"光歌对那守卫说，"好吧，总之，我要去检查一下里面的那条走廊，就是那天晚上发生袭击的地方。"

两个守卫面面相觑。"我……不知道我们能不能让您进去，大人。"

"瞎转悠！"光歌说，"他们能阻止我进去吗？"

"只有慈星直接命令他们阻止您才行。"

光歌回头看向那两人。他们不情不愿地让出路来。"完全没问题，"他告诉他们，"她说过要我帮她处理这件事。算是吧。瞎转悠，你要来吗？"

莱瑞玛跟着他步入走廊。光歌的心里再次浮现出怪异的满足感。他所不知道的本能在驱使他去查探那个仆人死去的场所。

地上的木板换过了——他经过强化的双眼能轻易分辨出新旧木头的区别。他又往前走了几步。木板上那个转为灰色的斑点也消失不见，用全新的木材替换得严丝合缝。

有意思，他心想。但算不上出乎意料。我想知道……这里还有没有别的斑点？他又往前走了一段路，发现了另一块新换上的木头。那是个正方形。

"大人？"另一个声音问。

光歌抬起头，看到了昨天跟他说过话的那个无礼的年轻祭司。光歌露出微笑。"噢，很好。我正希望你会出现呢。"

"这太不成体统了，大人。"那人说。

"我听说多吃点无花果①就能治好，"光歌说，"好了，我要和那天晚上看到入侵者的守卫谈谈。"

"可为什么呢，大人？"那祭司问。

"因为我是个怪人，"光歌说，"让他们来见我。我要跟所有见过那个凶手的仆人以及守卫谈谈。"

"大人，"那祭司不安地说，"市政府已经在处理这件事了。他们认为入侵者是个觊觎慈星大人的绘画收藏的窃贼，而且他们已经投入——"

"瞎转悠，"光歌说着，转过身，"这个人能忽视我的要求么？"

"除非他的灵魂危在旦夕，大人。"莱瑞玛说。

那祭司怒气冲冲地看着他们，然后转头找来一个仆人，让他照光歌要求的去做。光歌跪在地上，让几个仆人吃惊地窃窃私语。他们显然觉得神灵如此屈尊是很不妥当的。

光歌没理睬他们，而是看着那块新换上的方形木板。它比先前那两块更大，色调的差别却小得多。这只是一块与周围的颜色略有不同的正方形木板。如果没有灵息——大量的灵息——他根本不会注意到这种区别。

这是一扇活板门，他震惊地想到。那祭司正紧盯着他。这块木

---

①此处为双关，irregular既可指"不成体统/不合规矩"，也可以指"月经失调"，这里光歌故意解释为后者，而无花果据说有治疗月经失调的效果。

板并没有另外两块那么新。只是与周围的木板相比,它要新上一些。

光歌缓缓向前爬去,装作没发现那扇活板门。那种本能再次警告他,不要揭露他的发现。他为什么突然这么谨慎了?这是狂野的梦境和刚才那幅画带来的影响吗?还是说有别的原因?他感觉自己仿佛在心底深处探寻着,想要找出他从来没有用武之地的警惕。

无论原因如何,他都在远离那块木板,装作没有发现那扇活板门,而是在搜寻可能留在地板上的线索。他拾起一根线——那明显是从某个仆人的袍子上掉下来的——然后举了起来。

那祭司似乎略微松了口气。

这么说他知道活板门的事,光歌心想。

那么……也许那个入侵者也知道?

光歌又向前爬了一段,让那些仆人惴惴不安。终于,他提出要见的人全数到齐。他站起身——让他的几名仆人帮他拍去衣袍上的灰尘——然后走向那些人。走廊突然显得颇为拥挤,于是他示意他们走出门去,回到阳光下。

到了屋外,他看着那六人。"报上身份吧。左边那位,你是?"

"加加利尔。"那人说。

"深表同情。"光歌说。

那人涨红了脸。"我的名字是跟着我父亲取的,大人。"

"跟着他什么?跟他一样泡在酒馆里么?总之,你是怎么牵扯进来的?"

"入侵者闯入的时候,我是门口的守卫之一。"

"你是一个人么?"光歌问。

"不,"另一个人说,"我和他一起。"

"很好,"光歌说,"你们两个,到那边去。"他朝草坪摆摆手。两人对视一眼,然而照做了。

"走到听不见我们说话的地方!"光歌朝他们喊道。

两人点点头，向前走去。

"好了，"光歌说着，看向其他人，"你们四个呢？"

"我们在走廊里被那个人袭击了。"仆人之一说。他指了指另外两人。"我们一共三个人。还有……另一个。被杀的那个。"

"真是太不幸了，"光歌说着，指了指草坪的另一个方向，"你们到那边去。走到听不见我们说话的地儿转身，然后等着。"

三人拖着沉重的脚步走开了。

"现在轮到你了。"光歌说着，双手叉腰，看着最后那人——一位个子矮小的祭司。

"我看到入侵者逃跑了，大人，"那祭司说，"我当时正在看窗外呢。"

"你还真会挑时候啊。"光歌说着，指了指草坪上的第三个位置，远离另外两组人所在之处。那人走开了。光歌转过身，看着那个明显是负责人的祭司。

"你说入侵者放出了一只无命者动物？"光歌问。

"一只松鼠，大人，"那祭司说，"我们捕获了它。"

"去拿来给我看。"

"大人，它相当疯狂，而且——"他看到了光歌的眼神，于是停了口，挥手示意一名仆人上前。

"不，"光歌说，"别让仆人去。你自己去拿来。"

那祭司一脸的难以置信。

"是啊是啊，"光歌说着，朝他摆摆手，"我知道。这是对你的冒犯。或许你应该考虑皈依奥斯特瑞教。现在赶紧去吧。"

那祭司嘟囔着走了。

"其余的人，"光歌说着，指着自己的仆人和祭司们，"等在这儿。"

他们露出无奈的神色。或许他们已经习惯了被他赶走了。

"来吧，瞎转悠，"光歌说着，朝草坪上的第一组人——那两个守卫——走去。莱瑞玛连忙跟上大步向前的光歌。"好了，"光歌对那两人说，"把你们看到的告诉我。"在这个位置，其他人听不到他们的交谈内容。

"他装作是个疯子，然后朝我们走过来，大人，"守卫之一说，"他慢悠悠地走出阴影，还一直小声嘀咕。可那只是在演戏——等到靠近以后，他就把我们都打昏了。"

"他是怎么做的？"光歌问。

"他用唤醒后的外套的流苏缠住了我的脖子。"那守卫说。他对着同伴点点头，又说："然后用剑柄砸中了他的肚子。"

另一个守卫掀开衬衣，向他展示腹部的大片淤青，然后把脑袋歪向一旁，让光歌看到脖子上的另一处青肿。

"我俩都没法呼吸了，"前一个守卫说，"我是被流苏缠住脖子，弗兰是被他的靴子踩住脖子。这是我们昏迷前记得的最后一件事。等我们醒来的时候，他已经不见了。"

"他让你们窒息，"光歌说，"却没有杀死你们。为的只是让你们不省人事？"

"没错，大人。"那守卫说。

"请描述一下那个人。"光歌说。

"他很魁梧，"那守卫说，"留着乱糟糟的胡须。不算太长，但肯定没修剪过。"

"但他身上不臭也不脏，"另一个守卫说，"只是有点不修边幅。他的头发很长——垂到脖子那里——而且有很久没梳过了。"

"穿着破旧的衣服，"前一个守卫说，"打着不少补丁，颜色不算鲜艳，但也不算太暗。就是有点……淡。现在想起来，确实跟霍兰德伦的服装相差很大。"

"而且他有武器？"光歌问。

"他就是用那把武器打中的我,"另一个守卫说,"那可是个大家伙。不是决斗剑,更像东部人的那种剑。又直又长。他把剑藏在斗篷下面,要不是他用奇怪的姿势走路,我们早就发现了。"

光歌点点头。"谢谢你们。留在这儿。"

说完,他转过身,朝第二组人走去。

"这可真有趣,大人,"莱瑞玛说,"但我真的不明白意义何在。"

"我只是好奇而已。"光歌说。

"请原谅,大人,"莱瑞玛说,"但您并不是那种容易好奇的人。"

光歌没有停下脚步。他做这一切几乎没有经过思考,感觉就像是顺其自然。他走到下一组人面前。"就是你们在走廊里看到入侵者的,对吧?"光歌对他们说。

几人点点头。其中一个转过头,瞥了眼慈星的宫殿。宫殿前方的草坪此时挤满了服色各异的祭司和仆人,包括慈星的和光歌自己的。

"告诉我当时的情况。"光歌说。

"我们当时正在仆从走廊里,"其中一个说,"我们晚上下了班,正打算走几步去城里的一家酒馆。"

"然后我们看到走廊里有个人,"另一个仆人说,"不是宫殿里的人。"

"描述一下他。"光歌说。

"身材魁梧,"仆人之一说,而另外两个点点头,"衣服破破烂烂,留着胡须。看起来有点脏。"

"不,"另一个仆人说,"衣服只是旧了点,但他身上不脏。就是有点邋遢。"

光歌点点头。"继续说。"

"呃,其实没有太多可说的,"其中一个仆人说,"他袭击了我们。朝可怜的塔夫丢出一根唤醒过的绳索,立刻把他捆住了。拉里夫和我跑去求救。洛兰留了下来。"

光歌看向第三个仆人。"你留了下来？为什么？"

"当然是帮助塔夫了。"那人说。

他在说谎，光歌心想。*他的表情很紧张*。"是吗？"他说着，走近了些。

那人低下头去。"呃，差不多吧。我是说，也有那把剑的原因……"

"噢，对了，"另一个仆人说，"他把剑朝我们丢了过来。真够怪的。"

"他没拔剑？"光歌问，"就这么丢过来了？"

三人纷纷点头。"他就这么连着鞘一起丢过来了。洛兰把剑捡了起来。"

"我本来想跟他打一场的。"洛兰说。

"有意思，"光歌说，"然后你俩就走了？"

"没错，"仆人之一说，"等我们带着人回来——虽然先费了番工夫去抓那只臭松鼠——的时候，发现洛兰躺在地上，不省人事，而可怜的塔夫……噢，他还被绑着，只是那根绳子的唤醒解除了。他被人刺了个对穿。"

"你们看到他被人杀死了么？"

"没有。"洛兰说着，抬起双手表示否定。光歌注意到，他的一只手上绑着绷带。"入侵者一拳砸在我的脑袋上，把我打昏了。"

"可你手里有剑。"光歌说。

"那把剑太大了，不方便用。"那人说着，垂下头去。

"也就是说，他把剑朝你扔过来，然后又跑上前给了你一拳？"

那人点点头。

"你的手怎么了？"光歌问。

那人顿了顿，下意识地抽回了手。"只是扭伤。没什么大不了的。"

"手腕扭伤还需要绑绷带?"光歌说着,扬起一边眉毛,"给我看看你。"

那人犹豫起来。

"我的孩子,让我看伤和失去灵魂,选择其一吧。"光歌用尽可能神圣的语气说。

那人缓缓地伸出手。莱瑞玛走上前,解开绷带。

那只手完全是灰色的,被抽干了色彩。

这不可能,光歌震惊地想着。唤醒对活物无法产生这种影响。它能够抽取色彩的对象只可能是物体,不包括活人。地板,衣物,还有家具。

那人收回了手。

"这是怎么了?"光歌问。

"我不知道,"那人说,"我醒的时候就是这样了。"

"是吗?"光歌冷冷地说,"你要我相信这跟你毫无关系?要我相信你不是入侵者的同谋?"

那人突然跪倒在地,哭泣起来。

"求求您,大人!别拿走我的灵魂。我不是个好人。我去过妓院。我在赌博的时候出千。"

另外两人吃惊地看着他。

"可我真的不认识那个闯入者,"洛兰续道,"求求您,您一定要相信我。我只想要那把剑。那把漂亮的、黑色的剑!我想拔出它,挥舞它,用它攻击那个人。我朝剑伸出手,就在我分心的时候,他袭击了我。但我没看到他杀死塔夫!我发誓,我这辈子从没见过那个入侵者!您一定要相信我!"

光歌犹豫起来。"我相信,"过了好一会儿,他才说,"就把这当做是警告吧。秉持正道。别再出千了。"

"遵命，大人。"

光歌朝那几人点点头，然后和莱瑞玛转身走开。

"我真有点觉得自己像是神了，"光歌说，"你看到我让人悔改的手法了吗？"

"令人钦佩，大人。"莱瑞玛说。

"你对他们的证词怎么看？"光歌问，"事情有点不对劲，是不是？"

"我还是想知道，为什么您会觉得该由自己来查这件事，大人。"

"我又没有别的事可做。"

"除了当神。"

"你高估这一行了，"光歌说着，朝最后那人走去，"好处的确是有，可日子太难熬了。"

莱瑞玛轻哼一声，而光歌转过身，朝最后一位证人——那个身穿金色与黄色相间的长袍，伫在旁的矮个子祭司——打了个招呼。他明显比其他祭司都要年轻。

他是不是打算装出无辜的样子向我撒谎？光歌漫不经心地想。还是说我太武断了？"你又怎么说？"光歌问。

年轻祭司鞠了一躬。"我当时正在处理工作，把我们根据女神大人的口述记下的几条预言送去档案圣所。我听到宫殿里传来骚动声。我走到窗边，看向声音传来的地方，但什么都没看到。"

"你当时在哪儿？"光歌问。

年轻人指了指一扇窗。"在那边，大人。"

光歌皱起眉头。这个祭司当时位于宫殿的另一侧，跟命案发生的地点相距很远。然而，入侵者起初进入的正是那一侧。"你看得到被打晕的守卫所在的入口么？"

"是的，大人，"那祭司说，"虽然我起先没看到他们。我差点离开窗边去找骚动的来源了。但就在那时，我看到入口的油灯照出了什么：那是个正在移动的人影。就在那时，我才注意到躺在地上的守卫。我以为是尸体，又被那个不速之客吓了一跳。我大叫一声，然后跑去求助。等到有人注意到我的时候，那个人影早就不见了。"

"你去找他了？"光歌问。

那祭司点点头。

"你花了多长时间？"

"几分钟吧，大人。"

光歌缓缓点头。"很好。谢谢你。"

年轻祭司朝着同僚聚集的地方走去。

"噢，等等，"光歌说，"你有没有看清入侵者的样子？"

"没有，大人，"那祭司说，"他穿着深色的衣服，没什么特别之处。而且我离得太远，不可能看清楚。"

光歌挥挥手，示意那人离开。他思忖着揉了一会儿下巴，然后看向莱瑞玛。"如何？"

莱瑞玛抬起一边眉毛。"大人，您指什么？"

"你怎么想？"

莱瑞玛摇摇头。"我……真的不知道，大人。不过这件事显然很重要。"

光歌闻言一愣。"是吗？"

莱瑞玛点点头。"是的，大人。因为那人——手上有伤的那个——说过的话。他提到了一把黑色的剑。您预言了它的出现，还记得吗？在早上的那幅画里。"

"那不是预言，"光歌说，"它的确就在画里。"

"预言就是这样的，大人，"莱瑞玛说，"您还不明白吗？您看着一幅画，眼里出现的是整幅景象。我看到的却只是胡乱涂抹的红色。您描述的场景——您看到的事物——都带有预言的意味。您可是神。"

"可我看到的只是那幅画描绘的场面而已!"光歌说,"甚至在你告诉我画的名字前就看到了!"

莱瑞玛意味深长地点点头,仿佛这句话印证了他的论点。

"噢,算了。祭司!让人恼火的盲信者,你们每一个都是。不管怎么说,你都同意我的看法,那就是这件事很不对劲。"

"这是当然,大人。"

"很好,"光歌说,"那么我在调查的时候,就请你别再抱怨了。"

"事实上,大人,"莱瑞玛说,"这么一来,您就更不该参与这件事了。您预料到了这件事,但您可是预言者本人。您不该与您的预测相互影响。如果您卷入其中,就会导致许多事物的失衡。"

"我喜欢失衡,"光歌说,"另外,这件事这么有趣,我是不会放弃的。"

就像以往那样,尽管光歌把他的话当耳旁风,但莱瑞玛并没有表示出不悦。然而,就在他们朝大队人马走去的时候,莱瑞玛却问了个问题。"大人,希望您能满足我的好奇心——您对这场谋杀有何看法?"

"这很明显,"光歌漫不经心地说,"入侵者有两个。第一个是带着剑的魁梧男人——他打昏了守卫,袭击了仆人,放出那只无命松鼠,然后消失不见。第二个入侵者——年轻祭司看到的那个——是随后进来的。他才是杀人凶手。"

莱瑞玛皱起眉头。"您的结论从何而来?"

"头一个入侵者尽可能不杀人,"光歌说,"虽然他不杀那些守卫只会给自己增添风险,因为他们随时都可能醒来,并发出示警。面对那些仆人的时候,他也没有拔剑,只想制服他们。他没有理由杀死被绑住的俘虏——更何况他已经留下了目击证人。但如果另有一个入侵者……那件事就说得通了。第二个入侵者经过的时候,遇害的仆人是清醒着的。只有他看到了第二个入侵者。"

"也就是说,您认为有人跟着那个拿剑的人进来,杀死了唯一的目击者,然后……"

"然后他俩都消失不见了,"光歌说,"我找到了一扇活板门。我认为宫殿下方肯定有密道。这些是我能确定的事。然而,我有一件事不太明白。"他看着莱瑞玛,在跟祭司与仆人们会合之前放慢了脚步。

"大人,是什么事呢?"莱瑞玛问。

"色彩在上,我究竟是怎么想到这些的?"

"我也想知道,大人。"

光歌摇摇头。"这种事从前也发生过,瞎转悠。我所做的一切,感觉那么自然。我在死前到底是什么人?"

"我不明白您的意思,大人。"莱瑞玛说着,转过头去。

"噢,得了吧,瞎转悠。我作为回归者的大半人生都是躺着度过的,但等到有人被杀的时候,我却跳下床,不由自主地四处打听。你就不觉得这很可疑吗?"

莱瑞玛没有看他。

"色彩啊!"光歌咒骂道,"过去的我居然是个有用的人?我才刚开始相信自己的死法很合理——比如喝醉的时候摔下树桩而死。"

"您知道的,您的死法很英勇,大人。"

"没准那树桩很高。"

莱瑞玛只是摇摇头。"不管怎么说,大人,您知道我不能透露您从前的事。"

"噢,这些直觉肯定不是凭空出现的,"光歌说着,和莱瑞玛继续朝祭司和仆人的大部队走去。那个领头的祭司拿着个小木盒回来了。里面传来疯狂的挠抓声。

"谢谢你,"光歌说着,脚下不停地接过盒子,经过那祭司身边,"我得说,瞎转悠,我不太愉快。"

"您今天早上看起来挺快乐的,大人。"

莱瑞玛注意到他们正朝着远离慈星宫殿的方向走去。她的那位祭司站在原地,把几句抱怨咽回肚里,看着光歌的随从尾随而去。

"我那时候很快乐,"光歌说,"因为我不清楚发生了什么。如果我总是渴望查明真相,还怎么保持懒惰呢?说实话,这场谋杀会彻底摧毁我得来不易的名声。"

"您被这种表面上的动机拖累了,对此我深表同情,大人。"

"说得没错。"光歌说着,叹了口气。他把那只盒子——里面装着一只凶暴的无命啮齿动物——递了过去。"拿着。你觉得我手下的唤醒者能破解它的安全暗语吗?"

"早晚会的,"莱瑞玛说,"但它只是动物,大人。它没法直接告诉我们任何事。"

"还是先让他们去破解吧,"光歌说,"在此期间,我需要再思考一下这个案子。"

他们朝他的宫殿走去。然而,光歌此时却意识到了另一个事实:他用"案子"来形容这起谋杀。他从没听人在这种语境下用过这个词。可他知道用在这里很合适——本能地、下意识地知道。

*我回归的时候,用不着重新学习说话,*他心想。*也用不着学习走路和识字,还有类似的那些东西。失去的只有关于我自己的记忆。*

不过看起来,似乎失去的并非所有记忆。

这让他不禁思索:如果愿意尝试的话,他还能做到些什么?

第二十七章

前几任神王肯定发生了什么意外，塞芮想着，大步穿过神王宫殿仿佛无穷无尽的房间，她的侍女们匆匆跟在后面。那也是蓝手指害怕苏斯布隆会发生的意外。我和神王都会有危险。

她继续向前，拖曳着一条用无数半透明的绿色丝绸流苏编织而成的长长拖尾。今天这条礼裙几乎像薄纱那样纤薄——她自己选中了这条裙子，随后要侍女们找一件不透明的无袖宽内衣来。说来有趣：才没过多久，她就已经不再担心哪些算是"虚饰"，哪些又不算了。

她有重要得多的问题要操心。

祭司们的确担心苏斯布隆会发生意外，她心想。他们那么迫切地希望我生下继承人。他们声称这关系到继位问题，但他们过去五十年从没担心过。他们甚至愿意等待伊德里斯人在二十年后送来新娘。无论那危险是什么，应该都不是迫在眉睫的事。

可那些祭司却一副火烧眉毛的样子。

或许他们太想要有王族血统的新娘了，所以甘愿冒这个险。但他们肯定没必要等上二十年。薇雯娜几年前就到了生儿育女的年龄了。

但也许和约规定的是时间，而非年龄。也许上面只说伊德里斯国王要在二十年内为神王准备一位新娘。这就能解释她父亲为什么能让她代替薇雯娜前来了。塞芮暗暗责怪疏于学习和约的自己。她其实并不清楚和约的内容。在她看来，那危险或许就记载在和约里。

她需要更多的情报。不幸的是,那些祭司总在妨碍她,仆人们始终默不作声,至于蓝手指嘛……

她终于看到他行色匆匆地穿过其中一个房间,同时在账簿上写着什么。塞芮赶紧上前,拖尾在身后沙沙作响。他转过身,瞥见了她。他张大眼睛,加快脚步,钻进另一个房间。塞芮追在后面,叫着他的名字,脚步快到长裙所能允许的限度,但等她赶到那边的时候,房间里已经空无一人了。

"色彩啊!"她咒骂着,感到自己的头发因恼火而转为深红,"你现在还觉得他没在躲着我么?"她转向她的仆从中资格最老的那位,质问道。

那侍女垂下目光。"容器大人,宫廷仆从躲避王后也太不成体统了。他肯定是没看见您。"

没错,塞芮心想,*每一次都没看见我*。每次她派人去请他,他总是等到她放弃离开以后才到。每次她写信给他,回信也总是措辞含糊不清,反而令她更恼火了。

她没法把书带出藏书室,而如果她想在那里读书,那些祭司就会想方设法让她分心。她也曾要求他们从城里取书来,但那些祭司却坚持要为她送去,然后读给她听,以免让她"双眼疲累"。她相当肯定,如果书里有祭司们不想让她知道的内容,朗读的人肯定会直接跳过。

她在几乎所有事上——包括消息——都得依靠这些祭司和书记官。

*除了……*她站在那个亮红色的房间里,想着。*消息的来源还有一个*。她转过身,面对她的侍女长。"今天在庭院里有什么活动?"

"有很多,容器大人,"那侍女说,"几位画家来到了诸神宫廷,正在绘画和素描。有些驯兽师正在展示来自南方的奇特生物——我想应该有大象和斑马。还有几个染料商人正在炫耀他们最新的色彩组合。当然了，还有吟游诗人。"

"我们之前去过的那个地方呢？"

"容器大人，您是说竞技场吗？我想今晚那儿应该会举行比赛。体能的较量。"

塞芮点点头。"准备一个包厢。我想去观赏。"

在祖国的时候，塞芮偶尔也会看赛跑。这些赛事往往是自发的，因为僧侣们并不赞同炫耀之举。奥斯特瑞赋予了所有人天赋。夸耀天赋则被视为傲慢。

但男孩是很难管住的。她见过他们赛跑，甚至还鼓励过他们。然而，那些比赛却和霍兰德伦人如今的赛事截然不同。

同时举行的有五六个截然不同的项目。有些人掷出大石，以距离的远近决定水准高低。其他人沿着竞技场内部巨大的圆形场地奔跑，身后沙尘飞扬，在霍兰德伦闷热空气里汗如雨下。其他人在掷标枪、射箭，又或是比赛跳远。

塞芮看着这一切，面孔越来越红——一直红到她的发梢。这些男人全身上下只穿着缠腰布。在来到这座庞大城市的几星期里，她从未见过如此……有趣的事。

淑女不应该盯着年轻男人看，她母亲曾这么教过她。这是很不体面的行为。

但要是不能看的话，这些比赛还有什么意义？塞芮忍不住盯着他们，而且并不只是因为那些裸露的肌肤。这些男子都受过严格的训练——他们对肌肉的掌握到了令人赞叹的程度。塞芮看着这些比赛，发现各项目的胜者得到的关注相对来说并不多。这些竞赛真正的重心不在胜利，而在于竞争所需的技艺。在这一点上，这些竞赛几乎符合伊德里斯人的观念——但与此同时，却又截然不同。

这些比赛的时间比她预想中要长，即便在她习惯了男人半裸身体参加比赛的概念之后，头发也始终固定在深栗色。最后，她强迫自己站起身，不再去看那些比赛。她还有工作要做。

她的仆人们活跃起来。他们为她奉上了各式各样的奢侈品。睡椅和软垫，水果和酒，甚至还有几个人拿着扇子给她扇凉。她才在王宫里待了几个星期，就开始觉得这些享受再平常不过了。

"先前有位神灵来跟我说过话，"塞芮说着，扫视着竞技场，看着那些色彩鲜艳的华盖装饰的石制包厢，"他是谁？"

"是'勇敢者'光歌，容器大人，"侍女之一说，"他是勇气之神。"

塞芮点点头。"他的色彩是？"

"金和红，容器大人。"

塞芮笑了。他的华盖表明了他的位置。在来到王宫的这几周里，他并不是唯一一个向她做过自我介绍的神灵，但却只有他和她谈过话。他说的话让人困惑，但至少他愿意交谈。她离开自己的包厢，漂亮的裙子在石头地板上拖曳。她努力压下对于弄脏裙子的内疚感，因为很明显，她穿过的每条裙子都会在次日被烧掉。

仆人们立刻忙碌起来，开始收起家具和食物，跟在塞芮身后。就像上次那样，下面的长凳上也坐着人——买得起宫廷进入资格的商人，还有购买特殊奖券中了奖的农民。她经过的时候，很多人转过身，抬头张望，交头接耳。

这是他们唯一能看到我的机会，她醒悟过来。**看到他们的王后**。

在这件事上，伊德里斯的安排肯定比霍兰德伦要妥当。伊德里斯人可以轻易见到国王和统治阶层，而在霍兰德伦，统治者通常与民众保持距离——让他们显得冷淡，甚至是神秘。

她走近那座金红相间的包厢。她见过的那位神灵躺在里面的一张睡椅上，手里拿着一只雕花大玻璃杯，小口喝着里面的冰红色液体。他看起来跟从前没什么不同——仿佛雕塑一般、充满男子气概的五官让她想起了神灵，造型完美的黑发，带着金色光泽的棕褐色皮肤，还有明显厌倦了享乐的态度。

这是伊德里斯王国的另一项长处，她心想。我的人民也许太严肃了些，但像回归诸神这样放纵自己也不是好事。

那位神灵——也就是光歌——看到了她，然后向她点头致敬。

"王后陛下。"

"'勇敢者'光歌，"她说话的时候，她的一名仆人搬来了椅子，"我想您今天应该过得不错吧？"

"今天到目前为止，我发现了自己灵魂中数个令人不安的不明要素，而它们还在缓慢地重新构建我的存在本质。"他抿了一口饮料，续道："除此之外，算是风平浪静吧。你呢？"

"我的发现很少，"塞芮说着，坐了下来，"更多的是困惑。我还是不熟悉这里事物的运作方式。我希望你能回答我的一些疑问，告诉我某些讯息，或许再……"

"恐怕不行。"光歌说。

塞芮顿了顿，然后尴尬地涨红了脸。"抱歉。我是不是做错了什么？我——"

"不，你没做错什么，孩子，"光歌说着，笑意更浓，"我不能帮你的原因在于，很不幸，我一无所知——我是个无用的神。你没听说吗？"

"唔……恐怕没有。"

"你应该更加留意的，"他说着，朝她举起杯子，"真丢人。"他笑着说。

塞芮皱起眉头，也更尴尬了。光歌的大祭司——从他那顶夸张的帽子就能看出——露出不满的表情，这反而让她更难为情了。为什么我该觉得丢人？她恼火地想。光歌在用隐晦的方式羞辱我，却又毫不掩饰地羞辱着自己！他简直就像是在享受自嘲一样。

"事实上，"塞芮说着，抬起下巴，看着他，"我听说过您的名声，'勇敢者'光歌。并不是'无用'这个词。"

"噢？"他说。

"是的。我只听说您'无害'，虽然在我看来，这并非事实——因为在跟您说话的时候，我的理性肯定受到了伤害。就连我的头也开始疼了。"

"恐怕这些都是和我打交道时的常见症状。"他说着，夸张地叹了口气。

"这是可以解决的，"塞芮说，"如果别人在场的时候，您能忍住不说话，或许情况就会好转。我想这么一来，我应该会觉得您相当亲切。"

光歌大笑起来。不是她父亲和某些伊德里斯男人那样的捧腹大笑，而是看上去更加优雅，但仍旧发自内心。

"我就知道我喜欢你，小丫头。"他说。

"我不太确定这算不算赞美。"

"这取决于你把自己看得多重要，"光歌说，"来吧，丢下那张蠢椅子，来这边找张睡椅躺下。好好享受今晚吧。"

"我不太确定这样是否合适。"塞芮说。

"我是神，"光歌说着，摆了摆手，"合适与否由我定义。"

"我想我还是坐着吧。"塞芮微笑着说。不过她还是站了起来，让仆人把椅子搬向包厢的更深处，以便她不用太大声说话。她还努力不去太过关注那些比赛，免得又看入了神。

光歌露出微笑。他似乎喜欢让别人不舒服。但话说回来，他似乎也完全不在乎自己的形象。

"我刚才的话是认真的，光歌，"她说，"我需要讯息。"

"而我，亲爱的，也同样相当认真。我基本上是个无用的神。只不过，我会尽我所能回答你的问题——当然了，前提是你会解答我的疑惑。"

"那如果我不知道你那些疑问的答案呢？"

"那就编点儿什么，"他说，"反正我不可能知道。无知的愚昧总好过见多识广的卖弄。"

"我会努力记住的。"

"可这么一来，道理的前提就不存在了。好了，你的问题是？"

"前几任神王遭遇了什么？"

"死了，"光歌说，"噢，别这么吃惊。人有时候是会死的，就算是神也会。提醒你一句，我们是一群可笑的神。我们总是忘记'永生不死'这部分，然后发现自己出乎意料地死掉了。而且还是第二次死掉。可以这么说：在让自己活下去这方面，我们的水准只有普通人的一半。"

"那几位神王是怎么死的？"

"他们把灵息交给了别人，"光歌说，"是不是这样啊，瞎转悠？"

光歌的大祭司点点头。"是的，大人。在五十年前，为治愈流行于特泰利尔的肠紊乱，神圣的神王苏斯布隆四世献出了生命。"

"等等，"光歌说，"肠紊乱不是肠道疾病吗？"

"没错。"大祭司说。

光歌皱起眉头。"你是想告诉我，我们的神王——我们的万神殿里最神圣、最非凡的存在——是因为治疗肚子疼的人而死的？"

"我可不会这么说，大人。"

光歌身体前倾，靠近塞芮。"要知道，他们期待我有天也会这么做。期待我为了治好某个在公开场合失禁的老太太而送命。难怪我总喜欢让别人难堪。这肯定跟潜意识里的自尊有关。"

大祭司向塞芮投去歉意的眼神。她这才明白，那位胖祭司的不满不是针对她，而是他自己的神。他对她露出微笑。*也许他们并不*

都像特雷勒迪斯那样，她这么想着，回以笑容。

"神王的牺牲不是徒劳，容器大人，"大祭司说，"的确，腹泻对大多数人没有太大危险，但对老年人和幼儿却很可能致命。此外，这种传染病还引发了其它疾病，严重影响了这座城市——乃至整个王国——的贸易。住在偏远村庄的人甚至好几个月都没法买到日常用品。"

"我很想知道被治好的那些人的感受，"光歌思忖着说，"他们一觉醒来，却发现神王已经死去。"

"他们会感到光荣的，大人。"

"我觉得他们只会恼火——神王大驾光临，他们却病得不省人事。总之，王后陛下，就是这样。说实话，这些讯息相当有用。您都让我开始担心了：我可不想违背自己的承诺，让您以为我不是个没用的神。"

"如果这样说能让您安心的话，"她说，"其实您并没有帮上什么忙。真正有用的是您的祭司。"

"是啊，我知道。我这些年来一直想要腐化他，只是从没成功过。我甚至没法让他承认：如果我企图诱惑他做坏事，就会导致神学方面的矛盾。"

塞芮迟疑了片刻，然后发觉自己笑得更愉快了。

"怎么？"光歌说着，一口喝完了剩下的饮料。仆人们立刻给他送上了另一杯，这次是蓝色的。

"跟您说话就像在河里游泳，"她说，"始终被水流带着前进，也永远不知道什么时候能钻出水面换气。"

"注意水下的那些石头，容器大人，"大祭司评论道，"看起来很不起眼，边缘却很锋利。"

"呸，"光歌说，"你该留意的是鳄鱼。它们会咬人。而且……话说回来，我们的话题是什么来着？"

"神王们,"塞芮说,"上一任神王死的时候,继承人已经出生了吗?"

"的确,"大祭司说,"事实上,他在死前的一年才结婚。他去世的几周前,孩子才刚刚出生。"

塞芮靠向椅背,思索起来。"那再之前的那位神王呢?"

"为治疗遭到盗匪袭击的村庄里的孩子们而死,"光歌说,"老百姓特别喜欢这个故事。他们的痛苦打动了神王,让他甘愿为普通人而放弃生命。"

"他也是在前一年结婚的么?"

"不,容器大人,"大祭司说,"那是在他结婚几年后的事。只不过,他的确是在第二个孩子出生的一个月后死去的。"

塞芮抬起头。"他的第一个孩子是女孩么?"

"是的,"祭司说,"一个不具备神圣之力的女子。您是怎么知道的?"

色彩啊! 塞芮心想。两次都是在继承人出世后不久。难道说出于某种原因,神王会在有了孩子以后想要放弃生命?还是说真正的理由更加险恶?只要用上一点富有创造力的宣传,就能借那两起事件来掩盖他们真正的死因。

"恐怕我在这方面算不上专家,容器大人,"大祭司续道,"只怕光歌大人也不是。如果您再追问下去,他很可能真的会开始胡编了。"

"瞎转悠!"光歌愤怒地说,"你这就是诽谤了。噢,顺便说一句,你的帽子着火了。"

"谢谢你们,"塞芮说,"谢谢你们两位。你们已经帮了我大忙了。"

"我能否建议……"大祭司说。

"请说。"她答道。

"去问职业说书人吧,容器大人,"大祭司说,"您可以下令让人去城里找一个来,无论是历史还是虚构的故事,他都会讲述给您听。他们能提供给您的讯息会丰富得多。"

塞芮点点头。为什么王宫里的祭司就不肯帮忙呢?当然了,如果他们真的在掩盖前几任神王的真正死因,就完全有理由不帮她了。事实上,如果她要求找个说书人来,他们找来的人很可能只会说他们想让她听到的话。

她皱起眉头。"您……能不能帮我这个忙呢,光歌大人?"

"什么忙?"

"帮我找个说书人来,"她说,"我希望您到时也能在场,说不定我会有问题要问您。"

光歌耸耸肩。"我猜应该可以。我已经有段时间没听说书人说过故事了。等您定下时间,就找人通知我吧。"

这算不上完美的计划。她的仆人都在旁边听着,或许会把这件事汇报给那些祭司。然而,如果那位说书人去的是光歌的宫殿,那么塞芮至少会有听到真相的机会。

"谢谢您。"她说着,站起身来。

"噢,噢,噢!别着急。"光歌说着,抬起一根手指。她的动作停止了。

他喝起了饮料。

"怎么?"最后,她忍不住发问。

他充耳不闻,继续喝着饮料,直到仰起头,将杯底最后一点碎冰倒进嘴里。他把杯子放到一边,嘴唇染成了蓝色。"真够提神的。伊德里斯——好地方——有很多冰。我听说把冰运到这儿的开销可不小。还好我从来不用掏钱,对吧?"

塞芮扬起一边眉毛。"您要我等着的理由是……"

"您答应要为我解答几个问题的。"

"噢，"她说着，坐了下来，"当然。"

"那好，"他说，"您认识家乡那边的城市守卫么？"

她抬起头。"城市守卫？"

"您知道的，就是负责执法的那些人。警察，治安官，抓捕坏蛋、看守地牢的人。那类人。"

"我应该认识几个，"她说，"我的家乡不算大，但那里是首都。有时候是会引来比较麻烦的人。"

"噢，很好，"光歌说，"请为我描述一下他们吧。不是那些麻烦的家伙。我是说城市守卫。"

塞芮耸耸肩。"我也说不好。他们通常很谨慎。他们会盘问陌生人，在街上走来走去，寻找做坏事的人，诸如此类。"

"您会用'喜欢追根究底'来形容他们吗？"

"嗯，"塞芮说，"我想会的。我是说，就跟其他人一样喜欢。或许比他们更喜欢。"

"你们那里发生过谋杀吗？"

"有过几起，"塞芮说着，垂下头去，"这种事本来不该发生的——我父亲总说像这样的事不该发生在伊德里斯。他说谋杀更符合⋯⋯呃，霍兰德伦人的风格。"

光歌笑出了声。"是的，我们总做这种事，就跟宴会戏法差不多。好吧，告诉我，那些警察调查了那几起谋杀吗？"

"当然。"

"尽管没人要求他们去调查？"

塞芮点点头。

"他们是怎么做的？"

"我也说不清，"塞芮说，"他们问问题，跟目击者谈话，寻找线索。但我没有参与过。"

"是啊，"光歌说，"这当然不可能了。噢，如果您杀过人，他们肯定会对您做些可怕的事，对吧？比如把您流放到另一个国家？"

塞芮脸色发白，发色转淡。

光歌却大笑起来。"别把我的话当真，王后陛下。说实话，我几天前就不再怀疑您会是刺客了。好了，如果您和我的仆人能稍微退下片刻，我想我有件重要的事要告诉您。"

塞芮吃惊地看着光歌站起身来。他开始走出包厢，他的仆人则留在原地。塞芮困惑却兴奋地站了起来，匆匆跟了过去。她在不远处追上了他，那里是几座包厢之间的一条石制走道。在下方的竞技场地，运动选手们仍然继续着表演。

光歌低头看着她，面露笑容。

他们真的很高，她想着，伸直了脖子。一尺的身高差距竟会带来如此明显的分别。站在像光歌这样的人身旁——而且她还算不上高个子——让她感觉自己格外矮小。*或许他会告诉我一直在寻求的东西*，塞芮心想。*告诉我那个秘密！*

"王后陛下，您在玩一个非常危险的游戏。"光歌说着，靠向石制扶手。这扶手是按照回归者的体格建造的，她没法像他那样舒服地靠上去。

"游戏？"她问。

"我是说政治。"他说着，双眼看向那些运动员。

"我没想玩政治游戏。"

"如果您不玩这个游戏，恐怕它就会玩弄您。无论我做什么，总是会陷进去。抱怨也无济于事——只会让别人恼火，从这点上来说，抱怨倒也有其价值。"

塞芮皱起眉头。"您把我拉到这边，就是为了警告我么？"

"色彩啊，当然不是，"光歌说着，轻笑出声，"如果您到现在还没意识到危险，那么您恐怕也就愚钝到听不进警告了。我只是想给您些建议。第一条是关于您的形象。"

"我的形象?"

"是的,"他说,"您的形象需要改进。您聪明地选择了'天真不谙世事女孩'作为自己的形象。这很适合您,但还需要加工。需要再多花些心思。"

"这不是我选择的形象,"她由衷地说,"我真的对这一切都很陌生,而且不知所措。"

光歌抬起一根手指。"这就是政治的诀窍,孩子。有时候,虽然您没法伪装本性和真实的感受,却可以加以利用。人们不会信任自己不能理解和无法预测的事物。只要您表现得像是宫廷里的不确定因素,就会被人视为威胁。如果您能巧妙地——而且诚实地——展现出他们能够理解的形象,那您也就走出了融入这里的第一步。"

塞芮皱起眉头。

"就拿我来举例吧,"光歌说,"我是个没用的傻瓜。从我有记忆起就是这样——这么说的话,其实也不算多长。总之,我知道人们是怎么看我的。我会加深这种看法。加以利用。"

"也就是说,这是骗人的?"

"当然不是。我就是这样的人。但我会确保人们牢记这一点。您没法控制每一件事。但如果您能控制人们对你的看法,就能在这片混乱中争取到一席之地。接下来,您就能去影响其他派系——如果您愿意的话。我很少这么做,因为太麻烦了。"

塞芮昂起头来。然后她笑了笑。"您是个好人,光歌大人,"她说,"就算在您侮辱我的时候,我也清楚这一点。您并无恶意。这也是您选择的形象吧?"

"当然,"他说着,笑了起来,"但我也不清楚自己的哪一点让人信任。如果可以的话,我会改掉。这只会让别人对我期待过高。只要照我说的去稍加练习就好。被人关在这个美丽的牢房里,最大的好处就是能够行善和带来改变——我见过这么做的人。我尊敬他们。虽然在最近的宫廷里,这样的人实在不多。"

"好的,"她说,"我会的。"

"你在挖掘真相——我感觉得到。而且这真相和那些祭司有关。在做好攻击准备之前,不要打草惊蛇。正确的做法是出奇制胜。别显得太无害——无辜者最容易受人怀疑。诀窍在于保持普通,和其他人一样狡猾。这么一来,别人就会觉得可以凭借一点点优势击败你。"

塞芮点点头。"有点像伊德里斯人的哲学。"

"你们来自于我们,"光歌说,"或者应该说,我们来自于你们。不管怎么说,如果不看衣着,我们其实相当相似。除了做法南辕北辙以外,伊德里斯人和霍兰德伦人的人生哲学不是同样坦率么?你们那么喜欢白色,这让你们整个国家都显得特立独行。你们的做法就像我们,我们的做法也像你们,我们只是朝相反的方向做着同样的事而已。"

她缓缓点头。

他笑了笑。"噢,还有一件事。拜托,请别太指望我。我是说真的——我帮不上太大的忙。如果你的计划到了关键时刻——如果最后一刻出了岔子,而你也身陷危机或是困境——不要想起我。我会让你失望的。我全心全意地向你保证。"

"您真是个怪人。"

"这是我的社交圈造成的,"他说,"考虑到大多数时间里,我的社交圈就只有我一个人,我只能说这都是神的错。祝您今天过得愉快,王后陛下。"

说完,他大步返回自己的包厢,然后挥手示意她的仆人——他们一直站在旁边,担忧地看着——回到她身边。

第二十八章

"会面安排好了,公主殿下,"泰姆说,"那些人都等不及了。您在特泰利尔已经恶名昭彰了。"

薇雯娜不太确定自己该作何感想。她喝了口果汁,微温的饮料美味到令人上瘾的程度,虽然她很想加点儿从伊德里斯运来的冰块。

泰姆热切地看着她。根据登斯的调查,这个矮个子伊德里斯人相当可靠。他所谓"被迫"走上犯罪之路的说法只有些许夸大。他在霍兰德伦社会找到了适合自己的职业——担任伊德里斯工人和不同犯罪分子之间的联络人。

看起来,他同时也是个坚定的爱国者。尽管他经常剥削自己的同胞,尤其是刚来到这座城市的人。

"会有多少人出席?"薇雯娜说着,目光越过餐馆露台的入口,看向街上的行人。

"超过一百人,公主殿下,"泰姆说,"我敢保证,他们都忠于我们的国王。而且全都是有影响力的人——我是说,对特泰利尔城的伊德里斯人有影响力。"

根据登斯的解释,这代表他们在这座城市里是有权势的人,因为他们能提供廉价的伊德里斯劳动力,而且能左右那些贫困伊德里斯移民的看法。这些人和泰姆一样,全靠伊德里斯移民才能发家致富。这真是种奇特的两面性。这些人的名望来自于受压迫的少数人,但如果没有了压迫,他们的权势也将失去。

就像勒梅克斯,她心想,他为我父亲效劳,看起来甚至尊敬和爱戴着我父亲。但与此同时,他却又想方设法骗取伊德里斯王国的财富。

她靠向椅背,白色的连衣褶裙随风飘动。她轻轻敲了敲杯子侧面,一位侍者立刻上前,为她斟满果汁。泰姆笑了笑,也让侍者如法炮制,虽然他在餐馆优雅的环境里显得格格不入。

"你估计总共有多少人?"她问,"我是说,城里的伊德里斯人。"

"大概有一万人吧。"

"这么多?"

"都是在农庄过不下去的人,"泰姆说着,耸耸肩,"有时候,住在山里是很辛苦的。到了收成不好的年份,你还有什么呢?你的土地是国王的,没法交易。可你还得缴税……"

"是啊,但如果遇到天灾,你们是可以去请愿的。"薇雯娜说。

"噢,公主殿下,但他们大都得赶上几星期的路才能见到国王。如果他们离开家人去请愿,恐怕没等从国王的仓库带回食物——如果真能办到的话——他们所爱的人就已经饿死了。所以您觉得他们是该去请愿,还是就近到特泰利尔来?他们可以在这儿找到工作,去码头搬运货物,或者去丛林的植物园里当园丁。活儿很辛苦,但胜在稳定。"

但同时也背叛了他们的同胞。

可她又有什么资格去评判他们呢?"五幻景"会将她的行为定义为傲慢。她坐在遮阳棚的凉爽阴影里,享受着宜人的轻风和昂贵的果汁,那些人却辛勤工作来养活家人。她无权嘲笑他们的动机。

伊德里斯人不应该迫于生计来霍兰德伦工作的。她不想承认这是她父亲的错,但他的王国的官僚体系实在算不上有效率。伊德里斯王国由数十个分散四处的村庄组成,连通这些村庄的道路经常因积雪或是山崩而堵塞。此外,他还被迫花费大笔金钱来维持军备,以免霍兰德伦王国发起攻击。

他这个国王很不好当。但光是这样,就有理由让她的同胞因贫穷而逃离祖国吗?她越是聆听和了解,就越是明白,很多伊德里斯人从未体验过她所在的那座迷人山谷里田园牧歌般的生活。

"会面定在三天后,公主殿下,"泰姆说,"因为沃赫的失败,有些人还没下定决心,不过他们会听您说的。"

"我会去的。"

"感谢您,"泰姆站起身,鞠了一躬——尽管她说过让他别引人注目——然后转身离开。

薇雯娜坐在那里,小口喝着果汁。没等登斯靠近,她就感应到了他。"你知道我最感兴趣的是什么吗?"他说着,坐进泰姆先前的座位里。

"是什么?"

"是人,"他说着,轻轻敲了敲一只空杯子,将侍者的注意力吸引回来。"我感兴趣的是人。尤其是表现和预想中不同的人,让我吃惊的人。"

"希望你说的不是泰姆。"薇雯娜说着,扬起一边眉毛。

登斯摇摇头。"我说的是你,公主。就在不久以前,无论你看着什么东西和什么人,眼神都会透出不悦。现在那种不悦已经没有了。你开始适应这儿了。"

"这可就麻烦了,登斯,"薇雯娜说,"我不想适应这里。我痛恨霍兰德伦。"

"我看你倒是挺喜欢这果汁的。"

薇雯娜把杯子推开。"的确,你说得对。我不该喝的。"

"随你吧,"登斯说着,耸耸肩,"好了,如果你想征求佣兵的意见——当然了,没人会这么做——他也许会告诉你,表现得像个霍兰德伦人是对你有好处的。你越是不起眼,别人就越难把你和藏在这座城里的伊德里斯公主联系起来。你的朋友帕林就是个好例子。"

"他穿着那些色彩鲜艳的衣服，看起来就像个傻子，"她说着，看向街道对面。帕林和珠宝正在那里监视逃脱路线，一边聊着什么。

"是吗？"登斯说，"还是说是因为他像个霍兰德伦人？如果身在丛林，你看到他披上熊皮，或者用枯叶色的斗篷裹住自己的时候，也会有意见吗？"

她再次看去。帕林懒洋洋地靠着一栋房子的侧面，跟这座城市随处可见的街头恶棍没什么分别。

"你俩都比过去更适应这儿了，"登斯说，"你们都在学习。"

薇雯娜低下头去。对她来说，新生活的某些部分确实成了自然而然的事。比方说，袭击行动就比从前轻松多了。她开始习惯随着人群移动，也习惯了隐匿行踪。换作两个月之前，她多半会坚决反对跟登斯这样的人打交道，只因为他的职业。

她发现自己很难接受其中的某些改变。她越来越难以理解自己，也越来越无法决定自己该相信什么。

"只不过，"登斯说着，看了眼薇雯娜的裙子，"也许你应该考虑换上裤子。"

薇雯娜抬起头来，眉头紧蹙。

"只是建议而已，"登斯说着，又喝下一口果汁，"你不喜欢霍兰德伦式的短裙，可我们能买得起，你又觉得够'得体'的衣服都是舶来品，而且价格昂贵。这意味着我们必须选择与之相应的餐馆，以免太过显眼。这也意味着你必须应付所有这些可恶的奢侈品。然而，长裤却既得体又便宜。"

"长裤并不得体。"

"但不会露出膝盖。"他说。

"这不重要。"

登斯耸耸肩。"这只是我的个人看法而已。"

薇雯娜转过头，然后轻声叹了口气。"感谢你的建议，登斯。真的。我只是……最近的这段时间里,有很多事都让我困惑。"

"世界喜欢让人困惑,"登斯说,"这就是它找乐子的方法。"

"跟我们合作的那些人,"薇雯娜说,"他们领导着这座城市的伊德里斯人,却又在剥削他们。勒梅克斯骗着我父亲的钱,却又为祖国的利益努力。我坐在这儿,穿着高价衣服,喝着昂贵的果汁,而我的妹妹却在遭受可恶独裁者的虐待。与此同时,这座神奇又可怕的城市还在准备向我的祖国发动战争。"

登斯靠向椅背,目光越过矮小的栏杆,看向街道,看着服色既美丽又丑陋的人们。"人类的动机从来都没有意义,又从来都有意义。"

"我不明白你的意思。"

登斯笑了笑。"我想说的是,在弄清一个人的动机之前,不能算是真正了解他。在他们的故事里,他们自己就是英雄,公主。谋杀犯不认为杀戮是错的;盗贼觉得自己拿的都是应得的;独裁者觉得自己有为所欲为的权利,因为这是为了国民和国家的利益。"

他望向远处,摇起头来。"我想就连瓦西尔都把自己看做英雄。事实在于,做着你称之为'错误的事'的那些人,大都有在他们称之为'正确'的理由。行为合乎情理的只有佣兵。我们拿钱办事。就这样。也许这就是人们看不起我们的原因。只有我们不会装作动机高尚。"

他顿了顿,然后对上她的双眼。"从某种角度来说,你这辈子见到的任何人都不会比我们更诚实。"

两人都沉默下来,人群从不远处走过,仿佛一条闪烁光彩的河流。另一个身影朝这张桌子走来。"没错,"汤克·法说,"但你没说的是,除了诚实之外,我们还很聪明。而且英俊。"

"这两点是不言自明的。"登斯说。

薇雯娜转过头。汤克·法一直在附近监视,随时准备提供支援。他们最近开始让她主导某些会面了。"诚实或许没错，"薇雯娜说，"但我由衷地希望你们不是我这辈子能见到的最英俊的人。我们可以离开了吗？"

"如果你喝完了果汁的话。"登斯笑嘻嘻地说。

薇雯娜瞥了眼她的杯子。味道确实很棒。她怀着内疚喝完了果汁。**浪费可是罪过**，她心想。然后她站起身，裙摆飘飘地离开餐馆，留下登斯——他现在负责保管大部分的钱——来结账。到了街上以后，克拉德来到他们身边——他接到的命令是听到她求救时赶去帮忙。

她转过身，看着汤克·法和登斯。

"汤克，"她说，"你的猴子哪去了？"

他叹了口气。"反正猴子也很无聊。"

她翻了个白眼。"你又弄丢了？"

登斯轻声笑了起来。"早点习惯吧，公主。说到全宇宙最让人欣慰的那些奇迹，汤克没有孩子肯定算是其中之一。不到一星期他就会把孩子给弄丢了。"

她摇摇头。"恐怕你说得对，"她说，"下一场会面。在德戴尼尔花园，对吧？"

登斯点点头。

"我们走吧。"她说着，沿着街道向前走去。另外三人跟在后面，在途中与帕林和珠宝会合。

薇雯娜没有等待克拉德在人群中挤出一条路来。她希望自己对那个无命者的依赖越少越好。在街道上穿行并没有那么难，诀窍就是随着人群移动，而不是逆流而上。没过多久，薇雯娜就带领众人转向了德戴尼尔花园宽广的草地。就像先前那座道路纵横交错的广场那样，德戴尼尔花园也是一片设置在房屋之间的开阔绿地。但这里看不到花朵或是树木，也没有熙来攘往的人群。这里的气氛神圣得多。

而且这里到处都是雕像。足有数百座。看起来很像城里其余的那些德戴尼尔雕像——高大伟岸，威武英勇，而且大多挂着彩色的布料。这些是她见过的雕像里最古老的：由于特泰利尔这些年来频繁的降雨，石料早已磨损不堪。这批石像是"受祝者"赋和最后的赠礼，是为不息战争的死者而建造的。作为纪念和警示——至少传说里是这么说的。

薇雯娜忍不住想：*如果他们真的尊敬死者，就不该把这些雕像打扮成如此可笑的模样*。

但她也承认，这里仍旧比特泰利尔的大多数场所都要庄严。薇雯娜沿着石阶踏上草坪，在沉默的石像之间漫步而行。

登斯来到她身边。"还记得我们要见什么人吗？"

她点点头。"伪造业者。"

登斯看了她一眼。"你不介意么？"

"登斯，在这几个月里，我见过盗贼头子，谋杀犯，还有最让人害怕的佣兵。我想我应付得了几个瘦弱的抄写员。"

登斯摇摇头。"这些是贩卖文件的人，不是负责伪造的抄写员。没有比伪造业者更危险的人了。在霍兰德伦的官僚体系内，他们只要把正确的文件放到正确的地方，就能让任何事看起来合法。"

薇雯娜缓缓点头。

"你还记得要让他们做什么吗？"登斯问。

"当然记得，"她说，"这计划就是我想出来的，记得吗？"

"只是确认一下。"他说。

"你担心我会搞砸，对吧？"

他耸耸肩。"你才是这场小小舞蹈的领舞，公主。我只负责收尾。"他看了看她，又说："我最讨厌擦血了。"

"噢，拜托。"她说着，翻了个白眼，加快脚步，把他甩在身后。她听到他在和汤克·法说话。"这比喻不好么?"登斯问。

"没这回事,"汤克·法说,"里头有'血'这个字,所以就是好比喻。"

"我觉得有点缺乏诗意。"

"那就找个跟'血'押韵的词儿。"汤克·法提议道。他思索了片刻。"泥?砰?呃……味蕾?"①

作为一群暴徒,他们还真够有文化的,她心想。

她没走多远,就看到了那些人。他们等在约定的会面地点旁边——那是其中一尊德戴尼尔雕像,手里的斧子饱受风雨的侵蚀。他们正在野餐和闲聊,看起来只是一群无害的普通人。

薇雯娜放慢了脚步。

"就是他们,"登斯低声说,"我们坐到他们对面的雕像旁边去。"

珠宝、克拉德和帕林留在后方,而汤克·法去了周边把风。薇雯娜和登斯来到那些伪造业者所在的雕像附近。登斯为她铺开一张毯子,然后像男仆那样侍立在旁。

薇雯娜坐下的同时,对面雕像旁的一个人看过来,点了点头。其他人继续吃着东西。霍兰德伦的秘密组织倾向于在光天化日之下活动,这始终令薇雯娜不安。但她也觉得和在夜晚东躲西藏相比,白天活动也是有优点的。

"你有工作要委托么?"最靠近她的那个假文书贩子问。他的嗓音不高,只有薇雯娜能听到,就像在跟他的朋友们说话一样。

"对。"她说。

"费用可不便宜。"

"我付得起。"

"你就是所有人都在说的那个公主?"

她顿了顿,注意到登斯的手正从容不迫地伸向剑柄。

---

①以上词语原文分别为"mud"、"thud"与"tastebud",均与血(Blood)押韵。

"是的。"她说。

"很好,"假文书贩子说,"王族的人好像都比较上道。你想要什么?"

"信件,"薇雯娜说,"我希望这些看起来是霍兰德伦的某些祭司与伊德里斯国王之间的通信。信件必须盖有官方印章,签名也要足够可信。"

"很难。"那人说。

薇雯娜从衣裙的口袋里抽出一样东西。"我这里有一封戴德林国王亲笔写的信。封蜡上有他的印章,最底下是他的签名。"

那人似乎来了兴趣,虽然她只能看到他的侧脸。"这样就有可能了。虽然还是很难。你希望用这些信件证明什么?"

"证明那几个祭司的腐败,"薇雯娜说,"这张纸上有个名单。我希望从信里能看出他们已经勒索伊德里斯好些年,以预防战争为由强迫我们的国王支付惊人的财富,做出离谱的承诺。我希望信里能表示伊德里斯不希望开战,而那些祭司都是些伪君子。"

那人点点头。"就这些了吗?"

"是的。"

"应该没问题。我们保持联络吧。指示和说明都写在这张纸的背面了吧?"

"和你要求的一样。"薇雯娜说。

那群人站起身,有个仆人上前来为他们收拾东西。收拾到一半的时候,他故意让一块手帕被风吹走,然后匆匆过去捡起,顺道拿走了薇雯娜的信纸。没过多久,他们就消失在了视野里。

"如何?"薇雯娜说着,抬起头。

"不错,"登斯说着,自顾点头,"你越来越像个专家了。"

薇雯娜笑了笑,重新坐回毯子上继续等待。她接下来要见的是一群盗贼:在薇雯娜和登斯的要求下,他们去霍兰德伦官员大楼的作战办公室偷来了几份文件。这些文件本身并非绝密，但它们的缺失会引发混乱。

那次会面是几个钟头以后的事，这就意味着她可以在草坪上放松身心，远离城市里那些不自然的色彩。登斯似乎察觉到了她的想法，于是他坐了下来，背靠着雕像光秃秃的底座。在等待的期间，薇雯娜又看到帕林在一旁和珠宝说话。登斯说得对：他的衣着在她眼里蠢得可笑，那是因为她认识的是身为伊德里斯人的他。此时她以客观的眼光审视他，才发现他已经不着痕迹地融入了这座城市的年轻人群。

他倒是轻松得很，薇雯娜恼火地想着，转过头去。他想穿什么就穿什么——用不着担心领口或者裙角的问题。

珠宝大笑起来。听起来简直像是嘲讽，但其中也不乏愉悦。薇雯娜猛地转过头去，看着她朝帕林翻起白眼，后者不好意思地笑了笑。他知道自己说错了话。但他不知道是哪一句。薇雯娜对他的了解足以看穿那副表情，知道他只会傻笑着蒙混过去。

珠宝看到他的样子，又大笑起来。

薇雯娜咬紧牙关。"我真该让他回伊德里斯去的。"她说。

登斯转过身，低头看着她。"啊？"

"我是说帕林，"她说，"我让其他向导都回去了。我应该让他也回去的。他什么用都派不上。"

"他能很快适应环境，"登斯说，"而且值得信任。这些理由已经足够了。"

"他是个傻瓜，"薇雯娜说，"对身边的事一知半解都很难。"

"没错，他没有学者的才智，但他似乎本能地知道怎么融入环境。此外，我们不可能都是你这样的天才。"

她看向登斯。"这话什么意思？"

"意思是，"登斯说，"你不应该让头发在公众场合变色，公主。"

薇雯娜吓了一跳,这才发现她的头发从平静的黑色转为了恼怒的红色。*色彩之神啊!* 她心想。*过去的我控制得那么好。我究竟是怎么了?*

"别担心,"登斯说着,坐了回去,"珠宝对你的朋友没兴趣。我向你保证。"

薇雯娜哼了一声。"帕林?这关我什么事?"

"噢,我不知道,"登斯说,"或许是因为你和他从小就订了婚?"

"一派胡言,"薇雯娜说,"我在出生前就跟神王订了婚!"

"可你父亲一直希望你能嫁给他的挚友的儿子,"登斯说,"至少帕林是这么说的。"

"那小子的话太多了。"

"说实话,他话很少,"登斯说,"要让他说说自己的事可不容易。总之,珠宝有亲近的人。所以不用担心。"

"我才没担心,"薇雯娜说,"我对帕林也没兴趣。"

"当然。"

薇雯娜张口想要反驳,但她注意到汤克·法走了过来,于是闭上了嘴巴,眼睁睁看着大块头佣兵走到他们身边。

"洪流。"汤克·法说。

"嗯?"登斯问。

"跟血押韵①,"汤克·法说,"这下就像诗歌了。血的洪流。意象也不错,比味蕾好多了。"

"噢,我知道了,"登斯有气无力地说,"汤克·法?"

"什么?"

"你是个白痴。"

"多谢夸奖。"

薇雯娜站起身,从雕像之间穿过,审视着它们——怎样都比看

---

① 洪流原文为"Flood",与血(Blood)押韵。

着帕林和珠宝要好。汤克·法和登斯跟在后面稍远处,留意着周围。

这些雕像有着美感。它们跟特泰利尔其余的艺术形式——绚丽的绘画、斑斓的房屋、夸张的衣着——都不一样。德戴尼尔雕像只是些坚固的石头,却带着岁月赋予的庄严。当然了,霍兰德伦人已经尽他们的努力去破坏这份庄严了:他们把头巾、帽子和其他彩色饰物系在这些纪念雕像上。幸好这座花园里的雕像太多了,并非每一尊都有装饰。

它们伫立在那儿,仿佛正在站岗——不知为何,看起来比别处的雕像更加可靠。大多数雕像的造型都是仰望天空,或是直视前方。每一尊雕像都跟别的那些不一样:姿势独一无二,面貌与众不同。要打造所有这些,起码要花上好几十年,她心想。也许霍兰德伦人对艺术的爱好正是由此而来。

霍兰德伦真是个矛盾的地方:象征和平的战士雕像;同时剥削和保护自己同胞的伊德里斯移民;她所见过的最正直的佣兵;鲜艳却保持一致性的色彩。

以及胜过所有这一切的生物染色灵息。它很有用处,但珠宝这样的人却将放弃灵息视为一种恩典。矛盾。问题在于,薇雯娜能允许自己成为另一个矛盾吗?为了维护信仰本身,她真的能扭曲自己的信仰吗?

灵息是个奇妙的东西。它代表的不只是美感,不只是分辨声音变化的能力,也不只是从本质上感受色调的能力。甚至不只是对周遭生命的感应力,让她能听到风声和人们说话时的语调,赋予她轻松判断出人群的动向,并随之行动的能力……

它代表了一种联系。她周围的世界仿佛更近了。就连没有生命的东西——比如她身上的衣服或是地上的枯枝——似乎都和她拉近了距离。它们是死物,却像是在渴望新生。她可以赋予它们生机。它们还记得生命,而她可以唤醒那些记忆。但如果她迷失了自我,又该怎么去拯救她的同胞呢?

登斯似乎就没有迷失,她心想。他和那些佣兵都能把"相信的事"和"必须去做的事"区分开来。

在她看来,这正是人们对佣兵成见的由来。如果你将信念和行为分离,就会处在非常危险的境地。

不,她心想。*我不会去唤醒的。*

她不会使用这些灵息。如果她觉得自己抵挡不住诱惑,就会把它们全部送给某个没有灵息的人。

然后让自己成为灰白者。

第二十九章

跟我说说山峰，苏斯布隆写道。

塞芮笑了。"山峰？"

拜托，他坐在床旁边的椅子里，塞芮躺在床上：她臃肿的裙子在今晚显得太热了，因此她穿着内衣，用被单盖着自己。她侧着身子，用一边手肘拄着床，以便能看到他写的字。壁炉里的火劈啪作响。

"我不知道该跟你说什么，"她说，"我是说，山峰比不上特泰利尔的那些奇迹。你们有那么多的色彩，那么多的变化。"

我觉得拔地而起，高达几千尺的石头也可以算是奇迹了，他写道。

"也许吧，"她说，"我喜欢伊德里斯的山峰——别的地方我就不清楚了。不过对你这样的人来说，山峰也许很无聊。"

比每天坐在同一个地方，不能离开，不能说话，穿衣吃饭都有人伺候的生活还要无聊？

"好吧，你赢了。"

拜托，给我讲讲吧。他的书法越来越好了。另外，他会的字越多，理解的程度似乎也就越深。她真希望自己能给他找些书来看——她怀疑他会飞快地消化那些书里的知识，变得和曾经担任她导师的那些学者同样渊博。

然而，能教他的就只有塞芮而已。他似乎很感激她的教导——但恐怕这只是因为他不清楚她有多无知。要是我的导师知道我现在有多后悔,她心想,他们肯定会笑疯的。

"山峰很庞大,"她说,"在低地这一带,你根本想象不到它有多大。光是看着它们,你就会明白人有多渺小。我是说,无论我们花费多少时间,都不可能建造出和山一样高的东西。

"就像你所说的,山峰是石头,但它们并不是没有生命的。山峰是绿色的——和你们的丛林一样。绿得又不尽相同。我听过一些行脚商人抱怨,他们说山峰阻挡了视野,但我却觉得,山峰能让你看得更多。它们能让你看到远处的地貌,同时又高耸入云,靠近奥斯特瑞在天空的王国。"

他迟疑了片刻。奥斯特瑞?

塞芮涨红了脸,发色也转为鲜红。"抱歉。我恐怕不该在你面前谈论别的神灵的。"

别的神灵?他写道。比如宫廷里那些?

"不,"塞芮说,"奥斯特瑞是伊德里斯人的神。"

我明白,苏斯布隆写道,他是不是很英俊?

塞芮大笑起来。"不,你没明白。他不是你或者光歌那样的回归者。他是……噢,我不知道。那些祭司没跟你说过其他宗教的事吗?"

其他宗教?他写道。

"没错,"她说,"我的意思是,不是所有人都信仰回归者。像我这样的伊德里斯人信奉奥斯特瑞,帕恩凯尔人——比如蓝手指……好吧,我也不清楚他们信什么,但总之不是你。"

这可真奇怪,他写道。如果你们的神不是回归者,那他们又是什么?

"不是'他们',"塞芮说,"神只有一个。我们叫他奥斯特瑞。霍兰德伦人以前也信仰他,只是……"她差点把"后来成了异教徒"这句话说出口,"只是后来赋和来了,他们才决定改信回归者。"

可这个奥斯特瑞又是谁？他写道。

"他不是人，"塞芮说，"他更接近一股力量。你知道的，就是看顾所有人，惩罚恶人，保佑好人的存在。"

你见过这个存在吗？

塞芮大笑起来。"当然没有。没人能看见奥斯特瑞。"

苏斯布隆皱起眉头，看着她。

"我知道，"她说，"你肯定觉得这很可笑。只不过，嗯，我们都知道他是存在的。每当我看着大自然的美景——当我看着群山，看着比人类栽培的任何花圃都要和谐的花丛——我就会知道。美丽是实实在在的。每当看到这些，我就会想起奥斯特瑞。另外，我们也有回归者——包括首位回归者，沃。他在死前看到了"五幻景"，那些幻景肯定大有来头。"

但你却觉得不该信仰回归者？

塞芮耸耸肩。"我还没决定呢。我的同胞非常反对信仰回归者。他们不喜欢霍兰德伦人对宗教的理解。"

他一动不动地坐了好一会儿。

也就是说……你不喜欢我这样的人？

"什么？我当然喜欢你！你很温柔！"

他皱了皱眉，写起字来。我不认为神王应该是"温柔"的。

"那好吧，"她说着，翻了个白眼，"你可怕又强大。神圣又令人敬畏。而且温柔。"

好多了，他微笑着写道。我真想跟这个奥斯特瑞见见面。

"有机会的话，我可以介绍你跟几个僧侣认识，"塞芮说，"他们会帮你这个忙的。"

你这就是在取笑我了。

塞芮笑了笑，而他抬头看向她。他的眼神里没有受伤。他看起来并不介意被人取笑：事实上，他似乎觉得这样很有趣。他尤其喜欢指出她何时认真,何时是在说笑。

他再次低下头。不过,跟与这位神灵见面相比,我更想看看山峰。你似乎非常喜欢它们。

"是啊,"塞芮说。她已经有很久没有想起伊德里斯了。但就在他说起这个话题的时候,她想起了自己不久前奔跑过的那片开阔而凉爽的草地。冰凉清新的空气——她怀疑在霍兰德伦,这种东西根本不存在。

在诸神宫廷,植物的修剪、栽培与布置全都完美无缺。它们很美,但她祖国的田野也有其独特的韵味。

苏斯布隆又写了起来。我猜那些山峰和你说的一样美。只不过,我相信最美丽的事物已经来到了我的面前。

塞芮吃了一惊,然后红了脸。他显得那么坦然,没有因为这句大胆的赞美露出半点困窘或是害羞的表情。"苏斯布隆!"她说,"你简直是个迷人鬼。"

迷人鬼?他写道。我只是说出我看到的事罢了。就算在我的整个宫廷里,都没有像你这么美妙的事物。那些山峰肯定很不同寻常,因为它们能养育出这样的美人儿。

"你这可就夸张过头了,"她说,"我见过宫廷里的女神们。她们要比我漂亮多了。"

美与长相无关,苏斯布隆写道。我母亲教过我。我的故事书里的旅人不该觉得那个老女人丑陋,因为她的内在也许是位美丽的女神。

"我们说的可不是故事,苏斯布隆。"

一回事,他写道。这些故事都是前人讲述的事。他们对人类的评价没有错。我观察过,也看到过人们的举止。他擦掉这行字,又写了下去。我很难解释这些事,因为我看到的东西和常人不同。我是神王。在我的眼里,任何事物都同样美丽。

塞芮皱起眉头。"我不明白。"

我有数以万计的灵息，他写道。我很难理解其他人眼里的世界——只有通过我母亲讲述的故事，我才能理解。在我的眼里，所有色彩都很美丽。而其他人在看着某个东西——或者某个人——的时候，有时会觉得它比其余的更加美丽。

对我来说并非如此。我看到的只有色彩。丰富而奇妙的色彩构成了所有事物，赋予它们生命。我没法像其他人那样只看一张皮相。在我看来，双眸的闪光，脸颊的红晕，皮肤的色调——甚至是每一块污点都是独特的图案。每个人都很奇妙。

他擦去字迹。因此，如果我说到了"美"，那么我说的肯定是跟色彩无关的东西。你是不同的。我不知道该怎么形容。

他抬起头，塞芮突然意识到他们离得有多近。她只穿了内衣，身上盖着一条薄薄的被单。而他高大魁梧，闪耀着的灵魂之光扭曲了床单的色彩，就像穿过棱镜后的光线。他在壁炉的火光中露出微笑。

噢，天……她心想。这可危险了。

她清了清嗓子，坐起身，再次涨红了脸。"噢，呃，是啊。非常好。谢谢你。"

他又低下头。我真希望我能放你回家，让你能再看到那些山峰。也许我可以跟祭司们说说看。

她脸色发白。"我想，让他们知道你识字恐怕不是好事。"

我可以用工匠体写。这种字很难写，但他们教过我，让我能在必要的时候跟他们交流。

"但是，"她说，"如果你说你希望让我回家，就等于在暗示你跟我说过话。"

他有好一会儿没有动笔。

也许这是好事，他写道。

"苏斯布隆,他们正打算杀了你呢。"

你没有证据。

"好吧,但他们至少有嫌疑,"她说,"前两任神王都是在继承人出生后的几个月内死去的。"

你太多疑了,苏斯布隆写道。我跟你说过很多次了。我的祭司们都是好人。

她一言不发地对上他的目光。

除了夺走我的舌头以外,他承认。

"而且他们还把你关起来,什么都不告诉你。你瞧,就算他们不打算杀你,也肯定对你隐瞒了什么。也许跟生物染色灵光有关——让你会因为继承人出世而死去。"

她皱了皱眉头,躺回床上。会是这样吗?她突然思索起来。"苏斯布隆,你们是怎样转移灵息的?"

他迟疑了片刻。我不知道,他写道。我……不太清楚。

"我也不知道,"她说,"他们能抢走你的灵息,然后交给你的儿子么?你会不会因此而死?"

他们不会这么做的,他写道。

"但如果这种事真的能办到,"她说,"那也许这就是真相。所以生下孩子才会带来危险!他们会让新的神王继位,并在过程中让你送命。"

他坐在椅子里,将木板放在膝上,然后摇摇头,又写了起来。我是神。灵息是我生来就有的,不是别人给的。

"不对,"塞芮说,"蓝手指说过,你们收集灵息已经有好多个世纪了。他说每个神王每周都会得到两口灵息,并不断累积。"

事实上,他承认,有时候我会得到三四口灵息。

"但你只需要每周一口灵息就能活下去。"

是的。

"他们不会允许那样庞大的财富跟你一起死去!他们害怕你会使用灵息,又不愿意失去它们。所以等到继承人出生以后,他们就会从旧国王那里拿走灵息——从而杀死他——然后交给新国王。"

但回归者是不能用灵息来唤醒的,他写道。所以我的灵息再多也没有用。

这话让她迟疑了片刻。她听过这种说法。"这个'不能用',指的是你生来就有的,还是包括你额外累积起来的灵息?"

我不知道,他写道。

"我敢打赌,你如果愿意的话,是可以用额外的灵息来唤醒的,"她说,"否则他们干吗割掉你的舌头?你也许没法运用让你回归的那口灵息,但你还有数以万计的灵息可以用。"

苏斯布隆发了一会儿愣,最后站起身,走到窗边。他眺望着窗外的黑暗。塞芮皱了皱眉头,然后爬下床,拿起他的木板。只有内衣蔽体的她穿过房间,犹豫着朝他走去。

"苏斯布隆?"她问。

他继续看着窗外。她走到他身边,小心地不去碰他,然后向外望去。越过诸神宫廷的高墙,能看到城里彩色的灯火。更远处是一片黑暗。那是寂静的海洋。

"拜托,"她说着,把木板塞进他的手里,"你怎么了?"

他犹豫片刻,然后接过木板。很抱歉,他写道,我也不想表现得这么暴躁。

"是因为我总在质疑你的祭司么?"

不,他写道。你的理论很有趣,但我觉得那只是猜测。你不知道祭司们是否真如你所说。我并不为此担心。

"那你这是怎么了?"

他迟疑了一会儿,然后用衣袖擦去字迹。你不相信回归者是神。

"我想我们已经讨论过这件事了。"

是的。但我现在明白，这正是你用这种方式对待我的理由。你跟别人不同，是因为你不相信我的神性。这就是我觉得你有趣的唯一原因么？

另外，也许你不会相信，但我真的很伤心。因为我的身份、我的本质就是神，如果你不相信这一点，我会觉得你并不理解我。

他顿了顿。

的确。听起来挺暴躁的。抱歉。

她笑了笑，试探性地碰了碰他的手臂。他愣了愣，低下头，但没有像先前那样抽身退开。于是她走到他身旁，靠着他的手臂。

"我不用信仰你也能理解，"她说，"要我说的话，你的那些信徒才是不理解你的人。他们没法接近你，看到你真实的内心。他们的注意力全放在你的灵光和神性上了。"

他没有回答。

"而且，"她说，"我跟别人不同，并不是因为我不信仰你。这座宫殿里有很多人并不信仰你。包括蓝手指，某些身穿棕色的侍女，以及另一些书记官。他们和那些祭司一样，毕恭毕敬地侍奉着你。我只是……好吧，我就是比较无礼的那种人。在家乡的时候，我也不怎么听父亲和那些僧侣的话。也许这正是你所需要的：愿意忽略你的神性，只想了解你的人。"

他缓缓点头。这下我安心多了，他写道。只不过作为神灵，有个不信仰自己的妻子，感觉还是很怪。

妻子，她心想。她都快忘掉这回事了。"噢，"她说，"我倒是觉得，如果有个不像其他人那样敬畏自己的妻子，对任何男人都是有好处的。她能让你保持谦逊。"

我想，谦逊跟神性有点矛盾。

"就像温柔？"她问。

他轻声笑了起来。是啊，就像温柔。他放下木板。

然后，他犹豫着——还有点害怕地——搂住了她的肩膀，将她拉近自己。他们一同看向窗外。尽管夜色已深，城市里的灯火依旧色彩斑斓。

尸体。四具尸体躺在地上，血液在青草的映衬下显出异常的黑色。

从薇雯娜去德戴尼尔花园见假文书贩子算起，已经过去了一天。她又回到了那座花园。阳光倾泻而下，将她的脑袋和脖子晒得发烫，而她站在那儿，跟围观的众人一样目瞪口呆。德戴尼尔雕像在她身后排列成行，这些石头做的士兵静静地伫立在那儿。只有它们见证了这四个人的死。

人们窃窃私语，等待城市守卫完成调查。在守卫们搬走尸体之前，登斯就带着薇雯娜赶到了这儿。这是她的要求。现在她开始后悔了。

在她强化过的双眼看来，草地上的血迹出奇清晰。红和绿。它们组合起来，几乎成了紫罗兰色。她看着那些尸体，心里涌起一股怪异的疏离感。色彩。看着发白的肤色，感觉真的很怪。她看得出活人和死人的皮肤之间的区别——本质的区别。

死人的皮肤要比活人的白上十个色度，这是血液渗出血管造成的效果。就好像……就好像血液是上色用的颜料，而这些颜料已经告罄。人命的颜料漫不经心地洒落一地，只留下空白一片的画布。

她转过头去。

"你看到了么？"登斯在她身边说。

她沉默地点头。

"你打听过他的事。好吧，这就是他会做的事。这就是我们这么担心的原因。瞧瞧那些伤口。"

她又转过头去。在渐渐亮起的晨光中，她看到了先前遗漏的一件事。剑伤附近的皮肤被彻底抽干了色彩，伤口本身也带着些许的深黑，就好像这些人感染了某种可怕的疾病。

她转头看着登斯。

"我们走吧。"男人说着，领着她离开人群。这时候，越聚越多的看客终于让城市守卫们恼火起来，开始命令人们后退。

"他们是什么人？"她轻声发问。

登斯直视前方。"一伙窃贼。跟我们合作过。"

"你觉得他会不会是冲我们来的？"

"我也不确定，"登斯说，"如果他想的话，多半能找到我们。"

就在他们穿行于德戴尼尔雕像之间的时候，汤克·法踏过绿地，朝他们走来。"珠宝和克拉德正在周围警戒，"汤克·法说，"我们都没看到他的影子。"

"这些人的皮肤是怎么了？"薇雯娜问。

"他的那把剑，"登斯怒气冲冲地说，"我们得想法子对付它，汤克。我们早晚会遇上他的，我有这种预感。"

"可那把剑又是什么？"薇雯娜问，"它为什么能抽干他们皮肤的颜色？"

"我们得偷走那东西，登斯，"汤克·法说着，揉了揉下巴。这时珠宝和克拉德也走了过来，他们保持着防御队形，融入街上的人流。

"偷那把剑？"登斯问，"我才不碰那东西！不，我们得逼他拔剑。他没法维持那种状态太久。之后，我们就能轻易解决他。我会亲手杀了他。"

"他打败了阿斯提尔。"珠宝轻声道。

登斯绷紧身体。"他没有打败阿斯提尔！至少不是在决斗中打败他的。"

"瓦西尔没有用那把剑，"珠宝说，"阿斯提尔的伤口没有黑色。"

"那他肯定耍了花招！"登斯说，"埋伏。帮凶。肯定有什么。瓦西尔可不是什么决斗家。"

瓦西尔跟着众人走向前去，一边回想着那些尸体。登斯和其他人从前提到过被瓦西尔杀死的人，她一直想亲眼看看。现在她看到了，这让她心烦和不安。而且……

她皱起眉头，身体微微发痒。

某个拥有众多灵息的人正在看着她。

嘿！夜血说。那是瓦拉特雷勒迪斯！我们该去找他说说话。他看到我会很高兴的。

瓦西尔公然站在屋顶上，并不在乎被人看见。他很少在乎。在五颜六色的街道上，行人川流不息。瓦拉特雷勒迪斯——他现在自称为"登斯"——带着他的小队在人流中前行：那个叫珠宝的女人。跟他秤不离砣的汤克·法，无知的公主，还有那个怪物。

莎萨拉在这儿么？夜血说着，含糊的语气透出兴奋。我们得去见她！她肯定在担心我出了什么事。

"莎萨拉早就被我们杀了，夜血，"瓦西尔说，"就像阿斯提尔死在我们手上那样。"就像登斯迟早也会死在我们手上。

夜血一如既往地拒绝承认莎萨拉的死。你知道的，是她造出了我，夜血说。她造出我来，是为了毁灭邪恶的东西。我很擅长这样。我想她会为我骄傲的。我们应该去找她说说话。让她看看我的表现有多好。

"你是很擅长，"瓦西尔轻声道，"太擅长了点儿。"

夜血开始轻声嗡鸣，为它感受到的赞扬而高兴。然而，瓦西尔却盯着那位公主，她穿着显然是来自异国的服装，仿佛酷热环境中的一片雪花。他必须对她做点什么。就因为她，很多事开始分崩离析。他的计划就像没有堆好的箱子，此时正轰然倒塌。他不知道登斯是从哪找来的她，又是如何控制她的。但他此时很想就这么跳下去，让夜血取走她的性命。

前一晚的死亡已经吸引了太多人的注意。夜血说得对，瓦西尔真的不擅长隐匿行迹。关于他的谣言已经在城里传遍了。这既是好事，也是坏事。

回头再说，他这么想着，转身离开那个蠢女孩和她的佣兵随从。**回头再说**。

第三十章

"光歌!"织晕叉着腰娇叱。

"以虹彩语调的名义,你究竟在做什么?"

光歌没理睬她,继续用双手揉捏面前的那堆陶土。他的仆人和祭司们在稍远处围成一个大圈,看起来几乎和织晕同样困惑——而她才刚来他的凉亭没多久。

陶轮转动起来。他按住陶土,努力让它维持在原位。阳光从凉亭的侧面照射进来,而他桌下修剪整齐的青草也沾上了陶土。陶轮越转越快,陶土也不断旋转,不时甩出几小块。光歌的双手沾满了又脏又黏的陶土,没过多久,整块陶土就甩出陶轮,摔扁在地上。

"唔。"他看着地上的陶土说。

"你这是失去理智了吗?"织晕问。她穿着符合平时风格的裙子——也就是说,大腿根侧不着寸缕,上身的布料少得可怜,只有下身前后遮得稍微严实一点。她的头发编成式样复杂的辫子,系着缎带。看起来像是那个受某位神灵之邀来到诸神宫廷的知名发型师的手笔。

光歌跳起身来,张开双臂,而几名仆人立刻赶来为他清洗。剩下的也走了过来,为他擦去沾在精致长袍上的小块陶土。另外几个仆人搬走陶轮的时候,他站在那里,若有所思。

"嗯?"织晕问,"怎么了?"

"我刚刚发现自己不擅长陶艺,"光歌说,"事实上,比'不擅长'还不如。简直差劲,糟糕透顶。我甚至没法让那该死的陶土留在陶轮上。"

"那你以为自己能做到什么程度?"

"我也不清楚。"光歌说着,穿过凉亭,走向一张长桌。织晕跟了上去,被人牵着鼻子走显然让她很恼火。光歌突然从桌上拿起五只柠檬,丢向空中。他玩起了杂耍。

织晕在一旁看着。有那么一瞬间,她的脸上浮现出了由衷的关切。"光歌?"她问,"亲爱的。一切……一切都还好吧?"

"我从没练习过杂耍,"他看着那些柠檬说,"好了,请把那只番石榴拿起来。"

她犹豫片刻,然后小心翼翼地拿起了番石榴。

"丢过来。"光歌说。

她把那只水果丢向他。他灵巧地接住,然后和那些柠檬一起抛接起来。"我都不知道自己能做到这种事,"他说,"今天之前都不知道。你对此有何看法?"

"我……"她昂起头来。

他大笑起来。"这恐怕是我第一次看到你失语的样子,亲爱的。"

"我想我也是第一次看到另一个神灵抛接水果。"

"不只是这件事,"光歌说着弯下腰,接住一只险些落地的柠檬,"今天我发现自己懂得数量惊人的航海术语,数学水平惊人,还相当擅长鉴别素描的优劣。但在另一方面,我对染色工艺、马匹饲养以及园艺一无所知,我在雕刻方面毫无天赋,不会说任何外语,而且——如你所见——我的陶艺也很差劲。"

织晕盯着他看了一秒钟。

他也看着她,任由柠檬落在地上,却接住了那只番石榴。他把番石榴丢给一名仆人,后者为他剥了起来。"我的上一次人生,织晕。这些都是我——光歌——无权得知的技艺。无论我死前是什么人,他会杂耍,懂得航海,还会素描。"

"我们不该去操心自己从前是什么人。"织晕说。

"我是个神，"光歌说着，接过一只盘子——里面装着剥好并切片的番石榴——然后将其中一块递给织晕，"卡拉德的幽灵啊，我愿意操心什么就操心什么。"

她迟疑片刻，然后笑着接过那块番石榴。"我才刚刚以为摸透了你……"

"你没有摸透我，"他轻声道，"我也没有。这才是关键。我们该走了吧？"

她点点头，和他一起穿过草坪，他们的仆人为他们打起阳伞。"你总不会说自己从没好奇过吧。"光歌说。

"亲爱的，"她说着，吮吸着那块番石榴，"我从前很无趣。"

"你怎么知道？"

"因为我以前是个凡人！那时的我肯定……噢，你见过凡人女性么？"

"她们的身材肯定不符合你的审美，这我知道，"他说，"但很多女人还是很有吸引力的。"

织晕发起抖来。"拜托。你为什么想知道自己作为凡人的人生？万一你是个谋杀犯，或者强奸犯呢？万一你的时尚品位很差，那就更糟糕了！"

看着她闪闪发光的双眼，他哼了一声。"你的反应也太浅薄了。但我能看出你也在好奇。你应该也试着做点什么，找到些蛛丝马迹。你肯定有什么特别之处，毕竟你是个回归者。"

"唔。"她说着，露出微笑，凑到他身边。她的手指抚过他的胸口，让他停下脚步。"噢，如果你今天在尝试新事物，或许有一件事你应该考虑……"

"别岔开话题。"

"我没有，"她说，"但如果不试试看，你怎么知道自己过去是怎样的人？这只是一次……实验。"

光歌大笑几声，推开了她的手。"亲爱的，恐怕你会发现我根本没法满足你。"

"我想你高估了我。"

"这不可能。"

她迟疑片刻，脸色微微发红。

"呃……"光歌说，"唔。我的意思并不是……"

"噢，见鬼，"她说，"这下你把气氛全毁了。我正打算说点特别风趣的话呢。"

他笑了。"我们两个居然在同一天下午分别失语。看来我们都退步了。"

"我可没有，如果你愿意让我展示给你看，你就会明白了。"

他翻了个白眼，继续向前走去。"你真是无可救药。"

"如果别的手段都失败，就用跟性有关的讽刺吧，"她轻声说着，走在他身边，"这一招总能把注意力吸引到应有的地方——吸引到我身上。"

"无可救药，"他又说了一遍，"不过，恐怕我没时间再责骂你了。我们已经到了。"

的确，寻望的宫殿就在他们面前。正前方是一座淡紫和银色的凉亭，里面摆着三张放有食物的桌子。当然了，这次会面是织晕和光歌提前安排好的。

看到他们如约而至，纯洁与美丽之神，"正义者"寻望站起身来。他看起来只有十三岁。以外表年龄而言，是整个宫廷里最年轻的神。但他们并不认同这种差异。说到底，他是唯一一位以两岁推龄回归的，而以神灵的年龄计算，他要比光歌年长六岁。在大多数神灵没法活过二十岁的这里，平均年龄大约是十岁，所以六岁的差距可是相当大的。

"光歌，织晕，"寻望用刻板而正式的口气说，"荣幸之至。"

"谢谢你,亲爱的。"织晕说着,朝他露出微笑。

寻望点点头,朝着那些桌子指了指。三张小桌分开放置,但同时又离得够近,让三位神灵在吃这顿饭的时候,能在保有私人空间的同时不失亲密。

"寻望,你近来如何?"光歌说着,坐了下来。

"非常好。"寻望说。他的语调似乎总会透出与身体不相称的成熟。就像个试图模仿父亲的男孩。"今早的请愿相当棘手。有位母亲带着患了热病、奄奄一息的孩子来见我。她已经失去了另外三个孩子,外加她的丈夫。全都发生在一年之内。真是悲剧。"

"我亲爱的,"织晕关切地说,"你该不会真的在考虑……交出你的灵息吧?"

寻望坐了下来。"我也说不清,织晕。我老了。我觉得自己老了。或许我是该离开了。你知道的,论岁数的话,我在这里排名第五。"

"是啊,可现在的日子多刺激啊!"

"刺激?"他问,"哎,局势已经缓和。新王后也来了,我在宫里的眼线也说她正在努力履行培育后代的职责。稳定是迟早的事。"

"稳定?"织晕说这句话的时候,仆人给他们分别端上一碗冰镇汤,"寻望,真没想到你的消息这么不灵通。"

"你觉得伊德里斯人打算利用这位新王后篡位,"寻望说,"我知道你最近在忙什么,织晕。恕我不能苟同。"

"那城里的那些谣言呢?"织晕说,"那些制造骚动的伊德里斯密探呢?还有藏在城里某处的所谓的另一位公主呢?"

光歌愣住了,汤勺也停在了半空中。*她在说什么?*

"城里的伊德里斯人总在制造各种危机,"寻望说着,轻蔑地晃了晃手指,"六个月前,郊区种植园的那个叛徒的下场如何?我记得他死在了牢房里。外籍劳工人员很少算得上稳定的底层社会成员,但我并不畏惧他们。"

"过去可从没有过王族密探与他们为伍的传闻,"织晕说,"情况很可能一发不可收拾。"

"我在城里的生意相当安全。"寻望说着,十指交扣,摆在身前。仆人端走了他的汤。他只喝了三小口。"你们的呢?"

"这正是这场会议的目的。"织晕说。

"抱歉,"光歌说着,抬起一根手指,"色彩在上,你们究竟在说什么?"

"我们在说城里的动乱,光歌,"寻望说,"一部分本地人因为战争的谣言而陷入了恐慌。"

"他们随时都可能变成危险人物,"织晕说着,懒洋洋地搅着那碗汤,"我觉得我们应该做好准备。"

"我准备好了。"寻望说着,用他过于稚嫩的面孔看着织晕。就像所有年轻的回归者——包括神王在内——那样,寻望在身体成熟前都会继续成长。然后,等他略微越过成人的那条分界线以后,他就会停止衰老,直到他放弃灵息的那一刻为止。

他的一举一动像极了大人。光歌没怎么跟孩子打过交道,但他的一些随从——正在见习期的那些——是年轻人。寻望跟他们不一样。他就像其他年轻的回归神灵那样,在成神后的第一年成长飞快。尽管他的身体还是个小小孩,却能像成年人那样思考和发言。

寻望和织晕继续谈论着城市稳定的话题,还提到了好几起危害治安的行为:破坏公物,作战计划失窃,城市的补给站遭到投毒。光歌默默聆听着他们的谈话。他忽然觉得,织晕的美丽似乎并未令他分心。她转向果盘,以一如既往的挑逗动作吮吸起一片菠萝。接着她身体前倾,露出傲人的曲线,但寻望看起来也毫不在意——也可能是没能察觉。

他和我不太一样,光歌心想。他在年幼时回归,几乎没有童年经历。如今他在很多方面已经是个大人,但另一些方面却还是孩子。

回归时的转变让寻望变得成熟了。他也比同龄的普通男孩个子更高,肌肉更发达,虽然他并没有成年神灵那种雕塑般的庄严面孔。

然而,光歌吃着一块菠萝,心想,不同的神有不同的体态。织晕十分苗条,身材却异常诱人。慈星则丰满又婀娜。还有些神,比如众母,看起来却上了年纪。

光歌知道,他配不上这副强壮的身躯。就像关于杂耍的知识那样,他知道,通常是从事重体力劳动的人才会有这样结实的身体。整天好吃懒做本该让他软弱肥胖才对。

但肥胖的神也是存在的,他思索着,想起了几位前任回归神灵的画像。在我们的文化中,那曾经是理想中的体型……莫非回归者的外表和社会对他们的看法有关?或许是他们对理想之美的观点?这样的话,织晕的外表就解释得通了。

在转变过后,某些东西幸存了下来:语言,技艺,以及——他这时刚刚想到——社交能力。考虑到大部分神灵一生都被关在这片高地上,他们本不该如此适应这种生活的。他们最起码应该显得幼稚无知才对。但他们却都是完美的阴谋家,老于世故,更对外部世界的情况了如指掌。

回忆本身却没能留存下来。为什么?为何光歌懂得杂耍,又知道"船首斜桁"这个词的意义,却不记得自己的父母是谁?他在梦里看到的那张脸又是谁呢?为什么他最近的梦里总是有狂风暴雨?在他昨晚的噩梦里再次出现的那头红色豹子又代表什么?

"织晕,"寻望说着,抬起一只手,"够了。在我们继续之前,我必须指出,你这样摇首弄姿只是白费力气。"

织晕转过目光,一脸尴尬。

光歌摇摇头,阻止了自己的沉思。"我亲爱的寻望,"他说,"她并不是在引诱你。你得明白,诱惑是织晕的一部分:这也是她这么迷人的原因。"

"无论如何,"他说,"我既不会折服于她的魅力,也不会相信她妄想出来的论据和担忧。"

"我的联络人可不觉得这些只是'妄想'。"等果盘撤下之后,织晕说。仆人随后奉上的是装在小碟里的冰镇鱼片。

"联络人?"寻望问,"你总是提到的那些'联络人'指的是谁呢?"

"神王宫殿里的人。"

"我们在神王宫殿里都有自己人。"寻望说。

"我就没有,"光歌说,"你们能分我一个么?"

织晕翻了个白眼。"我的联络人相当有地位。他耳目灵通,战争就要来了。"

"我不相信你,"寻望说着,吃了一小口面前的食物,"但这其实并不重要,对吧?你来这里,不是为了争取我的信任。你想要的只是我的军队。"

"你的暗语,"织晕说,"无命者军队的安全暗语。需要我们怎么做,你才愿意交出来?"

寻望又吃了一小口鱼片。"织晕,你知道我为何厌倦自己的存在吗?"

她摇摇头。"说实话,我觉得你只是虚张声势。"

"我没有,"他说,"十一年了。十一年的和平。这十一年来,我一直由衷地痛恨我们的统治体系。我们都会出席宫廷议会,我们聆听辩论,但我们中的大多数都无关紧要。无论为何而投票,真正拥有话语权的,只有那个领域的负责人。在战时,我们之中有无命者指令的人成为关键,但在别的时候,我们无足轻重。

"你想要我的无命者指令?尽管拿去吧!我在过去的十一年里都没有使用的机会,而且我敢打赌,之后的十一年也会风平浪静。我愿意把指令给你，织晕——但你必须用投票权来交换。你是社会弊病议会的成员。你几乎每周都会投出至关重要的一票。作为交换，你必须承诺在社会事务议会上按照我的要求投票，从现在开始，到我们之一死去为止。"

沉默笼罩了这座凉亭。

"噢，这么说你开始重新考虑了，"寻望说着，露出微笑，"我听说你抱怨过你在宫廷的职责——说你觉得自己的一票无关紧要。看来要放弃这份权利也不容易，对吧？你的投票权代表了你拥有的全部影响力。它算不上光鲜，但拥有力量。它——"

"成交。"织晕突然说。

寻望停了口。

"我的投票权归你了，"织晕说着，对上他的目光，"我接受你的条件。我在你和我的祭司面前，甚至在另一位神灵面前做出承诺。"

色彩啊，光歌心想。*她是认真的*。他本来以为，她对战争的态度只是另一个游戏。但此时注视着寻望的这个女人并不是在说笑。她真的相信霍兰德伦面临危机，而她想要确保无命者军队联合起来，做好准备。她真的在乎。

这让他担忧起来。他究竟被卷入了怎样的事态？万一真的会开战呢？他看着那两位神灵的交流，不由得心生寒意：他们竟能如此轻松而迅速地决定霍兰德伦人民的命运。对寻望来说，他对四分之一霍兰德伦军队的控制权本该是神圣的职责。他打算抛弃这份责任，只是因为他厌倦了。*可我有什么理由去指责别人不够虔诚？*光歌心想。*我就连自己的神性都不相信*。

可是……在那一刻，在寻望准备把指令交给织晕的那一刻，光歌觉得自己看到了什么。就像是找到了一块记忆的碎片。一个他永远不会再做的梦。

一个闪烁光辉、反射光芒的房间。一个金属制成的房间。

一间牢房。

"仆人和祭司们都退下吧。"寻望命令道。

他们向后退去,留下三位神灵独自坐在吃了一半的食物旁边,凉亭的丝绸顶篷随风微微颤动。

"安全暗语就是,"寻望看着织晕说,"'借以视物之烛'。"

这是一首著名诗歌的标题:就连光歌也知道。织晕露出微笑。只要向兵营里隶属寻望的一万名无命者说出这几个字,就能让他们忽略当前的指令,完全由她指挥。光歌怀疑在今天结束之前,她就会前往兵营——它位于诸神宫廷所在的高地下方,也被视为是宫廷的一部分——然后开始为寻望的士兵铭刻全新的安全暗语,而知道这条暗语的人只有她,或许再加上她最信任的几个祭司。

"现在,我要走了,"寻望说着,站起身来,"今晚在宫廷有一次投票。你会出席,织晕,而且你会把票投给改革派。"

说完,他离席而去。

"为什么我觉得我们被人算计了?"光歌问。

"如果战争没有到来,我亲爱的,我们才算是被人算计了。如果战争爆发,那我们就注定会拯救整个宫廷——或许是王国本身。"

"我们可真是太无私了。"光歌说。

"正是如此,"等仆人们回来以后,织晕说,"我们在时局危难之时大公无私。总之,这就意味着我们已经能控制两位神灵的无命者了。"

"我的和寻望的?"

"事实上,"她说,"我说的是寻望和慈星的。她昨天向我坦白了她的指令,还一再强调说你能亲自调查在她宫殿发生的事件,令她非常欣慰。顺便说一句,你做得很好。"

她似乎在试探着什么。光歌笑了。"不,我不知道这么做会促使她把指令交给你。我只是好奇而已。"

"为一个被杀的仆人而好奇?"

"说实话,是的,"光歌说,"回归神灵的仆人竟然会遇害,这令我相当恐慌,更何况事发地点还靠近我们的宫殿。"

织晕扬起一边眉毛。

"我对你说过谎么?"光歌问。

"你每次声称不想跟我上床的时候,都是在说谎。无耻的谎言。"

"亲爱的,你又在讽刺我了么?"

"当然不是,"她说,"这回我说得够坦白的了。不管怎么说,我知道你在调查的事上说了谎。你真正的目的是什么?"

光歌迟疑片刻,然后叹了口气,摇摇头,挥手示意一名仆人把果盘端回来——相比之下,他更喜欢菠萝。"我也不知道,织晕。老实说,我开始怀疑自己的前生是执法人员。"

她皱起眉头。

"你知道的,就像城市守卫那样。我对讯问那些仆人非常在行。至少鄙人自我感觉如此。"

"我们做到的这些事已经够无私的了。"

"是啊,"他赞同道,"考虑到我的名号,或许这就能解释我为何会以'勇敢'的方式死去了。"

织晕扬起一边眉毛。"我一直以为你是因为跟年轻女人上床,事情败露后死在她父亲手上。感觉比抓捕蟊贼的时候被对方捅死要勇敢得多。"

"你的嘲讽根本无法动摇我无私的谦恭。"

"噢,的确。"

"总之,"光歌说着,又吃了一块菠萝,"我应该是个治安官或者调查员什么的。我敢说,如果有机会拿起剑,我就能证明自己是这座城市里最优秀的决斗家之一。"

她盯着他看了一会儿。"你是认真的。"

"认真死了。就像死掉的松鼠那么死。"

她迟疑片刻,露出困惑的表情。

"只是个我才懂的笑话罢了,"他说着,叹了口气,"不过是的,我是认真的。但还有一件事我没弄明白。"

"是什么事?"

"抛接柠檬跟这一切的关联。"

第三十一章

"我想我应该再问一次,"登斯说,"我们非得这么做吗?"他正和薇雯娜、汤克·法、珠宝以及克拉德并肩走着。帕林在登斯的建议下尾随在稍远处。他担心这次会面有风险,也不希望再被人跟踪。

"是的,非得这么做不可,"薇雯娜说,"他们是我的同胞,登斯。"

"那又怎样?"他问,"公主啊,我的同胞是佣兵。可你也看到了,我没怎么跟他们混在一起。他们又臭又烦人。"

"还粗鲁。"汤克·法补充道。

薇雯娜翻了个白眼。"登斯,我是他们的公主。另外,是你自己说他们有影响力的。"

"他们的首领才有,"登斯说,"而且他们肯定愿意在中立地点跟你碰面。不必去什么贫民窟——那些平民无所谓。"

她看了他一眼。"这就是霍兰德伦人和伊德里斯人的区别。我们关心自己的同胞。"

走在后面的珠宝嘲笑地哼了一声。

"我可不是霍兰德伦人。"登斯答道。但他没有把话说下去,因为贫民窟已经近在眼前。薇雯娜不得不承认,在走近的同时,她也开始惴惴不安。

这个贫民窟似乎与众不同。不知为什么,这里似乎比别处更加阴暗。不只是因为破烂的店铺和缺乏修缮的街道。人们三三两两地站在街角,用怀疑的目光看着她。时不时地,薇雯娜会瞥见衣着极其暴露——即使以霍兰德伦的标准来看也一样——的女子在某栋建筑物的正门前游荡。有几个女人甚至还朝登斯和汤克·法吹口哨。

这地方的感觉很陌生。在特泰利尔的其他地方，她只觉得自己无法融入其中。但在这儿，她却感到不受欢迎。受人怀疑。甚至是憎恨。

她努力让自己坚强。在这地方的某处，有一群疲惫、操劳又惊慌的伊德里斯人。这儿险恶的气氛让她更加同情她的同胞。她不知道破坏霍兰德伦人的备战工作能否让情况好转，但她明白一件事：她打算帮助他们。如果说霍兰德伦王国没能抓牢她的同胞，那么她就有责任重新接收他们。

"怎么了？"登斯说，"为什么这副表情？"

"我担心我的同胞。"她发着抖，从一大群身着黑衣、戴着红色臂章、脸上脏兮兮的街头恶棍之间穿过，"我和帕林物色新住处的时候，来过这个贫民窟附近。虽然听说租金很便宜，可我完全不想靠近这儿。我实在不敢相信，我的人民居然受着如此的压迫，只能住在这种地方，和这些人为伍。"

登斯皱起眉头。"和这些人为伍？"

薇雯娜点点头。"跟妓女和混混为伍，每天都得从他们身边走过……"

登斯大笑起来，让她吓了一跳。"公主，"他说，"你的同胞并不是跟妓女和混混为伍。你的同胞就是妓女和混混。"

薇雯娜在路中央停了下来。"什么？"

登斯回头看向她。"这里是伊德里斯区。看在色彩的分上，这些贫民窟的外号就是'高地区'。"

"不可能。"她厉声道。

"当然可能，"登斯答道，"我在全世界的城市都见过这种事。移民们聚集起来，形成一小块飞地。其余的人会当那儿不存在。每次修路的时候，总是别的地方优先。守卫去巡逻的时候，总是避开外国人聚居的地区。"

"贫民窟成了独立的小世界。"汤克·法说着，走到她身旁。

"你刚才看到的那些人都是伊德里斯人，"登斯说着摆摆手，示意她继续前进，"你的同胞在这座城市的坏名声可不是空穴来风。"

薇雯娜背脊发寒。不，她心想。这不可能。

不幸的是，她很快就看到了征兆。奥斯特瑞的标志出现在墙角、窗台或者门阶上，特意选在一些不起眼的位置。人们穿着灰色和白色的衣服，还有牧羊人软帽和羊毛斗篷这些让人想起高地的东西。然而，如果这些人真是伊德里斯人，那他们就已经彻底堕落了。他们的衣服杂色斑驳，更别提散发出的危险与敌意了。而且话说回来，怎么会有伊德里斯人想到去当妓女？

"我不明白，登斯。我们是爱好和平的民族，住在山岭村落里的民族。我们坦率又友好。"

"那份友好在贫民窟里可维持不了太久，"他说着，走在她身边，"要么改变，要么完蛋。"

薇雯娜颤抖起来，心中突然涌起对霍兰德伦人的恨意。我可以容忍霍兰德伦人让我的同胞贫穷。可他们却让好心的牧羊人和农夫沦为了恶棍和窃贼。他们让我们的女性沦为妓女，让我们的孩子沦为流浪儿。

她知道她不该放任自己发怒。然而，为了阻止头发从淡红转为闷燃般的深红，她不得不咬紧牙关，拼命忍耐。这些景象唤醒了她心中的某个念头。某个她一直避免去思考的念头。

霍兰德伦毁了这些人。正如它毁了我那样——它支配了我的童年，以保护祖国的名义迫使我自愿被人掳走和强暴。

我恨这座城市。

这些念头很不得体。她无法承担憎恨霍兰德伦的后果。很多人这么告诉过她。她已经不记得理由了。

但她成功控制住了自己的憎恨——以及发色。又过了一会儿，泰姆迎上前来，领着他们走完了剩下那段路。她听说他们会在一座大型公园会面，但薇雯娜很快发现，"公园"这个词实在不够严谨。那只是一小块房屋环绕下的荒土，到处散落着垃圾。

他们几个在这座沉闷的花园边缘停步等待，而泰姆走向前去。人们的确像泰姆承诺的那样聚集了起来。他们大都是她先前见过的那类人：穿着不祥的深色衣物，挂着愤世嫉俗表情的男人，傲慢的街头混混，妓女打扮的女子，还有些一脸倦容的老人。

薇雯娜努力摆出笑容，但即便在她看来，这笑容也不够诚挚。为了向他们示好，她特意把头发转为了黄色。那是代表幸福和激动的颜色。那些人窃窃私语起来。

泰姆很快走了回来，招呼她上前。

"等等，"薇雯娜说，"我想先跟大家谈谈，然后再去跟他们的领袖见面。"

泰姆耸耸肩。"随您的便……"

薇雯娜走上前去。"伊德里斯的同胞，"她说，"我为你们带来了安慰和希望。"

那些人继续交头接耳，真正听她说话的人少得可怜。薇雯娜吞了口口水。"我知道你们过得很辛苦。但我要向你们保证，国王仍然在乎你们，也希望能支持你们。我会想办法带你们回家。"

"回家？"其中一个人说，"回高地去？"

薇雯娜点点头。

好几个人嗤之以鼻，还有些转身离开。薇雯娜担忧地目送着他们。"等等，"她说，"你们不是想听我说话吗？我带来了你们的故乡的消息。"

那些人没理睬她。

"大部分人只是想确认你是传闻中的那个人,殿下。"泰姆轻声说。

薇雯娜转过身,看向仍在公园里轻声交谈的那群人。"你们会过上更好的生活,"她承诺道,"我向你们保证。"

"我们已经过上更好的生活了,"其中一个人说,"我们在高地上什么都没有。我在这儿赚的比在那儿多一倍。"其他人也点头赞同。

"那干吗还要来见我?"她低声说。

"我告诉过您了,公主殿下,"泰姆说,"他们是爱国者——他们坚持着伊德里斯人的身份——城市伊德里斯人。我们团结一心。不用担心,对他们来说,您的到来是有意义的。他们也许看起来漠不关心,但为了回到霍兰德伦,他们什么都愿意做。"

色彩之神奥斯特瑞啊,她想着,心里更不安了。这些人连伊德里斯人都不是了。泰姆称他们为"爱国者",但她看到的只是在霍兰德伦的歧视下被迫团结的一群人。

她转过身,放弃了演讲。这些人对希望和安慰不感兴趣。他们想要的只有复仇。也许她可以利用这一点,但她光是想到都觉得肮脏。泰姆领着她和其他人走上一条小路,穿过这片遍布杂草和垃圾的丑陋土地。靠近这座"公园"的另一端的时候,他们看到了一座宽大的建筑物:它的一半是储物棚,一半是木制凉亭。她能看到等待在其中的领袖们。

他们共有三人,各自带着自己的保镖队伍。这点她之前就听说了。这些领袖的身上是明亮而丰富的特泰利尔式色彩。他们是贫民窟巨头。薇雯娜感到自己的胃在抽搐——这三人都至少有初阶强化,其中一个甚至达到了三阶。

珠宝和克拉德在屋外就位,把守着薇雯娜的逃脱路线。薇雯娜走了进去,坐在最后一张空椅子上。登斯和汤克·法站到她身后便于保护的位置。

薇雯娜打量着这些贫民窟巨头。他们三个就像同一个主题的不同变体。左边那人穿着华丽的装束，看起来最为轻松。他应该是帕克森——外号是"伊德里斯绅士"。他的财富来自于妓院生意。右边那位看起来需要好好打理一下头发，否则跟他那身行头实在不相衬。他应该就是亚述，以投资和运营"地下搏击联盟"而闻名：在那里，你可以看到两个伊德里斯人比赛拳击，直到一方人事不省为止。中央那位是那种耽于享乐的类型。他很邋遢——但却是那种故意为之的邋遢，或许是因为这样能更好地强调他年轻英俊的脸。他是里拉，泰姆的雇主。

她提醒自己，不要轻信他们的外表给人的印象。这些可都是危险人物。

房间里一片寂静。

"我也不确定该对你们说什么，"最后，薇雯娜开了口，"我来寻找的是某种并不存在的东西。我还以为他们会在乎自己的血统。"

里拉身子前倾，他的衣服松松垮垮，与其他人的衣着大相径庭。"你是我们的公主，"他说，"是我们的国王之女。我们在乎这一点。"

"算是吧。"帕克森说。

"说真的，公主，"里拉说，"能和你见面，我们深感荣幸。我们对你的来意也很好奇。你掀起的骚动可不小。"

薇雯娜用严肃的表情打量着他们。最后，她叹了口气。"你们都知道，战争就要来了。"里拉点点头。但亚述却摇了摇头。"我不太相信战争要来了。至少现在不信。"

"这是真的，"薇雯娜语气尖锐，"我可以向你们保证。因此，我的目的就是尽可能确保这场战争对伊德里斯有利。"

"你最终的目标是？"亚述说，"让王族坐上霍兰德伦的宝座？"

这真是她想要的吗？"我只希望我们的同胞活下来。"

"这只是妥协而已，"帕克森说着，轻轻摩挲他那根精巧的手杖的杖头，"战争的目标是胜利，殿下。霍兰德伦有无命者。就算消灭他们，也只会有新的无命者来补充。如果您希望让我们的祖国得到自由，我认为有必要让伊德里斯军队进驻这座城市。"

薇雯娜皱起眉头。

"你想推翻这个王国吗？"亚述问，"如果你想的话，我们能有什么好处？"

"等等，"帕克森说，"推翻这个王国？我们真的要再卷进这种事里吗？你们忘了沃赫的失败吗？那次投机让我们损失了一大笔钱。"

"沃赫是帕恩凯尔人，"亚述说，"他根本不是我们的一员。如果这次有真正的王族介入，我很乐意再冒一次险。"

"我可没说过要颠覆王国，"薇雯娜说，"我只想带给他们一些希望。"至少我是这么想的……

"希望？"帕克森问，"谁在乎希望？我想要的是承诺。你能授予头衔吗？如果伊德里斯获胜，贸易契约会落到谁手上？"

"你有个妹妹，"里拉说，"另一个，没结婚的那个。她的婚姻有得谈么？只要能得到王族血统，我就愿意支持你这场战争。"

薇雯娜的胃抽搐起来。"先生们，"她用上了外交辞令，"重要的不是个人利益，而是爱国心。"

"当然，当然，"里拉说，"但就算爱国者也有资格赚些奖励。对吧？"

三个人都期待地看着她。

薇雯娜站起身。"我要走了。"

登斯露出惊讶的表情，一手按在她的肩上。

"你确定吗？"他问，"安排这次会面可花了我们不少工夫。"

"我愿意跟恶棍和盗匪合作，登斯，"她轻声说，"但看着这些人，虽然清楚他们是我的同胞——这实在太强人所难了。"

"你定论下得太快了吧,公主,"里拉在她背后咯咯笑着说,"你该不会说自己没料到这种事?"

"料到和亲眼看到是不一样的,里拉。我料到了你们三个的样子,我没料到的是我们同胞的遭遇。"

"你忘记'五幻景'了吗?"里拉问,"你冒昧跑来,断定我们比你低劣,然后又匆匆离开?这可不太像伊德里斯人啊。"

她转过身,看向那些人。长发的亚述已经站了起来,正在召集他的保镖准备离开,嘴里嘟囔着"浪费时间"。

"你们难道就像伊德里斯人了吗?"她厉声道,"你们对奥斯特瑞的信仰去哪儿了?"

里拉把手伸到衬衣里,拿出一枚小小的白色圆片,上面铭刻着他父母的名字。这是奥斯特瑞教的"信仰护符"。"是我父亲把我从高地带到了这儿,公主。他是在艾吉里花田干活的时候死掉的。我靠自己这双伤痕累累的手才过上了好日子。我努力工作,为你的人民改善生活。沃赫想要革命的时候,是我给了他喂饱追随者的资金。"

"你们购买灵息,"她说,"还让家庭主妇做妓女。"

"我活了下来,"他说,"还让每个人都能吃饱饭。你能做得更好么?"

薇雯娜皱起眉头。"我……"

她沉默下来的同时,听到了尖叫声。

她的生命感应能力向她示警,提醒她有好几群人正在接近。她迅速转身,贫民窟巨头们也咒骂着站起身。在屋外,透过那座公园,她看到了某种可怕的事。穿着紫色与黄色相间的制服,面色灰白的壮汉。

无命者士兵。城市守卫。

农夫们四散逃跑,尖叫不止,而无命者们迈着沉重的脚步走进公园,为首的是几个身穿制服的人类城市守卫。登斯咒骂了一句,把薇雯娜推向旁边。"快跑!"他说着,拔出剑来。

"可——"

汤克·法抓住她的胳膊,把她拖出屋外,而登斯冲向那些守卫。贫民窟巨头和他们的手下逃跑的路线毫无章法,但那些城市守卫仍旧迅速截断了他们的退路。

汤克·法咒骂一声,拉着薇雯娜钻进公园对面的一条小巷。

"出什么事了?"她说着,心脏狂跳。

"搜捕行动,"汤克·法说,"应该没太大危险,除非……"

金铁交击、利刃碰撞的声音传来,尖叫声显得更绝望了。薇雯娜回头望去。贫民窟巨头的保镖们在走投无路下迎上了那些无命者。薇雯娜看着那些可怕的灰脸男子穿行于利剑与尖刀之间,对伤口视若无睹。这些怪物也拔出武器,开始攻击。人们呼喊、嘶吼和倒下,身上鲜血淋漓。

登斯跑了过来,守住了薇雯娜所在的小巷入口。她不知道珠宝去了哪儿。

"卡拉德的幽灵啊!"汤克·法咒骂着,推着她继续前进,"那些傻瓜居然选择了抵抗。这下我们有麻烦了。"

"但他们是怎么发现我们的?"

"我不清楚,"他说,"也不在乎。他们的目标可能是你。也可能是那些巨头。希望我们永远也不用知道。继续跑!"

薇雯娜顺从地沿着昏暗的巷道飞奔,努力不被自己长裙的裙摆绊倒。穿着它奔跑显然很不现实,汤克·法不时焦虑地回头张望,然后推她一把。她听到了咕哝声和回荡的叫喊声:登斯正在巷口跟什么人搏斗。

薇雯娜和汤克·法冲出了小巷。站在街上等待着的,是一组五个无命者。薇雯娜踉跄着停下脚步。汤克·法咒骂起来。

那些无命者看起来就像石雕，他们的表情在黯淡的光线下显得异常冷酷。汤克·法回头看了一眼，显然断定登斯短时间内没法赶来，然后认命地举起双手，丢下了剑。"我一个人可解决不了五个，公主，"他低声说，"无命者没那么好对付。我们只能让他们逮捕我们了。"

薇雯娜也缓缓地举起双手。

无名者们抽出武器。

"呃……"汤克·法说，"我们投降？"

那些怪物冲了过来。

"跑！"他大喊一声，俯身拾起剑来。

薇雯娜跌跌撞撞地跑向侧面，好几个无命者冲向了汤克·法。她匆匆跑开，用尽全力地飞奔。汤克·法试图跟上，但又被迫停下来自卫。她放慢脚步，转过头去，恰好看到他的决斗用剑刺穿一名无命者的脖子。

那怪物的伤口涌出某种并非血液之物。另外三个无命者绕过汤克·法，但他奋力拔出剑来，挥向旁边，砍中了其中一个的后腿。它倒在卵石地面上。

另外两个朝她跑来。

薇雯娜看着无命者接近，头脑发麻。她是不是应该留下？试着帮助……

*怎么帮？*有个声音在她心里尖叫。那是本能的呼喊。*逃吧！*

于是她照办了。她满心恐惧地飞奔而去，从看到的第一个转角转进一条小巷。她跑向另一头，匆忙中却被自己的裙角绊倒了。

她重重地摔在卵石上，痛呼出声。她听到身后传来脚步声，于是尖声呼救，然后不顾瘀青的手肘，迅速扯下裙子，只留里面的衬裤。她挣扎着爬起身，再次发出尖叫。

小巷的另一端暗了下来。那是个灰色皮肤的魁梧身影。薇雯娜停下脚步，转过身去。另两个无命者走进了她身后的巷道。她背靠墙壁，突然全身发冷。震惊让她动弹不得。

色彩之神奥斯特瑞啊，她这么想着，颤抖不止。*求求您……*

那三个无命者朝她走来，武器出鞘。

她低下头。在她丢下的绿色裙子旁边的垃圾堆里，有一小段略微磨损，但仍能使用的绳索。

就像别的东西一样，这条绳索也在呼唤着她。就好像它知道自己能够重获新生。她感觉不到正朝她逼近的无命者，但讽刺的是，她能感觉到那根绳索。她可以想象它缠住双腿，将那些怪物捆住的情景。

你持有的这些灵息，登斯这么说过。*它们跟无命者一样，也是工具。*

几乎无价的工具。当然也很强大……

她回头看着无命者们，看着它们缺乏人性的眼睛。她能感觉到自己心脏狂跳，就像是有人在敲打她的胸口。她看着它们渐渐接近。

她在它们麻木不仁的眼睛里看到了死亡。她泪流满面，跪在地上，颤抖着抓住那根绳索。她了解唤醒的原理。她的导师教过她。她只需要碰触地上的那条裙子，从它那里抽走色彩就好。

"活过来吧。"她恳求那条绳索。

但什么也没发生。

她了解原理，但这显然还不够。她哭泣着，视野也模糊起来。"拜托，"她恳求道，"拜托。救救我。"

第一个无命者冲到了她的面前——是拦在前方巷口的那一个。她缩起身体，在肮脏的街道上瑟瑟发抖。

那怪物从她身上一跃而过。

她吃惊地抬起头，看到那怪物的武器击中了另外两个无命者之一。薇雯娜眨了眨眼，等到视野清晰之后，她才认出了对方。

不是登斯。不是汤克·法。那人的皮肤跟攻击她的那些无命者一样灰白，所以她起先才没认出它。

是克拉德。

它挥舞着自己那把厚刃剑，老练地砍下了第一个对手的脑袋。某种清澈的液体从怪物的脖颈飞溅而出，而它则仰天倒下，重重摔在地上。看起来像是死了——就跟普通人死的时候一样。

克拉德挡下了另一个无命者守卫的攻击。在它身后的巷口，又出现了两个无命者的身影。它们冲向前来，而克拉德后退几步，双脚坚定地踩在薇雯娜两侧的地面上，将剑举在身前。清澈的液体从剑身滴落。

剩下那个无命者守卫等待着另外两人接近。薇雯娜颤抖起来，身体的疲惫和迟钝让她没法逃跑。她抬起头，而在举剑迎向那三人的克拉德眼里，她看到了某种近乎人类的东西。这还是她头一次看到无命者表露出情感，虽然这也许只是她的想象。

那是决心。

那三人发起了攻击。在伊德里斯的时候，她还无知地以为无命者都是腐烂的尸体或是骷髅。在她的想象中，它们会不知疲倦地发起缺乏技巧，却蕴含着黑暗力量的攻击。

她错了。这些怪物的动作就像人类，带着熟练与协调。只是它们从不开口。不会叫喊，也不会咕哝。克拉德只是沉默地挡下一次攻击，然后用手肘撞上第二个无命者的面孔。它的动作是少见的流畅，堪比登斯在餐馆惊鸿一瞥的剑技。

克拉德长剑挥出，砍中了无命者之一的腿。但另一个无命者的剑却刺穿了克拉德的腹部。清澈的液体从伤口的两侧喷出，洒在薇雯娜身上。克拉德连哼都没哼一声，就这么挥动长剑，砍下了第二颗脑袋。

那个无命者守卫倒地死去，武器还仍旧留在克拉德的腹部。另一个守卫踉跄后退，腿上流出清澈的血液，然后仰天倒下。克拉德随即将注意力转向最后一个还能站着的无命者，后者没有后退，但摆出了明显的防守姿势。

但这也是徒劳：克拉德只花了几秒钟就解决了它，它反复击打对手的武器，直到那把剑意外地开始转动，继而脱手。紧接着，它朝对手的腹部刺出一剑，将他打倒在地。作为收尾，它老练地用剑刃砍进那个受了腿伤的无命者，阻止了它手持匕首朝薇雯娜爬去。

小巷安静下来。克拉德转身朝她走去，眼神呆滞，方方正正的脸庞下面是肌肉发达的粗壮脖子。它开始抽搐，接着摇了摇头，仿佛想让视野清晰起来。大量的清澈液体自它的躯干涌出。它一手扶墙，无力地跪倒在地。

薇雯娜犹豫片刻，随后朝它伸出了手。她的手落在它的胳膊上。它的皮肤冰冷。

一道影子出现在巷道的另一侧。她担忧地抬起头，惊魂未定。

"噢，色彩啊，"汤克·法说着，跑上前来，衣服沾满了那种清澈的液体。"登斯！她在这儿！"他跪倒在薇雯娜身边，"你还好吧？"

她麻木地点点头，勉强意识到自己的一只手里拧着裙子。这就意味着她的双腿——直到膝盖往上少许的位置——都暴露在外。但她发现自己并不在乎，甚至也不在乎自己的头发是否一片惨白。她就这么看着克拉德，后者跪在她面前，垂着头，仿佛正在膜拜神灵。它的武器从抽搐的手指间落下，哐当一声落在卵石路上。它目视前方，双眼无神。

汤克·法循着她的目光望去，看了看克拉德。"是啊，"他说，"珠宝肯定会生气的。来吧，我们得离开这儿。"

第三十二章

塞芮每次醒来时,他都不见踪影。

她躺在柔软的大床上,早晨的阳光从窗口倾泻进来。气温开始升高,即使只盖着一条薄被单也让她闷热难耐。她掀开被单,就这么躺在床上,注视着天花板。

她从窗户的阳光就能看出,时间已经接近正午。她和苏斯布隆总是聊到很晚。这或许是件好事。或许有人会发现她每天起得越来越迟,并将其归因于另一些"活动"。

她伸了个懒腰。起初,跟神王交流的感觉很怪。但随着时间一天天过去,那种感觉越来越自然。她发现他的笔迹——歪歪扭扭、缺乏练习、却能表达出种种有趣想法的字母——令人喜爱。她怀疑如果他能说话,嗓音也会非常和蔼。他那么温柔。这完全在她的预想之外。

她微笑着躺回枕头上,漫不经心地想着:如果她醒来的时候,他能在身边就好了。她很快乐。在来霍兰德伦之前,这种心情简直难于想象。她想念高地,无法离开诸神宫廷的事实令她沮丧,现在的政局更是雪上加霜。

然而,这里还有另一些东西。不可思议的东西。灿烂的色彩,各式各样的表演者,还有特泰利尔丰富到令人无法抵挡的种种体验。而且每天晚上,她还有机会和苏斯布隆说话。对她的家人来说,她的莽撞是耻辱和污点,但苏斯布隆却觉得这种性格很迷人,甚至充满魅力。

她再次露出微笑，任由自己想入非非。然而，现实却开始入侵她的脑海。苏斯布隆有危险。货真价实的危险。他不肯相信自己的祭司对他怀有恶意或是杀意。这种天真的性格既增添了他的魅力，又让他处于非常不利的境地。但她又能做什么呢？其他人并不知晓他的困境。

能帮助他的只有一个人。不幸的是，那个人无法胜任。她学艺不精，因此必须在全无准备的情况下面对自己的命运。

那又如何？她的脑海里仿佛有个声音在低语。

塞芮凝视着天花板。她发现自己没有像平时那样为荒废学业而悔恨。她的确犯了错。可她还要为已成定局的事自怨自艾多久呢？

没错，她告诉自己，借口找得够多了。我的准备也许不够充足，但既然我来到了这里，就该做点什么。

因为除我以外，就没有人会去做了。

她爬下了床，用手指梳理自己的长发。苏斯布隆喜欢她留长发——他和她的侍女们一样，觉得这样很迷人。既然有她们帮忙打理，稍稍增加些麻烦也是值得的。她交叠双臂，穿着内衣踱起了步子。她必须设法参与他们的游戏。但她并不喜欢这个词。"游戏"暗示着赌注不大。但这并非游戏，赌注是神王的性命。

她在记忆中搜寻，挖掘着在课程中学到的零散知识。政治的本质是"交换"：用你拥有的东西——或是通过暗示让对方觉得你拥有的东西——来换取更大的利益。就像经商那样：你在开始拥有一批货物，而到了年末的时候，你会希望增加货物的存量，又是换成一批截然不同而且更好的货物。

在做好攻击准备之前，不要打草惊蛇，光歌是这么告诉她的。别显得太无害，但也别显得太聪明。保持普通就好。

她在窗边停下脚步，然后收起床单，丢进壁炉里闷燃的火堆——这是她每天必须完成的工作。

交换，她看着宽大的炉膛里开始燃烧的床单，心想。我有哪些可以拿来交易或者交换的东西？

不太多。

只能将就了。

她走到房门前，拉开了门。一群侍女像以往那样等在门外。平时服侍塞芮的那些围到她身边，奉上衣物。但与此同时，却有另一群仆人开始收拾房间。其中几个身着棕色。

女仆们为她穿戴的时候，她看向其中一个棕色衣服的女孩。塞芮找了个机会，走上前去，一手按在那女孩的肩膀上。

"你是帕恩凯尔人。"塞芮小声说。

那女孩点点头，露出吃惊的表情。

"我希望你给蓝手指带一条口信，"塞芮低声道，"告诉他，我有他想要知道的重要讯息。我想跟他做个交易。告诉他，这会让他改变主意。"

女孩脸色发白，但还是点点头，随后塞芮回去继续穿衣。好几个侍女听到了她们的对话，但霍兰德伦的宗教有一条神圣的教义：神灵的仆人禁止私下复述他们听到的内容。希望这条教义真的有约束力吧。但就算不是这样，她也没有透露太多东西。

现在她只需要决定两件事：她究竟该说出怎样的"重要讯息"，以及蓝手指有什么理由去在乎。

"亲爱的王后陛下！"光歌对走进他的竞技场包厢的塞芮说着，竟然真的上前拥抱了她。塞芮露出微笑，而光歌朝她招招手，示意她坐在其中一张躺椅上。塞芮小心翼翼地坐了下来——她已经喜欢上了式样繁复的霍兰德伦礼裙，但在穿着它的同时还想保持优雅，可就需要相当的技巧了。等她坐下后，光歌示意仆人拿水果来。

"您真是太亲切了。"塞芮说。

"这还用说,"光歌说,"您可是王后啊!此外,您还让我想起了一个非常中意的人。"

"那又是谁呢?"

"说真的,我毫无头绪,"光歌说着,接过一碟切成片状的葡萄,然后递给塞芮,"我对她只有点模糊的印象。来点儿葡萄?"

塞芮扬起一边眉毛,但她知道追问也没用。"告诉我吧,"她说着,用一根小小的木签穿起葡萄片,放进嘴里,"他们为何叫您'勇敢者'光歌?"

"这个问题很容易回答,"他说着,靠向椅背,"因为在所有神灵之中,只有我有胆量扮成彻头彻尾的白痴。"

塞芮扬起一边眉毛。

"我的身份要求我具备真正的勇气,"他续道,"你瞧,平常的我是个严肃又无趣的人。每天晚上,我最喜欢做的事就是坐下来编写冗长拖沓的道德启示,好让我的祭司拿去读给追随者听。不,这是骗人的,实际上我每晚都会外出。我抛下对道德理论的研究,只为了做一件需要真正勇气的事:和其他神灵相处。"

"这为什么需要勇气?"

他看着她。"王后陛下。您难道看不出他们有多乏味么?"

塞芮大笑起来。"不,说真的,"她说,"这名字究竟是怎么来的?"

"这是一次显而易见的失误,"光歌说,"您的智慧显然足以看透这一点。我们的名字和头衔都是一只喝了太多杜松子酒的小猴子胡乱分配的。"

"现在您可就是在说蠢话了。"

"现在?"光歌问,"您说现在?"他朝她举起一杯酒,"亲爱的,我从始至终说的都是蠢话。拜托您,马上收回刚才那句话吧!"

塞芮只是摇摇头。看起来,今天下午的光歌和平常不太一样。真棒,她心想。我丈夫身处被不明势力暗杀的危机,我仅有的两位盟友却分别是畏首畏尾的书记官,以及满口胡话的神灵。

"原因肯定跟死亡有关。"等到祭司们鱼贯走入下方的竞技场地,准备进行今天的讨论时,光歌终于开了口。

塞芮朝他看去。

"所有人都会死,"光歌说,"然而,有些人的死法能够证明特定的某种品格或者情绪。他们会展现出比其余人类更加明亮的光辉。据说这就是我们能够回归的理由。"

他沉默下来。

"这么说,您死的时候展现出了莫大的勇气?"塞芮问。

"似乎是这样,"他说,"我也不确定。根据我的某个梦的暗示,我也许惹怒过一头体形很大的豹子。这听起来挺勇敢的,对吧?"

"您不知道自己是怎么死的?"

他摇摇头。"我们会忘却,"他说,"我们苏醒的时候没有记忆。我甚至不知道自己从前是做什么的。"

塞芮笑了。"我猜您是外交官或者推销员之类的。就是那种需要说很多话,实际上又都是废话的职业!"

"是啊,"他轻声说着,看向下方的祭司们,露出反常的神态,"是啊,毫无疑问,正是如此……"他摇摇头,冲着她笑了笑,"言归正传,亲爱的王后——我为今天的您准备了一份惊喜!"

我真的想要光歌给的惊喜么? 她紧张地四下张望。

他大笑起来。"不用害怕,"他说,"我的惊喜很少导致肉体伤害,并且从来不会伤及美丽的王后。"

他摆摆手,有位留着长长白胡子的老者走上前来。

塞芮皱起眉头。

"这位是霍伊德,"光歌说,"说书人大师。我相信您有些问题想问……"

塞芮宽慰地大笑起来,这才想起自己向光歌提出的请求。她看向下方那些祭司。"呃,我们不是应该专心听他们的演讲吗?"

光歌满不在乎地摆摆手。"专心?太可笑了!那样的话,我们也太负责了。看在色彩的分上,我们可是神啊。噢,好吧,我是。您也差不多。也就是所谓的'神灵眷属'。不管怎么说,您真的想听一群乏味的祭司谈论污水处理么?"

塞芮皱起眉头。

"我想也不可能。此外,我们在这件事上都没有投票权。所以我们还是用合理的方式运用时间吧。天知道什么时候就不够了!"

"你说时间会不够?"塞芮问,"可你是不朽的神啊!"

"不是时间不够,"光歌说着,端起他的碟子,"是葡萄不够。我讨厌听故事的时候没葡萄吃。"

塞芮翻了个白眼,但还是继续吃起了葡萄。那位说书人耐心地等待着。细看之后,她发现他并没有第一印象那么老。那副胡子肯定是这一行的标志,看起来不像是假的,但她猜他做过漂白。他的实际年龄要年轻得多,只是他希望给人留下苍老的印象。

只不过,她认为光歌选中的人多半是这一行的佼佼者。她坐回椅子里——塞芮注意到,这把椅子是特意为她这种体型的人打造的。*我提问的时候应当谨慎*,她心想。*我不能直接询问前几位神王死时的情况:那样太明显了。*

"说书人,"她说,"你对霍兰德伦的历史了解多少?"

"很多,王后陛下。"他说着,垂下了头。

"给我讲讲伊德里斯与霍兰德伦分裂前的时代吧。"

"噢。"那人说着,把手伸进某个口袋。他拿出一把沙子,开始在指间揉搓,让它化作一股随风摇曳的细流,落向地面。"王后陛下想听的是来自久远过去、埋藏在深处的故事。您想听时间伊始之前的故事,是吗?"

"我想知道霍兰德伦神王的起源。"

"那我们就得从迷雾笼罩的时代讲起。"说书人说着,又拿起一把沙子,让粉末状的黑色沙子落在地上,和前一把沙子混在一起。在塞芮的注视下,黑色的沙子变成了白色,而她仰头看着他的表演,面露微笑。

"霍兰德伦的第一任神王非常古老,"霍伊德说,"没错,古老。比王国和城市更古老,比君王和宗教更古老。但比不上群山,因为群山早就存在了。就像在地底沉睡的巨人的指节,它们形成了这座山谷,豹子和花儿把这里当成了家乡。

"我们所说的地方,那时只是一座无名的'山谷'。当时切德斯人还在支配世界。他们从东方而来,乘船横渡内海,也是他们最先发现了这片陌生的土地。他们的著作散佚零落,帝国化为尘土,但记忆却存留下来。或许您能想象他们踏上此处时的惊讶吧?美丽柔软的沙滩,古怪陌生的森林,还有枝头累累的果实。"

霍伊德把手探入长袍,拿出一把别的东西。他开始把它丢到地上——那是蕨类植物的小巧绿叶。

"他们称其为'乐园',"霍伊德低声道,"一座隐藏在群山之间的乐园,有四季常温的宜人雨水,自行生长的丰美果实。"他将那把树叶丢向空中,爆开一团彩色的粉尘,看起来就像没有火星的烟花。深红和深蓝在他周围的空中交织,仿佛绽放的花朵。

"这里是色彩之地,"他说,"艾吉里之泪生长在这里——那种色彩鲜艳的神奇花朵能够制成稳定耐久的染色剂。"

塞芮并没有认真思考过横渡内海之人对霍兰德伦的观感。她听那些来到伊德里斯的漫游者讲过故事,他们也提到过不少遥远的地方。在别的土地上,有草原、群山和沙漠。但没有丛林。霍兰德伦是独一无二的。

"首位回归者便诞生于当时,"霍伊德说着,将一把银粉洒到面前的空气里,"他诞生于一条沿着海岸航行的船上。回归者出现在世界各处,但第一位——也就是你们叫做'沃'的那位,不过我们只会用头衔称呼——就诞生于此地,在这片海湾的海面上。他宣告了'五幻景'。一周过后,他长眠于世。

"与他同行的船员在这片海滩上建立了一个王国,称其为'哈纳尔德'。在他们到来之前,原住民只有帕恩凯尔人,他们只是几座渔村的联合体,算不上真正的王国。"

空中的色彩消散,霍伊德把手探入另一个口袋,同时用另一只手洒下棕色的粉状泥土。"您也许正在好奇,为什么我要从这么久远的过去说起。我为什么不跟您讲述不息战争、诸王国的毁灭、五学者、还有据说仍旧藏在丛林中默默等待的篡夺者卡拉德与他的幽灵大军?

"这些事件是关注的焦点,也最为人所熟知。但如果只谈这些事件,就等于忽略了导致它们发生的那三百年的历史。如果没有对回归者的认知,不息战争会发生吗?归根结底,预言了那场战争,并怂恿*爱争*进攻群山彼端的诸王国的,正是一位回归者。"

"爱争?"塞芮插嘴道。

"是的,王后陛下,"霍伊德说着,换出一把黑色尘土,"爱争——篡夺者卡拉德的别名。"

"听起来像是回归者的名字。"

霍伊德点点头。"没错,"他说,"卡拉德和推翻他并创建霍兰德伦的赋和一样,也是个回归者。不过我们还没说到那部分呢。现在要说的是哈纳尔德,也就是首位回归者的船员所建立,从前哨站发展而成的那个王国。是他们选择了首位回归者的妻子来当他们的女王,随后用艾吉里之泪制造出品质惊人的染料,销往世界各地,换来了难以计数的财富。这里很快成为了繁华的贸易中心。"

他拿出一把花瓣,洒落在身前。"艾吉里之泪。霍兰德伦的财富之源。这些小东西长于斯,也只能长于斯。在世界的其他地方都没有这般得天独厚的条件。某些学者认为,不息战争的目的就是争夺这些花瓣,而染料正是库斯与胡斯遭受毁灭的原因。"

花瓣飘落在地上。

"但这么认为的只有一部分学者吧,说书人?"光歌说。塞芮转过头去——她几乎忘了他还坐在旁边。"别的学者怎么说?以他们的观点,不息战争是为何爆发的?"

说书人沉默了片刻。然后他将双手探入衣袋,开始洒出五六种不同色彩的粉末。"是灵息,大人。大多数学者的共识是,不息战争所争夺的除了艾吉里之泪的所有权之外,还有更有价值的目标。那就是人类的归属。

"或许您也知道,当时的王族对于运用灵息赋予物体生命的过程越来越感兴趣。也正是在那时,人们开始将其称之为'唤醒'。当时的它是种全新的技艺,人们对它缺乏了解。从很多方面看来,现在也依旧如此。人类灵魂的运作方式——能够赋予普通物件与死者生命的力量——在区区四个世纪前才被发现。以诸神的角度看来,那段时间实在很短。"

"宫廷辩论是例外,"光歌嘟囔着,看向仍然在讨论下水道的祭司们,"以我这位神的角度来看,这段时间简直像是永恒。"

说书人没有被他打乱节奏。"灵息,"他说,"在不息战争爆发前的那段岁月里,涌现了被称为'五学者'的人物,以及全新的指令。在有些人看来,那是思想启蒙与兴盛的伟大时代。另一些人称其为'人类最黑暗的时期',因为正是在那时,我们学会了剥削他人。"

他开始洒下两把粉末,一把亮黄,一把漆黑。塞芮看着这一幕,面露笑容。他似乎在讲述时故意偏向她,避免让身为伊德里斯人的她感到受冒犯。她对灵息又了解多少？她在诸神宫廷几乎没见过唤醒者。但就算见到的时候，她也没怎么介意。僧侣们一直很反对唤醒，不过她对他们言论的关注并不比对导师的课程更多。

"五学者之一有了重大发现，"霍伊德继续说着，一边洒下一把白色的碎片——那些是上面有写着字的小巧纸片，"指令。方法。仅用一口灵息创造无命者的手段。

"这在您看来或许无足轻重。但您应当着眼于这个王国的过去与它的建立。霍兰德伦凭借回归者的仆从起步，随后依靠大规模的贸易活动而发展。它控制着资源丰富的地区，再通过这项发现和对北部关隘的控制——并结合越来越娴熟的航海技术——逐渐成为了让整个世界都垂涎三尺的珍宝。"

他顿了顿，抬起另一只手，洒出一把小巧的金属片。它们落在石头地板上，发出类似雨滴的声音。"于是战争到来，"他说，"五学者分道扬镳，加入了不同阵营。某些王国得到了无命者的使用方法，另一些则没有。换句话说，这些王国拥有了别国无法企及的强大武器。

"为了回答神灵大人的问题，我要讲述不息战争的另一个起因：那就是以如此廉价的方式创造无命者的能力。在单灵息指令问世之前，创造无命者需要五十口灵息。这种做法很受限，因为你必须用五十名士兵交换一个无命者士兵。然而，如果只用单灵息就能创造无命者⋯⋯以一换一⋯⋯兵力就能翻倍。而且其中半数还无需进食。"

金属片不再落下。

"无命者并不比活人强壮，"霍伊德说，"他们是一样的。无命者也并不比活人技艺娴熟。他们是一样的。然而，不用像普通人那样进食，这项优势可非常巨大。再加上他们无视痛苦和无所畏惧的能力⋯⋯突然间，你就有了一支无人可挡的军队。而卡拉德更进一步：据说他创造了一种更加强大的新型无命者，也因此得到了更可怕的优势。"

"什么样的新无命者？"塞芮好奇地问。

"没人记得了，王后陛下，"霍伊德解释道，"关于那个时代的记录早已失落。据说是被人故意焚毁了。无论'卡拉德的幽灵'究竟是什么，都是种非常可怕的东西——可怕到即便相关的细节已经随着岁月散佚，幽灵本身仍旧存留在我们的传说，以及咒骂里。"

"它们真的还存在吗？"塞芮说着，看向被围墙遮蔽的丛林的方向，身体微微颤抖，"真的像故事里说的那样？有一支看不见的军队等着卡拉德回来，再次向它们下达命令？"

"可惜，"霍伊德说，"我能说的就只有故事而已。我方才说过，那个时代的很多记载都已遗失。"

"但我们知道王族的事，"塞芮说，"他们脱离霍兰德伦，是因为他们不同意卡拉德的所作所为，对吧？他们是觉得使用无命者违背道德吗？"

说书人犹豫起来。"噢，是的，"他最后说着，笑容透过白胡子依稀可见，"是的，的确如此，王后陛下。"

她扬起一边眉毛。

"嘘，"光歌说着，凑近身子，"他在骗你呢。"

"大人，"说书人说着，深鞠一躬，"请原谅。但这件事的说法存在分歧！哎，我的工作是讲述故事——各种各样的故事。"

"那别的故事里是怎么说的？"塞芮问。

"那些故事是相互冲突的，陛下，"霍伊德说，"您的同胞认为起因是宗教矛盾，以及篡夺者卡拉德的背叛。帕恩凯尔人声称，王族努力将强大的无命者和唤醒者纳入掌控，却吃惊地发现这些工具倒戈相向。在霍兰德伦，人们的说法是王族与卡拉德结盟，让他担任将军，无视了人民的意愿穷兵黩武。"

他抬起头，开始洒出两把焚烧过的黑色木炭。"但过往的岁月早已焚烧殆尽，留下的只有灰烬与记忆。那份记忆口口相传，流传至今。既然一切皆为真实，又皆为谎言，那么就算有人说想创造无命者的是王族，又有什么关系呢？愿意相信什么取决于您自己。"

"不管怎么说，最后都是回归者掌控了霍兰德伦。"她说。

"是的，"霍伊德说，"他们以从前的名字为基础，给这个王国取了个新名字。然而直到现在，还有人会为离开的王族而惋惜——毕竟，他们是带着首位回归者的血脉前去高地的。"

塞芮皱起眉头。"首位回归者的血脉？"

"是啊，当然，"霍伊德说，"这片土地的第一位女王，正是他怀有身孕的妻子。而您是他的后裔。"

她靠向椅背。

光歌好奇地转过头。"你不知道么？"他说着，语气听不出平时的轻佻。

她摇摇头。"就算我的同胞知道这个事实，也没人向我说起过。"

光歌似乎来了兴趣。在下方的竞技场地，祭司们开始了另一个话题——关于城内的治安，以及增加贫民窟的巡逻次数。

她笑了笑，想到了一个能够提出真正疑问却不留痕迹的巧妙方法。"也就是说，霍兰德伦的神王是在没有首位回归者血脉的情况下传承下来的。"

"是的，王后陛下，"霍伊德说着，继续在面前洒下黏土。

"神王一共有过多少位？"

"一共五位，王后陛下，"那人说，"包括不朽的神王苏斯布隆陛下，但不包括赋和。"

"三百年的时间里，"她说，"有五位国王？"

"是的，王后陛下，"霍伊德说着，洒出一把金粉，任由它在身前飘落，"霍兰德伦的王朝建立于不息战争结束时；在驱散了卡拉德的幽灵,并为不息战争画上句号以后,备受尊崇的赋和将自己的灵息与生命交托给了第一位神王。从那时起,每位神王的妻子都会为他生下一个男性死产儿,那个婴儿会在随后回归俗世,继位为下一任神王。"

塞芮身体前倾。"等等。赋和是怎么创造出新神王的?"

"噢,"霍伊德说着,左手洒出的东西换成了沙子,"这又是个在岁月中失落的故事了。他究竟是怎么做到的呢?灵息的确可以转让,但无论有多少灵息,都不足以让人成为神灵。传说里提到过,赋和是因为将灵息交给继任者而死去的。说到底,神灵真的会为了祝福他人而放弃自己的生命吗?"

"以我的观点来看,这确实算不上理智的征兆,"光歌说着摆摆手,示意仆人再拿葡萄来,"看来你对我前任的那些神灵不怎么有信心啊,说书人。话说回来,就算哪位神灵想要给出灵息,也不代表接受的那一方就是神圣的。"

"我只是在讲述故事罢了,大人,"霍伊德重复道,"故事可能是真实的,也可能是虚构的。我只知道,只要存在这些故事,我就必须讲述它们。"

只是会加上尽可能多的修饰,塞芮这么想着,看着他把手伸进另一个口袋,抓出一把泥土和青草的碎屑,任由它们从指缝间落下。

"我所说的是根基,大人,"霍伊德说,"赋和并不是普通的回归者,他成功阻止了无命者的肆虐。的确,他遣走了作为霍兰德伦军队主力的'卡拉德的幽灵',但也因此,削弱了自己同胞的力量。他这么做是为了带来和平。当然了,这对库斯和胡斯来说已经太迟了。然而,其他的王国——帕恩凯尔、泰德拉戴尔、吉斯以及霍兰德伦本身——却因此摆脱了战乱。

"对于达成了如斯伟业的神中之神,我们对他有更多期待也不为过吧?或许就像祭司们所说的那样,他真的有过前无古人的举动。

比如为霍兰德伦的神王留下一粒种子,让他们能够向自己的儿子传递力量和神性?"

他留下的是能够获取统治权的血脉,塞芮想着,漫不经心地将一片葡萄丢进嘴里。有这么一位了不起的神灵作为祖先,他们就能成为神王。能够威胁他们地位的就只有……

血脉可以追溯到首位回归者的伊德里斯王族。另一条神性的血脉,也是霍兰德伦合法统治权的争夺者。但只凭这些,她没法推断出那些神王的死因。她也无从得知,为何某些神灵——比如首位回归者——能够生儿育女,另一些神灵却不行。

"他们是不朽的,对吧?"塞芮问。

霍伊德点点头,用流畅的动作洒出剩下的草叶和泥土,然后拿出一把白色粉末,转到另一个话题。"的确,王后陛下。就像所有回归者那样,神王是不会衰老的。永葆青春是所有达到五阶强化之人都会得到的能力。"

"那为什么会有五位神王?"她问,"第一位神王为什么会死?"

"回归者又为何会过世呢,王后陛下?"霍伊德问。

"因为他们疯了。"光歌说。

说书人笑了。"因为他们累了。神灵和常人不同。他们的归来为的不是自己,而是我们,等到他们无法继续承受生命之时,就会离开这个世界。神王只会活到后裔出世的那一刻为止。"

塞芮吃了一惊。"这是众所周知的事么?"她问。然后她想到这句话可能会引人怀疑,不由得缩了缩身子。

"这是当然的,王后陛下,"说书人说,"至少在说书人和学者之中众所周知。每一位神王都是在子嗣出生后不久离开这个世界的。这很正常。一旦后裔诞生,神王就会心神不宁。每一位神王都会去寻求耗尽灵息以造福王国的机会。然后……"

他抬起一只手,打了个响指,然后洒出一道水花,水雾顿时弥漫开来。

"然后他们会辞别人世，"他说，"留下受到祝福的子民和登基继位的后裔。"

包厢陷入寂静，水雾在霍伊德面前逐渐蒸发。

"对新婚妻子来说，这可算不上什么动听的消息，说书人，"光歌评论道，"也就是说，等她怀上子嗣的那一刻，她的丈夫就会立刻对人生失去兴趣？"

"我追求的并非动听，大人，"霍伊德说着，鞠了一躬。在他的脚下，各式各样的尘土、沙砾和碎片在微风中混作一团。"我只是在讲述故事。这个故事最为人所知。我只是觉得王后陛下也想知道这件事。"

"谢谢你，"塞芮平静地说，"你能告诉我这些真是太好了。告诉我，你是从哪里学到这种……不寻常的讲故事方式的？"

霍伊德抬起头，面露微笑。"我在一个无名者那里学习了很多年，王后陛下。在两块大陆交汇、诸神都已死去的遥远之地。但这无关紧要。"

对于霍伊德这番暧昧的说明，塞芮认为他只是在为自己的过去增添浪漫与神秘的气氛。她更感兴趣的是他对神王之死的说法。

这么说官方说法是存在的，她这么想着，胃开始抽搐。还是个相当有说服力的解释。从神学角度来说，神王在安排好合适的继任者以后，的确有理由离开人世。

但这无法解释赋和的财富——数量庞大的灵息——是如何在没有舌头的神王之间传承下去的。这也无法解释，为何像苏斯布隆这样对生活充满好奇的人会出现厌世的念头。

官方说法足以让不了解神王的人信服。但塞芮半点也不信。苏斯布隆是不会抛弃生命的。至少现在不会了。

只是……如果她真的怀上了他的孩子，事情会出现变化吗？苏斯布隆会那么轻易就厌倦她么？

"或许我们应该期待老苏斯布隆过世，王后陛下，"光歌小口吃着葡萄，懒洋洋地说，"我猜您是被迫来到这儿的。如果苏斯布隆死掉，或许您就可以回家了。民众的疾病会得到救治，王位也有了新继承人，半点坏处都没有。所有人不是幸福快乐，就是一了百了。"

下方的祭司们仍在继续争论。霍伊德鞠了一躬，等待着离开的许可。

幸福快乐……或者一了百了。她的胃又抽搐起来。"抱歉，"她说着，站起身来，"我想去附近走走。多谢你的故事，霍伊德。"

说完，她快步离开包厢，仆人们紧随在后。她不想让光歌看见她的眼泪。

第三十三章

珠宝静静地忙碌着，收紧另一根缝合线，对薇雯娜视而不见。克拉德的内脏——肠子、胃，以及薇雯娜不愿去辨认的其他器官——放在他身边的地板上，这些在取出时小心翼翼，并且排列得整整齐齐，便于修复。珠宝目前正在处理肠子，用特制的粗线和弯针缝合着。

这一幕相当骇人。但受到先前那种惊吓以后，薇雯娜已经不会因此动摇了。他们此时正在安全屋里。汤克·法去了我们平时的屋子确认帕林的情况。登斯去了楼下拿东西。

薇雯娜坐在地板上。她换了一条路上买的长裙——她的裙子被烂泥弄得脏兮兮的——此时缩起身子，双腿贴着胸口。珠宝继续对薇雯娜不理不睬，她坐在地板上的一块被单上，忙碌着。她仍旧恼火地嘀咕着什么。"蠢东西，"珠宝压低声音说，"真不敢相信——就为了保护她，居然让你受了这么重的伤。"

受伤。这对克拉德那样的存在有意义吗？它已经醒了：她看到它的眼睛是张开的。缝合它的内脏又有什么意义？这样就能治好它么？它根本不用吃饭。何必去管什么肠子？薇雯娜颤抖着转过头去。在某种意义上，她觉得自己的内脏像是被人拽了出来。暴露在外。让整个世界都能看见。

薇雯娜闭上了双眼。几个钟头过去了，她仍旧没法忘掉在那条小巷里以为死期已至时的惊恐。而在真正遇险以后，她又学到了什么教训呢？端庄毫无意义——如果又会被裙脚绊倒，她宁愿脱掉裙子。她的头发也毫无意义：下次面对危机的时候，她不会再去在意头发。看起来，她的宗教也毫无意义。但这并不是说她能够使用灵息了——她的确尝试过那种亵渎之举，却没能成功。

"我有点想就这么离开，"珠宝嘀咕道，"你和我，离开。"

克拉德拖曳双脚的声音传来，薇雯娜睁开眼睛，看到它正试图起身——虽然它的内脏全都晾在外面。

珠宝骂了一句。"躺回去，"她用只能勉强听见的音量嘶声道，"该死的东西。日之怒号。停止活动。日之怒号。"

薇雯娜看着克拉德躺倒下来，不再动弹。它们也许会服从命令，她心想。但它们并不聪明。它刚才就是想走出门去，好服从珠宝那句像是命令的"离开"。珠宝那句关于太阳的胡言乱语又是什么？是登斯之前提过的"安全暗语"吗？

薇雯娜听到了通向地下室的楼梯传来的脚步声，然后那扇门打开，登斯出现了。他关上门，走上前去，递给珠宝几个像是牛皮酒袋的东西。她接了过去，随后再次埋首于工作。

登斯走了过来，坐在薇雯娜身旁。

"他们说一个人只有在面对死亡以后，才会真正了解自己，"他用闲聊般的语气说，"我倒不这么觉得。在我看来，濒死的你并没有平常的你那么重要。仅仅片刻怎么可能比得上整个人生？"

薇雯娜没有答话。

"谁都会害怕，公主。第一次上战场的时候，再勇敢的人有时也会逃跑。所以军队才会花那么多时间训练士兵。能撑下去的并不是勇敢的人，而是训练有素的人。我们拥有和动物相似的本能，这种本能有时候会支配我们。但这没关系。"

薇雯娜看着珠宝小心翼翼地把肠子装回克拉德的腹腔。她拿出一个小包，从里面取出个看起来像是肉条的东西。

"说实话，你表现得很好，"登斯说，"你保持了警觉，没有发呆。找到了最短的逃脱路线。我保护过的一些人只会站在那儿等死,最后还是得我来摇醒他们,再强迫他们逃跑。"

"我希望你教我唤醒。"薇雯娜低声说。

他吃惊地看向她。"你……要不要再考虑一下?"

"我考虑过了,"她小声说着,双手抱膝,下巴靠在上面,"我以为我很坚强。我以为我宁愿死也不会去用灵息。这是谎话。在那一刻,为了生存,我什么都愿意做。"

登斯笑了起来。"你应该挺适合当佣兵的。"

"这样做是错的,"她说着,仍旧目视前方,"但我没法再主张自己的坚贞了。我希望能理解自己拥有的东西,加以运用。如果我会因此遭受天谴,那就随便吧。至少这能让我幸存下去,直到摧毁霍兰德伦为止。"

登斯扬起一边眉毛。"这会儿你又想摧毁他们了?不只是单纯的破坏和削弱力量了?"

她摇摇头。"我想推翻这个国家,"她低声说,"就像那些贫民窟巨头所说的那样。它腐化了那些贫苦百姓,甚至能让我腐化堕落。我恨它。"

"我——"

"不,登斯,"薇雯娜说着,头发变成了深红色,但她并不在乎,"我是真的恨这个国家。我一直痛恨霍兰德伦人。他们夺走了我的童年。为了当上他们的王后,我被迫做了许多准备——准备嫁给他们的神王。每个人都说他是个邪恶的异端,可我却得和他上床!

"我恨这整座城市,恨这里的色彩和神灵!我恨它夺走了我的人生,然后又要求我抛弃所爱的一切!我恨这里繁忙的街道和宁静的花园,恨这里的贸易,还有令人窒息的气候。

"我最恨的是他们的傲慢。他们随意摆布我父亲,强迫他在二十年前签下那份和约。他们操控、主宰和毁掉了我的人生。现在他们又夺走了我妹妹。"

她咬紧牙关,深吸一口气。

"你的复仇会实现的,公主。"登斯低声说。

她看着他。"我想伤害他们,登斯。今天这次袭击的目的并不是镇压叛党。霍兰德伦是派这些士兵来灭口的。除掉他们一手缔造的穷人。我们要阻止他们再做这种事。我不在乎要付出什么代价。我已经不想再打扮得漂漂亮亮,忽略掉那些排场。我想做点实质性的事。"

登斯缓缓点头。"好吧。我们会改变行动方针,让今后的攻击造成更大的破坏。"

"很好,"她说。她用力闭上双眼,心里涌出沮丧。她真希望自己足够强大,能把所有这些情绪阻挡在外。但她做不到。她压抑得太久了,这正是问题所在。

"你来这儿,"登斯说,"根本就不是为了你妹妹,对吧?"

她点点头,双目紧闭。

"那又是为什么?"

"我这辈子都在接受训练,"她低声说,"我才是应该牺牲自己的人。塞芮代替我出发以后,我就什么都不是了。所以我必须来夺回自己的生存意义。"

"但你刚刚才说自己一直憎恨霍兰德伦。"他的语气有些困惑。

"我是说过。而且这是实话。所以我才非来不可。"

他沉默了一会儿。"我猜以佣兵的脑子是没法理解的。"

她睁开双眼。但她也不确定自己真的理解了。她一直牢牢掌控着自己的憎恨,只会表现在对霍兰德伦、对其行事方式的厌恶上。但她现在能面对憎恨,承认它的存在了。不知为什么,霍兰德伦在令人厌恶的同时引人入胜。就好像……她早就知道,直到她来到霍兰德伦,亲眼看到这里的那一刻,才可能真正理解摧毁她的人生的这个王国。

现在她明白了。如果她的灵息能派上用场,她就会去运用。就像勒梅克斯。就像那些贫民窟巨头。她并不比他们高尚——从来都不比他们高尚。

但她不觉得登斯会明白。薇雯娜朝珠宝那边点点头。"她在做什么?"

登斯转过头。"装上新的肌肉,"他说,"它体内的一块肌肉被人割断了。如果只是缝起来,肌肉是没法发挥正常作用的。她必须把整块肌肉都换掉。"

"用螺丝钉?"

登斯点点头。"固定在骨头上。这法子不错。不算完美,但也不错了。无命者受的伤能恢复一部分,但没法彻底痊愈。你只能把它们缝合起来,再装满新鲜的灵液-酒精混合物。如果修复的次数太多,无命者的身体机能就会失常,而你必须再花一口灵息才能继续使用。到了那时候,就不如直接买个新的了。"

被怪物拯救。或许这就是让她下决心使用灵息的理由。她本该死去的,但克拉德救了她。那个无命者救了她。她欠了那不该存在的东西一条命。更糟的是,当她审视内心的时候,发现自己下意识地对那个怪物怀有同情,甚至是好感。考虑到这一点,她觉得自己反正注定要下地狱,用不用灵息都无关紧要了。

"它很擅长战斗,"她小声说,"比城市守卫用的无命者要强。"

登斯瞥了眼克拉德。"并非个个如此。大多数无命者只是用附近的尸体随手做出来的。如果你出得起价,就能弄到生前也身手了得的那种。"

她背脊发冷,想起了克拉德保护她的那个时候,脸上浮现出的人性。如果不死的怪物可以成为英雄,那么虔诚的公主也可以亵渎神明——还是说她仍然在给自己的行为寻找借口?

"身手,"她轻声说,"也会保留下来么?"

登斯点点头。"至少一部分会吧。考虑到这家伙价格不菲,它生前肯定是个相当厉害的军人。所以才值得我们花费金钱、时间和精力去修复它,而不是直接买个新的无命者。"

他们对待他的方式就像对待物品,薇雯娜心想。她也应该这样。然而,她却在心里越来越把克拉德当做"他"来看待。他救了她的命。不是登斯,也不是汤克·法。是克拉德。在她看来,他们应该更尊重他才对。

珠宝固定好了肌肉,然后用一根粗线将皮肤缝好。

"虽然它自己也算是有愈合能力,"登斯说,"但最好还是用结实的东西修好,免得伤口再次裂开。"

薇雯娜点点头。"还有那种……汁液。"

"灵液-酒精混合物,"登斯说,"是五学者发现的。非常奇妙的物质。能维持无命者的运作。"

"不息战争就是因此才发生的吧?"她低声道,"就是因为调配出了正确的混合物?"

"那是一部分原因。在混合物以外,有人——还是五学者,我忘记是哪一个了——还发现了某种新种指令。如果你真的想成为唤醒者,公主,你就必须学会这个。学会指令。"

她点点头。"教我吧。"

一旁的珠宝拿出一只小水泵,连上一根细小的软管,然后接在克拉德脖根的小阀门上。她开始为克拉德注入灵液-酒精混合物,但动作很慢,大概是想避免撑爆血管。

"噢,"登斯说,"指令有很多种。如果你想赋予绳索以生命——就像你在小巷里尝试过的那样——那么'捆住物体'就算是不错的指令。吐字清晰,并用意念驱使灵息行动。如果方法正确,那条绳索就会捆住最靠近的东西。'保护我'也不错,但如果你没法做出确切的想象,指令内容就会以相当奇怪的形式表现出来。"

"想象?"薇雯娜问。

他点点头。"你必须在头脑里让指令成形,而不是单纯说出来。灵息也属于生命的一部分。按照你们伊德里斯人的说法,也就是灵魂的一部分。你在唤醒某种东西的时候,它就会成为你的一部分。它们能理解你,就像你的双手明白你希望它们去做什么。"

"那我就开始练习吧。"她说。

他点点头。"你应该很快就能学会。你是个聪明人,而且还有很多灵息。"

"跟这些有关系吗?"

他点点头,望向远处。就像是想到了什么令他心烦的事。"你刚开始拥有的灵息越多,学习唤醒的时候就越轻松。就好像……怎么说呢,就好像灵息更接近你的一部分。或者说,你更接近灵息的一部分。"

她坐了下去,思索着这番话。"谢谢。"她最后说。

"谢什么?谢我给你解释了唤醒的事?随便去街上拉几个孩子,有一半都能告诉你刚才那些话。"

"不,"她说,"虽然我同样感谢你的指点,但我谢的是另一些事。我感谢你,是因为你没有谴责我是伪善者;也是因为你愿意改变计划,承担风险;更是因为你今天保护了我。"

"我没记错的话,这些都是称职的雇员该做的事。至少是作为佣兵该做的事。"

她摇摇头。"并不只是因为这一点。你是个好人,登斯。"

他对上她的双眼,而她似乎看到了什么——那是她无法描述的某种情绪。她又一次想起了他曾经戴着的面具——那张"喜欢说笑的佣兵"的面具。那副模样只是伪装,而她看着那双眼睛的时候,看到了埋藏其下的庞大真相。

"好人，"他说着，转过头去，"有时候，我真希望这句话是真的，公主。我已经有些年不是好人了。"

她张嘴想要反驳，但不知为何又犹豫了。在屋外，有道影子经过了窗前。又过了一会儿，汤克·法走进屋子。登斯站起身来，看都没看她一眼。"如何？"他问汤克·法。

"看起来很安全，"汤克·法说着，瞥了眼克拉德，"死尸的状况如何？"

"刚刚修好了。"珠宝说。她俯下身，对那位无命者轻声说了句什么。克拉德又动了起来，它坐起身，四下张望。薇雯娜一直等到它的目光扫过自己，但那双眼睛没有表露出认识她的样子。它的脸上依旧呆滞。

当然了，薇雯娜想着，站起身来。它毕竟是个无命者。听到珠宝的指令以后，它又能动了。或许就跟珠宝当初让它停止行动的指令一样。那个奇怪的短语……

日之怒号。薇雯娜默默记在心里，然后跟着他们离开了屋子。

没过多久，他们就回到了家里。帕林冲出门来，表达着自己的担心。他先跑到珠宝面前，但她只是随口敷衍了几句。等薇雯娜走进屋子的时候，他走上前去。"薇雯娜，发生了什么事？"

她摇摇头。

"我听说了，"他说着，跟着她走上楼梯，"发生了战斗。"

"我们去的营地遭到了袭击，"薇雯娜爬完一段楼梯，疲惫地说，"敌人是一队无命者。然后它们就开始动手杀人了。"

"色彩之神啊！"帕林说，"珠宝没事吧？"

薇雯娜涨红了脸，在楼梯平台上转过身，低头看着站在下方的他。"你干吗要打听她的事？"

帕林耸耸肩。"我觉得她人不错。"

"你真的应该跟我说这些事吗?"薇雯娜说着,心不在焉地注意到自己的头发再次转为红色,"你不是跟我有婚约吗?"

他皱起眉头。"神王才跟你有婚约,薇雯娜。"

"可你知道我们父亲的想法。"她说着,双手叉腰。

"我知道,"帕林说,"噢,不过在离开伊德里斯的时候,我就觉得我们肯定会失去继承权。这么一来,就没必要再继续打哑谜了。"

打哑谜?

"我是说,我们坦白了说吧,薇雯娜,"他笑着说,"你对待我的态度从来就算不上好。我知道你觉得我很蠢;我猜你也许没错。但如果你真的在乎我,就不该让我觉得自己很蠢。珠宝会对我抱怨,但有时会为我的话发笑。可你一次也没笑过。"

"可……"薇雯娜说着,发现自己有些词穷,"可你为什么会跟我到霍兰德伦来?"

他眨眨眼。"噢,当然是为了塞芮了。我们来这儿不就是为了这个吗?不就是为了救她吗?"他露出温和的笑容,然后耸耸肩,"晚安,薇雯娜。"他朝着楼下走去,同时大声询问珠宝有没有受伤。

薇雯娜目送他离开。

*他已经不是我认识的那个人了,*她遗憾地想着,转身走向自己的房间。*但我已经不想去在乎了。*她的一切都被夺走了。现在也只是多了个帕林而已,不是吗?她走进房间的同时,对霍兰德伦的憎恨又坚定了少许。

*我只是需要睡一觉,*她心想。*色彩在上,或许醒来以后,我就会明白该在这座城市做什么了。*

有一件事是肯定的。她要学会如何唤醒。从前的那个薇雯娜——有权利抬头挺胸,声称使用灵息乃邪恶之举的她——在特泰利尔已经没有容身之地了。真正的薇雯娜前来霍兰德伦,并不是为了拯救妹妹。她来到这里，是因为她不能忍受无足轻重的人生。

她尝到了教训。那就是对她的惩罚。

走进自己的房间以后，她关上门，闩上门闩。然后她走向窗户，想要拉上窗帘。有个身影站在她的阳台上，从容地靠着栏杆。他的脸上有几天没刮的胡楂，黑色的衣服陈旧到近乎破烂，佩着一把深黑色的剑。

薇雯娜目瞪口呆。

"你，"他用愤怒的语气说，"惹的麻烦可不少。"

她张嘴想要尖叫，但那两条窗帘却突然卷过来，缠住了她的脖子和嘴巴。它们紧紧勒住，让她无法呼吸。窗帘裹住她的全身，将她的双臂固定在两边。

不！她心想。那次袭击和无命者都没杀死我，可现在我却要死在自己的房间里？

她挣扎起来，希望有人能听到她的挣扎，然后过来救她。但谁也没来。至少在她失去知觉之前没有。

第三十四章

光歌看着年轻的王后快步离开凉亭,心里有种奇怪的罪恶感。*我还真是够反常的*,他想着,呷了一小口酒。尝过葡萄以后,这酒显得有点酸。

或许这酸味是出于别的理由。他以平时那种轻浮的语气和塞芮提到了神王的死。在他看来,坦率地——可以的话,最好还能幽默地——向别人告知真相,才是最好的做法。

他没料到王后会有这样的反应。神王对她来说有这么重要吗?她是被人送来当他的新娘的,而这恐怕有违她的本意。但他会死的消息似乎令她悲伤。他以品评的眼光看着离开的她。

娇小又年轻的她,穿着金蓝相间的漂亮衣裙。年轻?他心想。*可她比我活得更久。*

他还保留着前生的某些东西——比如对自己年龄的感受。他不觉得自己只有五岁。他觉得自己要老多了。年龄本该教他管住舌头,不要谈起年纪轻轻就守寡的话题。那个女孩是真的在为神王悲伤吗?

她来这座城市仅仅几个月,而他通过传闻知道了她过着怎样的生活。被迫充当陌生人的妻子,而且连话都没法和对方说。那个人又代表了她的文化中亵渎的一切事物。光歌所能想到的唯一可能性,就是她在担心丈夫死后,她会有什么下场。这是合情合理的担忧。毕竟失去丈夫以后,王后就会失去大部分的特权。

光歌自顾点头,转头看向正在辩论的祭司们。他们结束了关于下水道和卫兵巡逻的讨论,转向了其他主题。"我们必须做好开战的准备，"其中之一在说，"最近的事件已经清楚地表明，我们没法和伊德里斯人和平共存。无论我们愿意与否，冲突都会到来。"

光歌坐在椅子里，侧耳聆听，用一根手指轻轻敲打着扶手。

*过去的五年里，我都无足轻重，*他心想。*我没有关键的投票权，只是一部分无命者的安全暗语。我为自己打造出了无用的名声。*

下方传来的对话比先前更不友善了。但他担心的不是这一点。问题在于那位带头呼吁开战的祭司。纳恩若瓦，"高尚者"静印的大祭司。通常来说，光歌不会费神去留意这一点。但纳恩若瓦可是众所周知的反战派。

他为什么会改变想法？

不久后，织晕朝他的包厢走来。等她走进包厢的时候，光歌对葡萄酒的胃口又回来了，他若有所思地小口呷着。下方传来的反战发言已是七零八落。

织晕坐在他身边，衣裙的沙沙声和香水的气息传来。光歌没有看她。

"你是怎么说动纳恩若瓦的？"最后，他开口问道。

"我没有，"织晕说，"我不知道他为什么会改变想法。我可不希望他转变得这么快——这样很可疑，会让人以为我操控了他。但无论如何，我都会接受这份支持。"

"你就这么希望开战吗？"

"我希望我的人民意识到威胁，"织晕说，"你觉得我希望发生这种事？你觉得我想送我们的同胞去杀人和被杀？"

光歌看着她，毫不掩饰地审视着她。她的双眼如此美丽。很少有人能注意到这一点，毕竟她总是那么招摇地展示自己的其他优点。"不，"他说，"我不认为你希望开战。"

她简短有力地点点头。她今天的裙子一如既往的整洁而漂亮，但上半身暴露出大片肌肤，胸部呼之欲出。光歌转过头去。

"你今天真无趣。"织晕说。

"我有点心烦。"

"我们应该高兴才对,"织晕说,"祭司们几乎全都来了。很快就该召开诸神议会进行投票了。"

光歌点点头。只有在讨论重大事件的时候才会召开诸神议会。那样的话,他们全体都有投票权。如果投票的结果是开战,大会就将要求拥有无命者指令的神灵——比如光歌——来担负管理部队和指挥战斗的责任。

"你已经改动过寻望那一万个无命者的指令了?"光歌问。

她点点头。"他们是我的了,慈星的也一样。"

色彩啊,他心想。我们两人已经掌控了这个王国四分之三的军队了。以虹彩音调之名,我究竟惹上了多大的麻烦?

织晕坐回椅子里,瞥了眼塞芮先前坐过的那张小椅子。"但我对众母很恼火。"

"是因为她比你漂亮,还是因为她比你聪明?"

织晕甚至不屑于用言语反击:她恼火地瞪了他一眼。

"我只是想让自己显得风趣而已,亲爱的。"他说。

"众母操控着最后一组无命者。"织晕说。

"真是个奇怪的选择,你不这么认为吗?"光歌说,"我是说,选择我倒是合乎逻辑——当然,前提是不了解我——因为据说我是个勇敢的人。寻望象征着正义,这跟军人很搭调。让象征仁爱的慈星去管理士兵,听起来也合乎情理。可众母呢?她是主妇与家庭的女神吧?分配给她一万名无命者士兵这件事,足以让我想到那套醉猴子理论了。"

"就是为回归诸神挑选名字和头衔的那只醉猴子?"

"正是如此,"光歌说,"说实话,我考虑过扩充这一理论。现在我的意见是,那位神灵——或者说宇宙,或者说时间,总之操控世间一切的至高存在——其实也就是一只喝醉了的猴子。"

她身体前倾,用力交叠双臂,衣裙里的双乳呼之欲出。"那么,你觉得我的头衔也是偶然得来的喽?诚实与人际关系的女神。听起来很合适,不是吗?"

他犹豫起来。然后他笑了。"我亲爱的,你这是想用乳沟来证明那位神灵的存在吗?"

她露出微笑。"晃晃胸部能办到的那些事,说出来会让你大吃一惊的。"

"唔。我从没考虑过你的乳房在神学方面的力量,我亲爱的。如果真有教会信奉它们,或许你就能让我变成有神论者了。言归正传吧,你能不能告诉我,众母究竟做了什么惹恼你的事?"

"她不肯给我无命者指令。"

"这并不奇怪,"光歌说,"我是你的朋友,可我很难信任你。"

"我们需要她的安全暗语,光歌。"

"为什么?"他问,"我们已经得到了四条里的三条——我们已经支配军队了。"

"内讧和分歧的后果是我们负担不起的,"织晕说,"如果她的一万转而对抗我们的三万,我们会胜利,但实力也会大打折扣。"

他皱起眉头。"她肯定不会做这种事。"

"但就怕万一。"

光歌叹了口气。"那好。我去跟她谈谈。"

"这恐怕不是个好主意。"

他扬起一边眉毛。

"她不怎么喜欢你。"

"是啊,我知道,"他说,"她的品位非常出色。和我认识的其他人不同。"

她瞪着他。"需要我再对你晃晃胸部吗?"

"拜托别。我怕自己会挺不过接下来的神学辩论。"

"那好吧。"她说着,坐回椅子里,俯视着那些仍在争论的祭司。

他们这次辩论可真够久的,他心想。他看向另一边,发现塞芮停下了脚步,看着竞技场中央,手臂挂着石雕护栏:但护栏太高了,她没法摆出舒适的姿势。

或许她不是因为想到丈夫的死期才心烦的,他想。也许是因为讨论的主题转到了战争上——她的人民不可能打赢的那场战争。这也是冲突逐渐激化的理由之一。就像霍伊德的暗示那样,如果一方立于不败之地,战争就必将到来。霍兰德伦几个世纪以来都在打造无命者军队,而其规模也越来越令人胆寒,霍兰德伦可能承受的损失也越来越小了。他早该意识到这一点,而不是觉得新王后的到来会让一切烟消云散。

他身边的织晕生起气来,他注意到她察觉了自己正看着塞芮。她带着明显的敌意打量着王后。

光歌立刻改变了话题。"你知道诸神宫廷下方的隧道群吗?"

织晕转头看着他,耸了耸肩。"当然知道。有些宫殿的底下就有隧道,用作储物一类的。"

"你进过隧道里面么?"

"拜托。我干吗要在储物隧道里爬来爬去?我知道这回事,是因为我的大祭司在成为我的属下时,曾问我要不要把宫廷隧道和主隧道群连通。我拒绝了。"

"你不想让别人从隧道进到你的宫殿里?"

"不,"她说着,转身看向下方的祭司们,"因为我不想忍受挖掘的噪声。能再给我倒杯酒吗?"

辩论进行期间,塞芮旁观了很久。

她有点理解光歌的话了。她对宫廷事务没有发言权，所以单方面聆听这些内容简直令人沮丧。但她还是想听。在某种意义上，这些祭司的争论就是她和外界仅有的关联了。

但她的见闻实在没法令她振奋。随着时间流逝，太阳落到了靠近地平线的地方，仆人们点亮了过道两边的巨大火炬，这时塞芮发现自己越发低落。到了明年，她的丈夫恐怕就会遭到杀害，要不就是听信流言然后自杀。此外，她的祖国还会遭受她丈夫治下的王国的侵略——但他却无力阻止，因为他无法发号施令。

然后是她的罪恶感：她其实很享受这些挑战与麻烦。在家乡的时候，她只能在对立和叛逆中找到刺激。而在这里，她只需要驻足观看，事态就会变得一团糟。目前的情况糟糕得过了头，但这并不能阻止她为此兴奋。

*蠢货，*她告诉自己。*你所爱的一切都在面临危险，可你却觉得这种情形令你兴奋？*

她必须设法帮助苏斯布隆，比如帮助他摆脱那些祭司的残酷管制。然后他也许就能为了她的家乡做点什么了。就在她思索这件事的时候，几乎听漏了下方的一句评论。发言的是最赞成主动进攻的那些祭司之一。

"你们没听说那个正在城里制造混乱的伊德里斯密探吗？"祭司问，"伊德里斯人正在做开战准备！他们知道冲突无可避免，所以开始对付我们了！"

塞芮回过神来。*城里的伊德里斯密探？*

"呸，"另一个祭司说，"你说的那个'潜入者'，据说是来自王室的公主。这显然是无稽之谈。公主干吗要隐姓埋名到特泰利尔来？这些传闻荒谬又扯淡。"

塞芮露出苦相。至少这句话显然是正确的。她的姐妹可不是那种会来充当"伊德里斯密探"的人。她笑了笑，想象着她那位轻声细语的僧侣姐姐——甚至是衣着整洁、态度冷漠的薇雯娜——悄悄来到特泰利尔的情景。她不太相信薇雯娜会真的想要成为苏斯布隆的新娘。那个刻板的薇雯娜？让她去和异国的宫廷以及那些式样狂野的服装打交道？

薇雯娜冷漠寡欲的态度永远不可能让苏斯布隆除下作为皇帝的面具。薇雯娜明显抵触的态度也只会让她和光歌那样的神灵关系疏远。薇雯娜肯定不愿意穿上这些漂亮的衣裙，也不会喜欢这座城市的多姿多彩。塞芮也许不是理想的人选，但她渐渐意识到，薇雯娜也同样算不上好选择。

一队人马沿着过道朝这边走来。塞芮站着没动：那些思绪占据了她的脑海，让她无暇他顾。

"他们说的是你的亲戚吧？"有个声音问道。

塞芮吃惊地转过身。在她身后，有位黑发女神穿着一条金绿相间、华贵而暴露的礼裙。她和大多数神灵一样，比凡人要高出足足一个头，此时正扬起眉毛，看着塞芮。

"大……人？"塞芮困惑地回答。

"他们在说那位隐姓埋名的公主，"女神说着，摆了摆手，"如果她真的有王族长发的话，就肯定是你的亲戚了。"

塞芮看向那些祭司。"他们肯定是弄错了。这儿的公主只有我一个。"

"关于她的故事已传开了。"

塞芮沉默下来。

"我的光歌挺喜欢你的，公主。"女神说着，交叠双臂。

"他对我很友善。"塞芮小心翼翼地说着，努力拿出合适的形象——表现得就像她自己，只是少一点威胁，再多一点困惑。"能告诉我您是哪位女神吗？"

"我是织晕。"女神说。

"很高兴认识您。"

"不,你并不高兴。"织晕说。她凑近身子,眯起双眼。"我不喜欢你做的那些事。"

"抱歉,您说什么?"

织晕抬起一根手指。"他是比我们都要善良的人,公主。别把他卷进你的阴谋里去。"

"我不明白您的意思。"

"你伪装出来的天真欺骗不了我,"织晕说,"光歌是个好人——是宫廷里仅剩的几个好人之一。如果你玷污他,我就会摧毁你。听明白了吗?"

塞芮麻木地点点头。然后织晕转身走开,嘴里嘀咕着:"去找别人跟你上床吧,小荡妇。"

塞芮震惊地目送她离去。良久,她终于恢复了镇定,红着脸逃也似的离开了竞技场。

等到塞芮回到宫殿的时候,已经到了沐浴的时间。她走进浴室,让侍女们伺候她更衣。她们拿着衣服退到一旁,然后离开房间,准备晚上穿的礼裙去了。一队地位较低的女仆留下来服侍塞芮,她们的工作就是跟着她走进巨大的浴缸,为她擦洗身体。

塞芮放松下来,后仰身子,在女仆们忙碌的时候长出一口气。另外几个女仆——她们穿戴整齐,站在洗澡水里——拉直她的头发,然后剪掉大半部分,这是她吩咐她们每晚都要做的事。

有那么一会儿,塞芮漂浮在水里,暂时忘记了她的同胞和丈夫面临的威胁。她甚至让自己忘记了织晕,还有她令人恼火的误解。

她就这么享受着温暖和水里的香水气息。

"您有话要跟我说吗,王后陛下?"有个声音问道。

塞芮吃了一惊，猛地将身体沉进水里，溅起一片水花。"蓝手指！"她厉声道，"第一天来的时候，我就跟你说清楚了吧！"

他站在浴缸边上，手指染成蓝色，露出平时那样的焦虑表情，来回着踱步。"噢，拜托，"他说，"我女儿的年纪都有您的两倍大了。您派人传话给我，说想跟我谈谈。好吧，我想跟您在这儿谈。免得让旁的人听到。"

他朝几个女仆点点头，她们泼水的动作用力了些，同时轻声交谈，制造出不算响亮的噪声。塞芮涨红了脸，短发转为深红——但几根漂在水上的断发还维持着金色。

"你还没克服自己的害羞吗？"蓝手指问，"你来霍兰德伦已经有几个月了。"

塞芮看着他，没有放松遮掩身体的姿势，但也没去阻止女仆们为她梳理头发和擦洗背脊的东西。"让侍女弄出这么大噪声就不显得可疑吗？"她问。

蓝手指摆摆手。"宫殿里的大部分人已经把他们看做二等仆人了。"她明白他的意思。与她的普通仆人不同，她们都穿着棕色的衣服。她们是帕恩凯尔人。

"您早先派信使来找过我，"蓝手指说，"您说有要事相商，这是什么意思？"

塞芮咬住嘴唇，整理着她考虑过的几十个主意，然后全部抛到脑后。她知道些什么？她要怎么才能让蓝手指愿意做这笔交易？

他给过我线索，她心想。他吓唬我，希望打消我和神王同床共枕的念头。但他没有帮助我的理由。他对我几乎一无所知。他不希望继承人诞生，肯定是出于其他动机。

"新神王继位的时候，会发生什么事呢？"她小心翼翼地问。

他盯着她。"这么说您已经明白了？"

明白什么？但她说出口的却是："当然。"

他紧张地绞着双手。"当然,当然。现在您明白我这么紧张的原因了吧?我们这么努力才让我爬到现在的位置。帕恩凯尔人想在神权统治的霍兰德伦出人头地,可没那么简单。得到这个职位以后,我一直在努力为同胞们提供工作机会。为您擦身的这些女仆,她们的生活比在帕恩凯尔的种植园里要好得多了。而她们会失去这一切。我们不信仰他们的神,所以我们怎么可能得到和本国人相同的待遇?"

"我还是不明白,这种事为什么无可避免。"塞芮字斟句酌地说。

他紧张地摆摆手。"当然不是无可避免,但传统就是传统。霍兰德伦人平时都大大咧咧,但对宗教特别较真。选出新神王的时候,上一批仆人就会被换掉。他们不会杀死我们殉葬——在不息战争过后,这种可怕的习俗已经废止——但我们会被开除。新神王就代表新的开始。"

他停止了踱步,看着她。她在水里仍旧全身赤裸,笨拙地尽可能藏起身体。

"但是,"他说,"我猜我的工作不是最主要的问题。"

塞芮嗤之以鼻。"别跟我说你担心我更甚于你在宫里的地位。"

"当然不是,"他跪在浴缸旁边,轻声说道,"但神王的性命……噢,这一点让我担心。"

"好吧,"塞芮说,"在这件事上,我还不确定。神王是会在有了继承人以后自愿赴死,还是会被迫自寻了断?"

"我也不清楚,"蓝手指承认说,"我的同胞之间的确流传着关于上一任神王之死的说法。他们提到了他治愈的瘟疫——噢,所谓的'治愈'发生的时候,他甚至不在这座城市。我的怀疑是他们设法强迫他把灵息交给了自己的儿子,然后死去。"

他并不知情,塞芮心想。他没有发现苏斯布隆是个哑巴。"你在多近的距离下服侍过神王?"

他耸耸肩。"跟其他仆人一样,再靠近就会被视为亵渎。他们不允许我碰他,也不允许我跟他说话。但是,公主,我一辈子都在服侍他。他不是我信奉的神,但他比神更重要。我觉得那些祭司只把他们的众神看做傀儡。对他们来说,谁坐在那个位置上都无所谓。我一辈子都在侍奉神王陛下。这座王宫雇佣我的时候,我还很年轻,也记得苏斯布隆的童年。我为他打扫过房间。他不是我的神,但他是我的君王。可现在,那些祭司却打算杀了他。"

他绞着双手,重新踱起了步子。"但我们无能为力。"

"不,你错了。"她说。

他摆摆手。"我警告过您,可您不肯听。我知道您在履行妻子的职责。或许我们可以设法让您避孕。"

塞芮涨红了脸。"我是绝对不会做那种事的!那是奥斯特瑞禁止的。"

"就算是为了拯救神王的性命也不行?可……当然了。他对你算什么呢?只是囚禁和束缚你的人而已。没错。或许我的警告只是白费唇舌。"

"我在乎他的性命,蓝手指,"她说,"而且我认为,我们可以在继承人的问题出现之前阻止这一切。我跟神王说过话。"

蓝手指吃惊地直视着她。"什么?"

"我跟他说过话,"塞芮确认道,"他不像你认为的那样冷酷无情。我不认为这件事只能以他死去和你的同胞失业作为结局。"

蓝手指仔细打量着她,让她再次面孔通红,往水里沉得更深了。

"看来您也成了有权势的人了。"他评论道。

至少是看起来有权势,她沮丧地想。"如果事态朝我希望的方向发展,我就会确保你的同胞得到关照。"

"那么作为交换,我需要做些什么呢?"他问。

"如果事态发展与我预想中不同,"她说着,深吸一口气,心脏狂跳,"我希望你把我和苏斯布隆设法送出宫去。"

沉默。

"成交,"他说,"但我们还是努力避免这种状况吧。神王察觉到祭司对他不利了吗?"

"察觉到了,"塞芮撒了谎,"事实上,他比我知道得还要早。是他让我和你接触的。"

"是吗?"蓝手指说着,微微皱眉。

"是的,"塞芮说,"为了确保我们双方的利益,我会跟你保持联系的。另外,如果你能允许我继续洗澡的话,我会非常感激。"

蓝手指缓缓点头,然后离开了浴室。然而,塞芮却难以平复心中的紧张:她不确定自己在这次交易中的表现算不算好。她似乎得到了某种解决方法,现在她只需要弄清如何运用就好。

第三十五章

薇雯娜醒来的时候，身体酸痛而疲惫，心中惊恐莫名。她试图挣扎，但她的双手和双腿都被捆住了。挣扎只是让身体换成了另一个更不舒服的姿势而已。

她身在昏暗的房间里，嘴巴被人塞住，面孔以别扭的姿势贴着碎裂的木头地板。她仍然穿着裙子，那是登斯抱怨过的一件昂贵的舶来品。她的双手反绑在身后。

房间里还有一个人。那人拥有很多灵息。她下意识地察觉到了这个事实。她扭动身体，以笨拙的方式仰躺下来。她看到了星辰照耀的夜空映出的那个身影：对方正站在稍远处的阳台上。

是他。

他转过身，房间里没有开灯，那张脸被阴影笼罩，而她恐慌地扭动起来。这个男人打算对她做什么？她想起某种骇人的可能性。

那人朝她走来，双脚粗鲁地踩在地上，木板为之颤抖。他单膝跪地，抓住她的头发，拽起她的脑袋。"我还没想好要不要杀你，公主，"他说，"如果我是你的话，就会避免做出加深我敌意的事来。"

他的嗓音低沉厚重，带着她对不上号的某种口音。她颤抖身体，头发褪为雪白。他似乎在审视她，双眼反射着星光。然后他把她放回木头地板上。

当她透过塞口球呻吟的时候，他点燃了一盏提灯，然后关上了阳台的门。他把手伸向腰带，取出一把狩猎长匕。薇雯娜一阵恐慌，但他只是走上前来，割断了捆住她双手的绳索。

他把匕首朝旁边一丢，它插进另一边的木头墙壁，发出"咚"的一声。他伸手去拿床上的某件东西——那把黑柄大剑。

双手得到自由的薇雯娜慌忙向后爬去，拉扯着塞口球，想要放声尖叫。他用尚未出鞘的剑甩过来，让她停止了动作。

"你最好保持安静。"他厉声道。

她缩回墙角。*为什么我会遇到这种事？*她心想。她为什么不早点逃回伊德里斯？登斯在餐馆里杀死那个无赖的时候，她就已经很不安了。她那时就已经明白，她将要打交道的人和状况都是非常危险的。

她傲慢又愚蠢，满以为自己能在这座城市有所作为——在这座庞大而可怕、拥有压倒性影响力的城市。而她无足轻重，只是个乡下来的农妇。她哪来的信心去插手这些人的政治和阴谋？

那个叫瓦西尔的人走上前来。他打开了深黑色剑鞘上的搭扣，怪异的反胃感向薇雯娜袭来。一缕黑色的细烟从剑刃上盘卷着升起。

瓦西尔走上前来，那盏提灯照出了他的轮廓，剑鞘的尖头刮过他身后的地板。然后他把剑丢在薇雯娜面前的地上。

"捡起来。"他说。

她稍稍放松了些，抬头，身子仍蜷缩在墙角里。她感觉到了流过脸颊的泪水。

"捡起那把剑，公主。"

她没有学过使用武器的方法，但也许……她朝那把剑伸出手，却觉得反胃感更强了。她呻吟一声，接近那把古怪黑剑的手开始抽搐。

她缩回了手。

"*捡起来！*"瓦西尔吼道。

她发出一声模糊而绝望的喊叫，抓起那把武器，剧烈的反胃感顿时顺着手臂向上蔓延，传入她的胃里。她发觉自己不顾一切地拉扯着塞口球。

你好啊,有个声音在她脑海里响起。你今天想杀什么人吗?

她丢下那把可怕的武器,跪倒在地上,朝着地板干呕起来。她的胃里没有多少东西,但她忍不住。等到吐完以后,她爬到一旁,靠着墙壁重新坐下。她蜷缩身体,胆汁从嘴角滴落,虚弱得连求救或者擦脸的力气都没有了。

她又哭了起来,最后的一点羞耻心似乎也因此而耗尽。透过模糊的泪眼,她看到瓦西尔静静地站在那里。然后他咕哝了一声——似乎很是吃惊——拾起了那把剑。他扣上剑鞘的搭扣,将剑刃锁回里面,然后把一块毛巾丢在她吐过的地方。

"我们正在一片贫民窟里,"他说,"你想怎么叫都行,但没人会当回事。只有我除外——我会很恼火。"他朝她看去。"我要警告你。我是个暴脾气。"

薇雯娜发起抖来,反胃感仍未彻底消失。这个男人的灵息比她还要多。但当他绑架她的时候,她没有发觉自己的房间里有别人。他是怎么隐藏自己的?

她脑海里的声音又是什么?

考虑到她目前的处境,分心去想这些似乎不太明智。但她是希望借此阻止自己去思考对方可能做出的事。他——

他再次朝她走来,神情阴沉地拾起塞口球。她终于尖叫起来,手脚并用地想要逃跑,而他咒骂一声,一脚踩在她的背上,强迫公主趴倒在地。他再次捆住她的双手,重新把塞口球塞了回去。她发出模糊不清的叫喊,而他将她拽了起来。他站直身子,把她扛在肩头,就这么走出了房间。

"该死的贫民窟,"他嘀咕道,"都穷到盖不起地下室。"他推了她一把,让她坐倒在某个小房间的门口,将她的双手绑在门把上。他退后几步,上下打量着她,显然很不满意。然后他在她身边跪了下来，没刮胡须的脸凑上前去，呼出臭气。"我还有工作要做，"他说，"都是你害的。别想逃跑。如果你跑了，我就会找到你，然后杀了你。明白了吗？"

她无力地点点头。

她看到他从另一个房间取回长剑，然后跑下楼梯。楼下的房门传来关门和落锁的声音，而她坐在地上，孤单无助。

大约一个钟头以后，薇雯娜哭干了泪水。她无力地坐着，被绑住的双手以别扭的姿势挂在头顶。登斯，汤克·法，还有珠宝。他们是专家。他们有能力救她离开。

但救援没有到来。她觉得昏昏沉沉，而且很想吐，但她还是意识到了一件事。这个人——这个瓦西尔——是连登斯都害怕的人。瓦西尔在几个月以前杀死了他们的朋友之一。他的剑技至少和他们同样高超。

可他们怎么会一起出现在这儿？ 她想着，手腕传来刺痛。这样的巧合也太罕见了。或许瓦西尔只是跟着登斯来到了这座城市，然后与自己的死敌针锋相对。

他们会找到我，然后救走我的。

但她很清楚，如果瓦西尔真有他们口中那么危险的话，她就不能指望同伴了。他知道怎样才能让登斯发现不了。如果她想要逃跑，就只能靠自己。这个念头令她惊恐。但奇怪的是，关于导师的记忆却在她脑海中浮现。

如果你被人绑架了，有些事是你可以做的，他这么教过她。*每个公主都应该记住这些事*。在特泰利尔的这段时间里，她渐渐觉得自己上过的课毫无意义。可现在，她惊讶地发现那些课程和自己的处境有直接关联。

如果有人绑架了你，导师这么教导过她，逃脱的最佳时机就是在一开始，身体尚有余力的时候。他们会不让你吃饭，并且殴打你，这么一来，你很快就会虚弱到无力逃脱。不要指望有人来救你，虽然你的朋友们无疑会设法帮助你。也永远别指望别人用赎金把你换回去。大多数的绑架事件都会以死亡告终。

为了你的祖国，最佳选择就是尝试逃脱。如果你没能成功，那么绑架者也许会杀死你。但与作为俘虏可能的遭遇相比，这样的结果反而更好。另外，如果你死了，绑架者也就失去了人质。

那是一堂严酷而又直白的课程——但她的很多课程都与之类似。与其作为俘虏去损害伊德里斯的利益，还不如死掉的好。也正是在同一堂课上，导师警告她说，等她成为王后以后，霍兰德伦人或许会利用她来对付伊德里斯。导师说过，在那种情况下，她父亲或许会被迫派人来刺杀她。

她已经没必要担心这种可能性了。然而，关于绑架的那些建议似乎用得上。她很害怕，想要瑟缩在这里，就这么等下去，指望瓦西尔找到理由放她离开。但她越是思考，就越明白自己必须坚强起来。

他对她非常凶狠——甚至到了夸张的地步。他想吓唬她，让她不敢尝试逃脱。他曾抱怨说这儿没有地下室，因为那里会是藏匿她的好地方。等他回来以后，恐怕就会把她带去更难以逃脱的场所。导师说得对，如果她想要逃跑，就只能趁现在了。双手被绑得很紧，她已经尝试了许多次。瓦西尔很擅长打绳结。她扭动挣扎，却只是磨破了几块皮，反而痛得她缩起身子。鲜血顺着手腕向下滴落，但只靠血液的润滑不足以让她摆脱绳索。她再次哭出声来，但原因并非恐惧，而是痛苦和沮丧。

她没法挣脱。但……或许她能让绳子自行解开？

我为什么不早点让登斯教我灵息的使用方法？

她更厌恶她仿佛顽疾般的自以为是了。使用灵息当然好过被杀——被瓦西尔杀死就更糟了。现在她觉得自己能理解勒梅克斯和他收集灵息来延长寿命的想法了。她努力透过塞口球念出指令。

但这只是白费力气。就连她也知道，给出指令时必须咬字清晰。她开始扭动下颚，用舌头去推挤塞口球。与她手腕上的绳索相比，塞口球似乎没那么紧。另外，她的眼泪和唾液已经将它打湿了。她借助嘴唇和牙齿的动作，不断尝试。等到它终于滑出口腔的时候，连她自己也吃了一惊。

她舔了舔嘴唇，活动着自己酸痛的下巴。*现在该怎么办？*她心想，忧虑随之加深。现在她真的必须逃跑了。如果瓦西尔回来，看到她设法弄掉了塞口球，他就不会再给她类似的机会了。他也许会惩罚她的不听话。

"绳索，"她说，"自行解开。"

它毫无反应。

她咬紧牙关，努力回忆登斯跟她说过的指令。"捆住物体"和"保护我"。在目前的情况下，两者似乎都派不上用场。她当然不希望绳子把她的手腕捆得更紧。但他还说过些别的什么。好像是"想象你希望它办到的事"之类的。她试着在脑海里描绘出绳索自行解开的画面。

"自行解开。"她用清晰的嗓音说。

但依旧毫无反应。

薇雯娜沮丧地将脑袋靠向门板。唤醒这门技艺真是难以捉摸：但奇怪的是，它却又有那么多的法则和限制。或许正是因为唤醒太复杂了，她才觉得捉摸不透吧。

她闭上双眼。*我必须弄明白，*她心想。*我必须成功。如果失败了，我就会死。*

她睁开双眼，盯着绳索。她再次想象它们解开的样子，但不知为何,感觉却不太对头。她就像个小孩子,正盯着一片叶子,企图只靠意志力就让它动起来。

但这种全新能力的运用方式并非如此。这种能力是她的一部分。因此,她放松下来,让头脑下意识地完成工作。这和让发色改变有点相似。

"解开。"她命令道。

灵息涌出她的身体,就像在水下吹出一串气泡;她呼出一小块自己,却感到它流入了另一样东西。那样东西成为了她的一部分——成了她只能稍稍控制的一条肢体。与其说那是移动绳索的能力,倒不如说是感受绳索的能力。灵息离开她的同时,她感觉到世界黯淡下来,色彩的鲜明程度稍有减少,风声略微有些模糊,而城市里的喧嚣也似乎遥远了少许。缠住她双手的绳索抽动了一下,手腕处传来剧痛。然后绳索自行解开,落到地上。

她的双臂重获自由,而她坐在地上,盯着手腕,震惊不已。

色彩之神奥斯特瑞啊,她心想。**我做到了**。她不清楚自己是该感动还是羞愧。

但无论如何,她明白自己必须逃跑。她解开脚踝上的绳子,然后爬起身来,注意到门板的一部分——在她双手周围的圆形部分——被彻底抽干了色彩。她迟疑了片刻,然后拿起那根绳子,跑下楼梯。她打开门锁,朝着门外的街道探出头去,但天已经黑尽,视物并不容易。

她深吸一口气,冲入夜色之中。

她漫无目的地走了一会儿,努力让自己远离瓦西尔的巢穴。她知道自己应该找个地方藏起来,但她很害怕。她身上的衣服做工精致,会给路过的人留下印象。她唯一的希望就是离开贫民窟,进入城区，然后回到登斯和其他人身边。

她把那根绳索塞在裙子的口袋里，用侧面的皱褶遮住。她已经习惯了之前的灵息数量，所以就算只是少了绳索里的那么一点点，也很不对劲。唤醒者可以将投入物体的灵息回收，她在课堂上学过。她只是不知道收回灵息的指令。因此带上了绳索，希望登斯能帮她取回灵息。

她维持着快步，同时低头寻找着别人丢下的斗篷或者破布，打算盖住她的裙子。幸好现在并不是大多数无赖会活动的时间。但她的确时不时能看到路边的暗处里有人影，而她每次从旁经过的时候，都难以压抑心脏的狂跳。

要是太阳能出来就好了！她心想。随着黎明渐近，天边已经泛白，但天色依旧很暗，她很难看清自己正朝着什么方向前进。贫民窟的道路错综复杂，又让她觉得自己始终在原地绕圈子。高大的房屋环伺四周，遮蔽了天空。这附近一度相当富裕：在那些房屋阴影笼罩的正墙上，能看到磨损的雕刻与暗淡的色彩。在她左边那条街道前方的广场上，有一座老旧损坏的雕像：那是个骑着马的男人，似乎是喷泉的一部分，又或许——

薇雯娜停下脚步。坏了的骑手雕像。怎么听起来有点耳熟？

登斯提起过，她心想。他在跟帕林解释怎么从安全屋去餐馆的时候说过。几星期前的记忆在她的脑海中已经模糊不清。但她的确记得那次对话。她曾经担心帕林会迷路。

在过去的几个钟头里，她头一次觉得自己看到了希望。那条路线很简单。她能回想起来吗？她思索着，同时犹豫不决地迈开步子，几乎凭着本能前进。才走了几分钟，她就意识到周围黑暗的街道看起来很熟悉。贫民窟里没有街灯，但黎明前的那点微光就足够了。

她绕过转角，安全屋果真出现在了街对面，被夹在两栋较为高大的房屋之间。赞美奥斯特瑞!她释然地想着,迅速穿过街道,钻进安全屋内。房间里空无一人,而她匆匆打开通向地下室的门,寻找着可供藏身之处。

她四下摸索,果真在楼梯旁边找到了提灯和打火石。她拉上门,发现门板比想象的要坚固。这让她安心了些,但这扇门没法从内部上锁。她弯下腰,点燃了提灯。

眼前是一段陈旧破损、通向地下室深处的楼梯。薇雯娜停下脚步,想起了登斯关于楼梯的警告。她小心翼翼地迈步,听着脚下传来的嘎吱响声,明白了他担心的原因。但她还是顺利走完了楼梯。在楼梯的底部,弥漫的霉味让她皱起了鼻子。墙壁上挂着几头猎来的小动物:有人不久前来过这儿,这是个好兆头。

她绕过楼梯。地下室的主要空间就位于楼上那个房间的地下方。她可以在这儿休息几个钟头,如果登斯没有来,她就冒险离开。然后再——

她猛地停下脚步,呆立在原地,手中的提灯摇晃不止。摇摆不定的光辉照亮了坐在她面前的身影,那人垂着头,面孔被阴影笼罩。他的双臂反绑在背后,脚踝则捆在椅子腿上。

"帕林?"薇雯娜冲到他身边,吃惊地问。她迅速放下提灯,然后愣住了。地板上有血迹。

"帕林!"她提高了嗓门,抬起他的头。他的双眼无神地注视前方,脸上伤痕累累,鲜血淋漓。她的生命感应能力感觉不到他。他的眼睛死气沉沉。

薇雯娜的双手开始颤抖。她蹒跚后退,满心惊恐。"噢,色彩啊,"她不由自主地喃喃道,"色彩啊,色彩啊,色彩啊……"

一只手落在她的肩头。她尖叫一声,转过身去。在她的身后,在楼梯下面的那片黑暗里,一具高大的身躯静静地伫立着。

"你好啊,公主。"汤克·法说。他笑了。

薇雯娜跌跌撞撞地后退，几乎撞上了帕林的尸体。她捂住胸口，开始喘息。直到那时，她才看清墙上挂着的那些东西。

那不是猎物。原先在提灯的昏暗光芒下误以为是野鸡的东西，此时正反射出绿色的光泽。那是一只死掉的鹦鹉。旁边还挂了一只猴子，支离破碎。最新鲜的尸体是一只大蜥蜴。它们的身上都有被折磨过的痕迹。

"噢，奥斯特瑞啊。"她低声说。

汤克·法走上前一步，朝她伸出了手，而薇雯娜终于在震惊下动了起来。她矮身躲向旁边，避开了他的手。她从大个子男人的身边绕过，慌乱地跑向楼梯。她撞上了某人的胸口，然后停了下来。

她抬起头，眨了眨眼。

"公主，你知道我最讨厌佣兵这行的哪一点吗？"登斯抓住她的胳膊，轻声道，"那就是对我们的固有印象。每个人都觉得佣兵不可信。问题在于，他们的看法没错。"

"我们只是拿钱办事而已。"汤克·法说着，走到她身后。

"这并不是我们最想干的活儿，"登斯说着，紧紧抓住了她，"但酬劳很不错。我还以为没必要做到这一步呢。本来一切都很顺利。你为什么要逃跑？我们在哪里露出了马脚？"

他用一只手推她，另一只手仍旧抓住她的胳膊。珠宝和克拉德从楼梯上走了下来。楼梯在他们的体重下发出呻吟。

"你们从头到尾都在欺骗我，"她低声说着，几乎没有注意到自己泪流满面，她努力理解着这一切，心脏狂跳不止，"为什么？"

"绑架可是很辛苦的。"登斯说。

"这门生意不好做。"汤克·法补充道。

"如果被绑架的人根本不知道自己被绑架了，那就会轻松不少。"

他们始终监视着我。跟在我附近。"勒梅克斯他……"

"没有做我们要他做的事，"登斯说，"毒杀这种方式太便宜他了。你早该明白的,公主。有了他那种数量的灵息……"

他是不可能病死的,她这才明白过来。奥斯特瑞啊!她的大脑麻木了。她看向帕林。他死了。帕林死了。他们杀死了他。

"别看他,"登斯说着,轻轻扭过她的头,让她的视线离开那具尸体,"那只是个意外。听我说,公主。你不会有事的。我们不会伤害你。只要你把逃走的原因告诉我就好。帕林坚持说他不清楚你的去向,但我们都知道,就在你离开前,他在楼梯上跟你说过话。你真的不告而别了吗?为什么?哪件事让你对我们起了疑心?你父亲的某个密探联系上你了吗?我还以为他们进城时就都被我们发现了呢。"

她麻木地摇着头。

"这很重要,公主,"登斯平静地说,"我必须弄清楚。你联络了谁?你跟那些贫民窟巨头说了关于我的什么事?"他捏住她胳膊的手开始发力。

"我们可不想弄坏你,"汤克·法说,"你们伊德里斯人太容易坏了。"

这些曾经令人愉快的玩笑,如今听来却冷酷又骇人。汤克·法在她右方那盏提灯的阴暗光芒里若隐若现,而她前方是登斯修长的身影。她想起了他的敏捷动作,想起了他在餐馆杀死那些保镖时的手段。

也想起了他们毁掉勒梅克斯的住处时的手段。

她想起了他们面对死亡的轻率态度。他们用幽默掩盖一切。借着登斯手里那盏提灯的光芒,她看到楼梯下塞着几只大号麻袋:其中一只麻袋里伸出一只靴子。那只靴子的侧面有伊德里斯军队的徽记。

她父亲派了人来找她。登斯只是快了一步而已。他杀了多少人?在这间地下室里,尸体可保存不了多久。这两具尸体相对很新,正等待着他们拿去丢弃。

"为什么?"她又问了一遍,震惊到几乎说不出话来,"你们就像我的朋友一样。"

"我们的确是,"登斯说,"我喜欢你,公主。"他露出微笑——那是发自内心的笑容,并非汤克·法那种不怀好意的冷笑。"我真的很抱歉——如果抱歉有用的话。帕林本来不该死的——那只是个意外。不过,好吧,工作就是工作。我们只是拿钱办事而已。我跟你解释过好几次了,相信你也记得。"

"我从来没当真过……"她低声说。

"没人会相信佣兵的话。"汤克·法说。

薇雯娜眨了眨眼。*要逃就趁早。趁着你还有力气。*

她已经逃过一次了。这还不够吗?她就连喘口气的时间都没有吗?

趁早!

她扭动手臂,重重拍在汤克·法的斗篷背面。"抓住——"

但登斯的动作太快了。他将她拽了回来,捂住她的嘴巴,然后抓住她的另一只手,紧紧攥住。汤克·法惊讶地站在那里,而薇雯娜的裙子失去了色彩,转为灰色,她的一部分灵息通过登斯的手指传入了汤克·法的斗篷。但没有指令,那份灵息什么也办不到。它就这么浪费掉了,而薇雯娜感觉周围的世界更暗淡了几分。

登斯松开了捂住她嘴巴的手,拍了下汤克·法的后脑勺。

"嘿。"汤克·法揉着脑袋说。

"留点儿神。"登斯说。然后她看向薇雯娜,同时紧抓着她的胳膊。

她手腕处的伤口流出鲜血,从他的指缝间渗出。登斯愣住了,他显然是这才注意到她流血的手腕:地下室的昏暗光线让他没能注意到这种细节。他抬起头来,对上她的双眼。"噢,见鬼,"他咒骂道,"你并没有逃跑,对吧?"

"啊?"汤克·法问。

薇雯娜充耳不闻。

"发生了什么事?"登斯问,"是他干的么?"

她没有答话。

登斯皱起眉头,用力一拧她的胳膊,她发出痛呼。"好吧。看起来你是要逼我动手了。我们先处理你的灵息,然后再来谈一谈——像朋友那样友好地谈一谈——你的遭遇。"

克拉德走到登斯身边,灰色的双眼凝视前方,像以往那样全无感情。只不过……她似乎看到了什么?那是她想象出来的吗?她最近的情绪太过反常,让她很难相信自己的感受。克拉德仿佛在与她对视。

"好了,"登斯说着,神情更加冷酷,"重复我的话。吾命予汝。吾息归汝。"

薇雯娜抬起头,看着他,对上他的双眼。"日之怒号。"她低声道。

登斯皱起眉头。"什么?"

"攻击登斯。日之怒号。"

"我——"登斯开了口。就在那一刻,克拉德的拳头打中了他的脸。

那一拳让登斯倒向侧面,撞上了汤克·法,后者咒骂一声,摔倒在地。薇雯娜挣脱了他的手,俯身从克拉德身边跑过——途中几乎被自己的裙摆绊倒——然后用肩膀奋力撞上了吃惊的珠宝。

珠宝倒了下去。薇雯娜手忙脚乱地爬上楼梯。

"你让她听到了安全暗语?"登斯怒吼道。他和克拉德扭打起来。

珠宝爬起身来,跟在薇雯娜身后。但她的一只脚踏穿了楼梯。薇雯娜跌跌撞撞地跑进上面的房间,然后关上了门。她摸索了几下，闩上了门闩。

这可没法把他们困太久，她想着，无助感涌上心头。他们不会放过我的，他们会追捕我，就像瓦西尔那样。色彩之神啊。我该怎么做？

她跑上街道——此时晨光已经照亮了整座城市——然后钻进一条巷子。她就这么继续奔跑——这一次尽可能选择最窄、最脏也最暗的小巷。

第三十六章

我不会抛下你的,苏斯布隆写道。他正坐在窗边的地板上,将几只枕头垫在背后。我发誓。

"你怎么能肯定?"坐在床上的塞芮问,"也许等你有了继承人,就会厌倦生命,然后把灵息送人。"

首先,他写道,我还不清楚要怎样才会有继承人。你拒绝解释,也不肯回答我的问题。

"那些问题太羞人了!"塞芮说着,感觉到自己的短发变红了。她立刻将它变回黄色。

其次,他写道,如果我对生物染色灵息的了解没有错的话,我应该没法把灵息送人。你觉得他们在灵息的运作方式上对我撒了谎吗?

他的文字表达能力越来越强了,塞芮看着他擦去字迹,心想。让他被囚禁一辈子实在太可惜了。

"我也不太清楚这方面的事,"她说,"我们伊德里斯人不怎么关心生物染色灵息。恐怕我所知的有一半都是谣言和夸大。举例来说,在伊德里斯,人们觉得你会在宫廷里的圣坛上拿活人献祭——我从不同的人口中听过十几次了。"

他顿了顿,然后继续写了起来。不管怎么说,我们讨论的这件事很荒谬。我是不会变的。我不会突然决定自杀。你用不着担心。

她叹了口气。

塞芮,他写道,我在消息闭塞、无知又缺乏交流的情况下也活了五十年。你真觉得现在的我会自杀吗?学会了写字,又有人可以说话的现在?在遇见了你的现在?

她笑了。"好吧。我相信你。但我还是觉得你那些祭司让人担心。"

他转过头去,没有答话。

活见鬼,他干吗对他们这么信任? 她心想。

终于,他转头看向了她。*你能让头发长出来吗?*

她扬起一边眉毛。"你希望它是什么颜色的?"

红色,他写道。

"你们霍兰德伦人真喜欢鲜艳的颜色,"她说着,摇了摇头,"你知道我的同胞把红色看做最令人厌恶的颜色吧?"

他迟疑了片刻。*很抱歉*,他写道。*我不是故意冒犯你的。我——*

她伸手碰了碰他的胳膊,让他停了口。

"不用道歉,"她说,"你瞧,我没在争辩什么。我只是在挑逗你。抱歉。"

*挑逗?*他写道。*我的故事书没用过这个词。*

"我知道,"塞芮说,"那本书里全都是孩子被树和怪物吃掉的故事。"

那些故事只是隐喻,用来教导——

"是啊,我知道。"她再次打断了他的话。

那么,挑逗是什么?

"是……"*色彩啊!我为什么要自找麻烦?*"就是指女孩为了吸引男孩的注意,表现出犹豫——有时是愚蠢——的样子。"

这样为什么会吸引男人的注意?

"好吧,就像这样,"她看着他,稍稍探出身体,"你希望我长出头发来吗?"

是的。

"你真的希望我这么做吗?"

当然。

"如果你非要我这么做的话,那好吧。"她说着,甩了甩头,命令自己的头发变成红褐色。在甩头的过程中,她的头发闪烁着从黄色转为红色,就像是渗入清澈水池里的墨汁。然后她让头发长了出来。这种能力近乎于本能——就像舒展肌肉那样。这么说的话,她最近的确经常使用这块"肌肉",因为她倾向于每晚让女仆为她剪掉头发,而不是花时间去梳理。

就在头发掠过她面前的同时,长度也增加了。她最后甩了一次头——长发让这个动作费力了些,如今细小的发卷垂落在她肩头和背脊,脖子左右暖洋洋的。

苏斯布隆瞪大眼睛看着她。她对上那双眼睛,然后试着朝他抛了个媚眼。苏斯布隆的反应看来非常滑稽,让她不由自主地大笑起来。她坐回床上,刚长出不久的头发披散下来。

苏斯布隆拍了拍她的腿。她朝他望去,而他站起身,坐在床边,让她能看到他正在写的字。

你真是太奇怪了,他写道。

她笑了。"我知道。我天生就不会勾引男人。我没法一直板着脸。"

勾引,他写道。我知道这个词。在某个故事里,邪恶的女王企图勾引年轻的王子,虽然我不知道她究竟要做什么。

她笑了。

我想她肯定是想提议给他食物。

"是啊,"塞芮说,"你的解读很好,苏斯。完全正确。"

他犹豫起来。她并不是要给他食物,对吧?

塞芮又笑了起来。

他脸红了。我觉得自己就像个大傻瓜。有那么多的事,别人一听就能明白。可我的导师却只有这本童书。我读了太多遍，已经分不清自己和当初读这本书的那个孩子了。

他开始用力擦拭字迹。她坐起身，一只手按在他的胳膊上。

我知道我有些不明白的事，他写道。我也能猜到，那些事让你难堪。我不是傻瓜。但我很泄气。面对你的挑逗和讽刺——也就是你那些与想法相反的行为——我觉得自己永远也没法理解你。

他沮丧地看着木板，一只手拿着擦拭用的布，一只手捏着炭笔。壁炉里的火焰劈啪作响，摇曳而刺眼的黄色光芒照亮了他刮得干干净净的脸庞。

"抱歉。"她说着，凑近了些。她用双臂挽住他的手肘，脑袋靠着他的胳膊。在习惯了与他相处以后，他感觉上并不比她年长多少。伊德里斯也有身高六尺半的男人，而苏斯布隆只是略高几寸而已。另外，他的体格非常匀称，看起来既不瘦弱，也不会过于强壮。他是个普通人，只是比别人大一号罢了。

他看着靠着他的手臂，闭上双眼的她。"我觉得你表现得比你自己想象中要好。在我的故乡，大多数人对我的了解还不到你的一半。"

他动起笔来，而她睁开双眼。

我觉得难以置信。

"是真的，"她说，"他们总想让我成为另一个人。"

谁？

"我姐姐，"她说着，叹了口气，"你本该娶的那个女人。她完全符合公主的形象。自制、温柔、顺从又博学。"

她听起来很无趣，他写着，面露微笑。

"薇雯娜是个出色的人，"塞芮说，"她对我一直很好。只是……好吧，我想就算是她，也觉得我应该更收敛一点。"

我不明白，他写道。你很出色。充满活力和热情。这座宫殿的祭司和仆人们,他们穿着彩色的衣服,可他们心里没有色彩。他们只顾着处理自己的工作,总是板着脸,低着头。你的内心也有色彩,而且多到喷涌出来,为你周围的一切都染上颜色。

她笑了。"听起来就像是生物染色灵光。"

你比生物染色灵光要可靠,他写道。我的灵息能让事物更加显眼,但那并不是我的东西。那是别人给我的。你的灵息是你自己的。

她能感觉到自己的头发从深红转为金色,而她满足地轻叹一声,身体朝着他又贴近了些。

你是怎么做到的?他写道。

"做什么?"

改变发色。

"一种本能,"她说,"如果我觉得快乐或者满足,头发就会变成金色。"

这么说你很快乐?他写道。跟我一起很快乐?

"当然。"

但你说到群山的时候,嗓音里充满了渴望。

"我想念那些山,"她说,"但如果我离开这儿,也会想念你的。有时候,你没法得到想要的所有东西,因为那些愿望是矛盾的。"

他们沉默了很久,而他把木板放到一旁,迟疑不决地反手搂住了她,背靠着床头板。她的发色带上了一丝鲜红——她这才意识到他们还坐在床上,而她只穿着睡衣,依偎在他身边。

可是,噢,她心想,我们毕竟都结婚了。

唯一破坏气氛的,就只有她的肚子不时发出的咕噜声了。几分钟过后,苏斯布隆伸手拿起了他的木板。

你饿了?他写道。

"不,"她说,"我的胃是个无政府主义者:它喜欢在吃饱的时候大吼大叫。"

他顿了顿。讽刺？

"不怎么高明的那种，"她说，"没事的——死不了人。"

你来我的房间之前没吃东西吗？

"吃了，"她说，"但长出那么多头发是很累人的。我每次都会肚子饿。"

你每天晚上都会饿吗？他飞快地写着。可你一次也没说过啊？

她耸耸肩。

我去给你弄食物来。

"不，我们不能冒这个险。"

冒什么险？他写道。我是神王——我想什么时候吃东西都可以。我以前也在晚上让人给我拿过食物。这没什么奇怪的。他站起身，朝门的方向走去。

"等等！"她说。

他转过身，回头看着她。

"你不能就这么出去，苏斯布隆，"她说着，压低声音，以防有人偷听，"你还穿着这么多衣服呢。"

他低下头，然后皱了皱眉。

"至少让衣服看起来凌乱一点吧。"她说着，迅速藏起他的书写板。

他解开脖子附近的纽扣，然后脱下他深黑色的罩袍，露出里面的衬袍。就像他身边的所有白色物体一样，它散发出虹彩的光晕。他抬起手，揉乱了自己黑色的头发。然后他转身面对她，眼神带着询问。

"这样就行了。"她说着，把床单拉到脖子的部位，盖住身体。她好奇地看着苏斯布隆用指节轻叩房门。

门立刻开了。他的地位太崇高了，他们甚至不允许他自己开门，塞芮心想。

他一手按着腹部，然后指指远处，下达了"拿食物来"的命令。仆人们——从塞芮的角度几乎看不到——匆忙遵命离开。门关上的同时，他转过身，走到床边，在靠近她的位置坐了下来。

几分钟过后，仆人们抬着一张餐桌和一把椅子进了房间。他们在桌上放了大量的食物——从烤鱼到泡菜再到炖贝肉，应有尽有。

塞芮惊讶地看着这一幕。这样丰富的菜色不可能这么快就烹煮完毕。他们肯定早就在厨房里备好了，以防他们的神灵碰巧肚子饿。

这一餐浪费到了铺张的程度，同时也令人惊叹。这可以说是她在伊德里斯的同胞想象不到的生活方式，也是这个世界令人不安的失衡现象的体现。有些人在挨饿，另一些人却如此富有，几乎每天都要浪费这么多的食物。

仆人们只在桌边放了一把椅子。塞芮看着他们端来一只又一只餐碟。他们不可能知道神王想吃什么，所以他们似乎把每种食物都拿来了一些。等餐碟在桌上摆满以后，苏斯布隆用手指示意，然后他们便退出门外。

饥肠辘辘的塞芮几乎无法抵挡这股香味。她紧张地等待着，直到房门合拢。然后她掀开床单，跑了过去。她本以为他们给她准备的饭菜已经很铺张了，但与这场宴席相比根本是小巫见大巫。苏斯布隆指了指那张椅子。

"你不打算吃吗？"她问他。

他耸耸肩。

她走到床边，从床上取下一条毛毯，铺在石头地板上。"你喜欢哪道菜？"她说着，走向桌边。

他指了指分别装着炖贻贝和几块面包的餐盘。她把那两只餐盘，外加一碗看起来没有鱼的菜——那是浸泡在某种奶油酱里的异国水果——搬到毛毯上。然后她坐了下来，开始吃东西。

苏斯布隆小心翼翼地坐在地板上。虽然他只穿着衬袍，却依旧保持着庄严感。塞芮伸出手,把书写板递给了他。

这样真怪,他写道。

"什么奇怪?"她问,"在地上吃饭么?"

他点点头。用餐对我来说是这样的:我吃刚上几口,仆人就把碟子撤走,擦干净我的脸,再给我拿来下一道菜。我从来没吃完过整道菜,即便我真的很喜欢。

塞芮哼了一声。"他们没拿汤匙喂你,我就已经很惊讶了。"

我小的时候,他们的确这么干过,苏斯布隆写着,脸红了起来。我最后总算打消了这种做法。对于不能说话的人来说,这真的很不容易。

"我想象得出来。"塞芮一边吃一边说。她看着很有节制地小口吃着的苏斯布隆,为自己进食的速度感到有些羞愧,但随后又认定这不重要。她把果盘放到一边,从桌子上拿了几块酥皮糕点。

苏斯布隆看着一块接一块吃个不停的她。

那是帕恩凯尔的小扇饼,他写道,吃的时候应该小口咬:在每一口之前,得先吃一片面包把余味除去。它们非常精致,而且——

他停下了写字的动作,因为塞芮拿起一整块糕饼,塞进嘴里。她对他笑了笑,然后继续咀嚼起来。

愣了半晌以后,他又动起了笔。你知道故事里那些暴饮暴食的孩子们,最后通常会被丢下悬崖吧?

塞芮嘴里的还没吃完,又把另一块薄脆的糕饼塞进嘴里,她的手指和脸上都沾上了糖粉,脸颊也鼓了起来。

苏斯布隆看着她,接着伸出手,也拿起一整块。他打量了一番,然后塞进自己嘴里。

塞芮大笑起来,几乎把糕饼的碎屑喷到了毛毯上。"我就是这么让神王堕落的。"等到咽下嘴里的东西以后,她立刻开口道。

他笑了。真奇妙,他写着,又吃了一块薄脆糕饼。然后是另块。又一块。

塞芮看着他,扬起一边眉毛。"别人肯定觉得神王想什么时候吃甜点都行。"

我有很多条别人不需要遵守的规矩,他一边吃着,一边写道。故事里解释过原因。王子或者国王的行为标准要比普通人高得多。我宁愿生来只是个农夫。

塞芮扬起一边眉毛。她觉得,等他真正体验到饥饿和贫穷,甚至只是"不舒服"的感觉时,他都会大吃一惊的。但她没有戳破他的幻想。她又有什么资格去教训他呢?

觉得饿的人是你,他写道,可一直在吃的人却是我!

"他们明显没让你吃饱。"塞芮说着,又拿过一块糕饼。

他耸耸肩,继续吃着。她看着他,想知道对于没有舌头的他来说,吃东西的感觉是否也和常人不同。他的味觉会不会受影响?他看起来确实很喜欢甜食。想到舌头,她的头脑转向了那些更加黑暗的内容。我们不能一直这样下去,她心想。每晚都在玩耍,假装世界没有我们也能照常运转。我们会被碾碎的。

"苏斯布隆,"她说,"关于你的祭司打算对你做的那些事,我想我们应该设法透露给别人。"

他抬起头,然后写道:这话什么意思?

"我的意思是,我们应该试着让你去和普通人对话,"她说,"又或许是跟其他神灵对话。祭司们的全部权力都来自于他们和你的联系。如果你选择和别人交流,他们就会地位尽失。"

我们有必要这么做吗?

"你就暂时假装有这个必要吧。"她说。

好吧,他写道。不过说真的,我要怎么跟别人交流?我又不可能站起来朝别人大喊。

"我也说不好。或许可以用便条?"

他笑了。我的书里有篇故事讲到过这个。有位被关在塔里的公主把便条丢进了海水里。然后众鱼之王找到了便条。

"我可不觉得众鱼之王会在乎我们的困境。"塞芮没好气地说。

那种生物存在的可能性，比我的便条被人找到和正确解读的可能性小不了多少。如果我把便条就这么丢出窗外，没有人会相信那是神王写的。

"如果你把便条交给仆人呢？"

他皱起眉头。假设你的看法没错，我的祭司真的想对我不利，那么相信他们雇用的仆人不就显得很愚蠢了吗？

"也许吧。我们可以试试帕恩凯尔出身的仆人。"

服侍我的仆人里没有帕恩凯尔人，因为我是神王，他写道。此外，就算我们把一两个仆人争取过来，又能怎么样？这样怎么能揭露那些祭司？没有人会相信告发祭司的帕恩凯尔仆人的。

她摇摇头。"我想你可以制造一点混乱，比如快步跑开，或者引开别人的注意力什么的。"

我在宫外的时候，总是有数百人的部队陪同。包括唤醒者、士兵、守卫、祭司和无命者战士。你真觉得我制造混乱以后，在能在无人干扰的情况下跟别人交流？

"不觉得，"她承认说，"但我们总得做点什么！这种局面肯定有解决的方法才对。"

我不觉得有。我们应该和祭司们合作，而不是跟他们对抗。或许他们知道神王死因的详情。他们会告诉我们的——我可以用工匠体跟他们交谈。

"不行，"塞芮说，"现在还不行。让我先想想。"

那好吧，他写道，然后又吃了一块糕饼。

"苏斯布隆……"她最后说，"你会考虑跟我远走高飞吗？比如逃去伊德里斯？"

他皱了皱眉。也许吧,过了好一会儿,他写道,这种手段似乎很极端。

"如果我能证明那些祭司真的想杀你呢?如果我能拿出逃跑的方法——如果有人愿意偷偷把我们送出宫外呢?"

光是考虑这件事,显然就让他相当心烦。如果只有这条路的话,他让步了,那么我愿意跟你离开。但我不相信我们会落到那一步。

"希望你的想法没错。"她说。但如果你错了,她心想,那我们就得逃跑了。我们会抓住机会回到我的家人身边,无论开战与否。

第三十七章

就算是在大白天,贫民窟里也仿佛黑夜。

薇雯娜漫无目标地走着,不时踩过五颜六色的垃圾。她知道自己应该找个地方藏身。但她真的没法正常思考。

帕林死了。从儿时起,他就是她的朋友。在她的怂恿下,他才参与了这场如今显得无比愚蠢的冒险。他会死是她的错。

登斯和他的小队背叛了她。不对——他们从来都没为她效力过。如今回想起来,她也能注意到那些征兆了。他们在餐馆里和她的相遇过于巧合了。他们利用她夺走了勒梅克斯的灵息。他们操控着她,却让她以为自己才是头儿。他们只是在配合她演戏而已。

她始终是他们的囚犯,却对此毫不知情。

遭受背叛的感觉之所以如此糟糕,是因为她已经开始信任他们,甚至把他们当成了朋友。她本该看到那些征兆的。汤克·法残忍的玩笑,登斯关于佣兵没有忠诚可言的说法。他还曾指出,珠宝连自己的神明都敢违背。与此相比,背叛朋友又算得了什么?

她跌跌撞撞地穿行于另一条小巷,手扶着身旁那座砖砌房屋的墙壁。她的手指沾上了泥土和煤灰,发色依旧惨白,而且没有丝毫恢复的迹象。

贫民窟的那次袭击让她害怕。被瓦西尔绑架让她惊恐。但看到帕林被绑在椅子上,鼻孔流出鲜血,透过脸颊的伤口甚至能看到口腔……

她永远不会忘记那一幕。她心里的某样东西似乎碎掉了。她什么都不在乎了。她变得……麻木了。

她来到小巷的尽头，然后迟钝地抬起头。她的面前是一道墙壁。那是死路。她转过头，打算原路返回。

"你。"有个声音说。

薇雯娜为自己的迅速反应吃了一惊。她的大脑仍旧惊魂未定，身体却是清醒着的。她本能地戒备起来。

她正站在一条没什么特色的窄巷里。她没有离开贫民窟，因为她觉得登斯肯定会去城区找她。他比她更了解那儿。杂乱又安静的贫民窟才是更好的选择，她乱糟糟地想着。

有个男人坐在她身后的一小堆箱子上，双腿在空中晃荡着。他是个黑发的矮个子，一副典型的贫民窟装束——身上的服饰式样各异，磨损程度也各有不同。

"你还真够招摇的。"那个男人说。

她一言不发地伫立着。

"穿着漂亮的白裙子在贫民窟里游荡，黑眼白发，还破破烂烂。要不是这里的人都被昨天的袭击吓坏了，几个钟头前就该有人找上你了。"

这个男人依稀有些眼熟。"你是伊德里斯人，"她低声说，"我去见贫民窟巨头的时候，你也在人群里。"

他耸耸肩。

"这表示你知道我是谁。"她说。

"我什么也不知道，"他说，"尤其不知道会让我惹上麻烦的事。"

"拜托，"她说，"你一定得帮帮我。"她踏前一步。

他跳下箱子，手里亮出一把短刀。

"帮你？"他说，"你跟那些巨头见面的时候，我看到了你的眼神。你看不起我们。就跟那些霍兰德伦人一样。"

她吓得后退几步。

"很多人都看到你像幽灵一样四处游荡,"他说,"但似乎没人知道该去哪儿找你。有些人可是在拼命搜寻你呢。"

是登斯,她心想。我到现在还没被人抓住,这简直是个奇迹。我得做点什么。别再乱跑了。找个地方藏起来吧。

"早晚会有人找到你的,"那人说,"所以我要先下手为强。"

"求你了。"她低声道。

他举起刀子。"我不会告发你的,我还没那么恨你。另外,我也不想引人注意。不过那条裙子我要了。就算破成那样,也能卖上一笔钱。够我们一家子吃上几周。"

她犹豫起来。

"如果你大叫,我就用刀子捅你,"他轻声说,"这可不是威胁,没办法的事儿。把裙子交出来,公主。对你来说,没有它反而是好事。它只会让所有人都注意到你。"

她考虑过使用灵息。但万一不管用呢?她没法集中精神,也觉得自己没法让指令生效。她迟疑不决,但逼近的匕首说服了她。她觉得自己像是变成了另一个人,就这么目视前方,抬手开始解开纽扣。

"别丢到地上,"那人说,"它已经够脏的了。"

她脱掉裙子,然后发起抖来:她的身上只剩下了裤袜和衬裙。他接过裙子,翻开她的口袋。他皱起眉头,把那条绳子扔到一旁。"没有钱?"

她迟钝地摇摇头。

"还有裤袜。那是丝做的,对吧?"

她衬裙的下摆只到大腿中部。她弯下腰,脱下裤袜,然后交了出去。他拿在手里,然后她看到了他眼神中闪烁的贪婪——或许还有些别的什么。

"内衣。"他说着,晃了晃刀子。

"不。"她轻声说。

他前进了一步。

她身体里仿佛有根弦突然断了。

"不!"她大吼道,"不,不,不!带上你的城市,你的色彩和衣服,然后滚开!离我远点!"她跪倒在地,哭着抓起一把垃圾和烂泥,抹在自己的衬裙上。"好了!"她尖叫道,"想要就来拿吧!拿去卖掉吧!"

先前放了狠话的男人犹豫起来。他四下张望,然后把那些值钱的衣服抱在怀里,飞快地逃了。

薇雯娜仍旧跪在地上。她是从哪儿找来的这么多眼泪?她蜷缩身体,不顾垃圾和泥土,哭泣着。

她在烂泥里蜷缩了一阵子以后,天下起了雨。那是霍兰德伦特有的、朦胧而轻柔的雨幕。雨滴亲吻着她的脸颊:小小的溪流顺着小巷两侧的墙壁流下。

她又累又饿。但雨水让她恢复了一丝清明。

她该离开了。那个强盗说得对——她的裙子只会带来麻烦。只穿着衬裙——更何况现在还湿透了——让她觉得自己就像光着身子,但她在贫民窟里见过衣着同样暴露的女人。她必须迈开双脚,在灰尘和污垢中继续游荡。

她爬到一堆垃圾旁边,注意到里面冒出了一块布。她抽出了一条沾满烂泥、散发臭气的披巾。也可能是一块小地毯。总之,她把披巾裹在肩上,紧贴胸口,让自己稍微得体了些。她试着把头发变回黑色,但它拒绝服从。

她坐了下来,麻木到连沮丧都感觉不到。她只是将烂泥和尘土抹在头上,让苍白的发色变成了病态的棕色。

我的头发还是太长了，她心想。我必须得做点什么。它太显眼了。没有哪个乞丐会留这么长的头发——打理起来太困难了。

她开始走出小巷，然后停下了脚步。在她的身上，那条披巾变得鲜艳起来。是灵息。我在每个达到初阶强化的人眼里都会非常醒目。我没法在贫民窟里藏身！

她仍旧能感觉到失去灵息带来的影响：包括送入绳索的少量灵息，以及浪费在汤克斗篷上的较多灵息。但她剩下的部分要多得多。她缩起身子，靠着墙壁坐了下来。想到目前的状况，她几乎再次情绪失控。

然后她意识到了一件事。

汤克·法偷偷跟着我走下了那间地下室。我没法感应到他的灵息。就像我在自己的房间里感应不到瓦西尔那样。

答案简单到了近乎荒谬的地步。她没法感觉到那根绳索里的灵息。她拾起绳索，绑在自己的脚踝上。然后她拿起那块披巾，举在自己身前。它看起来非常可悲，边缘磨损不堪，原本的红色在污垢间只是依稀可见。

"吾命予汝，"她说出了登斯本想强迫她说的那句话，"吾息归汝。"这也是勒梅克斯在把灵息交给她的时候说出的话。

这句话对披巾也有效果。她体内的灵息被彻底抽干，注入了那块披巾。她没有给出指令——这块披巾什么也不会去做——但她的灵息有希望就此保全。她不会再散发出灵光了。

完全不会了。失去全部灵息带来的震撼几乎让她倒在地上。她曾经能感受到周围的城市，而如今，一切都沉寂下来。就好像整座城市都静止了。死去了。

也或许，死去的是薇雯娜。她成了灰白者。

她缓缓站起，在毛毛细雨中颤抖着，擦去流进眼里的雨水。然后她将披巾——还有其中的灵息——裹紧自己，拖曳着脚步渐渐走远。

第三十八章

光歌坐在床边,满头大汗地盯着面前的地板,呼吸沉重。

莱瑞玛瞥了眼一名低阶书记官,后者放下了笔。仆人们正聚集在卧室的墙边。在他的要求下,他们今天叫醒他的时间早得不寻常。

"大人?"莱瑞玛问。

没关系的,光歌心想。我梦到战争,是因为我总想着它。不是因为预言。不是因为我是神。

那感觉是如此真实。在梦里,他手无寸铁地伫立在战场上。他的周围是死去的士兵,是他的朋友。他认识每一个人,也曾与他们相当亲近。

和伊德里斯的战争不可能是这样的,他心想。我们这边参战的应该是无命者。

他不想承认那个事实:他梦里的那些朋友并没有穿着色彩鲜艳的衣服。他借用的并不是霍兰德伦士兵的双眼,而是伊德里斯人的。或许这就是发生大屠杀的理由。

是伊德里斯人在威胁我们。他们只是一群逃跑的叛党,在霍兰德伦的境内建立了第二个政权。必须得镇压他们才行。

他们是罪有应得。

"大人,您看到了什么?"莱瑞玛又问了一遍。光歌闭上双眼。他的梦里还有另一些画面——再次出现的那些画面:发光的红猎豹。暴风雨。年轻女人的脸被黑暗吞没。活活吞吃。

"我看到了织晕,"他只说出了梦境的最后一部分,"她的脸孔通红。我看到了在睡觉的你。我还看到了神王。"

"神王?"莱瑞玛的语气兴奋起来。

光歌点点头。"他在哭。"

书记官记下了这些画面。莱瑞玛少见地没有催促。光歌站起身,把那些画面赶出脑海。但他没法忽视自己身体的虚弱感:今天是他的筵席日,他必须接收一口灵息,否则就会死去。

"我需要一些瓮,"光歌说,"大约二十来只,每位神灵一只,然后再漆上他们对应的色彩。"

莱瑞玛没问理由,就这么命令仆人去照做了。

"我还需要一些卵石,"仆人们给光歌穿衣的时候,他说,"很多卵石。"

莱瑞玛点点头。等到穿戴整齐以后,光歌转过身,离开了房间。再次去以孩童的灵魂为食。

光歌把一块卵石扔进面前的一只瓮里,微弱的叮当声传来。

"干得好,大人。"莱瑞玛站在光歌的椅子旁边,赞美道。

"这算不了什么。"光歌说,又丢出一块卵石。

卵石落在他瞄准的那只瓮前面的地上,有个仆人跑上前去,迅速抄起那块石头,放进对应的容器里。

"看来我天生就是这块料,"光歌说,"百发百中。"在接受新的灵息以后,他感觉好多了。

"没错,大人,"莱瑞玛说,"我想织晕女神正在往这边走呢。"

"很好。"光歌说着,再次丢出一块卵石。他这次没有失手。当然了,那些瓮离他的座位也只有几尺远而已。"我可以炫耀一下投石子的技巧。"

他正坐在庭院的草地上,感受着习习的凉风,他的华盖就架在

127

离诸神宫廷的大门不远的地方。他能看到那面高大的墙壁，正是它阻挡了他想眺望的城区。这面碍事的墙壁实在令人心生沮丧。

就算他们想把我们关在这儿，他心想，也至少该给我们欣赏外面风景的权利。

"看在虹彩音调的分上，你究竟在做什么？"

光歌不需要转头，也知道织晕正双手叉腰站在他身旁。他丢出另一块卵石。

"要知道，"他说，"我一直觉得很奇怪。我们像这样发誓的时候，用的总是色彩。我们干吗不用自己的名字？按理说，我们就是神灵。"

"大多数神灵不喜欢别人拿自己的名字发誓。"织晕说着，坐在他身边。

"那在我看来，他们就太自大了点儿，"光歌说着，丢出一块石头，但又偏离了目标，而仆人将它放进瓮里，"以我个人来说，我只觉得被人拿来赌咒发誓是种恭维。'勇敢者'光歌！或者'无畏者'光歌！我猜这有点拗口。或许应该简化成'光歌'这两个字！"

"我敢发誓，"她说，"你的古怪正在与日俱增。"

"不，说实话，"他说，"你刚才那句话并没有真的发誓。除非你是在提议让我们用人称代词发誓。你！那样的话，你的台词就应该是'看在你的分上，你究竟在做什么？'"

她低声抱怨了一句什么。

他盯着她。"你骂的肯定不是我。我都还没开始呢。你肯定是在为另一件事烦心。"

"众母。"她说。

"她还是不肯给你指令？"

"现在她甚至拒绝跟我对话。"

光歌把一块卵石丢进某只瓮里。"噢，要是她知道跟你断交的后果就是错过这种令人耳目一新的沮丧感,她肯定会后悔的。"

"我才没那么令人沮丧!"织晕说,"说真的,之前的她还觉得我很有魅力呢。"

"我猜,那就是你的问题了,"光歌说,"我们是神灵,我亲爱的,而且我们很快就会厌倦自己的不朽。我们肯定会寻求极端的情感——是好是坏都不重要。在某种程度上,重要的是情感的绝对值,不在乎它是积极或消极①。"

织晕愣住了。光歌也一样。

"光歌,我亲爱的,"她说,"看在你的分上,这句话究竟是什么意思?"

"我也不太确定,"他说,"它就这么脱口而出了。但我可以想象出这句话的意思,而且可以用数字来表示。"

"你没事吧?"她说着,语气带着由衷的关切。

战争的画面在他的脑海中闪现。他最好的朋友,他不认识的某个人,被一剑刺穿胸口,眼看就要死去。

"我也说不清,"他说,"我最近是有点奇怪。"

她沉默地坐了一会儿。"想去我的宫殿找点乐子么?我每次用这种方法都能让心情好转。"

他笑着丢出一块卵石。"亲爱的,你真是无可救药了。"

"别忘了,我可是欲望女神,"她说,"我必须扮演好这个角色。"

"我没记错的话,"他说,"你应该是诚实女神才对。"

"是诚实和坦率的女神,我亲爱的,"她温柔地说,"让我告诉你吧:欲望是所有感情里最坦率的。好了,你拿那些蠢石子儿在做什么呢?"

"计数。"他说。

"计算你空虚的数量?"

---

① 此处为双关,原文的"积极"和"消极"同时也可以指"正数"和"负数",与上文的"绝对值"对应。

"是啊，"光歌说着，丢出另一块石头，"同时也是在计算每位男神或者女神的祭司穿过这扇大门的数量。"

织晕皱起眉头。现在的时间是中午，大门那里有许多仆人和表演者进进出出。然而，祭司或者女祭司只是偶尔才会穿过那扇门，因为按理来说，他们必须早早前去服侍自己的神灵。

"每次某位神灵的祭司进门，"光歌说，"我都会把一块卵石丢进代表那位神的瓮里。"

织晕看着他掷出另一块卵石——然后偏离了目标。仆人们根据他的指示捡起卵石，放进对应的瓮里。紫银相间的那一只。而在另一边，寻望的一名女祭司正匆匆踏过草地，前往她的宫殿。

"我不明白。"织晕最后说。

"很简单的，"光歌说，"看到某个穿着紫色衣服的人，就把一块卵石丢进同样颜色的瓮里，这样就好。"

"是啊，亲爱的，"她说，"可为什么呢？"

"当然是为了计算每位神有多少祭司会进入宫廷，"光歌说，"增长的速度已经慢到跟滴水差不多了。瞎转悠，能帮我清点一下吗？"

莱瑞玛鞠了一躬，然后找来几个仆人和书记官，命令他们倒空那些瓮，计算每一只瓮里石子的数量。

"我亲爱的光歌，"织晕说，"如果我最近冷落了你，我深表歉意。无礼的众母对我的提议充耳不闻。如果我的疏忽导致你脆弱的头脑崩断了弦……"

"我的头脑没问题，谢谢你。"光歌说着，坐直身子，看着正在清点的仆人们。

"那你肯定就是太无聊了，"织晕续道，"也许我们应该想个让你快乐起来的法子。"

"我快乐得很呢。"没等清点结果出炉，他就笑了起来。慈星是石堆最小的几位神灵之一。

"光歌?"织晕问。她那种玩闹般的态度消失了。

"我命令我的祭司们今天提早过来,"光歌说着,瞥了她一眼,"然后在太阳还没升起来的时候,在大门前的这里布置好。我们从六个钟头前就开始给祭司们计数了。"

莱瑞玛走上前去,递给光歌一张清单:上面列出了穿着对应众神服色进入宫廷的祭司数量。光歌扫了一边,然后自顾点头。

"服侍某些神灵的祭司超过三位数,但却只有十来个祭司出入。慈星就是其中之一。"

"所以?"织晕问。

"所以,"光歌说,"我要派我的仆人去慈星的宫殿监视和计数,留意在宫殿内的祭司数量。我恐怕已经能猜到他们的结论了。慈星的数量不比我们少。他们只是会从另一条路线进入宫廷。"

织晕茫然地看着他,但随即昂起头来。"隧道?"

光歌点点头。

织晕靠向椅背,叹了口气。"噢,至少你没疯,也不是穷极无聊。你只是着了魔。"

"那些隧道有蹊跷,织晕。而且跟遇害的那个仆人有关。"

"光歌,我们还有更重要的问题要担心!"织晕摇摇头,仿佛头痛发作似的捂住额头,"我真不敢相信你还在操心那件事。说真的!王国就要开战了——你在议会里的地位也头一次重要起来了——可你烦恼的却是祭司们进入宫廷的方法?"

光歌没有马上答话。"好了,"他最后说,"我就向你证明我的观点吧。"

他把手伸向睡椅的边缘,从地上拿起一只小盒子。他举起盒子,让织晕能够看清。

"一只盒子,"她语气单调地说,"你的观点真是太有说服力了。"

他抽去盒盖,露出里面那只小小的灰色松鼠。它一动不动地站在里面，目视前方，轻风吹动了它的毛皮。

"一只啮齿类无命者，"织晕说，"好多了。我想我已经被你说动了。"

"那个闯入慈星宫殿的人就是用它来引开注意，"光歌说，"我亲爱的，你知道怎样才能破解无命者受到的控制吗？"

她耸耸肩。

"直到我让祭司动手去之前，"光歌说，"我也不知道。如果没有正确的安全暗语，想要掌控无命者似乎要花上好几周的时间。我还是不太清楚具体的过程——似乎跟灵息和拷打有关。"

"拷打？"她说，"无命者是没有感觉的。"

光歌耸耸肩。"总之，我的仆人为我破解了它受到的控制。创造无命者的唤醒者越强大、越熟练，要打破控制也就越困难。"

"所以我们才需要从众母那里弄来指令，"织晕说，"如果她遭遇不幸，她的一万人对我们来说就毫无用处了。要破解那么多无命者，需要花上好几年的时间！"

"神王和众母的某些女祭司也知道那些暗语。"光歌说。

"噢，"织晕说，"你觉得他会就这么告诉我们？何况我们想跟他说话都办不到。"

"我只是想指出，单单一次暗杀是没法让我们全军瘫痪的，"光歌说着，拿起那只松鼠，"问题不在这里。问题在于，无论是谁创造了这只松鼠，都拥有相当多的灵息，而且是这方面的老手。他用灵液-酒精的混合物替换了这只生物的血液。缝合也很完美。操控这只啮齿类动物的指令也极其强大。它是生物染色艺术领域的一件杰作。"

"然后？"她问。

"然后他在慈星的宫殿里把它放了出来，"光歌说，"让它制造混乱，而他趁机溜进了那些隧道。另一个人跟着那个入侵者，他杀死了一名仆从，以免对方走漏风声。那些隧道里的东西——以及它们通向的地方——值得花费灵息，值得为此杀人。"

织晕摇摇头。"我还是没法相信你会为这种事操心。"

"你说过你知道隧道的事，"光歌说，"我让莱瑞玛去打听过了，还有别的知情者。据说宫殿下面的那些隧道是用作仓储。那些是不同的神灵在不同的历史时期下令建造的。"

"可是，"他用兴奋的语气续道，"那里也是策划秘密行动的绝佳场所！这个宫廷位于城市守卫的管辖范围外。每一座宫殿都像是个小小的自治王国！扩建几座地下室，让隧道与隧道连通，然后挖掘到墙外，以便在无人知晓的情况下进出……"

"光歌，"织晕说，"如果真有人在策划什么秘密行动，那些祭司又干吗要用隧道进到宫廷里来？这样不会显得可疑吗？我是说，如果你能注意到，那别人应该也不难发现吧？"

光歌迟疑了片刻，然后略微涨红了脸。"当然，"他说，"我一心想着怎么装出有用的样子，结果就得意忘形了！我的确是个傻瓜，多谢你的提醒。"

"光歌，我并没有——"

"不，真的没关系，"他说着，站了起来，"何必浪费唇舌呢？我应该牢记自己是谁。光歌，自我厌恶之神。获得永生的人里最没用的人。只要回答我的一个问题就好。"

织晕犹豫起来。"什么问题？"

"为什么？"他看着她，问道，"我为什么会痛恨作为神的自己？我为什么会表现得如此轻浮？我为什么会破坏自己的威严？为什么？"

"我一直以为那是因为你喜欢这种反差。"

"不，"他说，"织晕，我从第一天起就是这样了。我刚刚醒来的时候，曾拒绝相信自己是神。拒绝接纳我在万神殿和这个宫廷里的地位。从那以后,我的做法就没有改变过。容我说一句,随着岁月流逝,我在这方面也比从前灵活了点儿。不过这是题外话了。我应该关注的事——也是真正的重点——就是'为什么'。"

"我不知道。"她坦白道。

"我也一样,"他说,"但无论从前的我是谁,他都不想置身事外。他一直在对我低语,让我去探索这个秘密。他不断提醒我,说我并非神灵。他不断怂恿我,让我用轻浮的方式去对待一切,"他摇摇头,"我不知道我曾经是个什么人——没人愿意告诉我。但我已经有了些猜想。我曾经是个不会坐视未解之谜的人,我曾经是个痛恨秘密的人。而我才刚刚开始明白,这个宫廷里究竟藏着多少秘密。"

织晕露出吃惊的神情。

"好了,"他说着,走出华盖的影子,他的仆人们匆忙追了上去,"请原谅,我还有事要做。"

"什么事?"织晕站起身,问道。

他回头看了她一眼。"去见众母。有些无命者指令需要处理。"

第三十九章

在贫民区的这一周大大改变了薇雯娜的人生观。

她在第二天卖掉了头发,却只换来了少得可怜的钱。她用那些钱换来的食物连肚子都填不饱,更没有力气让头发再次生长。她的发型甚至连整齐都算不上——发际线参差不齐,苍白的发色并无改变,但在泥土和煤灰下仍旧黯淡发黑。

她考虑过卖掉自己的灵息,但她既不知道该去哪儿卖,也不知道该怎么操作。此外,她有种强烈的预感:登斯会监视她可能去贩卖灵息的那些地方。更何况,她并不知道如何收回自己放进披巾里的灵息。

不。她必须隐姓埋名,避人耳目。不能引人注目。

她坐在街边,向着路过的人群伸出手,目光始终低垂。没有人施舍她。她不明白其他乞丐是怎么做到的:他们微薄的收入仿佛一笔巨款。他们懂得那么多她不懂的事——该坐在哪儿,该怎么恳求。那些成功的乞丐都有办法吸引路人的注意。

薇雯娜也不确定自己该不该吸引注意。虽然她在饥饿感的侵蚀下来到了行人众多的街道上,但她仍旧害怕登斯或者瓦西尔会找到她。

她越是饥饿,就越是把其余的担忧抛到脑后。进食是**眼前**的问题。至于会不会被登斯或者瓦西尔杀死,那是**以后**的事。

衣着鲜艳的人们来来往往。薇雯娜看着他们,但又只是匆匆一瞥。她看到的只有色彩。就像一只旋转着的车轮,每根辐条都是不同的色调。登斯没法在这儿找到我,她心想,他不会去留意在街边与乞丐为伍的公主。

肚子咕咕直叫,但她已经学会去忽视那种声音了。就像人们忽视她那样。她不觉得自己像是真正的乞丐或者街头的流浪儿,毕竟她来这儿只有一个星期。但她学会了模仿他们,而且脑袋里总是昏沉沉的——从她放弃灵息以来就是如此。

她用披巾裹紧自己。她总是将它带在身边。

她还是很难相信登斯和他那伙人的所作所为。她曾经那么喜欢他们的玩笑。她没法把这些记忆和那间地下室的见闻联系起来。事实上,有时候她会发现自己站起身,想要去寻找他们。她看到的那些肯定只是幻象,他们不可能是那么坏的人。

这太蠢了,她心想。我应该专心思考。为什么我的头脑没法正常运转了?

可为什么要专心?她没什么可思考的。她不能去找登斯。帕林已经死了。这座城市的当权者也不可能出手帮忙——她也听说了关于"惹是生非的伊德里斯公主"的传闻。她立刻就会被捕的。就算城里还有她父亲派出的探子,她也不知道该如何在找到他们的同时,避免把行踪暴露给登斯。此外,登斯很可能早就找到了那些密探,然后杀了他们。他的做法一直都很高明:把她当做囚犯,再悄悄解决那些打算救走她的人。她父亲会有何感想?他失去了薇雯娜,他派去找她的每个人都神秘消失,而霍兰德伦随时都可能宣战。

但那些都是远虑而非近忧。她的肚子咕咕直叫。这座城市里有几家施粥铺,但她头一次去其中一家的时候,就看到汤克·法懒洋洋地躺在街对面的某栋屋子门口。她转过身,匆忙离开,暗自祈祷他没看到自己。出于同样的理由,她不敢离开这座城市。登斯肯定派了人去监视城门。而且她又能去哪儿呢?她没有返回伊德里斯的口粮。

或许等她存够了钱,就可以离开了。但这很困难,几乎不可能。每次她拿到钱,都会花在食物上。她忍不住。与食物相比,其他的事似乎都不重要了。

她已经瘦了很多,肚子又叫了起来。

于是她坐了下来,在贫瘠的阴影里汗流浃背。她仍旧只穿着衬裙,披着披巾,身上脏得要命,很难分辨衣物和皮肤的分界线。她从前那种只穿高雅衣裙的坚持,如今显得格外荒谬。

她摇摇头,努力赶走头脑中的迷雾。在街上度过的这一周,感觉就像永恒——但她知道,她只是稍稍体验了一下穷人的人生而已。他们究竟是怎么活下来的?每天睡在小巷里,忍受风吹雨淋,永远提心吊胆,总是饿得想要捡起排水沟里的垃圾果腹。她已经尝试过了,甚至还强迫自己咽下了一点儿。

那是她过去两天里唯一吃过的东西。

有人在她身旁停下了脚步。她热切地抬起头,将手继续伸向前方,直到她看到了他身上的服色。黄色与蓝色。城市守卫。她抓住披巾,拉紧了些。她明白这样显得很蠢——没有人知道里面藏着的灵息。这纯粹是反射动作。这条披巾是她仅有的财产。但就算是如此寒酸的东西,却已经有几个流浪儿想趁她睡觉的时候顺手牵羊了。

那守卫没有伸手来抢她的披巾。他只是用手里的短棍推了推她。"嘿,"他说,"走开。这个转角不准乞讨。"

他没有解释原因。他们从不解释。这座城市似乎对乞丐能待和不能待的位置有规定,但没有人会费神向乞丐解释。法律是领主和诸神的东西,不属于下等人。

我已经开始把那些当权者当做另一个物种看待了。

薇雯娜站起身来,一时间有些头晕恶心。她背靠屋子的侧面,那守卫又动手动脚,催促她走开。

她低下头,跟随着人群前进,大多数人都和她保持着距离。讽刺的是,他们现在给她留出了空间,但她却不在乎了。她不想去考虑自己身上的气味——虽然与气味相比,他们更担心的是被她偷东西。他们多虑了。她并没有扒窃或者割开钱袋的技巧,也没法承担被捕的风险。

早在几天前,她就不再顾虑偷窃的道德属性了。甚至在离开贫民窟,来到街头之前,她就已经抛弃了这种天真的念头,不再否认为生活所迫的种种可能性,虽然这种心态的转变比她自己预料的还要早很多。

她没有前去另一处街角,而是离开人群,拖曳着脚步回到了伊德里斯贫民窟。在这里,她得到了某种认同。至少他们把她看做自己的同胞,没有人知道她是公主——除了抢走她裙子的那个男人以外,没有人认出她。而且她的口音为她赢得了一席之地。

她开始寻找过夜的场所。这也是她决定今晚不再乞讨的理由之一。的确,这个时间段容易讨到钱,但她太累了,只想找个好地方睡上一觉。她不觉得躲在哪条巷子里有多大区别,但的确有的巷子要温暖些,有的更适合避雨。另外一些则更安全。她渐渐学会了这些,正如她明白了哪些人最好别去惹。

对她来说,后者的范围几乎包括了所有人——包括流浪儿。以社会等级而言,他们远高于她。她在第二天就学到了这一点。她当时带着卖头发得来的一枚硬币回来,打算存起来留作离开城市时的旅费。她也不清楚那些流浪儿是怎么知道的,但就在那天,那枚硬币害她挨了第一顿打。

她发现自己最喜欢的巷子被一群表情阴沉的男人占着,他们显然正在做什么违法的勾当。她迅速离开,前去自己第二喜欢的巷子。那里有一群流浪儿。就是先前殴打过她的人那些。她同样迅速地离开了那儿。

第三条巷子空无一人。这条巷子位于面包房旁边。他们还没开始烤制今晚的面包,炉子尚未点燃,但透过墙壁仍有些许温暖传来。

她躺了下来,背靠砖墙,抓紧披巾。尽管没有枕头和毛毯,她仍然沉沉睡去。

第四十章

塞芮正在宫廷的草地上用餐的时候，特雷勒迪斯找到了她。她没理睬他，一心一意地品尝着眼前的菜肴。

大海，她在心里断言道，**还真是奇怪**。不光有长着蠕动触手和无骨身躯的生物，还有外皮就像尖针的生物，对于能够孕育出这些东西的地方，除了"奇怪"以外，还有什么词可以形容呢？她戳了戳那种本地人称之为"黄瓜"的东西，但它的味道其实一点也不像黄瓜。

她每道菜都尝了尝，然后闭上双眼，专心致志地回味。有些菜的味道比别的好一些。但她真正喜欢的菜肴一道也没有。海鲜实在不怎么对她的胃口。

我恐怕是很难成为真正的霍兰德伦人了，她小口喝着果汁，想道。

幸好果汁很可口。霍兰德伦水果的品种与口味的丰富程度，几乎能与海洋生物的古怪程度相提并论。

特雷勒迪斯清了清嗓子。神王的大祭司可不习惯等待。

塞芮对她的女仆点点头，用手势示意她们去准备下一轮菜肴。苏斯布隆最近在教塞芮用餐的礼仪，而她想要找机会练习。巧合的是，他的进餐方式——小口小口，从不真正吃完一道菜——很适合品尝新菜色。她希望自己能对霍兰德伦、对这里的生活方式、对这里的人和这里的菜肴熟悉起来。她要求仆人多和她说话，也打算去和其他神灵碰面。她看到光歌正从远处走过，于是快活地朝他挥手。他一反常态地心事重重：虽然挥手回应，却没有过来找她。

真可惜,她心想。我倒是希望能有借口让特雷勒迪斯多等一会儿。

大祭司又清了清嗓子,这次的声音显得强硬了些。最后,塞芮站起身,示意仆人们退到一旁。

"您愿意跟我走走吗,大祭司阁下?"她轻声发问。然后她从他身边缓步走过,华美的紫罗兰色长裙的薄纱拖尾拂过她身后的青草。

他匆匆追了上去。"我要跟您谈一件事。"

"是啊,"她说,"我从您今天派人来找我的频率看出来了。"

"您没有来。"他说。

"在我看来,神王的伴侣不应该养成随叫随到和言听计从的习惯。"

特雷勒迪斯皱起眉头。

"不过,"她续道,"如果大祭司亲自来找我说话,我当然会为他挤出时间。"

他看着她,挺直背脊,身上是神王今天的服色——蓝色和铜色。"您不该与我为敌的,殿下。"

一股焦虑涌上塞芮心头,但她在发色转白之前将它压了下去。"我并没有与您为敌,"她说,"我只是在确立一些从最开始就该有的规矩。"

特雷勒迪斯的脸上浮现出一丝笑意。

怎么?塞芮惊讶地想着。他干吗这种反应?

他挺直身子,但脚步未停。"是这样吗?"他盛气凌人道,"事实与您的推测差距很大,殿下。"

见鬼!她心想。我为何这么快就失去了谈话的主导权?

"这句话恐怕对您也适用,阁下。"某座宫殿那高大的黑色神殿正耸立于附近,陡峭的乌黑石料堆砌在一起,就像某个巨大孩童的玩具。

"噢?"他说着,瞥了她一眼,"不知为什么,我很怀疑这一点。"

她不得不挡下焦虑的又一次猛攻。特雷勒迪斯又笑了起来。

等等,她心想。他简直像是能读懂我的情绪一样。就像是能看到……

她的头发没有变色,至少没到肉眼可辨的程度。她瞥了眼特雷勒迪斯,试图弄清问题出在哪儿。她注意到了一件有趣的事。在特雷勒迪斯周围的环形区域里,青草的色调似乎更鲜艳一点儿。灵息,她心想。他当然有灵息了!他可是这个王国最有权势的人之一。

据说拥有大量灵息的人能够分辨极为细微的色彩变化。他真的能根据她头发的反应读懂她的想法吗?这就是他始终摆出轻蔑态度的原因么?他能看穿她的恐惧么?

她咬紧牙关。在小时候,塞芮根本没把薇雯娜做的那种练习——随心所欲操控发色的方法——放在心上。塞芮是个情绪化的人,别人不用看她的发色也能摸透她的想法,所以她觉得自己就算学会了操控发色的方法,也没有任何意义。

她想都没想过诸神宫廷和这些拥有生物染色灵光的人。那些导师比塞芮以为的要聪明太多了。这些祭司也一样。这么考虑的话,特雷勒迪斯和其他祭司恐怕早就研究过各种发色变化的意义了。

她必须让这场对话回归正轨。"别忘了,特雷勒迪斯,"她说,"来见我的人是你。我在这里显然还是有些权力的,如果我提出要求,就连大祭司也必须照做。"

他用冰冷的目光凝视着她。她集中精神,让头发保持深黑——黑色代表自信。她对上他的双眼,同时不让发色有分毫改变。

他终于转过头去。"我听说了令人不安的传闻。"

"噢?"

"是真的。看起来,您已经不再履行妻子的职责了。您怀孕了吗?"

"不,"她说,"我几天前才来过月事。您可以去问我的仆人。"

"那您为何不再尝试了?"

"怎么?"她用轻松的语气问道,"您的探子少了晚上的乐子,所以觉得很失望么?"

特雷勒迪斯的脸色微微发红。他看着她,而她努力将发色维持漆黑。没有哪怕一丝白色或者红色。他似乎更加迟疑不决了。

"你们伊德里斯人,"那祭司不屑地说,"住在高山上,肮脏又原始,却仍旧觉得自己比我们优越。别随便评判我,更别随便评判我们。你对我们一无所知。"

"但我知道你们在窃听神王的卧室。"

"不只是听,"特雷勒迪斯说,"最初的几个晚上,密探甚至就藏在卧室里面。"

塞芮没法掩饰自己脸上的红晕。她的头发大致上仍然保持漆黑,但如果特雷勒迪斯的灵息充足到能够分辨出细微变化,就应该能看到那一丝红色。

"我很清楚你们僧侣教的那些有害的知识,"特雷勒迪斯说着,转过头去,"还有灌输给你们的憎恨。你真以为我们会放任某个来自伊德里斯的女人独自面对神王?我们必须确认你不会加害他。我们到现在也没法确定。"

"你的坦白值得称赞。"她评论道。

"我说的只是从最开始就该和你确认的事。"他们在那座庞大宫殿的阴影里停下脚步。"你在这里无足轻重,没法和我们的神王相比。他就是一切,而你什么也不是。和我们其他人一样。"

如果苏斯布隆真这么重要,塞芮想着,对上特雷勒迪斯的目光,*那你们干吗又打算杀死他?*她没有移开视线。换作几个月之前的她,恐怕会转头避开吧。但每当她感到无助的时候,就会想起苏斯布隆。特雷勒迪斯正在策划着制服、操控,并最终杀死神王的

阴谋。

而塞芮想要知道理由。

"我是故意停止与神王交合的,"她说着,费力地让头发保持黑色,"我知道这样就会引起你们的注意。"

事实上,她停止的只是每晚的小小演出而已。但特雷勒迪斯的反应证明了祭司们相信她的表演。她为自己的好运而庆幸。他们恐怕还没发现她能和苏斯布隆交流。她每晚说话的时候,总是小心翼翼地压低声音,甚至也动笔写字,好把这出戏演下去。

"你必须产下一位继承人。"特雷勒迪斯说。

"否则呢?特雷勒迪斯,你干吗这么着急?"

"这不关你的事,"他说,"我背负着你无法理解的责任,光是这么说应该就足够了。我是诸神的臣民,我遵从的是他们的意志,不是你的。"

"噢,如果你想要王位的继承人,最好还是变通一下最后那部分吧。"

特雷勒迪斯显然不喜欢这场对话的走向。他瞥了眼她的头发,然而,她却没有表现出丝毫踌躇。他将目光转回她的双眼。

"只要你还想要王位继承人,特雷勒迪斯,"她说,"就不能动我。你也不能恐吓或者强迫我。只有神王才能这么做。而我们都知道他是怎样的人。"

"我不明白你的意思。"特雷勒迪斯用单调的语气说。

"噢,得了吧,"塞芮说,"你真的指望我跟那个男人同床共枕,却不知道他没有舌头?不知道他实际上只是个孩子?如果没有仆人的帮助,我怀疑他连自己解手都办不到。"

特雷勒迪斯气得满脸通红。

他真的在乎,塞芮心不在焉地想着。至少,侮辱他的神王就等于在侮辱他。他比我预想的要忠诚。

也就是说，原因恐怕不是金钱。她也没法确定，但她觉得他并不是那种会出卖自己信仰的人。宫殿里这些阴谋的动机姑且不论，但他们多半对自己行为的正当性深信不疑。

像这样透露她对苏斯布隆的了解，算是一种赌博。她认为特雷勒迪斯早晚会猜到，所以最好让他以为，她觉得苏斯布隆只是个心智未开的傻瓜。放出少许真实的信息，但对另一部分加以误导。如果他们觉得在她心目中的苏斯布隆只是个傻瓜，他们就不会怀疑她和她丈夫会在暗中策划什么了。

塞芮不太确定自己的做法是否正确。但她必须学会这点，否则苏斯布隆就会死。而学习的唯一方法就是实践。她手里的筹码不多，但她的确拥有一件对祭司们来说很重要的东西：她的子宫。

看起来，这筹码的确很有价值，因为特雷勒迪斯压下了怒气，保持着表面上的镇定。他转过目光，抬头看着宫殿。"你对这个王国的历史了解多少？当然了，我是说在你的家族离开以后。"

塞芮皱起眉头，为他的问题而吃惊。*恐怕比你想象的要多*，她心想。但她说出口的却是："不太多。"

"赋和阁下留给了我们一份挑战，"特雷勒迪斯说，"他赐予了我们的神王如今持有的财富：庞大到前所未见的生物染色灵息。超过五千口。他让我们好好保存，"特雷勒迪斯转过头来，重新与她对视，"并提醒我们不要去使用。"

塞芮的身体微微发抖。

"我不指望你能理解我们的做法，"特雷勒迪斯，"但这是必要的。"

"必要到把人囚禁起来？"塞芮说，"必要到剥夺他说话的能力，让他的心灵永远是个长不大的孩子？他甚至连男女之事都不懂！"

"这是必要的，"特雷勒迪斯说着，绷紧下巴，"你们这些伊德里斯人。你们甚至不肯尝试去理解。我跟你父亲打了许多年的交道，我在他身上也感受到了同样无知的成见。"

他在给我下套,塞芮想着,努力控制着情绪。这比她预想的还要困难。"信仰奥斯特瑞而不是你们的神,并不代表无知。说到底,是你们当初抛弃了我们的信仰,选择了更轻松的活法。"

"面对'毁灭者'卡拉德的时候,你们的奥斯特瑞——那个看不见的未知存在——抛弃了我们,而我们信奉的那位神赶来保护了我们。赋和是带着使命起死回生的——为了阻止人类的争斗,为了让霍兰德伦回归和平。"

他看着她。"他的名字是神圣的。他是赋予了我们生命的人,容器大人。他对我们只有一个要求:照看好他的力量。他为了将力量赋予我们而死,但又要求我们将它保存起来,以防他再次回归的时候需要。我们不能使用这份力量。我们不能允许它遭到亵渎,就算是神王也不行。"

他沉默下来。

那你们要怎么从他身上拿走那笔财富,然后传递下去?她心想。她很想这么问他。但真的问出口的话,先前的掩饰不就暴露了吗?

最后,特雷勒迪斯续道:"我现在明白你父亲为什么会派你来了。我们应该研究他的全部女儿,而不只是长女。你比我们以为的要有能力太多了。"这句话让她吃了一惊,但她仍旧维持着发色。特雷勒迪斯叹了口气,偏开目光。"你的要求是什么?要怎么才能让你重新履行……每晚的职责?"

"我的仆人们,"她说,"我希望把我的大部分女仆换成帕恩凯尔出身的女人。"

"你对现在的女仆不满意么?"

"算不上,"塞芮说,"我只是觉得自己和帕恩凯尔人更有共同语言。他们和我一样背井离乡。此外,我喜欢他们穿着的棕色。"

"当然。"特雷勒迪斯说着,显然觉得她的请求是出于"伊德里斯人的成见"。

"那些霍兰德伦女仆可以在原来帕恩凯尔人的岗位上继续工作,"塞芮说,"不必让她们彻底远离我——事实上,我还想跟其中几个说话呢。不过,贴身的那几位,我希望是帕恩凯尔出身的人。"

"我已经说过了,"特雷勒迪斯说,"没问题。然后您就会继续努力了吗?"

"暂时会,"塞芮说,"这能为你们赢得几周的时间。"

特雷勒迪斯皱起眉头,可他又能做什么呢?塞芮对他露出微笑,然后转身离去。然而,她发现自己并不满意这场对话的结果。她的确胜利了——但代价却是进一步激起了特雷勒迪斯的敌意。

我想无论我多努力,他都不太可能喜欢我,她坐在自己的凉亭里,在心里得出了结论。*这样或许更好。*

她还是不知道苏斯布隆会发生怎样的意外,但她至少确认了操纵那些祭司是有可能的。这一点很有意义,但她知道自己在冒险。她重新用起餐来,做好了试吃下一轮海鲜的准备。她会尽她所能去了解霍兰德伦,但如果苏斯布隆有生命危险,她就会把他救出去。她希望提拔蓝手指的帕恩凯尔同胞能够有助于脱逃计划的实施。她希望可以。

她叹了口气,把第一口食物放到嘴边,继续品尝起来。

第四十一章

薇雯娜拿出了硬币。

"就一个?"卡兹问,"就这些?就这么一个铜子儿?"

就算在街头,他也是她见过的男人里最脏的之一。但他喜欢花哨的衣服,风格就是穿着式样最流行的破烂脏衣服。他似乎觉得这样很好玩,可以讽刺那些出身高贵的人。

他用沾满污垢的手指把那枚硬币翻了个面。"就一个铜子儿。"他重复道。

"拜托。"薇雯娜轻声道。他们站在两家餐馆后方的一条巷子的入口处,她看到巷子里有流浪儿正在垃圾里翻腾。那是两家餐馆丢出来的新鲜垃圾。她流出了口水。

"我真的很难相信,小女士,"他说,"很难相信这是你今天的全部收获。"

"拜托,卡兹,"她又说了一遍,"你知道……你知道我不太会乞讨的。"雨下了起来。又一场。

"你应该表现得再好点儿,"他说,"就连那些孩子都能带回来起码两个铜子儿。"

在他身后,那些取悦了他的幸运儿们继续享用着大餐。那气味太香了。但也许那只是餐馆里飘出的香味。

"我有好几天没吃东西了。"她低声说着,眨了眨眼睛,挤走流进眼里的雨水。

"那就明天表现得好点儿。"他说着,挥手想把她赶走。

"我的钱——"

她朝他走去的同时,卡兹立刻朝他的打手们挥了挥手。薇雯娜反射性地向后退去,几乎跌倒。

"明天拿两个铜子儿来,"卡兹说着,走进他的小巷,"你知道的,我得付给餐馆老板钱。不能让你们白吃。"

薇雯娜站稳脚跟,凝视着他。但这并不是因为她觉得自己能说服对方,而是因为她很难让大脑理解。这是她今天弄到食物的最后一次机会。一块铜板在别处只能买到一口食物,但在这儿——她上次来这儿的时候——一块铜板就能让她吃饱。

那是一星期前的事了。她在街头流浪多久了?她不知道。她迟钝地转过身,拉紧了身上的披巾。时间已是黄昏。她应该去继续乞讨的。

但她办不到。失去那块铜板以后,她已经办不到了。她很震惊,就好像自己最贵重的财产被人偷走了似的。

不。不。她还有它。她拉紧了披巾。可它为什么如此重要?她记不清了。

她拖着双脚返回高地区。那里是她的家。她隐约意识到,她不该忘记过去的自己。她曾经是个公主,不是吗?但最近的她不太对劲,几乎连饥饿都感觉不到了。这是错的。大错特错。

她走进贫民窟,然后放慢脚步,谨慎地低头弯腰,以免惹恼别人。然而,当她经过右方的街口时,脚步犹豫起来。妓女们正在那里的雨篷下躲雨。

薇雯娜看着衣着暴露的她们。这里和贫民窟的入口只隔了两条街,对外人来说,这里算不上太危险。人人都知道,最好别去打劫来的那些嫖客。如果吓跑了顾客,贫民窟巨头们会发火的。用登斯的话来说就是,"对生意不好"。

薇雯娜伫立良久。那些妓女看起来吃得不错,身上也不脏。其中几个还在笑。她可以加入她们。上次有个流浪儿说过这回事,说她还年轻。他想让她去见贫民窟巨头,指望靠引荐她来换取几枚硬币的酬劳。

这一切都很诱人。食物。温暖。干燥的床。

神圣的奥斯特瑞啊,她摇摇头,让自己清醒过来。*我在想什么呢?我的脑袋出什么问题了?*她很难集中精神。就好像无时无刻不处于恍惚状态。

她强迫自己继续前进,摇摇晃晃地远离那些女人。她不会去当妓女的。现在还不会。

现在还不会。

噢,色彩之神啊,她惊恐地想着。*我必须离开这座城市。就算我死掉,就算我饿死在返回伊德里斯的路上——就算我被登斯抓去拷打——也好过沦落成妓女。*

然而,就像与偷窃相关的道德问题那样,饥饿至此,她在利用自己身体方面的道德观也模糊起来。她回到了上次过夜时的巷子。在其他巷子里,她总是受到排挤。但这条小巷很好。这里很隐蔽,往往挤满了年龄较小的流浪儿。相比之下,她更喜欢和他们做伴,虽然她知道,他们会趁着夜晚摸索她身上的钱币。

*真不敢相信,我居然会这么累……*她头晕目眩地想着,手扶墙壁。她深吸了几口气。她最近经常会突然头晕。

她再次迈开步子。巷子里空无一人,其他人都还待在外面,打算趁着夜色再讨几枚硬币。她选择了其中最好的位置——那是个土堆,竖着一小丛青草。上面甚至没多少坚硬的土块,虽然这场小雨肯定早就打湿了泥土。但她并不在乎。

阴影笼罩了她身后的巷子。

她想也不想,拔腿就跑。街头的生活能让你很快就学到教训。尽管身体虚弱,恐慌却让她爆发出了惊人的速度。紧接着,又一道身影挡在了巷子的另一头。她愣了片刻,然后转过身,看到一群恶棍正沿着她身后的巷子走来。

在他们的身后,是几周前打劫过她、抢走了她的裙子的男人。他一脸懊恼。"抱歉,公主,"他说,"赏金升得太高了。只不过,我花了老长的时间才找到你。你真的很擅长躲藏。"

薇雯娜眨了眨眼,然后慢慢瘫倒在地。

我再也忍不下去了,她这么想着,用双臂搂住自己。她太疲倦了——精神和情感上都已经疲惫不堪。在某种程度上,她甚至感到庆幸。她并不知道这些人会对她做什么,但她明白一切都结束了。无论他们要把她出卖给谁,对方都不会粗心到再让她逃脱了。

恶棍们围拢过来。她听到有人提议带她去登斯那里。粗糙的双手抓住她的胳膊,拖着她起身。她垂着头跟了上去。他们拉着她走到大街上。天色越来越暗,却没有别的流浪儿或者乞丐接近那条巷子。

我早该反应过来的,她心想。**那里的人也太少了。**

她终于屈服了。她也没法费神考虑逃亡的事情了。在内心深处,她意识到导师说的没错:当你虚弱又饥饿的时候,很难有心思去在乎任何事,包括逃跑。

她几乎不记得导师的模样了。她甚至连饱腹的感觉都快想不起来了。

恶棍们停下了脚步。薇雯娜抬起头,眨了眨眼,努力赶走袭来的晕眩。在他们前方黑暗潮湿的街道上,有着什么东西:一把黑色的剑。那把带着银色剑鞘的武器就这么插在泥地里。

周围安静下来。有个恶棍走上前去,拔起剑。他解开了剑鞘的搭扣。薇雯娜突然一阵恶心,但那更多是来自记忆而非实际的感受。她蹒跚后退,惊恐不已。

其他人聚集到那个恶棍身旁,目不转睛地盯着那把剑。其中一个朝剑柄伸出了手。

拿剑的人发起了攻击。他用剑鞘直接砸在自己的同伴脸上。一股黑烟从松动的连接处涌出。

人们叫喊起来，每个人都在抢夺那把剑。拿剑那人继续挥舞着带鞘的剑，每次命中时的力道和破坏力都相当反常。骨骼应声碎裂，鲜血流淌在鹅卵石路面上。那人攻势不减，动作快得可怕。继续踉跄后退的薇雯娜看到了他的眼睛。

那双眼睛非常吓人。

他用带鞘的剑砸在对方的背上，杀死了最后一个同伴——也就是在仿佛很久以前的那天打劫了她的那个男人——他的背脊断了。持剑者的衣袖早已裂了口子，一股黑色——就像爬在墙上的藤蔓——缠绕在他的肩膀上。脉动的黑色血管从皮肤凸出。那人发出刺耳而绝望的尖叫。

然后他扭转剑身，连着鞘一起刺进了自己的胸膛。尽管剑鞘本身看起来并不锋利，却切开了皮肤和血肉。那人跪在地上，然后仰起身体，抽搐着注视天空，他手臂上的黑色血管开始蒸发。他就这么以跪地的姿势死去，剑鞘穿体而过，支撑着他的身体保持笔直。

薇雯娜独自站在这条尸横遍地的街道上。有个身影借助着两根活化绳索的帮助，从屋顶降了下来。他轻巧地落地，绳索随之落地，不再动弹。他从薇雯娜身边走过，没有睬她。最后，他抓住了那把剑，只迟疑了片刻，接着又扣上搭扣，将剑从尸体里连鞘拔出。

那死人终于倒在了地上。

薇雯娜呆滞地注视着前方，一动不动地坐在街上。当瓦西尔抱起她，把她扛在肩头的时候，她没有丝毫反抗。

第四十二章

"那位大人没有见您的兴趣。"女祭司说着，维持着恭敬的态度。

"噢，我对她的没兴趣不感兴趣，"光歌说，"保险起见，或许你应该再去问她一遍。"

女祭司垂下头。"请原谅，大人，但我已经问过十四遍了。众母女神对您的请求开始不耐烦了，而且她指示我不要再做出回应了。"

"她对其他女祭司也下达了同样的指示吗？"

女祭司迟疑了片刻。"噢，没有，大人。"

"太好了，"光歌说，"去找另一位女祭司过来。然后派她去询问众母愿不愿意见我。"

女祭司重重地叹了口气：光歌把这看做某种意义上的胜利。在这个宫廷里，众母的祭司是最虔诚，也最谦恭的一群人。如果他能惹恼他们，也就代表没有他惹恼不了的人了。

那位女祭司领命离开，而他双手叉腰，等待着。众母可以向她们下达指令，但她没法让她们对光歌视而不见。毕竟，他也是个神。只要他没有要求她们去做众母明令禁止的事，她们就必须服从。

就算这么做会惹怒她们的女神。

"我研究出了一种新技巧，"光歌说，"间接惹恼法！"

莱瑞玛叹了口气。"大人，您几天前对织晕女神是怎么说的来着？那句话似乎是在暗示说，您不打算再惹恼别人了。"

"我可没说过这种话，"光歌说，"我只是说我对过去的自己多了些认识而已。这可不代表我会抛弃在过去几年里取得的全部成果。"

"您的自知之明令人赞叹，大人。"

"我知道！好了，安静。那位女祭司回来了。"

的确，女祭司走上前来，朝着站在草地上的光歌鞠了一躬。"抱歉，大人。但我们的女神给出了新的指示：不允许任何女祭司去问你能不能进去见她这件事。"

"那么她能否从宫殿里出来这件事，她也禁止你们询问了吗？"

"是的，大人，"女祭司说，"所有其他暗示让她前往大人您的附近的措辞，或者请求她用信件与您交流，或者帮您以任何形式传达口信的行为，她都禁止了。"

"唔，"他说着，敲了敲下巴，"她学聪明了。好吧，我猜这下我无计可施了。"

女祭司明显松了口气。

"瞎转悠，在她宫殿正前方的这里架起凉亭，"光歌说，"我今晚要睡在这里。"

女祭司抬起头来。

"您说您要做什么？"莱瑞玛问。

光歌耸耸肩。"在和她见面之前，我不会离开的。这就意味着我会留在这儿，直到她给出回应。都已经过去一星期了！如果她想表现出顽固，我就向她证明，我也可以同样顽固。"他瞥了那女祭司一眼，又说："要知道，我在这方面是很熟练的。毕竟我是个让人难以忍受的小丑嘛。我想她应该没有禁止松鼠进入这座宫殿吧？"

"大人，您说松鼠？"女祭司问。

"太好了。"光歌说。等他的仆人架起凉亭以后，他坐了下来。他从盒子里拿出那只无命者松鼠，将它举在身前。

"杏仁草。"他轻声说着，给出了他让手下铭刻在这只无命者身上的新指令。然后他抬高嗓门，让那位女祭司也能听到。"到这栋建筑物里去，找出住在里面的回归者，然后绕着圈子跑，同时尽可能高声尖叫。别让任何人抓到你。噢,还有,尽量多弄坏几件家具。"接着,他轻声重复了一遍:"杏仁草。"

松鼠立刻跳下他的手掌,朝着宫殿冲去。女祭司转过头,惊恐地目送着它。那只松鼠开始发出不似松鼠的惊人尖叫。它从某位震惊的守卫的双腿间穿过,消失在宫殿里。

"真是个令人愉快的下午。"光歌说着,朝一串葡萄伸出了手,而那位女祭司匆忙追在松鼠身后。

"它没办法服从全部的指令,大人,"莱瑞玛说,"就算灵息给了它遵循指令的力量,它也只有松鼠的脑子而已。"

光歌耸耸肩。"我们走着瞧吧。"

他开始听到宫殿内部传来恼火的叫喊声。他露出微笑。

花费的时间比他预料中要久。众母很顽固,从织晕完全没法说服她的这一点就可以证明。他坐在那里,无所事事地听着乐师的演奏时,有女祭司会不时来确认他还在不在。几个钟头过去了。他没吃东西,也没喝多少饮料,所以没有去厕所的必要。

他命令乐师们演奏得更响亮些,为此还特意挑选了打击乐器较多的乐队。

终于,有位一脸倦容的女祭司走出宫殿。"大人愿意见您。"那女人说着,朝光歌鞠了一躬。

"啊?"光歌说,"噢,那件事啊。我必须现在就去吗?不能让我听完这首歌吗?"

女祭司抬起头。"我——"

"噢,那好吧。"光歌说着,站起身来。

众母此时仍在觐见室里。光歌在门口犹豫了片刻——就像每一座宫殿那样,这扇门是根据神灵的尺码设计的。他皱起眉头。

人们仍旧排着队,而众母坐在房间前方的王位上。以女神的标准来看,她又矮又壮,但他始终觉得她的白发和脸上的皱纹与其余诸神不同。以身体年龄来说，她是诸神中最年长的。

他上次来拜访她已经是很久以前的事了。事实上……我上次来这儿的时候，是在静知放弃灵息的前一晚，他心想。多年前的那个傍晚，我们和她共进了她的最后一餐。

他之后再也没有来过这儿。再来又有什么意义呢？他们当初会聚在一起，只是因为静知。当初碰面的时候，众母总是会坦然说出自己对光歌的看法。至少她很诚实。

他就没法这么评价自己了。

他进门的时候，她并没有打招呼。她继续坐在那儿，微微弯下腰去，听着正在请愿的那个男人的话。他是个中年人，拄着手杖，以笨拙的姿势站在那儿。

"……我的孩子们正在挨饿，"他说，"我买不起食物。我猜如果我的腿没问题，就能回到码头去工作了。"他低下头去。

"你的信念值得赞扬，"众母说，"告诉我，你那条腿是怎么出问题的？"

"因为一次渔船事故，大人，"那个男人说，"几年前的一场早霜让我颗粒无收，于是我从高地那边来到了这儿。我在一条'风暴跑者'上找了份工作。那种船会在春季的暴风雨中出海，趁着其他船只停泊在港内的时候捕鱼。在那次事故中，一只木桶撞断了我的腿。瘸了腿以后，就没有人愿意让我上船工作了。"

众母点点头。

"我本来不打算来找您的，"他说，"但我妻子生了病，我的女儿又饿得直哭……"

众母伸出一只手，放在那人的肩头。"我理解你的难处，但你面临的问题并没有你想象的那么严重。去跟我的大祭司谈谈吧。码头上有个人对我宣誓效忠过。你的两只手都还完好，可以去负责缝补渔网。"

那人抬起头来，眼中闪烁着希望的光芒。

"我们会把你送回去，附带足够的食物，让你的家人在你学会新手艺之前有东西可吃，"众母说，"带着我的祝福去吧。"

那人站起身，然后双膝跪地，哭泣起来。"感谢您，"他低声道，"感谢您。"

祭司们走上前来，领着他离去。房间里一片寂静，众母的目光越过众人，对上光歌的双眼。她对着身边点点头，一位祭司走上前，拿出一小团用绳子紧紧捆住的毛球。

"我听说这是你的东西？"众母问。

"噢，是啊，"光歌说着，脸色微微发红，"太抱歉了。我不小心让它逃走了。"

"碰巧带着找到我的指令？"众母问，"还会绕着圈子尖叫？"

"居然成功了？"光歌说，"有意思。我的大祭司还觉得松鼠的大脑没法执行这么复杂的指令呢。"

众母用严厉的目光看着他。

"噢，"光歌说，"我想说的是，'哎呀。它完全误解了我的话。蠢松鼠。'致以我最深的歉意，可敬的姐妹。"

众母叹了口气，然后朝着房间侧面的一扇门挥了挥手。光歌朝那边走去，而她跟了过去，几名仆人尾随在后。众母走路的动作带着老年人特有的僵硬。*这究竟是我的错觉，还是说她看起来真的比从前更老了？*当然了，这是不可能的。回归者的外表年龄是不会变化的。至少已经成年的那些不会。

等他们走到请愿者们听不到也看不到的位置以后，众母抓住了他的胳膊。"看在色彩的分上，你以为你在做什么？"她厉声道。

光歌转过身，扬起一边眉毛。"噢，你不肯见我，而且——"

"你是打算毁掉我们所剩不多的权威吗，你这白痴？"众母问，"城市里的人们已经在议论说回归者变弱了，说我们中最优秀的那些几年前就死了。"

"或许他们说得对。"

众母皱起眉头。"如果有太多人相信这回事，我们就会失去灵息的来源。你考虑过这一点吗？你想过你的无礼和轻浮会让我们所有人付出代价吗？"

"这就是你做那种表演的理由？"他说着，看向门那边的觐见室。

"曾几何时，回归诸神不会只是聆听请愿，回答'是'或'否'，"众母说，"他们会花时间听每一个请愿者的话，然后尽己所能给予帮助。"

"听起来实在太麻烦了。"

"我们是神灵。一点点麻烦又算什么？"她看了看他，"噢，当然了。我们才不想为民生疾苦烦心。我究竟为什么要跟你说话？"她转过身，打算离开房间。

"我是来把我的无命者指令交给你的。"光歌说。

众母愣住了。

"织晕已经掌握了两条指令，"光歌说，"她现在能够控制我们的半数军队。这让我担忧。我是说，我对她的信任并不比对其他回归者更少。但如果战争真的到来，那她就会迅速成为这个王国第二有权势的人。只有神王能胜过她。"

众母用令人费解的表情打量着他。

"我认为，对抗她的最佳方式就是让另一个人拥有两条指令，"光歌说，"或许这能让她有所顾忌，她不至于做出轻率之举。"

房间里寂静无声。

"静知信任过你。"终于，众母开了口。

"我承认，这是她的缺点之一，"光歌说，"看起来，似乎就连女神也有缺点。但我觉得，有涵养的人是不会当面指出的。"

"她是我们之中最出色的,"众母说着,看向她的请愿者那边,"她愿意一整天都聆听请愿。他们爱戴她。"

"底线蓝色,"光歌说,"这是我的安全暗语。请你接受吧。在织晕那边,我会说是你强迫我告诉你的。当然了,她会对我发火,但反正这也不是第一次了。"

"不,"众母开口道,"不,我不会让你这么轻易离开的,光歌。"

"什么?"他吃惊地问。

"你感觉不到吗?"她问,"这座城市正在发生着什么。伊德里斯人和他们的贫民窟惹出的麻烦,还有我们的祭司之间越来越激烈的争论,"她摇摇头,"我不会允许你抛下自己的责任。你是被选中来扮演这个角色的。你和我们一样是神灵,无论你多么努力去忽略都没有意义。"

"你已经拿到我的指令了,众母,"他耸耸肩,朝着一扇门走去,"随你拿它做什么都行。"

"翠绿之钟,"众母说,"这是我的。"

光歌在半途中停下了脚步。

"现在我们两个都知道两条指令了,"众母说,"如果你先前的说法是真的,那么我们互相知道指令只会更好。"

他猛地转过身来。"你刚才还说我是白痴!现在你却又把自己的士兵指挥权交给我?众母,请别怪我接下来的问题太粗鲁。但看在色彩的分上,你究竟哪里不对劲?"

"我梦到你会来,"她说着,对上他的视线,"我在一周前就在画里看到了。过去这一星期,我都会在画上看到各种各样的圆形图案,而且全都金红相间。那是你的颜色。"

"巧合而已。"他说。

她轻哼一声。"总有一天,你会克服自己愚蠢的自私,光歌。这件事并不只和我们有关。我已经决定努力做到更好了。或许你也该好好审视你和你在做的事。"

"噢,我亲爱的众母,"光歌说,"你瞧,这句质疑的问题在于,你认定我并没有尝试过成为自己以外的人。但我每次尝试,结果都是场灾难。"

"好吧,无论结果好坏,你都拿到我的指令了。"上了年纪的女神转过身,朝着她那群请愿者走去。"我对你会如何运用非常好奇。"

第四十三章

薇雯娜在反胃、疲惫、干渴与饥饿中醒来。但她还活着。

她睁开双眼，心里涌起一股怪异的感觉。那是舒适。她躺在一张柔软的床上。她立刻坐起身，头晕随即袭来。

"如果我是你，就会小心点儿，"有个声音说，"你的身体还很虚弱。"

她眨了眨模糊的双眼，目光聚焦在坐在稍远处的桌边、背对着她的那个声音。他看起来正在吃东西。

一把银鞘黑剑倚靠着桌子。

"是你。"她轻声说。

"是我。"他一边吃一边说。

她低头看着自己。她身上穿着的并非衬裙，而是一套柔软的棉睡衣。她的身体也干干净净。她抬手摸了摸头发，发觉那些纠缠的乱发都消失了。她的发色仍旧是白色。干净的感觉很怪。

"你强暴了我?"她轻声发问。

他哼了一声。"跟登斯上过床的女人，对我来说毫无诱惑力。"

"我没跟他上过床。"她反驳，虽然不明白自己干吗要解释。

瓦西尔转过头，仍旧留着斑驳参差的胡须。他的衣服要比她身上的粗糙多了。他打量着她的双眼。"他欺骗了你，对吧?"

她点点头。

"白痴。"

她又点点头。

他转过身,继续吃了起来。"这栋屋子的女主人,"他说,"我付钱给她,让她给你洗澡、穿衣和更换便盆。我一根指头也没碰过你。"

她皱起眉头。"发生了……什么?"

"你还记得街上的那次搏斗吗?"

"用你的剑的那次?"

他点点头。

"隐约记得。你救了我。"

"我只是从登斯的手里夺走了一件工具,"他说,"重要的只有这一点而已。"

"我还是要谢谢你。"

他沉默了一会儿。"不客气。"他最后说。

"为什么我感觉这么难受?"

"特拉玛利亚症,"瓦西尔说,"这是一种你们高地上没有的疾病,会通过蚊虫叮咬传播。恐怕在我找到你的几周前,你就得了这种病了。如果你还是觉得虚弱,说明病还没好。"

她用手按住脑袋。

"你最近恐怕过得很糟,"瓦西尔评论道,"头晕又痴呆,还饿着肚子。"

"没错。"她说。

"你活该。"他继续吃了起来。

她有好一会儿没有动弹。他的食物闻起来很香,但她在发烧期间似乎被人喂过东西,因为她并没有自己想象中的那么饿。"我昏迷了多久?"她问。

"一星期了,"他说,"你应该再睡一会儿。"

"你打算对我做什么?"

他没有回答。"你的生物染色灵息,"他说,"你交给登斯了吗?"

她顿了顿，思索起来。"是的。"

他瞥了她一眼，扬起一边眉毛。

"没有，"她转过头去，承认道，"我把灵息放进身上那条披巾里了。"

他站起身，离开了房间。她开始考虑逃跑。

但最后，她下了床，吃起了他的食物——一整条油煎过的鱼。她已经不介意是不是海鲜了。

他走了回来，在门口停下脚步，看着啃着鱼骨头的她。他没有强迫她离开桌位，而是在桌边的另一张椅子里坐了下来。最后，他举起已经洗干净的披巾。

"这条吗？"他问。

她的身体僵住了，脸颊上还沾着一块鱼肉。

他把披巾放到她旁边的桌上。

"你要把它还给我？"她问。

他耸耸肩。"如果里面真的存在灵息，我也拿不走。只有你才可以。"

她拿起披巾。"我不知道指令。"

他又扬了扬眉。"你没用唤醒就挣脱了我的绳索？"

她摇摇头。"那条指令是我猜到的。"

"我真该把你的嘴再塞紧一点儿。你说'猜到'是什么意思？"

"那是我第一次使用灵息。"

"也对，你是王族。"

"这话什么意思？"

他只是摇摇头，指着那条披巾。

"汝息归吾，"他说，"这就是你想要的指令。"

她把手放在披巾上，念出了那几个字。眨眼的工夫，一切都改变了。

她的头晕消失了。她眼里那个死气沉沉的世界也不见了。她倒吸一口凉气,恢复灵息带来的愉悦感让她发起抖来。那感觉强烈到让她摔下了椅子,为这样的奇迹震颤不止。那感觉太惊人了。她能感觉到生命,能感觉到瓦西尔周围明亮而美丽的色彩。她有种重获新生的感觉。

她在那种感觉中沐浴良久。

"最初得到灵息的时候,感觉非常惊人,"瓦西尔说,"如果你放弃灵息,等到一个钟头以后再收回,感觉通常不会太糟。但如果等上几周——甚至只是几天——再拿回灵息,那时的感觉就和初次得到灵息相似了。"

她露出笑容,带着惊异感爬回椅子里,擦去脸上的鱼肉。"我的病好了!"

"那当然,"他说,"我没看错的话,你的灵息至少达到了三阶强化。你永远都不会生病了。你甚至几乎不会衰老。当然了,前提是你能保住这些灵息。"

她惊恐地抬头看着他。

"不,"他说,"我不会强迫你把灵息给我的。虽然我或许应该这么做。你带来的麻烦远远超过你的价值,公主。"

她继续吃着食物,感觉到自己多了些自信。回想起来,过去的几周简直就像噩梦。就像个虚幻不实的肥皂泡,与她的人生脱节。坐在街头乞讨的那个人真的是她吗?她真的在雨里睡过觉,又以泥地为家吗?她真的考虑过去当妓女吗?

是真的。她不可能因为取回了灵息就忘掉这件事。但成为灰白者这一点影响了她的行为吗?那种病也是因素之一吗?但不管怎么说,对她影响最大的还是绝望本身。

"好吧,"他说着,站起身来,拿起那把黑剑,"该走了。"

"去哪儿?"她怀疑地问。上次她遇见这个男人的时候,他捆住了她的手脚，强迫她拿起那把剑，然后又把嘴巴被塞住的她丢下不管。

他没理会她的担忧，而是把一堆衣服丢在桌上。"穿上这个。"

她拿起衣服。厚厚的裤子，下摆需要塞进裤子里的束腰外衣，还有穿在外面的背心。三件都是深浅不同的蓝色。还有几件内衣，色彩就没那么鲜艳了。

"这是男人的衣服。"她说。

"这只是比较实用的款式，"瓦西尔说着，朝门的方向走去，"我可不打算浪费钱给你买漂亮衣服，公主。你只能习惯这一身了。"

她张开嘴，随后又闭上，把抱怨吞回肚里。她过去对这些……她也不知道自己穿着那条长度只到大腿一半、近乎透明的纤薄衬裙转悠了多久。她感激地穿上了裤子和束腰外衣。

"拜托，"她说着，转身面对着他，"我很感谢你给我的衣服。但至少，我有资格知道你打算对我做什么吧？"

瓦西尔站在门口，犹豫了片刻。"我有工作要交给你。"

她发起抖来，想起了登斯给她看的那些尸体，也想起了瓦西尔杀死的那些人。"你又要杀人了，是吗？"

他转身看着他，皱起眉头。"登斯正在策划着什么。我打算阻止他。"

"登斯是为我工作的，"她说，"至少他假装是这样。他所做的一切都是出于我的授意。他只是在配合我，让我继续沾沾自喜下去。"

瓦西尔干笑起来，而薇雯娜涨红了脸。她的头发——自从她目睹帕林的死状以后，它第一次回应了她的情绪——转为了红色。

那种感觉太不真实了。在街上流浪了两星期？感觉上要久得多了。但不知为何，在洗净身体又填饱了肚子的现在，她觉得又变回了从前的自己。一部分的原因是灵息。美妙又美丽的灵息。她再也不想和它分别了。

这根本不是从前的她。那从前的她又是个什么样子？这真的重要吗？

"你笑话我，"她说着，转身面对着瓦西尔，"但我只是想尽一份力。我想在即将到来的战争中帮助我的同胞。对抗霍兰德伦。"

"霍兰德伦不是你的敌人。"

"它就是我的敌人，"她语气尖锐地说，"而且它正打算朝我的同胞进军。"

"那些祭司有充分的理由做出这种行动。"

薇雯娜嗤之以鼻。"登斯说过，每个人都觉得自己的行为是正确的。"

"登斯有点聪明过头了。他在耍你，公主。"

"你这话什么意思？"

"你就从来没想过吗？"瓦西尔问，"攻击补给车队？煽动伊德里斯的穷人发动叛乱？提醒他们沃赫和他对自由的承诺，这件对他们来说记忆犹新的事？在恶棍头子面前现身，让他们觉得伊德里斯正在努力动摇霍兰德伦统治者的地位？公主，你说每个人都觉得自己的行为是正确的，而每个反对你的人都是在欺骗你，"他对上她的目光，"你难道从来都没想过，或许你才是立场错误的那一方？"

薇雯娜愣住了。

"登斯不是在为你效劳，"瓦西尔说，"他甚至都没有假装在这么做。在这座城市里，有人雇佣他去挑起伊德里斯和霍兰德伦之间的战争，而他在过去几个月里利用你接近了目标。我正在设法弄清原因：谁才是幕后主使？战争对他们又有什么好处？"

薇雯娜坐了下来，瞪大双眼。这不可能。他肯定是弄错了什么。

"你是一颗完美的棋子，"瓦西尔说，"你让贫民窟的人们想起了他们真正的血统，让登斯能借着你的名义把他们集结起来。只差最后一步，诸神宫廷就会朝你的祖国进军。不是因为他们憎恨伊德里斯人，而是因为他们觉得伊德里斯叛党已经发起了攻击。"

他摇摇头。"你居然意识不到自己在做什么，真让我难以置信。我还以为你跟他合作就是为了挑起战争呢，"他看了她一眼，"我低估了你的愚蠢。穿好衣服。我也不知道我们还来不来得及挽回事态，但我想试试看。"

这身衣服感觉很怪。大腿部位绷得很紧，让她有种赤身裸体的错觉。脚踝附近没有裙摆的摩挲，感觉也很奇怪。她一言不发地走在瓦西尔身边，垂着头，头发短到甚至没法辫成辫子。她还没有尝试去长出头发。那样做会耗尽身体需要的养分。

他们穿过伊德里斯人的贫民窟，薇雯娜努力让自己保持镇定，尽管周围的任何声音都让她惊恐，让她想要转头确认没人跟在身后。那个流浪儿是不是想要偷走她讨来的钱？那群恶棍是不是想把她卖给登斯？那些阴影是不是双眸灰白、前来袭击和屠杀的无命者？他们从路边的一个流浪者身边走过。那是个年轻女人，看不出年龄，而在她满是煤灰的脸上，那双明亮的眼睛正盯着他们。薇雯娜能读出那双眼睛里的饥饿。那女人正在考虑要不要偷他们的东西。

瓦西尔手里的剑成功地唬住了她。薇雯娜看着女孩匆忙跑进一条小巷，突然莫名地感同身受。

*色彩啊，*她心想。*过去的我真是那个样子吗？*

不。她甚至还不如那个女孩。薇雯娜太幼稚了，被人绑架也毫无察觉，更在一无所知的情况下准备挑起战争。

难道你从来都没想过，或许你才是立场错误的那一方？

她也不知道自己该相信什么了。她如此轻易就受到了登斯的蒙骗，这让她在接受瓦西尔的说法时犹豫不决。但他的某些话确实是正确的,就连她也看得出相应的证据。

登斯总是带她去见城里名声不好的那些人。不光是因为像他这样的佣兵更可能认识那种人,也是因为他们更可能喜欢战争带来的混乱。袭击霍兰德伦的补给车队不仅会为军队的管理增添困难,也会让祭司们倾向于趁着实力仍强时发起攻击。这些损失只会让他们更加愤怒。

想到这里,她不由得心生寒意——而她很难忽视这种感受。"登斯让我觉得战争是无可避免的,"他们穿过贫民窟的时候,薇雯娜轻声道,"我父亲也觉得战争难以避免。每个人都说战争一定会爆发。"

"他们错了,"瓦西尔说,"霍兰德伦和伊德里斯几十年来都处在开战的边缘,但战争从来都不是无法避免的。想让这个王国发起进攻,需要说服那些回归者——而他们往往太过自我,不喜欢战争这样充满破坏性的东西。只有长期的努力——首先说服祭司们,再让他们持续争论,直到诸神相信他们的话——才能成功。"

薇雯娜低头看着满是彩色垃圾的肮脏街道。"我真的很没用,对吧?"她低声说。

瓦西尔转过头,看了她一眼。

"我父亲先是让我妹妹代替我去嫁给神王。我跟了过来,但我甚至不知道自己在做什么——在我来到这儿的第一天,登斯就找到了我。等我终于从他手里逃脱以后,却在这条街上连一个月也支撑不下去:我被打劫,殴打,然后又被人抓住。现在你又声称我一手将自己的同胞推向了战争边缘。"

瓦西尔哼了一声。"别对你自己评价太高了。为了挑起这场战争,登斯已经努力很久了。根据我听来的消息,他甚至买通了伊德里斯大使本人。另外,霍兰德伦统治阶层的内部也有人——就是当初雇佣登斯的那些人——希望这场冲突爆发。"

这太令人困惑了。他的话有道理,但登斯的话也同样说得通。

她必须了解详情才能做出判断。"你推测出他们是谁了吗？就是雇佣登斯的那些人。"

瓦西尔摇摇头。"我想应该包括某位神灵——又或者是好几个神灵。也可能是一群祭司在暗地里密谋。"

他们再次陷入沉默。

"为什么？"最后，薇雯娜发问。

"我怎么知道？"瓦西尔问，"我甚至猜不到幕后主使是谁。"

"不，"薇雯娜说，"我问的不是这个。我是说，你为什么会插手这件事？你为什么会在乎这些？"

"因为……"瓦西尔说。

"因为？"

瓦西尔叹了口气。"你瞧，公主。我跟登斯不同：我没有他那种口才，而且我从一开始就不怎么喜欢人。所以别指望我跟你闲聊。可以吗？"

薇雯娜惊讶地闭上了嘴巴。*如果他是想操控我*，她心想，*那他用的方式还真够奇怪的。*

他们的目的地原来是位于某个破败十字路口的一栋破败的屋子。他们走到屋子附近的时候，薇雯娜停下脚步，思索着像这样的贫民窟是如何出现的。难道说他们是故意把这儿建造得如此简陋又拥挤的？还是说这些街道——以及她先前见过的那些街道——曾经是更加体面的街区，而如今年久失修，才会变成这副模样？

瓦西尔抓住站定的她的胳膊，拉着她走到门边，用剑柄重重敲了几下。片刻过后，门打开了一条缝，一双紧张的眼睛向外张望。

"别挡道。"瓦西尔说着，暴躁地把门彻底推开，拉着薇雯娜走了进去。有个年轻男人跌跌撞撞地后退，然后背靠走廊的墙壁，让瓦西尔和薇雯娜通过。他在他们身后关上了门。

对于瓦西尔的举动，薇雯娜觉得自己应该害怕，至少也应该生气。然而,在有了先前的经历以后,这种事在她看来已经无关紧要了。瓦西尔放开了她的手,脚步沉重地走下一段楼梯。薇雯娜小心翼翼地跟在身后,昏暗的楼梯井让她想起了登斯的安全屋的那间地下室。她发起抖来。幸好走完楼梯以后,那些相似之处就消失了。这间地下室的墙壁和地板都是木头做的。房间中央铺着一块小地毯,一群人坐在地毯上。瓦西尔走下楼梯的时候,两个人站起身来。

"瓦西尔!"其中一个说,"欢迎。你想喝点什么吗?"

"不。"

那两人不安地对视,而瓦西尔把剑丢向房间的另一边。那把剑"当啷"一声撞上墙壁,顺着木头墙面滑下。然后他朝身后伸出手,把薇雯娜拉到自己前方。

"头发。"他说。

她犹豫起来。他在像登斯那样利用她。但为了不惹他生气,她顺从地改变了发色。那些人敬畏地看着这一幕;然后其中几个低下了头。"公主。"其中之一低声道。

"告诉他们,你不希望他们去打仗。"瓦西尔说。

"我不希望你们上战场,"她由衷地说,"我从没想过让我的同胞去和霍兰德伦人打仗。他们几乎一定会输。"

那些人转头看向瓦西尔。"但她跟贫民窟巨头联手过。她为什么会改变主意?"

瓦西尔看向她。"说说看?"

她为什么会改变主意?她真的改变过主意吗?事态发展得太快了。

"我……"她说,"我很抱歉。我……我没有发觉。我从来都不希望开战。我以为战争无可避免,所以才打算做好准备。但我恐怕被人利用了。"

瓦西尔点点头,然后把她推到一旁。他走到地毯上那群男人中间。薇雯娜留在原地,用双手抱住自己,感受着束腰外衣和背心的陌生触感。

这些人是伊德里斯人,她听着他们的口音,反应过来。现在他们看到了我——他们的公主——穿着男人衣服的样子。都发生了那么多事了,为什么我还会在乎这种细枝末节?

"好吧,"瓦西尔说着,蹲坐下来,"你们打算怎么阻止战争?"

"等等,"有个人说,"你打算凭这个就让我们转变想法?只因为公主说的几句话,我们就该相信你告诉我们的一切吗?"

"如果霍兰德伦开战,你们就死定了,"瓦西尔厉声道,"你们难道不明白吗?你们觉得这些贫民窟里的伊德里斯人会有什么下场?你们觉得现在的日子很难熬?那就等被视做通敌者的时候再看看吧。"

"我们明白,瓦西尔,"另一个人说,"但你指望我们怎么做?继续忍受霍兰德伦人的歧视,还是低头认输,去信仰他们懒惰的诸神?"

"我不在乎你们怎么做,"瓦西尔说,"只要不会威胁到霍兰德伦统治阶层的安全就行。"

"或许我们应该承认战争即将到来,然后战斗,"另一个人说,"或许贫民窟巨头们说得对,我们的最佳选择就是希望伊德里斯获胜。"

"他们憎恨我们,"另一个人——那是个二十来岁,眼里燃烧着怒火的男人——说,"他们对我们的态度比对待街上的雕像还差!在他们眼里,我们连无命者都不如。"

我了解那种愤怒,薇雯娜心想。我感受得到。现在也能感受到。那是对霍兰德伦的愤怒。

但此时此刻,那人的话在她听来如此空洞。事实上,她从霍兰德伦人身上感受不到任何憎恨。真要说的话,她感受到的是冷漠。

对他们来说,她就像是街上的一具死尸。

或许这就是她恨他们的原因。她毕生都在努力成为对他们而言重要的人——在她看来,她被这头名叫霍兰德伦的怪物和神王支配了人生。可到头来,这座城市和其中的居民却对她视而不见。她对他们来说无足轻重。这让她非常恼火。

在这些伊德里斯人里,有位戴着深褐色帽子的老人思忖着摇了摇头。"人们正躁动不安,瓦西尔。半数的男人在气愤地谈论强攻诸神宫廷。女人们开始储备食物,为战争做准备。我们的年轻人悄悄结伴外出,去丛林里寻找卡拉德那支传说中的军队。"

"他们相信那个古老的传说?"瓦西尔问。

那人耸耸肩。"它意味着希望。一支无人知晓的军队,强大到足以结束不息战争本身。"

"我害怕的倒不是相信传说这种事,"另一个人说,"而是我们的年轻人居然在考虑让无命者充当士兵。卡拉德的幽灵。呸!"他朝旁边吐了口唾沫。

"这表示我们已经走投无路了,"另一个老人说,"人们很愤怒。我们没法阻止暴乱,瓦西尔。毕竟几周前才发生过那场屠杀。"

瓦西尔一拳砸在地板上。"这就是他们的目的!你们这些蠢货为什么不明白?给敌人完美的替罪羊的,就是你们自己!袭击贫民窟的无命者接到的并不是统治阶层的命令。有人把几个暗语被破解的无命者混了进去,再命令他们动手杀人,好让事态更加恶化!"

什么? 薇雯娜心想。

"霍兰德伦的神权政体是一种头重脚轻的结构,充斥着官僚主义的愚蠢和惰性,"瓦西尔说,"除非有人在后面推动,否则它是一步也不会走的!如果我们这边的街道发生暴乱,就正中主战派的下怀了。"

我可以帮他,薇雯娜看着那些伊德里斯人的反应,心想。她本

能地理解他们，而瓦西尔显然做不到。他的论据很好，但他表达的方式却是错的。他需要可信之人的担保。

她可以帮忙。但她真的应该帮忙吗？

薇雯娜自己也不知道该怎么办了。如果瓦西尔说的是真的，那么她就始终被登斯玩弄在股掌之间。她相信这是事实，可她要怎么知道瓦西尔所做的事和登斯不同？

她希望开战吗？不，当然不希望。尤其是在这场战争里，伊德里斯很可能会灭亡，更别提获胜。薇雯娜先前如此努力，就是为了削弱霍兰德伦的战力。她为什么从没想过避免战争呢？

我想过，她反应过来。在伊德里斯的时候，我原本的计划就是阻止战争。我打算在成为神王的新娘以后，劝说他打消开战的念头。

但她放弃了那个计划。不，她是在别人的影响下选择放弃的。至于原因是她父亲"战争无可避免"的预感，还是登斯的巧妙误导——又或者两者兼有——这就不重要了。她最先想到的就是阻止冲突。这是保护伊德里斯的最佳方法，同时也是——她现在才意识到——保护塞芮的最佳方法。她的心被憎恨和傲慢所占据，把救妹妹这件事抛到了脑后。

阻止战争没法保护塞芮不受神王的虐待。但这么做或许能让她避免沦为人质，或许还可以救她的命。

这对薇雯娜来说就足够了。

"太迟了。"其中一个男人说。

"不，"薇雯娜说，"拜托。"

围坐着的那群人迟疑了片刻，然后朝她看来。她走了过去，跪倒在他们面前。"请别说这种话。"

"可公主，"另一个男人说，"我们能做什么？贫民窟巨头正在煽动民众。我们没有和他们抗衡的力量。"

"你们肯定也是有影响力的，"她说，"你们看起来是有智慧的人。"

"我们是工人,是拖家带口的人,"另一个人说,"我们没有钱。"

"但人们会听你们的话吧?"她问。

"有些人会。"

"那就告诉他们,还有别的选项,"薇雯娜说着,低下头,"告诉他们,要比我坚强。贫民窟里的这些伊德里斯人——我见识过他们的强大。如果你们能让他们知道自己受到了利用,或许他们就不会再继续被人操纵了。"

那些人陷入了沉默。

"我不清楚这个人的话是否句句属实,"她说着,朝瓦西尔点点头,"但我知道伊德里斯没法赢得这场战争。我们应该尽己所能去阻止冲突,而不是促成冲突。"她感到泪水流到了脸颊上,头发也转为苍白之色。"你们也看到了。我……失去了身为公主和奥斯特瑞追随者应有的自控力。我成了你们的耻辱,但请不要步我的后尘。霍兰德伦人不恨我们。他们甚至察觉不到我们的存在。我知道这令人沮丧,但如果你们通过暴动和破坏的方式引起他们的注意,他们会大吃一惊,然后将愤怒撒向我们的祖国。"

"所以我们就该翻个身?"那年轻人问,"任他们踩在我们头上?他们是不是出于故意真的重要吗?我们无论如何都会被消灭的。"

"不,"薇雯娜说,"肯定有更好的方法。他们现在的王后是伊德里斯人。如果我们多给他们些时间,或许就能让他们克服成见。我们现在应该把精力集中在阻止战争上!"

"您言之有理,公主,"那个戴帽子的老人说,"但是——请原谅我的无礼——您很难要求我们这些住在霍兰德伦的人去关心伊德里斯的命运。在我们离开之前,伊德里斯就辜负了我们,现在我们也不可能再回去了。"

"我们是伊德里斯人,"另一个人说,"可……好吧,我们在这儿的家更重要。"

换作一个月前,薇雯娜恐怕会很生气。但她客居街头的这段日子让她窥见了绝望对人的影响力。如果他们的家人在挨饿,伊德里斯对他们又有什么意义?她没法责怪他们的态度。

"你以为伊德里斯被征服以后,你们的日子就能好起来吗?"瓦西尔问,"如果发生战争,你们的待遇会比现在更差。"

"还有别的选择,"薇雯娜说,"我了解你们的疾苦。如果我回到父亲身边,向他说明情况,或许就能设法把你们送回伊德里斯。"

"让我们回伊德里斯去?"有个男人说,"我的家人已经在霍兰德伦住了五十年了!"

"是啊,但只要伊德里斯国王还活着,"薇雯娜说,"你们就有盟友。我们可以通过外交手段,改善你们的生活。"

"国王根本不在乎我们。"另一个人悲伤地说。

"我在乎。"薇雯娜说。

而且她确实在乎。她知道这听起来很奇怪,但与被她抛下的那些同胞相比,这座城市里的伊德里斯人的确让她更有亲切感。她理解他们。

"我们会设法让霍兰德伦关注到你们的艰难,同时避免招来仇恨,"她说,"我们会找到办法的。我之前说过,我的妹妹嫁给了神王本人。或许她能说服他改善贫民窟的条件。但不是因为他害怕我们的同胞可能引起的暴乱,而是确实同情他们的处境。"

她保持着跪地的姿势,在这些人面前满心羞愧。

为自己的哭泣而羞愧,为自己不得体的着装而羞愧,为自己参差不齐的短发而羞愧。为自己彻底辜负了他们而羞愧。

我怎么会如此轻易就失败?她心想。我本该准备充足,镇定自若才对。我怎么会被愤怒冲昏头脑,忽略了自己同胞的需要,只想着让霍兰德伦付出代价?

"她是诚心实意的,"有个男人开口道,"这点我可以肯定。"

"我说不好,"另一个人说,"我还是觉得已经太迟了。"

"就算真是你说的那样,"薇雯娜说着,仍旧注视着地板,"那你们还有什么可损失的?想想你们能拯救的生命吧。我向你们发誓:伊德里斯不会再忽视你们了。如果你们能和霍兰德伦人和平相处,我可以保证你们能作为英雄荣归故里。"

"英雄是吗?"其中一个人说,"能被人称作英雄,总比被说成'离开高地,住在无耻的霍兰德伦的人'要好。"

"拜托。"薇雯娜低声道。

"我会在能力范围内做点什么的。"有个男人说着,站起身来。

另外几个人也出声附和。他们也站了起来,跟瓦西尔握了握手。他们离开的时候,薇雯娜依旧保持着跪地的姿势。

最后,房间里只剩下了她和瓦西尔。他在她对面坐了下来。

"多谢。"他说。

"我不是为了你。"她轻声说。

"起来,"他说,"我们走吧。我想去见另一群人。"

"我……"她在地毯上坐起身来,努力理清自己的感受,"我为什么要照你说的做?我怎么知道你不是在利用我?或是欺骗我?就像登斯那样。"

"你没法知道,"瓦西尔说着,从墙角取回了剑,"你只能照我说的去做。"

"也就是说,我是你的囚犯?"

他瞥了眼她。然后他走了过来,蹲坐在地上。"你瞧,"他说,"我们都同意战争对伊德里斯有害。我不打算带你去袭击补给车队,也不会让你去和贫民窟巨头碰面。你要做的只是告诉别人,你不希望发生战争。"

"那如果我不愿意这么做呢?"她说,"你会强迫我吗?"

他盯着她看了片刻,然后低声咒骂了一句,站起身来。他拿出一包东西,丢给了她。它撞上她的胸口,发出叮当的响声,接着落在地上。

"走吧,"他说,"回伊德里斯去吧。就算没有你,我也不会半途而废。"

她却只是继续坐在那儿,瞪大眼睛。他迈开步子。

"登斯利用了我,"她发现自己在低语,"最糟糕的部分在于,我还是觉得一切只是个误会。我觉得他真的是我的朋友,觉得我应该去找他,弄清他为什么会做出那些事。也许我们只是有些误会。"

她闭上双眼,下巴靠在膝盖上。"但然后我想起了他的所作所为。我的朋友帕林死了。我父亲派来的密探都被塞在麻袋里。我的脑子一团乱麻。"

整个房间陷入了沉默。"你不是第一个被他欺骗的人,公主,"瓦西尔最后说,"登斯……他很狡猾。那样的人坏到了骨子里,但如果这个人风趣又有魅力,人们就会听他的话。他们甚至会喜欢他。"

她抬起头,眨了眨含泪的双眼。

瓦西尔转过头去。"我,"他说,"我就不是这样的人。我不擅长说话,容易气馁,会对别人发火。这些都让我不受欢迎。但我向你保证,我不会欺骗你,"他对上她的双眼,"我想要阻止这场战争。此时此刻,这是我唯一关心的事。我向你发誓。"

她不确定自己该不该相信他。但她却发觉自己想要相信。*白痴*,她心想,*你又要受骗了*。

她看人的眼光实在算不上太准。但她并没有捡起那袋钱币。"我愿意帮忙。但我只会告诉别人,我希望让伊德里斯避免战事。"

"这就足够了。"

她犹豫了片刻。"你真觉得我们能办到?能阻止战争?"

他耸耸肩。"也许吧。如果我能忍住不把那些犯傻的伊德里斯人打得屁滚尿流。"

暴脾气的和平主义者,她不无悔恨地想。这种搭配真够怪的。跟灵息总量堪比一整村人的虔诚公主差不多。

"像这样的地方还有不少,"瓦西尔说,"我会带你去见那里的人。"

"好的。"她说着,站起身来,努力不去看那把剑。即便到了现在,它还是拥有让她反胃的古怪能力。

瓦西尔点点头。"每次会面的人数都不多。我没有登斯那样的关系网,和大人物也没什么交情。我认识的人都是工人。我们得去一趟染坊,或许还要去几座种植园。"

"我明白。"她说。

瓦西尔没有再说什么,他捡起那袋钱币,领着她回到街上。就这样,她心想,我又开始了。

这次我只能祈祷自己的立场是正确的了。

第四十四章

塞芮用温柔的目光看着苏斯布隆吃下第三块甜点。桌子和地板上摆着他们的夜宵,其中一些已经吃了个干净,另一些几乎没有碰过。从苏斯布隆下令送来食物的那一晚起,夜宵就成了传统。现在他们每晚都会要求仆人拿食物来——但只在塞芮为偷听的祭司们完成表演以后。苏斯布隆声称她的举动非常有趣,但她注意到了他的眼中流露出的好奇。

眼下那些爱唱反调、满口礼仪的祭司都不在场,而苏斯布隆用实际行动证明了他对甜食的喜爱。"也许你该注意点儿,"等他又吃完一块酥皮点心以后,她评论道,"如果你吃得太多,就会长胖的。"

他伸手拿起他的写字板。不,我不会的。

"你会的,"她笑着说,"人吃多了就会长胖。"

但神灵不会,他写道。我母亲跟我解释过。经常运动的人会长得牛高马大,吃得太多的人就会发胖。但这种事在回归者身上不会发生。我们的外表永远不变。

塞芮没法提出反驳。她对回归者又知道些什么呢?

伊德里斯的食物也是这样的吗?苏斯布隆写道。

塞芮笑了。他一直对她的祖国充满好奇。她能感觉到他的渴望,那种离开王宫,见识外界的心愿。但他不想违反规矩,无论那些规矩有多么严苛。

"我真的得想办法让你堕落一点才行了。"

他停顿了片刻。这跟食物有什么关系吗?

"没有关系,"她说,"但刚才那句话是真的。你这个人简直好过头了,苏斯布隆。"

讽刺?他写道,我当然希望这只是讽刺。

"只有一半是。"她说着,趴在地上,目光越过他们即兴布置的"野餐",看着他。

半讽刺?他写道,这又是什么新东西吗?

"不,"她说着,叹了口气,"有时候,就算是讽刺里也有真话存在。我并不是真的想让你堕落变坏,但我的确觉得你太听话了。你应该再稍微轻率一点儿。还有冲动和独立。"

被人关在宫殿里,又有几百个仆人围绕在身边的时候,想要冲动也是很困难的,他写道。

"有道理。"

不过,我确实考虑过你说的那些事了。请别对我发火。

塞芮注意到他窘迫的表情,顿时来了精神。"好吧。你做了什么?"

我跟我的祭司们谈过了,他说。用工匠体。

塞芮感到一阵恐慌。"你把我们的事说出去了?"

没有,没有,他连忙写道。我告诉他们,我在为生孩子的事担心。我问他们,为什么我父亲在有了孩子以后就死去了。

塞芮皱起眉头。在她的心里,其实是希望他让她来处理这种谈判的。但她什么也没说。她不想像他的祭司那样限制他。受到威胁的是他的生命——他有自己解决问题的权利。

"好的。"她说。

你不生气?

她耸耸肩。"我才刚刚说过要你更冲动一点!所以我没法抱怨什么。他们怎么说?"

他擦去字迹,然后继续写道。他们让我不必担心。他们说什么问题都不会有。于是我又问了一遍,而他们给我的还是模糊的答案。

塞芮缓缓点头。

写这些话让我很痛心,但我开始觉得你说得没错了。我注意到我的守卫和唤醒者最近离我特别近。我们昨天甚至连宫廷议会都没参加。

"这是个坏兆头,"她赞同道,"我的运气也不够好,没能弄清究竟会发生什么。我找来了另外三个说书人,但他们能告诉我的事并不比霍伊德更多。"

你还是觉得跟我拥有的灵息有关?

她点点头。"还记得我和特雷勒迪斯的谈话么?他提起你的灵息的时候,语气毕恭毕敬的。对他来说,那是世代传承的东西,就像家族挂毯一样。"

在我这本书的一个故事里,他写道,有一把魔法剑。有个小男孩从祖父那里拿到了那把剑,后来他发现,它是一件传家宝——是这片土地的王权象征。

"你在说什么?"她问。

也许霍兰德伦的整个君主制度都只是保护这些灵息的方法。想在不同的人和世代之间安全地传承灵息,唯一的方法就是让人类充当宿主。于是他们以能够持有这份财富的神王为中心,创立了这个王朝,然后再代代传承下去。

塞芮缓缓点头。"这就意味着神王其实比我更像是容器。就像是魔法剑的剑鞘。"

完全正确,苏斯布隆写道,运笔飞快。他们必须让我的家族成为国王,因为这份财富里的灵息太庞大了。而且,他们只能把这些灵息给予回归者——否则他们的国王和众神也许会争夺这份力量。

"也许吧。在我看来,神王每次都有个死产然后成为回归者的儿子,也巧合得过头了……"

她的声音越来越小。苏斯布隆也反应过来了。

除非下一任神王并不真的是上一任神王的儿子，他的手微微颤抖。

"奥斯特瑞啊！"塞芮说，"色彩之神啊！就是这样。在王国的某个地方，有个婴儿死去并回归了。这就是他们迫切希望我怀孕的理由！他们已经有了下一任神王的人选，现在只需要把这场闹剧演下去就好。他们让我嫁给了你，希望我们尽快有个孩子，然后再把我们的孩子替换成回归了的那个。"

然后他们会杀死我，用某种方法夺走我的灵息，他写道。然后再交给那个孩子，而他就成了下一任神王。

"等等。婴儿也会回归吗？"她问。

会的，他写道。

"可是，婴儿要怎么以英勇、高洁或者类似的方式回归？"

苏斯布隆犹豫起来，她看得出他答不上来。婴儿也会回归。她的同胞并不相信获选回归的理由是生前展现出的美德。那是霍兰德伦人的信仰。对她来说，这似乎是他们神学理论上的一处破绽，但她不打算在这件事上继续质问苏斯布隆了。光是她不相信他的神性这一点，就已经够让他烦恼的了。

塞芮重新坐了下来。"这并不重要。真正的问题在于，如果神王只是容纳灵息的容器，那有什么换人的必要？让一个人来保存灵息不就好了吗？"

我也不清楚，苏斯布隆写道。感觉上是说不通，对吧？或许他们是担心没法将一位神王囚禁那么久。也许孩子比较好操控？

"如果是这样的话，他们应该更换得更频繁才对，"塞芮说，"某些神王活了好几个世纪。当然了，这也许和每一任神王的叛逆程度有关。"

我可是每件事都照他们的意思做的！你刚刚才抱怨过，说我顺从得过了头。

"和我相比的话，的确，"她说，"或许从他们的角度来看，你是个叛逆的人。毕竟，你把你母亲给你的那本书藏了起来，然后又学会了写字。也许他们太了解你了，明白你不可能永远顺从。现在他们有了机会，所以打算趁机换掉你。"

也许吧，他承认。

塞芮再次思索起他们的结论来。如果用批判的眼光来看，她能看出这些只是推论而已。但每个人都说，其他回归者没法生儿育女，那神王又为什么是例外？这或许只是某种掩盖真相的手段，方便他们选出新的神王。

但最重要的那个问题仍未得到解答。他们会用什么方法夺走苏斯布隆的灵息？

苏斯布隆仰起身子，注视着昏暗的天花板。塞芮看着他，注意到了他眼里的悲伤。

"怎么了？"她问。

但他只是摇摇头。

"拜托，怎么了？"

他就这么坐了一会儿，然后低头写了起来。*如果你说的没错，那么抚养我长大的那个女人就不是我母亲了。我恐怕是乡下某处的某人生下的。那些祭司等我回归以后就把我带了回来，然后在这座宫殿里养育我，充当被他们杀死的"神王之子"。*

看到他痛苦的模样，她不由得心如刀绞。她绕过毛毯，坐在他身旁，双臂抱住了他，头枕在他的胳膊上。

她是我这辈子唯一真正亲切对待过我的人，他写道。*那些祭司尊敬我，照顾我——至少我认为是这样。然而，他们从来没有真正爱过我。只有我母亲是例外。可现在，我连她是谁都不知道了。*

"如果她养育了你，那她就是你母亲，"塞芮说，"是谁生下了你并不重要。"

他没有答话。

"也许她就是你真正的母亲,"塞芮说,"既然他们暗中把你带进了宫殿,或许也会把你母亲带来。还有谁会比母亲更适合照顾孩子呢?"

他点点头,然后用一只手在木板上写了起来——另一只手正搂着塞芮的腰。或许你说得对。但现在看来,她的死因也非常可疑。她是少数几个可能告诉我真相的人之一。

他似乎因此更悲伤了,而塞芮把他拉近了些,头靠在他的胸口上。

拜托,他写道。跟我说说你的家人吧。

"我父亲经常生我的气,"塞芮说,"但他爱我。真的。他只是希望我做他们认为正确的事而已。而且……好吧,我在霍兰德伦待得越久,就越是想听他的话,就算只有一点点也好。

"里德格是我的哥哥。我总是给他添麻烦。他是王位继承人,可我把他带坏了,至少在他长大成人,认识到自己的职责之前。他跟你有点相似。他的心地非常善良,总是会努力去做正确的事。但他不会吃那么多甜食。"

苏斯布隆微微一笑,轻轻捏了捏她的肩膀。

"法芬的年龄在我们之间。我不怎么了解她。我年纪还很小的时候,她就进了女修道院——而我很庆幸。伊德里斯人认为,把至少一个孩子送去修道院是他们应尽的责任。僧侣和修女们会种植接济穷人的食物,并负责城市里的各类事务:修剪枝条,清洗衣物,给房屋涂漆。任何能帮上别人的事,他们都会去做。"

他伸出手。有点像国王,他写道。一辈子都在为别人服务。

"没错,"塞芮说,"只不过,他们不会被关起来,而且可以按照自己的意愿改行。不管怎么说,我都庆幸去女修道院的不是我,而是法芬。如果让我去过僧侣生活，我会发疯的。他们肯定时时刻刻都在敬奉神明，而且按理说，他们还得是城里最朴素的人。"

而且对你的头发很不好，他写道。

"一点儿没错。"她说。

但是，他写着，微微皱起眉头。最近它不怎么改变颜色了。

"我只是更擅长控制发色了，"塞芮说着，扮了个鬼脸，"因为别人能轻易从发色看穿我。瞧。"她把头发从黑色变成了黄色，而他笑了笑，用手指梳理着她的长发。

"除了法芬和里德格之外，"塞芮说，"就只有最年长的薇雯娜了。你本来应该结婚的对象就是她，她这辈子都在为搬来霍兰德伦做准备。"

她肯定非常恨我，苏斯布隆写道。她从小就知道自己会离开家人，去跟一个她不认识的男人住在一起。

"胡说，"塞芮说，"薇雯娜可期待了。我不觉得她有憎恨这种感情。她永远都那么镇定、仔细又完美。"

苏斯布隆皱起眉头。

"我的语气有点苦涩，是吗？"塞芮说着，叹了口气，"我不是故意的。我真的很喜欢薇雯娜。她永远陪在我身边，照顾着我。但在我看来，她为了包庇我操了太多的心。我的姐姐总是帮我解决麻烦，冷静地训斥我，接着再努力为我减轻惩罚，就算那是我应得的。"她迟疑了片刻，又说，"他们恐怕都在家里为我担心呢。"

你听起来很担心他们，他写道。

"是啊，"她说，"我最近在听那些祭司们的争论。听起来很不妙，苏斯。这座城市里有很多伊德里斯人，他们最近一直躁动不安。几星期之前，城市守卫被迫派出部队去了其中一座贫民窟。但这对缓和两国之间的紧张气氛没有任何帮助。"

苏斯布隆没有写出回答，而是再次搂住了她，让她更加靠近自己。贴着他的感觉很舒服。真的很舒服。

又过了一分钟,他抽走了手臂,笨拙地擦去字迹,又写了起来。要知道,我错了。

"什么错了?"

我之前有句话说错了。我说我母亲是唯一爱过和关心过我的人。这话不对。还有一个人。

他停止了书写,看着她。然后他又看向写字板。你并没有善待我的必要,他写道。你本来可以憎恨迫使你离开家人和祖国的我。可你却教我阅读,做我的朋友。而且还爱我。

他看着她。她也看着他。然后,他犹豫着低下头,吻了她。

噢,天哪……塞芮想着,十几种反驳的话浮现于她的脑海。她发现自己没法动弹,没法抵抗,没法做任何事。

除了回以亲吻以外。

她感到身体发烫。她知道他们必须停手,免得让那些祭司得偿所愿。这一切她都明白。但当她亲吻他的时候,当她的呼吸逐渐急促的时候,那些反驳仿佛失去了说服力。

他停了下来,显然不确定接下来该做什么。塞芮抬头看着他,呼吸沉重,然后把他拉向自己,再次吻了他。她感到自己的头发转为了代表激情的深红色。

在那一刻,其余的一切她都不在乎了。苏斯布隆不知道该做什么。但她知道。我真是太轻率了,脱下衬裙的时候,她心想。我应该学会控制自己的冲动才对。

不过还是下次再说吧。

第四十五章

那天晚上,光歌梦到了燃烧的特泰利尔。梦到了神王之死和街上的士兵。梦到了正在被无命者屠杀的、身穿彩色服装的人群。

还梦到了一把黑剑。

第四十六章

薇雯娜咽下那口食物。这块肉干的鱼腥味很重,但她现在知道,如果通过口腔呼吸,就能滤掉大部分的味道。她小口小口地吃着,每吃一口,就用煮开过的温水把味道冲走。

房间里只有她一个人。这个小房间位于贫民窟附近的某栋屋子的侧面。瓦西尔付了屋主几枚硬币作为今天的租金,不过他目前并不在这儿。他赶去处理别的事了。

她吃完了食物,然后靠向椅背,闭上双眼。她疲倦得过了头,以致于难以入睡。房间狭小也是个问题,她连彻底舒展身体都办不到。

瓦西尔的话并没有夸大:他们的工作的确非常艰苦。她马不停蹄地和伊德里斯人谈话,慰问他们,恳求他们不要把霍兰德伦推向战争。但和登斯那时候不同,她一次也没去过餐馆,也没有和衣着华贵,带着保镖的人一起进餐。只有一群又一群疲惫的男女工人。他们大都不是生性叛逆的人,其中有很多甚至不住在贫民窟。但他们是特泰利尔城的伊德里斯社群的一部分,有能力去影响自己的朋友和家人。

她喜欢他们。她能够体会他们的感受。与她当初和登斯合作时相比,眼下这些工作让她舒心得多,而且在她看来,瓦西尔对她相当坦诚。她已经决定相信自己的本能了。这就是她的决定:目前来说,这也就意味着帮助瓦西尔。

瓦西尔没问过她想不想继续下去。他只是带着她东奔西走,并且指望她跟上自己。于是她跟在他身后，与人们会面，恳求他们的原谅，不顾这一切带来的精神负担。她不确定自己能否弥补过错，但她想要尝试。这份决心似乎让她赢得了瓦西尔的少许敬意。但在表达的时候，他要比登斯不坦率多了。

登斯从始至终都在欺骗我。她还是难以接受这个事实，至少心底的某个部分不想接受。她身体前倾，在盒子似的小房间里看着平淡无奇的墙壁。她打了个哆嗦。最近一直这么忙碌是件好事，能让她避免去思考那些事。

那些令人不安的事。

她是谁？在曾经属于她的一切都分崩离析，她努力过的每件事都化为泡影的现在，她又该如何定义自己？她不再是那个自信的薇雯娜公主了。那个人已经死了，和帕林鲜血淋漓的尸体一起留在了那间地下室里。她的自信源于幼稚。

现在她知道自己有多容易被人欺骗了。她懂得了无知的代价，也略微窥见了底层生活的残酷真相。

但是，她也不可能是那个女人——那个街头的流浪者，那个小偷，那个饱受压迫的可怜人。那不是她。她觉得那段日子就像一场梦，孤独的压力和遭受背叛的创伤是起因，成为灰白者和病魔缠身的事实则是燃料。为了伪装下去，她用拙劣的手段模仿了那些真正住在街头的人。她藏身其中，效仿他们的一举一动。

还剩下些什么呢？她是低垂着头，跪在那些农夫面前，向他们恳求的那位安静又懊悔的公主吗？但那也有一部分是演技。她的确心怀歉疚。然而，她却把自己破碎的自尊心当成了工具。那也不是她。

那她又是谁呢？

她站起身来，在狭窄的房间里感觉束手束脚，于是推开了门。门外的街区算不上贫民窟，但也不算富裕。这里只是人们居住的地方而已。街道上色彩斑斓，充满热情的气氛，但这里的房屋都很小，而且每栋屋子都住着若干人家。

她沿着街道走着，同时避免远离瓦西尔租下的房间。她从树木旁边走过，欣赏着繁茂的树冠。

她究竟是谁？在失去公主的身份和对霍兰德伦的憎恨以后，她还剩下什么？她曾经意志坚定。她喜欢那样的自己。她曾经强迫自己成为嫁给神王所必要的那种女人。她曾经努力工作，不畏牺牲，只为达成自己的目标。

她同时也是个伪君子。现在她懂得了真正的谦卑。相比之下，她从前的人生比任何鲜艳的裙子和衬衫都要傲慢自大。

她的确信仰奥斯特瑞。她热爱"五幻景"的教诲：谦逊。奉献。先人后己。但她开始觉得，她——以及其他很多人——在信仰方面做过了头，让"显得谦卑"的愿望也成为了一种傲慢。她现在明白，当她重视的对象从人民换成了着装的同时，她的信仰就已经误入歧途了。

她想要学会唤醒。为什么？这说明了她的什么？说明她愿意接受自己宗教摒弃的这件工具，只因为它会让她更强大？

不，不是这样的。至少她希望不是。

回顾从前的人生，她为总是陷入无助的自己而沮丧。而这似乎是真实的她的一部分。为了确保自己不会陷入无助，她什么都愿意做。所以她在伊德里斯接受教导的时候，才会那么努力。所以她才会想学习唤醒。她想要收集尽可能多的信息，想在问题到来之前做好万全准备。

她想要成为有能力的人。听起来或许自大，但这是事实。她想要尽可能学会在世界上生存所需要的技巧。在特泰利尔度过的这段时间里，最令她羞愧的就是她的无知。她不想再犯同样的错误了。

她自顾点头。

那么，到了练习的时候了，她这么想着，回到了房间里。她抽出一条绳子——那是瓦西尔曾用来捆住她双手的绳子，也是她唤醒的第一件东西。她已经取回了其中的灵息。

她回到屋外，用手指夹住那根绳索。她转动着绳索，思考着。登斯教给我的指令都是相似的句子。捆住物体。保护我。他还曾暗示说意图非常重要。当她唤醒捆住自己的绳索时，她曾让它像身体的一部分那样移动过。这可不是仅凭指令就能办到的。指令能让物体获得生命，但意图——她的头脑给出的指示——能让物体确定目标，然后采取行动。

她在一棵大树旁边停下脚步，它开满鲜花的细长枝条垂向地面。她站在一根树枝旁边，一手碰触树干的树皮，以便使用它的颜色。她把绳索伸向树枝。"捆住物体。"她命令道，然后反射性地放出了一部分灵息。世界变暗的感觉让她有了一瞬间的恐慌。

树枝抽动了一下。然而，唤醒没有抽走树皮的色彩，而是让她的束腰外衣褪了色。衣料转为灰色，而绳索动了起来，像蛇那样缠住了树枝。绳索收紧的同时，那块木头发出微弱的嘎吱声。然而，绳索的另一端却拧成了奇怪的形状，扭动不止。

薇雯娜皱眉看着，最后理解了状况——绳索的另一头缠在她的手上，试图将它一并捆住。

"停下。"薇雯娜说。

什么也没发生。绳索反而收得更紧了。

"汝息归吾。"她命令道。

绳索停止了抽动，她的灵息也回来了。她挣脱了绳子。好吧，她心想。"捆住物体"是有效的，但算不上特别明确。它会连同我想捆住的东西一起缠住我的手指。如果我换一种说法，又会发生什么呢？

"捆住那根树枝。"她给出了指令。灵息再次离她而去。这次比上次要多。她的裤子失去了色彩，绳索的一端扭动着，缠住了那根树枝。其余的部分保持不动。

她满意地笑了。*也就是说，指令越复杂，需要的灵息也就越多。*

她收回了灵息。就像瓦西尔解释过的那样，这么做并不会带来震撼，因为对她来说，这只是恢复正常而已。但如果她好几天都没有收回灵息，那么等到收回的那一刻，她就会为它的力量而震惊。有点像是初次品尝珍馐美味时的感受。

她看着自己完全变成了灰色的衣服。出于好奇，她再次尝试去唤醒那根绳索。什么也没发生。她捡起一根树枝，然后再去唤醒绳索。这次成功了，而树枝失去了色彩，不过耗费的灵息也多了很多。也许是因为那根树枝的颜色不够丰富。但树干的色彩没法抽走，想必是因为从有生命的东西上无法吸取色彩吧。

她丢掉那根树枝，从房间里拿出瓦西尔的几条彩色手帕。她回到那棵树边。*现在该做什么？*她心想。她能否先把灵息放进绳索，等以后再命令它捆住东西？这该怎么措辞才好？

"捆住我让你捆住的东西。"她给出了指令。

什么都没发生。

"等我下令的时候，捆住那根树枝。"

依旧毫无反应。

"捆住我所说的东西。"

毫无反应。

有个声音从她身后传来。"告诉它'掷出时捆住'。"

薇雯娜吓了一跳，猛地转过身去。瓦西尔站在她身后，将夜血举在身前，剑尖朝下。他背着背包。

薇雯娜涨红了脸，回头看着绳索。"掷出时捆住。"她说着，使用了一块手帕的色彩。她的灵息离她而去，但绳索依旧软垂在她手里。于是她把绳索丢向旁边，砸中了一根低垂的枝条。

绳索立刻扭动起来,将几根树枝缠在一起,紧紧捆住。

"这倒是很有用。"薇雯娜说。

瓦西尔扬起一边眉毛。"或许吧。但也很危险。"

"为什么?"

"把绳子拿回来。"

薇雯娜迟疑了片刻,意识到那根绳索正缠在她够不到的高枝上。她跳了起来,试图抓住绳子。

"如果是我的话,会选择长一点的绳子,"瓦西尔说着,握住夜血的剑身,用钩状的十字护手拉低树枝。"如果你始终抓住绳子的一头,就用不着担心它脱离你的手了。另外,你可以在必要的时候唤醒,没必要把灵息留在你未必用得上的绳子里。"

薇雯娜点点头,收回了绳子里的灵息。

"来吧,"他说着,朝那个房间走去,"你今天创造的奇观已经够多了。"

薇雯娜跟在后面,发现街上有几个人停下了脚步,看着她。"他们是怎么注意到的?"她问,"我做的事应该没那么明显才对。"

瓦西尔哼了一声。"在特泰利尔,有多少人会穿着灰色的衣服到处走动?"

薇雯娜跟着瓦西尔走进狭窄的房间,脸颊通红。他放下背包,然后把夜血靠在一边的墙壁上。薇雯娜看了看那把剑,她还是不明白这把武器是怎么回事。每次她看着它的时候,都会觉得有些恶心,而碰到它带来的强烈反胃感也记忆犹新。

还有出现在她脑海里的那个声音。她是真的听到了吗?她问起这件事的时候,瓦西尔一如既往地守口如瓶,拒绝回答她的问题。

"你不是伊德里斯人吗?"瓦西尔说着,坐了下来。他的提问吸引了她的注意。

"没记错的话,我是。"她答道。

"那就奇怪了：身为奥斯特瑞的信徒，你却对唤醒这么着迷。"他将头靠在门上，闭着眼睛说。

"我算不上优秀的伊德里斯人，"她说着，坐了下来，"已经算不上了。所以我还不如学会运用自己拥有的能力。"

瓦西尔点点头。"好吧。我本来就不明白，奥斯特瑞教徒为什么会突然拒绝承认唤醒。"

"突然？"

他点点头，仍旧闭着眼睛。"在不息战争以前可不是这样的。"

"真的吗？"

"当然。"他说。

他经常说这种话，提起在她看来遥不可及的事，语气却又像是在复述事实。并非猜想。也毫无动摇。仿佛他什么都知道。她现在明白他有时没法和人融洽相处的理由了。

"话说回来，"瓦西尔说着，睁开双眼，"你把那块鱿鱼全吃光了？"

她点点头。"那东西是鱿鱼？"

"是的，"他说着，打开背包，拿出另一块肉干，然后递了过去，"还要来点儿么？"

她有些反胃。"不了，谢谢。"

他注意到她的眼神，迟疑了片刻。"怎么？我给你的那块坏了么？"

她摇摇头。

"怎么？"他问。

"没什么。"

他扬起一边眉毛。

"我说了没什么，"她偏开目光，"只是我不怎么吃得惯鱼。"

"是吗？"他问，"我过去五天给你吃的可都是鱼肉啊。"

她沉默地点点头。

"你每次都吃了。"

"我的食物都是你给的，"她说，"我不想抱怨你给我的东西。"

他皱起眉头，然后咬了一口鱿鱼肉干，咀嚼起来。他仍旧穿着那件破破烂烂的衣服，但薇雯娜最近常待在他身边，知道他经常清洗衣服。他显然有买新衣服的钱，但他还是选择穿着破旧又磨损的这一件。他的脸上也始终乱蓬蓬的。他的胡子似乎从来都没变长过，但她也从没见过他修剪或者刮胡子。他是怎么始终维持在这种长度的？这是他有意为之，还是说她解读过头了？

"你和我预想中不一样。"他说。

"换作几星期以前，"她说，"我就会跟你预想中相同了。"

"我很怀疑，"他说着，啃着他那块鱿鱼干，"你那种顽强的精神，光是在街头待上几星期可培养不出来。那种牺牲精神也一样。"

她对上他的双眼。"我希望你再教我一些关于唤醒的事。"

他耸耸肩。"你想知道什么？"

"我甚至不知道该怎么回答你这句话，"她说，"登斯教过我几条指令，但就在那天，你把我抓走了。"

瓦西尔点点头。接下来的几分钟里，他们就在沉默中对坐着。

"如何？"她终于开口发问，"你有什么要说的吗？"

"我在思考。"他说。

她扬起一边眉毛。

他皱了皱眉。"我从很久很久以前就开始唤醒了，但我一直都不擅长说明。别催我。"

"没关系，"她说，"慢慢来。"

他瞥了她一眼。"也别摆出高人一等的态度。"

"我没有。这只是礼貌。"

"那麻烦你下次表现出礼貌的时候，语气里少一点屈尊俯就吧。"他说。

屈尊俯就？她心想。我可没有屈尊俯就！她看着他坐了下来，继续咀嚼他的鱿鱼干。她和他相处得越久，对他的畏惧也就越少，但沮丧的程度却在增加。他是个危险的人，她提醒自己。这座城市到处都是他留下的尸体，他利用那把剑让别人自相残杀。

她有好几次考虑过逃离他身边，但最后断定这么做很蠢。她找不出他阻止战争的行动有任何错误，而她仍未忘记他第一天在那间地下室里严肃的承诺。她相信他。虽然有些犹豫。

她拿定了主意：从现在开始，她要比从前更加警惕。

"好吧，"他说，"我想这样也好。我也厌倦了看着你带着那么明亮的灵光走来走去，却连用都没法用。"

"那么？"

"那么，我想我们可以从理论开始，"他说，"生物染色灵息有四种实体。第一种，也是最引人注目的那种，也就是回归者。他们在霍兰德伦被称为神灵，但我更倾向于将他们称为'已故宿主中的自发性智慧生物染色灵息化身'。他们的怪异之处在于，他们是生物染色实体中唯一自然产生的现象，从理论角度来说，正因如此，他们才无法运用或者赠予他们的生物染色灵息。当然了，事实在于，每个生物在出生时都会拥有特定数量的生物染色灵息。这也可以解释'第一类型'为何能保有智慧。"

薇雯娜眨了眨眼。这番话完全出乎她的意料。

"你更感兴趣的是第二类型和第三类型的实体，"瓦西尔续道，"第二类型是'已故宿主中的无智慧化身'。它们造价低廉，就算是用不太标准的指令也能办到。这就是所谓的'生物染色对应法则'：宿主的躯体和形状越接近活物，唤醒的难度就越低。生物染色灵息是生命的力量，因此它会寻求生命的样式。然而，这也就导出了另一条法则——相似法则。根据这条法则，唤醒所需的灵息量并不一定对应唤醒后的力量。剪成方形和剪成人形的布料，唤醒需要的灵息量相去甚远，但在注入灵息以后，它们在本质上毫无分别。

"解释起来也很简单。有些人觉得唤醒就像把水倒进杯子。等你把杯子倒满的时候，那件东西就会获得生命。这种类比是错的。你应该把唤醒想象成砸开一扇门。有些门比其他的门容易砸开，但砸开以后都是一样的。"

他看了她一眼。"明白了吗？"

"呃……"她说。她从小就接受导师的教导，但他们甚至提都没提过这些理论，"有点难懂。"

"好吧，那你想学还是不想学？"

你问我明不明白，她心想。我也回答了。但她没有把反驳说出口。还是让他继续说的好。

"第二类型的生物染色灵息实体，"他说，"就是霍兰德伦人称之为'无命者'的东西。它们与第一类型有几个不同之处。无命者可以随意制造，而且只需要不多的灵息就能唤醒——数量从一到一百，具体取决于使用的指令——而在注入灵息以后，它们会消耗自身的色彩。它们在被唤醒后不会出现灵光，但灵息会维持他们的身体，让它们不需要进食。它们也会死去，而在唤醒状态下经过数年以后，就需要注入特殊的酒精溶液才能维持机能。因为宿主是有机体，灵息会依附于身体，在注入后就无法收回。"

"我对无命者有一点了解，"薇雯娜说，"登斯那伙人就有个无命者。"

瓦西尔沉默下来。"是啊，"他最后说，"我知道。"

薇雯娜皱起眉头，注意到了他陌生的眼神。他们在沉默中对坐了片刻。"你刚才说的是无命者和对应的指令吧？"她催促道。

瓦西尔点点头。"无命者需要指令才能唤醒，就像别的东西一样。就连你们的宗教也会教导指令的知识——据说向回归者下达归来指令的,正是奥斯特瑞。"

她点点头。

"指令的理论非常难懂。就拿无命者来举例吧。我们花费了几个世纪的时间,才发现将尸体转变为无命者最有效率的方法。即便到了现在,我们也没法断言自己理解它的运作方式。我猜这就是我希望你明白的第一件事:生物染色灵息是复杂的,而我们明白的只有很小一部分。"

"这话什么意思?"她问。

"就是字面上的意思,"瓦西尔说着,耸耸肩,"我们并不真正清楚自己在做什么。"

"但你描述的口气既专业又精确。"

"我们的确弄懂了一些事,"他说,"但唤醒者出现的历史并不算长。你越是学习和生物染色灵息有关的事,就越会发现,我们不知道的事远远多过我们能做的。为什么明确的指令如此重要,又为什么必须用母语说出来?当初是谁让第一类型实体——也就是回归者——起死回生的?为什么无命者头脑迟钝,而回归者拥有优越的智能?"

薇雯娜点点头。

"制造第三类型实体的过程,就是我们通常说的'唤醒',"瓦西尔续道,"也就是在与生物差距很大的有机物宿主中创造生物染色灵息的化身。最适合的宿主是布,不过木棍、芦苇和其他植物材料也可以使用。"

"那骸骨呢?"薇雯娜问。

"骸骨比较奇怪,"瓦西尔说,"唤醒它们需要的灵息比唤醒拥有血肉的尸体要多,灵活性方面却又比不上布之类的东西。但向骸骨注入灵息的难度相当低,毕竟它们曾经是活物,也拥有活物的外形。"

"这么说，伊德里斯传说故事里的骸骨大军并不只是虚构出来的？"

他咯咯笑了起来。"噢，那的确是虚构的。如果你想唤醒一具骷髅，就必须把所有骨头摆在正确的位置。这样做要花费大量的精力，而且需要五十甚至是一百口灵息才能唤醒。从节约的角度来看，唤醒完好无损的尸体要更合适——即便灵息会附着在上面，无法收回。不过根据我的见闻，唤醒后的骷髅能做出某些非常有趣的事。

"总之，第三类型实体——也就是常规的唤醒物——是不同的。生物染色灵息很难附着在上面。导致的结果就是，需要注入相当数量的灵息——往往超过上百口——才能成功唤醒。当然了，好处就在于灵息可以收回。正因如此，相关的实验比前两个类型多了很多，结果就是我们对唤醒技术有了更加全面的了解。"

"你是说指令？"薇雯娜问。

"没错，"瓦西尔说，"如你所见，最基础的指令很容易生效。如果说出的指令是你唤醒的物件可以做到的，而你又用简单的方式陈述出来，指令就通常能够生效。"

"我对那条绳子试过几条简单的指令，"她说，"但没效果。"

"那些指令听起来简单，但实际上并不简单。简单的指令通常只有四个字的长度。抓住什么。捆住什么。向上移动。向下移动。缠绕上去。有时候，甚至连四字指令都会过于复杂，需要实际的视觉化——噢，或者说，想象。呃，就是用你的头脑去——"

"这部分我明白，"她说，"就像舒展肌肉一样。"

他点点头。"'保护我'这条指令，虽然只有三个字，却极其复杂。还有另一些也一样，比如'拿来什么'。你必须赋予物体正确的冲动才行。在这个方面，你会真正开始理解我们对唤醒的了解多么有限。我们不知道的指令恐怕有数千种。增加的字数越多，想象成分就会越复杂,这就是新指令往往要经过多年研究才能发现的原因。"

"就像发现制造无命者的新指令一样,"她思忖道,"三百年前,那些拥有单灵息指令的人能比其他人以更低的成本制造出无命者。这种差异引发了不息战争。"

"是的,"瓦西尔说,"这至少是那场战争的起因之一。但这并不重要。你要明白的是,我们在唤醒领域还只是懵懂的孩童。最麻烦的是,有很多人发现了有价值的新指令,却从没告诉过别人,多半还带着这些知识进了棺材。"

薇雯娜点点头,注意到他在进入主题以后,显得比之前都要轻松和健谈。他的专业口吻让她吃惊。

他坐在地板上,她心想,*吃着鱿鱼干,几星期没刮胡子,穿着破破烂烂的衣服。但他的口吻却像是个正在演讲的学者。他带着的那把剑会冒出黑烟,让人们自相残杀,他却在努力阻止战争。他究竟是个怎样的人?*

她看向靠着墙壁的夜血。或许是因为这场关于生物染色灵息的技术讨论,也或许只是因为她逐渐增长的怀疑。她开始理解这把剑究竟什么地方不对劲了。

"那么第四类型的生物染色灵息实体呢?"薇雯娜说着,将目光转回瓦西尔。

他沉默下来。

"第一类型是有智能的人体,"薇雯娜说,"第二类型是无智能的人体。第三类型是唤醒后的物体,例如绳索——没有智能的物体。有办法创造出有智能的唤醒物体吗?类似回归者,但宿主却并非人体?"

瓦西尔站起身来。"就一天的量来说,我们已经学得够多了。"

"你还没有回答我的问题。"

"我不会回答的,"他说,"而且我劝你永远别再问这个问题。明白了吗?"他看着她,而她从他刺耳的语气里感到了一股寒意。

"好吧。"她说着,但没有避开他的目光。他哼了一声,然后把手伸进那只大背包里,拽出了一样东西。"拿着,"他说,"我给你带了些东西。"

他把一条长长的,用布包裹的东西放到地板上。薇雯娜站起身,走上前去,打开了那块布——里面是一把打磨光滑的细长决斗用剑。

"我不知道该怎么用这东西。"她说。

"那就学,"他答道,"如果你懂得如何战斗,会少很多麻烦。我可不想总是帮你解决问题。"

她涨红了脸。"只有一次而已。"

"还会有下一次的。"他说。

她犹豫着拿起那把带鞘的剑,惊讶于它的轻巧。

"走吧,"瓦西尔说,"我们还有另一群人要见。"

第四十七章

　　光歌努力不去回想他的梦。他努力不去回想陷入火海的特泰利尔，不去回想那些死去的人，不去回想近乎毁灭的世界。

　　他站在自己宫殿的第二层，俯瞰着诸神宫廷。从本质上来说，第二层只是有顶篷而且四面通风的屋顶而已。风吹乱了他的头发。太阳即将西沉，草坪上已经布置好了火把，一切都如此完美。宫殿排列成环形，由火把和旁边宫殿相同色彩的提灯照亮。

　　有些宫殿里昏暗无光：那里目前没有神灵居住。

　　*万一在我们自寻了断之前，出现了太多的回归神灵呢？*他悠闲地想。*他们会建造更多的宫殿吗？*据他所知，宫殿的数量从来都绰绰有余。

　　神王的宫殿坐落于宫殿群的最前方，高大而漆黑。它建造在那里，显然是为了让在奢华的宫殿群里也显得鹤立鸡群。它向后方的围墙投下一条宽阔而弯曲的影子。

　　完美。一切都很完美。只有站在宫殿顶上，他才能看清火把排列的形状。草坪修剪得整整齐齐，巨大的挂毯频繁替换，以免出现磨损、污渍或是褪色。

　　这些人为了他们的神灵不辞辛苦。为什么？有时候，他实在困惑不解。但那些没有看得见的神灵，只有不具实体的想象与愿望的宗教信仰又算是什么呢？那些"神灵"为子民所做的贡献比霍兰德伦的诸神宫廷更少，但人们依旧信仰他们。

　　光歌摇了摇头。和众母的碰面让他久违地想起了那段时光。静知。他刚刚回归的时候,她曾是他的导师。织晕嫉妒他对她的怀念,但她并不清楚真相。其实他自己也很难解释清楚。静知比光歌认识的所有回归者都要接近神灵。她就像众母如今尝试去做的那样,关心自己的信徒,但静知的关怀是发自真心的。她帮助民众,不是因为她担心他们会不再信仰诸神,而且她从不会因为所谓的权威而妄自尊大。

真正的亲切。真正的爱。真正的仁慈。

即便如此,静知还是觉得自己做得不够。她经常说自己感到内疚,因为她无法达到人们的期望。但她怎么可能办到?这世上有人办得到吗?他怀疑,这正是最后导致她回应那个请愿的原因。按照她的判断,只有一种方法能成为所有人希望中的那种女神。那就是放弃自己的生命。

是他们强迫我们的,光歌心想。他们打造出这种光鲜而奢侈的生活,给我们想要的一切,然后再用不显眼的方式敦促我们:表现得像个神灵,做出预言,为我们维持幻象。

死去。用死亡来让我们继续相信下去。

他很少到自己宫殿的顶上来。他宁愿待在下面,那里视野有限,不需要刻意去忽略全局。他可以专注于那些简单的事,比如此时此刻的人生。

"大人?"莱瑞玛轻声问着,走上前去。

光歌没有答话。

"您没事吧,大人?"

"这样的权势不应该属于任何人。"光歌说。

"大人?"莱瑞玛说着,走到他身边。

"权势会以奇怪的方式影响你。我们不是这块料。"

"大人,您是神。您就是这块料。"

"不,"他说,"我不是神。"

"抱歉,但您真的没有选择。我们信奉您,所以您才会是我们的神。"莱瑞玛用平时那种冷静的语气说。这人就从来都不会生气吗?

"你纯粹是在添乱。"

"我道歉,大人。但或许您不应该再老调重弹了。"

光歌摇摇头。"我今天说的是另一件事。我不知道该怎么做了。"

"您是指众母的指令?"

光歌点点头。"我本以为自己想明白了,瞎转悠。我没法跟上织晕的所有计划——我一向不擅长细节。"

莱瑞玛没有答话。

"我本来是打算放弃的,"光歌说,"众母向来自信满满。我觉得如果把指令交给她,她就会知道该怎么办。她会知道最好的做法是支持还是对抗织晕。"

"您可以继续袖手旁观,"莱瑞玛说,"您也把指令给了她。"

"我知道。"光歌说。

他们沉默下来。

所以事态已经演变成这样了,他心想。在我们之中,最先更改指令的人就能掌控全部两万个无命者。而另一个人会被排除在外。

他该怎么选择?他是该坐等历史发生,还是插手进去大闹一场?

把我送回来的那位,无论你是谁,他心想,你为什么就不能放着我别管呢?我已经活了一辈子了。我已经做出了选择。你为什么非得把我送回来?

他试过了各种方法,但人们依旧对他抱有期待。他清楚自己是最受欢迎的回归神灵之一,来拜访他的请愿者很多,收到的画作数量更是几乎无人可比。说真的,他心想。这些人到底有什么毛病?他们有这么需要信仰的对象吗?与其选择信仰他,还不如去担心宗教本身都只是虚构的呢。

众母声称有些人的确是这么想的。她担心民众会失去信仰。光歌也不确定自己该不该赞同。他知道那些理论是怎么说的——活得最久的神灵都很软弱，因为整个体系就是在鼓励他们尽快自我牺牲。然而，与最开始相比，来找他的请愿者完全没有减少。另外，回归诸神的总数太少，统计结果缺乏参考性。

或许他只是在用无关的细节让自己分心？他靠着栏杆，眺望着草地和那些灯火辉煌的凉亭。

这是个千载难逢的机会，他终于可以证明自己只是个懒惰的废物了。一切都很完美。如果他什么都不做，众母就会被迫接收军队，和织晕抗衡。

这就是他所希望的吗？众母总是和其他神灵保持距离。她从不参加宫廷议会，也从不旁听辩论。织晕则与她相反。她熟知每一位男神和女神，她理解目前的局势，而且思维敏捷。在所有神灵之中，只有她走到了前面。

塞芮没有威胁，他心想。但万一有别人在操控她呢？众母有理解这些风险的政治头脑吗？如果少了他的指引，织晕会不会对塞芮下手？如果他真的就这么抛弃责任，就会付出代价：一切都会是他的错，因为他选择了放弃。

"莱瑞玛，她是谁？"光歌轻声发问，"在我梦里的那个年轻女人。她是我的妻子吗？"

大祭司没有回答。

"请务必告诉我，"光歌说着，转过身来，"这一次，我真的必须知道答案。"

"我……"莱瑞玛皱了皱眉，然后转过头去。"不，"他小声回答，"她不是您的妻子。"

"那就是我的情人？"

他摇摇头。

"但她对我来说很重要？"

"非常重要。"莱瑞玛说。

"而且她还活着?"

莱瑞玛有些犹豫,但最后点了点头。

还活着,光歌心想。

如果这座城市陷落,她就会面临危险。所有信奉光歌的人——所有不顾他的努力,依旧信任着他的人——都会面临危险。

特泰利尔不可能陷落。就算真的开战,战火也不会波及这里。霍兰德伦不会有威胁。它可是全世界最强大的王国。

那他的梦又是怎么回事?

在统治阶层里,他只有一项真正的职责。那就是指挥一万名无命者。并且决定何时该使用它们。

还活着……

他转过身,朝着楼梯走去。

在严格意义上,无命者飞地是诸神宫廷的一部分。那座庞大的建筑物位于宫廷高原边缘的低处,有一条长长的、盖有顶棚的过道通向那里。

光歌带着他的随从们走下台阶。他们经过了几座岗亭,虽然他不明白为什么通向宫廷外的过道需要卫兵把守。他只来过这块飞地几次——而且主要是在他刚刚回归的那几周里,因为他需要向他的一万名士兵下达安全暗语。

或许我应该多来几次,他心想。但那又有什么意义?仆人们会负责打理无命者,确保它们的灵液-酒精混合物保持新鲜,让它们经常活动身体,以及……做无命者会做的其他事。

在轻快地走过长长的台阶之后,莱瑞玛和另外几个祭司喘起了粗气。当然了,光歌一点都不累,他目前的身体状况非常完美。身为神灵，有几件事是他从来不会抱怨的。几名守卫打开了通向围场的门。不用说，这里很宽阔——足以容纳四万个无命者。

围场里有四座庞大的、类似仓库的建筑物，用来存放那四群无命者；有一条供它们跑步的跑道；有个房间里装满了各种用来锻炼肌肉的石块和金属块；还有个医疗区域，用来测试与补充灵液-酒精混合物。

他们经过几条蜿蜒曲折的通道——其设计目的是让企图袭击此处的入侵者迷失方向——然后走向一道敞开的大门边的岗亭。光歌从活人守卫身边经过，看向里面的无命者。

他忘记他们会把无命者存放在暗处了。

莱瑞玛挥了挥手，示意两位祭司举起手里的提灯。门里是一片观景平台。下方是仓库的宽阔的地板，一排又一排士兵正伫立在那里，等待着。它们穿着铠甲，佩带着装在鞘里的武器。

"队列上有缺口。"光歌说。

"其中一些应该在锻炼，"莱瑞玛答道，"我这就让仆人把它们带回来。"

光歌点点头。无命者们站在那里，睁着双眼。它们纹丝不动，也不会发出咳嗽声。光歌的目光扫过它们，突然回忆起了自己完全不想来审阅军队的理由。这些无命者太令人不安了。

"所有人都出去。"光歌说。

"大人？"莱瑞玛问，"您不想留下几个祭司吗？"

光歌摇摇头。"不。我要独自承担这条暗语。"

莱瑞玛犹豫片刻，但随即点点头，照办了。

按照光歌的观点，保存指令暗语没什么好方法。如果只有一位神灵知道，那么暗语就可能因为暗杀而遗失；然而，得知指令暗语的人越多，又越可能因为贿赂或是拷打泄露出去。

唯一能减轻风险的要素就是神王。凭借强大的生物染色灵息，他似乎可以迅速破解无命者。但即便是神王，要掌控一万名士兵也需要几星期的时间。

负责军队的回归神灵需要做出选择。他们可以让一部分祭司听到指令暗语，这么一来，如果神灵本身遭遇不测，祭司就能把暗语传达给下一位回归神灵。如果神灵选择不让祭司知道暗语，就会背上更加沉重的负担。几年前的光歌觉得这个选项很愚蠢，因此选择与莱瑞玛以及另外几名祭司分担。

这次他明白了只让自己知道暗语的意义。如果有机会，他会把暗语小声告诉神王。不过也只会告诉他而已。"底线蓝色，"他说，"我在此给出新的指令暗语。"他顿了顿。"红猎豹。红猎豹。走到房间的右侧去。"

一组位于前方的无命者——能听到他的声音的那些——走到一旁。光歌叹了口气，闭上双眼。他的心里有些希望众母已经先来修改过指令暗语了。

但事与愿违。他睁开双眼，然后沿着楼梯走下，踏上仓库的地板。他再次开口，更换了又一组无命者的暗语。他每次能更改的数量大约是二三十个——他还记得上次花费了足足几个钟头。

他继续着。他没有修改基本指示，所以它们还是会按照仆人们的命令去锻炼肌肉，或者去医务室接受治疗。他还给它们下达过一条次级指令，可以要求它们前往特定地点，就像它们在城外列队欢迎塞芮的时候那样，而另一条次级指令可以让它们去为城市守卫增添战力。

然而，拥有终极指令的人只有一个。只有一个人能让它们奔赴战场。等这间仓库的指令更改完毕后，他会继续向前，将众母的一万名士兵也纳入掌控。

他会握有这两支大军的指挥权。这么一来，他也将在两个王国的命运中心占据一席之地。

第四十八章

　　苏斯布隆到了早上也不再离开了。

　　塞芮躺在他身边的床上，略微蜷缩身体，贴着他的肌肤。他睡得很香，胸口上下起伏，他周围的白色床单无可避免地对他的存在做出反应，泛出彩虹色的光泽。换作几个月以前，谁能想到她会出现在这里？不但嫁给了霍兰德伦的神王，还和他相爱了。

　　直到现在，她还是觉得不可思议。他是整个内海地区宗教与俗世领域最重要的人物，他是霍兰德伦虹彩音调的信仰基础，他也是伊德里斯的大多数人最为恐惧和憎恨的存在。

　　而他正安静地睡在她身旁。他是色彩与美的神灵，身体就像雕像那样完美。那塞芮呢？不算完美，这点她可以肯定。但不知为何，她却是他需要的存在。些许的自发性。就像来自外界的一股微风，不受他的祭司或者他的名声的影响。

　　她叹了口气，头枕在他的胸膛上。他们会为过去几晚的欢愉付出代价。*我们真是傻瓜*，她懒洋洋地想着。*我们需要避免的只有让我怀上孩子这一件事。但如今，我们却在朝着灾难的方向一路狂奔。*

　　但她很难坚决地责备自己。她怀疑自己的表演没法再把那些祭司骗太久了。如果她继续表演，却始终没有生下继承人，他们会开始怀疑，至少是灰心泄气。再拖延下去的话，她觉得他们肯定不会坐视不理。

　　无论她和苏斯布隆想用什么方法改变局势，他们都必须迅速行动。

他在她身边动了动,她转身看着他的脸,而他睁开了双眼。他盯着她看了好几分钟,同时抚摸着她的头发。他们习惯这种亲昵行为的速度着实令人惊讶。

他拿过书写板。我爱你。

她笑了。他每天早上最先写下的总是这句话。"我也爱你。"她说。

可是,他续道,我们恐怕有麻烦了,对吧?

"对。"

还有多久?他问。我是说,距离你明显怀上孩子的迹象出现,还有多久?

"我也不清楚,"她说着,皱起眉头,"我在这方面显然也没多少经验。在伊德里斯的时候,我听几个女人抱怨过自己没法太快怀上孩子,所以这种事也许不会每次都很快发生。我还认识另一些女人,她们几乎在结婚当晚的整九个月后就生下了孩子。"

苏斯布隆露出深思的表情。

一年以后,我就会成为母亲了,塞芮心想。

她觉得这件事令人气馁。就在不久前,她还不觉得自己真的是个成年人。当然了,她想着,突然有点反胃,根据我们的听闻,我为神王怀上的孩子都会是死产儿。就算那只是个谎言,她的孩子也会有危险。

她还是怀疑那些祭司会抱走她的孩子,然后替换成回归者。接下来消失的很可能就是塞芮自己了。

蓝手指曾经警告过我,她心想。他提到过危险,但危险的不仅仅是苏斯布隆,还有我。

苏斯布隆正在写着什么。我决定了,他写道。

塞芮扬起一边眉毛。

我想设法让人民知道我的事,他写道,还有其他神灵的事。我想亲手掌控我的王国。

"我想我们得出过结论的：这样太危险了。"

是的，他写道。但我开始觉得，这是我们必须承担的风险。

"那你从前那些反对的理由呢？"她问，"你没法大声说出事实，如果你做出类似逃跑的举动，你的守卫也很可能会阻止你。"

是啊，苏斯布隆写道，但你的守卫要少得多，而且你可以大声说话。

塞芮顿了顿。"没错，"她写道，"但谁会相信我呢？如果我开始大喊大叫，说神王被自己的祭司们软禁着，他们会怎么想呢？"

苏斯布隆昂起头来。

"相信我吧，"她说，"他们只会觉得我疯了。"

如果你能赢得你经常提起的那个回归者的信任呢？他写道。就是"无畏者"光歌。

塞芮思索了片刻。

你可以去找他，苏斯布隆写道。告诉他事实。或许他会带你去见能听进你的说法的回归神灵。那些祭司可没法让我们全部闭嘴。

塞芮在他身边躺了很久，脑袋依旧枕着他的胸膛。"听起来有可能，苏斯，但为什么不干脆逃跑呢？我的侍女现在都是帕恩凯尔人。蓝手指说过，如果我开口，他就会设法帮我们逃出去。我们可以逃去伊德里斯。"

如果我们逃跑，霍兰德伦的军队就会跟过去，塞芮。我们在伊德里斯也不会安全的。

"那我们就逃到别处去。"

他摇摇头。塞芮，我一直在听祭司们的辩论。我们的国家之间很快就会发生战争。如果我们逃跑，就等于坐视伊德里斯遭到入侵。

"就算我们留下，入侵也一样会发生。"

如果我能掌控自己的王国，情况就不同了，苏斯布隆写道。霍兰德伦的人民，甚至是那些神灵，也有服从我的义务。如果他们知道我不同意，就不会发生战争了。他擦去字迹，然后用更快的速度写了起来。我已经跟祭司们说过我不希望开战，他们似乎是支持我的。但他们什么也没做。

"他们恐怕是在担心，"塞芮说，"如果他们允许你制定政策，你也许就会开始觉得自己并不需要他们了。"

他们或许是对的，他笑着写道。我必须成为我的同胞们的领袖，塞芮。这是保护美丽的群山和你深爱的家人的唯一方法。

塞芮沉默下来，没有继续反驳。照他说的去做，也就等于向那些祭司摊牌。来一场不惜代价的豪赌。如果他们失败，祭司们无疑会发现塞芮和苏斯布隆能够交流的事实。这么一来，他们独处的时间恐怕也要画上句点了。

苏斯布隆显然察觉到了她的担忧。这很危险，但也是最佳的选项。逃跑的风险一样很大，而我们的处境会更糟。在伊德里斯，我们会被视为战争的导火索。逃去其他王国只会更加危险。

塞芮缓缓点头。如果逃去其他王国，他们不但只能穷困度日，还会成为绑架勒索的绝佳目标。他们从祭司们手中逃脱，但后果却是沦为俘虏和对抗霍兰德伦的筹码。由于不息战争的影响，虹彩王国仍旧遭到许多国家的敌视。

"就像你所说的，我们会成为俘虏，"她赞同道，"另外，如果我们跑去别的国家，我不觉得我们有办法每周为你弄到一口灵息。如果没有灵息，你会死的。"

他露出犹豫的神色。

"怎么？"她问。

我不会因为缺少了每周的灵息就死去，他写道。但这并不代表我赞同逃亡。

"你是说，那些关于回归者需要灵息才能存活的传闻都是谎言?"塞芮用难以置信的语气问。

并非如此,他迅速写道。我们的确需要灵息——但你忘了一件事,那就是我拥有我的家族代代相传的大量灵息。我听我的祭司们说起过这件事。如果有必要让我离开这儿的话,我可以凭借自己拥有的额外灵息活下去。那就是超过让我回归的必要数量的那些灵息。我的身体会以那些额外灵息为食,每周消耗一口。

塞芮思忖着坐了回去。虽然她不太明白,但这番话似乎暗示着关于灵息的某个事实。不幸的是,她缺乏相关的经验,没法进行有条理的分析。

"好的,"她说,"那么如果有必要的话,我们就可以去藏起来了。"

我已经说过了,这不代表我赞同逃亡,苏斯布隆写道,自身庞大的灵息也许可以让我活下去,但也会让我成为别人觊觎的目标。所有人都想要这些灵息——就算我不是神王,也一样会有危险。

这话半点不假。塞芮点点头。"好的,"她说,"如果真的要揭发那些祭司的所作所为,我想还是尽快行动比较好。如果我表现出任何怀孕的迹象,我敢打赌,那些祭司不出两次心跳的时间就会把我扣押起来。"

苏斯布隆点点头。再过几天,宫廷会召开一场大会。我听我的祭司们说,这会是一场重要会议——全体神灵进行投票的场面可是很少见的。那场会议将决定是否要向伊德里斯进军。

塞芮紧张地点点头。"我可以坐在光歌旁边,"她说,"然后请求他帮忙。如果我们能再说服几位神灵,或许他们就会当着众人的面询问我有没有撒谎了。"

然后我会张开嘴,让他们看到我没有舌头,他写道。然后我们就等着看那些祭司的反应吧。他们会被迫屈服于诸神的意志的。

塞芮点点头。"好的,"她说,"我们试试看吧。"

第四十九章

瓦西尔发现她又在练习。

他用唤醒后的绳索绑住腰部,将绳索的另一头固定在屋顶,身体悬在窗外。窗户里,薇雯娜反复唤醒着一块布料,对瓦西尔的视线浑然不觉。她命令那块布穿过房间,裹住某只杯子,然后在不洒出内容物的前提下将杯子带回来。

她学得好快,他心想。光是念出指令的确简单,但要做出正确的想象可就难了。那就像是操控第二具身体。薇雯娜很聪明。没错,她有很多灵息,所以学起来要轻松些,但真正的直觉唤醒——无需训练或是练习就能唤醒的能力——是达到六阶强化后才能获得的天赋。即便是拥有一口神圣灵息的回归神灵,距离六阶强化仍有些许差距。薇雯娜远远没到那个程度。与灵息量相似的人相比,薇雯娜学习的速度要快很多,虽然他知道,她经常会因为练习失败而沮丧。

就在他的注视下,她犯了个错误。那块布扭动着穿过房间,但没有裹住杯子周围,而是钻进了杯子里。它摇晃起来,让杯子翻倒,随后终于开始返回,留下一条湿漉漉的痕迹。薇雯娜咒骂了一声,走上前去,重新给杯子倒满了水。她完全没注意到瓦西尔就悬在窗外。他并不惊讶——目前的他是个灰白者,因为他把剩下的灵息全部存进了自己的衬衣里。

她把杯子放了回去,而当她返回房间另一边的时候,他让绳子把自己拉了上去。当然了,他借由这条绳索移动的方法远比看起来要复杂。他给出的指令也包括了绳索对他的手指轻敲绳子本身时做出的反应。唤醒与创造无命者是不同的——无命者有大脑,能够解读指令和要求。绳索就办不到了:它只能根据最初的指示做出行动。

轻敲几下绳索后,他又把自己放了下来。薇雯娜背对着她,拿起另一块彩色布料,作为唤醒去取杯子的那块绸布的材料。

我喜欢她,夜血说。*幸好我们没杀了她。*

瓦西尔没有答话。

她很漂亮,你说是吧? 夜血问。

你又不可能知道,瓦西尔在脑海里回答。

我就是知道,夜血说,*我刚刚决定了,我有办法知道。*

瓦西尔摇摇头。不管漂不漂亮,这女人都不该来霍兰德伦的。她给了登斯一件完美的工具。当然了,他讽刺地承认道,*也许登斯并不需要那件工具*。霍兰德伦和伊德里斯的局势本来就一触即发了。瓦西尔置身事外太久了,他很清楚。他同样清楚自己不可能提早回来。

在房间里,薇雯娜成功地让那块布取回了杯子,然后喝下了里面的水。她此时侧身对着窗口,瓦西尔只能勉强看到她满足的表情。他让绳子把他放到了地上。他命令它放开屋顶,然后——等它缠回自己的胳膊以后——他收回了灵息,爬上屋外通往房间的阶梯。

瓦西尔进门的同时,薇雯娜转过身来。她放下杯子,匆忙把那块布塞进口袋。*就算他看到我在练习,又有什么关系?* 她这么想着,涨红了脸。*我又不是在做什么不可告人的事*。但在他面前练习太令人难堪了。他总是那么严厉,无法容忍任何失误。她不喜欢让他看到自己失败的样子。

"如何?"她问。

他摇摇头。"你们住过的房子和贫民窟的安全屋都人去楼空了，"他说，"登斯太狡猾了，不可能犯这种错误。他肯定猜到你会泄露他的位置。"

薇雯娜满心挫败地咬着牙，靠回墙壁。就像他们住过的那些房间一样，这个房间也极其朴素。他们仅有的财物就只有两床铺盖以及换洗衣物，搬家的时候，瓦西尔就会把这些东西装进他的背包里。

登斯的生活就奢侈多了。而且他负担得起——勒梅克斯的财产全都在他手里。这招真高明，她心想。先把钱给我，让我以为掌管财物的人是我。他由始至终都知道，那些金币不会离开他的掌握，我也一样。

"我还指望能监视他呢，"她说，"或许还可以阻止他下一步的计划。"

瓦西尔耸耸肩。"你的希望落空了。但就算抱怨也没用。来吧。如果我们在午休期间赶到，应该就能跟一群在果园工作的伊德里斯工人碰个面。"

看到他转身想走，薇雯娜皱起了眉头。"瓦西尔，"她说，"我们不能一直做这种事。"

"这种事？"

"我跟登斯合作的时候，我们见的都是罪犯头子和政客。你和我却总在和偏僻角落的农夫见面。"

"他们都是好人！"

"我知道，"薇雯娜连忙说，"但你真觉得这样做有用吗？我是说，跟登斯正在做的那些事相比？"

他皱了皱眉，但没有反驳，只是一拳砸在旁边的墙壁上。"我知道，"他说，"我尝试过其他线索，但无论我做什么，都会落后登斯一步。我可以杀死他手下的匪徒，但还有很多匪徒是我找不到的。我也曾想查清他的幕后主使——甚至跟随线索找到了诸神宫廷里——但他们一个比一个口风紧。而现在,他们认定战争无可避免,所以不希望自己站在会输掉的那一方。"

"那些祭司呢?"薇雯娜问,"他们不是有办法引起诸神的注意吗?如果我们能让更多的祭司去反对开战,或许就能阻止这场战争了。"

"祭司都是些反复无常的人,"瓦西尔说着,摇了摇头,"大多数反对战争的人都已经妥协了。就连纳恩若瓦都背叛了我。"

"纳恩若瓦?"

"静印的大祭司,"瓦西尔说,"我以为他很坚定——他甚至跟我碰过几次面,谈论他对战争的反对态度。如今他拒绝再和我见面,并且改换了阵营。那个无色的骗子。"

薇雯娜皱了皱眉。**纳恩若瓦……**"瓦西尔,"她说,"我们对他做过一件事。"

"啥?"

"登斯和他那队人,"瓦西尔说,"我们帮助一群窃贼偷走了一个盐贩子的货物。为了掩护那次偷窃,我们做了几件吸引注意力的事。我们在附近的一栋屋子放了把火,然后推翻了一辆正在经过花园的马车。那辆马车属于一位大祭司,我想他的名字就是纳恩若瓦。"

瓦西尔轻声咒骂了一句。

"你觉得这两件事有关系吗?"她问。

"也许吧。你知道下手的是哪些窃贼吗?"

她摇摇头。

"我很快就回来,"他说,"在这儿等着。"

于是她乖乖地等着。她等了好几个钟头,试着练习自己的唤醒技巧。但她已经练习了大半个白天了,早已精疲力竭,难以专心。最后,她发觉自己恼火地看着窗外,发着呆。登斯去搜集情报的时候,就总会让她跟在旁边。

这是因为他不希望我离得太远,她心想。现在回想起来,登斯显然向她隐瞒了很多事。瓦西尔只是懒得照顾她的感受而已。

但她问起的时候,他从不吝啬信息。他的口气是不太好,但他通常会给出回答。直到现在,她仍在回想他们那场关于唤醒的对话。重点不在于他说了什么,而是他说话的方式。

她误解了他。现在她几乎可以确定了。她真的不能再这么评判别人了。但这种事真的能办到吗?对他人的看法不也是互动的要素之一吗?一个人的身份背景和处事方式就会影响她的态度。

因此,答案并非停止评判他人,而是不把评判的结果视为定论。她曾经觉得登斯是朋友,但她不该忽视他说起"佣兵没有朋友"时的语气。

房门重重打开。薇雯娜跳了起来,一只手捂住胸口。

瓦西尔走进门来。"吓着的时候先去拿剑,"他说,"你没有伸手抓住衬衣的理由,除非你打算把它撕碎。"

薇雯娜的脸红了,发色也开始接近鲜红。他买给她的那把剑放在房间另一边的地上:他们没多少练习的机会,她现在只是勉强知道握剑的正确方法而已。"怎么了?"他关上门的时候,她问道。外面的天色已经黑了,城市里的灯光开始亮起。

"偷窃只是个幌子,"瓦西尔说,"真正的目标是那辆马车。登斯出钱雇了那些盗贼,让他们去偷那家盐店,同时再放一把火,作为袭击那辆马车的掩护。"

"为什么?"薇雯娜问。

"我也不清楚。"

"为了钱?"薇雯娜问,"克拉德打中拉车的马匹的时候,马车顶上有只箱子掉了下来。里面装满了金币。"

"然后发生了什么?"瓦西尔问。

"我跟其他人离开了。我以为那辆马车本身只是幌子,等它倒下的时候,我就该撤退了。"

"登斯呢?"

"这么说起来,他当时并不在场,"薇雯娜说,"其他人说他在协助那些盗贼。"

瓦西尔点点头,朝他的背包走去。他丢开铺盖,然后拿出几件衣服。他脱掉了衬衣,暴露出肌肉发达——而且汗毛浓密——的身体。薇雯娜惊讶地眨了眨眼,然后脸红了。或许她应该转过头去,但她太好奇了。他在做什么?

谢天谢地,他没有脱掉裤子,却换上了另一件衬衣。这一件的袖子在手腕附近剪成了长条状。

"听吾召唤,"他说,"成为吾之指,握住吾必须紧握之物。"

袖口的"流苏"扭动起来。

"等等,"薇雯娜说,"刚才那是什么?指令吗?"

"对你来说太复杂了。"他说着,跪在地上,解开了裤脚管。她看到那里也有长长的布条。"成为吾之双腿,赋予其力量。"他给出了指令。

裤脚管处的流苏在他的脚底交错,渐渐收紧。薇雯娜没有反驳他那句"太复杂了",而是把指令默默记在心里。

最后,瓦西尔穿上了他那件有好几个破洞的斗篷。"保护我。"他下达了指令,而她能看到他剩余的大量灵息流入了那件斗篷。他把那条绳子系在腰间——以绳索而言,它很细,但又足够结实,而且她知道,它的作用并不是系住他的裤子。

最后,他拿起了夜血。"你要来吗?"

"去哪儿?"

"我们要去俘虏几个窃贼。问问他们,登斯究竟想要那辆马车里的什么东西。"

恐惧涌上薇雯娜的心头。"为什么要叫上我?带上我只会给你添麻烦吧?"

"这就要看情况了,"他说,"如果我们要去打架,而你又碍手碍脚,那确实会给我添麻烦。但如果我们要去打架,而其中一半人选择攻击你,那我只会更轻松。"

"前提是你不会保护我。"

"这个前提合情合理,"他说着,看着她的双眼,"你想来就来吧。但别指望我当你的护卫,而且——无论你做什么——不要自说自话。"

"我不会做这种事的。"她说。

他耸耸肩。"该说的我已经说了。你不是我的囚犯,公主。你可以做你想做的事。只是做的时候别妨碍我,明白吗?"

"我明白,"她说着,在背脊发凉的同时做出了决定,"我会去的。"

他没有劝她打消主意。他只是指了指她的剑。"带上那个。"

她点点头,把剑佩在腰间。

"拔出来。"他说。

她照办了,而他纠正了她握剑的手势。

"拿着它又能有什么好处?"她问,"我到现在还不知道该怎么用呢。"

"表现出危险的样子,它或许就能让攻击你的人停手。让对手在战斗中犹豫几秒的意义是很大的。"

她紧张地点点头,把武器还入鞘中。然后她拿起几根绳索。"掷出后捆住。"她对较短的那根说着,把它塞进口袋里。

瓦西尔瞥了她一眼。

"失去灵息总比送命要好。"她说。

"赞同这句话的唤醒者可没几个，"他评论道，"对大多数唤醒者来说，失去灵息要比死亡的前景可怕得多。"

"好吧，我跟大多数唤醒者不一样，"她说，"我的内心里还是觉得这种做法亵渎神明。"

他点点头。"把你剩下的灵息存到别处去，"他说着，打开了门，"我们可负担不起引人注目的风险。"

她面露苦相，然后按照他的话，用基础的非活跃指令将灵息放进衬衣里。这实际上相当于只说了一半——或者含糊地说出——的指令。它能抽出灵息，但对应的物件却无法行动。

等到藏好灵息以后，那种迟钝感又回来了。她周围的一切仿佛都死气沉沉的。

"我们走吧。"瓦西尔说着，步入黑暗。

特泰利尔的夜晚与她的家乡截然不同。那里有许多的星辰高悬于头顶，看起来就像一桶洒在空中的白色沙子。而在这里，有街灯、旅店、餐馆和各类娱乐设施。其结果就是一座充满光辉的城市——有点像是群星降了下来，正审视着雄伟的特泰利尔城。然而，薇雯娜却为天上屈指可数的真正星辰而悲伤。

但这些并不代表他们要去的地方有多明亮。瓦西尔领着她穿过街道，而他在她眼里很快就只剩下了一道魁梧的身影。他们离开了有街灯——甚至是窗户里亮着灯光——的那些地方，来到了一片陌生的贫民窟。就算是在街头讨生活的时候，她也不敢踏入这里。他们走进这片贫民窟的时候，天色仿佛更暗了。他们穿过一条黑暗曲折的小巷：在这种地方，类似的巷子就能算是街道了。他们沉默不语——薇雯娜知道自己不该说话，免得引来注意。

终于，瓦西尔停了下来。他指了指一栋建筑物：那是一座宽大的平顶平房。它孤零零地伫立在那里，而在旁边的一片洼地里，有几栋用后方小山上的废弃物建造而成的棚屋。瓦西尔摆摆手，示意她留下，然后默默地将剩余的灵息注入绳索，朝着那座小山悄然接近。

薇雯娜紧张地跪在一栋似乎是用破碎的砖块堆砌而成的、摇摇欲坠的棚屋边。我为什么要来？她心想。他没有叫我来——他只是说我可以来而已。我完全可以留下的。

但她已经受够了坐以待毙——是她指出那位祭司和登斯的计划之间或许存在关联，她想要亲眼见证这件事的结局，想要做点什么。

在有灯光的房间里，思考起来很轻松。耸立在这间棚屋左边的德戴尼尔雕像也没法让她放松神经。高地区的贫民窟也有这种雕像，虽然大部分都有不同程度的损坏。

她的生命感应能力什么都察觉不到，她觉得自己就像是瞎了一样。失去灵息让她想起了在冰冷小巷的烂泥里入睡的那些夜晚：被身高只有她的一半，却比她强一倍的流浪儿殴打；饥饿，无所不在、令人沮丧和疲惫的可怕饥饿。

脚步声传来，一道身影随即浮现。她几乎惊呼出声，但认出那身影手里的夜血后，她努力压下了震惊。

"两个守卫，"瓦西尔说，"都已经闭嘴了。"

"他们能回答我们的疑问吗？"

瓦西尔摇了摇只能看到轮廓的脑袋。"他们只是些毛孩子。我们得去找更重要的角色。必须得进去才行。要不就是在这儿监视个几天，弄清谁是头儿，然后再趁他落单的时候抓住他。"

"那样花的时间太长了。"薇雯娜轻声说。

"我同意，"他说，"但我没法用这把剑。夜血每次都会解决一整群人，不留活口。"

薇雯娜发起抖来。

"来吧。"他轻声说。她尽可能轻手轻脚地跟在他身后，朝正门走去。瓦西尔抓住她的胳膊，摇了摇头。她跟着他绕到侧面，勉强能看到两具不省人事的躯体倒在水沟里。到了那栋屋子的后面，瓦西尔在地上摸索起来。片刻过后，一无所获的他轻轻咒骂了一句，从个口袋里拿出一样东西。那是一把稻草。

区区几秒钟的时间里，他就用那些稻草和几根线做成了三个小人儿，然后用从斗篷里取回的灵息将其活化。他给每一个小人儿下达了同样的指令："寻找暗道。"

薇雯娜出神地看着这一幕。这条指令比他告诉我的抽象多了，她这么想着的时候，那些小人儿开始在地上跑来跑去。瓦西尔自己也搜寻起来。看起来，经验——以及运用想象的能力——才是唤醒的重点。

他从很早以前就开始使用唤醒了，而且他先前说话的那种方式——就像学者的口气——说明他非常认真地研究过唤醒。

其中一只稻草小人开始又蹦又跳。另外两个跑上前去，也跳了起来。瓦西尔和薇雯娜也走了过去，她看着他发现了一扇藏在厚厚土层下的活板门。他把门打开一条缝，然后把手伸了进去。他收回的手里拿着几只小铃铛，看起来是故意装设在那里，一旦活板门彻底打开，它们就会发出响声。

"像这样的盗贼团伙，不可能没有秘密藏身处，"瓦西尔说，"而且通常有两三个。每个都布置了陷阱。"

薇雯娜看着他从稻草小人身上取回灵息，并轻声向它们道谢。这些突兀的话语让她皱起了眉头：它们就只是几堆稻草罢了，干吗要感谢它们？

他用指令把灵息送回斗篷里，然后率先踏上活板门底下的楼梯。薇雯娜轻手轻脚地跟在后面，每当瓦西尔指示的时候，她就跳过某一级阶梯。这里的底部是一条粗糙的隧道——至少她在这个没有照明的泥土房间里摸索前进的时候，手掌传来的触感就是这样的。

瓦西尔向前走去，而她只能凭借他衣服的沙沙声判断出来。她跟在后面，好奇地看着前方的光线。她也听到了人声。有人在说话，以及大笑。

没过多久，瓦西尔的轮廓出现在她的视野里：她走到他身边，从他们所在的隧道探出头去，看向另一间土室。房间中央有个火堆，烟雾通过天花板上的窟窿涌出。上面的房间——也就是那栋平房本身——多半只是个幌子，因为下面的这间土室看起来有人居住。这里有几堆衣服，铺盖，汤锅和平底锅。那些东西跟坐在火堆边大笑的男人们同样肮脏。

瓦西尔指了指侧面。在距离他们藏身的这条隧道几尺远的地方，有着另一条隧道。看到瓦西尔悄然踏入房间，朝着第二条隧道走去的时候，薇雯娜的心脏狂跳起来。她瞥了眼火堆那边。那些人专心致志地喝着酒，火光干扰了他们的视线。他们似乎没有注意到瓦西尔。

她深吸一口气，然后跟着瓦西尔走进那个房间的阴影里，照在背后的火光让她有种暴露于人前的错觉。然而，瓦西尔没走多远就停下了脚步。薇雯娜几乎撞到了他背上。他伫立了好一会儿。最后，薇雯娜戳了戳他的背脊，想知道他在做什么。他挪向一旁，让她看到了自己前方的东西。

这条隧道突然就到了尽头——看起来，与其说它是隧道，倒不如说是个不起眼的凹室。凹室的最深处有只笼子，大约到薇雯娜的腰那么高。笼子里是个孩子。

薇雯娜轻呼一声，从瓦西尔身边挤过，跪倒在笼子旁边。马车里的贵重物品，她想着，察觉到了关联所在。不是那些金币，而是那位大祭司的女儿。如果你想要要挟某人以改变在宫廷里的立场，这就是绝佳的交易筹码。

薇雯娜跪倒的同时，那女孩在笼子里向后退去，轻轻地吸了吸鼻子，发起抖来。这只笼子散发出排泄物的气味，那个孩子身上也沾满污垢——只有她脸颊上的几条线除外，那是被泪水冲洗的痕迹。

薇雯娜抬头看着瓦西尔。他的双眼被阴影遮蔽，背对着火堆，但她能看到他在咬牙，她能感觉到他的肌肉绷紧了。他将头转向侧面，红色的火光映出了他的半边脸庞。

在那只被火光照亮的眼睛里，薇雯娜看到了熊熊怒火。

"嘿！"窃贼之一喊道。

"把那孩子带出去。"瓦西尔以沙哑的嗓音低语道。

"你是怎么进来的！"另一个男人吼道。

瓦西尔侧着脸对上她的目光，而她觉得自己的身体仿佛缩小了。她点点头，于是瓦西尔背过身去，一只手捏成拳头，另一只手紧紧攥住夜血。他从容不迫地走着，在靠近那群人的同时，他的斗篷开始沙沙作响。薇雯娜本打算照他的话去做，但她发觉自己很难将目光从他身上移开。

那些男人拔出剑来。瓦西尔突然动了。

仍在鞘中的夜血打中了某人的胸口，薇雯娜听到了骨骼断裂的响声。另一个男人朝他攻来，瓦西尔猛地转过身，挥出一只手。他袖子上的流苏自行动了起来，裹住那个窃贼的剑刃不放。瓦西尔利用惯性扯脱了那把剑，将其甩向一旁，而流苏同时放开了剑刃。

那把剑落在泥地上；瓦西尔猛地抬手，抓向那个窃贼的脸。流苏像章鱼的触手那样，缠住了那人的脑袋。瓦西尔把那人重重甩在地上——并且单膝跪下以增加冲力——同时用带鞘的夜血砸中另一个男人的双腿，放倒了他。第三个窃贼企图从后方砍中瓦西尔，薇雯娜连忙高声示警。然而，瓦西尔的斗篷却出其不意地卷了出去——凭借自己的意志动了起来——缠住了那个男人的双臂。

瓦西尔转过身，神情愤怒地挥出了夜血。骨骼碎裂声让薇雯娜缩了缩身子，她转过身去，不再去看那场伴随着尖叫声的战斗。她用颤抖的手指试图打开笼子。

不用说，笼子上了锁。她从一根绳索里抽出少许灵息，然后试图唤醒那只锁，但它毫无反应。

金属，她心想。当然。它从来没有过生命，因此无法被唤醒。

于是她从衬衣上抽出一根线，努力对后方的痛呼声充耳不闻。瓦西尔开始发出怒吼，冷酷的职业杀手外表早已荡然无存——他只是个勃然大怒的普通人而已。

她捏起那根线。

"把锁打开。"她下达了指令。

那根线扭动了几下，但等她把线塞进锁孔以后，却什么都没发生。

她收回了灵息，为平复心神而吸了几口气，然后闭上双眼。

意图的表达必须准确。必须让它钻进锁孔，转动锁心。

"转动物体。"她说着，感觉灵息离开了身体。她把那根线塞进锁孔。它转动起来，而她听到了一声"咔嗒"。笼门打开了。身后传来的打斗声停止了，呻吟声却仍在传来。

薇雯娜收回了灵息，然后把手伸进了笼子。那女孩瑟缩身体，大叫着捂住了脸。

"我是你的朋友，"薇雯娜安慰地说，"别怕，我是来救你的。"但那女孩却扭动身体，被她碰到的时候更发出了尖叫。薇雯娜沮丧地转过身，看向瓦西尔。

他站在火堆旁边，垂着头，几具躯体散落在他身边的地上。他单手拿着夜血剑，仍在鞘中的尖端挂着肮脏的地板。出于某种理由，他看起来比刚才更魁梧了。他的个子更高。肩膀更宽。身上的杀气也更浓了。

瓦西尔的另一只手按着夜血的剑柄。剑鞘的搭扣已经打开，黑烟从剑身渗出，有些流向地面，有些飘向天花板。就像是拿不定主意似的。

瓦西尔的手臂在颤抖。

*拔我……出来……*有个遥远的声音仿佛在薇雯娜的脑海中响起。*杀死他们……*

大多数人仍旧在地上抽搐着。瓦西尔开始拔出剑来。剑身漆黑，仿佛将火光也吸了进去。

这可不妙，她心想。"瓦西尔！"她大喊道，"瓦西尔，这女孩不肯跟我走！"

他的身体僵住了，然后那双呆滞的眼睛看向了她。

"你已经打败他们了，瓦西尔。没必要拔剑。"

有的……有必要……

他眨了眨眼，然后看到了她。他把夜血收回鞘里，摇了摇头，朝她快步走去。他在路上踢开一具躯体，收获了一声咕哝。

"无色的怪物。"他低声说着，看向笼子里。他不再显得高大魁梧，她因此断定自己刚才看到的只是光线的恶作剧。他把双手伸进笼子。奇怪的是，那孩子立刻朝他走来，抱住他的胸膛，哭泣起来。

薇雯娜震惊地看着这一幕。瓦西尔抱起那孩子，他自己的眼里也浮现出泪光。

"你认识她？"薇雯娜问。

他摇摇头。"我见过纳恩若瓦，知道他有几个小孩，但我一个也没见过。"

"那为什么？为什么她肯跟你走？"

他没有回答。"来吧，"他说，"我把那些听到尖叫以后赶来的人也撂倒了。不过或许还会有人出现。"

看他的表情，简直就像是希望这句话会成真一样。他转过身，朝通向外面的隧道走去，而薇雯娜跟在他身后。

他们立刻朝着特泰利尔的富裕街区之一走去。一路上，瓦西尔没怎么说话，而那女孩更是一言不发。薇雯娜不禁为那孩子的精神状况担心。她这两个月显然过得很辛苦。

他们途经的景色从棚屋换成廉价公寓，最后是配有路灯的林荫道边的体面屋子。等他们抵达宅邸区以后，瓦西尔在街上停下脚步，放下了那个女孩。"孩子，"他说，"我要跟你说几句话。我希望你重复一遍。重复一遍，用认真的口气去说。"

那女孩茫然地看着他，微微点头。

他看着薇雯娜。"退后。"

她张口想要抗议，但细想之后又放弃了。她退到听不见对话的距离。幸运的是，瓦西尔就站在一盏点燃的街灯旁，她可以看清他的脸。他对小女孩说了句什么，而她又回答了一句什么。

打开笼子以后，薇雯娜收回了那根线里的灵息。她并没有把它藏到别处。因此，借由灵息带来的警觉，她觉得自己看到了什么：那女孩的生物染色灵光——所有人都有的那个——微微闪烁了一下。

那闪烁非常微弱。但凭借初阶强化，薇雯娜敢发誓自己看到了。

但登斯对我说过，要么给出全部，要么一点儿不给，她心想。你必须交出自己拥有的全部灵息。而且你当然不能只给出一部分灵息。

登斯，正如先前已经数次证明的那样，是个骗子。

瓦西尔站起身，女孩爬回他的臂弯里。薇雯娜走上前去，惊讶地听到那个女孩开了口。"爸爸在哪儿？"她问。

瓦西尔没有答话。

"我好脏，"女孩说着，低下头去，"妈妈不喜欢看到我弄脏自己。我的裙子也脏了。"

瓦西尔迈开步子。薇雯娜匆匆跟了上去。

"我们要回家了吗?"女孩问,"我们去了哪儿?都这么晚了,我不应该还待在外面。那个女人是谁?"

她不记得了,薇雯娜反应过来。她不记得自己去了哪儿……或许整个过程都完全不记得了。

薇雯娜又看了看瓦西尔:胡子拉碴的他迈开步子,目视前方,一只手臂抱着个孩子,另一只手抓着夜血。他径直走向一栋宅邸的铁门,一脚踢开。他走进院子里,薇雯娜跟在后面,比先前更紧张了。

两只看门狗吠叫起来。它们嚎叫着,咆哮着,离得越来越近。薇雯娜缩了缩身子。但看到瓦西尔以后,它们立刻安静下来,然后欢快地跟在后面,有一只甚至跳了起来,想要舔他的手。

看在色彩的分上,这究竟是怎么回事?

一群人聚集在宅邸前方,拿着提灯,试图弄清狗儿狂吠的原因。其中一个看到了瓦西尔,对另外几人说了句什么,然后消失在屋里。等到薇雯娜和瓦西尔走到中庭的位置时,屋子的前门那边走出了一个人。他穿着白色的睡袍,几名士兵在旁护卫。他们走上前去,想要挡住瓦西尔,但那个穿着睡袍的男人却叫喊着从他们之间挤过。他哭泣着,从瓦西尔的臂弯里接过了那个孩子。

"谢谢,"他低声说,"谢谢。"

薇雯娜沉默地站在后面。狗儿继续舔着瓦西尔的双手,但又明显在躲着夜血。

那人紧紧抱着他的孩子,最后不情愿地把她交给刚刚赶来的一个女人——是那女孩的母亲。薇雯娜是这么推测的。女人发出惊喜的呼喊,接过了她。

"你为什么要把她送回来?"那人看着瓦西尔说。

"那些掳走她的人已经受到了惩罚,"瓦西尔用平静而粗哑的嗓音说,"对你来说,现在重要的应该只有这件事而已。"

那人眯起眼睛。"陌生人,我认识你吗?"

"我们见过面,"瓦西尔说,"我曾请求你在辩论中反对开战。"

"是有这么回事!"那人说,"你甚至都没必要劝我。但他们带走了我的米希尔……我只能保持沉默,只能改变我的立场,否则他们会杀了她。"

瓦西尔转过身去,想要原路返回。"保护好你的孩子,"他说着,又转过身来,"还有,别让这个王国动用无命者去屠杀别人。"

那人点点头,哭泣不止。"好的,好的。当然。感谢你。太感谢你了。"

瓦西尔重新迈开步子。薇雯娜连忙跟在他身后,瞥了眼那两只狗儿。"你是怎么让它们停止吠叫的?"

他没有答话。

她回头看向那栋宅邸。

"你已经清偿了自己的罪。"他轻声说着,穿过深色的铁门。

"什么?"

"就算你不来特泰利尔,登斯也会绑架那个女孩,"瓦西尔说,"而我也不可能找到她。登斯跟许多群窃贼都有来往,我也以为那场盗窃只是为了劫持补给而已。我和其他人一样,忽略了那辆马车。"

他停下脚步,然后在黑暗中注视着薇雯娜。"你救了那个女孩的命。"

"只是个巧合。"她说。她在黑暗中没法看到自己的头发,但她能感觉到它变红了。

"这不重要。"

薇雯娜笑了,不知为何,这句恭维令她格外愉快。"谢谢。"

"很抱歉,我发了脾气,"他说,"我是说在那个贼窝里。战士应该保持冷静才对。决斗或者搏斗的时候,不能让怒气控制你。这就是我从来都不擅长战斗的原因。"

"你已经做得很好了，"她说，"登斯也失去了另一颗棋子。"他们走到街上。"但是，"她补充道，"我真希望自己没看到那座奢华的宅邸。这可没法让我对霍兰德伦的祭司们改观。"

瓦西尔摇摇头。"纳恩若瓦的父亲是城里最富有的商人之一。纳恩若瓦是出于对诸神庇佑的感激，才献身于神灵。这份工作没有任何报酬。"

薇雯娜愣了愣。"噢。"

瓦西尔在黑暗里耸耸肩。"要责怪祭司是很容易的。他们是最合适的替罪羊——说到底，任何与你们信仰不同，却又十分虔诚的人，不是狂热的异教徒，就是满口谎言的幕后黑手。"

薇雯娜的脸又红了。

瓦西尔在街上停下脚步，然后转头看向她。"抱歉，"他说，"我不是故意那么说的。"他咒骂了一声，转身又走了起来。"我早就告诉过你，我不擅长跟人交谈。"

"没关系，"她说，"我已经渐渐习惯了。"

他朝着黑暗点点头，似乎心不在焉。

他是个好人，她心想。*至少是个努力行善而又诚挚的人*。她不禁觉得，又开始评判别人的自己真的很蠢。

但她知道，她没办法一辈子不做任何评判，不和任何人互动。于是她评判了瓦西尔。但这跟她评判登斯的时候不同，因为登斯总在说有趣的事，让她看到想看的一面。她评判瓦西尔的标准，是他所做的事。看到被囚禁的孩子，他会哭。他把那个女孩还给她父亲，却只要求对方为和平抗辩。他过着几乎赤贫的生活，全心全意地阻止着战争。

他粗鲁又野蛮，脾气又坏。但他是个好人。而且，走在他身边的时候，她终于体会到了暌违数周的安心感。

第五十章

"这么一来,我们就各自有两万人了。"织晕说着,在环绕竞技场的这条石制小道上和光歌并肩而行。

"对。"光歌说。

他们的祭司、随从和仆人整齐地跟在身后,但那两位神灵拒绝坐轿子,也拒绝让他们撑起华盖。他们两个单独走在前面,光歌穿着金红相间的衣服,织晕难得穿了一件能真正盖住身体的礼服。

真令人惊讶,他发现自己在想,当她愿意花时间去尊重自己的时候,就能打扮得这么好看。他不太确定自己为何不喜欢她那种暴露的装束——或许他的前生是个古板的人吧。

或许现在的他就很古板。他悲伤地笑了笑。我究竟要把多少责任推给"从前"的自己?那个人已经死了。被卷入这个王国的政治活动的人可不是他。

竞技场里座无虚席,而且神灵们也罕见地全员到齐。只有天慕迟到了,但他向来反复无常。

重要的事件已经迫在眉睫,光歌心想。相应的征兆很多年前就出现了。可我真的应该站到风口浪尖上吗?

他昨晚的梦很怪。战争的幻景终于不见了。只有月亮。还有几条古怪而曲折的通道。就像……隧道。

他从诸神的包厢前面经过的时候,许多神灵向他点头致意——不过也得承认,有些神灵对他皱起了眉头,还有些干脆不理不睬。这样的统治制度还真够怪的,他心想。诸神的寿命只有一二十年——而且从没见过外面的世界。但人民却信任我们。

人民信任我们。

"我想我们应该分享彼此的指令暗语,"织晕说,"这么一来,在发生意外的时候,我们就都能控制四万人了。"

他什么也没说。

她转过身去,看着服色鲜艳的人们挤满长凳和座位的样子。"天啊,天啊,"织晕说,"人还真多。而且没几个在看我的。他们可真够粗鲁的,你说对吧?"

光歌耸耸肩。

"噢,对了,"她说,"或许他们只是……怎么说的来着?神魂颠倒、目瞪口呆了?"

光歌微微一笑,想起了他们几个月之前的那次对话。那天是一切的开始。织晕看着他,眼里带着渴望。

"的确,"光歌说,"也或许,他们真的只是在对你视而不见——为了恭维你。"

织晕笑了。"可视而不见怎么能算是恭维呢?"

"它会惹怒你,"光歌说,"而我们都知道,你在愤怒的时候最有魅力。"

"这么说,你喜欢我的魅力?"

"它有它的优点。不幸的是,我没法像其他人那样用视而不见的方式来恭维你。你瞧,只有真心实意地忽视你,才能达到恭维的效果。但事实上,我完全没法忽视你。我道歉。"

"我懂了,"织晕说,"我想我有点受宠若惊。但你似乎很擅长忽视某些事。比如你自己的神性,常规的礼节,我作为女人的心机。"

"你可算不上有心机,我亲爱的,"光歌说,"有心机的人会用巧妙藏起的小匕首和别人对抗。你更像是用大石头碾碎对手的人。但不管怎么说,我确实有另一套应对你的手段,而且应该会让你感到受宠若惊。"

"不知为什么,我只感到怀疑。"

"你应该对我多信任一点儿,"他说着,温和地摆了摆手,"说到底,我可是神啊。凭借我神圣的智慧,我已经意识到,唯一真正胜过你——织晕——这种神的方法,就是在吸引力、智力和有趣程度上都远胜于你。"

她哼了一声。"好吧,我现在觉得你的存在都是对我的侮辱了。"

"一针见血。"光歌说。

"你能否解释一下,为什么你觉得跟我竞争就是最真诚的恭维形式?"

"我当然会解释的,"光歌说,"亲爱的,你见过我做出极其荒谬的声明,却不拿出同样荒谬的解释来加以证明的吗?"

"当然没有,"她承认,"你只会巨细靡遗地解释自己编造出来的逻辑,并且沾沾自喜。"

"我在这方面可是相当出色的。"

"毫无疑问。"

"总之,"光歌说着,抬起一根手指,"由于我比你要出色得多,我让别人忽略了你的存在,转而关注我。这么一来,你就会表现出平时最有魅力的自我——发一点小脾气,并且显得格外有诱惑力——并将他们的注意力引回你身上。就像我先前所解释的,那就是你的光芒最耀眼的时刻。因此,为了确保让你得到应有的关注,最好的方法就是将关注全部吸引到别处。这其实相当耗费精力。希望你能体会到我为了表现得如此出色而做出的努力。"

"我向你保证,"她说,"我的确体会到了。事实上,我体会得非常深刻,所以希望你能休息一下。你可以退下了。就由我来承受'诸神中最为出色'这个沉重的负担吧。"

"这我可不能允许。"

"但如果你表现得太出色了,我亲爱的,你会彻底毁掉自己的形象的。"

"反正我也厌倦那个形象了，"光歌说，"长久以来，我一直想要成为诸神中最臭名昭著的懒汉，但我越来越清楚，这超出了我能力的限度。其他人天生就要比我没用得多。他们只是装作不知道而已。"

"光歌！"她说，"别人会说你是在嫉妒的！"

"别人还会说我的脚闻起来就像番石榴呢，"他说，"别人会说什么，不代表这两件事就有关系。"

她大笑起来。"你真是个无可救药的人。"

"是吗？我还以为我是特泰利尔人呢。我们什么时候搬的家？"

她抬起一根手指。"这句双关太牵强了。"

"或许它只是佯攻而已。"

"佯攻？"

"没错，故意说出冷笑话，让你察觉不到真正的那一个。"

"那真正的笑话是？"

光歌犹豫片刻，看向竞技场。"那是个一直在取笑我们所有人的笑话，"他说着，语气温和起来，"那个笑话就是：其他神灵竟然把对王国产生庞大影响力的权力赋予了我。"

织晕皱眉看着他，显然感觉到了他的语气中越来越重的苦涩意味。他们在过道上停下脚步，织晕面对着他，背对竞技场的地板。光歌挤出一个微笑，但气氛已经消失了。他们不可能再像刚才那样对话下去了。至少在面临这样沉重的事态时，是不可能的。

"我们的兄弟姐妹并没有你暗示的那么不堪。"她轻声说。

"只有无可匹敌的白痴才会把他们军队的指挥权交给我。"

"他们信任你。"

"他们只是懒惰而已，"光歌说，"他们希望别人来做艰难的选择。这正是这种制度所鼓励的，织晕。我们被关在这里，在悠闲和愉悦中度日。可他们却指望我们知道祖国最需要的是什么？"他摇摇头，"我们比自己承认的更加害怕外界。我们能看到的只有艺术品和自己的梦。所以你和我才会分到军队的指挥权。因为别的神都不愿意亲自派出部队去杀人和被杀。他们想要参与，但又不想负责。"

他沉默下来。她抬头看着他，俨然是一位完美的女神。她比其他神灵要强得多，但她却用轻浮的面纱将其掩盖起来。"我知道你有一件事说得没错。"她轻声道。

"什么事？"

"你真的很出色，光歌。"

他站在那儿，盯着她的双眼看了好一会儿——那双美丽的绿色眼眸。

"你不打算把指令暗语告诉我，对吧？"她问。

他摇摇头。

"是我让你走到这一步的，"她说，"你总是说自己百无一用，但我们都知道，你是少有的几个会审视画廊里的每一幅油画、每一尊雕像和每一块挂毯的神。你会听完每一首诗歌和歌曲，也会以最认真的态度聆听请愿者的请求。"

"你们都是傻瓜，"他说，"我根本没有值得尊敬的地方。"

"不，"她说，"你能让我们发笑，就算你实际上是在侮辱我们。你不明白这代表了什么吗？你不明白你是如何漫不经心地超越了我们所有人的吗？你不是有意这么做的，光歌，所以结果才会如此顺利。在这座轻浮的城市里，你是唯一展示出智慧的人。在我看来，这就是你拥有军队指挥权的理由。"

他没有答话。

"我知道你也许会和我对抗，"她说，"但我以为自己能够感化你。"

"你的确能，"他说，"就像你所说的，我之所以参与这一切，都是因为你。"

她摇摇头,仍旧注视着他的双眼。"我也说不清自己对你的哪种感情更强烈,光歌。是我的爱,还是沮丧?"

他拉过她的手,亲吻了一下。"两者我都接受,织晕。荣幸地接受。"说完,他转过身,走向自己的包厢。天幕也到了:这么一来,就剩下神王和他的新娘了。光歌坐了下来,思索着塞芮的所在。平时的她会在开始前很久就来到竞技场。

他发觉自己很难集中精神去思考那位年轻王后的事。织晕仍旧伫立在走道上,看着他。

最后,她转过身,朝自己的包厢走去。

塞芮穿过宫殿的走廊,她那些棕色制服的侍女簇拥着她,各种担忧在她的脑海中打转。

首先,去找光歌,她回想着计划,告诫自己。就算我坐在他旁边,看起来也没什么奇怪的——我们在这种场合经常待在一起。

我会等待苏斯布隆赶到。然后我再要求和光歌私下对话,让我们的仆人和他的祭司都离开。我会把自己发现的、关于神王的事向他说明。我会把他们囚禁苏斯布隆的方式告诉他。然后我们再看看他能做些什么。

她最担心的是光歌早就知道了。他会不会是整个阴谋的一部分?她对他的信任并不比对其他人——苏斯布隆除外——要少,但她现在神经过敏,总是倾向于怀疑任何人与任何事。

她穿过一个又一个房间,每个房间都有各自的主题色彩。但她对那些鲜艳的色彩视而不见。

假如光歌答应帮忙,她心想,我就等到会议休息。等祭司们离开竞技场的沙地以后,光歌会去找另外几位神灵说话。然后他们会去找各自的祭司，开始在竞技场里就神王为何从不开口的问题进行讨论。他们会迫使神王的祭司提出让神王为自己辩护。

她不喜欢依靠祭司，即便那些并不是苏斯布隆的祭司。但这似乎是最好的方法。此外，如果祭司们没有照做，光歌他们就会意识到自己的祭司并不可靠了。但无论如何，塞芮都明白，这种做法等同于以身犯险。

我在以身犯险，她这么想着，离开宫殿的正规房间，来到昏暗的外部走廊。我爱的男人正在面临死亡的威胁，而我的孩子也将会被人带走。她要么拿出行动，要么听凭那些祭司的摆布。苏斯布隆和她达成了一致。最佳的计划就是——

塞芮放慢了脚步。在走廊的尽头，在通向诸神宫廷的那扇门前，一小群祭司和几个无命者士兵正站在那里。夜晚的光线照出了他们的轮廓。那些祭司朝她转过身来，其中一个指了指。

色彩啊！ 塞芮想着，一时间头晕目眩。另一群祭司正从后方的走廊朝这边靠近。*不！别是现在！*

两队祭司朝她逼近。塞芮想到了逃跑，但她能逃去哪儿呢？穿着这身长裙奔跑——还要强行从那些仆人和无命者之间通过——根本是不可能的。她抬起下巴——用傲慢的目光看着那些祭司——同时努力不让发色有分毫改变。"这算什么意思？"她质问道。

"我们非常抱歉，容器大人，"为首的祭司说，"但我们认为以您目前的身体状况，您不该过度操劳。"

"我的身体状况？"塞芮冷冷地问，"这算什么蠢话？"

"我是指孩子，容器大人，"那祭司说，"我们不能冒失去孩子的风险。如果您怀孕的事走漏出去，很多人可能会来伤害您。"

塞芮愣住了。*孩子？*她震惊地想。*他们怎么知道苏斯布隆和我真的开始……*

不对。如果她有了孩子，她自己会知道的。然而按理来说，她几个月前就开始跟神王同床共枕了。这些时间足以让怀孕的迹象显现了。对于这座城市的居民来说,这种说法合乎情理。

蠢货! 在突如其来的恐慌中,她心想。*假如他们已经找到了神王的替代品,我就不需要真的怀上孩子了。他们只需要让所有人以为我怀孕了就好!*

"根本没什么孩子,"她说,"你们只是在等待——你们只是在拖延时间,直到有借口把我关起来的这一刻。"

"拜托,容器大人,"祭司之一说着,用手势示意某个无命者抓住她的手臂。她没有挣扎:她强迫自己保持冷静,盯着那个祭司的双眼。

他转过头去。"这样是最好的,"他说,"这样对您来说是最好的。"

"那当然。"她厉声说着,就这么放弃抵抗回到了房间。

薇雯娜坐在人群中,注视着,等待着。她有些觉得这么明目张胆地跑到公开场合实在太愚蠢了。然而,属于那部分的她——那个小心谨慎的伊德里斯公主——在她心中的比重越来越小了。

她藏身于贫民窟的时候,登斯的手下曾经找到过她。她跟瓦西尔一起待在人群里,恐怕都比在那些小巷里要安全,尤其要考虑到她现在格外擅长融入人群。她从没想过,穿着长裤和束腰外衣坐在椅子上会是如此自然的事。她服色鲜艳,却完全不会引起注意。

瓦西尔出现在长凳高处的护栏边。她小心翼翼地离开座位——另一个人立刻坐了上去——然后朝他走去。祭司们已经在下方开始了辩论。在女儿回到身边以后,纳恩若瓦开始宣布撤销先前的立场。他目前是反战一方的领袖。

他的支持者少得可怜。

薇雯娜走到瓦西尔身边，而他厚着脸皮为她在栏杆边挤出了一个位置。他没有带夜血过来——在她的坚持下，他把那柄剑和她的决斗剑一起留下了。她也不清楚他上次是怎么偷偷把剑带进诸神宫廷的，但现在他们最不希望的就是引起关注。

"如何？"她轻声发问。

他摇摇头。"就算登斯在这儿，我也没能找到他。"

"考虑到这里的人数，这也难怪。"薇雯娜轻声说。他们的周围到处都是人——光是站在护栏前的就有好几百。"这些人都是哪来的？这次比上次会议的时候要拥挤太多了。"

他耸耸肩。"那些得到宫廷单次入场权的人可以保留入场信物，等到想用的时候再用。比起那些小型会议，很多人会把入场信物留到宫廷大会的时候再用。这是他们一次性看到所有神灵的好机会。"

薇雯娜转过头去，看向人群。她怀疑这样的人数也和她先前听闻的谣言有关。人们觉得在这场会议上，回归诸神将会对伊德里斯最终宣战。

"纳恩若瓦的口才很好。"她说。虽然在人群中，她听不清他的发言——回归神灵们显然有信使帮他们送去辩论记录。她很想知道，为什么没人命令这些观众安静。这可不像霍兰德伦人的作风。他们喜欢混乱。至少是喜欢在发生重大事件的时候坐下来闲聊。

"没人理会纳恩若瓦，"瓦西尔说，"他在同一个议题上摇摆不定。很难让人信服。"

"那他就该解释一下摇摆的原因。"

"也许吧，但这也不好说。如果让民众知道他的孩子被人绑架过，就会引发更多的恐慌，而且无论他说什么，他们都会认定幕后黑手是伊德里斯来的煽动者。此外，那个顽固的霍兰德伦人自尊心又很强。更何况他还是个祭司。要他承认他的女儿曾被人绑架，而且他因此改变过政治立场……"

"我还以为你喜欢那些祭司。"她说。

"一部分吧,"他说,"但不是全部。"说这句话的时候,他看了眼神王所在的高台。苏斯布隆还没到场,而他们没等他就开始了。

塞芮也没来。这让薇雯娜很恼火,因为她指望能看到她的样子,就算只是远远地看一眼也好。

我会帮你的,塞芮。这次是真的。第一步就是阻止这场战争。

瓦西尔转过头,看向竞技场地,他靠着护栏,露出焦虑的神情。

"怎么了?"她问。

他耸耸肩。

她翻了个白眼。"告诉我吧。"

"我只是不喜欢把夜血单独留下太久而已。"他说。

"它能做什么?"薇雯娜问,"我们都把它锁在橱柜里了。"

他又耸耸肩。

"说真的,"她说,"就算是你也得承认,带着五尺长的黑剑出现在公共场合是相当引人注目的。我得提醒你,就算那把剑会冒出烟雾,能在别人的头脑里说话,也帮不上我们的忙。"

"我不介意引人注目。"

"我介意。"她回答。

瓦西尔皱了皱眉,她本以为他会继续反驳,但他最后却点了点头。"当然,你说得对,"他说,"我只是从来都不擅长低调行事。登斯以前也取笑过我这一点。"

薇雯娜皱起眉头。"你们曾经是朋友?"

瓦西尔转过头去,陷入了沉默。

*卡拉德的幽灵啊!*她满心挫败地想。*早晚有一天,这座受色彩诅咒的城市里的某个人会告诉我全部的真相。那个时候,我恐怕会震惊而死。*

"我去看看能不能查清神王迟迟不到的原因,"瓦西尔说着,离开了护栏,"我很快就回来。"

她点点头,然后他就走了。她俯下身子,有些后悔自己刚才放弃了座位。庞大的人群再次让她有种窒息的错觉,但她已经习惯了繁忙的集市街道,被人群包围带来的恐惧还算好。此外,她还有灵息。她把一些灵息放进衬衣里,但她还是留下了一部分——她需要至少达到初阶强化,才能在不被盘查的情况下穿过大门,进入诸神宫廷。

她的灵息让她能像普通人感觉空气那样感受生命:无所不在,触感冰凉。那么多生命,那么多希望和欲望。那么多灵息。她闭上双眼,沉浸其中,聆听着下方的祭司们盖过周围噪音的辩论声。

没等瓦西尔来到她身边,她就感觉到了他的到来。不仅仅是因为他有许多灵息,也是因为他注视着她,而她能感觉到那种目光中微弱的熟悉感。她转过身,在人群中找出了他的存在。他穿着破破烂烂的深色衣物,看起来比她显眼得多。

"恭喜。"靠近以后,他抓住她的胳膊说。

"为什么?"

"你很快就要当阿姨了。"

"你在说……"她的声音小了下去,"塞芮?"

"你妹妹怀孕了,"他说,"祭司们打算在今晚发表声明。看起来,神王正留在自己的宫殿里庆祝呢。"

薇雯娜震惊不已。塞芮。怀孕。在薇雯娜脑海中还是个小女孩的塞芮,怀上了宫殿里那个怪物的孩子。可薇雯娜不也在为王位上的那个怪物奋斗吗?

不,她心想。我并没有原谅霍兰德伦,但我也学会了不去恨它。我不能坐视伊德里斯遭受攻击和毁灭。

她恐慌起来。突然间,她的全部计划似乎都失去了意义。等到继承人出生以后,那些霍兰德伦人会对她做什么?"我们必须把她救出来，"薇雯娜发觉自己在说，"瓦西尔，我们必须救她。"

他沉默不语。

"拜托，瓦西尔，"她低声道，"她是我妹妹。我以为结束战争就能保护她，但如果你的预感没错，那么神王本人恐怕就是想要入侵伊德里斯的人。塞芮在他身边会有危险的。"

"好吧，"瓦西尔说，"我会尽我所能的。"

薇雯娜点点头，转身看向竞技场。祭司们正在退场。"他们要去哪儿？"

"去他们的神灵那里，"瓦西尔说，"为了在正式投票中确认诸神的意愿。"

"关于战争？"薇雯娜说着，背脊发冷。

瓦西尔点点头。"是时候了。"

光歌等在他的包厢里，两名仆人在为他扇风，他的手里端着一杯冰镇果汁，身边摆放着丰盛的小吃。

是织晕让我卷入了这一切，他心想。*因为她担心霍兰德伦会遭到突然攻击。*

祭司们正在和他们的神灵协商。他能看到好几个祭司跪在回归神灵的面前，低垂着头。这就是霍兰德伦的政体运作的方式。祭司们为选择进行辩论，然后询问神灵的意愿。而后者就将成为诸神的意愿。成为霍兰德伦的意愿。只有神王本人才能否决诸神的决定。

而他选择了缺席这场会议。

*他沉醉于那个新生命，甚至连自己人民的未来都不顾了吗？*光歌恼火地想。*我还以为他没那么糟糕呢。*

莱瑞玛走了过来。虽然他和其他大祭司一起去了竞技场地，却没有提出任何论据。莱瑞玛倾向于把想法藏在心里。

那位大祭司跪在他面前。"请将您的意愿赐示于我等，吾神光歌。"

光歌没有答话。他抬起头，目光越过开阔的竞技场，望向织晕的包厢所在的位置，在傍晚的黯淡光线中，依稀能看到青翠的华盖。

"噢，神啊，"莱瑞玛说，"拜托您了。请将我寻求的知识赐予我。我们该与我们的同族、与伊德里斯人开战吗？他们是应当镇压的反叛者吗？"

其他祭司带着祈求的结果纷纷返回。每个人都高举着一面代表男神或女神意愿的旗帜。绿色代表赞同。红色代表不认同请愿。在目前的情况下，绿色就意味着战争。目前为止，返回的七人里，有五人举着绿色的旗帜。

"大人？"莱瑞玛说着，抬起头来。

光歌站起身来。他们在投票，可他们的投票又有什么意义？他想着，从华盖下走了出来。他们没有权力。只有两票是真正重要的。

又是几面绿色。祭司们沿着过道向下，旗帜在他们头顶飘舞。竞技场里人声鼎沸。他们能看到无可避免的结果。在另一边，光歌看到莱瑞玛正跟在他身后。他肯定很沮丧。可他为什么从不表现出来？

光歌朝织晕的包厢走去。几乎所有祭司都得到了答案，而其中大部分都举着绿色的旗帜。织晕的大祭司仍旧跪在她面前。不用说，织晕正是在等待这戏剧性的时刻。

光歌在她的包厢外停下脚步。织晕躺在里面，平静地看着他——虽然他能感觉到她内心的焦虑。他太了解她了。

"你打算把意愿说出来吗？"她问。

他低头看向竞技场的中央。"如果我反对，"他说，"这些声明就都会变成徒劳。那些神灵可以叫嚣'战争'到筋疲力尽，但军队的控制权在我手里。如果我不把我的无命者交给他们，霍兰德伦就无法打赢任何战争。"

"你打算公然反对诸神的意愿?"

"我有权这么做,"他说,"就像其他有同样权利的神灵那样。"

"但无命者在你手里。"

"这并不意味着我必须照别人说的去做。"

片刻的沉默过后,织晕朝她的女性大祭司招了招手。那女人站了起来,然后举起一面绿色的旗帜,跑到竞技场地的其他祭司那里。她的举动引发了一阵骚动。那些民众肯定知道,织晕的政治手腕让她得到了相当的权力。毕竟她刚开始连一个士兵都没有,这样的表现真的不算坏。

凭借那种数量的兵力,她将会成为制订计划、外交活动与真正开战时的关键人物。织晕会借此脱颖而出,成为王国历史上最有权势的回归神灵之一。

我也一样。

他注视良久。他尚未将昨晚的梦告诉莱瑞玛,而是把那些情景藏在了心里。蜿蜒曲折的隧道,还有在地平线上依稀可见的、渐渐升起的月亮。它们真的会有什么实际意义吗?

他无法做出判断。对任何事都是。

"我需要再考虑一下。"光歌说着,转身想走。

"什么?"织晕追问道,"那投票呢?"

光歌摇摇头。

"光歌!"她对着他的背影说,"光歌,你不能这样吊我们胃口!"

他耸耸肩,转过头去。"事实上,我能,"他笑着说,"我就是这么令人沮丧。"

第五十一章

你能回来找我真是太好了，夜血说。在橱柜里待着很寂寞。

瓦西尔在环绕诸神宫廷的墙壁上走着，没有答话。天色已晚，周围静悄悄的，但还有几座宫殿仍旧亮着灯火。其中一座属于"无畏者"光歌。

我不喜欢黑暗，夜血说。

"你是说现在这样的黑暗？"瓦西尔问。

不。橱柜里的。

"你又看不见。"

在黑暗里的时候是能感觉到的，夜血说。就算你看不见。

瓦西尔不知道该怎么回答这句话。他在墙壁上停下脚步，俯瞰着光歌的宫殿。红色与金色。还真是相当大胆的色彩。

你不应该不理我，夜血说。我不喜欢这样。

瓦西尔单膝跪下，审视着那座宫殿。他没见过那个名叫光歌的人，但他听过传闻。诸神中最粗鄙无礼、最妄自尊大又最喜欢讽刺他人的神。也正是那个人的手里掌握着两个王国的命运。

有个简单的方法能干涉那个命运。

我们要去杀了他，对吧？夜血说着，语气里的渴望显而易见。

瓦西尔只是继续盯着那座宫殿。

我们应该杀了他，夜血续道。说真的。我们应该这么干。我们真的应该这么干。

"你干吗这么介意？"瓦西尔轻声说，"你都不认识他。"

他是个邪恶的人，夜血说。

瓦西尔哼了一声。"你甚至不懂邪恶是什么。"

夜血少见地沉默了。

这就是问题的关键，也是让瓦西尔耗费了大半个人生想要解决的难题。一千口灵息。那是唤醒钢制物件，并赋予其智慧所需的灵息。就连最初想到这种技术的莎萨拉都没能完全理解这一过程。

只有达到九阶强化的人才能唤醒石头或者钢铁。即便如此，这种手法原本也是不该成功的。它本该只能创造出不比他斗篷上的流苏更聪明的唤醒物而已。

赋予夜血生命原本是不可能的。但他的确拥有了生命。莎萨拉向来是他们之中最有天赋的，比擅长各种技巧——比如用骨骼包裹钢铁或是石块——来创造唤醒物的瓦西尔优秀得多。亲眼见证了耶斯提尔披露的知识以及灵液-酒精混合物的发展以后，莎萨拉受到了激励。她研究、实验，以及实践。而且她办到了。她学会了将一千人的灵息铸造进一片钢铁里的方法，然后通过唤醒让它得到了智慧，最后给了它指令。那条指令展现出了庞大的力量，成为了唤醒物的人格基础。

她和瓦西尔为了夜血苦思良久，最后终于选定了一个简单却优雅的指令。"摧毁邪恶。"表面看来，这是个富有逻辑的完美选择。只有一个问题，一个他们两人都没能预见到的问题。

那件钢铁制成的物体——与活物有天壤之别，只会觉得"活着"是种古怪而陌生体验的物体——要怎么理解何谓"邪恶"？

我就快弄清楚了，夜血说。我有过很多次实践了。

责任并不在这把剑身上。它的确破坏性十足——它被制造出来就是为了破坏。它仍然不理解生命与生命的意义。它只知道自己的指令——而且为了达成指令，它非常努力。

下面的那个人，夜血说。宫里的那个神。他掌握着开战的权力。你不希望开战。所以他就是邪恶的。

"这为什么代表他是邪恶的?"

因为他会做你不希望他做的事。

"我们也不清楚,"瓦西尔说,"另外,谁敢说我的判断就是最正确的?"

我敢,夜血说。我们走吧。我们去杀了他吧。你跟我说过战争是不好的。他会挑起战争。他是邪恶的。我们去杀了他吧。我们去杀了他吧!

这把剑越来越激动了:瓦西尔能感觉得到——感觉到剑身里蕴藏的危险,感觉到被抽离宿主后塞进反常之物里的那些灵息的扭曲力量。他能想象那些黑色的腐化灵息扭动着涌入空气的情景。那些灵息在将他引向光歌。怂恿着他去杀戮。

"不。"瓦西尔说。

夜血叹了口气。你把我关在了橱柜里,他提醒说,你应该道歉。

"我可不要用杀人来道歉。"

那就把我丢进去,夜血说,如果他是邪恶的,就会杀死自己。

这话让瓦西尔迟疑了片刻。色彩啊,他心想。这把剑似乎一年比一年狡猾了,但瓦西尔知道这只是他的想象。唤醒物不会改变,也不会成长,它们永远是最初的样子。

但这仍旧是个好主意。

"也许下次吧。"瓦西尔说着,把目光从那座宫殿上移开。

你害怕了,夜血说。

"你根本不懂什么是恐惧。"瓦西尔答道。

我懂。你不喜欢杀死回归者。你害怕它们。

这把剑当然是错的。但瓦西尔猜想,他的犹豫从外表看来确实像是恐惧。他已经有很久没跟回归者打过交道了。太多的回忆。还有太多的痛苦。

他走向神王的宫殿。那座宫殿很有年头了，比周围的宫殿都要古老。这里曾经是一座俯瞰海湾的海边前哨站。没有城市。没有色彩。只有这座光秃秃的黑色塔楼。想到这里成为了虹彩音调的神王的住处，瓦西尔不由得失笑。

瓦西尔把夜血挪在背后，然后从墙头跳向那座宫殿。唤醒后的流苏缠绕着他的腿，赋予了他超凡的力量，让他跃过了二十尺左右的距离。他猛地撞上宫殿的侧面，光滑的缟玛瑙摩擦着他的皮肤。他动了动手指，袖子上的流苏便抓住了他上方的壁架，牢牢固定住他的身体。

他呼出了灵息。缠在腰间的腰带——像以往那样，碰触着他的皮肤——被唤醒了。在他系在裤子下面的腿部的那块手帕上，色彩迅速流失。

"攀登物体，抓住物体，把我拉上去。"他给出了指令。对一件唤醒物发出三条指令，对某些人来说很困难。但对他来说，这就像眨眼那么轻松。

腰带自行解开，看起来比缠在他身上的时候要长得多。二十五尺长的绳索顺着宫殿的侧面蜿蜒而上，钻进一扇窗里。几秒钟过后，那根绳子把瓦西尔拉到了空中。制作良好的唤醒物拥有比正常肌肉更强的力量。他亲眼见过一组绳索——每根都不比这根更粗——抬起巨石，并朝着敌人的要塞掷出的情景。

他让流苏松开壁架，在绳索将他送入宫殿内部的时候拔出了夜血。他单膝跪下，沉默地扫视着黑暗。这个房间空无一人。他小心翼翼地收回灵息，然后将绳索松松地缠回手臂上。他大步向前。

我们要去杀谁？夜血问。

别总想着杀人，瓦西尔说。

薇雯娜。她在里面吗？

这把剑又在试图解读他的想法了。它很难理解瓦西尔的脑海中尚未完全成形的那些念头。人的脑海中的大多数想法都是转瞬即逝的：闪过的影像，声音或是气味，关系建立、失去，然后再次恢复。对夜血来说，解读这样的事非常困难。

薇雯娜。他的诸多麻烦的来源。当他认定她是自愿与登斯合作的时候，他在这座城市的工作要轻松得多。因为那么一来，他至少能把错归到她身上。

她去了哪儿？她在这里吗？她不喜欢我，可我喜欢她。

瓦西尔在黑暗的走廊里停下了脚步。真的？

真的。她人很好，而且她很漂亮。

"人好"和"漂亮"——夜血并不真的理解这些词的意思。他只是学会了使用的时机。只不过，这把剑的确有自己的观点，而且它很少撒谎。它肯定是真的喜欢薇雯娜，虽然它并没有解释原因。

她让我想起了一个回归者，那把剑说。

噢，瓦西尔用想法回应道。当然。这就说得通了。他再次迈开步子。

什么？夜血问。

她是一位回归者的后代，他想着。从她的头发就能看出来。她的身上有跟回归者相似的地方。

夜血没有答话，但瓦西尔能感觉到它在思考。

他们在走廊的交叉处停下了脚步。他原本以为自己知道神王房间的位置。然而，这座宫殿的内部环境似乎变得不同了。这座要塞的内部原本朴实无华，走廊特意造得曲折蜿蜒，用来混淆入侵者的方向感。这部分都还留着——所有的石制结构都保持原样——但开阔的饭厅与警备室被分隔成了许多较小的房间，配以符合霍兰德伦上流阶层的鲜艳装饰。

神王的妻子又会在哪儿？如果她怀了孕，那就应该正由仆人们看护着。应该在高处某层的某个成套的宽敞房间里。他朝着一处楼梯井走去。幸好现在的时间已经很晚，仍然醒着的人少之又少。

妹妹，夜血说。你要找的就是她。你要去救薇雯娜的妹妹！

瓦西尔在黑暗中无声地点点头，摸索着爬上楼梯，依靠生物染色灵息来判断周围是否有人接近。尽管他的大部分灵息都储存在了衣服里，但剩下的部分足以唤醒绳索与让他保持警醒了。

你也喜欢薇雯娜！夜血说。

胡说八道，瓦西尔想。

那又是为什么？

她的妹妹，他心想，她是这一切的关键。我今天才明白过来。那位王后来到这里以后，战争的序曲才真正开始。

夜血沉默下来。这种逻辑跳跃对它来说有点太复杂了。我懂了，他说，但瓦西尔感觉到了它语气里的困惑，不由得露出微笑。

退一万步说，瓦西尔心想，她对霍兰德伦是个方便的人质。一旦战况不利，神王的祭司们——或者是真正藏在幕后的人——就会拿那个女孩的性命做要挟。她会成为绝佳的工具。

所以你想消除这种可能，夜血说。

瓦西尔点点头，来到楼梯的最顶端，悄然穿过某条走廊。他继续向前，直到发觉附近有人——有个女仆正在靠近。

瓦西尔唤醒了他的绳索，伫立在凹室的阴影里，然后静静等待。当她从旁经过的时候，那条绳索从阴影里窜出，缠住了她的腰，把她拉进黑暗里。没等她尖叫出声，瓦西尔就用流苏化成的一只"手"捂住了她的嘴。

她扭动挣扎，但绳索牢牢捆住了她。他走上前去，看到她惊恐的双眼流出泪水，心里涌出一丝罪恶感。他把手伸向夜血，让那把剑微微出鞘。女孩立刻露出了反胃的表情。这是个好兆头。

"我要知道王后在哪儿，"瓦西尔说着，抬起夜血，让剑柄贴着她的脸颊，"你得告诉我。"

他就像这样制住她的身体，看着她扭动的样子，心里闷闷不乐。终于，他放开流苏，让剑继续贴着她的脸颊。她开始呕吐，而他帮她侧过身去。

"告诉我。"他低声道。

"南边的转角那里，"女孩颤抖着说，脸上还沾着唾液，"就在这一层。"

瓦西尔点点头，然后用那条绳子将她绑起，塞上塞口物，然后取回了灵息。他把夜血收回鞘里，沿着走廊匆匆走去。

你不肯杀那个打算开战的神灵，夜血问。可你却差点让一个年轻女人窒息而死？

对这把剑来说，这句陈述相当复杂。然而，其中却少了人类会加入的控诉语气。对夜血来说，这真的只是个单纯的问题而已。

我也不怎么明白自己的道德准则，瓦西尔心想。我建议你也别把自己搞糊涂了。

他轻而易举地找到了那个地方。一大群人守在门外，他们外貌粗野，看起来跟奢华的宫殿走廊格格不入。

瓦西尔停下脚步。这儿有点不对劲。

你这话什么意思？夜血问。

他并没想过和那把剑对话，但这就是能够读心的物体的麻烦之处。瓦西尔脑海里冒出的任何想法，夜血都觉得是在对自己说的。毕竟在这把剑看来，它就该是万事万物的中心才对。

门前的守卫。那些是士兵，不是仆人。也就是说，他们已经把她囚禁起来了。她真的怀孕了吗？还是说那些祭司只是想保住自己的权势？

守卫的数量太多了，他没法悄无声息地全部杀死，能尽快解决他们就已经很好了。希望他们离其他人够远，即便发生短促的战斗，也不会被别人听见。

他在那里坐了几分钟，绷紧下巴。接着，他终于走上前去，把夜血丢在那些人之间。他要让他们自相残杀，然后再对付没有受到那把剑影响的人。

夜血落在石头地面上，发出"哐啷"的响声。所有人的目光都被引了过去。在那一刻，有个东西抓住了瓦西尔的肩膀，把他拉向后方。

他咒骂着转过身去，同时抬起双手，与抓住他的那东西角力。那是一根唤醒了的绳索。在他的身后，混战开始了。瓦西尔咕哝一声，抽出靴子里的匕首，割断了那条绳索。他挣脱的同时，有人抱住了他，将他摔向墙壁。

他用手臂上的一根流苏缠住了袭击者的脸，然后扭动对方的身体，让他撞上了墙壁。另一道身影从身后冲来，但被瓦西尔唤醒的斗篷抓住了那人，将他绊倒在地。

"抓住我以外的物体，"瓦西尔飞快地说着，抓起倒地的某人的斗篷，将其唤醒。那件斗篷向周围甩出，撂倒了另一个人，而瓦西尔匕首一挥，取了对方性命。他踢向另一个来袭者，让他连连后退，也在包围圈上打开了一个缺口。

瓦西尔冲向前去，想要拿回夜血，但另外三个身影却从他周围的房间里冲了出来，截住了他的去路。他们跟那些正在抢夺夜血的人一样粗野。周围到处是人。好几十人。瓦西尔一脚踢出，踹断了某人的腿，但另一个人却刚刚好扯脱了瓦西尔的斗篷。另外几人压在他身上。接着，另一根唤醒绳索窜了出来，绑住了他的双腿。

瓦西尔把手伸向自己的背心。"汝息归——"他开了口，想要抽取一部分灵息，用作下次攻击，但这时另外三个人抓住他的手，拉向一旁。他的斗篷仍然在跟三个奋力想将它切碎的人搏斗，但瓦西尔自己已经动弹不得了。

他左边的房间里走出了一个人。

"登斯。"瓦西尔挣扎着,吐了口唾沫。

"我的好朋友。"登斯说着,朝他的走狗之一点点头——就是叫汤克·法的那个——示意他穿过走廊,去王后的房间那边。登斯在瓦西尔身边单膝跪下。"见到你真是太好了。"

瓦西尔又吐了口唾沫。

"看来你一如既往地健谈,"登斯说着,叹了口气,"瓦西尔,你知道我最欣赏你哪一点吗?你很可靠。容易预测。我猜我在某种程度上也是这样。活得长了难免会落入俗套,对吧?"

瓦西尔没有回答,虽然别人塞住他的嘴的时候,他的确试图大喊出声。他满意地发现,在他们成功制住他之前,他已经解决了十多个对手。

登斯注意到了那些倒下的士兵。"佣兵嘛,"他说,"只要报酬合适,就没有不能冒的险。"他双眼放光,然后弯下腰,对上瓦西尔的眼睛,原先的愉快消失不见。"作为我的报酬,你永远都是够格的,瓦西尔。我欠你的。为了莎萨拉,我到现在还是欠你的。我们在这座宫殿里等了足足两星期,因为我们知道,好公主薇雯娜终究会派你来救她的妹妹。"

汤克·法拿着一块毛毯包着的东西回来了。那是夜血。

登斯看了一眼。"把它丢到别处去,丢远一点儿。"他皱着眉说。

"我也说不好,登斯,"汤克·法,"但我有点觉得我们应该留下它。它应该会非常有用……"他的双眼浮现出欲望,对拔出夜血并挥舞它的渴望。用它来摧毁邪恶。或者就只是摧毁而已。

登斯站了起来,抢过那卷毛毯。然后他一巴掌拍在汤克·法的后脑勺上。

"哎哟!"汤克·法说。

登斯翻了个白眼。"别嚷嚷了,我刚刚救了你的命。去看看王后的状况,然后清理一下这个烂摊子。我会亲自去处理这把剑的。"

"瓦西尔在附近的时候,你的脾气总是很坏。"汤克·法说着,摇摇晃晃地走开。登斯把夜血包裹得严严实实:瓦西尔看着这一幕,期待看到登斯的眼里出现欲望。不幸的是,登斯的意志力太强大了,这把剑控制不了他。他与它相处的时间堪比瓦西尔本人。

"把他唤醒过的衣服都脱掉,"登斯对他的手下说着,转身走远,"然后把他吊在那边那个房间里。关于他对我妹妹做的那些事,他和我要来一场促膝长谈。"

第五十二章

光歌坐在自己宫殿的某个房间里,被华美的装饰包围其中,手里端着一杯葡萄酒。尽管已是深夜,仆人们仍在进进出出,将家具、油画、花瓶和小型装饰品越堆越高。所有能搬动的东西,他们都拿了过来。

这些贵重物品堆成了小山。光歌靠在躺椅上,对空无一物的餐盘和破碎的杯子视而不见——他拒绝让仆人撤走。

两个仆人走进门来,抬着一张金红相间的躺椅。他们把它竖着靠在远处的墙壁上,几乎撞倒了一堆小地毯。光歌目送他们离开,将剩下的葡萄酒一饮而尽。他任由空杯子掉在地板上的其他杯子旁边,然后伸手去要另一只装满的酒杯。有位仆人像以往那样为他奉上了酒。

他并没有醉——他不可能喝醉。

"某些事——某些你无法掌控的大事正在发生,"光歌说,"你有没有过这样的感觉?就像是一幅无论你如何眯起眼睛去搜寻,都只能看到边角的油画?"

"每天都有,大人。"莱瑞玛说。他坐在光歌的躺椅旁边的一张凳子上。他像以往那样冷静地旁观着事态,虽然另一队仆人将好几尊大理石小雕像堆在角落的时候,光歌能感觉到他的不以为然。

"那你是怎么处理的?"光歌问。

"我有信仰,大人,别人能理解的信仰。"

"希望你信仰的不是我。"光歌评论道。

"您是其中一部分。但整体要比您庞大得多。"

光歌皱了皱眉,看到另外几个仆人走进门来。要不了多久,房间里就会堆满他的财产,以至于连他的仆人都无法进出。"真奇怪,不是吗?"光歌说着,指了指一堆油画,"像这样放在一起,就一幅都不漂亮了。堆成一堆的时候,看起来就像垃圾。"

莱瑞玛扬起一边眉毛。"物品的价值因人而异,大人。如果您把这些东西看做垃圾,那它们就是垃圾,无论其他人愿意出多少钱来买。"

"你的话里蕴含着某种道理,对吧?"

莱瑞玛耸耸肩。"我怎么说也是个祭司。我们倾向于向人传道。"

光歌哼了一声,然后朝仆人们摆摆手。"够了,"他说,"你们可以走了。"

习惯了被光歌赶走的仆人们迅速离开。很快,房间里就只剩下光歌和莱瑞玛,以及环绕着他们的、堆积如山的贵重物品——那些都是从宫殿里的其他地方搬来的。

莱瑞玛审视着那些小山。"大人,这么做的意义是什么?"

"这是我对他们的意义,"光歌说着,又喝下一口酒,"对人民的意义。他们愿意为了我放弃财富。他们会献上自己的灵魂气息来保存我的性命。我怀疑很多人甚至愿意为我而死。"

莱瑞玛静静点头。

"而且,"光歌说,"现在人民希望我为他们选择命运。我们是应该开战,还是维持和平?你怎么想?"

"我哪一边都可以支持,大人,"莱瑞玛说,"要坐在这里,纯以原则去谴责战争是很简单。战争是非常可怕的东西。然而遗憾的是,历史上的那些伟大成就,很少是在非军事前提下达成的。就连造成了巨大破坏的不息战争,也可以看做现代霍兰德伦在内海地区崛起的基础。"

光歌点点头。

"可是,"莱瑞玛续道,"要攻击我们的同胞?尽管他们挑拨在先,我还是不由得认为,这样的入侵太过极端了。为了证明我们不会受人摆布,我们会造成多少的死亡,多少的痛苦呢?"

"那你会怎么决定?"

"幸好我不必做出决定。"

"那如果有人强迫你呢?"光歌问。

莱瑞玛沉默地坐了一会儿。然后,他小心翼翼地脱下头上的大祭司帽,露出他因为汗水而紧贴头皮的稀疏黑发。他把那顶仪式用帽放到一旁。

"我现在不以祭司的身份,而是以朋友的身份和你说话,光歌,"莱瑞玛平静地说,"祭司不能去影响自己的神灵,因为会干扰未来。"

光歌点点头。

"作为朋友,"莱瑞玛说,"我真的很难决定该怎么做。我在宫廷辩论的时候也没有发言。"

"你很少发言。"光歌说。

"我很担心,"莱瑞玛说着,用一块手帕擦了擦额头,然后摇摇头,"我不认为我们可以忽略王国面临的威胁。事实在于,伊德里斯是位于我们境内的反叛势力。我们长年忽视他们,忍受着他们对于北部关隘几乎专横的控制。"

"这么说你支持进攻?"

莱瑞玛犹豫片刻,然后摇摇头。"不。不,我不认为以伊德里斯的反叛作为借口,就能为夺回那些关隘的屠杀正名。"

"太棒了,"光歌语气单调地说,"这么说你觉得我们应该开战,但不该进攻。"

"说实话,是的,"莱瑞玛说,"我们宣战,我们展现武力,然后通过恐吓让他们明白自己的处境有多危险。如果我们在之后进行和谈，我打赌我们可以就关隘的使用签署更加有利的条约。他们会正式宣布放弃对我们王位的继承权，然后我们再认可他们的独立主权。这么一来，我们不就各取所需了吗？"

光歌思索起来。"不好说，"他说，"这样的解决方法非常合理，但我不认为那些叫嚣开战的人会接受。我们似乎遗漏了什么，瞎转悠。为什么是现在？为什么在本该让我们团结一致的婚礼过后，局势会变得如此紧张？"

"我不知道，大人。"莱瑞玛说。

光歌笑着站了起来。"那好，"他说着，看了眼他的大祭司，"我们去查个明白吧。"

塞芮本该非常恼火才对，但她太害怕了。她独自坐在漆黑的卧室里。苏斯布隆没有陪在她身边，感觉很不对劲。

她原本希望等夜幕降临的时候，他们会允许他来陪她。不过当然了，他没有来。无论那些祭司的计划是什么，都不允许她真的怀孕。毕竟现在的他们已经亮出手牌，将她囚禁了起来。

房门嘎吱作响，而她在床上坐直了身子，重新燃起了希望。但那只是再次来确认她的状况的守卫而已。是最近几个钟头里负责看守她的那些像是士兵的粗鲁男人之一。*为什么会换成这批人？*那守卫关上房门的时候，她思索起来。*先前看守我的那些无命者和祭司怎么了？*

她躺回床上，注视着顶棚，身上仍旧穿着她精美的睡裙。她的思绪回到了抵达这座宫殿的第一个星期，那时的她被关在屋里，等待她的"婚礼庆典"结束。当时就已经很难熬了，而她还知道那种日子何时会结束。而现在，她连能否活过接下来的几天都不好说。

不，她心想。他们会把我一直关着，等待我的"孩子"出生。我是保险措施。如果出了什么差错，他们还是会需要我来表现的。

但这无法令她安心。光是想到会被关在宫殿里整整六个月——而且不能和任何人见面，免得他们发现她并没有真的怀孕——她就惊恐得想要尖叫了。

但她又能做什么呢？

我可以寄望于苏斯布隆，她心想。我教过他读书写字，又给了他打破祭司们的束缚所需的决心。

这样应该就足够了。

"大人，"莱瑞玛说着，语气有些迟疑，"您确定要这么做吗？"

光歌蹲下身子，透过灌木丛向慈星的宫殿窥视。大部分窗户都昏暗无光。这是好事。然而，她的不少守卫仍旧在宫殿里巡逻。她担心再次有人闯入。这也是理所应当的。

从远处看去，他能看到月亮才刚刚升上夜空。它的位置几乎和他昨晚的梦境相同，也是在那个梦里，他看到了隧道。那些东西真的有象征意义吗？真的是未来的预兆吗？

他仍旧心怀抵触。事实在于，他并不想相信自己是神。这件事的意义太过深远。但他无法忽视那些画面，即便那些仅仅来自于他的潜意识而已。他必须进入诸神宫廷下方的那些隧道。他必须确认那里是否有关于他的前生的蛛丝马迹。

时机似乎很重要。升起的月亮……就只差一度左右了。

是时候了，他想着，目光从天空转向下方。一支巡逻队正朝这边靠近。

"大人？"莱瑞玛问道，语气更紧张了。肥胖的大祭司跪在光歌身边的草地上。

"我应该带把剑过来的。"光歌思忖道。

"您不懂如何用剑,大人。"

"这可不一定。"光歌说。

"大人,这太愚蠢了。我们回到您的宫殿去吧。如果我们非得去看那些隧道里有什么,可以雇佣城里的人潜入进去。"

"那样花的时间太长了。"光歌说。一支巡逻队正从他们这边经过。"你准备好了吗?"等巡逻队走远以后,他立刻发问。

"没。"

"那就等在这儿。"光歌说着,朝宫殿飞奔而去。

片刻过后,他听到了莱瑞玛小声说出的"卡拉德的幽灵啊!"随后是灌木丛的沙沙声,那位祭司跟了过来。

哎呀,这恐怕是我头一回听到他骂人吧,光歌快活地想着。他没有回头,而是朝着那扇敞开的窗户直奔而去。就像大多数回归神灵的宫殿那样,这里的门和窗都是敞开式的。热带气候催生了这种设计。光歌跑到宫殿旁边,兴奋不已。他爬上窗户,然后伸出一只手去帮助莱瑞玛。大块头祭司喘着粗气,满头大汗,但光歌成功把他拉进了房间。

他们休息了一会儿,莱瑞玛背靠着墙壁,大口喘息。

"你真的应该多多锻炼了,瞎转悠。"光歌说着,缓缓地走向前方的门,朝着门后的大厅窥视。

莱瑞玛没有回答。他就这么坐在那儿,气喘吁吁,同时连连摇头,仿佛不敢相信刚才发生的事。

"我很想知道,为什么袭击这座宫殿的人没有从窗户进去。"光歌说。然后他发现,站在内侧入口的守卫可以轻易看到这个房间的景象。噢,他心想。**那好吧。是时候启用后备计划了。**光歌站起身来,步入走廊。莱瑞玛跟在他身后,看到那些守卫的时候吓了一跳。对方看起来也一样。

"你们好啊。"光歌对那些守卫说。然后他转过身,开始沿着走廊前进。

"等等!"守卫之一说,"停下!"

光歌转身看向他们,皱起眉头。"你胆敢命令神灵?"

他们愣住了。然后他们面面相觑,其中一个朝着相反的方向跑去。

"他们会去警告别人!"莱瑞玛说着,追了过来,"我们会被抓住的。"

"那我们得赶紧跑!"光歌说着,再次迈步奔跑。他听到莱瑞玛不情不愿地在他身后跑了起来,脸上露出了微笑。他们迅速跑到了那扇活板门旁边。

光歌跪了下去,摸索了一会儿,然后找到了暗藏的搭扣。他得意洋洋地拉开活板门,向下指了指。莱瑞玛放弃地摇摇头,沿着向下的阶梯走进黑暗里。光歌从墙上取下一盏提灯,也跟了下去。剩下的那个守卫没法干涉神灵的行动,只能担忧地看着这一幕。

这段阶梯算不上太长。光歌发现疲惫的莱瑞玛坐在一堆箱子上面,而周围显然是个小型储物地窖。

"恭喜您,大人,"莱瑞玛说,"我们找到了他们藏匿面粉的地方。"

光歌哼了一声,穿过房间,戳了戳墙壁。"有活物,"他说着,指了指一面墙,"在那个方向。我的生命感应能力能感觉到。"

莱瑞玛扬起一边眉毛,站起身来。他们搬开几只箱子,后面是墙壁上开凿出来的一条小型隧道的入口。光歌笑了笑,接着俯下身,爬了进去,将提灯举在前方。

"不知道我能不能钻进去。"莱瑞玛说。

"既然我可以,你肯定也能。"光歌说着,狭小的空间让他的话声有些模糊。他听到莱瑞玛又叹了口气,随即传来的是肥胖的祭司拖曳双脚钻进洞口的声音。最后,光歌爬出又一个洞口,来到了一条宽敞得多的隧道里，一侧墙壁上挂着的几盏提灯照亮了周围。就在他自鸣得意地站起身时，莱瑞玛也从洞里挤了出来。"你瞧，"光歌说着拉下一根拉杆，放下铁格栅，挡住了洞口，"这下他们再想跟来就难了。"

"我们要逃跑的时候也难了。"莱瑞玛说。

"逃跑？"光歌说着，举起提灯，审视着这条隧道，"我们干吗要做那种事？"

"请原谅，大人，"莱瑞玛说，"但在我看来，您对这件事有点享受过头了。"

"噢，我可是'无畏者'光歌啊，"光歌说，"终于能对得起这个称号的感觉真好。现在，安静点儿。我能感觉到附近有生命。"

这条隧道显然是人工的，和光歌想象中的矿井有些相似。跟他梦里的景象一模一样。这条隧道有几条支道，而他感觉到的生命位于正前方。光歌没有往那边走，而是转向左边，走向一条通向下方、坡度很陡的隧道。他沿着那条隧道走了好几分钟，以判断这条路可能通向何处。

"明白了没？"光歌说着，转向莱瑞玛，后者的手里也拿着一盏提灯，毕竟这条隧道没有自己的照明。

"无命者兵营，"莱瑞玛说，"如果隧道继续朝这个方向前进，它就会直接与那些兵营相连。"

光歌点点头。"他们为什么需要通向兵营的秘道？神灵明明可以来去自如。"

莱瑞玛摇摇头，他们沿着隧道继续向前。果不其然，又过了没多久，他们便来到了一扇活板门的下方。而推开活板门以后，上方便是昏暗无光的无命者仓库之一。光歌发起抖来，借着提灯的光线看着无穷无尽的成排腿足。他把头缩了回去，合拢活板门，然后沿着隧道又前进了一段路。

"这段路是个方形。"他轻声说。

"我敢打赌,每一扇门都通向一座无命者兵营。"莱瑞玛说。他伸出手,从墙上挖下一块泥土,用手指捏碎。"这条隧道比上面那条要新。"

光歌点点头。"我们还是别停下的好,"他说,"慈星宫殿里那些守卫知道我们下来了。我不清楚他们会去告诉谁,但我希望在被人赶出去之前结束这里的探索。"

这句话让莱瑞玛明显发起抖来。他们爬上隧道的陡坡,回到宫殿下方的主隧道。光歌能感觉到侧面一条隧道里有生命存在,但他却选择去探索另一条支道。没走多远,他们就发现这条支道分成不少岔道,而且异常曲折。

"这些是通向另外几座宫殿的隧道,"他戳了戳一根支撑隧道的木梁,猜测道,"很旧了——比那条通向兵营的隧道旧得多。"

莱瑞玛点点头。

"那好吧,"光歌说,"是时候弄清这条主隧道通向哪里了。"

光歌朝着主隧道走去,莱瑞玛跟随在后。光歌闭上双眼,努力确定自己感应到的生命离得有多近。它十分微弱,几乎超出了他感受范围。要不是这座地下墓穴里的其他东西都只是岩石与泥土,他早就该察觉到那种生命本身了。他朝莱瑞玛点点头,然后他们尽可能地放轻脚步,沿着隧道继续前进。

他是不是意外地擅长隐秘行动?莫非他有过潜入方面的体验,却不记得了?他肯定比莱瑞玛要擅长。当然了,就算是滚动的巨石恐怕都比莱瑞玛走动时的噪声要小,毕竟他穿着那么一身臃肿的衣服,还总在大口喘气。

这段隧道始终笔直向前,而且没有分岔。光歌抬起头来,试图估算他们上方是什么位置。*神王的宫殿?* 他猜测着。他没法确定:在地下,想要判断方向和距离实在太难了。

他感到了兴奋。以及刺激。这是神灵不该做的事。在夜晚悄悄外出，穿行于秘密隧道，寻找秘密与线索。真奇怪，他心想。他们给了我们想要的一切——至少是他们认为我们想要的一切——又让我们沉溺于各种感官和体验。可真正的情绪——恐惧、焦虑、兴奋——我们却完全体会不到。

他笑了。在这个距离，他能听到人声。他熄灭提灯，将脚步放得更轻，同时挥手示意莱瑞玛留下。

"……把他关在上面，"有个男人的声音在说，"就像我所说的，他来救那位公主的妹妹了。"

"也就是说，你得到想要的东西了，"另一个声音说，"说真的，你为那家伙花费太多的心思了。"

"别低估了瓦西尔，"前一个声音说，"他这一生的成就比一百个普通人还多，你简直想不到他为人类做出过什么。"

沉默。

"你不是打算杀了他吗？"第二个声音说。

"是的。"

沉默。

"你真是个怪人，登斯，"第二个声音说，"不过，我们的目的已经实现了。"

"你们还没得到想要的战争呢。"

"我们会的。"

光歌在一小队碎石旁边蹲了下来。他能看到前方的光线，但没法看清那些移动的影子。他能碰巧听到这段对话，看起来是撞了大运。这是否证明了他的梦的确能够预知未来？还是说这只是巧合而已？此时已是深夜，还醒着的人多半都在进行某种秘密活动。

"我有一件工作要交给你，"第二个声音说，"我们有个人需要你来审问。"

"真糟糕,"第一个声音渐渐远去,"我还有个老朋友要问候呢。我只是来处理他那把怪剑的。"

"登斯!回来!"

"你又不是雇我的人,小矮子,"前一个声音说着,显得越来越微弱,"如果你有想要我去做的事,就先去把你的头儿找来。到了那时候,你知道该去哪儿找我。"

沉默。紧接着,有什么东西走到了光歌身后。他猛地转过身,勉强认出了蹑手蹑脚的莱瑞玛。光歌挥手示意他后退,然后走了过去。

"怎么了?"莱瑞玛轻声发问。

"前面有人说话,"光歌低声回答,周围的隧道一片漆黑,"他们在谈论战争的事。"

"他们是谁?"莱瑞玛问。

"我不知道,"光歌低声说,"但我会弄明白的。等在这儿,我会——"

一声响亮的尖叫打断了他的话。光歌吓了一跳。那叫声来自刚才那些说话声传来的地方,听起来就像……

"放开我!"织晕大喊道,"你们以为自己在做什么?我可是女神!"

光歌猛地站了起来。有个声音对织晕说了句什么,但光歌离得太远,听不清内容。

"你必须放开我!"织晕喊道,"我——"她发出痛呼,话声也戛然而止。

光歌的心脏狂跳起来。他迈出一步。

"大人!"莱瑞玛说着,站起身来,"我们应该去找帮手!"

"我们就是帮手。"光歌说。他深吸一口气。然后——让他自己也大吃一惊的是——他沿着隧道跑了起来。他迅速靠近那道光线,绕过转角，跑进一段在岩石中开凿出来的隧道里。没过几秒钟，他就踏上了光滑的石制地板，冲进了一个看起来像是地牢的地方。

织晕被绑在一张椅子上。一群人穿着神王祭司的长袍，与几个身穿制服的士兵站在她身旁。织晕的嘴唇流着血，而她正试图透过塞口物大喊大叫。她穿着漂亮的睡袍，但袍子凌乱不堪，还脏兮兮的。

房间里的那些人惊讶地抬起头，显然为有人出现在他们身后而震惊。光歌趁机用肩膀撞上了最靠近他的那个士兵。那人飞了出去，撞上了墙壁——光歌超凡的体格和体重发挥了作用。他单膝跪下，抽出了倒下的那名士兵的佩剑。

"啊哈！"光歌说着，用武器指着前方的那些人，"谁先来？"

士兵们瞪大眼睛看着他。

"我说了，你！"光歌说着，朝第二靠近他的守卫刺出一剑。

他没能握稳剑柄，突刺的动作让他失去了平衡，剑尖偏离了那人足有三寸远。那守卫终于明白了状况，也拔出剑来。祭司们背靠着墙壁。织晕眨了眨泪眼，一脸震惊。

最靠近光歌的那个士兵发起了攻击，而光歌笨拙地抬起剑来，试图格挡，却表现得很糟糕。他脚边的那个守卫突然扑向光歌的双腿，将他拽倒在地。然后站着的守卫之一将手里的剑刺进了光歌的大腿。

那条腿像凡人那样涌出了鲜红的血液。突然间，光歌知晓了苦痛。比他短暂的人生中所体会过的一切都要强烈的苦痛。

他尖叫起来。

他透过眼泪看到，莱瑞玛英勇地试图从身后抱住一名守卫，但他的攻击几乎和光歌自己同样笨拙。士兵们分散开来，其中几个守住隧道，另一个将他染血的利剑对准了光歌的喉咙。

真好笑，光歌紧咬牙关，忍受着痛楚，同时心想。*这样的发展可跟我想象的完全不同。*

第五十三章

薇雯娜等待着瓦西尔。他没有回来。

她在只有一个房间的狭小藏身处踱着步子——这是他们换的第六个住处了。他们在每个地方都只会待上几天。房间里没有装饰，只放着他们的被褥，瓦西尔的背包，以及一根烛火摇曳的蜡烛。

瓦西尔会责怪她浪费蜡烛的。对于一个灵息总量价值连城的人来说，他有点太节俭了。

她继续踱着步子。她知道她应该去睡觉才对。瓦西尔能照顾好自己。在这座城市里，没法照顾自己的人似乎就只有薇雯娜了。

而且他说过，这次的目的只是侦察，很快就会回来。虽然他是个独来独往的人，但他似乎也理解她想要出力的意愿，因此他总是会让她知道自己去了哪儿，又会在何时回来。

她没有过熬夜等候登斯回来的经验，而她跟瓦西尔合作的时间，也只有和那些佣兵相处时间的几分之一。她干吗这么担心？

虽然她曾经觉得自己是登斯的朋友，却并没有真的关心他。他风趣又有魅力，但又显得冷漠。至于瓦西尔……好吧，他就是他。他很诚实，也不戴假面具。她只遇到过一个和他相似的人：她的妹妹，怀上了神王孩子的那一个。

色彩之神啊！薇雯娜想着，继续踱着步子。事情怎么会演变成现在这样？

塞芮惊醒过来。她的房间外面有人在叫喊。她迅速爬起身,走到门边,把耳朵贴了上去。她能听到打斗的声音。如果她想逃跑,现在或许正是时候。她推了推门,指望有人出于某种理由打开了门锁。但它仍然锁着。

她咒骂了一声。她早先就听到了打斗声——还有尖叫声,以及垂死的惨叫。现在又来了。或许是有人想来救我?她期待地想着。**但会是谁呢?**

门突然摇晃起来,然后打开,吓得她向后一跃。神王的大祭司特雷勒迪斯站在门口。"快点,孩子,"他说着,朝她招了招手,"你必须跟我来。"

塞芮绝望地寻找着逃跑的路。她向后退去,而他轻声咒骂了一句,挥手示意。几个身穿城市守卫制服的士兵冲进门来,抓住了她。她开始高声呼救。

"安静点,你这傻瓜!"特雷勒迪斯说,"我们就是在救你。"

他的谎言在她耳中空洞地回响,而她在拉着自己离开房间的士兵手中奋力挣扎。在门外,地板上躺着许多具尸体,有些穿着守卫的制服,另一些身着没有特征的铠甲,还有些死尸的皮肤是灰色的。

她听到打斗声从走廊前方传来,而她朝着那个方向尖叫起来,直到士兵们粗鲁地将她拖走。

他们叫他"老查普斯"。"他们"指的是那些愿意称呼他的人。

他坐在自己的小船里,在海湾黑色的水面上缓缓行进。夜间捕鱼。白天在特泰利尔的水域捕鱼是要付钱的。好吧,从严格意义上来说,晚上也一样是要付钱的。

但这就是晚上的好处:没人看得见你。老查普斯窃笑着,将渔网从小船的侧面洒了出去。海水一如既往地哗啦、哗啦、哗啦地拍打着船身。黑暗。他喜欢黑暗。哗啦、哗啦、哗啦。

他时不时地能接到更好的活儿。从城市里的贫民窟巨头那里接收尸体,把石头装进麻袋,绑在尸体的脚上,然后丢进海湾。这儿的海底恐怕有好几百具死尸,他们的双脚被石头固定在海床上,随着洋流摇曳不定。一群在跳舞的骷髅。跳啊,跳啊,跳啊。

今晚没有死尸。太可惜了。这就意味着要捕鱼。不需要付关税的免费鱼儿。免费的鱼儿就是好鱼儿。

不……有个声音在对他说。*稍微再靠右一点儿。*

大海有时候会对他说话。用各种各样的方式哄骗他。他快活地照着指示的方向前进。他几乎每晚都会出海。大海应该很了解他了。

很好。丢下网子。

他照做了。这里的海湾算不上太深。他可以用船尾拖着网子,让加重过的渔网边缘掠过海底,将前往浅水觅食的小鱼一网打尽。这些鱼儿不算太好,但天色看起来太危险了,不适合驶入深海。有风暴正在酝酿吗?

他的网子碰到了什么东西。他咕哝一声,用力一拉。有时候,渔网会捕到残骸或者珊瑚。那东西很重。太重了。他将渔网拉过船舷,然后打开提灯上的遮罩,冒险露出一点点灯光。

缠在渔网里,躺在他的船底的,是一把剑。一把黑色握柄、银色剑鞘的剑。

哗啦、哗啦、哗啦。

噢,非常好,那个声音清晰了不少。*我恨水。下面又湿又冷。*

老查普斯目瞪口呆地伸出手去,拿起了那把武器。它很沉。

我想你该不会打算去摧毁一些邪恶吧? 那个声音说。*说实话,我也不太确定那到底是什么意思。我就把判断的权力交给你吧。*

老查普斯笑了。

噢，好吧，那把剑说。你就多欣赏我一会儿吧。但在那之后，我们就真得回到岸边去了。

瓦西尔苏醒过来，全身无力。

他的手腕被绳子绑住，而绳索的另一头系在这间石室的天花板上的挂钩上。他发现，捆住他的这条绳索，正是他先前用来捆住女佣的那一条。绳子的色彩被完全抽干了。

事实上，他周围的所有东西都是灰色。他的衣服被剥了个精光，只剩下白色的底裤。他呻吟起来，手臂因为被吊起的别扭姿势而麻木。

没有人塞住他的嘴，但他的灵息已经空了——他把最后一点用在了那场搏斗中，唤醒了某个对手的斗篷。他呻吟起来。

角落里亮起了一盏提灯，有个身影站在提灯旁边。"这么说我们都回来了。"登斯轻声道。

瓦西尔没有答话。

"阿斯提尔的那笔账我还没跟你算呢，"登斯轻声道，"我想知道你是怎么杀死他的。"

"在决斗中。"瓦西尔用沙哑的嗓音回答。

"你不是在决斗中打败他的，瓦西尔，"登斯说着，走上前去，"我很清楚。"

"那也许我是悄悄靠近，从背后给了他一剑，"瓦西尔说，"他罪有应得。"

登斯反手给了他一耳光，让他悬挂在钩子上的身体摇晃起来。"阿斯提尔是个好人！"

"曾经是，"瓦西尔尝到了血的味道，"我们曾经都是好人，登斯。曾经。"

登斯沉默下来。"你知道你这场小小的冒险会让你曾经的努力化为泡影吧?"

"好过去当佣兵,"瓦西尔说,"好过有奶就是娘。"

"是你把我变成了这副样子。"登斯轻声说。

"那个女孩信任过你。薇雯娜。"

登斯转过身去,双眼被黑暗笼罩,提灯的光芒照不到他的脸。"这不奇怪。"

"她曾经很欣赏你。然后你就杀死了她的朋友。"

"事情有点失控了。"

"你一向如此。"瓦西尔说。

登斯扬起一边眉毛,在暗淡的光线里,他露出了笑容。"瓦西尔,你说我总是失控?我吗?我上次发动战争是在什么时候?我上次屠杀上万人是在什么时候?你才是背叛了自己最亲密的朋友,又杀死了所爱的那个人。"

瓦西尔没有回答。他能反驳什么呢?说莎萨拉必须死?她光是把用一口灵息制造无命者的指令透露出去,就已经够糟的了。如果制造唤醒钢制物体——就像夜血那样——的技术应用在了不息战争里,又会发生什么?不死的怪物手持渴望鲜血的唤醒钢剑,去屠杀活人?

对于看到自己妹妹被瓦西尔亲手杀死的这个男人来说,这些都不重要。除此之外,瓦西尔知道自己也没什么信誉可言。他也创造出了参与那场战争的怪物。不是夜血那样的唤醒钢铁,但本身也足够致命了。

"我会让汤克·法来处置你,"登斯说着,再次转过身去,"他喜欢伤害东西。这是他的缺点之一。我们都有缺点。在我的引导下,他把伤害的对象局限在了动物身上。"

登斯转身看着他,举起手里的匕首。"我一直很想知道,制造痛苦为何会让他如此愉悦。"

黎明即将到来。薇雯娜掀开毛毯,无法入睡。她满心挫败地穿着衣服,但她自己也不清楚这么做的理由。瓦西尔多半没出什么事。他很可能正在别处纵酒狂欢呢。

没错,她露出讽刺的笑容,纵酒狂欢。听起来正是他的作风。

他从来没有彻夜不归过。有哪里不对劲。她系上腰带,放慢了穿衣的速度,看向瓦西尔的背包和他装在里面的换洗衣物。自从离开伊德里斯以后,我所做的每一件事都悲惨地失败了,她想着,继续穿着衣服。作为革命者的失败,作为乞丐的失败,作为姐姐的失败。我该做什么呢?去找他吗?我都不知道该从哪里开始找。

她把目光从背包那边移开。失败。在伊德里斯的时候,她并没有多少失败的体验。她在那儿做什么都能成功。

或许这就是一切的理由,她想着,坐了下来。我对霍兰德伦的憎恨。我对于救出塞芮,对于取代她的坚持。父亲选择塞芮而不是她的时候,她有生以来第一次觉得自己不够优秀。于是她来到了特泰利尔,决心证明问题不是出在她身上而是出在另一个人身上。是谁都行。只要薇雯娜自己毫无缺陷就好。

但霍兰德伦却一再证明她是有缺陷的。在如此频繁的尝试与失败之后,她发现自己很难有所行动。如果选择了行动,她也许就会失败——这一点令她畏惧,以至于无所事事都显得更加可取。

这是薇雯娜人生中最大的傲慢。她垂下头来。这是点缀她的王族长发的最后一片虚饰。

你想要成为有能力的人?她心想。你想要掌控身边的一切,而不是被它左右?那就该学会应对失败。

这话听起来很可怕,但她知道这是事实。她站起身,朝瓦西尔的背包走去。她拿出一件皱巴巴的外套衬衫,还有一双绑腿。袖口和裤脚处都悬挂着流苏。

薇雯娜一一穿上它们,然后是瓦西尔的备用斗篷。它散发着他的气味,而且剪裁成——就像另一件斗篷那样——与人类近似的形状。她明白了他的衣服总是显得破破烂烂的原因之一。

她抽出几块色彩鲜艳的手帕。"保护我。"她向那件斗篷下令,同时想象它抓住袭击者的情景。然后她把一只手放在衬衫的袖子上。

"听吾召唤,"她给出了指令,"成为吾之指,并握住吾必须紧握之物。"她只听瓦西尔说过这条指令几次,而她还是不确定该如何想象自己要让这件衬衫做的事。于是她想象着流苏裹住她的双手,就像瓦西尔的衬衣曾经做过的那样。

她唤醒了绑腿,命令它们赋予她的双腿以力量。裤脚的流苏开始扭动,而她轮流抬起两只脚,让流苏缠住自己的脚底。她的站姿平稳了些,绑腿也更加紧贴她的皮肤。

最后,她系上了瓦西尔给她的那把剑。她还是不懂得如何使用,但她已经学会了正确的握剑姿势。她觉得带上它是正确的。

然后她便离开了。

光歌几乎从没见过女神哭泣。

"不应该是这样的,"织晕说着,浑然不顾顺着脸颊流淌的眼泪,"事情原本都在我的掌控之中。"

神王宫殿下方的地牢是个狭窄的房间。许多笼子——就像用来囚禁野兽的那种——排列在两侧的墙壁边。笼子大到能容下神灵。光歌也不确定这是不是巧合。

织晕吸了吸鼻子。"我以为有神王的祭司支持我。我以为我们是合作关系。"

有什么地方不对劲，光歌想着，瞥了眼正在房间另一边不安地交谈着的那群祭司。莱瑞玛坐在自己的笼子里——就是光歌旁边那个——低垂着头。

光歌回过头，看着织晕。"多久了？"他问，"你跟他们合作多久了？"

"从一开始，"织晕说，"他们希望我弄到指令暗语。这个计划是我们一起想出来的！"

"他们为什么要对付你？"

她摇摇头，垂下目光。"他们声称我没有尽到本分。说我对他们有所隐瞒。"

"那你隐瞒了吗？"

她转过头去，双眼含泪。她坐在牢笼里，看起来非常怪异。一个拥有神灵体格的美丽女子，穿着精美的丝绸睡袍，坐在地上，被铁栅杆包围其中。而且在哭泣。

我们必须离开这儿，光歌心想。他不顾大腿传来的痛楚，爬到将他和莱瑞玛的笼子隔开的铁栅边。"瞎转悠，"他嘶声道，"瞎转悠！"

莱瑞玛抬起头来。他面容憔悴。

"用来撬锁的那东西叫什么？"光歌问。

莱瑞玛眨了眨眼。"什么？"

"撬锁，"光歌说着，指了指，"也许只要摆出正确的姿势，我就会发现该怎么使用它。我还是没明白自己的剑技为何如此差劲。但这件事我肯定是能办到的，只要我能想起该用什么来撬锁就好。"

莱瑞玛盯着他。

"也许我——"光歌开口道。

"你有什么毛病？"莱瑞玛低声道。

光歌愣住了。

"你有什么毛病！"莱瑞玛大吼着，站起身来，"你是个会计，光歌，只是个该死的会计。不是士兵，不是侦探，也不是窃贼。你只是个本地放债人的会计！"

什么？光歌心想。

"当时的你就跟现在一样蠢！"莱瑞玛喊道，"你从来都不会思考自己要做什么，而是直接去做！你为什么不能偶尔停下来思考一下，正在做的事是不是愚蠢透顶？我会给你提示的！答案通常都是肯定的！"

光歌踉跄着从铁栅边爬起，震惊莫名：莱瑞玛。莱瑞玛在大吼大叫。

"而且每一次，"莱瑞玛说着，转过身去，"我都会因为你惹上麻烦。什么都没改变。你成了神，而我还是进了牢房！"

笨重的大祭司无力地坐了下来，大口喘息着，摇头的动作带着显而易见的沮丧。织晕凝视着他们。那些祭司也一样。

我到底觉得他们的什么地方很奇怪？光歌想着，努力理清他的想法和情绪，这时那群祭司走了过来。

"光歌，"其中一个人说着，在他的笼子旁边俯下身来，"我们需要你的指令暗语。"

他嗤之以鼻。"很抱歉，我已经忘记了。你大概也听过我愚蠢的名声。我是说，什么样的傻瓜会冲到这儿，还让自己轻易被俘？"

他对他们笑了笑。

笼子旁边的祭司叹了口气，然后朝着其他人挥了挥手。他们打开织晕的笼门，把她拖了出来。她叫喊挣扎，而光歌为她给他们添的麻烦露出微笑。但祭司总共有六个，他们最后成功把她拖了出来。

然后祭司之一掏出一把刀子，割开了她的喉咙。

那一刻的震惊如同一股实实在在的力量，击中了光歌——他身体僵硬,瞪大双眼,惊恐地看着鲜血从织晕喉咙的前方流出,染红了她漂亮的睡袍。

更令人惊恐的是她眼里的恐慌。那双如此美丽的眼睛。

"不!"光歌尖叫起来,猛地扑向铁栅栏,徒劳地朝她伸出手去。他绷紧神灵的肌肉,紧贴着钢铁,就连身体都开始颤抖。但这是没用的。就算是完美的身躯也无法推开钢铁。

"你们这些杂种!"他大吼道,"你们这些色彩诅咒的杂种!"他用一只手奋力敲打着铁栅栏,而织晕的双眼逐渐黯淡下去。

然后她的生物染色灵息开始消褪。就像篝火缩小成了烛焰。然后熄灭了。

"不……"光歌说着,麻木地跪坐在地上。

那祭司打量着他。"这么说你真的在乎她,"他说,"很抱歉,但我们只能这么做。"他单膝跪下,面色严肃。"可是,光歌,我们决定杀死她,是为了让你明白我们是认真的。我清楚你的名声,而且我知道你待人处事总是漫不经心。现在你肯定也明白事态有多危险了。我们已经证明自己是认真的。如果你不照我们说的做,其他人就会死去。"

"杂种……"光歌低声说。

"我需要你的指令暗语,"那祭司说,"这很重要。比你所能理解的更重要。"

"你们大可以来拷问我。"光歌恨恨地说着,感觉到愤怒慢慢压倒了自己的震惊。

"不,"那祭司说着,摇了摇头,"我们在这方面是新手。我们不怎么了解拷问的方法,而且要用这种方法迫使你开口,会耗费太多的时间。那些善于拷问的人眼下又不怎么配合。所以工作没完成之前,千万别把酬劳付给佣兵。"

那祭司摆了摆手,另外几人把织晕的尸体丢到地上。然后他们朝莱瑞玛的笼子走去。

"不!"光歌尖叫道。

"我们是认真的,光歌,"那人说,"非常、非常认真。我们知道你有多在乎你的大祭司。你现在应该明白,如果你不照我们说的去做,我们就会杀了他。"

"为什么?"光歌说,"这究竟有什么意义?你们侍奉的神王完全可以命令我们调动部队!我们会听他的话。你们干吗这么在乎指令暗语?"

祭司们把莱瑞玛拽出了笼子,然后让他跪了下来。其中之一将匕首放到他的喉咙边上。

"红猎豹!"光歌大喊着,哭泣起来,"这就是指令暗语。拜托。别伤害他。"

祭司们彼此点点头,然后把莱瑞玛押回牢笼里。他们把织晕的尸体留在地上,让她的脸埋在血泊之中。

"希望你没有对我们撒谎,光歌,"那个为首的祭司说,"我们可不是在玩游戏。如果我们发现你依旧是闹着玩,结果会非常不幸。"他摇摇头。"我们并不残忍。但我们在为某个非常重要的目标努力。不要考验我们的耐心。"

说完,他便离开了。光歌几乎没有发觉。他仍旧盯着织晕,试图让自己相信这只是幻象,又或者她是假装的,又或者接下来会发生什么,让他意识到这一切只是个精心设计的骗局。

"拜托,"他轻声说,"拜托,不要……"

第五十四章

"塔夫特，最近街上有什么消息？"薇雯娜说着，走到一个乞丐身旁。

他哼了一声，朝着晨光中为数不多的路人举起杯子。塔夫特向来是早上最先上工的乞丐之一。"这关我什么事？"他说。

"得了吧，"薇雯娜说，"你从我手里抢走这位置足有三次了。我想这是你欠我的。"

"我不欠谁。"他说着，朝着过路人眯起他的独眼。另一只眼睛只是个空无一物的窟窿。他没戴眼罩。"尤其不欠你，"他说，"你从头到尾都只是个摆设。不是真正的乞丐。"

"我……"薇雯娜顿了顿，"我不是摆设，塔夫特。我只是觉得自己应该体验一下。"

"啥？"

"体验你们的生活，"她说，"我觉得你们的日子并不轻松。但在亲身体验之前，我不可能知道——没法真正弄清楚。于是我那时才会来到街头。决定在这里暂住一段时间。"

"你干了件蠢事。"

"不，"她说，"愚蠢的是那些经过这里，却完全没想过你们的生活是什么样子的人。或许如果他们知道了，就会慷慨解囊了。"

她把手伸进口袋，抽出一条色彩鲜艳的手帕。她把它放进杯子里。"我身上没钱，但我知道你可以把这东西卖掉。"

他瞥了一眼，然后咕哝了一声。"你说街上的消息是指什么？"

"骚乱,"薇雯娜说,"那些不寻常的事。或许跟唤醒者有关。"

"去第三码头的贫民窟吧,"塔夫特说,"在码头边上的那些屋子附近找找看。或许你会找到你要找的东西。"

光线从窗户渗透进来。

已经是早上了?瓦西尔心想。他垂着头,仍旧被悬吊在空中。

他清楚拷打是个什么样子,他对此并不陌生。他知道该如何尖叫,如何让拷问者获得满足感。他知道不要过度抵抗,以免耗尽力量。

他也知道这些恐怕都没什么意义。经过了一个星期的拷打以后,他会变成什么样子?鲜血顺着他的袖口滴落,染红了他的底裤。他的皮肤上有十几个地方传来痛楚:那是洒上了柠檬汁的伤口。

登斯站在那里,背对着瓦西尔,他周围的地上是许多把染血的刀子。

瓦西尔抬起头,挤出一个笑容。"没有你想象的那么有趣,是吧,登斯?"

登斯没有转身。

就算过了那么多年,瓦西尔心想。**他内心深处仍然天良未泯。**

他只是被打垮了。被打得鲜血淋漓,受了比我当时还重的伤。

"就算折磨我,也不能让她复活。"瓦西尔说。

登斯转过身,目光阴沉。"是啊。的确不能。"他又捡起一把刀子。

祭司们推着塞芮穿过宫殿的走廊。他们时不时地经过深黑色地板上的尸体,而她能听到好几个地方传来打斗声。

发生了什么事?有人正在袭击这座宫殿。但究竟是谁呢?有那么一会儿，她希望那些是她的同胞——她父亲的士兵来救她了。但她很快否定了这个念头。和祭司们敌对的那些人用的是无命者士兵，那么伊德里斯人的可能性也就排除在外了。

是别的什么人。第三股势力。而且他们想要把她救出那些祭司的魔掌。他们有可能已经听见了她的呼救声。特雷勒迪斯和他的手下们领着她迅速穿过宫殿，匆匆经过色彩鲜艳的内室，前往他们的目的地。

塞芮衣裙的白色袖口突然浮现出色彩。他们走进最后那个房间的时候，她期待地抬起头。神王就站在房间里，一群祭司和士兵围绕着他。

"苏斯布隆！"她说着，在抓住她的那些人手里奋力挣扎。

他朝她迈出一步，但有个守卫攥住他的胳膊，把他拉了回去。*他们在碰他，*塞芮心想。*表面上的尊重已经荡然无存了。现在没必要伪装了。*

神王低头看着自己的手臂，皱起眉头。他试图挣脱，但另一个士兵却走上前来，帮忙制住了他。苏斯布隆看着那个人，又看看塞芮，露出困惑的表情。

"我也不明白。"她说。

特雷勒迪斯走进房间。"赞美色彩，"他说，"你们总算来了。快，我们该走了。这地方不安全。"

"特雷勒迪斯，"塞芮说着，转过头，怒视着他，"发生了什么事？"

他没理睬她。

"我可是*王后*，"塞芮说，"你必须回答我的问题！"

他居然真的停下了脚步，这让她吃了一惊。他转过身，一脸恼火。"一群无命者袭击了宫殿，容器大人。他们企图接近神王。"

"这些我也看得出来，祭司，"塞芮厉声道，"他们是什么人？"

"我们也不清楚。"特雷勒迪斯说着,转过身去。与此同时,房间外面传来一声依稀的尖叫。打斗声随后传来。

特雷勒迪斯朝声音传来的方向瞥了一眼。"我们该走了。"他对祭司之一说。房间里大约有十来个祭司,以及五六个士兵。"这座宫殿有太多的房门和走廊了。他们可以轻易包围我们。"

"从后门出去?"另一个祭司说。

"如果我们能赶到那边的话,"特雷勒迪斯答道,"我要求的那队援军在哪儿?"

"他们不会来了,阁下。"另一个声音说。塞芮转过头去,看到面容憔悴的蓝手指和两个受伤的士兵走进房门。"敌人占据了宫殿的东翼,正朝着这边推进。"

特雷勒迪斯咒骂了一句。

"我们必须把神王陛下送去安全的地方!"蓝手指说。

"这我清楚得很!"特雷勒迪斯吼道。

"如果东翼已经失陷了,"另一个祭司说,"我们就没法从那边逃脱了。"

塞芮无助地看着这一幕,努力吸引蓝手指的注意力。他对上她的目光,然后悄悄点头,面露微笑。"阁下,"蓝手指说,"我们可以从隧道逃走。"

打斗声越来越近了。在塞芮听来,他们的这个房间几乎被搏斗声包围了。

"也许吧。"特雷勒迪斯说。他的祭司之一冲到门边,向外窥视。跟着蓝手指进门的那些士兵靠着墙壁,血流不止。其中一个看起来已经停止了呼吸。

"我们该走了。"蓝手指急切地说。

特雷勒迪斯沉默不语。然后他走到一名死去的士兵身边,捡起那人的剑。"很好,"他说,"吉德伦,带上一半的士兵跟蓝手指走。

把神王陛下带去安全的地方。"他看着蓝手指。"能办到的话,就到码头那边去吧。"

"好的,阁下。"蓝手指说着,露出释然的表情。祭司们放开了神王,而他跑到塞芮身边,将她抱进怀里。她也紧张地搂住了他,努力理清自己此时的情绪。

蓝手指。跟他离开合情合理——他的眼神暗示他有救出她和神王、让他们摆脱祭司们的计划。可是……她总觉得有什么地方不对劲。

祭司之一选出了三名士兵,然后走到房间的另一端,窥探着外面的情况。他们朝塞芮和神王招了招手。另外几个祭司来到特雷勒迪斯身边,从死去的守卫身边拿起武器,神情冷酷。

蓝手指拉住塞芮的胳膊。"来吧,王后陛下,"他小声说,"我先前向你承诺过。我会让你摆脱这场混乱的。"

"那这些祭司呢?"她问。

特雷勒迪斯瞥了她一眼。"蠢姑娘。快走!那些暴徒正朝这边赶过来。我们留下做饵,把他们引去另一个方向。他们肯定觉得我们知道神王的下落。"他身边那些祭司的表情已经不抱期望了。如果——一旦被敌人追上,他们就会遭到屠杀。

"走吧!"蓝手指嘶声道。

苏斯布隆看着她,面露惊恐。她让蓝手指拖着她和神王缓缓地走到旁边,在那里,一群身着棕色的仆人加入了那名祭司和三个士兵的阵容。她的脑海里有个声音在低语。那是……光歌跟她说过的某段话。

在做好攻击准备之前,不要打草惊蛇,他是这么说的。*正确的做法是出奇制胜。别显得太无害——无辜者最容易受人怀疑。诀窍在于保持普通。*

普通。

这是个好建议。像这样的建议,别人多半也听过。而且能够理解。她瞥了眼走到她身边,催促她前进的蓝手指。他像以往那样神情紧张。

这场搏斗,她心想。好几队人马曾为了掌控我的房间而争斗。其中一队是那些祭司的手下。第二队——带着无命者的那些人——效命于另一个人。那是神秘的第三方势力。

特泰利尔的某人一直在将王国推向战争。但谁又能从这种灾祸中获益呢?霍兰德伦会耗费庞大的资源来肃清叛党,打一场胜仗——但会付出惨痛的代价。这说不通。

如果霍兰德伦和伊德里斯开战,获利最多的会是谁呢?

"等等!"塞芮说着,停下了脚步。突然间,一切都不言自明了。

"容器大人?"蓝手指问。苏斯布隆用一只手按在他的肩头,困惑地看着她。如果那些祭司打算杀死苏斯布隆,现在又何必牺牲自己呢?如果他们最关心的并非神王的安全,那他们干吗不直接放我们离开,让我们自己逃跑呢?

她看着蓝手指的双眼,看到他比之前更紧张了。他脸色苍白,而她明白了。"那种感觉是怎样的,蓝手指?"她说,"你是帕恩凯尔人,可每个人都认定你们是霍兰德伦人。最先来到这块土地的是帕恩凯尔人,但它随后却被人夺走了。现在你们只是一个行省,是你们的征服者的王国的一部分。"

"你们想要自由,但你的同胞却没有自己的军队。所以你们才会在这儿。无法战斗。无法让自己得到自由。被看做二等国民。然而,如果压迫你们的王国卷入战争,你们也许就会有可乘之机。摆脱桎梏的机会……"

他对上她的双眼,然后飞快地逃出了房间。

"看在色彩的分上,这是怎么回事?"特雷勒迪斯说。

塞芮没理睬他,而是抬起头,看向神王的脸。"你由始至终都是对的，"她说，"我们应该信任你的祭司。"

"容器大人？"特雷勒迪斯说着，大步走了过来。

"我们不能从那边走，"塞芮说，"蓝手指打算把我们引入陷阱。"

大祭司张嘴想要答话，但她严厉地看向他的双眼，头发转为代表愤怒的深红色。蓝手指背叛了她——她以为能够信任、能够帮助他们的人，背叛了她。

"那我们就往正门去，"特雷勒迪斯说着，审视着这群由祭司和负伤士兵组成的乌合之众，"然后杀出一条血路。"

薇雯娜轻松地找到了那个乞丐提到的地点。尽管为时尚早，那栋屋子——一座贫民窟的出租屋——的周围却满是看客。人们小声谈论着灵魂、死亡与来自大海的幽灵。薇雯娜在人群周围停下脚步，试图看清吸引了他们注意力的那样东西。

码头位于她的左方，刺鼻的海水咸味飘来。码头贫民窟——也就是许多码头工人居住和喝酒的地方——是挤在仓库和船坞之间的一小片建筑群。瓦西尔为什么会来这儿？他原先的打算是去探访诸神宫廷。根据她打听到的消息，人群聚集的这栋屋子里发生了一场谋杀。人们低声说着鬼魂和卡拉德的幽灵，但薇雯娜却只是摇摇头。这不是她要找的东西。她必须——

*薇雯娜？*那个声音很微弱，但她勉强听到了。而且认了出来。

"夜血？"她小声说。

薇雯娜。带我走。

她颤抖起来，很想转身逃跑——光是想到那把剑，她都会反胃。但瓦西尔离开的时候带上了夜血。不管怎么说，她都找对了地方。那些看客提到了谋杀。被杀的人是瓦西尔吗？

恐惧袭上心头，她挤过人群，对那些抗议的声音充耳不闻。薇雯娜爬上阶梯，穿过一扇又一扇门。在匆忙之中，她差点看漏了底下有黑暗冒出的那扇门。她僵立在原地。然后，她深吸一口气，推开门，走了进去。

房间里乱糟糟的，地板上满是垃圾，家具破旧不堪，仿佛随时都会散架。地板上躺着四具尸体。夜血插在其中一人的胸口里，那是个侧身倒地、脸部干瘪的老人，死气沉沉的双眼瞪得浑圆。

薇雯娜！夜血快活地说。你找到我了。我好激动。我本想让他们带我去诸神宫廷，但结果不太理想。他把我拔出来了一点儿。太好了，对吧？

她跪倒在地，反胃感袭来。

薇雯娜？夜血问。我做得很好，对吧？瓦拉特雷勒迪斯把我丢进了海里，但我回来了。我相当满意。你应该说我做得很好。

她没有回答。

噢，夜血说。另外，瓦西尔应该受伤了。我们得去找他。

她抬起头。"去哪儿？"她说着，不太确定这把剑能否听到她的话。

神王的宫殿，夜血说。他去救你妹妹了。我想他喜欢你，虽然他不承认。他说你很烦人。

薇雯娜眨了眨眼。"塞芮？你们去找塞芮了？"

对，但瓦拉特雷勒迪斯阻止了我们。

"那是谁？"她说着，皱起眉头。

你叫他登斯，他是莎萨拉的哥哥。不知道她是不是也来了。我也不明白他为什么要把我扔进水里。我还以为他喜欢我呢。

"瓦西尔……"她说着，爬起身来，那把剑让她头晕眼花。瓦西尔被登斯抓住了。她发起抖来，想起了登斯提起瓦西尔的时候，语气里的愤怒。她咬紧牙关，抓起那张简陋的床上的脏毛毯，裹住了夜血，避免直接碰到他。

噢,夜血说。你不需要那么做。那个老头儿把我捞出水来以后,我就让他把我擦干净了。

她没理睬夜血。拿起这捆东西的时候,她微微有些反胃。然后她转身离开,朝着诸神宫廷前进。

光歌坐了下来,凝视着前方的石墙。织晕的一滴血流进了石头地板上的裂缝里。

"大人?"莱瑞玛轻声问道。他靠着他们笼子之间的铁栅杆,站起身来。

光歌没有答话。

"大人,抱歉。我不该朝你大吼大叫。"

"神灵的身份有什么好处?"光歌低声说。

沉默。在这个小房间两边的墙壁上,提灯的火光摇曳着。没有人挪走织晕的尸体,但他们的确留下了几个祭司和无命者来看守光歌。他们还用得上他:毕竟他可能在指令暗语的事上说了谎。

他并没有说谎。

"什么?"莱瑞玛终于开口问道。

"有什么好处?"光歌说,"我们不是真正的神。神不会像那样死去。只是一条小小的割伤。还没有我的手掌宽。"

"令人遗憾,"莱瑞玛说,"就算在众神里,她也是个好人。"

"她不是神,"光歌说,"我们全都不是神。那些梦是谎言,是它们让我落到了这步田地。我一直知道真相,但没有人认真听我的话。对于信仰对象说的话,他们应该认真听才对吧?尤其是他告诉你们不要信仰他的时候。"

"我……"莱瑞玛似乎词穷了。

"他们早就应该发现的,"光歌嘶声道,"他们应该看到关于我的真相的！我是个白痴。不是神，只是个会计。只是个获准扮演几年神灵的愚蠢会计罢了。只是个儒夫。"

"您不是儒夫。"莱瑞玛说。

"我没能救她，"光歌说，"我什么都做不了。我只能坐在这儿尖叫。或许如果我更勇敢一点，我就应该跟她联手，掌控无命者大军。但我犹豫了。现在她死了。"

沉默。

"您曾经是个会计，"莱瑞玛对着潮湿的空气轻声道，"也是我所见过的最优秀的人。您曾是我的兄弟。"

光歌抬起头来。

莱瑞玛的目光穿过铁栅，看向挂在朴实的石壁上的一盏摇曳的提灯。"即便在那时，我也是个祭司。我在'诚实者'善风的宫殿里工作过。我见过他为了政治博弈而撒谎的样子。我在那座宫殿里待得越久，我的信仰就越是动摇。"

他沉默了片刻，然后抬起头来。"然后您死去了。为了救我的女儿而死。您在幻景里看到的就是那个女孩，光歌。描述分毫不差。她曾是您最喜欢的侄女，我想现在应该也是。要是您没有……"他摇摇头，"我们发现您死去的时候，我绝望了。我打算辞去祭司的职务。我跪在您的尸体前面，哭泣着。然后，色彩闪耀起来。您抬起头，身体改变了，变得更加魁梧，肌肉也更有力了。

"在那一刻，我知道了。我知道如果像您这样的人——像您这样为了拯救他人而死的人——会被选为回归者，那么虹彩音调就是真实的。那些幻景也是真实的。众神也是真实的。您让我重拾了信仰，史坦尼迈。"

他对上光歌的双眼。"您是神。至少对我来说，您就是神。您有多容易被杀，拥有多少灵息，外貌如何——这些都不重要。重要的只有您是谁，以及您想要做的事。"

第五十五章

"正门那边有情况,阁下,"身上染血的士兵说,"叛乱分子正在那边内讧。我们……我们也许能趁乱逃出去。"

她松了口气。总算有件顺利的事了。

特雷勒迪斯转身看着她。"如果我们能进到城里去,人民就会聚集在他们的神王身边。这么一来,我们应该就安全了。"

"他们从哪弄来的这么多无命者?"塞芮问。

特雷勒迪斯摇摇头。他们正在宫殿前部的一个房间歇脚,心情焦急而忐忑。要突破帕恩凯尔在诸神宫廷的防御工事肯定相当困难。

她抬起头,看着苏斯布隆。他的祭司们对待他的方式就像对待孩子——他们爱他,却明显从没有想过询问他的意见。苏斯布隆站了起来,手按在她的肩头。她看到了他那双眼睛后面的思绪和念头,但周围没有写字的工具,他没法表达给她。

"容器大人,"特雷勒迪斯说着,吸引了她的注意力,"有件事我得告诉您。"

她看着他。

"我还是有些犹豫,"特雷勒迪斯说,"毕竟您不是祭司。但……如果您能活下来,而我们也没有……"

"说吧。"她命令道。

"您没法怀上神王的孩子,"他说,"就像其他回归者那样,他没法生儿育女。我们到现在还不明白,几百年前的首位回归者是如何生下孩子的。事实上……"

"你甚至不认为他生下了孩子,"她说,"你觉得王族血脉是虚构出来的。"这些祭司当然会怀疑传承自首位回归者的王族血脉的记录了,她心想。他们不想承认伊德里斯对王位的继承权。

他涨红了脸。"但人民相信是这么回事。不管怎么说,我们……找到了一个孩子……"

"是啊,"塞芮说,"你们会让那个回归者婴儿成为下一任神王。"

他震惊地看着她。"您知道了?"

"你打算杀了他,不是吗?"她嘶声道,"夺走苏斯布隆的灵息,让他死去!"

"色彩啊,不!"特雷勒迪斯震惊地说,"您……您怎么会这么想?不,我们不会做这种事的!容器大人,神王只需要交出他保管的那部分灵息,注入新的神王,然后就能安度余生了——只要他愿意,想活多久都行。每当有婴儿回归者出现时,我们就会更换神王。在我们看来,那就代表前任神王已经尽了本分,有资格在无须背负重担的情况下度过余生。"

塞芮怀疑地看着他。"这太愚蠢了,特雷勒迪斯。如果神王交出灵息,他就会立刻死去。"

"不,有办法的。"那祭司说。

"这应该是不可能的。"

"并非如此。想想看吧。神王的灵息来源有两个。其一是他与生俱来的神圣灵息——让他成为回归者的那口灵息。其二是作为'赋和的宝藏'给予他的那五万口灵息。只要谨慎使用指令,他就可以像其他唤醒者那样运用这部分灵息。就算没有这些灵息,他也可以作为回归者活下去。其他神灵也能够运用灵息,只要他们在维持生命所需的每周一口灵息以外,还有其余的来源就行。当然了,他们还是会以每周一口的速度消耗这些灵息,但他们可以把灵息储存起来,在必要的时候使用多出来的那些。"

"但你向他们隐瞒了这些。"塞芮说。

"我并不是特意隐瞒的,"祭司说着,转过头去,"只是一直没这个机会。回归神灵干吗要在乎唤醒?他们已经得到所需的一切了。"

"但知识除外,"塞芮说,"你让他们始终如此无知。我真的很吃惊:为了隐藏你宝贵的秘密,你居然没把他们的舌头全部割掉。"

特雷勒迪斯看着她,表情严厉起来。"您又在评判我们了。我们不得不这样,容器大人。他拥有的那份宝藏的力量——五万口灵息的力量——足以摧毁王国。这件武器太过强大,而我们唯一的神圣使命就是保管它,不让任何人使用。一旦卡拉德的大军从流亡之地归来,我们——"

附近的房间传来一个声音。特雷勒迪斯担忧地抬起头,而苏斯布隆放在塞芮肩头的手握得更用力了。

她的目光严肃起来。"特雷勒迪斯,"她说,"你一定得告诉我。要怎么做?苏斯布隆要怎样才能交出灵息?他没法说出指令!"

"我——"

一群无命者撞开他们左边那扇门,打断了特雷勒迪斯的话。特雷勒迪斯高声叫她逃跑,但第二群怪物从另一扇门那边冲了进来。塞芮咒骂了一句,抓住苏斯布隆的手,把他拉向第三扇门。她拉开了门。

蓝手指站在门的那一边。他看着她的双眼,神情冷酷。有个无命者站在他身后。

惊恐涌上塞芮的心头,她后退了几步。打斗声从她身后传来,但她全副心思都放在那个绕过蓝手指,朝她和苏斯布隆走来的无命者身上。神王大吼一声,但没有舌头的他只能发出不成声的怒号。

然后那些祭司赶到了。他们纵身扑向那个无命者,企图击退他,不顾一切地想要保护他们的神王。塞芮在血红色的房间里抱住她的丈夫,看着那些祭司被面无表情的灰脸战士屠杀。祭司们前仆后继，有些拿着武器，有些只是挥舞手臂，绝望地发起攻击。

她看到特雷勒迪斯咬紧牙关，双眼浮现出恐惧，而他冲向前去，试图攻击某个无命者。他像其他人一样死去。他的秘密与生命一同消逝。

那个无命者跨过地上的尸堆。苏斯布隆把塞芮推到自己身后，双臂颤抖。他们退向一面墙壁，面对着那些浴血的怪物。那个无命者终于停下脚步，而蓝手指绕过他们，目光越过苏斯布隆，看向了她。

"现在，容器大人，我想我们总算有点进展了。"

※

"抱歉，小姐，"守卫说着，抬起一只手，"诸神宫廷目前禁止任何人进入。"

薇雯娜咬着牙。"我不能接受这种理由，"她说，"我必须立刻向众母女神汇报！你看不到我有多少灵息吗？我可不是你能随便赶走的人！"

守卫们毫不退让。门口有足足二十来人，任何想要入内的人都被拦下了。薇雯娜转过身去。无论瓦西尔昨晚在里面做了什么，他显然都引起了相当的骚动。人们聚集在宫廷的入口周围，要求着说法，询问是否出了问题。薇雯娜从人群里退了出来，将城门甩在身后。

到边上去，夜血说。*瓦西尔从来不问守卫能不能进去。他每次都会直接进去。*

薇雯娜看着这片高地的边缘。墙壁外侧的周围有一片窄小的岩架。那些守卫的注意力又被人群引开了……

她悄然走到围墙旁边。现在还是清晨，太阳尚未爬到东部的群山之上。墙头也有守卫——她的生命感应能力能察觉到——但他们此时都看着墙外,无法察觉到贴着墙壁的她。她也许有机会溜进去。

她等到一支巡逻队经过,然后唤醒了墙壁上的一块挂毯。"抬起我。"她说着,将抽干了色彩的手帕丢在地上。那块挂毯扭动飘起,裹住了她的身体,上端仍旧贴着墙壁。它就像一条肌肉发达的胳膊,将她举了起来,扭动着将她放在墙头。她扫视周围,然后收回了灵息。在侧面稍远处,有队守卫发现了她。

你在这方面不比瓦西尔强,夜血评论道。你们人类根本就不懂潜入!耶斯提尔会对你很失望的。

她咒骂一声,再次唤醒挂毯,让它把自己放到宫廷内的地面上。她收回灵息,然后在青翠的草坪上奔跑起来。附近几乎没有人,但这反而让她更显眼了。

宫殿,夜血说。往那边去。

她要去的正是那个方向。然而,她带着这把剑越久,就越是明白:它想到什么就会说什么,无论和当前的话题是否相关。它就像是个孩子,说话和提问都毫无顾忌。

有一群没穿制服的人将宫殿前方守得严严实实。他就在里面,夜血说。我能感觉到他。在三楼。他和我去过的地方。

薇雯娜的脑海里浮现出那个房间的画面。她皱起眉头。对于一把邪恶的毁灭性武器来说,她心想,实在太有用了点。

我不邪恶,夜血说,语气中没有戒备,而是单纯的剖析。就像是在提醒她忘记的事。我毁灭邪恶。我想也许我们应该毁灭前面的那些人。他们看起来很邪恶。你应该把我拔出来。

不知为什么,她不觉得这是个好主意。

赶紧,夜血说。

那些守卫在朝她指指点点。她看向身后,发现另一群守卫正飞奔着穿过草坪。奥斯特瑞啊,原谅我吧,她心想。然后,她咬着牙,将夜血——连同毛毯一起——朝宫殿前方的那些守卫掷了出去。

守卫们的动作停止了。他们无一例外地看向从毛毯中滚出的那把剑,银色的剑鞘在草坪上闪闪发光。*好吧,我猜这样也行*,夜血评论道,声音似乎遥远了点儿。

士兵之一拾起了那把剑。薇雯娜从他们身边跑过,士兵们对她视若无睹。他们开始内讧。

不能往这边走,她看着正门,心想。她可不想冒险穿过混战的人群。于是她跑向这座庞大宫殿的侧面。下方的楼层由阶梯状的黑色石料砌成,让这座宫殿给人以金字塔般的印象。高处的那几层更接近传统的要塞,有陡峭的墙壁。那里有几扇窗户。

她抽动手指,让袖子上的流苏收紧又松开。然后她跳了起来,唤醒过的绑腿让她比平时多跳了好几尺高。她向上伸出手,让流苏抓住了那块硕大的黑色石料。流苏就像一尺长的手指那样抓住石头,堪堪稳住了她的身体。薇雯娜费力地爬上了那块石料。

下方传来呼喊声和尖叫声,于是她抽空看了一眼。拿起夜血的那个守卫正在和其他人搏斗,一缕细小的黑烟在他周围盘旋。在她的注视下,他退进了宫殿里,其他人追在他身后。

如此之多的邪恶,夜血说,*就像女人在清扫天花板的蛛网时说的话一样多。*

薇雯娜转过头去,为自己把剑扔给那个人有些内疚。她跳了起来,爬上下一块石料,如此重复了几次,这时在墙头上看到她的那些士兵赶到了。他们穿着城市守卫的服色,有一两个人被卷入了争夺夜血的混战,但大多数人没理睬它。

薇雯娜继续向上。

在她的右方,夜血的声音隐约传来。*第三层的那扇窗。再往上跳两次。他就在里面。*

他的声音微弱下去的同时,薇雯娜抬起头,看向他所指示的那扇窗。她还有两块石头要爬,然后还得设法爬到整层都是垂直墙壁的那扇窗边。那里看起来有些可以充当支撑点的装饰型石雕,但她光是想到要去爬那些东西,就已经头晕眼花。

一支箭撞上她身边的石壁,然后折断,让她吓了一跳。下面有好几个守卫带着弓。

色彩啊! 她想着,奋力爬向下一块石料。她听到身后传来呼啸声,然后缩起身子,感觉自己这次会中箭,但什么也没发生。她爬上那块石头,然后扭过头去。

她能依稀看到自己斗篷的一角卷住了一支箭。她吓了一跳,庆幸自己唤醒了它。斗篷丢下那支箭,然后恢复了原样。

真方便, 她想着,开始攀爬最后一块石头。等她爬到石料上面的时候,手臂已经酸痛难忍了。幸运的是,她唤醒的"手指"攀爬的能力丝毫未减。她深吸一口气,开始攀爬这座黑色要塞上半部分的墙壁,一路上用石雕作为支撑点。

同时她决定,为了自己的理智考虑,她要避免向下看。

光歌凝视着前方。信息太多了。意外的状况也太多了。织晕的遇害,莱瑞玛的自白,神王祭司的背叛,这一切接二连三地发生。

他坐在牢笼里,双臂搂住自己,金红相间的长袍因为在隧道爬行而脏兮兮的。他的大腿被剑刺中的位置传来痛楚,虽然伤口并不深,而且血也几乎止住了。他没有理会那种疼痛。与心里的痛苦相比,它根本微不足道。

祭司们在房间的另一边小声交谈。奇怪的是,当他看向他们的时候,某个地方吸引了他的目光。他的头脑被突然领悟的真相所占据——他终于弄清他们有什么地方不对劲了。他早就该发现的。不对劲的地方是颜色——不是他们的衣服,而是脸的颜色。他们脸的肤色有一点点淡。仅仅一个人的差异很容易忽略。但这么多人在一起，就能看出某种规律了。

普通人是注意不到的。对于感官得到强化的人来说，只要知道该去注意哪里，结果就显而易见。

这些人不是霍兰德伦人。

谁都能穿上长袍，他恍然大悟。这并不代表他们是祭司。事实上，从他们的肤色来判断，这些人肯定是帕恩凯尔人。

然后他醒悟过来——他们全都被耍了。

"蓝手指，"塞芮说，"告诉我。你打算做什么？"

神王宫殿的构造相当复杂，有时连她也会迷路。他们才走下一段楼梯，但现在却在走上另一段楼梯。

蓝手指没有回答。他走路时绞着双手，脸上挂着习惯性的紧张。走廊那边的打斗声似乎越来越小了。事实上，在离开楼梯井以后，他们刚刚踏入的这条走廊里安静得可怕。

塞芮迈步走着，而苏斯布隆紧张地搂着她的腰。她不知道他在想什么——他们每次停下休息的时间都很短，他没机会把想法写下来。他朝她露出宽慰的笑容，但她知道他心里恐怕和她一样害怕。或许比她更加害怕。

"你不能这么做，蓝手指。"塞芮说着，朝着矮小的秃头男人厉声说道。

"这是我们获得自由的唯一方法。"蓝手指没有转身，但最后还是回答了她的话。

"但你不能这么做！"塞芮说，"伊德里斯人是无辜的！"

蓝手指摇摇头。"为了你们的自由，你愿意牺牲掉多少我的同胞？"

"一个也不愿意！"她说。

"如果我们立场颠倒，我希望你也能说出这句话，"他说着，仍旧避开她的目光，"我……对你的痛苦很抱歉。但你的同胞不是无辜的。他们跟霍兰德伦人没什么区别。在不息战争的时候，你们压迫我们，让我们充当工人和奴隶。只是在战争结束的时候，王族逃跑了，伊德里斯和霍兰德伦也分道扬镳了。"

"拜托。"塞芮说。

苏斯布隆突然打了某个无命者一拳。

神王咆哮一声，挣扎着踢向另一个无命者。他们的数量足有几十人。他看着她，挥挥手，示意她逃跑。但她不打算抛下他。她试图抱住蓝手指，但另一个无命者的动作太快了。它紧紧箍住她的胳膊，在她的捶打下纹丝不动。几个穿着苏斯布隆祭司袍的男人从他们前方的楼梯井里走了出来，手里拿着提灯。近看之下，塞芮立刻认出了他们是帕恩凯尔人。他们的个子太矮，肤色又有点偏淡。

我被耍了，她心想。

蓝手指的手段太高明了。他从一开始就为她和那些祭司制造出了嫌隙。她的大部分恐惧和担忧，都来自于他——而祭司们的傲慢则在火上浇油。这位书记官的整个计划都是为了有朝一日能够利用她，好为自己的同胞赢得自由。

"我们拿到光歌的安全暗语了，"那几人中的一个对蓝手指说，"我们确认过了，可以使用。我们已经更换了新暗语。其余的无命者也是我们的了。"

塞芮看向旁边。那个无命者将苏斯布隆拉向了地面。他叫喊起来——虽然听起来更像是呻吟。塞芮用力拉扯，试图摆脱控制她的无命者，前去帮助他。她开始哭泣。

在她的另一边，蓝手指对他的帮凶们点点头，一脸疲惫。"非常好。去下达指令。让无命者朝伊德里斯进军。"

"定不辱命。"那人说着，一只手按在蓝手指的肩头。

蓝手指点点头，神情阴郁地目送其他人离开。

"你有什么可伤心的?"她说着，吐了口唾沫。

蓝手指转身看着她。"现在我的朋友是唯一知道霍兰德伦无命者大军的指令暗语的人。一旦那些无命者动身前往伊德里斯——并奉命摧毁那里的一切——我的朋友们就会服毒自尽。这么一来，就没人能阻止那些怪物了。"

*奥斯特瑞……*塞芮想着，感到头脑麻木了。*色彩之神啊……*

"把神王带到下面去，"蓝手指说着，朝几个无命者摆摆手，"在时机到来前，把他关在那儿。"另一个穿着假祭司袍的帕恩凯尔书记官也加入进去，他们将苏斯布隆拖向楼梯井。塞芮朝他伸出了手。他继续挣扎，同样伸出手来，但那些无命者太强壮了。她听到他不成声的呼喊在楼梯井里回荡。

"你们想对他做什么?"塞芮说着，脸颊上的泪水已然冰冷。

蓝手指瞥了她一眼，但仍旧没有与她对视。"霍兰德伦的统治阶层里会有很多人把这次无命者的进攻视为政治错误，他们会试图阻止战争。除非霍兰德伦人真的想要打这场仗，否则我们的牺牲就全无意义了。"

"我不明白。"

"我们会带上光歌和织晕——拥有指令暗语的那两位神灵——的尸体，把他们留在无命者兵营里，用我们从城市里找来的伊德里斯人尸体包围他们。然后我们再把神王的尸体留在这座宫殿地牢的显眼位置。那些去调查的人会认定伊德里斯刺客袭击和杀害了他——我们从伊德里斯贫民窟雇来了很多佣兵，所以要人相信这一点应该不难。我那些幸存下来的书记官会为这种说法作证。"

塞芮眨眨眼，赶走眼眶里的泪水。所有人都会认定织晕和光歌是为了替死去的神王复仇，才派出无命者大军的。

听说神王死去的时候，民众也会怒不可遏。

"我真希望你没有卷进这些事里，"蓝手指说着，用手势示意抓住她的无命者把她拖走，"要是你能避免怀孕，我还能轻松一点儿。"

"我没有！"她说。

"那些人觉得你怀孕了，"他们走向楼梯井的时候，他说着，叹了口气，"这就足够了。我们必须毁掉这个统治阶层，也必须让伊德里斯人足够愤怒，想要摧毁霍兰德伦。我想你的同胞在这场战争中的表现会超出所有人的预期，尤其是因为这些进军的无命者无人指挥。你的同胞可以伏击他们，这么一来，这场仗的双方就势均力敌了。"

他看了她一眼。"但为了这场战争能够发挥作用，伊德里斯人必须有战斗的欲望。否则，他们只会逃跑和在高地藏身。不，双方都必须憎恨彼此，将尽可能多的盟友卷入战争，让所有人都无暇他顾……"

要让伊德里斯人燃起战斗的欲望，她惊恐地想着，还有什么方法比杀死我更好呢？双方都会把我所谓的孩子的死视为挑衅。这不会是一场出于利益考量的战斗，而会是一场出于憎恨的漫长拉锯战。这场战争可能会延续数十年。

而且没有人会意识到，我们真正的敌人——这一切的始作俑者——是霍兰德伦南方的那个和平而宁静的行省。

第五十六章

薇雯娜悬挂在窗外，呼吸粗重，汗如雨下。她朝着窗内窥视。登斯在里面，汤克·法也一样。瓦西尔的身体被吊在天花板上。他身上鲜血淋漓，而且没有灵息，但他似乎还活着。

*我能同时制服登斯和汤克·法两个人吗？*她想。她的手臂酸软。她的口袋里有几根可以用来唤醒的绳子。但万一她掷出绳子，却没能命中呢？她见过登斯搏斗的样子，他的身手敏捷到超乎她的想象。她只能利用出其不意的优势。但如果她失手，下场就是死。

我究竟在做什么？她心想。悬挂在这面墙上，打算去挑战两个老练的佣兵？

她最近的经历给了她压下恐惧的力量。他们也许会杀了她，但那样至少能死个痛快。她经历了背叛和好友的死、还有街头那段充斥疾病、饥饿和恐惧，令人发狂的生活。她曾被迫屈服，承认自己背叛了同胞。相比之下，他们会做的事根本算不上什么。

不知为何，这些念头给了她力量。她一面为自己的决心而惊讶，一面悄悄取回了斗篷和绑腿里的灵息。她唤醒了两条绳索，让它们在掷出后抓住目标。她默念了一段给奥斯特瑞的祷文，然后奋力爬过窗户，跳进房间里。

瓦西尔正在呻吟。汤克·法在角落里打着盹儿。登斯握着一把血淋淋的匕首，在她落地的瞬间抬起头来。光是看到他脸上震惊莫名的表情，她就觉得自己经历的一切都值得了。她朝他扔出绳索，将另一条扔向汤克·法，然后迅速穿过房间。

登斯立刻做出反应，用匕首凌空割断了那条绳索。被割成几段的绳索扭动不止，无法再捆住任何东西。然而，她掷向汤克·法的那条绳子却命中了目标。汤克·法大喊一声，惊醒过来，这时绳索已经缠住了他的脸和脖子。

薇雯娜在瓦西尔摇晃的身体旁边停下脚步。登斯拔出剑来：动作快到她目不暇给。她咽了口口水，然后拔出了自己那把剑，按照瓦西尔的教导举在身前。吃惊让登斯的动作停顿了片刻。

这就足够了。她挥剑——但目标并非登斯，而是将瓦西尔吊在天花板上的那根绳索。他摔在地上，咕哝了一声，登斯发起了攻击，决斗剑的剑尖刺穿了她的肩膀。

她倒在地上，惨叫。

登斯向后退去。"好吧，公主，"他谨慎地握住自己的剑，"我没料到你会来。"

汤克·法发出含混不清的声音，而绳索在他脖子上扭动着，让他无法呼吸。他奋力想要将它拉开，却收效甚微。

换作从前，肩膀的痛楚或许会让她放弃抵抗。但经历过街头生活时的那几次殴打以后，她似乎稍微适应了疼痛。她抬起头，对上登斯的目光。

"你这算是营救吗？"登斯问，"因为说实话，我觉得你的表现不怎么样。"

汤克·法在挣扎中踢翻了屁股底下的凳子。登斯瞥了他一眼，然后看回薇雯娜那边。接下来是片刻的沉默，只能听到汤克·法的挣扎声渐渐低了下去。最后，登斯咒骂了一句，跳上前去，砍向他朋友脖子上的绳索。

"你没事吧？"瓦西尔在她身边问。她吃了一惊：尽管他身上到处是血，嗓音却显得坚定有力。

她点点头。

"他们打算把无命者派去你的故乡，"他说，"我们从头到尾都弄错了。我不知道幕后指使者是谁，但我觉得他们就要打赢宫殿里的这场战斗了。"

登斯终于割断了那条绳索。

"你应该逃跑，"瓦西尔说着，双手挣脱了绳索，"回去找你的同胞，告诉他们别跟无命者战斗。他们应该穿过北部关隘，躲藏在高地上。不要战斗，也别把其他王国卷入战斗。"

薇雯娜看向登斯，后者抽着汤克·法的耳光，让他恢复了意识。然后她闭上双眼。"汝息归吾。"她说着，从袖口的流苏上抽回了灵息，加入到她此时拥有的大量灵息里。她伸出手，按在瓦西尔身上。

"薇雯娜……"他说。

"吾命予汝，"她说，"吾息归汝。"

她的世界变得暗淡无光。在她身旁，瓦西尔倒吸一口凉气，随后为她赠予的灵息抽搐起来。登斯站了起来，猛地转过身。

"你来动手，瓦西尔，"薇雯娜低声说，"你在这方面比我强多了。"

"顽固的女人。"瓦西尔说着，压抑住了抽搐。他伸出手，仿佛要把灵息还给她，却在这时注意到了登斯。

登斯笑着抬起了剑。薇雯娜一手按着肩膀止血，同时开始退向窗户——虽然没有了灵息，她也不清楚自己去了那边能做什么。

瓦西尔站起身，将她的剑握在手里。他的身上只有那条及膝长的底裤，气势却不落下风。他缓缓地将先前吊起他的那条绳子缠在腰间，做成以往那样的绳索腰带。

他是怎么做到的？她心想。他的力量是从哪儿来的？

"我应该多给你留几道伤的，"登斯说，"我太从容，太投入了。"

瓦西尔哼了一声，给腰带打了结。登斯似乎在等待——他在期待着什么。

"我一直觉得我们流血的方式很有趣,就像普通人一样,"登斯说,"我们也许更强壮,寿命也长很多,但我们的死法却跟普通人一样。"

"不一样,"瓦西尔说着,抬起了薇雯娜的那把剑,"别人的死法比我们光荣得多,登斯。"

登斯笑了。薇雯娜能看到他眼里的兴奋。他总说瓦西尔不可能在决斗中打败他的朋友阿斯提尔,她心想。他想要跟瓦西尔打一场。他想要向自己证明,瓦西尔不是他的对手。

剑刃挥舞相交。一击之后,薇雯娜就看出双方并非势均力敌。登斯明显更强。或许是因为瓦西尔的伤势。或许是因为她在瓦西尔眼里看到的、不断增长的怒火,让他失去了冷静与自制。又或许他的剑术真的比不上登斯。薇雯娜看着这场搏斗,意识到瓦西尔就要输了。

我做这么多事,不是为了让你死掉的! 她想着,起身想要帮忙。

一只手落在她的肩头,强迫她躺回地上。"这可不行,"耸立在她身前的汤克·法说,"顺带一提,绳子的把戏玩得不错。非常聪明。我也会几招。举个例子好了——你知道绳子能用来烧伤别人的皮肉吧?"他笑了笑,然后俯下身来,"你瞧,只是佣兵的笑话而已。"

他的斗篷略微从肩头滑下,贴在她的脸颊上。

这不可能, 她心想。*从他手里逃脱的时候,我曾经唤醒过他的斗篷,但指令是错误的。他该不会蠢到还穿着那件斗篷吧?*

她露出微笑,转头望去。瓦西尔背对着房间另一头的墙壁,旁边就是窗户,而他大汗淋漓,鲜血滴落到地板上。登斯迫使他再次后退,而瓦西尔踩上墙边的那张桌子,想要占据制高点。

她回过头,看着汤克·法,他的斗篷仍旧碰触着她的脸颊。"汝息归吾。"她说。

她感到一股令人喜悦的灵息涌入身体。

"啊?"汤克·法说。

"没什么,"她说,"只是……攻击并抓住登斯!"

指令下达,想象成形,斗篷开始颤抖。汤克·法的衬衣失去了色彩,而他惊讶地瞪大了眼睛。那件斗篷突然甩向空中,拉着汤克·法跌跌撞撞地退向旁边。

所以我才是公主,而你们只是佣兵,她满足地想着,翻过身来。

汤克·法大叫起来。登斯猛地转过身,也叫喊起来:那个身材魁梧、与灵活无缘的帕恩凯尔人撞上了他,斗篷仍在四下挣扎。

登斯向后退去,和吃惊的瓦西尔撞成了一团。汤克·法发出咕哝。登斯咒骂一声。而瓦西尔被那股冲力带出了窗户。

薇雯娜惊讶地眨起了眼睛——这和她的计划不符。登斯割断斗篷,推开了汤克·法。

房间里一时间鸦雀无声。

"去把我们的无命者小队带来!"登斯说,"快去!"

"你觉得他还活着?"汤克·法问。

"他从三楼窗户掉了出去,一头栽下必死无疑,"登斯说,"他当然还活着了!让那些无命者去正门拖住他!"登斯瞥了眼薇雯娜,"你,公主,带来的麻烦真是远大于你的价值。"

"我经常听到有人这么说。"她说着,叹了口气,抬起沾血的手,再次捂住肩膀。她太累了,以至于感受不到应有的恐惧。

瓦西尔落向下方那块坚硬的石料。他看着窗户急速远去。就差一点,他满心挫败地想。我差点就解决他了!

风声呼啸。他发出沮丧的尖叫,扯下腰间的绳索,而薇雯娜的灵息早已化作他体内活生生的力量。

"抓住物体。"他给出指令，然后甩出绳索，抽走了血染的底裤上的色彩。血迹黯淡发灰，绳索随即缠住了宫殿墙壁上的一块凸出的石头。绳索绷紧，而他沿着乌黑的石墙向侧面奔跑，减缓着下落的速度。

"汝息归吾。"等到冲力减缓以后，他大喊道。绳索松脱，而他也落在下方的第一块石料上。"成为我的腿，赋予其力量！"他命令道，胸口的鲜血褪了色。绳索扭动向下，在他跳起的同时缠住了他的一条腿和一只脚。他单脚踩在下一块石料上，盘卷的绳索——以及它非人的古怪肌肉——承受了下落时的庞大冲力。

单脚跳了四次之后，他落到了地上。一队卫兵站在正门前的一堆尸体中间，露出困惑的表情。瓦西尔飞快地跑上前去，途中从绳索上收回了灵息，无色透明的血液从他的皮肤上甩落。

他抄起一把死去卫兵的剑。站在门前的那些人转过身来，举起了武器。他没时间也没耐心跟他们客套了。他发起攻击，以惊人的效率砍杀着对手。他的剑术比不上登斯，但他从很久很久以前就开始练习了。

不幸的是，他们人数太多了。他恐怕会寡不敌众。瓦西尔咒骂一声，迅速扭转身体，砍倒了另一个人。他弯下腰去，将手用力拍在某个倒地士兵的腰部，同时碰触他的衬衣和长裤，手指缠住他色彩鲜艳的汗衫。

"化身为吾，为吾而战。"他命令道，将那人汗衫上的色彩彻底抽走。瓦西尔转过身，挡住了一把刺来的剑。另一把剑从侧面攻来，然后又是一把。他不可能全部挡下。

一把剑闪现空中，挡住了那把本该命中瓦西尔的武器。死者的衬衣和裤子自行脱离了那具尸体，它们站起身来，握着一把剑。它们发起了攻击，仿佛里面有个隐形人正在操控武器，熟练地进行着格挡和攻击。瓦西尔背对着他的唤醒造物。他找到空隙，又做出了另一只造物，也耗尽了他剩下的灵息。

瓦西尔和他的两套唤醒衣物，他们三"人"配合着进行战斗。守卫们咒骂着，比刚才更警惕了。瓦西尔看着他们，在脑海里盘算着攻击方案。就在那时，一群约莫五十人的无命者迅速绕过转角，朝他冲来。

色彩啊！瓦西尔心想。他愤怒地咆哮一声，砍倒了另一名卫兵。

色彩啊，色彩啊，色彩啊！

你不应该说脏话，他的脑袋里有个声音说。*莎萨拉说过，说脏话是邪恶的。*

瓦西尔转头看向声源。一缕细小的黑烟正从宫殿紧闭的正门下涌出。

*你不感谢一下我吗？*夜血说。*我来救你了。*

他的一套衣服倒下了，某个卫兵灵巧地挥出一剑，斩断了裤腿。瓦西尔向后伸出手，从另一套衣服里抽回灵息，然后将一只裸露的脚趾踩在倒下的那套衣服上，也收回了它身上的灵息。卫兵们谨慎地向后退开：他们很乐意把他交给那些无命者去解决。

趁着这短暂的和平时刻，瓦西尔冲向了宫殿的正门。他用肩膀撞开门扇，在入口处刹住了脚。

一群人倒在地上，早已死去。夜血一如既往地插在某人的胸口，剑柄直指天空。瓦西尔只犹豫了片刻。他能听到那些无命者飞奔的脚步声。

他跑向前去，抓住夜血的剑柄，将它拔了出来，而剑鞘仍旧留在尸体里。剑刃随着挥舞的动作洒出一股黑色的液体。在碰到墙壁或者地板之前，那液体就消散为烟，仿佛烤炉里的水。烟雾扭动起来，有些升向上方，有些像黑色的血液那样落向地板，汇成一股溪流。

摧毁！夜血的声音在他的头脑中轰鸣。必须摧毁邪恶！痛楚窜上瓦西尔的手臂，他感到自己的灵息被吸进那把剑里，为它的饥饿增添燃料。拔出这把武器的代价非常可怕。但在此时此刻，他已经不在乎了。他转向冲来的无命者，然后愤怒地发起了攻击。

他用那把剑击中的每一个无命者，都会在瞬间闪烁光辉，随后化为烟雾。只是轻轻擦过，躯体便会消散无踪，仿佛被看不见的火焰吞噬的纸张，留下的只有空气里的一大块黑斑。瓦西尔在他们之中旋转身躯，愤怒地挥着剑，杀戮着一个又一个无命者。黑烟在他身周翻腾，他的手臂因痛楚而抽搐，叶脉般的卷须顺着剑柄爬上，裹住了他的前臂——就像贴在他皮肤上的黑色血管，消耗着他的灵息。

仅仅几分钟之内，薇雯娜给他的灵息就只剩下了一半。但在这段时间里，他消灭了全部五十个无命者。宫殿外的卫兵们停下脚步，旁观着这场表演。瓦西尔站在翻涌的深黑色烟雾之间。烟雾缓缓飘向空中：那就是他所摧毁的五十个怪物的残存部分。

士兵们四散奔逃。

瓦西尔尖叫一声，冲向房间侧面。他将夜血刺进了一堵墙壁。石块就像血肉那样轻易消融，在他面前蒸发。他冲破正在消散的黑烟，踏入下一个房间。他没有费神去找楼梯。他就这么跳上一张桌子，将夜血刺进了天花板。

那里出现了一个十尺宽的圆形窟窿。雾状的黑烟落在他的周围，就像流下的油彩。他再次唤醒了绳索，然后向上掷出，用它将自己拉到了下一层楼。片刻过后，他故技重施，然后攀上了第三层。

他迅速转身，劈开墙壁，怒吼着冲向登斯。他的手臂传来难以置信的痛楚，而他的灵息也以骇人的速度飞快流失。在耗尽的那一刻，夜血就会杀死他。

一切都模糊起来。他劈开最后一面墙壁，找到了他曾被拷打的那个房间。那里空无一人。

他大吼起来,手臂颤抖着。摧毁……邪恶……夜血在他的脑海中说着,语气中的轻快和亲近荡然无存。它的声音低沉有力,就像指令。那个可怕的非人之物。瓦西尔拿着这把剑越久,它吸干他的灵息的速度就越快。

他喘息着丢开那把剑,跪倒在地。那把剑滑了出去,在地板上撕开一条冒烟的裂口,但最后哐当一声撞上墙壁,停了下来。烟雾从剑身上涌出。

瓦西尔跪在地上,手臂抽搐不止。他皮肤上的黑色血管缓缓蒸发。他剩下的灵息只能勉强达到初阶强化。如果再拖延个几秒钟,夜血就会吸干剩余的部分了。他摇摇头,试图让视野恢复清晰。

有东西落在了他面前的地板上。那是一把决斗剑。瓦西尔抬起头来。

"站起来,"登斯说着,眼神冷酷,"我们要把开了头的那件事做完。"

第五十七章

蓝手指领着塞芮——好几个无命者负责制住她——爬上了这座宫殿的第四层,也是最顶层。他们走进一个即使以霍兰德伦标准都算得上色彩斑斓的房间。那里的无命者守卫为他们让了路,并向蓝手指低头行礼。

蓝手指和他的书记官掌控着这座城市的所有无命者,她心想。但在那之前,这些书记官就掌控着统治阶层和王国的运作。这些霍兰德伦人难道毫无察觉吗?他们将如此卑微却重要的职位交给帕恩凯尔人的时候,就已经注定了自己的灭亡。

"我的同胞不会上当的,"他们把她拉到房间前方的时候,塞芮发觉自己开了口,"他们不会和霍兰德伦人战斗。他们会退到关隘的那一头。去高地的某座山谷,或者某个邻国避难。"

房间的前方是一块黑色的石材,外观就像祭坛。塞芮皱起眉头。在她身后,一群无命者抬着几具祭司的尸体走进了房间。她看到特雷勒迪斯的尸体也在其中。

什么?塞芮心想。

蓝手指转身看向她。"我们会确保他们足够愤怒的,"他说,"相信我吧。等这一切结束以后,公主,伊德里斯和霍兰德伦就会战斗到某一方毁灭为止。"

他们把某个人丢进了光歌旁边的笼子。他心不在焉地抬起疲惫的双眼。又是个回归者。他们这回又抓来了哪个神?

神王,他心想。*有意思。*

他再次垂下目光。这又有什么关系?他辜负了织晕。他辜负了所有人。无命者大军恐怕已经朝着伊德里斯进军了。霍兰德伦和伊德里斯将会开战,而帕恩凯尔人也将一雪前耻。

瓦西尔费力地站起身。他用一只虚弱的手握住决斗剑,看着登斯,使用夜血的后遗症让他颤抖不止。空无一人的黑暗走廊如今在他们周围敞开。瓦西尔摧毁了好几面墙壁。殿顶至今还没坍塌就已经够让人吃惊了。

周围的地板上散落着死尸,那是登斯的手下在占领这座宫殿的搏斗中留下的。

"我可以让你死得痛快点儿,"登斯说着,举起了剑,"只要告诉我实话。你根本不是在决斗中击败阿斯提尔的,对吧?"

瓦西尔举起自己的剑。身上的割伤,手臂的痛楚,数日未眠的疲惫……这一切都在消磨着他的意志。肾上腺素的作用已经到了尽头,就连他身体的承受能力也到了极限。他没有答话。

"随你的便吧。"登斯说着,发起了攻击。

瓦西尔向后退去,被迫展开防守。登斯在剑术方面向来比他高明。瓦西尔更擅长研究,但这给他带来了什么好处?那些发现引发了不息战争,又造就了那支杀人如麻的怪物大军。

他奋力搏斗。考虑到他疲惫的程度,他知道自己的表现已经很好了。但这没什么意义。登斯的剑刺穿了瓦西尔的左肩——那是登斯在初次攻击时最喜欢瞄准的部位。这么一来,他的对手还能带伤继续战斗,并且拖长搏斗的过程,让登斯能够尽兴。

"你根本没打败过阿斯提尔。"登斯轻声道。

"你想在祭坛上杀死我。"塞芮说。她站在这个陌生的房间里,双臂都被无命者制住。在她的周围,另外几个无命者将尸体放到了地板上。祭司的尸体。"这根本没道理,蓝手指。你并不信仰他们的宗教。为什么要做这种事?"

蓝手指站到一旁,手握匕首。她能看到他眼里的惋惜。"蓝手指,"她说着,强迫自己的声音保持平静,头发也维持着黑色,"蓝手指,你没必要做这种事。"

蓝手指终于看向了她。"我都走到这一步了,你真以为我会介意多死一个人吗?"

"你都走到这一步了,"她说,"你真觉得少死一个人会影响你的目的吗?"

他看向祭坛。"是的,"他说,"你知道伊德里斯人关于诸神宫廷的那些流言。你的同胞憎恨又不信任霍兰德伦的祭司:他们时常说起在宫殿深处的黑暗祭坛上实施的杀戮。噢,等你死后,我们会让一群伊德里斯佣兵充当见证人。我们会告诉他们,我们没来得及救你,那些心灵扭曲的祭司已经在某座邪恶的祭坛上杀死了你。我们会把我们为了救你而杀死的那些祭司的尸体给他们看。

"这座城市的伊德里斯人会掀起暴动。他们的神经原本就绷得很紧了——这点多亏了你。这座城市将会陷入混乱,然后会有一场堪比不息战争时期的大屠杀:霍兰德伦人会为了维持秩序而杀戮伊德里斯农夫。幸存下来的伊德里斯人会逃回自己的故乡,把见闻转述给别人。他们会告诉所有人,霍兰德伦人之所以想要王族血统的公主,只是为了向神王献上牺牲品。这种说法夸张而又可笑,但有时候,最无稽的传闻却会让人深信不疑,而那些伊德里斯人会相信的。你很清楚。"

她的确清楚。她从孩提时代就在听类似的故事。霍兰德伦对她的同胞来说很遥远：它怪异而又恐怖。塞芮奋力挣扎，心里更担忧了。

蓝手指转头看着她。"我真的很抱歉。"

我什么都不是，光歌心想。我为什么救不了她？我为什么保护不了她？

他又哭了起来。奇怪的是，另一个人也在哭。在他旁边那只牢笼里的人。神王。苏斯布隆沮丧地呜咽着，捶打着他那只笼子的铁栅。但他没有说话，也没有指责俘虏了他的那些人。

我真想知道为什么，光歌心想。

几个人走到神王的笼子旁边。帕恩凯尔人，拿着武器。他们神情冷酷。

光歌发觉自己并不在乎。

你是个神。莱瑞玛的话语仍旧在他脑海中反驳。

那位大祭司躺在光歌左边的笼子里，双目紧闭，以免看到周遭的可怕景象。

你是神。至少对我来说，您就是神。

光歌摇摇头。不。我什么都不是！不是神。甚至不是个好人。

你是……对我来说是……

有水洒在他身上。光歌在震惊中摇摇头。头顶远处传来雷鸣。别人似乎都没注意到。

天色越来越暗了。

什么？

他身在一条船上。在黑色的海面上起伏颠簸。光歌伫立在湿滑的甲板上，努力站直身体。一部分的他知道这只是幻象，知道他还在那座牢笼里，但它给人的感觉很真实。太真实了。

波涛翻涌，黑色的天空被前方的闪电撕裂，船身的摇晃让他的脸撞上了某间船舱的舱壁。挂在立柱上的提灯放出摇曳闪烁的光线。与剧烈而愤怒的闪电相比，它的光芒显得如此微弱。

光歌眨了眨眼。他的脸贴着木头墙壁上的某个图案。那是一头红色的猎豹，正在灯光和雨幕中熠熠生辉。

这条船的名字，他回想起来，就是"红猎豹"。

他并不是光歌。或者说那的确是他，只不过是矮胖得多的那个版本的他。那个他习惯了会计的生活。在漫长的工作时间中清点钱币，确认账簿。

挽回损失，这就是他的工作。人们雇佣他，是为了弄清自己有没有受人欺骗，或者对方是否按照合同付了款。他的工作就是在账簿中翻阅，找出难以察觉或者令人困惑的算术陷阱。他的确是个侦探。只是并非他想象的那种侦探。

海浪冲刷着船身。看起来年轻了好几岁的莱瑞玛正在船头高声求助。甲板水手们匆忙赶去。这不是莱瑞玛的船，甚至不是光歌的船。他们借来了这条船，想要体验一场简单而愉快的旅行。航海是莱瑞玛的爱好。

这场风暴来得很突然。光歌摇摇晃晃地站起身，抓住护栏，费力地走向前方。海浪从甲板上席卷而过，水手们奋力阻止着船身翻覆。船帆不复存在，只留下破烂的碎块。他周围的木板在嘎吱声中开裂。黑色、深黑的海水在他右方的海面上翻腾。

莱瑞玛对着光歌大喊，要求他去捆紧木桶。光歌点点头，拿起一条绳索，将其中一端系在吊艇柱上。一道波浪打来，而他脚下打滑，差点越过护栏，摔进海里。

他僵硬地抓紧绳索，看着疯狂而骇人的深邃海水。他摇摇头，用手里的绳索打了个宽大的活结。他的动作非常自然。莱瑞玛已经带他出过很多次海了。

莱瑞玛再次高声求助。随后，突然间，有个年轻女子离开船舱，跑过甲板，抓住绳索，似乎想助他们一臂之力。"塔塔拉！"有个女人的喊声自船舱里传来。她的语气带着惊恐。

光歌抬起了头。他认出了那个女孩。他伸出手，手中依旧握着绳圈。他高喊着要她回船舱里去，但他的声音却被雷霆声盖了过去。

她转过头，看着他。

下一道波浪将她甩进了海里。

莱瑞玛发出绝望的呼喊。光歌震惊地看着这一幕。深邃的黑色抢走了他的侄女。吞没了她。吞噬了她。

如此庞大、如此恐怖的混沌。夜晚风暴中的海洋。他看着那个年轻女子被卷入翻腾的水流，心脏因恐惧而狂跳，再次觉得自己没用透顶。他看到她的金发在水中时隐时现。那抹微弱的色彩正渐渐远离这条船。它很快就会消失不见。

人们咒骂起来。莱瑞玛发出尖叫。有个女人在哭泣。光歌只是看着翻涌的深邃海水，看着交替出现的白色浮沫与黑色海水——可怕、骇人的黑色。

他的手里仍旧握着那条绳索。

他不假思索地跳上护栏，纵身跃入那片黑暗。冰冷的海水包围了他，但他伸出手去，在狂风暴雨中奋力拨开水面。他对游泳只是一知半解。有什么东西从他身边掠过。

他伸手抓住：那是她的脚。他将绳圈系在她的脚踝上，不知为何，绳结在海水和波涛的冲刷下并未散开。与此同时，起伏海水中的一股波涛将他卷走。将他拖向海底。他朝着上方，朝着闪电照亮的海面伸出手去。随着他的下沉，闪电的光辉也越来越遥远。

下沉。沉入黑色的深海。

被虚无占据。

他眨了眨眼，波涛和闪电逐渐消褪。他坐在牢笼的冰冷石面上。虚无原本支配了他，但某种存在将他送了回来。他回归了。

因为他看到了战争与毁灭。

神王发出惊恐的叫声。光歌转过目光，看到那些假祭司抓住了苏斯布隆，光歌也看到了神王的嘴。*没有舌头*，光歌心想。*当然。为了阻止他使用那些灵息。*说得通。

他看向另一边。织晕染血的尸体躺在地上。他在幻景中看到过这一幕。在醒来后模糊的记忆里，他以为那个画面是她在脸红，但现在他想了起来。他看向身旁。莱瑞玛紧闭双眼，像是睡着了——那个画面也出现在了他的梦里。光歌这才发现，他哭泣的时候会闭上眼睛。

神王遭受囚禁。这一幕光歌也看得见了。但最重要的是，他想起自己站在一道璀璨缤纷的光之波浪的一侧，俯视着另一侧的世界。他看到他所爱的一切都被战争所摧毁。一场有史以来最为庞大的战争，甚至比不息战争更具毁灭性。

他想起了光之波浪的那一边。他想起了那个平静而抚慰人心的声音——是那个声音给了他机会。

回归的机会。

*看在色彩的分上……*光歌想着，站起身来，这时那些祭司正强迫神王跪在地上。*我是个神。*光歌走向前去，来到他那只牢笼的铁栅边。他看到了神王脸上的痛苦和泪水，而他能够理解。这个男人的确爱着塞芮。光歌也在那位王后的眼里看到过同样的情感。不知为什么，她真的在乎这个本该压迫她的男人。

"你是我的国王，"光歌轻声道，"也是诸神之王。"

那些帕恩凯尔人强迫神王脸朝下倒在石头上。其中之一举起了一把剑。神王伸出手臂，手掌靠向光歌。

我亲眼见过了虚无，他心想。*然后我回来了。*

紧接着，光歌将手臂伸出铁栅，攥住了神王的手。假祭司之一警惕地抬起头来。

光歌对上那人的双眼，露骨地笑了。他低头看着神王。"吾命予汝，"光歌说，"吾息归汝。"

登斯劈出一剑，在瓦西尔腿上添了条伤口。

瓦西尔蹒跚几步，单膝跪倒。登斯再次发起攻击，而瓦西尔只能挡开他面前的剑。

登斯向后退去，摇了摇头。"你真是个可怜虫，瓦西尔。你跪在地上，眼看就要死去。可你还觉得自己比我们要优越。你看不起当上佣兵的我？那我还能去做什么？接管王国？然后像你那样统治国民，发动战争？"

瓦西尔低下了头。登斯咆哮一声，向前冲来，挥出手里的剑。瓦西尔试图自卫，但他太虚弱了。登斯拨开瓦西尔的武器，一脚踢中他的肚子，让瓦西尔后退几步，背靠墙壁。

瓦西尔无力地坐在地上，长剑脱手。他伸手去拿某个死去士兵腰带上的匕首，但登斯走上前来，将穿着靴子的脚踩在瓦西尔的手上。

"你觉得我应该变回从前那样？"登斯吐了口唾沫，"那个人见人爱、快活又友善的男人？"

"你曾经是个好人。"瓦西尔低声说。

"那个男人见过也做过可怕的事，"登斯说，"我试过了，瓦西尔。我试过变回原样。但那些黑暗……已经植入内心，我无法逃脱。我的笑声都拖着黑暗的尾音。我没法忘记。"

"我可以帮你，"瓦西尔说，"我了解对应的指令。"

登斯愣住了。

"我保证,"瓦西尔说,"如果你愿意的话,我会从你那里取走一切。"

登斯伫立良久,脚踩着瓦西尔的手臂,垂下了剑。最后,他摇摇头。"不。我没那个资格。我们都没有。再见了,瓦西尔。"

他举剑欲斩。然后瓦西尔抬起手臂,碰到了登斯的腿。

"吾命予汝,吾息归汝。"

登斯的身体僵硬,随后摇晃起来。五十口灵息自瓦西尔的胸口涌入登斯的身体。他并不欢迎它们的到来,但他没法拒之门外。五十口灵息,不算太多。

但足够了。足以让登斯因愉悦而颤抖,足以让他在短短一秒钟之内失神,跪地。而在那一秒里,瓦西尔站了起来——同时从身旁那具尸体的腰带上抽出匕首——割断了登斯的喉咙。

佣兵向后倒去,双眼圆睁,脖颈血如泉涌。在获得灵息的愉悦令他颤抖的同时,他的生命也在飞快流失。

"没人能料到这种事,"瓦西尔轻声说着,走向前去,"灵息价值不菲。将它注入别人的身体,然后杀死对手,所损失的财富超出大多数人的想象。根本没人预料得到。"

登斯摇摇头,血流不止,歇斯底里。他的头发突然转为深黑,然后是金色,再然后是愤怒的红色。

最后,他的头发转为代表恐惧的纯白,然后停止了变化。他不再动弹,生命逐渐消失,新的与旧的灵息也同时消散。

"你问我是怎么杀死阿斯提尔的,"瓦西尔说着,朝旁边吐出一口带血的唾沫,"好吧,现在你知道了。"

蓝手指拾起一把短刀。"至少我可以为你做一件事,"他断言道,"那就是亲手杀死你,而不是让无命者动手。我保证会让你死个痛快。我们会等你死后再把场面布置成异教徒的仪式，让你避免死前的痛苦。"他转向制住她的那些无命者。

"把她绑在祭坛上。"

塞芮挣扎反抗那些按住她肩膀的无命者，但只是徒劳。他们强壮得可怕，而她的双手又被牢牢捆住。"蓝手指！"她对上他的双眼，吼道，"我不要被人绑在石头上，像故事里的少女那样死去。你想杀死我，就拿出点尊重，让我站着死。"

蓝手指犹豫起来，但她语气中的威严似乎让他有些畏缩。他抬起一只手，阻止了那些把她拉向祭坛的无命者。

"很好，"他说，"抓紧她。"

"你要明白，杀我就等于浪费了大好机会，"他朝她走来的时候，她说，"神王的妻子会是绝佳的人质。杀死我可就太愚蠢了，而且……"

他这次没理睬她，而是拿起刀子，抵住她的胸口，寻找着下刀的位置。她的身体开始麻木。她就要死了。她真的就要死了。

然后战争将会爆发。

"求你了。"她小声说。

他看着她，犹豫起来，然后露出冷酷的表情，举起匕首。

宫殿开始摇晃。

蓝手指惊慌地转过头去，看向他手下的几个书记官。他们困惑地摇起头来。

"地震？"其中之一问道。

地板开始转为白色。色彩流动起来，就像太阳从群山背后升起的时候，那股席卷大地的阳光浪涛。墙壁、天花板、地板——每一块黑色的石料都褪了色。祭司们连连后退，露出惊恐的神色，其中之一跳上一块小地毯，以免碰到那怪异的白色石料。

蓝手指困惑地看着她。地面颤抖不停，但他仍旧举着那把刀子,用他被墨水染成蓝色的手指紧抓不放。然后,塞芮看到了奇怪的景象:他的眼白开始扭曲,散发出彩虹色的光彩。

整个房间迸发出色彩,白色的石块模糊裂开,就像穿过棱镜的光线。房间的门炸了开来。一大团扭动着的彩色布料疾冲而入,就像愤怒的海中巨兽那数之不尽的触手。那些"触手"卷曲扭动,塞芮认出了其中用作宫廷装饰的挂毯、地毯与丝绸。

那些唤醒布料拍开无命者,或是缠绕在他们身上,然后将他们丢到空中。被抓起的祭司们大叫起来,而一条又长又薄的紫罗兰色布料猛地甩向前方,缠住了蓝手指的胳膊。

那团庞然大物翻腾起伏,而塞芮终于看清了走在它中央的那个身影。那个男人的身材比例堪比史诗中的英雄。黑色头发,苍白脸庞,五官年轻却饱经沧桑。蓝手指挣扎着想把短刀刺进塞芮的胸膛,但这时神王抬起了一只手。

"你必须停手!"苏斯布隆用清晰的声音说。

蓝手指愣住了,惊愕地看向神王。震惊让他松开了短刀,这时一块唤醒了的地毯缠住了他,将他从塞芮身旁拉开。

塞芮目瞪口呆地站在那儿。苏斯布隆的布料将他抬起,放到她身边,两块小巧的丝制手帕探向前来,滑入绑住她双手的绳索,毫不费力地将其解开。

获得自由的她抱住了他,让他将自己拥入臂弯,哭泣起来。

第五十八章

最靠近的那扇门打开了,让提灯的光芒得以照入。被捆住手脚、塞住嘴巴的薇雯娜抬起头,看到了瓦西尔的轮廓。他的身后拖着夜血,剑刃像以往那样收在银色的剑鞘里。

神情格外疲惫的瓦西尔单膝跪下,取走了塞口物。

"来得真及时。"她评论道。

他虚弱地笑了笑。"我已经一点灵息都没剩下了,"他平静地说着,开始解开她手腕上的绳索,"要找到你真的很难。"

"那些灵息都去哪儿了?"她问他。

"大部分都被夜血吞噬了。"

我才不相信他的话,夜血快活地说。我……不太记得发生什么了。但我们的确屠戮了许多邪恶!

"你把他拔出来了?"薇雯娜问正在给她的双脚松绑的瓦西尔。

瓦西尔点点头。

薇雯娜揉了揉双手。"登斯呢?"

"死了,"瓦西尔说,"汤克·法或者那个叫珠宝的女人踪影全无。我想他们恐怕是带着钱跑了。"

"也就是说,事情结束了。"

瓦西尔点点头,无力地坐进椅子里,脑袋靠着墙壁。"而且我们输了。"

她皱起眉头,受伤的肩膀让她面露苦相。"这话什么意思?"

"登斯的雇主是宫殿里的一群帕恩凯尔书记官,"瓦西尔说,"他们想要挑起伊德里斯和霍兰德伦之间的战争，希望能借此削弱两个王国的实力，让帕恩凯尔趁机获得独立。"

"那又如何？登斯已经死了。"

"那些知道无命者指令暗语的书记官也都死了，"瓦西尔说，"而且他们已经把部队派了出去。无命者在一个钟头前离开了这座城市，正朝着伊德里斯进军。"

薇雯娜陷入了沉默。

"这场搏斗，还有跟登斯有关的一切，全都是次要的，"瓦西尔说着，将脑袋撞上了墙壁，"我们的注意力被引开了。我没能及时赶去阻止那些无命者。战争已经开始了。无论如何都无法阻止。"

苏斯布隆领着塞芮走向宫殿的深部。塞芮跟在他身边，小心翼翼地缩在他的臂弯里，上百块扭动的布料在他们身边打转。

即便唤醒了这么多东西，他仍旧有充足的灵息，让他们途经的所有色彩都闪耀起来。当然了，他们经过的大部分石头除外。尽管这座宫殿还有很多地方维持着黑色，但至少有半数已经转为了白色。

而且不只是普通唤醒的那种灰白。那些石块变成了骨白色。而且在变成那种白色以后，它们会对他庞大的灵息产生反应，分裂成斑斓的色彩。*就像某种循环，*她心想。*彩色、白色，然后又变回彩色。*

他领着她走进某个房间，而她看到了他先前提到的景象：被他唤醒的毛毯碾碎的书记官，脱离了底座的铁棒，破碎的墙壁。一条缎带从苏斯布隆身边窜出，将某具尸体翻过身来，让她能看到伤口。她并不怎么专心。在这片碎石堆中，有着两具尸体。一具是面孔朝下，被鲜血染红的织晕。另一具是光歌，他全身的色彩都被抽干了。就像个无命者。

他闭着眼睛,仿佛正在安详地沉睡。有个人坐在他身边——那是光歌的大祭司——将那位神灵的脑袋放在自己膝头。

祭司抬起头来。他露出笑容,但她能看到他眼里的泪水。

"我不明白。"她说着,看向苏斯布隆。

"光歌付出了性命来治疗我,"神王说,"不知为什么,他知道我的舌头被人割掉了。"

"回归者可以治疗一个人,"祭司说着,低头看着他的神,"时间和对象由他们决定。据说他们就是为此才回归的。为了将生命交给需要的那个人。"

"我甚至都不了解他。"苏斯布隆说。

"他是个非常好的人。"塞芮说。

"我明白。虽然我从没跟他说过话,但他非常高尚,甚至能用自己的死换取别人的生。"

那祭司笑着低下头。"奇妙的是,"他说,"还是两次。"

*他还说自己总归是靠不住的,*塞芮想着,面露微笑,但悲伤也在同时浮上心头。*我猜他说了谎。真像他的作风。*

"走吧,"苏斯布隆说,"我们得去把我剩下的祭司集合起来。我们得设法阻止我们的军队摧毁你的同胞。"

"肯定有办法的,瓦西尔。"薇雯娜说。她跪在他身边。

他努力压下怒火,还有对自己的愤怒。他来这座城市是为了阻止战争。但他再一次来迟了。

"四万个无命者,"他说着,一拳砸在地板上,"我没法阻止这么多人。就算有夜血在手,又有这座城市里所有人的灵息。即便我能跟上他们进军的速度,也迟早会有某个走运的无命者夺走我的性命。"

"肯定有什么办法的。"薇雯娜说。

肯定有的。

"我曾经也这么想过,"他说着,将脸埋进双手里,"我想要阻止。但等到我明白发生了什么的时候,事态已经无法挽回。它有了自我意志,然后一路狂奔。"

"你在说什么?"

"不息战争。"瓦西尔轻声道。

沉默。

"你是谁?"

他紧闭双眼。

他们过去叫他塔拉辛,夜血说。

"塔拉辛,"薇雯娜说着,笑了起来,"夜血,那是五学者之一的名字。他……"

她的声音越来越小。

"……他是三百多年前的人。"她最后说。

"灵息能让人活上很久。"瓦西尔说着,叹了口气,睁开双眼。

她没有反驳。

他们过去对他还有些别的称呼,夜血说。

"如果你真的是五学者之一,"薇雯娜说,"那你就应该知道阻止无命者的方法。"

"当然知道,"瓦西尔讽刺地说,"用别的无命者。"

"就这样?"

"这是最简单的方法。除此之外,我们还可以去追赶他们,每次抓住其中一个,然后破解并更换他们的指令暗语。但即便你达到了八阶强化,能够在瞬间破解,更换这么多指令也要耗费几周的时间。"

他摇摇头。"我们也可以让军队跟他们战斗,但无命者大军就是霍兰德伦的主要兵力。霍兰德伦的活人部队战力不强，没法独力对抗那些无命者，也不可能迅速赶去伊德里斯。无命者会提早很多天赶到。无命者不需要睡觉，不需要进食，可以不知疲倦地进军。"

"灵液-酒精混合物，"薇雯娜说，"那东西有耗尽的时候。"

"它跟食物可不一样，薇雯娜。它就像血液。只有受伤导致混合物流干，或者混合物腐坏的时候才会需要补充。缺乏维护的话，有一些无命者也许会停止运作，但不会很多。"

她陷入了沉默。"那好，我们就唤醒一支自己的军队，去跟他们对抗。"

他虚弱地笑了笑。他感觉头晕眼花。他包扎过了伤口——至少是比较严重的那些——但他短时间内是没法再跟人动手了。薇雯娜看起来也没好到哪去：她肩头的衣服那里有一大块血迹。

"唤醒自己的军队？"他说，"首先，我们该去哪儿弄灵息来？我已经把你的全用完了。就算能找回我的衣服——里面还剩了些灵息——我们也只有几百口灵息而已。每个无命者需要花费一口灵息。数量悬殊。"

"有神王在。"她说。

"他不能使用自己的灵息，"瓦西尔说，"那个人从小就被割掉了舌头。"

"你就没法从他那里拿走灵息吗？"

瓦西尔耸耸肩。"达到十阶强化的人可以不用开口，而是凭借思想下达指令，但要学会具体的做法，需要花费几个月的训练——前提还得是有人能教你。我想他的祭司肯定懂得方法，这样才能让那份灵息宝藏从一位神王传给另一位神王，但我不认为他们已经教过他了。毕竟他们原本的职责就是阻止他使用那些灵息。"

"他仍旧是我们的最佳选项。"薇雯娜说。

"噢？你打算怎么使用他的力量？制造无命者吗？你是不是忘记

了,我们还得先找到四万具死尸?"

她叹了口气,靠向墙壁。

瓦西尔?夜血在他脑海里发问。你上次不是在这儿留下了一支军队吗?

他没有回答。但薇雯娜却睁开了眼睛。夜血显然决定把他的所有想法一并告诉她了。

"他在说什么?"她问。

"没什么。"瓦西尔说。

不,不是没什么,夜血说。我还记得。你跟那个祭司说过话,叫他替你保管好灵息,以备不时之需。然后你还把你的军队给了他。那些家伙当时都不会动了。你说这是送给这座城市的礼物。你不记得了?就在昨天。

"昨天?"薇雯娜问。

不息战争结束的时候,夜血说。那是什么时候来着?

"他不理解时间的概念,"瓦西尔说,"别听他的。"

"不,"薇雯娜说着,打量起他来,"他知道些什么。"她思索片刻,然后瞪大了双眼。"卡拉德的军队,"她指着他说,"他的幽灵。你知道他们在哪儿!"

他犹豫片刻,然后不情愿地点了点头。

"在哪儿?"

"在这里,这座城市里。"

"我们应该动用那支军队!"

他瞥了她一眼。"你这是在要求我把武器交给霍兰德伦人,薇雯娜。一件可怕的武器。比他们现在拥有的更加可怕。"

"和现在相比?"薇雯娜问,"比他们现在的无命者大军更强?"

"是的。"

她陷入了沉默。

"我们还是应该这么做。"她说。

他瞥了她一眼。

"拜托,瓦西尔。"

他闭上双眼,想起了他所造就的毁灭。想起了那些战争。这都是因为他学会创造的那些东西。"你愿意把如此强大的力量交给敌人?"

"他们不是我的敌人,"她说,"虽然我讨厌他们。"

他盯着她看了一会儿,最后点点头。"我们去找神王吧。如果他还活着的话,我们再做打算。"

"神王陛下,王后陛下,"祭司说着,朝他们低头鞠躬,"我们听说有人密谋袭击宫殿,所以才会把你们关起来。我们想要保护你们!"

塞芮看了看那个人,又瞥了眼苏斯布隆。神王揉着下巴,思考起来。他们都认出了这个人是他真正的祭司之一,并非冒牌货。但他们能确定的只有少数几个人。

他们把其余的祭司都囚禁起来,随后派人找来城市守卫,让他们去宫殿里收拾残局。他们站在宫殿顶上,轻风吹动了塞芮的头发——红色,代表她的不悦。

"看那边,陛下!"有个守卫说着,指了指。

苏斯布隆转过身,走到宫殿的边缘处。大多数布料随从不再飘舞于他的周围,但它们仍在殿顶聚成一堆,等候着他的指示。塞芮跟着他来到宫殿侧面,而在远处,他能辨认出一块黑斑,还有像是烟雾的东西。

"那是无命者大军,"守卫说,"斥候已经确认过了,它们正在朝伊德里斯进军。城里的几乎所有居民都看到了大军穿过城门的样子。"

"那股烟是什么?"塞芮问。

"那是它经过时掀起的尘土,王后陛下,"那守卫说,"它们的数量很多。"

她抬起头,看着苏斯布隆。他皱了皱眉。"我可以阻止它们。"他的嗓音比她预想中更有力,更低沉。

"陛下?"那守卫说。

"有了这么多灵息,"苏斯布隆说,"我可以攻击它们,用这些布料捆住它们。"

"陛下,"守卫犹豫着说,"它们有四万人。它们会砍断这些布,然后打垮您的。"

苏斯布隆语气坚决。"我必须去试试看。"

"不。"塞芮说着,一手按在他的胸口。

"你的同胞……"

"我们可以派信使,"她说,"向他们传达我们的歉意。我的同胞可以撤退,然后伏击那些无命者。我们可以派部队去增援。"

"我们没有那么多部队,"他说,"而且他们没法那么快赶到。你的同胞真的能逃掉吗?"

不能,她想着,感到一阵心痛。但你不会知道,而且你太单纯了,才会相信他们真的能够逃脱。

她的同胞或许大部分能活下来,但仍会有很多人死去。然而,就算苏斯布隆与那些怪物奋战至死,也不会有什么意义。他有惊人的力量,但与那么多无命者战斗绝对超出了他的能力范畴。

他注意到了她的表情,而且令人意外地读懂了她的想法。"你不相信他们能逃脱,"他说,"你只是想要保护我。"

没想到他已经这么了解我了。

"陛下!"他身后有个声音说。

627

苏斯布隆转过身，目光越过宫殿的顶端。他们来到这里，部分原因是想看到那些无命者，但同时也是因为塞芮和苏斯布隆都在空间有限的房间里待够了。他们想待在开阔的场所，而且是别人很难偷偷接近的那种地方。

有个守卫爬上楼梯，走了过来，手按着剑。他鞠了一躬。"陛下。有人想见您。"

"我谁也不想见，"苏斯布隆说，"来的是什么人？"

*考虑到他自小就没了舌头，*她心想。*他说起话来真是流畅得惊人。光歌的灵息究竟做了些什么？它不光治好了他的身体，还赋予了他运用这条新生舌头的能力。*

"陛下，"那守卫说，"那位访客——她有王族长发！"

"什么？"塞芮惊讶地问。

那守卫转过身，然后令塞芮震惊的景象出现了：薇雯娜踏上了殿顶。或者说，塞芮觉得那是薇雯娜。她穿着长裤和束腰外衣，腰间佩着剑，一边肩膀似乎负了伤。她看到塞芮，笑了笑，头发转为欣喜的黄色。

*薇雯娜的发色变了？*塞芮心想。*这不可能是她。*

但那的确是她。那女子大笑起来，飞快地跑过殿顶。几个守卫上前阻拦，但塞芮摆摆手，示意他们放行。她跑了过来，拥抱了塞芮。

"薇雯娜？"

那女子露出悲伤的微笑。"差不多算是吧。"她说。她瞥了眼苏斯布隆。"抱歉，"薇雯娜轻声对她说，"我来这座城市是想救你。"

"你真是太好了，"塞芮说，"但我不需要搭救。"

薇雯娜皱起眉头。

"塞芮，这位是谁？"苏斯布隆问。

"我的大姐。"

"噢,"苏斯布隆说着,亲切地低头行礼,"塞芮经常说起你,薇雯娜公主。要是我们能在不那么紧张的状况下见面该多好。"

薇雯娜震惊地看着他。

"他并没有他们说的那么坏,"塞芮笑着说,"至少大多数时候都不坏。"

"这是讽刺,"苏斯布隆说,"她相当喜欢讽刺。"

薇雯娜将目光从神王身上移开。"我们的祖国正在面临战争。"

"我知道,"塞芮说,"我们正在想办法呢。我准备派信使去给父亲送信。"

"我有个更好的法子,"薇雯娜说,"但你们必须相信我。"

"当然。"塞芮说。

"我有个朋友要跟神王谈谈,"薇雯娜说,"但他的话不能让卫兵听见。"

塞芮犹豫起来。傻瓜,她心想。这可是薇雯娜。我可以相信她。

但她也曾以为蓝手指是信得过的。薇雯娜好奇地打量着她。

"只要能帮忙拯救伊德里斯,"苏斯布隆说,"我乐意奉陪。那个人是谁?"

不久后,薇雯娜和霍兰德伦的神王静静地伫立在宫殿的顶部。塞芮站到稍远处,看着远处的无命者掀起的尘土。他们在等待士兵们给瓦西尔搜身:他正在另一边抬起双臂,被怀疑的卫兵包围起来。他明智地将夜血留在了楼下,身上也没带别的武器。他甚至连一口灵息都没有。

"你妹妹是个奇妙的女人。"神王说。

薇雯娜看了看他。她原本会嫁给这个男人。她原本会把自己交给这个可怕的生物。她从没想过能和他像这样愉快地交谈。

她也从没想过自己会喜欢这个人。这是她对他的第一印象。她已经不会再批评自己太快下判断的习惯了,不过她学会了修正对他人的印象。她看得出他对塞芮的喜爱与温柔。像这样一个人为何会当上可怕的霍兰德伦的神王?

"是的,"她说,"的确。"

"我爱她,"苏斯布隆说,"我想告诉你这一点。"

薇雯娜缓缓点头,看向塞芮。她变了很多,薇雯娜心想。她是在何时变得如此有王族风度,举止充满威严,同时还能保持乌黑发色的?她的小妹不再显得弱小,那件昂贵的裙子在她身上也似乎很合身,很适合她。真怪。

在殿顶的另一边,守卫们把瓦西尔带到一扇屏风后面,让他更衣。他们显然想要避免他的衣服已被唤醒的可能性。过了一会儿,他走出屏风,腰间只围着一块布,除此之外一丝不挂。他的胸口满是割伤和瘀伤,薇雯娜不禁觉得,让他经受这种羞辱实在是太可耻了。

但他忍了下来,在卫兵的陪同下穿过殿顶。与此同时,塞芮走了回来,用锐利的目光盯着他。薇雯娜只和她妹妹说了几句话,但她能看出塞芮已经不再以无足轻重为傲了。她的确变了。

瓦西尔走上前去,而苏斯布隆遣走了卫兵。在他身后,广阔的丛林向着北方的伊德里斯绵延而去。瓦西尔看了看薇雯娜,她觉得他是想让她也离开。但他最后转过身去,露出听天由命的表情。

"你是谁?"苏斯布隆问。

"要为你被割掉舌头而负责的人。"瓦西尔说。

苏斯布隆扬起一边眉毛。

瓦西尔闭上双眼。他没有说话,没有用灵息,也没有说出指令。但突然间,他开始发光。不是提灯的那种光,也不是太阳的那种光,而是会让色彩更加明亮的灵光。薇雯娜吃惊地看到瓦西尔的身体逐渐高大。他睁开双眼，正了正缠在腰间的那块布，为身体的增长留出空间。他的胸膛变得更加结实，肌肉隆起，脸上的胡楂退去，留下光洁的皮肤。

他的头发转为金色。他身体上的伤口仍在，但此时显得很不起眼。他看起来……非常神圣。神王饶有兴味地看着这一幕。他如今面对的是一位神灵同胞，是同样身份高贵的存在。

"我不介意你是否相信我的话，"瓦西尔说着，嗓音似乎也多了一份高贵，"但我必须告诉你，我很久以前在这里留下了一件东西。一份我承诺会在日后取回的财富。我指示别人加以保管，并要求他们避免使用。那些祭司似乎把我的指示放在了心上。"

苏斯布隆出人意表地单膝跪地。"吾主。您去了哪里？"

"为我的所作所为做出补偿，"瓦西尔说，"至少是尝试去补偿。这无关紧要。起来吧。"

发生了什么事？ 薇雯娜心想。塞芮看起来同样困惑，姐妹两人对视一眼。

苏斯布隆站起身，但仍旧摆出恭敬的姿态。

"你的无命者大军，"瓦西尔说，"你已经控制不了它们了。"

"抱歉，吾主。"神王说。

瓦西尔审视着他。然后他看向薇雯娜。她点点头。"我信任他。"

"这与信任无关，"瓦西尔说着，转身看向苏斯布隆，"总之，我要给你一样东西。"

"是什么？"

"我的军队。"瓦西尔说。

苏斯布隆皱起眉头。"可是，吾主。我们的无命者已经出发去攻打伊德里斯了。"

"不，"瓦西尔说，"不是那支军队。我把我在三百年前留下的那支军队交给你。民众称它为'卡拉德的幽灵'。我就是用那支军队让霍兰德伦停战的。"

"吾主,您是说不息战争吗?"苏斯布隆道,"但您是通过谈判来停战的啊。"

瓦西尔哼了一声。"你不怎么了解战争,对吧?"

神王迟疑片刻,然后摇摇头。"对。"

"那就学着点儿,"瓦西尔说,"因为我要把我的军队交给你。用它来保护,而非攻击。只在紧急的时候使用。"

神王麻木地点点头。

瓦西尔看着他,然后叹了口气。"深藏吾罪。"

"什么?"苏斯布隆问。

"这是指令暗语,"瓦西尔说,"你可以用它给我留下的那些德戴尼尔雕像下达新指令。"

"可是,吾主啊!"苏斯布隆说,"石头是无法唤醒的。"

"唤醒的不是石头,"瓦西尔说,"那些雕像里有人类的骸骨。他们是无命者。"

人类的骸骨。薇雯娜身体发冷。他跟她说过,骸骨通常不适合唤醒,因为在唤醒过程中要让它们保持人类的形状太困难了。但如果那些骸骨被石头裹着呢?石头能维持骸骨的形状,能保护骸骨不受伤害,让它们几乎坚不可摧。唤醒物比人类的肌肉要强壮得多。如果能用骨骼制造出无命者,再让它有力到足以移动岩石身躯……就能得到前所未有的强大士兵。

色彩啊!她心想。

"这座城市里有好几千座当初就有的德戴尼尔雕像,"瓦西尔说,"而且绝大多数仍能正常使用。我在建造的时候考虑过耐久性。"

"但它们没有灵液-酒精混合物,"薇雯娜说,"它们甚至没有血管!"

瓦西尔看着她。那就是他。脸上是往常的那种表情。他的形体改变了,但看起来并不像是变成了别人,就像是个回归者。发生了什么事?

"灵液-酒精混合物并不是必要的,"瓦西尔说,"它降低了唤醒的难度和成本,但它并非唯一的方法。而且在许多人的心目中,它的作用恐怕只相当于拐杖。"他再次看向神王。"你应该尽快去给它们铭刻新的安全暗语,然后命令它们离开城市,去阻止另一支军队。我想你会发现,我的这些幻影非常……好用。对抗石头的时候,武器形同废物。"

苏斯布隆又点了点头

"它们现在由你负责了,"瓦西尔说着,转过身去,"希望你的表现比我当初要好。"

终章

第二天，一千名石头士兵组成的部队冲出城门，沿着大路前去追赶早出发了一天的无命者。

薇雯娜站在城外，靠着城墙，目送它们离去。

我有多少次站在那些德戴尼尔雕像的视野里，她心想，却不知道它们拥有生命，只是在等待再次接受指令？每个人都说赋和留下这些雕像，是送给人民的礼物，是提醒他们不要再起战事的象征。她一直觉得这很奇怪。一堆士兵雕像真的能让人想起战争的残酷吗？

然而，它们的确是礼物——终结了不息战争的礼物。

她转过身，面向瓦西尔。他也背靠着城墙，一手拿着夜血。他的身体恢复到了凡人形态，变回了那副胡子拉碴的模样。

"你教我的头一件关于唤醒的事是什么来着？"她问。

"我们对唤醒知之甚少？"他问，"我们尚未发现的指令有数百种，甚至是数千种？"

"就是这句话，"她说着，转身看着冲向远处的那些唤醒雕像，"我觉得你说得对。"

"你觉得？"

她笑了。"它们真的能阻止那支军队吗？"

"也许吧，"瓦西尔说着，耸耸肩，"它们的速度足以追上对方——肉身无命者的行军速度完全比不上拥有石制双脚的无命者。我见过这些家伙战斗的样子。要打败它们真的很难。"

她点点头。"这么说，我的同胞应该能安然无恙了。"

"除非神王决定用这些无命者雕像去征服他们。"

她哼了一声。"瓦西尔，有没有人说过你很会破坏气氛？"

终于，夜血说。终于有人赞同我了！

瓦西尔皱起眉头。"我不是想破坏气氛，"他说，"我只是不善言辞。"

她笑了。

"好吧，那就这样吧，"他说着，拿起背包，"回头见。"说完，他沿着路朝远离城市的方向走去。

薇雯娜走到他身边。

"你在做什么？"他问。

"跟你一起走。"她说。

"你是个公主，"他说，"你应该留在统治霍兰德伦的那个姑娘身边，或者回到伊德里斯，作为拯救他们的女英雄受人敬仰。不管走哪条路，你都会度过快乐的余生。"

"不，"她说，"我不这么认为。就算我父亲愿意重新接纳我，我也觉得自己在奢华的宫殿或者平静的小镇都不会开心。"

"等到漂泊一阵子以后，你就会改变想法了。这种生活是很艰苦的。"

"我知道，"她说，"但是……我过去的一切——他们教导我，让我去做的一切——都是用憎恨掩盖的谎言。我不想变回从前的我。那不是我，我不想成为那样的人。"

"那你又是怎样的人呢？"

"我不知道，"她说着，朝地平线点点头，"但我觉得我会在那儿找到答案。"

他们又走了一小会儿。

"你的家人会为你担心。"瓦西尔说。

"他们能挺过去。"她答道。

最后，他耸耸肩。"好吧。反正我也不是真的在乎。"

她笑了。我说的是实话，她心想。我不想回去。公主薇雯娜已经死了。她死在了特泰利尔的街头。唤醒者薇雯娜也不想让她起死回生。

"好吧,"他们走在丛林小路上,而她开口问道,"我还是没弄明白。哪个才是你?挑起了战争的卡拉德,还是终结了战争的赋和?"

他没有立刻做出回答。"历史对一个人的评价总是很奇怪,"他最后说,"我猜人们只是没法理解我为什么会突然改变——不理解我为什么中止战争,不理解我为什么带着那些'幽灵'回来掌控王国。所以他们认定我肯定是两个人。发生这种事的时候,就连本人都会搞不清自己的身份。"

她咕哝着表示赞同。"但你仍旧是回归者。"

"那当然。"他说。

"你的灵息是从哪儿来的?"她问,"我是指维持生存需要的那每周一口。"

"除了让我回归的那口灵息以外,其余的我都会带在身上。在很多方面,回归者都跟人们想象中的不同。他们不会直接拥有成百上千的灵息。"

"但——"

"他们达到了五阶强化,"瓦西尔说着,打断了她的话,"但他们凭借的不是灵息的数量,而是质量。回归者拥有一口强大的灵息。这口灵息足以让他们达到五阶强化。你可以称之为'神圣灵息'。但他们的身体又会以灵息为食,就像……"

"那把剑。"

瓦西尔点点头。"夜血只在出鞘的时候才会需要灵息。回归者每周会消耗一口灵息。所以如果不给他们提供,他们就只能消耗自己——吞食他们仅有的那口灵息。但如果每周在他们已有的神圣灵息之外,再给他们一口灵息,他们就只会消耗多出来的那部分。"

"也就是说,霍兰德伦的诸神可以每周收到超过一口灵息,"薇雯娜说,"他们可以储存大量的灵息,作为失去灵息来源时的缓冲。"

瓦西尔点点头。"但这样的话,人们就不会那么依赖照顾他们的宗教了。"

"从这种角度来看,还真够讽刺的。"

他耸耸肩。

"这么说你每周都会耗费一口灵息,"她说,"就这样不断减少存量?"

他点点头。"我曾经有数以万计的灵息。但全部被我消耗掉了。"

"数以万计?但要花上很多年才能……"她的声音小了下去。他活了超过三百年。如果他每年消耗五十口灵息,那么总数的确数以万计。"留住你的代价可真高,"她评论道,"你是怎么让自己的外表不像回归者的?为什么你给出灵息的时候不会死?"

"这是我的秘密,"他说着,没有看她,"不过你应该已经发现回归者能改变外形了。"

她扬起一边眉毛。

"你自己也有回归者的血统,"他说,"王族血脉。你以为你改变发色的能力是从哪来的?"

"这表示我能改变的不只是头发吗?"

"也许,"他说,"慢慢研究吧。不过有机会的话,记得去霍兰德伦的诸神宫廷转转。你会发现诸神完全就是他们自以为的模样。上了年纪的神显得苍老,英勇的神变得强壮,人们眼中的美丽女神会变得异常妖娆。一切都取决于他们如何看待自己。"

所以这就是你对自己的印象吗,瓦西尔? 她好奇地想。*就是这么个头发蓬乱、不修边幅的糙汉子?* 她什么也没说,只是继续走着,她的生命感应让她能察觉到周围的丛林。他们找回了瓦西尔的斗篷、衬衫和裤子——就是原本被登斯夺走的那些。其中的灵息足以让他们平分后还能各自达到次阶强化。这比不上她习惯的灵息

量,但比没有还是好上不少。

"顺便问一句,我们要去哪儿?"

"听说过库斯和胡斯吗?"他问。

"当然,"她说,"那两个王国是你在不息战争里的主要对手。"

"有人想要光复那两个王国,"他说,"那家伙是个暴君。他似乎还雇佣了我的一位故友。"

"又一个?"她问。

他耸耸肩。"我们一共有五人。我、登斯、莎萨拉、阿斯提尔和耶斯提尔。看起来,耶斯提尔终于也重新露面了。"

"他跟阿斯提尔是亲戚吗?"薇雯娜猜测道。

"是兄弟。"

"真棒。"

"我知道。他就是当初研究出灵液-酒精混合物制法的那个人。我听说他制造出了改良型的混合物。比原先那种更强大。"

"更棒了。"

他们在沉默中又走了一会儿。

*我很无聊,*夜血说。*多关注一下我吧。为什么你们都不跟我说话了?*

"因为你很烦人。"瓦西尔没好气地说。

那把剑愤怒地哼了一声。

"你的真名是?"过了好一会儿,薇雯娜开口道。

"我的真名?"瓦西尔问。

"对,"她说,"每个人对你的称呼都不一样。赋和、卡拉德、瓦西尔、塔拉辛。最后那个学者的名字是你的真名吗?"

他摇摇头。"不是。"

"噢,那你的真名又是什么?"

"我不知道,"他说,"我不记得自己回归以前的事了。"

"噢。"她说。

"但我回归的时候,的确得到过一个名字,"最后,他说,"回归教——那些人最后建立了霍兰德伦的虹彩音调教——找到了我,用灵息来维持我的性命。他们给我取了名字。我不怎么喜欢,感觉不太适合我。"

"哦?"她问,"是什么?"

"'和平之神'破战者。"他最后坦白。

她扬起一边眉毛。

"我不明白,"他说,"到底这个称号是真的有预言性,还是说我只是在努力配得上这个称号。"

"这重要吗?"她问。

他在沉默中走了一会儿。"不,"终于,他开了口,"不,我猜这并不重要。我只想知道,回归是真的跟精神有关,还是一次偶然。"

"或许我们是没法知道的了。"

"或许吧。"他赞同道。

沉默。

"我们应该叫你'丑陋之神'爱疣者[①]。"她最后说。

"你可真够成熟的,"他答道,"你觉得公主应该说出这种字眼吗?"

她快活地笑了。"我才不在乎呢,"她说,"而且我今后也没必要在乎了。"

[①]原文为 wartlover,与前文的破战者(warbreaker)的前半部分谐音。

《秘法宝典》
强化阶段一览表

强化阶段	达到强化所需灵息量	强化效果
初阶	50	灵光识别
次阶	200	完美音感
三阶	600	完美色彩识别
四阶	1000	完美生命感应
五阶	2000	永不衰老
六阶	3500	本能唤醒
七阶	5000	注入灵息识别
八阶	10000	指令破解
九阶	20000	高等唤醒
		声控指令
十阶	50000	扭曲色彩
		完美术法

注1：达到六阶强化的人异常罕见，因此几乎没有人真正了解七阶及更高强化的力量。相关的研究也少得可怜。已知的达到八阶以上强化的人，就只有霍兰德伦的历代神王而已。

注2：回归者似乎能凭借他们灵息中的美德达到五阶强化。理论上，他们不会在回归时得到两千口灵息，而是会得到一口强大的灵息，其中蕴含着五阶强化的力量。

注3：强化阶段表内的数字仅为估算数值，因为高阶强化的相关知识屈指可数。事实上，即便在较为低阶的强化中，对应阶段的实际所需灵息也可能有所增减，取决于具体状况与灵息的强度。

注4：无论达到了第几阶段的强化，新获得的每口灵息都会赋予所有者某些好处。一个人拥有的灵息越多，对疾病和衰老的抵抗力就越强，也更容易分辨色彩，更容易学会唤醒，生命感应能力也会进一步加强。

强化效果

灵光识别：初阶强化会赋予所有者本能地看到他人灵光的能力。这种能力让他们能够识别对方持有灵息的大致数量，以及那些灵息的强度。没有达到初阶强化的人难以直接分辨灵光的强度，只能依靠色彩在某人周围的深度来判断。如果没能达到至少初阶强化，便不可能以肉眼注意到灵息量少于三十口的唤醒者。

完美音感：达到次阶强化的人可以获得完美的音感。

完美色彩识别：虽然新获取的每一口灵息都能让人更善于欣赏色彩，但只有达到三阶强化的人才能凭借直觉来判断色彩的深浅与色调的谐调程度。

完美生命感应：获得四阶强化以后，唤醒者的生命感应能力将达到最强。

永不衰老：获得五阶强化以后，唤醒者对衰老和疾病的抵抗力将达到最强。这些人免疫大多数毒素，包括酒精的效果，以及大部分的疾病。（例如头疼、传染病与器官衰竭。）他将不再衰老，并在身体机能上达到不朽。

本能唤醒：达到六阶及以上强化的所有人都能立刻理解并运用基础的唤醒指令，无需训练或练习。他们也更容易掌握与发现较为困难的指令。

注入灵息识别：少数几个达到七阶强化的人会获得识别物体灵光的能力，可以看出某件物体是否曾通过唤醒注入灵息。

指令破解：达到八阶或以上强化的任何人都可以覆盖其他唤醒物体——包括无命者在内——的指令。这项能力需要维持专注，使用后会令唤醒者精疲力竭。

高等唤醒：据说达到九阶强化的人能够唤醒石块和钢铁，但这么做需要注入大量的灵息与专门对应的指令。这项能力尚未经过研究与确认。

声控指令：达到九阶强化的人同时也会得到无须碰触物体也可唤醒的能力，但该物体必须在他们的声音能够传达到的范围内。

扭曲色彩：达到十阶强化以后，唤醒者会得到持续生效的能力，能够扭曲白色物体周围的光线，制造出仿佛透过棱镜后的色彩。

完美术法：达到十阶强化的唤醒者可以从物体中抽取更多的色彩，以增强唤醒的效力。经过这种色彩抽取的物体会转为白色而非灰色。

其他：传说十阶强化还会赋予另一些能力，但那些曾经达到十阶强化的人或是未能理解其作用，又或是没有公之于众。